I0575781

Alexander Baumgartner

Goethe. Sein Leben und seine Werke

Erster Band: Jugend, Lehr - und Wanderjahre

Alexander Baumgartner

Goethe. Sein Leben und seine Werke
Erster Band: Jugend, Lehr - und Wanderjahre

ISBN/EAN: 9783741102080

Hergestellt in Europa, USA, Kanada, Australien, Japan

Cover: Foto ©Andreas Hilbeck / pixelio.de

Manufactured and distributed by brebook publishing software
(www.brebook.com)

Alexander Baumgartner

Goethe. Sein Leben und seine Werke

Göthe.

Sein Leben und seine Werke.

Von

Alexander Baumgartner S. J.

———

Erster Band.
Jugend, Lehr- und Wanderjahre.
(Von 1749 bis 1790.)

Zweite, vermehrte und verbesserte Auflage.

———

Freiburg im Breisgau.
Herder'sche Verlagshandlung.
1885.
Zweigniederlassungen in Straßburg, München und St. Louis, Mo.

Das Recht der Ueberſetzung in fremde Sprachen wird vorbehalten.

Entered according to Act of Congress, in the year 1885, by *Joseph Gummersbach* of the firm of **B. Herder**, St. Louis, Mo., in the Office of the Librarian of Congress at Washington, D. C.

Buchdruckerei der Herder'ſchen Verlagshandlung in Freiburg.

Vorwort.

Jeder will gern etwas über Göthe schreiben: das ist leicht, und der ganze heutige Schulunterricht leitet dazu an. Wenige dagegen nehmen die Mühe auf sich, den Mann und seine sämmtlichen Werke allseitig und gründlich zu studiren: das ist eine umfangreiche, langwierige Arbeit. So ist die Klein- und Einzel-Literatur über Göthe in's Unabsehbare angeschwollen [1], der umfassenden Studien über ihn aber gibt es wenige. „Wir haben,“ klagt Otto Brahm [2], „in Briefwechseln und massenhaften Publicationen aller Art Quellenmaterial empfangen in Hülle und Fülle, aber es fehlt an Sichtung des Gebotenen, an der Verwerthung nach der psychologischen wie nach der künstlerischen Seite hin.“ Wie Adolph Stern aber, und gewiß nicht ohne Grund, versichert, entsprechen nicht einmal die bisherigen Göthe-Biographieen ihrer Aufgabe: „Eine vollständig befriedigende, erschöpfende,

---

[1] Die Schiller- und Göthe-Literatur in Teutschland. Bibliographische Zusammenstellung von Ludwig Unflad. München 1878. — Salomon Hirzels Verzeichniß einer Göthe-Bibliothek mit Nachträgen und Fortsetzung, herausg. von Ludw. Hirzel. Leipzig 1884. Dazu die Nachträge W. von Biedermanns in Schnorr von Carolsfelds Archiv für Literaturgeschichte. Bd. VI ff. — Göthe's Briefe. Verzeichniß derselben u. s. w. von F. Strehlke. 3 Bde. Berlin 1884. Die Zahl der gedruckten Briefe Göthe's betrug schon 1879 ungefähr 8600, über 1500 ungedruckte sind Angaben vorhanden.

[2] Wochenbl. der Frankf. Zeitung. 1882. Nr. 24.

der großen Natur und der Lebensarbeit Göthe's allseitig gerecht werdende Biographie fehlt bisher."[1]

So wenig der Verfasser es sich vermaß, diese erschöpfende, allseitig befriedigende Biographie schreiben zu wollen, so ausführbar erschien es ihm, mit Hilfe des reichlich vorliegenden Materials die Arbeit der bisherigen Biographen weiterzuführen, sie zu ergänzen und zu vervollständigen, und das bisher unläugbar stark geschmeichelte Lebensbild durch ein möglichst objectives, aus den Quellen selbst geschöpftes Colorit der Wahrheit näher zu bringen. Eine solche Arbeit schien um so nützlicher, ja fast nothwendiger, als die gesammte Göthe-Literatur, mit wenigen Ausnahmen, von einer übermäßigen Verehrung des Dichters beherrscht wird, nicht etwa von jener künstlerischen Werthschätzung, welche alle Völker mit Recht ihren großen Dichtern entgegenbringen, sondern von einer nahezu religiösen Verehrung — einer „Art von Anbetung", wie Schiller schon im Jahre 1787 bemerkte[2], die nicht bloß die Dichtungen, sondern auch das gesammte Leben des Dichters, seine Anschauungen, Grundsätze, selbst seine Fehler und Irrungen vergöttert, ihn als Idealmenschen der ganzen civilisirten Welt zum Vorbild aufdrängt.

Eine derartige Apotheose ist offenbar keine bloße Sache der Literaturgeschichte mehr, sie greift in die philosophischen und religiösen Fragen der Gegenwart hinüber. Als das naturgemäße Heilmittel dagegen stellte sich die schlichte, nüchterne, objective Wahrheit dar, von jeder vorgefaßten Abneigung und Zuneigung gleichweit entfernt, aus sicheren, zuverlässigen Zeugnissen zusammengereiht, soviel als möglich mit den Worten der Quellen selbst ausgesprochen. In der Beurtheilung der Ideen und Werke Göthe's mußte dann freilich jene völlige geistige Freiheit und Unabhängigkeit behauptet werden, welche jedem denkenden Menschen zusteht und welche eine wissenschaftliche Prüfung auch dessen erheischt,

---

[1] Lexikon der deutschen Nationalliteratur 1882. S. 126.
[2] Göbeke, Schillers Briefwechsel mit Körner. Leipzig 1872. I. 88.

was von Andern seit einem Jahrhundert weiter gesagt oder als selbstverständlich vorausgesetzt wird. Es liegt durchaus kein Grund vor, Göthe von vornherein als einen unübertrefflichen Ideal=menschen, ein über allen Gesetzen stehendes Genie, einen erhabenen Wohlthäter des deutschen Volkes aufzufassen und darnach in tief=ster Verehrung seine Biographie zu schreiben. Vielmehr muß der Biograph erst ausweisen, daß er das ist, und kann ihm deßhalb vorläufig nur aufrichtige Wahrheitsliebe, Gerechtigkeit und jenes Wohlwollen entgegenbringen, das wir allen Menschen schulden.

Das ist der Standpunkt der vorliegenden Biographie.

Ein längerer Aufenthalt in der Nähe von Weimar und in Frankfurt ermöglichte es dem Verfasser, nicht bloß die Göthe=Literatur nach ihrem ganzen Umfang kennen zu lernen und außer dem vielen gedruckten Quellenmaterial auch noch ungedrucktes oder weniger beachtetes zu studiren, sondern sich auch mit den Plätzen, an welchen Göthe lebte und wirkte, völlig vertraut zu machen. Von Frankfurt aus wurde Straßburg und Wetzlar besucht, von Weimar aus Erfurt, Gotha, Jena und Leipzig. Göthe's Thüringen wurde nach allen Seiten durchstreift und selbst die Landschlösser Belvedere, Ettersburg, Tiefurt, Dornburg nicht vergessen, auf welchen die „Lustigen von Weimar" einst ihr fröhliches Wesen trieben.

Es freute mich, alle die Stätten zu sehen, an welchen die deutschen Classiker lebten und dichteten. Weimar ist so reich an ihren Reliquien und Erinnerungen, daß man sich leicht in ihre Zeit zurückversetzen kann. Wenn ich diesen Stätten, Erinnerungen und Ueberresten auch nicht jene götzendienerische Verehrung ent=gegenbrachte, die sich heute in einem großen Theil der Göthe=Literatur breit macht, so habe ich sie doch mit großem Interesse und mit dem Wunsche besucht, mir über Weimars Glanzperiode ein möglichst unbefangenes Urtheil zu bilden.

So freundlich waren die Eindrücke, die ich aus dem heutigen Weimar mit mir nahm, daß es mich wahrhaft schmerzte, als eingehendere Studien mir abermals das glänzende Bild jener classischen Blüthenperiode umdüsterten, das die Dichtungen

Göthe's und Schillers an dem Schauplatz ihrer Thätigkeit wach=
rufen müssen.

Nicht ohne Herzeleid trete ich auch jetzt poetischen Illusionen
gegenüber, an denen ich mich früher selbst mehr als einmal ge=
freut. Ich bin durchaus nicht der „Biedermann", der mit phari=
säischer Selbstgefälligkeit auf die tollen Sprünge eines großen
Genie's herabsieht und feierlich spricht: „Herr, ich danke dir, daß
ich nicht bin, wie dieser Göthe da!" Noch weniger halte ich es
mit dem frivolen Heine, der vor dem Olympier nur seinen Hut
zog, um ihn desto schamloser vor ganz Frankreich zu verspotten.
Und noch viel, viel weniger halte ich es mit dem wetterwendischen
Wolfgang Menzel, der, um „seinen" Christus zu retten, Göthe
sein eclatantes Dichtergenie und seine sonstigen glänzenden Geistes=
gaben abläugnen zu müssen glaubte. Ich liebe Poesie nicht nur
ein wenig, sondern sehr, und ich halte Göthe noch heute für kein
bloßes Talent, sondern für ein Genie, d. h. für einen Geist von
den außergewöhnlichsten Anlagen. Sein hoher Sinn für alles
Schöne, sein für alles Concrete so durchdringend heller Verstand,
seine glänzend reiche Sprache bezauberten mich einst so, daß ich
ihn nicht nur weit allen unsern Dichtern vorzog, sondern ihm
sogar seinen religiösen Indifferentismus vergab, um ihn nur als
Künstler zu betrachten und mich an seinen Dichtungen zu freuen.

Erst ein eingehenderes Studium aller seiner Werke, und vor
Allem seines Lebens und seines Charakters, hat mich aus jener
ästhetischen Verehrung aufgescheucht und das schöne Idealbild
umdunkelt, das ich mir von dem großen Dichter entworfen. Die
Göthe=Literatur und der Göthe=Cultus der letzten Jahrzehnte aber
hat diesen Zauber der Verklärung, in welchem Göthe früher vor
mir stand, vollends zerstört und mich vollständig überzeugt, daß
er zum Theil durch seine Werke, weit mehr aber durch die Be=
mühungen seiner glaubenslosen Verehrer, der mächtigste Prophet
des modernen Indifferentismus und Naturalismus geworden ist.

Vor dreißig, vierzig Jahren, da mochte man allenfalls es
nicht so genau nehmen, Göthe's religiöse Ansichten auf sich be=
ruhen lassen, ihn nur als Dichter oder etwa, wie Eichendorff es

that, als eine wunderschöne Naturerscheinung betrachten, die
außerhalb des religiös=politischen Lebens im Garten der Dichtung
blühte; man mochte sein Leben aus seinen Werken, seine Werke
aus seinem Leben zu erklären suchen, ohne über seine religiösen
und sittlichen Grundsätze ein Urtheil zu fällen. Er stand auch
den Lebenden noch nahe; man konnte jene Schonung walten
lassen, welche christliche Nächstenliebe gegen einen noch kaum Ver=
storbenen einflößt. Doch heute ist das Alles anders geworden.

Schon ein halbes Jahrhundert ist seit Göthe's Tode dahin=
geflossen. Er gehört längst der Geschichte an. Seine Verehrer
haben ihn auf jenen religiös=politischen Kampfplatz gezogen, den
er sein ganzes Leben hindurch geflissentlich mied. Er ist zum
Propheten eines neuen Evangeliums „der That und Gesinnung"
proclamirt, welches das positive Christenthum als „Evangelium
des Wortes und Glaubens" verdrängen soll. Er wird der Jugend
als Ideal harmonischer Bildung empfohlen. David Strauß hat
seine Werke als Surrogat für die abgethanen Evangelien vor=
geschlagen[1], Dünzer hat ihn als „Hohenpriester der Liebe" glori=
ficirt[2], Häckel seinen Prometheus zum Banner seiner materialisti=
schen Entwicklungsgeschichte erhoben[3], Johannes Scherr[4] das
„Haus zu den drei Leyern" neben, ja über Bethlehem gestellt,
ein ansehnlicher Theil der deutschen Darwinisten segelt unter
Göthe's Flagge. Der Cultusminister Dr. Falk hat das Studium
der deutschen Classiker als ein Hauptmittel „christlicher" und
nationaler Bildung anempfohlen[5]; man weiß, was das heißen

---

[1] Der alte und der neue Glaube. Bonn 1875. S. 303.

[2] Frauenbilder aus Göthe's Jugendzeit. Stuttg. 1852. S. VIII.

[3] Anthropogenie. Leipzig 1877. S. XXVII.

[4] Göthe's Jugend. Der Frauenwelt geschildert. Leipzig 1874.
S. 3. Da heißt es: „Einer der sinnvollsten Züge der christlichen
Mythologie ist der, daß dem auf Golgatha gekreuzigten Propheten
eine Stallkrippe zur Wiege gedient habe" — christlich-nationale
Bildung!!

[5] In dem Rescript, durch welches F a l k das ausgezeichnete Lese=
buch von B o n e (I. u. II. Thl.) verbot, heißt es: „Das königliche

will. Eine umfangreiche Literatur predigt unter der Devise „Göthe“ nur Unglauben, Darwinismus, Spinozismus, Naturalismus, alle Sorten von Gefühls-, Kunst- und Naturchristenthum. Kaum eine der geleseneren liberalen Zeitschriften läßt ein Jahr vorbeigehen, ohne unter dem Titel „Göthe“ das positive Christenthum direct oder indirect zu untergraben. Literaturgeschichtliche Werke führen der Jugend nicht mehr bloß Göthe's Liebesgeschichten, sondern auch die Porträts seiner vielen Geliebten und die Laube von Sessenheim vor [1]. Die unglücklichen Mädchen und Frauen, mit deren Gefühlen er schnöde gespielt, werden als die glänzendsten Gestalten der deutschen Literaturgeschichte verherrlicht. Seine unsauberen Herzensromane werden als ein Quell der Poesie, der Bildung vorgeführt. Kurz, der Göthe-Cultus ist zu einem wahren Institut der Verführung gediehen. Gegen

Provinzialschulcollegium wird demnach die Directoren, beziehungsweise Rectoren der beregten Schulen sofort aufzufordern haben, von dem nächsten Semester ab für die Einführung eines andern geeigneten Lesebuchs Sorge zu tragen und seinerseits darauf zu achten, daß unter den vorhandenen Lesebüchern für katholische höhere Lehranstalten nur solche ausgewählt werden, welche geeignet sind, eine ächt christliche, nationale und humane Geistes- und Gemüthsbildung zu fördern, vor ungesunder Sentimentalität zu bewahren und die Begeisterung für die Schätze unserer Literatur, sowie die Verehrung für die hervorragenden Vertreter derselben zu wecken und zu erhalten.“ Germania. 24. Juli 1876. — Die Verehrung für Göthe und die übrigen deutschen Classiker gehört also mit zum Culturkampfs-Apparat. Was Falk unter ächt christlicher Bildung versteht, das weiß Jedermann. Wie aber die Verehrung für Göthe's Werther, Stella, Clavigo u. s. w. die Jugend vor ungesunder „Sentimentalität“ bewahren soll, das ist schwer zu begreifen. Vielleicht liegt das Präservativ in den „Römischen Elegien“ und in den „Venetianischen Epigrammen“.

[1] R. König, Deutsche Literaturgeschichte. Bielefeld 1881. S. 423—521. Düntzer, Göthe's Leben. Leipzig 1880. Düntzer bedauert sogar, daß er von „Friederike“ kein Porträt, sondern nur ein Facsimile ihrer Handschrift bringen könne. S. 315.

das „Tagebuch“ hat die Polizei zwar ein paar Mal den Schnurr=
bart gestrichen, es aber bald laufen lassen, weil es Göthe ge=
schrieben hat. Die „Wahlverwandtschaften“ aber, die Römischen
Elegien, die Venetianischen Epigramme u. s. w. sind in Jeder=
manns Händen und werden in den Literaturgeschichten als Bil=
dungsmittel gepriesen. Julian Schmidt erklärt zwar unter vie=
lem blauen Religionsdunst, daß es große Schichten des Volkes
gibt, „für die das Christenthum das einzige sittliche Bildungs=
motiv ist“[1]; den Gebildeten aber empfiehlt er, gleich Göthe,
Hypsistarier (d. h. ⅓ Christ, ⅓ Jude, ⅓ Heide) zu werden.
Weil aber Göthe manche dem Christenthum günstige Stellen
geschrieben hat (bei einem Hypsistarier war das nicht anders
möglich), so lassen sich sogar gläubige Protestanten ein x für
ein u vormachen und erklären ihn für „einen Propheten, einen
Herold christlicher Wahrheit und Freiheit“[2].

Ja, Hermann Grimm dürfte vollkommen Recht haben, wenn
er sagt: „Kein Dichter oder Denker hat nach Luthers Zeiten einen
in so viel Richtungen gleichzeitig wirkenden, vier auf einander
folgende Generationen voll durchdringenden Einfluß gehabt, als
Göthe.“[3] Von ähnlicher Anschauung geleitet, hat Kuno Fischer
den deutschen Dichter zum Seher und Propheten der modernen
Welt erklärt: „Wie sich Dante's Göttliche Komödie zum Geiste
des italienischen Volkes und des Mittelalters verhält, ähnlich
verhält sich der Göthe'sche Faust zu dem Geiste des deutschen
Volkes und der neueren Zeit. Dieses Gedicht ist unsere Divina
commedia.“[4] Und der französische Akademiker E. Caro gibt
ihm Recht, wenn er eine Reihe von Göthe=Artikeln in der Revue
des deux Mondes also beschließt: „Wie die beiden Worte

---

[1] Göthe-Jahrbuch (herausgegeben von L. Geiger). Frankfurt
1881. II. 63. 64.

[2] Dr. H. F. Müller, Göthe's Iphigenie (Zeitfragen des christ=
lichen Volkslebens). Heilbronn, Henninger. 1882. S. 58.

[3] Göthe. Vorlesungen. Berlin 1877. I. 5.

[4] Deutsche Rundschau. 1877. XIII. 55.

Eklekticismus und Pantheismus die Philosophie Göthe's kurz und vollständig bezeichnen, so erklären sie uns auch gleichzeitig den wunderbaren Einfluß, den er auf unsere Zeitgenossen gehabt hat, und die Fortdauer seiner Herrschaft auf unsere Generation, welche, der philosophischen Systemmacherei müde, sich in unwiderstehlichem Drange einerseits auf das Studium der Geschichte und des encyklopädischen Wissens, anderseits auf das Studium der exacten Wissenschaften und der unter dem vagen Namen ‚Natur‘ vergötterten Wirklichkeit warf, beide gleich leidenschaftlich erforschte und sich so sehr darein verlor, daß ihr inneres Verständniß für die Metaphysik völlig umdunkelt wurde. Indem wir die Philosophie Göthe's studirten, haben wir den Geist des 19. Jahrhunderts selbst, diesen zugleich so eklektischen und so naturalistischen Geist, in einem seiner vollendetsten Typen studirt.“ [1] Während die Herren Franzosen von der Revue des deux Mondes aber, unter gewissen Vorbehalten, den großen Eklektiker in Frankreich einzubürgern suchten, empfahl ihn Carlyle den Engländern, Ralph Emerson den Amerikanern, und der Amerikaner G. Calvert ist darauf so weit gekommen, ihn der neuen Welt nicht bloß als Dichter, sondern als Vorbild „vollendetster Tugend“ anzupreisen. Selbst in Italien gibt es „Göthe-Gemeinden“ [2], und in Spanien hat man noch kürzlich wacker gearbeitet, um unter dem Titel „Calderon“ Göthe-Verehrung zu verbreiten. Göthe ist längst

----

[1] Revue des deux Mondes. 1865. LX. 338.

[2] Hier ist der Göthe-Cultus allerdings selbst bei den Fortgeschrittensten auf Schwierigkeiten gestoßen. Der Satans-Dichter Josue Carducci hat sich nämlich jüngst herausgenommen, von dem „Gretchen im Faust“ als von dem „albernen Göthe'schen Mädchen“ zu sprechen, „das sich dem ersten Besten preisgibt, dann ihr Kind erdrosselt und schließlich in's Paradies kommt“. Diese stupida ragazza goethiana hat die Göthe-Gemeinde in Deutschland sehr geärgert. Zum Trost dafür sind 1880 aber nur drei englische Uebersetzungen des Faust veröffentlicht worden, und so hat Mephistopheles den Streich seines enfant terrible schon zum Voraus gut gemacht.

über Teutschlands Grenzen hinaus eines der mächtigsten Idole der modernen Welt.

Es ist deßhalb offenbar durchaus nicht mehr gleichgiltig, welche Stellung wir Katholiken (und das gilt auch von den gläubigen Protestanten) zu diesem Mann und seinen Schriften nehmen, ob wir durch andachtsvolle Begeisterung für seine Poesie die damit innig verbundenen Ideen und ihren Einfluß verbreiten helfen, oder ob wir sie als ein trojanisches Pferd betrachten, das man uns mit ungeheurem Pomp, unter Absingung schöner Lieder zugeführt hat, um Schule und Leben für die modernen Ideen zu erobern[1]. Durchaus nicht gleichgiltig ist es mehr, sondern von den tiefgehendsten praktischen Folgen, ob wir noch mit Eichendorff in der Künstlergemüthlichkeit romantischer Tage diesen Göthe als unübertroffene poetische Wunderblume betrachten, als das Höchste, wozu die bloße Natur gelangen kann[2], oder ob wir ihn als eine jener feindlichen Mächte aufzufassen haben, welche den höchsten Schatz des deutschen Volkes, seinen positiv christlichen Glauben, seine positiv christliche Bildung, bedrohen.

Es ist einleuchtend, daß sich diese wichtige Frage nur historisch, biographisch lösen läßt. Göthe hat nie systematisirt, er hat

[1] Lange nicht so wichtig ist es wohl, ob man „Göthe" oder „Goethe" schreibt. Letztere Schreibart ist zwar jetzt Mode. Göthe selbst und sein Vater schrieben sich so; allein der Großvater hielt es noch für vornehmer, Goethé zu schreiben. Herzog Karl August, Wieland und Merck dagegen hielten sich an die allgemeine Schreibregel, und viele neuere Schriftsteller, wie z. B. Gervinus, H. Hettner, R. Virchow, C. G. Carus, Joh. Scherr, W. Menzel, K. A. Menzel, H. Leo, Jos. v. Görres, F. Binder, Johannes Janssen, Carbinal Hergenröther u. s. w. u. s. w., sind ihrem Beispiel gefolgt. Alfred Meißner hat noch in einem seiner letzten Aufsätze anerkannt, daß in seiner Jugend die Schreibung „Goethe" als „eine Marotte des Olympiers, auf die man nicht eingehen dürfe, empfunden und bezeichnet wurde".

[2] J. v. Eichendorff, Vermischte Schriften. Paderborn 1866. I. 304.

immer fragmentarisch), nach Laune geschrieben. Aber sein Leben als Ganzes verkörpert sehr genau die gesammte Richtung seines Geistes, es ist zugleich die Rechenprobe für die Güte und An= nehmbarkeit der Grundsätze, die ihn beseelten. „An ihren Früch= ten werdet ihr sie erkennen"[1] — das gilt auch von diesem Propheten. „Die Früchte aber des Geistes sind: Liebe, Freude, Friede, Geduld, Gütigkeit, Güte, Langmuth, Sanftmuth, Glauben, Bescheidenheit, Enthaltsamkeit, Keuschheit."[2]

Hiermit ist genugsam angedeutet, daß mein Standpunkt durch= aus kein subjectiver ist, nichts mit dem eines selbstgerechten Bieder= mannes zu schaffen hat. Was ich bin und thue, kommt hier gar nicht in Frage. Es fragt sich nur, wie das Leben Göthe's jenem von dem Weltapostel aufgestellten Kriterium entspricht. Das ist eine seit 18 Jahrhunderten bestehende Norm. Für diese Norm sind Tausende von Martyrern in den Tod gegangen, Schaaren von Heiligen haben sie verkörpert, die sittliche Cultur Europa's ruht auf ihr. Göthe selbst hat am Abende seines Lebens bekannt[3]:

„Mag die geistige Cultur immer fortschreiten, mögen die Naturwissenschaften in immer breiterer Ausdehnung und Tiefe wachsen und der menschliche Geist sich erweitern wie er will: über die Hoheit und sittliche Cultur des Christenthums, wie es in den Evangelien schimmert und leuchtet, wird er nicht hinaus= kommen."

Damit wollte er zwar weder den übernatürlichen Ursprung des Christenthums, noch den positiven Glaubensinhalt desselben, noch viel weniger den verpflichtenden Charakter der christlichen Offenbarung anerkennen — denn im selben Athemzuge bekannte er sich auch als „Verehrer der Sonne" —; aber was Hoheit und Sittlichkeit betrifft, hat er den Vorzug des Christenthums vor den übrigen Religionen doch immerhin zugegeben.

Es ist darum keine Anmaßung, keine Lieblosigkeit, keine sub= jective Willkür, keine pharisäische Selbsterhebung, Göthe's Größe

---

[1] Matth. 7, 20.   [2] Galat. 5, 22.
[3] Eckermann, 3. Aufl. III. 250.

nach dem Maßstab dieser christlichen Bildung zu bemessen. Wie sich von selbst versteht, kann Niemand fordern, daß er das christliche Ideal in höchster und schönster Weise verkörpere. Aber wenn er nicht einmal die gewöhnlichsten und allgemeinsten Forderungen desselben erfüllt, wenn seine ganze Geistesrichtung die Grundsätze unseres Glaubens offen oder verstohlen bekämpft, dann müssen wir es uns doch verbitten, daß man uns diesen Mann als Idealmenschen aufdrängt oder als Hauptquelle, aus der wir unsere eigene Bildung zu schöpfen haben; dann mag es doch wahrhaft genügen, daß wir ohne solchen Heroencult, im Frieden mit Gott und Menschen, von seinen Werken dasjenige benützen, was Jeder ohne Schaden seiner Seele benützen kann. Seine ganze Geistesrichtung aber müssen wir in solchem Falle ebenso entschieden von uns weisen, als die Doctrinen eines Hegel, eines Hartmann, eines David Strauß. Um etwas Poesie mehr oder weniger die höchsten und ewigen Interessen der Menschheit gefährden, wäre ebenso sehr ein Frevel an der Wahrheit, als an der Liebe!

Blijenbeck bei Afferden (Holland), im Juni 1882.

<hr>

Zur zweiten Auflage.

Bei der weiten Verbreitung des Göthe-Cultus war es vorauszusehen, daß ein Buch wie das vorliegende auf Widerspruch stoßen, ja vielleicht sogar als „Tendenzschrift" und „Schmähschrift" verunglimpft werden würde. Das ist denn auch in reichem Maße geschehen, und da man um Gründe verlegen schien, so wurden Beleidigungen hinzugefügt. Da sämmtliche Angriffe auf das Buch indeß nicht gegen die in demselben enthaltenen Thatsachen und Urtheile, sondern wesentlich nur gegen den Standpunkt des Verfassers und seinen Mangel an Götheverehrung gerichtet sind, so halte ich eine Erwiderung einstweilen für überflüssig.

Die Antwort auf das Vorgebrachte ist schon in dem Buche selbst enthalten.

Im Uebrigen war ich bemüht, mit Zuziehung der neuesten Göthe-Literatur, die Schrift nochmals sorgfältig durchzusehen, vorhandene Lücken auszufüllen, sachliche Fehler zu verbessern und der äußern Form noch mehr Abrundung zu geben.

Dabei darf ich die Bemerkung nicht unterdrücken, daß das alljährlich neu herausgegebene sogenannte Quellenmaterial meist sehr überschätzt wird. Herr von Löper hat jüngst bei Eröffnung des Göthe-Archivs in Weimar (siehe Allgem. Zeitung. 1885. Nr. 173. Beil.) ganz offen gestanden, „daß durch die vorgefundenen Originale der Inhalt der Werke kein anderer werden könne". Fast dasselbe läßt sich von den aufgefundenen Briefen und Tagebüchern sagen. Längst von Göthe selbst und seinen Vertrauten und Freunden ausgebeutet, werden sie das Charakterbild des Dichters in seinen wesentlichen Zügen nicht mehr verändern. Die Menge nebensächlicher Einzelheiten aber, welche sie etwa bieten mögen, können höchstens jenem „Reliquiencultus" dienen, von welchem R. von Gottschall treffend sagt:

„Die Verehrung für das Alte, welche eine marmorne Classicität zu firiren sucht, erblickt oft in einem aufgefundenen Göthe- oder Schiller-Blättchen etwas Werthvolleres, als in einer ganz neuen talentvollen Dichtung, und einzelne dilettantische Manien, wie die Sammlermanie, finden bei diesem Cultus ebenso gut ihre Rechnung, wie bei einer Münzen- oder Briefmarkensammlung."

Blijenbeck bei Afferden (Holland), im Juli 1885.

Der Verfasser.

Inhalt.

7. Literarische Früchte des Genielebens. Possen und Farcen. Clavigo. (1772—1774.)

8. Werthers Leiden. (1774.)

9. Lavaters Christenthum und Physiognomik. (1774—1775.)

10. Spinozismus und Titanismus.

11. Der Lili-Roman. (1774—1775.)

12. Titanen-Poesie und Prosa. (1774—1775.)

Zweites Buch: Lehr- und Wanderjahre in Weimar und Italien. (1775—1790.)

1. Das alte Weimar. Die Herzogin Anna Amalia. (1748—1772.)

14. Der Fürstenbund. Trennung von Fürst und Minister.
(1783—1785.)

15. Natur und Christenthum.

16. Geologische Phantasteen und osteologische Fatalitäten.
(1780—1785.)

19. Egmont. (1775—1787.)

20. Ruhmvolle Quiescirung. (1788.)

21. Christiane Vulpius. (1788—1790.)

22. Tasso. (1780—1789.)

Erstes Buch.

———

Jugendleben.

1749—1775.

> „Die Weltgeschichte, der ich gar nichts ab-
> gewinnen konnte, wollte mir im Ganzen nicht
> zu Sinne. Noch mehr aber quälte mich das
> Leben selbst, wo mir eine Magnetnadel gänzlich
> fehlte, die mir um so nöthiger gewesen wäre,
> da ich jederzeit bei einigermaßen günstigem
> Winde mit vollen Segeln fuhr und also jeden
> Augenblick zu stranden Gefahr lief."
>
> Göthe. Biographische Einzelnheiten.

1. Vaterstadt und Vaterhaus. Liberale Jugenderziehung.

1749 — 1765.

Göthe.

Johann Wolfgang Göthe erblickte das Licht der Welt zu Frankfurt a. M. am 28. August 1749, Mittags mit dem Glockenschlag zwölf. Seine Familie gehörte nicht der älteren Bürgerschaft der freien Reichsstadt an. Ein Hufschmied, des Namens Hans Christian Göthe, lebte, der Ueberlieferung zufolge, etwas nach der Zeit des westphälischen Friedens zu Artern im Mansfeldischen (Thüringen). Ein Sohn dieses Schmiedes, Fridericus Georg Goethé (wie er sich schrieb), seines Zeichens Schneider, kam nach vierthalbjährigem Aufenthalt in Frankreich, dem classischen Lande aller neuen Bekleidungskunst, nach Frankfurt, heirathete die Erbtochter des Schneidermeisters Lutz, übernahm dessen Geschäft und bewarb sich um das Stadtbürgerrecht. Er erhielt es am 28. Februar 1687, unter welchem Datum er in's Bürgerbuch eingetragen wurde: „Friederich Georg Göthe auß Abern im Mansfeldischen, Schneider, duxit filiam civis, juravit den 28. Februar 1687, dedit Burgergelt fl. 15, in's Handtwerck fl. 4."[1]

---

[1] G. L. Kriegk. Die Brüder Senckenberg. Eine biographische Darstellung. Nebst einem Anhang über Göthe's Jugendzeit in Frankfurt a. M. Frankfurt 1869. S. 316.

1*

Er sprach französisch und war ein gereister, seines Handwerks wohlkundiger Mann. Ueber seinen Charakter hat man nur eine Notiz aus dem Tagebuch des Arztes Senckenberg, der nach dem Hörensagen 1733 notirt: „der verstorbene Göthe sei sonst ein artiger, aber hochmüthiger Kerl gewesen, die Musik wohlverstanden, aber über seinen Hochmuth von Sinnen gekommen". Er heirathete nach dem Tode seiner ersten Frau die Wittwe Cornelia Schelhorn (geb. Walter), welche ihm nebst einem ansehnlichen Vermögen das Gasthaus zum Weidenhof einbrachte. Von den acht Kindern beider Ehen überlebten ihn nur zwei Söhne um längere Zeit und setzten die Familie fort, Hermann Jakob aus erster, Johann Kaspar aus zweiter Ehe. Der erste wurde Zinngießer und kam 1747 als Mitglied der Handwerkerbank in den Stadtrath.

Johann Kaspar Göthe (geb. 31. Juli 1710) wurde zu einer höheren Lebensstellung bestimmt, erhielt am Koburger Gymnasium die nöthige Vorbildung, studirte dann in Leipzig und Gießen die Rechte und erwarb an letzterer Universität den Doctorhut der Rechte. Nachdem er hierauf eine Zeitlang am Reichskammergericht zu Wetzlar practicirt hatte, durchreiste er zu seiner weiteren Ausbildung Italien, Frankreich und Holland. Ein Bericht über diese Reise, der sich erhalten hat, ist voll Klagen über die schweren Kosten und den endlosen Verdruß des Reisens. Dennoch war ihm diese Wanderfahrt später seine liebste Erinnerung. Der sonst stille und einsilbige Mann wurde lebhaft und gesprächig, wenn er darauf zu sprechen kam.

„Niemand darf glauben," heißt es in seinem Bericht, „als ob die Antiquitäten alleine die Fremden so häufig nach Italien lockten; es kommt die Bildhauer-, Malerkunst und Musik, anitzo aber die hochgestiegene mosaische Arbeit, die prächtigen Kirchen, vortrefflichen Kabinette noch dazu, weil alles in solcher Vollkommenheit allhier angetroffen wird, daß man an andern Orten nichts dergleichen mehr finden möchte, es möchte denn nur in einzelnen Stücken bestehn. Doch auch dieses Alles besteht in einer bloßen Liebhaberei, und trägt weder zur Glückseligkeit des Lebens, noch zu einem reellen Endzweck, der schon unter dem ersten mitbegriffen, etwas bei. — Genau gesagt ist es, daß man in Europa für sein Geld nicht unbequemer und verdrießlicher reiset als in besagtem Italien. Man bringt nichts mehr mit nach Hause als einen Kopf voller Kuriositäten, für welche man insgesammt, wenn man sie in seiner Vaterstadt auf den Markt tragen sollte, nicht zwei baare Heller bekäme."[1]

Nach Hause zurückgekehrt, hoffte Herr Johann Kaspar, mit Rücksicht auf seine juristische und anderweitige vielseitige Bildung, ohne die übliche Ballotage zu einem städtischen Amte zu gelangen. Er verzichtete sogar auf die Emolumente. Doch die Hoffnung schlug fehl. Ziemlich verstimmt, zog er sich nun völlig in's Privatleben zurück. Kunstliebhaberei und Sammelfleiß gewährten ihm zugleich einige Beschäftigung und Kurzweil in seiner durch pecuniäre Unabhängigkeit gesicherten Muße. Nicht ganz frei von Ehrgeiz jedoch, bewarb er sich um den Titel eines kaiserlichen Raths, einen Titel, mit dem keinerlei Amtssorge noch Amtsbeschäftigung verbunden war und den er auch am 16. Mai 1742 erhielt. Sechs Jahre später aber freite er — wie es scheint, mehr aus Beweggründen der Ehre, als der Liebe — um die Hand der erst siebenzehnjährigen Tochter Katharina Elisabeth des Stadtschultheißen Joh. Wolfgang Textor und ward mit derselben am 26. August 1748 vermählt.

Die Familie Textor (ursprünglich Weber) stammte aus der Gegend von Mergentheim im Jartkreise, und zählte schon durch ein paar Generationen angesehene Juristen und Beamten an ihrer Spitze. Am Ende des 17. Jahrhunderts nach Frankfurt gekommen, gab sie der Stadt erst einen Consulenten und ersten Syndicus (Joh. Wolfgang, starb 1702), dann einen Obristen und Stadtcommandanten (Joh. Nikolaus) und endlich den erwähnten kaiserlichen Rath und Schultheißen Johann Wolfgang Textor, Dr. juris[2]. Der einzige Sohn dieses Mannes ward

---

[1] Dr. Karl Wagner. Briefe aus dem Freundeskreise von Göthe ꝛc. Leipzig. Fleischer. 1847. S. 2.

[2] Der Arzt Senckenberg meldet von diesem Manne wenig Er-

wieder Jurist und Frankfurter Schöffe; von den Töchtern hei=
rathete die älteste den Rath Göthe, die zweite den Materialien=
händler Melber, die dritte den Prediger Starck, den Verfasser
vieler Erbauungsschriften und geistlichen Lieder, die vierte scheint
unverheirathet geblieben zu sein. So stand der Rath Göthe durch
seine Verwandtschaft mit den höheren und niederen Kreisen der
Bürgerschaft, mit Rath und Geistlichkeit, Handel und Handwerk
in Fühlung. Die Würde des Stadtschultheißen aber, der 1745
von Maria Theresia eine goldene Kette mit ihrem Bildniß er=
halten, goß über die ganze Familie einen gewissen aristokratischen
Glanz aus, und als dem Rath Göthe am 28. August 1749
sein erster Sohn geboren ward, erhielt derselbe, dem Großvater
und der Familie zu Ehren, die Namen Johann Wolfgang [1].

Katharina Elisabeth Textor war kaum den Mädchenjahren
entwachsen, als sie dem fast vierzigjährigen, ernsten, feierlichen
Rath angetraut wurde, ein noch ganz jugendliches, fröhliches
Wesen, unverwüstlich guten Humors, gesprächig, lebendig, in
häuslichen Dingen wohl bewandert, nicht ohne feinere Bildung,
eine treffliche Märchenerzählerin, eine muntere Dichternatur und

---

bauliches: er sei in jüngern Jahren grober Ausschweifung ergeben
gewesen, habe sich sogar des Ehebruchs schuldig gemacht, auch in
ältern Tagen noch der Schlemmerei, der Trunksucht und Bestechlich=
keit gehuldigt. Er gehörte wie Max von Lersner zu den „Auf=
geklärten" im Rath, welche französischen Modeflitter der alten bürger=
lichen Einfachheit vorzogen, ohne Krägelchen im Römer erschienen.
„Sie liebten Plaisanterie, wollten die alten, ehrlichen Bürger exter=
miniren und dagegen lüderliche, voluptueuse, unachtsame Bürger
und Lumpen haben, die keine Ehre hätten, sich hudeln und wie Esel
tractiren ließen." Kriegk, S. 344 ff.

[1] Vgl. für das Folgende: Volger, Göthe's Vaterhaus. Frank=
furt 1863. Stricker, Göthe's Beziehungen zu seiner Vaterstadt.
1862. Battou, Oertl. Beschreibung der Stadt Frankfurt; heraus=
gegeben von D. Euler 1861—1871. Weismann, Göthe's Knaben=
zeit. Frankfurt 1846. Belli=Gontard, Lebenserinnerungen.
Frankfurt 1871.

doch eine wackere, praktische Hausfrau, die überall selbst Hand anlegte, ohne Arroganz, Ziererei und böse Zunge. Mag auch ihr Charakter von den Verehrern Göthe's später allzu günstig ausgemalt worden sein: daß er ein recht glücklicher Charakter war, läßt sich nicht bezweifeln.

„Ordnung und Ruhe," so beschreibt sie sich selbst in einem Briefe an Fritz von Stein, „sind Hauptzüge meines Charakters; daher thu' ich Alles gleich frisch von der Hand weg, das Un= angenehmste immer zuerst, und verschlucke den Teufel (nach dem weisen Rathe des Gevatters Wieland), ohne ihn erst lange zu begucken; liegt dann Alles wieder in den alten Falten, ist alles Unebene wieder gleich, dann biete ich dem Trotz, der mich in gutem Humor übertreffen wollte ... Ich habe die Gnade von Gott, daß noch keine Menschenseele mißvergnügt von mir weg= gegangen ist, weß Standes, Alters und Geschlechtes sie auch ge= wesen ist; ich habe die Menschen sehr lieb und das fühlt Alt und Jung, gehe ohne Prätension durch die Welt und dieß be= hagt allen Menschensöhnen und Töchtern, bemoralisire Niemanden, suche immer die gute Seite auszuspähen, überlasse die schlimme dem, der die Menschen schuf und der es am besten versteht, die Ecken abzuschleifen, und bei dieser Methode befinde ich mich wohl, glücklich und vergnügt."

Diese Urgemüthlichkeit war aber, wie die starke, so auch die schwache Seite ihres Charakters. Sie nahm dieselbe allzusehr zum Maßstab, hielt sich die ernstern Ziele des Lebens aus dem Sinn, urtheilte in sittlichen Dingen, wenn auch nicht ganz wie „der Gevatter Wieland", doch mit ungeziemlicher Leichtfertigkeit und floh die Erinnerung an alles Peinliche und an den Tod, wie der Abergläubische den Anblick einer Kreuzspinne. Als ihr Mann alterte und sie ziemlich vereinsamt stand, nahm sie ihre Zuflucht zum Theater. Da suchte sie Trost und Freude. Das bischen Bibellesen und Sonntagspredigt, was sie in ihrer Jugend als Religion mit auf den Weg bekommen, reichte freilich nicht aus, ein Menschenherz ordentlich zu befriedigen. Dem Kreuz aber ging diese Religion säuberlich aus dem Weg oder ließ

Christus wenigstens allein daran hängen. Der Glaube an seine Genugthuung genügte ja, und es handelte sich im Grunde nur darum, das Leben hienieden möglichst erträglich einzurichten[1].

Das war nun für die junge Frau Rath eigentlich keine so große Kunst. War auch der Herr Rath ein etwas ernster, einsilbiger, philisterhafter Mann, so war er doch eine recht gute Haut, hatte sie lieb und suchte ihr Freude zu machen. Das alte

---

[1] Was die damaligen religiösen Zustände Frankfurts anbelangt, so handhabte die lutherische Confession ihr Scepter als ausschließliche Staatsreligion mit solcher Strenge, daß der Hamburger Pastor Göze dem Rathe in einem eigenen Dankesschreiben dazu gratulirte: in Frankfurt lebe noch der rechte Gott! Die Reformirten konnten, obwohl reich und angesehen und sogar vom Kaiser unterstützt, zu keiner eigenen Kirche kommen. Vgl. A. Menzel, Teutsche Geschichte XI. 63—71. Die Katholiken konnten zu keiner öffentlichen Anstellung, nicht einmal zu der eines Nachtwächters gelangen. S. Kriegk, Culturbilder aus dem 18. Jahrhundert. 1874. (S. 103. 105—108.) Seb. Brunner, Die theologische Dienerschaft am Hofe Josephs II. Wien. 1868. S. 432. Die Juden hatten noch ihren eigenen Ghetto. Dr. W. Stricker, Göthe und Frankfurt am Main. Berlin 1876. S. 9. Trotz dieser Intoleranz gegen die anderen Confessionen hatte der Materialismus in der Frankfurter vornehmen Welt viele Anhänger, welche Tugend und Recht als eine Chimäre verlachten. Diese hatten sich entweder ihre Bildung in Paris geholt, oder sich in Teutschland mit französischer „Bildung" bekannt gemacht. „Ein anderer Theil," sagt Kriegk, „war scheinbar religiös, d. h. kirchlich und äußerlich fromm, dabei im Herzen ebenso egoistisch, ebenso ehrgeizig, herrschsüchtig, habgierig und dem sinnlichen Genusse fröhnend als jene. Ihnen diente die Kirche als ein Mittel, die größten Gegensätze, nämlich die höchsten Güter und die niedrigsten Leidenschaften, zu vereinigen." Von diesen „Kirchen-Christen", wie Senckenberg sie nennt, schieden sich von Zeit zu Zeit Pietisten und Inspiraten aus, erstere meist eigensinnige Köpfe, „Spitzbuben, die sich für Heilige ausgeben". Vgl. die beiden angeführten Werke von Kriegk und die trefflichen Artikel von Johannes Janssen „Aus dem reichsstädtischen Leben im vorigen Jahrhundert". Alte und Neue Welt. IX. Jahrgang. 1875. S. 639 ff.

Haus am Hirschgraben, wenn auch etwas dunkel und winklig, war doch behäbig, wohnlich und gut ausgestattet. Geld, Wohlstand, Bequemlichkeit, ein wenig Luxus, Besuche und Freunde — nichts fehlte, obwohl die Familie nicht eigentlich ein Haus machte. Das wäre vielleicht auch noch gekommen, wenn die Frau Rath gewollt hätte; vorläufig ließ der Herr Gemahl sie Italienisch, Singen und Klavierspielen lernen.

Bei der Geburt ihres ersten Kindes schwebte sie einige Zeit in großer Lebensgefahr, das Kind selbst kam sehr schwächlich zur Welt, mit schwärzlichem Gesichte. Doch waren beide bald gerettet, und nun begann frohes Leben im Hause. Selbst die alte Großmutter schien sich dabei zu verjüngen; der gestrenge Herr Rath wurde gemüthlicher. Das Kind wuchs heran zum fröhlichen, geistvollen, vielversprechenden Knaben, dem man nie genug erzählen und erklären konnte. Mutter und Großmutter mußten neue Märchen erdichten, um seinen Wünschen zu genügen. Dem Kleinen fehlte es an nichts, was nur irgend einem reichen Bürgerkinde Freude und Belehrung bieten konnte. Gute Sachen und nette Kleider, schöne Bilderbücher und vielfaches Spielzeug, Kurzweil und Besuch — Alles war da in genügender Fülle. Der erste Unterricht mischte sich mit dem Spiele, die biblische Geschichte mit Märchen und Stadtgeplauder, und Alles zusammen ward in buntem Durcheinander auf das Puppentheater gebracht, das Großmama ihrem Enkel schenkte. Des Vaters Liebhabereien, Mineralien, Seltenheiten, Bilder und Kupferstiche, bildeten nicht nur früh des Knaben Auge, sondern erweckten gleichfalls Wißbegier, Interesse für das Schöne und Seltene, Begier zu sammeln und zu ordnen. Im Hause des Großvaters bekam er die ersten Ahnungen von stadtmagistratlicher Majestät und von der Würde, welche diese auf sein eigenes Persönchen verbreitete. Pietistische Freundinnen der Mutter brachten ihm fromme Sprüche und Verslein bei; Freunde des Vaters, meist wunderliche Junggesellen, prädestinirten das Kind, je nach ihren eigenen Anschauungen, zu den verschiedensten Berufen und regten es zu Luftschlössern an, während es durch seine Eltern mit den geschichtlichen Herrlich-

keiten Frankfurts, bald auch durch loſe Geſpielen mit dem bunten
Jahrmarktstreiben der geſchäftigen Stadt bekannt ward.

Wie die Mutter, ſo war im Ganzen die erſte Erziehung —
jugendlich, froh, ſpielend, nicht ganz ohne Religion, aber ohne
alle religiöſe Tiefe. Was die junge Frau von bibliſcher Geſchichte
wußte, das erzählte ſie ihrem Kinde — das war aber nicht viel
und nicht von einem klaren, umfaſſenden, lebendigen Glauben
getragen. Sie ſcheint mehr bei den idylliſchen Patriarchengeſchichten
des alten Teſtaments verweilt zu haben, als bei der Lehre, dem
Leben und Tode des Gottesſohnes. Wenigſtens fanden jene eine
lebhaftere Aufnahme und nachhaltigere Zuneigung. Reich war
ſie an praktiſchen Sprüchen und Sprüchwörtern, guten Einfällen
und wohlangebrachten Lehren; aber bei Allem mußte etwas Witz
und Humor ſein, und bei all dieſem Witz und Humor ward das
Kind, der Liebling Aller, ziemlich verhätſchelt.

Von den weitern drei Kindern, mit welchen die Ehe geſegnet
war, ſtarben zwei in früher Jugend. Um ſo mehr vereinigte
ſich Liebe und Aufmerkſamkeit der Eltern auf Wolfgang und
ſeine um ein Jahr jüngere Schweſter Cornelia (geb. 7. Dec. 1750),
welcher Wolfgang leidenſchaftlich zugethan war und mit welcher
er bis über das Knabenalter hinaus gemeinſchaftlich zu Hauſe
erzogen wurde. Beide wurden zwar eine Zeitlang an die öffent=
liche Stadtſchule geſchickt, aber, da ſie hier von ihren Alters=
genoſſen Uebles zu erleiden hatten, bald wieder zurückgenommen.
Der Vater übernahm nun ſelbſt die Leitung des Unterrichts und
der Erziehung, während die Mutter neben dem ſtrengen Tribunal
ſeiner in's Kleinſte gehenden Gerechtigkeits= und Ordnungsliebe
einen Appellhof der Milde und Nachſicht aufſchlug. So bis zu
den Univerſitätsjahren im Schooße einer feingebildeten Familie
verharrend, ganz außerhalb des ſteifen Reglements der ortho=
doxen Gymnaſien, unter Aufſicht eines kunſtliebenden Juriſten
und Privatiers und auch etwas an der Schürze einer gemüth=
reichen Mutter, mußte der an ſich ſchon weichere harmoniſche
Geiſt des jungen Göthe eine weſentlich andere Richtung er=
halten, als der durch Entbehrung, Druck, Schulzwang abge=

härtete, aber auch zum Widerspruch aufgestachelte Charakter Lessings.

Den Kern des väterlichen Privatunterrichts bildete das unerläßliche Latein, das dem wohlgeschulten Doctor juris noch geläufig war. Wie aus noch erhaltenen Uebungsstücken hervorgeht, bestand seine Methode weniger darin, in philologischer Weise möglichst viele Formeln einzupauken, als vielmehr praktisch zum Reden und Schreiben der Sprache anzuleiten.

In ähnlicher Weise, b. h. ohne gründliches grammatisches Studium, doch mit lebhaftem Streben, den Kreis des Wissens auszudehnen, wurde auch das Italienische, Französische, Griechische, später das Englische und sogar das Hebräische betrieben. Wißbegier und Neugier gingen dabei bunt durcheinander. Bei aller bureaukratischen Genauigkeit gab der Vater den Launen und Wünschen seines allzeit unruhigen, stets nach Neuem verlangenden kleinen Atheniensers sehr viel nach. Hilfslehrer für dieß und das nahmen der Erziehung ihr einheitliches Gepräge. Für die Mineralien, Raritäten, Kupferstiche und Gemälde des Vaters war weit mehr Interesse vorhanden, als für Geschichte und Geographie. Zur Musik und Mathematik war wenig Neigung zu bemerken, um so eifrigere Liebe zum Zeichnen, was dem Vater nicht mißfiel. Worauf er aber am meisten brang, war gute Haltung des Körpers, Anstand, Pünktlichkeit in allen Dingen, schöne, saubere Schrift, Ordnungssinn, pflichtschuldige Beobachtung geselliger Manieren. Er ging selbst in all dem mit gutem Beispiel voran, und commentirte dieses Beispiel mit zahllosen Ermahnungen. Der Reihe nach ließ er dann Tanz-, Fecht- und Reitunterricht hinzutreten, um seinem Sohne die größtmöglichste Kalokagathie zu verleihen. Auch der Poesie war er keineswegs abgeneigt. Die deutschen Dichter, welche sich des Reims bedienten, liebte er sogar und hatte sie in schönen Halbfranz-Bänden in seiner Bibliothek stehen; so Gellert, Haller, Hagedorn, Canitz, Trollinger, Creuz. Klopstocks Messiade dagegen konnte er des Hexameters wegen nicht leiden und schloß sie von seiner Poetenrepublik aus. Rath Schneider indeß, ein Hausfreund der Familie, dem

das Gedicht als ein köstliches Erbauungsbuch galt, schmuggelte
sie in's Haus ein, die Mutter las sie mit Andacht und die Kinder
lernten ganze Stellen daraus auswendig und beclamirten sie con
furore. Als sie jedoch einst das Gespräch Satans und Abramelechs im rothen Meer so leidenschaftlich aufführten, daß der er-
schrockene Barbier bei den Worten Abramelechs: „O wie bin ich
zermalmt!" dem halb eingeseiften Herrn Rath das Seifenbecken
über die Brust goß, „da gab es einen großen Aufstand … und
das Unglück, das die Herameter angerichtet hatten (und noch
hätten anrichten können), war zu offenbar, als daß man sie nicht
hätte auf's Neue verrufen und verbannen sollen". Mehr Gnade
fanden dagegen Ovids Metamorphosen und Fenelons Telemach,
Robinson Crusoe und Ansons Reise um die Welt, sowie die
deutschen Volksbücher, „Eulenspiegel, die vier Haimonskinder,
die schöne Melusine, der Kaiser Octavian, die schöne Magelone,
Fortunatus mit der ganzen Sippschaft bis auf den ewigen Juden".
Bei Onkel Starck, einem Prediger, lernte der kleine Poet zuerst
den Dichtervater Homer in einer Prosa-Uebersetzung kennen. Die
Begebenheiten gefielen ihm unsäglich, nur mißfiel ihm, daß das
Werk mit dem Tode Hektors endige und nichts von der Erobe-
rung Troja's mittheile. Der Oheim verwies ihn auf Virgil,
der dann seiner Forderung vollkommen Genüge that.

Gervinus schreibt es dieser häuslichen Privaterziehung zu,
daß Göthe „das Bestreben der Massen nie habe achten lernen", von
„Geschichte und Epos" nie in bedeutendem Grade gefesselt worden
sei [1]. Mag ersteres richtig, letzteres wohl nur mit Beschränkung
richtig sein, in religiös-sittlicher Hinsicht wäre der Besuch des
damaligen Gymnasiums kaum etwas Besseres als eine Charybdis
gewesen. Denn eine Scylla war die Erziehung, die er wirklich
erhielt, nicht so sehr durch die Schuld der Eltern, als durch das
Ungenügende ihres religiösen Bekenntnisses und durch die allgemeine Zersetzung, in der sich dieses befand. Sie waren im

---

[1] Gervinus, Geschichte der poetischen National-Literatur der
Deutschen. Leipzig 1843. IV. 400.

Lutheranismus aufgewachſen, ohne ſich in deſſen Bekenntniß-Theo-
logie zu vertiefen. Der kaiſerliche Rath hatte viel zu viel Weltbildung, um ein rechter Stockproteſtant zu ſein. Von den Ländern,
die er bereist, hatte ihm keines ſo wohl gefallen, als das ſchöne
Italien, und von den Sprachen, die er gelernt, klang ihm keine
ſo lieb, als das Idiom Petrarca's. Bilder von Rom, Peterskirche, Engelsburg, Coloſſeum u. ſ. w. ſchmückten einen ſeiner
Vorſäle, und der ſonſt ſtille Herr wurde begeiſtert und beredt,
wenn er jemanden fand, dem er die Kunſtherrlichkeiten der katholiſchen Weltſtadt erklären konnte. Andererſeits war er aber auch
kein Aufklärer oder Aufgeklärter in dem damaligen Sinn. Gewohnheit, hergebrachte Sitte, Pünktlichkeit, treue Beobachtung des
allgemeinen Conventionellen waren ihm gewiſſermaßen zur andern
Natur geworden, und ſo nahm er auch am Gottesdienſte Theil
und hielt auf die ſpärlichen übrigen Religionsbethätigungen, die
ſein Bekenntniß erheiſchte. Er war im Ganzen ein ernſter, in
ſich gekehrter Mann, dabei aber liebevoll gegen Frau und Kinder,
ein guter Haushalter, doch ohne Knauſerei, dienſtfertig und zu-
verläſſig gegen diejenigen, die ſich in juriſtiſchen Angelegenheiten
an ihn wandten, in allen ſeinen Anſchauungen gemäßigt conſer-
vativ, doch ein Bewunderer und eifriger Parteigänger Friedrichs II., während ſein Schwiegervater, der Schultheiß, öſter-
reichiſch geſinnt war.

Obwohl der kaiſerliche Rath Göthe nicht zu den ſtreng Orthodoxen zählte, ſcheint er doch das religiöſe Moment der Erziehung nicht vernachläſſigt zu haben. „Ich und mein Bruder,“
erzählt Göthe (Exercitia privata Menſe Januario 1757), „ſind
heute morgen ein wenig vor ſieben aufgeſtanden, und hat uns
niemand aufgeweckt. Und nachdem uns die Magd gekämmt,
haben wir mit gefalteten Händen und gebogenen Knieen das
Morgengebet geſprochen.“

„Es verſteht ſich von ſelbſt,“ heißt es weiter in „Dichtung
und Wahrheit“, „daß wir Kinder neben den übrigen Lehrſtunden
auch eines fortwährenden und fortſchreitenden Religionsunterrichts
genoſſen. Doch war der kirchliche Proteſtantismus, den man

uns überlieferte, eigentlich nur eine Art von trockener Moral: an einen geistreichen Vortrag ward nicht gedacht, und die Lehre konnte weder der Seele noch dem Herzen zusagen. Deßwegen ergaben sich gar mancherlei Absonderungen von der gesetzlichen Kirche: es entstanden die Separatisten, Pietisten, Herrnhuter, die Stillen im Lande und wie man sie sonst zu nennen und zu bezeichnen pflegte, die aber alle bloß die Absicht hatten, sich der Gottheit, besonders durch Christum, mehr zu nähern, als es ihnen unter der Form der öffentlichen Religion möglich zu sein schien. Der Knabe hörte von diesen Meinungen und Gesinnungen unaufhörlich sprechen; denn die Geistlichkeit sowohl als die Laien theilten sich in das Für und Wider. Die mehr oder weniger Abgesonderten waren immer die Minderzahl; aber ihre Sinnesweise zog an durch Originalität, Herzlichkeit, Beharren und Selbständigkeit." [1]

Aber nicht nur Pietisten und Pietistinnen (wie die als „schöne Seele" so berühmt gewordene Fräulein von Klettenberg) besuchten häufig die Göthe'sche Familie, sondern auch Orthodoxe, Halb=orthodoxe, Toleranz= und Unionsmänner (wie der Schriftsteller Joh. Mich. von Loen), Indifferente und aufgeklärte Ungläubige. Schon als das Erdbeben von Lissabon 1755 ganz Europa mit Schrecken erfüllte, drangen dem aufmerksamen Knaben nicht bloß die apokalyptischen Betrachtungen der Gottesfürchtigen und die Strafpredigten der Geistlichen zu Ohren, sondern auch die Trost=gründe der „Philosophen". Dieses Kreuzfeuer der religiösen Gegen=sätze nahm aber nicht ab, sondern zu. Niemand vermittelte sie dem jugendlichen Geiste, niemand bot ihm etwas Besseres, als er, un=befriedigt von dem flachen Religionsunterricht, die Fühler seines Geistes unwillkürlich nach etwas Solchem ausreckte. Brachten ihn die Erzählungen des alten Testamentes auf den Gedanken, Gott Rauchopfer darzubringen, so verfluchte sein Katechismus da=gegen das Opfer des neuen Bundes als Götzendienst. Sprach ihn die Poesie des alten Bundes mächtig an, so war diejenige

---

[1] Göthe's Werke (Hempel) XX. 37.

des neuen zugleich mit der Sichtbarkeit der Kirche von dem prosaischen Wesen des „reinen Evangeliums" hinweggeräumt. Auch die ganze schöne Welt der alttestamentlichen Offenbarung kam in's Wanken, als die den Knaben rings umfluthende Atmosphäre des Zweifels mächtiger auf ihn einbrang. In ächt protestantischer Weise sollte sie durch neugieriges Studium des hebräischen Grundtertes gerettet werden. Es war aber eine traurige Gestalt, in welcher die Wissenschaft dem erschütterten Bibelglauben zu Hilfe kam — der Gymnasialdirector Albrecht nämlich, ein lächerlicher, stets räuspernder Pedant von äsopischem Aeußern, schimpfselig wie ein Fuhrmann und skeptisch wie sein Lieblingsautor Lucian[1]. Statt die Glaubenszweifel des Knaben zu lösen, platzte er über dieselben in schallendes Gelächter aus und verwies auf bestaubte Foliobände, deren Zahl und Größe schon abschreckend wirken mußte. Eine solche Carricatur der Theologie untergrub vollends für immer das Ansehen dieser Wissenschaft im Geiste des jugendlichen Zweiflers. Was ihm von der Bibel und dem Bibelstudium blieb, war die ergreifende Poesie des ehrwürdigen Buches — das menschlich Schöne, das sich darin darstellt, ein vages religiöses Gefühl, das sich daran heftete, wie an ein altes, theures Familienerbstück, das man noch aufbewahrt, obwohl es aus der Mode gekommen. Genährt ward dieses Gefühl des jungen Poeten durch die pietistische Freundin seiner Mutter, das Frl. von Klettenberg, deren weiches, sanftes, glaubensseliges Wesen ihn beruhigte und mächtig anzog. Unter dem Einfluß dieser „Heiligen", die ihre Tugend unter den feinsten Formen höherer Weltbildung verbarg, machte er ein langes Epos über den ägyp

---

[1] Der Mann war wegen seiner trivialen Schimpfwörter bei seinen Collegen sehr verrufen. Wie seine Schüler, so regalirte er auch sie mit Ausdrücken wie „infamer Kerl, Hundsf . . ." u. dgl. auch vor ihren Schülern. In Eingaben an die Schulbehörde wurde er der Parteilichkeit geziehen. Er soll auch am Gymnasium Holz gestohlen und unterm Mantel nach Hause getragen haben. Die Disciplin am Gymnasium war in argem Verfall. Bei Kriegk, Culturbilder.

tischen Joseph in klopstockisch=bodmerischem Stile, sowie geistliche
Oden und Gedichte, von denen sich jedoch keines erhalten hat.
Die „Höllenfahrt Christi" dichtete er „auf Verlangen" erst 1765.

Inzwischen hatte der siebenjährige Krieg (1756—63) schon
längst das einförmige Stillleben der Familie unterbrochen. Der
Großvater stellte sich auf die Seite Oesterreichs, der Vater auf
Seite Preußens, wie die Mehrheit der Frankfurter Bürgerschaft.
Diese erblickte in der Sache Preußens zugleich diejenige des Protestantismus und des Vaterlands, da das katholische Oesterreich,
wie ihnen schien, bloß für seine Hausmacht kämpfte, — eben
katholisch war und zudem noch den „Erbfeind", die Franzosen,
als Verbündete wider den großen „deutschen" König in's Feld
gerufen hatte. Ihre Begeisterung für Preußen, ihre Abneigung
gegen Oesterreich war deßhalb eine sehr lebhafte; sie wollten in
dem Bruderkrieg zum Wenigsten nach Friedrichs Wunsch neutral
bleiben und ihre Neutralität nöthigenfalls mit den Waffen behaupten. Ein gewaltiger Sturm der Erbitterung erhob sich, als
am 2. Januar 1759 die Franzosen unter dem Vorwande bloßen
Durchzugs sich gewaltsam der Stadt bemächtigten, nicht durch
einfache Ueberrumpelung, sondern unter Mitwissen und Beihilfe
von acht Rathsmitgliedern, worunter sich der Stadtschultheiß
Textor und der übelberüchtigte Erasmus Senckenberg befanden.
Den Preußisch=Gesinnten galt das als schändlichster Verrath.
Zwischen Rath Göthe und seinem Schwiegervater kam es darob
sogar zu thätlicher Feindseligkeit.

„Am 1. April 1760," erzählt der Arzt Senckenberg, „passirte,
daß Mr. Thorane, lieutenant du roi, der bei Rath Göthe,
genero sculteti Textoris, im Hause liegt, demselben mit Gemälden alle Zimmer wegnahm und sie sehr einschränkte. Er beschwerte sich gegen Socerum Textorem, der aber ihn nicht
hörte und sagte, er solle es hinnehmen. Bald darauf hielte Textoris Tochter, Pfarrin Starckin, Kindbett, und waren bei der
Mahlzeit in Pastoris Hause Textor et gener Goethe. Da
redeten sie von dieser Materie, und Textor gab Göthen keine
guten Worte. Dieser wild sagte: er verfluche das Geld, so Textor

die Stadt den Franzosen zu verrathen genommen habe, wolle nichts davon (am Rande steht noch beigeschrieben: und verfluche die, so sie hereingelassen). Textor warf ein Messer nach ihm, Göthe zog den Degen, Pastor Starck wurde über diese Begebenheit damahl aus Schrecken krank. Pfarrer Claudi, so dabei war, stifftete Frieden .... Vera est historia etc. ...."[1]

Drei Jahre (bis in den December 1762) blieben die Franzosen in Frankfurt. Die Stadt litt sehr: denn sie wurde nicht nur zum Hauptquartier, sondern auch zum Hauptlazareth der französischen Armee. Die Einquartierung selbst lastete schwer auf der Bürgerschaft, der Preis der Lebensmittel stieg. Die Stadtcasse, wie der Beutel der Einzelnen wurde sehr hart mitgenommen, die Contributionen mit Härte eingefordert, die Lieferungen schlecht bezahlt, die Freiheit war auf Schritt und Tritt beschränkt und die Stadt durch die vielen schlecht bestellten Lazarethe sogar mit Seuchen bedroht. Obwohl von einzelnen Offizieren, wie gerade von Thorane, schöne Züge von Rechtssinn berichtet werden, benahm sich doch die Occupationsarmee im Großen und Ganzen mit herausfordernbem Uebermuth — und der Klagen der Bürger war kein Ende. Dazu war der damalige Geist der französischen Armee nicht verschieden von demjenigen ihrer Hauptstadt. „Sie sind in ihrem Elend lustig, singen, springen, saufen, fressen, h . . . n, sagen, sie seien in Frankfurt, um sich lustig zu machen, kommen nie zu nüchternem Nachdenken, sagen, ob man lebe oder tobt sei, sei einerlei u. s. w." Pariser Modehändler und Schuhputzer, französische Industrielle und Schauspieler ließen sich in Frankfurt nieder. Wachsende Unsittlichkeit zerstörte das Glück ganzer Familien. Während die ältern, bessern Bürger immer mehr dem „Erbfeind" grollten, ließ sich jüngeres und leichtsinniges Volk wie auch Auf- und Abgeklärte höheren Alters das pläsirliche Modeleben wohl gefallen und nahmen sogar ein Beispiel daran[2].

---

[1] Kriegk, Die Gebrüder Senckenberg. S. 180.

[2] Die sittlichen Zustände Frankfurts waren schon vorher nicht

Unter solchen Umständen war es für den jungen Wolfgang schwierig, zu einem „deutschen" Patriotismus zu gelangen. Er war anfänglich wie der Vater „fritzisch" gesinnt. Nach Besetzung der Stadt nahm indeß diese Gesinnung eine entschiedene Schwenkung zu Gunsten der Franzosen, die im Grunde auch „fritzisch" war; denn Fritz war ja selbst ²/₃ Franzose. Nun, die Franzosen brachten Abwechslung in Stadt und Haus. Es gab viel Neues zu sehen und zu hören; die Sprache und die Lebhaftigkeit der Fremden zogen den deutschen Knaben mächtig an. Durch den Groß-vater habe er — so erzählt er — zu des Vaters Verdruß ein für jeden Tag giltiges Freibillet zu dem von den Franzosen eröffneten Theater erhalten, wacker französisch gelernt, Racine gelesen und sich durch Studium und Sprechübung bald in Stand gesetzt, den Vorstellungen täglich zu folgen. Dann habe er mit einem geriebenen jungen Franzosen, Derones, angebunden, durch ihn Zutritt hinter die Coulissen erlangt, die Schauspieler und Schauspielerinnen beim Aus- und Ankleiden gesehen, sich an ihre „Natürlichkeit" gewöhnt, als Zuschauer den ganzen Cursus der damaligen französischen Bühne durchgemacht, selbst ein Stück im Stile des Piron verfaßt, das aber von Derones verworfen wor-den sei, dann Corneille's Abhandlung über die drei Einheiten studirt und diesen theoretischen Plunder von sich geschüttelt. End-lich ein kleines Duell mit Derones und Anfänge einer Liebschaft mit dessen Schwester. Etwas viel für einen Knaben zwischen 11 und 13 Jahren! Lessing selbst hatte um diese Zeit, — ob-wohl 20 Jahre älter, — den französischen Classicismus nun

die besten. Die Masse der Bevölkerung schwamm im breiten Fahr-wasser einer gedankenlosen Genußsucht. Trunksucht und Schlemmerei, Spiel und Liederlichkeit waren an der Tagesordnung. Buhldirnen wurden öffentlich geduldet. Verführung, Ehebruch und Entführungen kamen in den höchsten Ständen vor. Mehrere Rathsherren waren wegen unzüchtigen Wandels in der ganzen Stadt verschrieen. Eras-mus von Senckenberg (Bruder des erwähnten Arztes) blieb, obwohl notorisch der Urkundenfälschung, der Nothzucht, der gemeinsten Be-trügereien schuldig, über zwei Jahrzehnte Mitglied des Raths.

eben erst überwunden. Indessen das Genie thut viel und wie
die Alten sagen — malitia supplet aetatem. — So viel darf
wohl schon als fester Kern dieser Erzählung angenommen werden,
daß Göthe während der französischen Einquartierung nähere Bekanntschaft mit der lockeren französischen Cultur gemacht hat,
weder zum Vortheil seiner Sitten noch seiner Religiosität.

Nur ein Jahr nachdem die Franzosen abgezogen und wieder
Friede geworden war, rüstete sich Frankfurt zur feierlichen Krönung Josephs II., den sein Vater noch bei eigenen Lebzeiten mit
der römischen Königskrone geschmückt sehen wollte. Wolfgang
Göthe bekam da den ganzen äußeren Apparat alter Reichsherr-
lichkeit mit eigenen Augen zu sehen. Doch der Eindruck war
kein großer, bewältigender. „Der junge König (geb. 1741)
schleppte sich in den ungeheuern Gewandstücken mit den Klein-
odien Karls des Großen wie in einer Verkleidung einher, so daß
er selbst, von Zeit zu Zeit seinen Vater ansehend, sich des Lächelns
nicht enthalten konnte." Göthe's Aufmerksamkeit war zudem,
wenn man seinem spätern Berichte glauben will, eine sehr ge-
theilte, da er, der erst Vierzehnjährige, in dem nachher so berühmt gewordenen „Gretchen" bereits seine „erste Liebe" gefunden
hatte, und die festlichen Tage der Krönung an ihrer Seite zubrachte. Dieses Gretchen gehörte zu einem Kreise jungen, losen
Gesindels, das den Knaben durch scherzhafte Benützung seiner
poetischen Anlagen geködert hatte, dann ihn als Patron bei seinem
Großvater auszubeuten suchte, und ihn endlich — da die Bande
unter andern Kunststücken auch Fälschung von Handschriften,
Schuldscheinen u. s. w. trieb —, entdeckt und aufgegriffen, in
frühe Schmach und Schande gebracht haben würde, wäre nicht
das Ansehen der Familie und die Sorge des Rathes Schneider
schützend dazwischen getreten. So erzählt er selbst in der breiten
Ausführlichkeit eines ganzen Romans.

„Bei meiner Geschichte mit Gretchen," so ergänzt er sich an
einer andern Stelle, „und an den Folgen derselben hatte ich
zeitig in die seltsamen Irrgänge geblickt, mit welchen die bürgerliche Societät unterminirt ist. Religion, Sitte, Gesetz, Stand,

Verhältnisse, Gewohnheit, Alles beherrscht nur die Oberfläche des städtischen Daseins. Die von herrlichen Häusern eingefaßten Straßen werden reinlich gehalten und Jedermann beträgt sich dabei anständig genug; aber im Innern sieht es öfter um desto wüster aus, und ein glattes Aeußeres übertüncht, als ein schwacher Bewurf, manches morsche Gemäuer, das über Nacht zusammenstürzt, und eine desto schrecklichere Wirkung hervorbringt, als es mitten in den friedlichen Zustand hineinbricht. Wie viele Familien hatte ich nicht schon näher und ferner durch Bankerutte, Ehescheidungen, verführte Töchter, Morde, Hausdiebstähle, Vergiftungen entweder in's Verderben stürzen, oder auf dem Rande kümmerlich erhalten sehen, und hatte, so jung ich war, in solchen Fällen zur Rettung und Hilfe die Hand öfters geboten!"[1]

Wie weit der sogen. „Gretchen-Roman" der Dichtung, wie weit er der Wahrheit angehört, ist noch nahezu vollständig im Dunkeln; die Thatsache einer solchen frühen Liebschaft kann kaum bestritten werden. Von zwei anderen Versuchen zu Liebes und Galanterie-Abenteuern, die Göthe in diesen frühen Jahren machte, geben Jugendbriefe aus Leipzig ausdrückliche Kunde: darin ist der Bemühungen gedacht, durch die er sich die Gunstbezeugungen einer W. erworben, sowie seiner Liebe zu Charitas Meixner, einer Freundin seiner Schwester, der Tochter eines reichen Wormser Kaufmanns, die er im Hause des Rathes Moritz kennen gelernt hatte. An letztere richtete er durch seinen Freund Trapp noch von Leipzig aus Liebesversicherungen, sowohl in Prosa als in steifen französischen Alexandrinern.

---

[1] Göthe's Werke (Hempel) XXI. 67. Die genauen Untersuchungen des Stadtarchivars Kriegk über die Culturzustände Frankfurts um diese Zeit liefern die urkundlichen Belege, daß Göthe hier nicht übertrieben hat, daß unter dem glatten französischen Modefirniß wirklich eine traurige Corruption in der Stadt waltete. Wie weit Göthe durch seinen Gretchenroman in deren Netze verwickelt wurde, darüber liegen keine Documente vor. Vgl. Die Brüder Senckenberg. S. 320.

„Ecrivez moi! Que fait l'enfant autant aimé?
Se souvient-il de moi? Ou m'a il oublié?
Ah ne me cachez rien, qu'il m'eleve ou m'accable.
Un poignard de sa main, me serait agreable."

Der Rückschlag, den diese fortgeschrittene „Weltbildung" auf seine religiösen Gesinnungen ausübte, war kein günstiger.

„Ich ward zu meiner Zeit bei einem guten, alten, schwachen Geistlichen, der aber seit vielen Jahren der Beichtvater des Hauses gewesen, in den Religionsunterricht gegeben. Den Katechismus, eine Paraphrase desselben, die Heilsordnung mußte ich an den Fingern herzuerzählen, von den kräftig beweisenden biblischen Sprüchen fehlte mir keiner; aber von alledem erntete ich keine Frucht. Denn als man mir versicherte, daß der brave alte Mann seine Hauptprüfung nach einer alten Formel einrichte, so verlor ich alle Lust und Liebe zur Sache, ließ mich die letzten acht Tage in allerlei Zerstreuungen ein, legte die von einem älteren Freunde erborgten, dem Geistlichen abgewonnenen Blätter in meinen Hut, und las gemüth- und sinnlos alles dasjenige her, was ich mit Gemüth und Ueberzeugung wohl zu äußern gewußt hätte.

„Aber ich fand meinen guten Willen und mein Aufstreben in diesem wichtigen Falle durch trockenen, geistlosen Schlendrian noch schlimmer paralysirt, als ich mich nunmehr dem Beichtstuhl nahen sollte. Ich war mir wohl mancher Gebrechen, aber doch keiner großen Fehler bewußt; und gerade das Bewußtsein verringerte sie, weil es mich auf die moralische Kraft wies, die in mir lag, und die mit Vorsatz und Beharrlichkeit doch wohl zuletzt über den alten Adam Herr werden sollte. Wir waren belehrt, daß wir eben darum viel besser als die Katholiken seien, weil wir im Beichtstuhl nichts Besonderes zu bekennen brauchten, ja, daß es auch nicht einmal schicklich wäre, selbst wenn wir es thun wollten. Dieses Letzte war mir gar nicht recht: denn ich hatte die seltsamsten religiösen Zweifel, die ich gerne bei einer solchen Gelegenheit berichtigt hätte. Da nun dieses nicht sein sollte, so verfaßte ich mir eine Beichte, die, indem sie meine Zu-

stände wohl ausdrückte, einem verständigen Manne dasjenige im
Allgemeinen bekennen sollte, was mir im Einzelnen zu sagen
verboten war."

Verwirrt jedoch von allerlei widersprechenden Eindrücken des
Augenblicks, las er im Beichtstuhl nur eine allgemeine Formel
aus dem Buche ab, entfernte sich nach erhaltener Absolution
weder warm noch kalt, ging des andern Tags mit seinen Eltern
zum Abendmahl und betrug sich ein paar Tage, „wie es sich
nach einer so heiligen Handlung wohl ziemte". Doch bald tauch=
ten Unruhen und Gewissensbedenken über unwürdigen Empfang
des Abendmahles auf. „Falsche Zusage, Heuchelei, Meineid,
Gotteslästerung, Alles" schien ihm bei der heiligsten Handlung
auf dem Unwürdigen zu lasten, „welches um so schrecklicher war,
als ja Niemand sich für würdig erklären durfte und man die
Vergebung der Sünden, wodurch zuletzt Alles ausgeglichen
werden sollte, doch auf so manche Weise bedingt fand, daß man
nicht sicher war, sie sich mit Freiheit zueignen zu dürfen". Um
allen Scrupeln und Unruhen auf einmal zu entgehen, beschloß
er, sich, sobald er nur könnte, von der kirchlichen Verbindung
ganz und gar loszuwinden [1].

So war Göthe schon ziemlich mit dem lutherischen Bekenntniß=
glauben zerfallen, als er das 15. Jahr erreicht hatte und die
Wahl eines Berufsstudiums an ihn herantrat. Diese Wahl fiel
allerdings nicht ihm anheim, der Vater traf sie. Was ihm ver=
sagt geblieben, eine höhere bürgerliche Rangstufe im Regimente
der Vaterstadt, das sollte nach dem Wunsche des kaiserlichen
Rathes der Sohn erringen. Leipzig, wo er selbst die juridischen
Studien begann, wurde als Universität ausersehen. Dem Vater
zuliebe studirte Wolfgang vorläufig fleißig den kleinen Hoppe
(einen kurzen Abriß der Justitutionen), sah sich aber dabei auch
nach anderweitigen, ihm mehr zusagenden Kenntnissen um. „Un=
ruhige Wißbegier trieb mich weiter; ich gerieth in die Geschichte
der alten Literatur und von da in einen Encyklopädismus, in=

---

[1] Göthe's Werke. XXI. 74 ff.

dem ich Gesners Isagoge und Morhofs Polyhistor durchlief und mir dadurch einen allgemeinen Begriff erwarb, wie manches Wunderliche in Lehre und Leben schon mochte vorgekommen sein. Durch diesen anhaltenden und hastigen, Tag und Nacht fort=gesetzten Fleiß verwirrte ich mich eher, als ich mich bildete; ich verlor mich aber in ein noch größeres Labyrinth, als ich Bayle in meines Vaters Bibliothek fand und mich in denselben ver=tiefte." Diese Pandorabüchse von Zweifel, Spott und Obscönität mußte auf den bereits verwirrten Geist des angehenden Juristen um so schädlicher einwirken, als dieser inzwischen autodidaktisch mit einem andern jungen Freund ein wenig Philosophie getrieben und auf diesem Gebiet ebenso wenig Befriedigung gefunden hatte, als in seinem lutherischen Bekenntnißglauben. Ohne alle specu=lative Vorbildung lief dieß Studium eben nur auf eine flüchtige Umschau in der Geschichte der Philosophie hinaus, in deren Wirr=warr er nirgends festen Fuß zu fassen vermochte. Er sah hier nur, „daß immer Einer einen andern Grund suchte, als der Andere, und der Skeptiker zuletzt Alles für grund= und boden=los ansprach". Einen Ausweg aus diesem bodenlosen Sumpfe des Skepticismus versuchte er nicht, da er in „Religion und Poesie" schon alles zu besitzen meinte, was die Philosophie im günstigsten Falle zu bieten vermöchte, ja noch mehr. „Denn da in der Poesie ein gewisser Glaube an das Unmögliche, in der Religion ein eben solcher Glaube an das Unergründliche statt=finden muß", so schienen ihm die „Philosophen in einer sehr üblen Lage zu sein, die auf ihrem Felde Beides beweisen und erklären wollten". Er vertröstete sich mit der Vorstellung, daß bei den ältesten Männern und Schulen Religion, Philosophie und Poesie in Eins zusammenfielen, ohne diesen Zusammenhang gründlich zu untersuchen, und legte in Uebergehung dieser Frage die Grundlage zu einer Oberflächlichkeit, aus der ihn weder die Schärfe des Aristoteles noch die Fülle des Plato herauszureißen vermochten, weil er sie nicht verstand, wenn er sie überhaupt je ordentlich gelesen und studirt hat. Wie Mendelssohn und Les=sing, verschaffte er sich die wohlfeile Vorliebe für Sokrates, den

„trefflichen, weisen Mann, der wohl im Leben und Tod sich mit Christo vergleichen lasse“. Seine Schüler hingegen schienen ihm „große Aehnlichkeit mit den Aposteln zu haben, die sich nach des Meisters Tode sogleich entzweiten und offenbar jeder nur eine beschränkte Sinnesart für das Rechte erkannte“. Da er wegen Mangels jeglicher philosophischen Bildung die größten Philosophen ebenso wie die Apostel für beschränkte Tröpfe hielt, bildete sich der junge Naseweis ein, es komme ja nicht auf das Wissen, sondern auf das Handeln an und griff zu den Stoikern, die leichter zu verstehen waren und deren Theatermoral auch leichtere praktische Forderungen stellte [1].

„Ich gleiche ziemlich einem Camaeleon“, so charakterisirte er sich dem siebenzehnjährigen von Buri, als er im Sommer 1764 in dessen Tugendbund, die „Arkabische Gesellschaft“, aufgenommen werden wollte, welchem außer zahlreichen jungen Leuten von zwölf Jahren an auch die „heitere“ Philippine Ewein und andere junge Mädchen angehörten [2].

Das einzige Gedicht, welches sich aus dieser ersten Zeit erhalten hat, weist schon in seinem Titel — „Poetische Gedanken über die Höllenfahrt Jesu Christi, auf Verlangen entworfen von J. W. Göthe. 1765“ — auf fremden Einfluß hin. Es wurde ein Jahr später in der Frankfurter Zeitschrift „Die Sichtbaren“ gedruckt. Christus ist darin lediglich als „fürchterliche Majestät“ aufgefaßt und zwar mehr fürchterlich, als majestätisch. Als einundachtzigjähriger Greis spottete Göthe selbst darüber: „Das Gedicht ist voll orthodoxer Bornirtheit und wird mir als herrlicher Paß in den Himmel dienen.“

----

[1] Ebdf. S. 24 ff. 9 ff.
[2] Latomia XXIX. 105. Augsburger Allgemeine Zeitung 1873. S. 3503 ff. M. Bernays, Der junge Göthe. I. 6.

2. Abschied von der alten Wissenschaft. Leipziger Studien und Leipziger Poesie.

1765—1768.

„Der junge Göthe ergab sich einem etwas wüsten Leben, welches seinen Körper auf lange Jahre hinaus zerrüttete.“

R. von Gottschall, Unsere Zeit. 1875. II. 894.

„Man kann wohl sagen, daß selten ein bedeutender Dichter so nichtssagend begonnen hat, wie Göthe in diesen Stücken.“

Unsere Zeit. 1865. II. 952.

In Begleitung des Buchhändlers Fleischer und dessen Gemahlin reiste Wolfgang um Michaelis 1765 nach Leipzig. Am 19. October wurde er als Jurist und Angehöriger der „Bayerischen Nation“ immatriculirt. Den Tag darauf schrieb er an seinen Frankfurter Freund Joh. Jacob Riese:

„Ich habe heute zwei Collegien gehört, die Staatengeschichte bei Professor Böhme und bei Ernesti über Cicero's Gespräche vom Redner. Nicht wahr, das ging an. Die andere Woche geht Collegium philosophicum et mathematicum an. Gottscheden habe ich noch nicht gesehen. Er hat wieder geheurathet. Eine Jungfrau Obristleutnantin. Ihr wißt es doch. Sie ist 19 Jahr und er 65 Jahr. Sie ist 4 Schue groß und er 7. Sie ist mager wie ein Häring und er dick wie ein Federsack. — Ich mache hier große Figur. Aber noch zur Zeit bin ich kein Stutzer. Ich werd es auch nicht. — Ich brauche Kunst, um fleißig zu sein. In Gesellschaften, Concert, Komoedie, bei Gastereyen, Abendessen, Spazirfahrten soviel es um diese Zeit angeht. Ha! Das geht köstlich. Aber auch köstlich kostspielig. Zum

Henker, das fühlt mein Beutel. Halt! rettet! haltet auf! Siehst du sie nicht mehr fliegen? Da marschierten 2 Louisd'or. Helft! da ging eine. Himmel, schon wieder ein paar Groschen, die hier sind wie Kreuzer bei euch draußen im Reich. Aber dennoch kann hier einer sehr wohlfeil leben. So hoffe ich des Jahrs mit 300 Rthlr., was sage ich mit 200 Rthlr. auszukommen. NB. Das nicht mitgerechnet, was schon zum Henker ist. Ich habe kostbaren Tißch. Merkt einmahl unser Küchenzettel. Hüner, Gänße, Truthahnen, Endten, Rebhüner, Schnepfen, Feldhüner, Forellen, Haßen, Wildpret, Hechte, Fasanen, Austern u. s. w. Das erscheinet Taglich. nichts von anderm grobem Fleisch ut sunt Rind, Kälber, Hamel u. s. w. das weiß ich nicht mehr wie es schmeckt. Und die Herrlichkeiten nicht teuer, gar nicht teuer.“

Die Empfehlungsschreiben, welche ihn auf solidere Bahnen führen und daran fesseln sollten, hatte der muntere Musensohn übrigens pflichtschuldigst abgegeben und sich insonderheit dem Hofrath Böhme, Professor der deutschen Reichshistorie und des allgemeinen deutschen Reichsrechts, vorgestellt, an den er vor Allem von seinem Vater empfohlen war. Doch rückte er dem grundgelehrten Manne gegenüber ganz unumwunden mit dem bisher sorgfältig gehüteten Herzensgeheimniß heraus: daß er sich, der Absichten des Vaters unerachtet, nicht so sehr auf Juristerei zu legen gedächte, als auf die schönen Wissenschaften, Sprachen, Literatur und Poesie. Herr und Frau Böhme legten hierüber gleichermaßen Verwunderung und gelindes Entsetzen an den Tag. Ihre Remonstrationen blieben anfangs unwirksam. Die Hofräthin indeß, eine gebildete Dame, wußte eine Vereinbarung anzubahnen, nach welcher den Wünschen des Sohnes sowohl als denjenigen des Vaters Rechnung getragen werden konnte. Darnach sollte das juristische Berufsstudium nicht als ausschließliches Ziel betrachtet werden, sondern als Rückhalt für die schöneren, anmuthigeren Studien, welche sonst allzusehr in der Luft schweben und keine entsprechende Lebensstellung gewähren möchten.

Wolfgang ging hierauf ein. Er belegte Böhme's Vorlesungen, meldete sich aber zugleich für die philosophischen, mathematischen und physikalischen Collegien Winklers, hörte Ernesti über Cicero de Oratoro und besuchte Gellerts Vorlesungen über deutsche Literatur und dessen Practicum.

„Meine Collegia,“ erzählt Göthe, „besuchte ich anfangs emsig und treulich; die Philosophie wollte mich jedoch keineswegs auf= klären. In der Logik kam es mir wunderlich vor, daß ich die= jenigen Geistesoperationen, die ich von Jugend auf mit der größten Bequemlichkeit verrichtete, so auseinanderzerren, verein= zeln und gleichsam zerstören sollte, um den rechten Gebrauch der= selben einzusehen. Von dem Dinge (ens), von der Welt, von Gott glaubte ich ungefähr so viel zu wissen, als der Lehrer selbst, und es schien mir an mehr als Einer Stelle gewaltig zu hapern. Doch ging Alles noch in ziemlicher Folge bis gegen Fastnacht, wo in der Nähe des Professors Winkler auf dem Thomasplan gerade um die Stunde die köstlichsten Kräpfel heiß aus der Pfanne kamen, welche uns denn dergestalt verspäteten, daß unsere Hefte locker wurden und das Ende derselben gegen das Frühjahr mit dem Schnee zugleich verschmolz und sich verlor.“ [1]

So war die Grundlage jeder tieferen, wissenschaftlichen Bil= dung, Logik und Metaphysik, für immer überwunden. Denn Göthe ist nie mehr darauf zurückgekommen. Er hat für alle systematische Philosophie zeitlebens die tiefste Verachtung bewahrt und ihr nicht nur jeglichen Zweig sonstigen Wissens, sondern auch die „heißen Kräpfel“ vorgezogen. An der trockenen Mathe= matik hatte er ebenfalls wenig Geschmack; er sah sich als Herr Geheimrath im Alter von 37 Jahren noch genöthigt, in der Algebra das Elementare nachzuholen, was er sich über den Krä= pfeln und anderer Kurzweil verabsäumt hatte [2]. Dagegen unter=

---

[1] Göthe's Werke (Hempel) XXI. 33.

[2] So meldet er am 23. Mai 1786 der Frau von Stein, daß er noch bis zum 26. in Jena bleiben werde, weil es da „so ruhig und still sei“, und er bei Wiedeburg, der eine treffliche Methode habe, gern die vier Species durchbringen möchte. Am 25. war er mit den vier Species durch. Dünker, Charlotte von Stein. Stuttgart 1874. Bd. I. S. 258. 259.

hielt er sich nicht übel an Winkler's physikalischen Lesungen, ver=
kehrte gern mit den jungen Medicinern, hörte sie mit Interesse
über Botanik, Anatomie u. dgl. reden, und legte so den Grund
zu jener realistischen Naturbetrachtung, die für ihn später die
Stelle der Philosophie vertrat.

Den juristischen Collegien erging es bald nicht viel besser
als der Philosophie. Die Vorlesungen Böhme's reichten nicht
weit über die Kenntnisse hinaus, die Göthe sich theils durch
Privatlectüre, theils durch den häuslichen Unterricht seines
Vaters, mehr spielend als studirend erworben hatte. Die alten
Professoren mißfielen ihm, weil sie sich in der einmal selbst an=
gequälten Schablone verknöcherten, die jungen, weil sie sich offen=
bar erst auf Kosten ihrer Zuhörer zu bilden suchten und den
ganzen Ballast ihrer eigenen Vorbereitungen mit in die Schule
schleppten. Die Hefte schrumpften ein, die Perrücken des Reichs=
kammergerichts und andere Carricaturen füllten deren leere
Blätter. Der junge Jurist wandte sich bald ganz von seinem
Fache ab und der Literatur zu. Doch auch hier sollte es zu
einem geregelten, planmäßigen Studium nicht kommen.

Der sanfte, feine und zierliche Gellert flößte zwar dem eben=
falls feinfühligen Musensohn Verehrung und Liebe ein, war ihm
aber doch schließlich gar zu ernst und frommselig. In seinem
Practicum mahnte er durch häufige Jeremiaden von der Poesie
ab, wünschte nur prosaische Aufsätze, beurtheilte diese immer zu=
erst und behandelte etwaige Verse nur als eine traurige Zugabe.
Göthe's poetische Arbeiten fanden bei ihm keine Gnade, und die
einzige Leitung, die seinem außerordentlichen Talente zu Theil
ward, bestand darin, daß Gellert sie gleich denjenigen der An=
dern durchsah, fleißig mit rother Tinte corrigirte, dann und wann
eine fromme Mahnung daneben schrieb und eine säuberliche
äußere Ausstattung in Stil, Sprache und Schrift erzielte. Die
helle Prosa! Bei Ernesti, aus dessen Vorlesungen Göthe zuver=
lässige ästhetisch=kritische Grundsätze zu gewinnen hoffte, fand er
sich ebenfalls sehr enttäuscht. Denn hier wurde der ihm lieb
gewordene Wieland scharf zerzaust. Professor Clodius, dem Göthe

seine eigenen poetischen Versuche vorlegte, verwüstete dieselben mit rother Tinte, ohne praktisch zu zeigen, wie man's besser machen könnte. Professor Morus, ein anderer Schöngeist, klagte über das „Gottschedische Gewässer", doch ohne eine Taube der Rettung fliegen zu lassen. Die Hofräthin Böhme, welche sich Wolfgang nun als Muse auserkor, kannte ebenfalls kein Erbarmen, machte Alles unerbittlich herunter. Er verzweifelte endlich und warf alle seine bisherigen Arbeiten in's Feuer. So erzählt er wenigstens in „Dichtung und Wahrheit".

Während der jugendliche Rechtsgelehrte so in kurzer Zeit nicht nur die gestrengen vier Facultäten, sondern auch seinen bisherigen poetischen Gesichtskreis quitt ward, vollzog sich in ihm so ziemlich dieselbe Umwandlung, welche zwanzig Jahre zuvor — an derselben Universität, ja im selben Logis (bei Frau Straube im Hof der Großen Feuerkugel) — der Predigersohn Gotthold Ephraim Lessing durchgemacht. Nur hatte Göthe weniger Reste von Orthodoxie abzustreifen, war milder und harmonischer von Charakter, mehr vom Glück begünstigt und brauchte kaum mit äußeren Lebensschwierigkeiten zu ringen. Aber wie Lessing ward er erst ein Stutzer, dann in seiner Art gemäßigt flotter Studio, Schöngeist, Theater- und Kunstliebhaber, Poet und Literat.

Den Anfang dieser Metamorphose machte Göthe bei der Hofräthin Böhme, welche, kinderlos und durch Kränklichkeit meist an das Zimmer gefesselt, ihr Vergnügen daran fand, den jungen, einnehmenden Studenten unter ihre mütterliche Leitung zu nehmen, das noch etwa Kantige und Viereckige seiner reichsstädtischen Frankfurter Erziehung abzuschleifen und ihn zum salonfähigen Dandy heranzubilden. Denn Leipzig war in allem, was Eleganz, Mode, feineren geselligen Ton betraf, dem kaiserlich-bürgerlichen Frankfurt weit voraus — „ein klein Paris und bildet seine Leute". Die alte Dame zog ihn in Gesellschaft, lehrte ihn Whist und l'Hombre und brachte ihm Ton und Haltung der feineren sächsischen Welt bei. Weitere Ausbildung in diesem Sinne bot die Gesellschaft jüngerer Leute, welche der Jüngling aufsuchte und fand. Da wurde sein Dialekt und seine Sprechweise als altfränkisch verspottet, seine Garderobe aber kam noch schlimmer weg. Es blieb nichts übrig, als sie abzuschaffen. Göthe's Jugendgenosse Horn schrieb darüber an ihren gemeinsamen Freund Moors in Frankfurt (12. August 1766):

„Von unserm Göthe zu reden! — Das ist noch immer der stolze Phantast, der er war, als ich herkam. Wenn Du ihn nur sähest, Du würdest entweder vor Zorn rasend werden oder vor Lachen bersten müssen. Ich kann gar nicht einsehen, wie sich ein Mensch so geschwind verändern kann. All seine Sitten und sein ganzes jetziges Betragen sind himmelweit von seiner vorigen Aufführung verschieden. Er ist bei seinem Stolze auch ein Stutzer, und alle seine Kleider, so schön sie auch sind, sind von einem so närrischen Gout, der ihn auf der ganzen Akademie auszeichnet. Doch dieses ist ihm alles einerlei; man mag ihm seine Thorheit vorhalten so viel man will.

Man mag Amphion sein und Feld und Wald bezwingen,
Nur keinen Göthe nicht kann man zur Klugheit bringen.

„Sein ganzes Dichten und Trachten ist nur, seiner gnädigen Fräulein und sich selbst zu gefallen. Er macht sich in allen Gesellschaften mehr lächerlich als angenehm. Er hat (bloß weil es die Fräulein gern sieht) solche porte-mains und Geberden angewöhnt, bei welchen man unmöglich das Lachen enthalten kann. Einen Gang hat er angenommen, der ganz unerträglich ist. Wenn Du es nur sähest!

il marche à pas comptés
Comme un Recteur suivi des quatre facultés."

Moors machte nach dem Wunsche Horns seinem Freunde über dieses sonderbare Betragen Vorwürfe, worauf dieser erklärte, daß es bloß auf Verstellung beruhe, um nämlich durch seine affectirte Galanterie eine wirkliche Liebschaft mit einem anderen Mädchen zu bemänteln. Horn lernte es selbst kennen und war in seinem Rückschreiben voll des Lobes über dessen Vorzüge. „Er liebt sie sehr zärtlich," heißt es da, „mit den vollkommenen, red-

lichen Absichten eines tugendhaften Menschen, ob er gleich weiß,
daß sie nie seine Frau werden kann. Ob sie ihn wieder liebt,
weiß ich nicht. . . . Er ist mehr Philosoph und mehr Moralist
als jemals, und so unschuldig seine Liebe ist, so mißbilligt er
sie dennoch . . . 2c." Göthe ermangelte nicht, auch selbst noch
über eine so hochwichtige Sache an Moors zu schreiben. Die
Sache selbst billigte er, nur daß das Mädchen unter seinem
Stande sei, darüber glaubte er sich entschuldigen zu müssen:

„Denke als Philosoph, und so mußt Du denken, wenn Du
in der Welt glücklich sein willst, und was hat alsdenn meine
Liebe für eine scheltenswürdige Seite? Was ist der Stand?
Eine eitle Farbe, die die Menschen erfunden haben, um Leute,
die es nicht verdienen, mit anzustreichen. Und Geld ist ein ebenso
elender Vorzug in den Augen eines Menschen der denkt. Ich
liebe ein Mädchen ohne Stand und ohne Vermögen, und iezo
fühle ich zum allererstenmale das Glück, das eine wahre
Liebe macht. Ich habe die Gewogenheit meines Mädgens nicht
denen elenden kleinen Tracasserien des Liebhabers zu danken, nur
durch meinen Charakter, durch mein Herz habe ich sie erlangt.
Ich brauche keine Geschenke, um sie zu erhalten, und ich sehe
mit einem verachtenden Aug auf die Bemühungen herunter, durch
die ich ehemals die Gunstbezeugungen einer W. erkaufte. Das
fürtrefliche Herz meiner S. ist mir Bürge, daß sie mich nie ver=
lassen wird, als dann, wenn es uns Pflicht und Nothwendigkeit
gebieten werden uns zu trennen. Solltest Du nur dieses für=
trefliche Mädchen kennen, Du würdest mir diese Thorheit ver=
zeihen, die ich begehe, indem ich sie liebe. Ja, sie ist des größ=
ten Glückes werth, das ich ihr wünsche, ohne jemals hoffen zu
können; etwas dazu beyzutragen."

In Leipzig war es Sitte, daß die Professoren gegen ein an=
gemessenes Kostgeld eine Anzahl Studenten an ihren Mittags=
tisch zogen. Dieser Sitte entsprechend, hatte Göthe sich anfäng=
lich der Tafelrunde des Hofraths und Professors Ludwig ange=
schlossen, welche vorzugsweise aus Medicinern bestand und wo es
Mancherlei über Medicin und Naturwissenschaften zu hören gab,

was den künftigen Doctor „Faustus" anzog. Als jedoch um
Ostern 1766 der etwas ältere J. Georg Schlosser, sein Landsmann und späterer Schwager, nach Leipzig kam, gab er den
Tisch bei Hofrath Ludwig auf und schloß sich mit Schlosser einer
andern Tischgesellschaft an, welche im Hause des Weinhändlers
Schönkopf speiste. Die Tochter dieses Wirthes und Weinhändlers, Anna Katharina oder Käthchen, ist, wie ziemlich allgemein
angenommen wird, jene S., von welcher in dem angeführten
Brief die Rede ist, und identisch mit jenem Aennchen, das Göthe
in „Dichtung und Wahrheit" als Gegenstand seiner Liebesquälereien erwähnt. Sie war drei Jahre älter als der Frankfurter Student, ein munteres, kluges Mädchen, das sich die
Complimente und Galanterien der Studenten gefallen ließ, ohne
sich dieselben sehr zu Herzen zu nehmen, sie wohl auch etwas neckte,
anführte und quälte, aber schon zwei Jahre später eine solide
Wahl traf und sich mit dem Juristen Dr. Kanne verheirathete.

Mehr Einfluß als irgend ein anderes Mitglied dieser Tischgesellschaft erlangte auf Göthe ein gewisser Behrisch, der zwar
die Mittagstafel bei Schönkopfs nicht besuchte, aber sich regelmäßig Abends zum Kränzchen oder zum Besuche Göthe's daselbst
einfand, nachdem er seinen jungen Grafen von Lindenau, dessen
Hofmeister er war, in die Hände des Kammerdieners übergeben.
Er war ein Bummler, ohne alle tiefere Bildung, ohne poetisches
Talent, aber in Stadt-, Mode- und Literatur-Neuigkeiten stets
auf dem Laufenden, voll närrischen Ulkes und gelegentlich auch
bereit, sich mit Autorität und einem gewissen Esprit über Kunst
und Literatur vernehmen zu lassen. Durch freundliche Zuvorkommenheit, kleine Dienste und humoristische Originalität wußte
er Göthe in so hohem Grade zu fesseln, daß dieser ihm all seine
literarischen und sonstigen Projecte anvertraute und sich ihm völlig
zum Mentor nahm. Er verwarf Göthe's Absicht, seine Jugend-
gedichte jetzt schon drucken zu lassen, und Göthe unterzog sich
folgsam diesem Urtheil, ja fühlte sich sogar sehr geschmeichelt, als
der unerbittliche Censor von seinen poetischen Versuchen eine zierliche Abschrift nahm. „Unglücklicher Weise," so berichtet Göthe,

„hatte Behrisch und wir durch ihn (außer der Neigung zum
Weinhause) noch einen gewissen andern Hang zu einigen Mäd=
chen, welche besser waren, als ihr Ruf; wodurch denn aber unser
Ruf nicht gefördert werden konnte." Die Sache kam an den
Grafen Lindenau, der den saubern Hofmeister alsbald entließ.
Gellert verschaffte ihm einen andern Posten bei dem Erbprinzen
von Dessau; Göthe sang dem abziehenden Bummler drei sehr
pathetische Oden nach:

„Du gehst! Ich murre. — Geh! laß mich murren,
Ehrlicher Mann. Fliehe dieses Land!
Todte Sümpfe, dampfende Octobernebel
Verweben ihre Ausflüsse hier unzertrennlich.
Gebärort schädlicher Insekten, Mörderhöhle ihrer Bosheit!" u. f. w. [1]

Armes Leipzig! Es war aber doch nicht so schlimm.

Die Gesellschaft bei Schönkopfs spielte Theater: Krügers
„Herzog Michel", Lessings „Minna", Diderot's „Hausvater".
Göthe spielte mit; im „Hausvater" den Comthur, in der „Minna"
den Tellheim, im „Herzog Michel" die Titelrolle. Am 6. Octo=
ber 1766 wurde das Theater in Leipzig mit Joh. Elias Schlegels
„Hermann" eröffnet, einem etwas langweiligen Stück, das jedoch
nicht abschreckte, fürder Theater und Concert regelmäßig zu be=
suchen. Göthe wurde mit Schauspielern und Schauspielerinnen
bekannt, u. A. mit Joh. Jak. Engel, der von der „Philosophie"
zum Theater übergegangen war, richtete bewundernde Verse an
die Sängerinnen Corona Schröter und Schmehling, und mahnte
die erste Liebhaberin Karoline Schulze ebenfalls in Versen davon
ab, doch ja nicht in geringeren Rollen als „Julie" (Romeo und
Julie) und „Roxelane" aufzutreten. In dem Familienkreise des
Buchhändlers Breitkopf eröffnete sich eine andere Quelle der
Unterhaltung: die beiden Söhne, nahezu Altersgenossen, die
beiden Töchter, galante junge Damen, Alles trieb da Musik;
Componisten, wie Hiller und Löhlein, besuchten das Haus;

---

[1] Göthe's Werke (Hempel) III. 33 ff., XXI. 78 ff. 85 ff.

musikalische Soiréen wechselten mit der Einübung und Aufführ-
rung dramatischer Charaden und Sprüchwörter. Bei Reich, einem
andern Buchhändler, fand Göthe wöchentlich einmal die Gelehrten, Schöngeister und Künstler in einem geselligen Klub beisammen. Durch freundschaftliche Beziehungen, die sich hier an-
spannen, wurde ihm der Zutritt zu den Privatsammlungen der
Kunstliebhaber eröffnet, deren Leipzig nicht wenige zählte[1].
Während er an den musikalischen Productionen sich fast nur als
eifriger Zuhörer betheiligte, war das Zeichnen seine Lieblings-
Dilettanterie. Er nahm mit großem Eifer Unterricht darin.
Der Professor Adam Friedrich Oeser, seit 1763 Director der
Malerakademie, bei welchem er Stunden nahm, war ein wirklich
bedeutender Künstler, ein Freund Winckelmanns und gleich diesem
Verehrer der Antike. Dieser ruhige, anspruchslose Maler, der
in liebendem Studium der Alten und stiller Uebung seiner Kunst
sein volles Genügen zu finden schien, erwarb sich alsbald Göthe's
volles Vertrauen. In seinem Atelier ging ihm das Herz auf.
Er fand einen Aesthetiker, der ihn nicht mit kahlen Begriffen
abspeiste, sondern das Schöne schaffend vor seinen Augen entwickelte; einen Kunstrichter, der den Anfänger nicht tadelnd zu
Schanden ritt, sondern belehrend ermuthigte.

Die Zeit, während welcher Göthe seinen Unterricht genoß,
war zu kurz und seine Anlagen zur Malerei zu gering, als daß
er sich zu eigentlichen Kunstleistungen auf diesem Gebiete hätte
erschwingen können. Die darauf verwandte Zeit war indeß nicht
verloren; denn bei Oeser fand Göthe sich einigermaßen wieder
in der Kunst zurecht, schöpfte Muth, sich ihr zu widmen, legte
den Grund zu seinem vielseitigen Kunstverständniß und gewann
den Keim jener Liebe zur Natur und zu den Alten, aus welcher
später seine Meisterschaft der Form hervorgehen sollte. Unter
dieser anregenden Einwirkung erweiterte sich der anfängliche

---

[1] Ueber Göthe's Leipziger Leben, Kunst-Dilettanterie ꝛc. vgl.
von Biedermann, Göthe und Leipzig. 2 Thle. 1865. (I. Bd.
Göthe's Leben in Leipzig.) — Göthe und Dresden. 1875.

Zeichenunterricht zu einem zwar dilettantischen, aber immerhin bildenden Studium der schönen Künste. Caylus, Lippert, Christ und andere kunstgeschichtliche Autoren wurden gelesen, die Leipziger Sammlungen studirt, Portefeuilles von Künstlern durchstöbert, dazu wurde gezeichnet, radirt, modellirt, auch der Holzschnitt versucht. Der angehende Kenner besuchte auch die Ateliers, knüpfte mit namhaften Künstlern Beziehungen an und machte vor Allem einen Streifzug nach Dresden. In Winckelmanns Bestrebungen und Leistungen war er indeß noch nicht genug eingedrungen, um die Antike richtig zu würdigen. Was ihn mehr ansprach, war neuere Malerei, vorab Landschaftsmalerei und das Genre der Niederländer.

Die jugendliche Confusion war überhaupt noch groß genug. Neugier und Wißbegier, Vergnügungssucht und ästhetische Neigung, Bummelei und Dilettanterie gingen wild durcheinander. Es ist schwer zu sagen, wo das Eine anfing, das Andere aufhörte. Eine bunte Lectüre über die verschiedensten Gegenstände des Wissens, mehr nippend als gründlich, steigerte den geistigen Wirrwarr. Rousseau und Klopstock, Wieland und Lessing, Hagedorn und Weiße, Shakespeare und antike Classiker, neueste Romane und alte kuriose Bücher, all das wurde wild durcheinander verschlungen oder angenascht. Nichts ward ordentlich verdaut; nichts konnte Boden fassen; daher denn auch die poetischen Leistungen des jungen Dichters weder seinen glänzenden Anlagen noch dem damaligen Stande der Literatur entsprachen.

Die deutsche Literatur war, als Göthe sich in Leipzig aufhielt, nicht mehr jene trostlose Wüste, zu der sie durch die Glaubensspaltung und den dreißigjährigen Krieg geworden war. Eine ganze Schaar von Dichtern und Prosaikern hatte in regem Wetteifer zusammengewirkt, um aus dem barbarischen Deutsch, das noch am Anfang des Jahrhunderts herrschte, eine reine, schöne, reichhaltige Sprache herauszubilden. Der Streit der Gottschedianer mit den Schweizern hatte eine Fülle von literarischem Bildungsstoff an's Licht gefördert, die lebhafteste literarische Strebsamkeit wachgerufen, eine vielseitige Kritik begründet. Philologie,

Alterthumswissenschaft, Kunststudium waren in lebhaftem Aufschwung begriffen, die Aesthetik hatte Namen und Rang einer selbständigen Wissenschaft erlangt. Winckelmann hatte (1764) in seiner Geschichte der Kunst des Alterthums in wahrhaft classischer Sprache „eine historische Metaphysik des Schönen aus den Alten" gegeben, Lessing in seinen Literaturbriefen der Kritik eine classische Form verschafft, Wieland den Shakespeare übersetzt, Klopstock Kraft und Fülle der poetischen Sprache mächtig gehoben. Während Göthe in Leipzig weilte, erschien Wielands Agathon und Musarion, Herders Fragmente und Kritische Wälder, Lessings Laokoon und hamburgische Dramaturgie[1].

Doch keine dieser Richtungen behagte dem jungen Dandy. Als Lessing nach Leipzig kam, ging er ihm aus dem Weg. Mehr Gnade fand der leichtfertige Wieland: er hat ihn später wenigstens (Brief vom 20. Febr. 1770 an Reich) neben Oeser und Shakespeare seinen „ächten Lehrer" genannt, und die schmutzig-frivole Musarion ward beim Erscheinen mit Heißgier verschlungen. Weit tauchte er dabei über das „Gottschedische Gewässer" nicht empor. Auf den glücklichen Inseln, zu denen er sich rettete, trieb der

[1] Ueber die Art, in welcher Göthe in Dichtung und Wahrheit (Göthe's Werke (Hempel) XXI. 43 ff.) den damaligen Zustand der deutschen Literatur darstellt, vergleiche man das Urtheil Friedr. Leopold von Stolbergs (26. Januar 1813): „Die tückische Art, wie er Klopstock verkleinernd lobt, und wie er überhaupt, wenn er von den Dichtern Deutschlands jener Zeit redet, die mittelmäßigen oder vielmehr schlechten, Günther, König, in ein helles Licht des Lobes, die bessern in Schatten stellt, oder gar, wie unsern Cramer, mit Stillschweigen so übergeht, ist schlecht und klein und ganz nach einer gewissen Optik der Eitelkeit berechnet, die ihn, ohne daß er deßgleichen sagen wird, zu Göthe dem Einzigen machen soll." Johannes Janssen, Fr. L. zu Stolberg seit seiner Rückkehr zur kath. Kirche. S. 224. Dafür, daß er in jener Zeit Winckelmann und Lessing ordentlich studirt hätte, geben seine Briefe und Gedichte durchaus keinen gegründeten Anhaltspunkt. Das war schon viel zu schweres Geschütz.

Steuereinnehmer Christian Felix Weiße (seit 1759 tonangebender
Kritiker in der „Bibliothek der schönen Wissenschaften") idyllische
Liebesschäferei und gemäßigten Epikuräismus nach französischen und
englischen Mustern. Das gehörte zum Ton der jungen Modewelt. Göthe schloß sich eifrig an und verlegte sich auf Schäferei.

Außer der Katharina Schönkopf machte er auch der Tochter
seines Zeichenlehrers, Friederike Oeser, den Hof. Eine der Fräulein Breitkopf begleitete seine selbstverfaßten derb erotischen Lieder
auf dem Klavier. In die erst 15jährige Schauspielerin Corona
Schröter, mit der er bei Breitkopfs zusammen Theater spielte,
war er ganz vernarrt, obgleich sie seine Complimente nicht erwiederte. Ob er es war, der Käthchen Schönkopf mit wunderlichen Eifersüchteleien plagte und sich dadurch schließlich entfremdete, oder ob er das Schäkern des Mädchens allzuernst
nahm und sich mit ihrer vermeintlichen Untreue folterte, ist nicht
ganz in's Klare gestellt; genug, er erlebte in so jungen Jahren
schon den ganzen Cursus thörichter Liebelei, Eifersucht und Ent-
täuschung, und langte bei jenen trostlosen „Erfahrungen" an,
welche die Unbefangenheit und Weihe, das Glück und die Freude
unschuldiger Jugend für immer zerstören. Wie ein armseliger
Libertin träumte und dichtete er fürder nur von Mädchen, und
predigte altklug sogar den Eheleuten über Eifersucht.

„Es ist gar zu ein gros Ding um den Ehstand heut zu Tage,
und kein's von Beyden, wenigstens gewiß, eins von Beyden, hat
nicht für einen Sechser Ueberlegung. Heiliger Andreas, komm
und thu ein Wunder, oder es gibt eine Sau." So schrieb
er ein Jahr später an Käthchen Schönkopf, mit der Vermahnung:
„NB. Daß niemand den Artickel sieht, als wem er nütz ist."

„Was ich erfahren habe," sagt er mit Rücksicht auf das
schöne Geschlecht, „das weiß ich; und halte die Erfahrung für
die einzige ächte Wissenschaft. Ich versichere Sie, die Paar Jahre
als ich lebe, habe ich von unserem Geschlecht eine sehr mittelmäßige Idee gekriegt; und wahrhaftig keine bessere von Ihrem."
Dennoch sind die Frauenzimmer schon sein höchstes Tribunal:
„Das Urteil eines Frauenzimmers, über Werke des Geschmacks

ist bey mir wichtiger als die Kritik des Kritikers." Alles:
Poesie, Literatur, Kritik, Geschmack ging für ihn eben in eitel
Liebelei auf[1].

Aus dieser trüben Quelle stammen Göthe's Leipziger Poesien:
das sogen. Leipziger Liederbuch und zwei kleine Dramen: „Die
Laune des Verliebten" und „Die Mitschuldigen". Das Liederbuch
ist eine Sammlung von lyrischen, meist erotischen Gedichten, als
deren Grundmotiv in lüsterner Mondbeleuchtung ganz unverhüllt
die Wollust hervortritt[2]. Einer der Söhne Breitkopfs hatte sie
in Musik gesetzt und gab sie im Herbst 1769 mit der Jahreszahl 1770 ohne Göthe's Namen, aber im Einverständniß mit
ihm heraus, als „Neue Lieder, in Melodien gesetzt von B. Th.
Breitkopf, Leipzig 1770". „Die Laune des Verliebten", ein in
Alexandrinern geschriebenes Schäferstück, schildert — nicht ohne
Hinneigung nach dem „Glück freier Liebe" — die Qualen der
Eifersucht. In den „Mitschuldigen" steigt die Muse noch tiefer
hinab, in den eigentlichen Pfuhl des Lasters und sucht aus
einer gemeinen Ehebruchsgeschichte ein Kapital lächerlicher Verwickelungen zu gewinnen. Selbst dem an Ehebruchshistorien gewöhnten
Hof von Weimar machte das Kotzebue's würdige Stück keinen
heitern, sondern einen „bänglichen" Eindruck, und mußte um-
gearbeitet werden, um Gnade zu finden. Obwohl diese Jugend-

[1] M. Bernays, Der junge Göthe. I. 42. 43. 59. 60. 61.

[2] „Die Lieder des jungen Studenten haben einen oft üppig-
sinnlichen Charakter, wie das Gedicht ‚An den Mond‘, welches die
himmlische Leuchte eigentlich nur als eine Fackel zur Erhellung un-
bewachter nächtlicher Nuditäten besingt und einen auffallenden Contrast bildet zu den süß-träumerischen, von wunderbarem Stimmungs-
hauch bewegten Gedichte ‚An den Mond‘, welches vielleicht das
volksthümlichste aller Göthe'schen Lieder geworden ist." Unsere Zeit.
1865. Neue Folge I. Jahrgang. S. 961. Im selben Geiste gehalten sind mehrere andere Gedichte, die wir hier nicht zu registriren
brauchen. Er schämte sich nicht, sie jungen Frauenzimmern zum
Lesen zu geben, wie z. B. der Frl. Breitkopf in Leipzig, der Sessenheimer Friederike, welch letzterer sie indeß nicht gefielen.

erzeugnisse mancher formeller Vorzüge nicht entbehren, so athmen
sie doch sämmtlich eine verdorbene, mephitische Luft, die schlimmste,
die ein Jüngling einathmen kann.

In der That schlug dieselbe dem jungen Dichter auch weder
geistig noch leiblich an. Allerlei Excesse, welche er selbst auf
die unkluge Anwendung Rousseau'scher Erziehungs- und Lebens-
grundsätze zurückführt, der schädliche Einfluß der Chemikalien,
welche er bei seinen Aetz-Uebungen einathmete, Eifersüchteleien, Liebesquälereien und Ausschweifungen untergruben seine
Gesundheit[1]. Ein heftiger Blutsturz warf ihn im August 1768
auf's Krankenlager. Er schwankte einige Tage zwischen Leben
und Tod und hörte auch, als Reconvalescenz eintrat, nicht auf,
ein verfrühtes Ende zu befürchten. Seine Jugendgenossen lachten
ihn zwar aus, Käthchen Schönkopf erklärte seine Furcht für eine
närrische Grille, und Friederike Oeser wollte sich fast zu Tode
lachen, wie nur ein junger Mensch in seinem zwanzigsten Jahre
sich mit solchen Todesgedanken plagen möge. Allein die Furcht
wollte nicht weichen.

In diesem Zustand fing er an, ein wenig über sein Leben
und Treiben nachzusinnen, und fand sich durch die zuvorkommende
Hilfeleistung und Theilnahme seiner Freunde besonders darüber
beschämt, daß er sich gegen dieselben zuvor so mürrisch, störrisch,
launenhaft benommen. „Wenn ich mich recht erinnere,“ sagt er
später in einem Brief, „was für ein unerträglicher Mensch ich

---

[1] „Wer kein Leipzig gesehen hätte,“ schreibt er im August 1769
von Frankfurt aus an Gottlob Breitkopf, „der könnte hier recht
wohl seyn; aber das Sachsen, Sachsen! Ey! ey! das ist starcker
Toback. Man mag auch noch so gesund und starck seyn, in dem
verfluchten Leipzig, brennt man weg so geschwind wie eine schlechte
Pechfackel. Nun, nun, das arme Füchslein, wird nach und nach sich
erholen. Nur eins will ich dir sagen, hüte dich ia für der Lüder-
lichkeit. Es geht uns Mannsleuten mit unsern Krässten, wie den
Mädgen mit der Ehre, einmal zum Hencker eine Jungferschaft, fort
ist sie. Man kann wohl so was wieder quacksalben, aber es wills
ihm all nicht thun.“ M. Bernays, Der junge Göthe. I. 67.

den letzten ganzen Sommer war, so nimmt's mich Wunder, wie mich Jemand hat ertragen können." Auch auf religiöse Ideen lenkte die gefürchtete Nähe des Todes, und der Reconvalescent scheut es nicht, sich mit seinem Stubennachbar Limprecht, einem armen stillen Theologen, und mit Langer, der an Stelle Behrisch' Hofmeister bei dem Grafen Lindenau geworden war, über dergleichen zu unterhalten. Doch war die religiöse Verfassung der Beiden nicht derart, daß sie den kranken Jüngling auf den Boden des positiven Christenthums hätte zurückführen können.

„Die christliche Religion," erzählte Göthe selbst, „schwankte zwischen ihrem eignen Historisch-Positiven und einem reinen Deismus, der, auf Sittlichkeit gegründet, wiederum die Moral begründen sollte. Die Verschiedenheit der Charaktere und Denkweisen zeigte sich hier in unendlichen Abstufungen, besonders da noch ein Hauptunterschied mit einwirkte, indem die Frage entstand, wie viel Antheil die Vernunft, wie viel die Empfindung an solchen Ueberzeugungen haben könne und dürfe? Die lebhaftesten und geistreichsten Männer erwiesen sich in diesem Falle als Schmetterlinge, welche, ganz uneingedenk ihres Raupenstandes, die Puppenhülle wegwerfen, in der sie zu ihrer organischen Vollkommenheit gediehen sind. Andere, treuer und bescheidener gesinnt, konnte man den Blumen vergleichen, die, ob sie sich gleich zur schönsten Blüthe entfalten, sich doch von der Wurzel, von dem Mutterstamme nicht losreißen, ja vielmehr durch diesen Familienzusammenhang die gewünschte Frucht erst zur Reife bringen. Von dieser letztern Art war Langer; denn obgleich gelehrter und vorzüglicher Bücherkenner, so mochte er doch der Bibel vor andern überlieferten Schriften einen besonderen Vorzug gönnen und sie als ein Document ansehen, woraus wir allein unsern sittlichen und geistigen Stammbaum darthun könnten. Er gehörte unter diejenigen, denen ein unmittelbares Verhältniß zu dem großen Weltgotte nicht in den Sinn will; ihm war daher eine Vermittelung nothwendig, deren Analogon er überall in irdischen und himmlischen Dingen zu finden glaubte. Sein Vortrag, angenehm und consequent, fand bei einem jungen

Menſchen leicht Gehör, der, durch eine verdrießliche Krankheit von irdiſchen Dingen abgeſondert, die Lebhaftigkeit ſeines Geiſtes gegen die himmliſchen zu wenden, höchſt erwünſcht fand. Bibelfeſt wie ich war, kam es nur auf den Glauben an, das was ich menſchlicherweiſe zeither geſchätzt, nunmehr für göttlich zu erklären, welches mir um ſo leichter fiel, da ich die erſte Bekanntſchaft mit dieſem Buche als einem göttlichen gemacht hatte. Einem Duldenden, zart, ja ſchwächlich Fühlenden war daher das Evangelium willkommen, und wenn auch Langer bei ſeinem Glauben zugleich ein ſehr verſtändiger Mann war und feſt darauf hielt, daß man die Empfindung nicht ſolle vorherrſchen, ſich nicht zur Schwärmerei ſolle verleiten laſſen, ſo hätte ich doch nicht recht gewußt, mich ohne Gefühl und Enthuſiasmus mit dem neuen Teſtament zu beſchäftigen." [1]

Einen tieferen Eindruck konnte dieß „Blumen"-Chriſtenthum auf Göthe um ſo weniger machen, als Langers Moral derjenigen ſeines Vorgängers Behriſch ſehr ähnlich war. Indem er mit Göthe Umgang pflog, brach er eine dem Grafen Lindenau ausdrücklich gegebene Zuſage. Wie Behriſch, war auch dieſer äußerlich ſtreng ſcheinende, ernſte, wiſſenſchaftliche Mann nicht frei von den Netzen eines unerlaubten Verhältniſſes geblieben. Was ſollte eine Religion, die nur ſolche Früchte zeitigte?

Die orthodoxe „Kirche" aber ſcheint keinen Verſuch gemacht zu haben, den ihr längſt Entlaufenen in ſeiner mürben Gemüthsverfaſſung aus den Schäfereien dieſer Welt in ihren unſichtbaren Schafſtall zurückzuführen.

---

[1] Göthe's Werke (Hempel) XXI. 111.

3. Pietistische Uebergangsstufe. Poetische Wiedergeburt. Straßburg, Herder und Friederike.

1768—1771.

„Göthe ist wirklich ein guter Mensch, nur etwas leicht und spatzenmäßig.“

Gottfried von Herder an C. Flachsland.

„Nicht Friederike allein hat es erfahren, daß das hohe Glück, dem Genius zu begegnen, zuweilen bitter gebüßt werden muß. Noch ein anderes Leben ist an Göthe zu Grunde gegangen.“

Dr. Ernst Martin (Göthe in Straßburg. S. 28).

Ohne Segel, Mast und Steuer, recht wie ein abgetakeltes Schiff, reiste Wolfgang am 8. August 1768, gerade 19 Jahre alt, wieder der Heimath zu. Ordentliche Studien hatte er keine gemacht. Mit der Kunst war er nicht über die Anfänge schülerhafter Dilettanterie hinausgekommen. Gesundheit und Kraft waren gebrochen, wie er fürchtete, für immer. Mit Liebelei und Schäferei war es vorläufig aus. An Leipzig hing er noch trotz allen früheren Mißbehagens und war stolz darauf, ein „Kenner“ des weiblichen Geschlechtes geworden zu sein[1]. Nur mit Bangen konnte er indeß dem Vaterhaus entgegengehen, wo sein Zustand alle treuen Wünsche und Erwartungen seiner Eltern zerstören mußte. Hier selbst hatte die poetische Gemüthlichkeit harte Stöße erlitten. Der alte Tertor war durch einen Schlagfluß an der einen Seite gelähmt und erholte sich nur kümmerlich von seinem Leiden. Cornelia, deren Erziehung der Vater nach Wolfgangs Abreise mit um so größerer Sorglichkeit geleitet hatte, verstand

[1] Bernays, Der junge Göthe. I. 43.

sich mit dem ernsten, etwas pedantischen Manne nicht, war voll Jammer und Klagen, that zwar Alles, was er befahl, aber auf unfreundliche Weise, Alles in hergebrachter Ordnung, aber ohne Liebe und Freude. Selbst mit der sonst so gutmüthigen Mutter hatte sie sich entzweit, und so war denn die Märchenhaftigkeit des früheren Familienlebens in recht prosaische Armseligkeit verwandelt.

Der Vater hatte Mühe, seine nur allzugerechten Vorwürfe gegen den schiffbrüchigen verlornen Sohn zu unterdrücken. Die Mutter hatte Kummer nach allen Seiten hin. Der Empfang war indeß immerhin ein viel freundlicherer und liebevollerer, als Göthe erwarten konnte und als er es verdient hatte. Man schonte ihn; man verzieh ihm nicht nur, daß er sich in dem alten Frankfurt langweilte und nach Leipzig zurücksehnte, man suchte ihm die Annehmlichkeiten der Universitätsstadt durch alle nur erdenkliche Zuvorkommenheit zu ersetzen. Die Wirkung dieser nachsichtigen und herzlichen Liebe war aber nicht diejenige, welche sie auf einen wahrhaft edeln Charakter hervorgebracht hätte. Kaum erklärten die Aerzte, daß die Lunge unversehrt sei, und kaum ging es etwas besser, so rodomontirte der junge Patient von seinem Leipzig und dessen paradiesischer Herrlichkeit, klagte über Mangel an entsprechender Gesellschaft und suchte wenigstens durch Briefverkehr die in Leipzig angesponnenen Fäden weiter zuziehen. In Ermangelung besserer Gesellschaft, mitunter auch noch von Todesgedanken geplagt, schloß sich der junge Dichter mehr als früher an die Fräulein von Klettenberg, die Freundin seiner Mutter, an, die durch ihn später das Vorbild aller „schönen Seelen" geworden ist[1]. „Eine schöne Seele", d. h. eine jener frommen Damen, die durch Charakter, Neigung und Bildung ganz und gar auf ein religiöses Leben angelegt sind, denen aber der Protestantismus die Möglichkeit genommen hat, Gott in einer der zahlreichen Formen des katholischen Ordenslebens in religiös geheiligter, wahrhaft heldenmüthiger und verdienstvoller Weise zu

---

[1] J. M. Lappenberg, Reliquien der Fräulein Susanna Katharina von Klettenberg. Hamburg 1840.

dienen. Die Klettenberg offenbarte diesen Zug ihres Wesens, vielleicht ohne es zu wollen, indem sie sich in der Kleidung einer Nonne porträtiren ließ, und soll ihr der Anzug recht gut stehen. Sie war, als sie dem neunzehnjährigen Poeten als barmherzige Schwester diente, schon eine Dame von 45 Jahren, also eine bereits ziemlich ehrwürdige „alte Jungfrau“. Sie hatte in ihrer Jugend die feinste Weltbildung genossen, der Liebe Leid und Freud’ als Verlobte kennen gelernt, durch wunderliche Schickungen die beabsichtigte Ehe und die weitere Lust am Heirathen verloren, weihte sich nun in mystischer Zärtlichkeit „dem unsichtbaren Freunde der Seelen“ und übte den Beruf einer frommen Trösterin, Erzieherin und Wohlthäterin im Kreise verwandter und befreundeter Familien. Die poetische Zartheit ihrer religiösen Anschauungen, ihre Geduld bei steter Kränklichkeit und vielen Leiden, ihre unzerstörbare Heiterkeit verliehen ihr in den Augen des kranken Jünglings eine Art Heiligenschein, während der feine Weltton ihres Benehmens, ihre Nachsicht gegen Jedermanns religiöse Anschauung und sittliche Gebrechen jede Scheu und Abneigung verhinderte. Der Kern ihrer Religion war ein bloßer Gefühlsglaube, der Göthe später als „die edelste Täuschung und die zarteste Verwechselung des Subjectiven und Objectiven erschien“, für den Augenblick aber seinen wechselnden Stimmungen freundlich entgegenkam. Je weniger Zerstreuung er sonst fand, desto angenehmer war ihm das süßliche Geplauder über die innersten Herzensempfindungen und Herzenserfahrungen, das ihn in eine gewisse Beruhigung einlullte und ihm andererseits wieder als ein sonderbares psychologisches Phänomen zu denken und zu betrachten gab. Durch das fromme Fräulein und den Arzt Metz kam er auch in Berührung mit andern Herrnhutern, ohne sich indessen von ihnen so angezogen zu fühlen, wie von der weiblichen Heiligen. Neben den Privateingebungen, die er da zu hören bekam, studirte er für sich Arnolds Kirchen- und Ketzergeschichte. Diese führte ihn jedoch keineswegs zu einer redlichen, ernsten Untersuchung des historischen Christenthums, sondern bloß zu gnostischen Träumereien.

„Was mich an seinem Werk besonders ergötzte, war, daß ich von manchen Ketzern, die man mir bisher als toll oder gottlos vorgestellt hatte, einen vortheilhafteren Begriff erhielt. Der Geist des Widerspruchs und die Lust zum Paradoxen steckt in uns Allen. Ich studirte fleißig die verschiedenen Meinungen, und da ich oft genug hatte sagen hören, jeder Mensch habe doch am Ende seine eigene Religion, so kam mir nichts natürlicher vor, als daß ich mir auch meine eigene bilden könne; und dieses that ich mit vieler Behaglichkeit. Der Neuplatonismus lag zum Grunde; das Hermetische, Mystische, Kabbalistische gab auch seinen Beitrag her, und so erbaute ich mir eine Welt, die seltsam genug aussah.

„Ich mochte mir wohl eine Gottheit vorstellen, die sich von Ewigkeit her selbst producirt; da sich aber Production nicht ohne Mannigfaltigkeit denken läßt, so mußte sie sich nothwendig als ein Zweites erscheinen, welches wir unter dem Namen des Sohnes anerkennen; diese Beiden mußten nun den Act des Hervorbringens fortsetzen und erschienen sich selbst wieder im Dritten, welches nun ebenso bestehend, lebendig und ewig als das Ganze war. Hiermit war jedoch der Kreis der Gottheit geschlossen, und es wäre ihnen selbst nicht möglich gewesen, abermals ein ihnen völlig Gleiches hervorzubringen. Da jedoch der Productionstrieb immer fortging, so erschufen sie ein Viertes, das aber schon in sich einen Widerspruch hegte, indem es wie sie unbedingt und doch zugleich in ihnen enthalten und durch sie begrenzt sein sollte. Dieses war nun Lucifer, welchem von nun an die ganze Schöpfungskraft übertragen war, und von dem alles übrige Sein ausgehen sollte. Er bewies sogleich seine unendliche Thätigkeit, indem er die sämmtlichen Engel erschuf, alle wieder nach seinem Gleichniß, unbedingt, aber in ihm enthalten und durch ihn begrenzt.“

Nun Rebellion der Engel unter Lucifers Führung, Schöpfung der Materie und alles Bösen durch Lucifer, Intervention der Elohim und Schöpfung des Lichts, stufenweise Vervielfältigung des Einflusses der Elohim, Schaffung eines Wesens, welches die ursprüngliche Verbindung mit der Gottheit wiederherstellen sollte.

„Und so wurde der Mensch hervorgebracht, der in Allem der
Gottheit ähnlich, ja gleich sein sollte, sich aber freilich dadurch
abermals in dem Falle Lucifers befand, zugleich unbedingt und
beschränkt zu sein, und da dieser Widerspruch durch alle Kategorien
des Daseins sich an ihm manifestiren und ein vollkommenes Bewußtsein, sowie ein entschiedener Wille seine Zustände begleiten
sollte, so war vorauszusehen, daß er zugleich das vollkommenste
und unvollkommenste, das glücklichste und unglücklichste Geschöpf
werden müsse. Es währte nicht lange, so spielte er auch völlig
die Rolle des Lucifer. Die Absonderung vom Wohlthäter ist der
eigentliche Undank, und so ward jener Abfall zum zweiten Mal
eminent, obgleich die ganze Schöpfung nichts ist und nichts war,
als ein Abfallen und Zurückkehren zum Ursprünglichen.“ [1]

Mag auch der alte Göthe diese gnostischen Faseleien in „Dichtung und Wahrheit“ etwas gelehrter ausstaffirt haben, als sie
ursprünglich waren: daran ist wohl nicht zu zweifeln, daß der
junge Göthe in ähnlicher Weise mit der Religion und ihren
Fundamental-Dogmen gespielt hat. Lessing war ihm mit gutem
Beispiel vorangegangen und gnostischer Nebel war genug in
der Luft.

An etwas Aberglauben durfte es bei der geistreichen Gnosis
und dem süßelndem Separatismus auch nicht fehlen. Fräulein
von Klettenberg trieb Alchymie, hatte ihr Windöfelein, wie die
Goldmacher, allerlei Tiegel, Phiolen und Essenzen. Sie gab
ihm nach seinem Bericht Wellings Opus mago-cabbalisticum
— und sie experimentirten fleißig zusammen, um den heilbringen-
den succum silicis (Kieselsaft) hervorzubringen.

Anstatt aber zur Darstellung irgend eines Heilmittels zu
führen, hatte die abergläubisch-chemische Kocherei nur den Erfolg,
die Herstellung des phantastischen Patienten zu verzögern. Die
Säuren, die er beim Radiren einathmete, konnten ihm ebenso
wenig gut anschlagen, als der Dampf und die Dünste seiner
alchymistischen Hexenküche. Eine heftige Kolik, die ihn kurze Zeit

---

[1] Göthe's Werke (Hempel). XXI. 126.

nach seiner Rückkehr (am 7. Dec.) befallen und zwei Tage lang mit den schrecklichsten Schmerzen gepeinigt, hatte ihn ohnehin schon auf's Neue erschöpft — und so schleppte sich sein unpäß= licher Zustand durch das ganze folgende Jahr (1769) hin. Es war dem Vater nicht zu verdenken, daß er über die närrischen Einfälle seines Sohnes mitunter die Geduld verlor und auf das Innehalten einer Diät, sowie auf eine Beschäftigung drang, welche die Fortsetzung der Studien ermöglichten.

Denn einstweilen that Wolfgang für seine professionelle Bil= dung wieder so gut wie nichts. Er schrieb Briefe an Käthchen Schönkopf, Friederike Oeser' und deren Vater, las bunt durch= einander, was ihm in die Hand fiel, hauptsächlich Belletristik und Werke über Kunst, zeichnete und radirte, dichtete ein wenig und arbeitete die Stücke weiter aus, die er in Leipzig entworfen hatte — ein steter geschäftiger Müßiggang, dessen letztes Ziel Erholung und Zerstreuung war.

Für seine späteren Dichtungen gewann er freilich mannig= faltige Erfahrungen, Eindrücke, Ideen und Vorstellungen. Auch sein Urtheil schärfte sich durch verschiedene Beobachtungen und Lectüre. Aber der Widerwille gegen die formellen Schwächen der gleichzeitigen Literatur und der Mangel einer consequenten, männlichen Durchbildung machten es ihm unmöglich, die großen religiösen und nationalen Tendenzen, die sich unter den Zeit= genossen regten, zu begreifen und mit kräftiger Begeisterung künst= lerisch zu erfassen. „Was geht mich der Sieg der Deutschen (über Varus) an, daß ich das Frohlocken mit anhören soll, ah! das kann ich selbst. Macht mich was empfinden, was ich nicht gefühlt, was denken, was ich nicht gedacht habe, und ich will euch loben. Aber Lärm und Geschrei, statt dem Pathos, das thut's nicht." So fährt er in einem Brief an Friederike Oeser über die Barden seiner Zeit los; doch der scharfe Kriticus brachte nichts zu Stande, was die „Schäfer an der Pleiße" wesentlich übertroffen hätte. Im Frühjahr 1770 war er endlich so weit hergestellt, daß er seine Studien in Straßburg fortsetzen konnte. Er träumte sich dazu dann eine weitere Reise nach Paris.

Sein Quartier nahm Göthe an der belebten Sommerseite des Fischmarktes, zu Tisch ging er in der Krämergasse Nr. 13 bei zwei alten Jungfern, Namens Lauth, die für eine Anzahl Studenten und andere Kostgänger Tafel hielten. Präsident dieser Tischgesellschaft war der Actuarius Salzmann[1], ein alter Junggesell, den Fünfzigen nahe, in der Stadt allgemein beliebt, neben seinen Amtsgeschäften auch der Schöngeisterei ein wenig ergeben, seiner religiösen Anschauung nach ein Utilitarier, dem der brauchbarste Mensch auch für den tugendhaftesten galt. Unter den übrigen Mitgliedern der Tischgesellschaft hebt Göthe einen Ludwigsritter hervor, ein ebenso wunderliches Original wie Behrisch, der von alten Anekdoten zehrte, an fixen Ideen litt und alle Tugend dem guten Gedächtniß, alle Laster der Abnahme des Gedächtnisses zuschrieb. Auch an den „heitern, sinnlich-glücklich angelegten" John Meyer schloß er sich an, den Sohn eines Wiener Bankiers, einen jungen Mediciner, der seinem Fache mit vielem Eifer oblag. Sein eigentlicher Liebling aber war, nach Jung-Stillings Aussage, jener Lerse, den er im Götz von Berlichingen verherrlicht hat — ein wackerer, treuherziger Junge voll guten Humors, der sich der Theologie widmete, später Lehrer an der Militärschule in Colmar ward und endlich in Leiningen zu einem Hofrathstitel gelangte. Von den andern Mitgliedern der Tafelrunde waren die meisten Mediciner.

Göthe war durch seine pietistischen Freunde in Frankfurt an Pietisten in Straßburg empfohlen. Er gab sein Empfehlungsschreiben ab, hatte sie jedoch bald satt. In einem Briefe an den Theologen Limprecht dankte er seinem Heiland, daß er nicht so sei, wie er sein sollte, und berief sich dafür auf Luthers Wort: „Ich fürchte mich mehr für meinen guten Werken, als für

---

[1] A. Stöber, Der Aktuar Salzmann und seine Freunde. Frankfurt 1855. Ders.: Alsatia. Jahrbuch für Elf. Geschichte. 1850 -1857. Neue Reihenf. 1858—1873. Mülhausen. Leyser, Göthe zu Straßburg. Neustadt a. d. H. 1871. Ristelhuber, l'Alsace ancienne et moderne. 3e éd. Strasb. 1865.

meinen Sünden." Der Fräulein von Klettenberg aber meldete
er am 26. August zugleich mit dem Besuch des Gottesdienstes
ganz unverholen: „Mein Umgang mit den frommen Leuten ist
hier gar nicht stark. Ich hatte mich im Anfang sehr an sie ge=
wendet; aber es ist, als wenn es nicht sein sollte. Sie sind so
von Herzen langweilig, wenn sie anfangen, daß es meine Leb=
haftigkeit nicht aushalten konnte. Lauter Leute von mäßigem
Verstande, die mit der ersten Religionsempfindung auch den
ersten vernünftigen Gedanken dachten und nun meinen, das wäre
Alles, weil sie sonst von nichts wissen."

Um so enger schloß er sich an die Mediciner an, hörte schon
während des Wintersemesters 1770/71 bei Lobstein Anatomie,
bei Spielmann Chemie und studirte praktische Chirurgie und Ge=
burtshilfe bei den beiden Ehrmann. Die Jurisprudenz ward
abermals nur nebenbei mit Hilfe eines Repetenten summarisch
betrieben. Dagegen hatte er Auge und Ohr für alle Zweige
der Bildung offen, die für Poesie, Kunst, anmuthige Verschöne=
rung des Lebens etwas zu versprechen schienen, und richtete sich
überhaupt darauf ein, genießend zu lernen und lernend zu ge=
nießen, die Poesie im Leben und das Leben in der Poesie zu
suchen.

Das schöne Elsaß bot hierzu schon etliche Gelegenheit. Gleich
bei seiner Ankunft bestieg der jugendliche Dichter den Münster=
thurm und begrüßte das freundliche Land, das ihm einstweilen
zum Aufenthalt dienen sollte. Obwohl noch nicht ganz von der
Herrschaft des Winters befreit, sprach es ihn doch mächtig an
mit seinem großen herrlichen Strome, mit seinen belebten Ufern,
seinen Inseln und Werdern, mit seiner reichen Vegetation und
Fruchtbarkeit, mit der Fülle menschlicher Thätigkeit, die sich auf
seinen gesegneten Gefilden entfaltete.

Und in Mitte dieser reizenden Naturpracht die merkwürdige,
eigenthümliche, lebendige Stadt, deutsch der Bevölkerung nach),
französisch in ihrer jetzigen politischen Lage und Regierung, ka=
tholisch vielfacher Erinnerung nach, protestantisch durch die Mehr=
zahl der einflußreicheren Bewohner, in regem Handel theil=

nehmend am Neuen, in ihrem berühmten Münster gleichsam ein Denkstein mittelalterlicher Geschichte. Wie sich französische und deutsche Sprache hier in seltsamer Mischung begegneten, so auch französisches und deutsches Leben und Wesen. Göthe sah hier die jungverlobte Marie Antoinette durchreisen in das königliche Paris. Rousseau, Voltaire und die Encyklopädisten traten hier mit mächtigerer Gewalt an ihn heran. Schöpflin und andere Straßburger Gelehrten dagegen wiesen zurück in die ältere deutsche Geschichte der Stadt und des Landes. Die Töchter eines französischen Tanzmeisters stritten sich um die Gunst des deutschen Studenten, der bei ihrem Vater französische Grazie zu erwerben suchte. Diesem gesielen aber die ächtdeutschen Elsäßerinnen besser, die in ihrer malerischen Volkstracht Straßen und Gassen mit ihrem Geplauder belebten. Während er sich durch Lectüre und schriftliche Uebung im Französischen vervollkommnete, herrschte in seiner Tafelrunde ein völlig deutscher Ton, und dem gewesenen Kohlenbrenner und Schmiede, nunmehrigen Studenten der Medicin Jung-Stilling, der sich dieser Tischgenossenschaft beigesellte, empfahl er zur Ausbildung in den schönen Wissenschaften weder Teutsche noch Franzosen, sondern Ossian, Shakespeare, Fielding und Sterne.

Wie früher, so verfolgte Göthe auch jetzt keinen Wissenszweig, noch irgend eine literarische Richtung mit consequentem Fleiß. Keine Methode, keine Ordnung. Er wühlte bunt in Allem herum. In seinen „Ephemeriden", die sich erhalten haben, figuriren neben Thomas von Kempen und Tauler der Hexenmeister Agrippa von Nettesheim und der Bibliograph Fabricius, Giordano Bruno und Bayle, Plato und Mendelssohn, Notizen über Pantheismus, meteorologische Beobachtungen, literarisch-theologische Curiosa (wie Jacobi Ayreri historischer Processus, in welchem sich Lucifer über Christum, darum, daß er ihm die Hölle zerstört, eingenommen :c., beschwert; Ant. Cornelii Querela infantium in limbo clausorum adversus divinum iudicium, apud aequum judicem proposita), Notizen über physikalische Werke — kurz ein kunterbunter Mischmasch von Studienmaterial, wie ihn die Neugier eines lebhaft jugendlichen Kopfes sich auf Gerathewohl zusammennascht [1].

Welches von diesen bunten Elementen zu einer vorwiegenden Herrschaft gelangt, ist nicht zu enträthseln — das Eritis sicut dii war an allem Neuen und Spannenden geschrieben, und so verdrängte ein Eindruck den andern. Nach dem Berichte in „Dichtung und Wahrheit" sollte man meinen, die damals herrschende französische Richtung der Encyklopädisten hätte den Jüngling nur wenig berührt. Er räumt hier eine große Vorliebe für die älteren Franzosen ein, für Montaigne, Rabelais, Amyot und Marot. Aber Voltaire, das Wunder seiner Zeit, sei ihm selbst bejahrt erschienen, wie die Literatur, die er durch ein Jahrhundert hindurch belebt und beherrscht hatte.

„Schon hieß er laut ein eigenwilliges Kind, seine unermüdete, fortgesetzte Bemühung betrachtete man als eitles Bestreben eines abgelebten Alters; gewisse Grundsätze, auf denen er seine ganze Lebenszeit bestanden, deren Ausbreitung er seine Tage gewidmet, wollte man nicht mehr schätzen und ehren; ja seinen Gott, durch dessen Bekenntniß er sich von allem atheistischen Wesen loszusagen fortfuhr, ließ man ihm nicht mehr gelten: und so mußte er selbst, der Altvater und Patriarch, gerade wie sein jüngster Mitbewerber, auf den Augenblick merken, nach neuer Gunst haschen, seinen Freunden zu viel Gutes, seinen Feinden zu viel Uebles erzeigen, und unter dem Schein eines leidenschaftlich wahrheitsliebenden Strebens unwahr und falsch handeln."

Nicht günstiger lautet sein Urtheil über die anderen „Philosophen".

„Auf philosophische Weise erleuchtet und gefördert zu werden, hatten wir keinen Trieb noch Hang; über religiöse Gegenstände glaubten wir uns selbst aufgeklärt zu haben, und so war der heftige Streit französischer Philosophen mit dem Pfaffenthum uns ziemlich gleichgiltig. Verbotene, zum Feuer verdammte Bücher,

---

[1] H. Viehoff, Göthe's Leben. 2. Ausg. 1854. I. 322 ff. A. Schöll, Briefe und Aufsätze von Göthe. 1840. S. 80 ff.

welche damals großen Lärm machten, übten keine Wirkung auf
uns aus. Ich gedenke statt aller des Système de la nature,
das wir aus Neugier in die Hand nahmen. Wir begriffen
nicht, wie ein solches Buch gefährlich sein könnte: es kam uns
so grau, so cimmerisch, so todtenhaft vor, daß wir Mühe hatten,
seine Gegenwart auszuhalten, daß wir davor nicht wie vor einem
Gespenste schauderten."

In späteren Jahren machte Göthe ein diesem gerade ent-
gegengesetztes Geständniß.

„Sie haben," sagte er (3. Jan. 1830) zu Eckermann, „keinen
Begriff von der Bedeutung, die Voltaire und seine großen
Zeitgenossen in meiner Jugend hatten und wie sie die ganze
sittliche Welt beherrschten. Es geht aus meiner Biographie nicht
deutlich hervor, was diese Männer für einen Einfluß auf meine
Jugend gehabt und was es mich gekostet, mich gegen sie zu
wehren und mich auf eigene Füße in ein wahres Verhältniß zur
Natur zu stellen." „Wir sprachen," fügt Eckermann bei, „über
Voltaire Ferneres, und Göthe recitirte mir das Gedicht Les Systèmes, woraus ich mir abnahm, wie sehr er solche Sachen in
seiner Jugend mußte studirt und sich angeeignet haben."[1]

Ein Ausgleich dieses Widerspruchs dürfte sich vielleicht darin
finden, daß der seichte philosophirende Deismus Voltaire's wie
der crasse Materialismus Holbachs das deutsche Gemüth des
jungen Dichters wohl abstieß, daß aber die glänzende Redefertig-
keit, der Spott und Witz, die Versalität und Declamationskunst,
die glatte Versmacherei und der französische Esprit Voltaire's
ihn doch wieder anzog,—während der noch ungelöste Gegensatz
zwischen Voltaire und Rousseau die jungen aufgeklärten Musen-
söhne in Straßburg nothwendiger Weise verwirren mußte. Daß
das System Holbachs dem poetischen Geiste Göthe's nicht recht
zusagen mochte, darf man wohl annehmen.

„Allein wie hohl und leer ward uns in dieser tiefsten athei-

---

[1] J. P. Eckermann, Gespräche mit Göthe. Leipzig 1868.
II. 115.

stischen Halbnacht zu Muthe, in welcher die Erde mit allen ihren
Gebilden, der Himmel mit allen seinen Sternen verschwand.
Eine Materie sollte sein von Ewigkeit, und von Ewigkeit her
bewegt, und sollte nun mit dieser Bewegung rechts und links
und nach allen Seiten ohne Weiteres die unendlichen Phänomene
des Daseins hervorbringen. Dieß alles wären wir sogar zu=
frieden gewesen, wenn der Verfasser wirklich aus seiner be=
wegten Materie die Welt vor unsern Augen aufgebaut hätte.
Aber er mochte von der Natur so wenig wissen als wir: denn
indem er einige allgemeine Begriffe hingepfahlt, verläßt er sie
sogleich, um Dasjenige, was höher als die Natur oder als
höhere Natur in der Natur erscheint, zur materiellen, schweren,
zwar bewegten, aber doch richtungs= und gestaltlosen Natur zu
verwandeln, und glaubt dadurch recht viel gewonnen zu haben.

„Wenn uns jedoch dieses Buch einigen Schaden gebracht hat,
so war es der, daß wir aller Philosophie, besonders aber der
Metaphysik, herzlich gram wurden und blieben, dagegen aber
auf's lebendige Wissen, Erfahren, Thun und Dichten uns nur
desto lebhafter und leidenschaftlicher hinwarfen." [1]

Dieser Schaden war gewiß groß genug — unberechenbar
groß.

Göthe's Geist wurde durch diese Zersplitterung seiner Kräfte
in jener Oberflächlichkeit bestärkt, welche, ohne feste wissenschaft=
liche Grundsätze, mit bloßer empirischer Einzelkenntniß auskommen
zu können glaubt; in jener freien Forschung, welche keinerlei
Autorität über dem eigenen Geiste anerkennt; in jener Frivo=
lität, welche sich selbst ihre Religion zurechtmacht und, wo sie
nicht ausreicht, durch eitle Genüsse und Beschäftigungen zu er=
setzen sucht. Indem er sich in der crassen atheistischen Halb=
nacht des französischen Materialismus unwohl fühlte, wurde er
freilich vor dem tiefsten Pfuhle dieser Aufklärung bewahrt —
aber ein sicherer Ankergrund war damit nicht gewonnen.

Die Beziehung zu dem Pietisten Jung=Stilling, den er in

---

[1] Göthe's Werke (Hempel). XXII. 43.

Schutz nahm und vertheidigte, erhielt wohl einigermaßen die süßlich pietistische Vorstellung des Christenthums, die er im Verkehr mit der Klettenberg eingeschlürft hatte. Aber was war das für ein lendenlahmes Gefühlschristenthum! Er konnte nicht daran glauben und Stillings Vertrauen auf Gebetserhörung kam ihm wie eine närrische Grille vor. „Der wunderliche Mensch glaubte eben, er brauche nur zu würfeln und unser Herrgott müsse ihm die Steine setzen."

Viel bedeutender war in religiöser und wissenschaftlicher Beziehung der Einfluß, den Herder auf ihn gewann. Es war das freilich noch nicht der großartige, universell gebildete Gelehrte, der ihm später wieder in Weimar begegnete, aber immerhin schon jetzt ihm nicht bloß um fünf Altersjahre, sondern auch durch ein sehr allseitiges, gründliches Studium voraus. Den 25. August 1744 zu Mohrungen in Ostpreußen geboren, war Herder von einem strengen Vater und einer bibelfesten Mutter in tiefernster protestantischer Religiosität aufgezogen worden, hatte bei dem finstern Prediger Trescho als Famulus gedient, hatte dann in Königsberg bei Lilienthal Theologie und bei Kant Philosophie gehört und war mit dem Philosophen Hamann persönlich bekannt geworden. Obwohl er sich in seinen ersten literarischen Versuchen (Fragmente über die deutsche Literatur 1767, und Kritische Wälder 1769) an Lessing anschloß, war er doch von durchaus anderem, weichem, fast weiblichem Charakter und suchte den klaffenden Gegensatz zwischen Orthodoxie und Rationalismus schöngeistig zu verkleistern, das Christenthum philosophisch zu erfassen und die Philosophie mit dem Christenthum auszusöhnen[1]. Die Brücke sollte nicht das „Wahre", sondern das „Schöne"

<hr>

[1] Obwohl Herder, wie so vielen Andern, die Ehre zu Theil geworden, unter die Vorväter des Darwinismus aufgenommen zu werden (Friedr. v. Bärenbach, Herder als Vorgänger Darwins und der modernen Naturphilosophie. Berlin 1877), so lag ihm selbst der Wunsch nach einer solchen Verwandtschaft sicherlich durchaus ferne. Nichts stieß ihn ärger ab, als die mechanische Naturerklärung der französischen Materialisten.

sein. Die Bibel, als autoritative Gottesurkunde verworfen, sollte als menschlich schönes, poetisches, großartiges Buch wieder in die Bildung der Menschheit aufgenommen werden. In der Stimme aller Völker fand er Accorde, die ein Wiederhall ihrer Stimme, der Stimme eines edlen Menschenthums zu sein schienen. Ihnen ging er nach in der Geschichte, in deren Hilfswissenschaften, in der Poesie. Diese Richtung des Geistes zog ihn zum Volkslied hin und in ihm wieder zu den gemeinschaftlichen Klängen, die in allen Literaturen wiedertönen. Die breitspurigen und zahlreichen kleinen Werke, die diesem Streben entstammt, waren zwar noch nicht geschrieben, allein den Keim dazu trug er schon in Kopf und Herz, als ihn, den damaligen Hofmeister der Prinzen von Holstein-Eutin, ein Augenübel zu einem längern Aufenthalt in Straßburg nöthigte und so mit Göthe zusammenführte.

Die Holbach'sche Nacht lichtete sich für Göthe, als dieser harmonisch angelegte Mann ihm die von Voltaire verlästerte Bibel wieder aus dem Kothe zog und sie als einen unversieglichen Born echter Poesie erschauen ließ — als er ihn aus der französischen Reifrockpoesie heraus auf den alten Homer[1] hinlenkte — als er ihm, dem nach ächter Poesie Hungernden und Dürstenden, in der Volkspoesie der alten und neuen Nationen die tiefste Ader aller poetischen Literatur erschloß. Shakespeare, mit dessen „Beauties" er in Leipzig nur sehr oberflächlich bekannt geworden, erhielt in dieser Umgebung eine neue Beleuchtung. Es waren jetzt nicht mehr bloß die Quibbles der Clowns, die ihn anzogen, sondern die großartige Verkörperung des Menschenlebens im

---

[1] „Göthe fing Homer in Straßburg zu lesen an, und alle Helden wurden bei ihm so schön, groß und frei watende Störche; er steht mir allemal vor, wenn ich an eine so recht ehrliche Stelle komme, da der Altvater über seine Leier sieht (wenn er sehen konnte) und in seinen ansehnlichen Bart lächelt. Es ist eine unendliche Menge sowie von allem, so auch von humour in ihm, diesen nämlich nicht wie britische Wolke, sondern griechisch-asiatischen Sonnenglanz gedacht." Herder an Merck (1772). Dr. Wagner, Briefe an Merck. 1835. S. 44.

nationalen Drama. Da blitzte in ihm der Gedanke auf, Aehn=
liches zu versuchen.

Warum hat Deutschland keinen Shakespeare gehabt? Da
stand doch das herrliche Münster, ein Prachtwerk der Kunst, das
sich mit allen Kathedralen Englands messen konnte! Warum
war in Deutschland dieser Quell des künstlerischen Schaffens ver=
siegt, während er in England die Reformation noch überdauert
hatte? Göthe stellte sich wohl diese Frage nicht, aber es däm=
merte in seinem Geiste etwas von jenen Aufgaben auf, die von
der deutschen Literatur noch zu lösen wären. Ein richtiger
Instinct lenkte ihn auf die nationale Sage und Geschichte als
den Quell nationaler Poesie hin — er stöberte da herum — er
stieß auf Götz von Berlichingen, auf Faust — es begann in
seinem Geiste zu gähren — er fühlte, daß an die Stelle all'
der französischen Nachbeterei und classischen Kunstquälerei etwas
kräftiges, Naturwüchsiges, Deutsches gesetzt werden sollte — das
Münster und Herder hatten ihn auf den rechten Weg geführt;
aber da traten leider die revolutionären Ideen der Zeit und
Friederike dazwischen.

Wie die Ideen der Revolution Göthe den Weg versperrten,
werden wir später sehen. Was ihn zunächst hemmte, den An=
regungen Herders in großartigem Maße zu entsprechen, war
die Liebschaft mit der berühmten Predigerstochter zu Sessenheim
— Friederike Brion.

Durch Herder war Göthe mit dem meisterhaften Familien=
roman Goldsmiths, dem „Landprediger von Wakefield“, bekannt
geworden. Wie tausend andere Romanleser und Romanleserinnen
begnügte er sich aber nicht, die geistreiche Erfindung, Charak=
teristik, Verwicklung der Dichtung zu bewundern, die Liebesver=
wicklung setzte sich wie ein süßer Traum in seiner Seele fest und
schürte das Verlangen, diesen Roman oder einen andern mit all'
seiner geträumten Poesie selbst zu erleben. Auf einem Ausflug
nach Sessenheim ward er mit der dortigen Predigersfamilie be=
kannt, in der die Personen des Romans leibhaftig wieder auf=
gelebt zu sein schienen. Nur der Liebhaber fehlte. Göthe über=

nahm die Rolle, las in der Familie den Roman vor, band mit Friederike, der älteren Tochter, eine Liebschaft an, hing eine Zeitlang nun vollends alle Studien an den Nagel, tändelte und blümelte mit der Geliebten — und ließ sie endlich sitzen. Ob er sie vollends um ihre jungfräuliche Ehre gebracht hat, darüber schwebt noch die Controverse[1].

Dieses „Sessenheimer Idyll" ist wie kaum eine andere Begebenheit aus Göthe's Leben ein Gegenstand allgemeiner Andacht und Verehrung geworden. Die Kleider der sitzen gebliebenen Pfarrerstochter werden als Reliquien verehrt, das Pfarrhaus in Sessenheim mit seiner Umgebung ist ein Wallfahrtsort verliebter und sentimentaler Seelen. Es gibt eine ganze Literatur über dieses Idyll, und selbst Katholiken haben sich für dasselbe, leider! poetisch begeistert. Genauer besehen, ist es eine traurige Geschichte — ein armes Kind wurde eben um sein Lebensglück betrogen.

Wie es Göthe mit der Liebe überhaupt meinte, steht in einem Briefconcept jener Zeit geschrieben. „Wenn ich Liebe sage, so verstehe ich die wiegende Empfindung, in der unser Herz schwimmt, immer auf einem Fleck sich hin- und herbewegt, wenn irgend ein Reiz es aus der gewöhnlichen Bahn der Glückseligkeit gerückt hat. Wir sind, wie Kinder auf dem Schaukelpferde, immer in Bewegung, immer in Arbeit und nimmer vom Fleck. Das ist das wahrste Bild eines Liebhabers. Wie traurig wird

---

[1] Varnhagen von Ense, an sich kein sehr glaubwürdiger Zeuge, nimmt den wirklichen Fall Friederikens an. Im Elsaß herrschte noch Anfangs der vierziger Jahre die Ueberlieferung, daß der Student Göthe die Pfarrerstochter verführt habe. Die eigene Erzählung Göthe's macht einen solchen Schluß des Abenteuers psychologisch sehr wahrscheinlich. Der jetzige Pfarrer von Sessenheim, Ph. Ferd. Lucius, hat die Geschichte von dieser Unsauberkeit zu reinigen gesucht (Fr. Brion von Sessenheim. Straßburg 1877). Durchschlagend sind seine Argumente nicht. Vgl. Ad. Baier, Das Heidenröslein. Heidelberg 1877. P. Th. Falck, Friederike Brion von Sessenheim. Berlin 1884.

die Liebe, wenn man so genirt ist, und doch können Verliebte nicht leben, ohne sich zu geniren."

Was ihm Sessenheim so angenehm und romantisch machte, war hauptsächlich, daß er hier nicht, wie in Leipzig, so viel genirt war. Vater und Mutter Brion lächelten zu Allem, und ließen Alles geschehen. Das sechzehnjährige Mädchen war in den jungen Dichter sterbensverliebt. Sie konnten ungestört bei Sonnen- und und Mondschein miteinander spaziren und mit der ganzen Dorfjugend selbander auf den Tanz gehen. Die Ländlichkeit der Verhältnisse gab Allem einen idyllischen Beigeschmack, während Göthe's literarische Bildung das Allergewöhnlichste in eine Art idealer Welt emporhob. Die Familie erhielt ja selbst Namen aus Goldsmith — und Bibel, Homer, Ossian und alles, was er etwa las, wurde auf den gegenwärtigen Roman angewendet. Alles ging in jener Spielerei der Liebe auf. „Es ist schwer, gute Perioden und Punkte zu seiner Zeit zu machen," so schreibt er von Sessenheim aus an Salzmann, „die Mädchen machen weder Komma noch Punktum, und es ist kein Wunder, wenn ich Mädchennatur annehme. Doch lern' ich schön Griechisch, denn daß Sie's wissen, ich habe in der Zeit, daß ich hier bin, meine griechische Weisheit so vermehrt, daß ich fast den Homer ohne Uebersetzung lese. Und dann bin ich vier Wochen älter; Sie wissen, daß das viel bei mir gesagt ist, nicht weil ich viel, sondern weil ich Vieles thue." Glücklich war er indeß dennoch nicht.

„Der Zustand meines Herzens," heißt es im nächsten Brief an den Actuar, „ist sonderbar, und meine Gesundheit schwankt wie gewöhnlich durch die Welt, die so schön ist, als ich sie lange nicht gesehen habe. Die angenehmste Gegend, Leute, die mich lieben, ein Cirkel von Freunden! Sind nicht die Träume meiner Kindheit alle erfüllt? frage ich mich manchmal, wenn sich mein Aug in diesem Horizonte von Glückseligkeiten herumwindet. Sind das nicht die Feengärten, nach denen du dich sehntest? — Sie sind's, sie sind's! Ich fühl' es, lieber Freund, daß man um kein Haar glücklicher ist, wenn man erlangt, was man wünscht.

Die Zugabe! die Zugabe! die uns das Schicksal zu jeder Glück=
seligkeit drein wiegt! Lieber Freund, es gehört viel Muth dazu,
in der Welt nicht mißmuthig zu werden."

Diese Zugabe lag einerseits darin, daß er, der reiche
Sohn des kaiserlichen Rathes, die arme Pfarrerstochter nicht
heimzuführen wagte, und daß er es anderseits für mißlich hielt,
sich durch Eingehung einer so frühen Ehe seine weitere literarische
und Lebensstellung — wie ihm schien, vor der Zeit — zu be=
schränken. Er war ein viel zu weltkluger und berechnender Mensch,
um ehrlich zu lieben und für seine Liebe ein Opfer zu bringen.
Sonst wäre es höchst einfach gewesen, die Hand Friederikens zu
erhalten. Sie liebte ihn herzlich, die Charaktere stimmten zu=
sammen, von Seite des Pfarrers und seiner Frau keine Schwierig=
keit. Anstatt aber der Romanliebelei beherzt ein Ende zu machen,
tändelte Göthe spielend damit fort.

„Unserem Herrn Gott zu Ehren geh' ich dießmal nicht aus
der Stelle," schreibt er abermals an Salzmann, „und weil ich Sie
so lang nicht sehen werde, denk' ich, es ist gut, wenn du schreibst,
wie dir's geht. Nun geht's freilich ziemlich gut; der Husten hat
sich durch Cur und Bewegung so ziemlich gelöst, und ich hoffe,
es soll bald ziehen. Um mich herum ist's aber nicht sehr hell:
die Kleine fährt fort, traurig krank zu sein, und das gibt dem
Ganzen ein schiefes Ansehen. Nicht gerechnet Conscia mens
und leider nicht recti, die mit mir herumgeht."

Sodann eine Bestellung von zwei Pfund „Zuckerbäckerwesen",
damit es in seiner Umgebung „Anlaß zu süßeren Mäulern" gebe,
als man seit einiger Zeit zu sehen gewohnt sei.

„Getanzt hab' ich und die Aelteste," so berichtet er weiter,
„Pfingstmontag von 2 Uhr nach Tisch bis 12 Uhr in der Nacht,
an Einem fort, außer einigen Intermezzo's von Essen und
Trinken. Der Herr Amtsschulz von Reschwog hatte seinen Saal
hergegeben; wir hatten brave Schnurranten erwischt, da gings
wie Wetter! Ich vergaß des Fiebers und seit der Zeit ist's
auch besser; Sie hätten's wenigstens nur sehen sollen. Das ganze
mich in das Tanzen versunken! — Und doch, wenn ich sagen

könnte: ich bin glücklich), so wäre das besser als das Alles. — Aber darf sagen: ich bin der Unglückseligste? sagt Edgar. Das ist auch ein Trost, mein lieber Mann. Der Kopf steht mir wie eine Wetterfahne, wenn ein Gewitter heraufzieht und die Windstöße veränderlich sind."

Es war ein scharfer Kampf zwischen einer herzlichen Neigung und zwischen elender Selbstsucht, aber das Organ der Treue war in Göthe's Seele wenig entwickelt, wie Joh. Scherr sagt [1], und so endigte der Zwist schließlich damit, daß er Friederike preisgab, um frei zu bleiben und Carrière zu machen. Nachdem er die beste Zeit seines Straßburger Aufenthaltes mit Liebesabenteuern vertändelt, wurde in den letzten Monaten das vernachlässigte Jus hervorgezogen und Hals über Kopf eine Dissertation und Disputation zum Abschluß der Studien vorbereitet.

Die 56 Thesen, die er zur Disputation einstudirte, erstreckten sich nicht über die allergewöhnlichsten Dinge, in denen ein Jurist zu Hause sein mußte [2]. Zu Objicienten hatte er einige seiner muntern Tischgenossen — es war mehr Komödie, als ein ernster Act. Er erhielt dafür den Titel eines Licentiaten, ließ sich aber seither Doctor nennen.

Zum Gegenstand der Dissertation, welche er für seine Pro-

[1] Göthe's Jugend. Der Frauenwelt geschildert von Johannes Scherr. Leipzig 1874. S. 68. Otto Roquette (Gegenwart 1884. Nr. 44) sucht Göthe's Untreue damit zu beschönigen, daß er noch minderjährig gewesen: „Der Rath Göthe würde seinen einundzwanzigjährigen Doctor schön angesehen haben, wenn er noch nicht mündig, als Verlobter nach Hause gekommen wäre. Aber wichtiger als das — in dem Kopfe des jungen Doctors rumorten überdieß schon die Geister des Faust, des Götz, und was nicht alles! Seine Welt war viel zu groß und zum Schaffen herausfordernd, als daß er die arme Friederike in dieselbe hätte mitnehmen können." Sic!

[2] Am interessantesten für die heutigen Göthe-Verehrer, von denen doch die meisten für Abschaffung der Todesstrafe schwärmen, ist die 53. Poenae capitales non abrogandae.

motion einliefern sollte, wählte er den Satz: „Der Gesetzgeber
ist nicht allein berechtigt, sondern auch verpflichtet, einen bestimmten
Cultus festzusetzen, von welchem weder die Geistlichen noch die
Laien sich lossagen dürfen.“ Eine neue Spielerei eines in allen
Wissenschaften und Ansichten herumflatternden Kopfes, der am
Sonderbaren und Paradoxen seine Lust hatte und sich kein Gewissen daraus machte, dasjenige sophistisch in wissenschaftlicher
Form zu vertheidigen, wovon er für sich gerade das Gegentheil
annahm. Vielleicht war die conservative Wahl des Stoffes auch
auf den gestrengen Herrn Rath berechnet, dem die Differtation
sehr gut gefiel. Der Decan der Facultät wollte sie nicht offi-
ziell im Namen der Universität drucken lassen, weil einige
Aeußerungen gegen Grundbogmen des Christenthums darin vor-
kamen. Sie blieb deßhalb ungedruckt und das Manuscript ist
nicht gefunden. Was Göthe selbst berichtet, ist, daß er die Einführung aller Religionen als einen Act der Staatsgewalt dargestellt und den Protestantismus als letztes Beispiel dieser staats-
kirchenrechtlichen Thätigkeit angeführt habe. Und so endigte denn
das „Idyll von Sessenheim“ mit einem principienlosen Advokaten-
sermon, worin, soweit wir urtheilen können, Rousseau'sche Ideen
mit protestantischem Kirchenrecht zu einem wunderlichen Gemengsel
zusammengerührt waren. Die einzige Frucht, die das vielgefeierte
Idyll dem Dichter brachte, waren ein paar Liebesgedichte und
Stoff zu ein paar Frauenfiguren und Liebessituationen für Dramen und Romane, wie für die blasse Marie im „Götz von Berlichingen“ und die schwindsüchtige Marie im „Clavigo“. Wenn
alle Dramatiker und Romanschreiber für jede neue Frauenfigur
solche Studien machen wollten, was würde aus der öffentlichen
Moral werden? Das Beispiel Göthe's wirkte aber schon sofort.
Kaum hatte er Straßburg verlassen, so kam der junge Dramatiker
Lenz[1] nach Sessenheim und versuchte einen zweiten Roman mit

---

[1] A. Stöber, Der Dichter Lenz und Friederike von Sessenheim. Basel 1842. O. F. Gruppe, Reinhold Lenz. Berlin 1861.
Dorer-Egloff, J. H. Lenz und seine Schriften. S. 131. P. Th.

Friederike anzuzetteln. Es gelang ihm nicht. Wilder und leiden=
schaftlicher als Göthe, arbeitete er sich durch ein fortgesetztes Ro=
manleben in vollständige Verrücktheit hinein und starb als Geistes=
kranker 1792 zu Moskau im tiefsten Elend.

Falck, Friederike Brion. Berlin 1884. Karl Weinhold, Dra=
matischer Nachlaß von J. M. R. Lenz. Frankfurt a. M. 1884.

4. Frankfurter Advokatur. Götz von Berlichingen.

1771—1772.

„Une imitation détestable de ces mauvaises pièces anglaises, pleine de dégoûtantes platitudes."   Frédéric II.

„Wenn der König meines Götz in Unehren erwähnt, ist es mir nichts Befremdendes. Ein Vielgewaltiger, der Menschen zu Tausenden mit einem eisernen Scepter führt, muß die Production eines freien und ungezogenen Knaben unerträglich finden."
Göthe an Mösers Tochter 1781.

Göthe war kein in sich gekehrter, das Vergangene melancholisch wiederkäuender Mensch. Er war voll Geist, Spannkraft, Leben, wußte die Gelegenheit beim Schopf zu fassen, sich in die jeweilige Lage zu finden und Kapital daraus zu schlagen.

Mit dem wenigen juristischen Wissen, das er in Mitte seiner Zerstreuungen kopfüber zusammengerafft, nannte er sich beherzt Doctor und meldete sich vor den gestrengen Herren in Frankfurt als Advokat. Am 31. August 1771 wurde er als solcher vereidigt. Er fing auch gleich zu prakticiren an, doch nicht in der gelehrt-pedantischen Weise der alten Schule, sondern nach französischen Mustern, lebhaft rhetorisch und populär. Schon beim ersten Proceß trat er so lebhaft auf, daß sich der Gegenadvokat Theiß zu Leidenschaftlichkeit hinreißen ließ. Es setzte beiderseits Injurien ab, und das Gericht sah sich genöthigt, Beiden einen Verweis zu geben. Indeß gewann Göthe den Proceß und betrieb fortan seine Plaidoyers mit mehr Ruhe.

Der alte Göthe ließ sich durch diese Erfolge richtig Sand in die Augen streuen; er glaubte an eine volle Verwirklichung seiner

Pläne. Der rasche, scharfe Blick des Sohnes, seine praktische Auffassungsweise, seine natürliche Beredsamkeit rißte ihn zur Bewunderung hin. Mit wahrer Herzensgenugthuung studirte er nun die Acten, machte mit Hilfe eines Amanuensis die nöthigen Vorarbeiten, ergänzte, was dem jungen Doctor an positivem Wissen gebrach, und lieferte ihm das Material geordnet, gesichtet und wohl präparirt, mit allen nützlichen Anmerkungen eines alten erfahrenen Geschäftsmannes versehen. Das gemüthliche Zusammenarbeiten führte zu größerer Harmonie. Wolfgang selbst nahm, was äußere Ordnung, Registriren u. dgl. betraf, viel von seinem Vater an, und als der alte Herr nun einmal einen gemachten Juristen vor sich zu haben glaubte, legte er auch der literarischen Thätigkeit des Sohnes keine weiteren Hindernisse in den Weg. Dieser setzte sich denn auch con furore an die Ausarbeitung eines größeren Werkes und machte dasselbe zur Hauptsache; die Praxis wurde in Nebenstunden betrieben und nur des Scheins wegen, wie es in einem Billet an Salzmann heißt.

Wie oben erwähnt, hatte sich Göthe schon in Straßburg von den Franzosen den Engländern zugewandt und vor Allem Shakespeare. Er war bekanntlich nicht der Erste. Wer am meisten Bahn für Shakespeare gebrochen, das war eigentlich Voltaire gewesen. Obwohl er ihn schlecht verstand und noch schlechter nachahmte und noch viel schlechter ausbeutete, so war es doch für die den Franzosen nachbetenden Teutschen kein geringer Vortheil, daß das größte „Genie“ des 18. Jahrhunderts auf den englischen Dichter hinwies, der wie ein großes phantastisches Gebirge in die abgezirkelten Zopfgärten der damaligen Literatur hineinragte. Es mußte etwas an dem Manne sein, der selbst einem Voltaire Respect eingeflößt. Gottsched konnte dieses urwüchsige Genie nicht verdauen. Bodmer und die Seinen interessirten sich mehr für epische als für dramatische Poesie. Dagegen hatte ihn Lessing den Teutschen schon näher gerückt, Wieland ihn übersetzt — Herder schwärmte für ihn und die ganze jüngere Generation sah zu ihm wie zu einem Patriarchen der Poesie auf, nur wußte sie noch nicht recht, wie man's anfangen sollte, auch ein Shakespeare zu werden.

Man sah den Baum mit seiner unerschöpflichen Triebkraft, mit seiner Fülle von Poesie, man achtete nicht auf die tiefen, gewaltigen Wurzeln, die ihn trugen.

Davon, daß Shakespeare Katholik gewesen sein könnte, war damals keine Ahnung. Sonst wäre es mit der Shakespeare-Verehrung wohl bald aus gewesen. Man achtete gar nicht darauf, daß seiner großartigen Dramatik eine von der antiken durchaus abweichende, wesentlich christliche Weltanschauung zu Grunde liegt. Man übersah, daß das Schwert der Reformation in England den Zusammenhang mit der Vergangenheit lange nicht so tief und vollständig durchschnitten hatte, wie in Deutschland und Frankreich, daß das Inselreich in Kirche, Königthum, Volksvertretung, socialer Gliederung, Familie, individueller und corporativer Freiheit, Erziehung, Sprache, Wissenschaft, Sitte noch weit inniger und natürlicher mit dem katholischen Mittelalter zusammenhing, als der durch die Reformation gründlich umgewälzte Continent, daß Shakespeare's Poesie nicht in den revolutionären Keimen wurzelte, welche die Reformation gepflanzt, sondern in dem kernigen Lebenssaft, den das gute alte England durch kräftige Familientradition von seinen Vorfahren überkommen.

Wie Voltaire Shakespeare's Cäsar so völlig mißverstand, daß er sich daran für die Revolution begeisterte, so hatte das von französischer Bildung durchsäuerte Deutschland kein tieferes Verständniß für den in seinem innersten Wesen conservativen Dichter. Die Schulmeister abhorrirten ihn, weil er die Regeln des Aristoteles und Boileau nicht innehielt. Die jungen revolutionären Kraftgeister begrüßten ihn dagegen wie eine Verkörperung Rousseau'scher Ideen. Sie feierten ihn als die verkörperte Auflehnung gegen die hergebrachte Regel, als den größten Repräsentanten der Natur gegen alle verknöcherte Schule, als den Herold der Freiheit und den Erlöser von jeglichem Zwang. Jeder, der die alten Kunstregeln verachtete, glaubte ein Genie und auf dem Wege zu sein, ein Shakespeare zu werden.

Daß der junge Göthe bei seinem abgestandenen Protestantis=
mus und seiner oberflächlichen Allerweltsbildung sich nicht weit
über diese banale Shakespeare-Auffassung emporschwingen konnte,
ist durchaus begreiflich. Der Protestantismus hatte der Poesie
in Deutschland sowohl den religiösen als den nationalen Boden
entzogen. Wo sollte man ihre Quelle suchen als im Individuum,
in der Natur, in der Rebellion der Natur gegen alle Gesetze?

Ganz in diesem Geiste ist deßhalb die Rede gehalten, die der
junge Advokat Göthe am 14. October 1771 in einem Kreise
von Shakespeare-Verehrern zu Frankfurt vortrug[1].

„Erwarten Sie nicht," heißt es hier, „daß ich viel und
ordentlich schreibe. Ruhe der Seele ist kein Festtagskleid; und
noch zur Zeit habe ich wenig über Shakespeare gedacht; — ge=
ahnt, empfunden, wenn's hoch kam, ist das Höchste, wohin ich
es habe bringen können. Die erste Seite, die ich in ihm las,
machte mich auf Zeitlebens ihm eigen; und wie ich mit dem
ersten Stücke fertig war, stand ich wie ein Blindgeborner, dem
eine Wunderhand das Gesicht in einem Augenblicke schenkt. Ich
erkannte, ich fühlte auf's Lebhafteste meine Existenz um eine Un=
endlichkeit erweitert — Alles war mir neu, unbekannt, und das
ungewohnte Licht machte mir Augenschmerzen. Nach und nach
lernte ich sehen und, Dank meinem erkenntlichen Genius, ich
fühle noch immer lebhaft, was ich gewonnen habe. Ich zweifelte
keinen Augenblick, dem regelmäßigen Theater zu entsagen. Es
schien mir die Einheit des Ortes so kerkermäßig ängstlich, die
Einheiten der Handlung und der Zeit lästige Fesseln unserer
Einbildungskraft; ich sprang in die freie Luft und fühlte erst,
daß ich Hände und Füße hatte. Und jetzo, da ich sehe, wie viel
Unrecht mir die Herren der Regel in ihrem Loch angethan haben,
wie viel freie Seelen noch drinnen sich krümmen, so wäre mir
mein Herz geborsten, wenn ich ihnen nicht Fehde angekündigt
hätte und nicht täglich suchte, ihre Thürme zusammenzuschlagen.

„Das griechische Theater, das die Franzosen zum Muster

____

[1] Veröffentlicht von Otto Jahn, Biogr. Aufsätze. Leipzig 1866.

nahmen, war nach innerer und äußerer Beschaffenheit so, daß
eher ein Marquis den Alcibiades nachahmen könnte, als es
Corneille dem Sophokles zu folgen möglich wäre. Erst Inter=
mezzo des Gottesdienstes, dann feierlich politisch, zeigte das Trauer=
spiel einzelne große Handlungen der Väter dem Volke, mit der
reinen Einfalt der Vollkommenheit; erregte ganze und große
Empfindungen in den Seelen, denn es war selbst ganz und groß.
Und in was für Seelen! Griechischen! ich kann mich nicht er=
klären, was das heißt, aber ich fühle es und berufe mich der
Kürze halber auf Homer und Sophokles und Theokrit; die haben's
mich fühlen gelehrt.

„Nun sag ich geschwind hinten drein: Französchen, was willst
du mit der griechischen Rüstung, sie ist dir zu groß und zu schwer.

„Drum sind auch alle französischen Trauerspiele Parodien
von sich selbst. Wie das so regelmäßig zugeht, und daß sie
einander ähnlich sind wie Schuhe, und auch langweilig mitunter,
besonders in genere im vierten Act, das wissen die Herren leider
aus der Erfahrung, und ich sage nichts davon.

„Wer eigentlich zuerst darauf gekommen ist, die Haupt= und
Staatsactionen auf's Theater zu bringen, weiß ich nicht; es gibt
Gelegenheit für den Liebhaber zu einer kritischen Abhandlung.
Ob Shakespeare die Ehre der Erfindung gehört, zweifle ich;
genug, er brachte diese Art auf den Grad, der noch immer der
höchste geschienen hat, da so wenig Augen hinaufreichen und
also schwer zu hoffen ist, einer könne ihn übersehen oder gar
übersteigen. Shakespeare, mein Freund! wenn du noch unter
uns wärest, ich könnte nirgends leben als mit dir; wie gern
wollte ich die Nebenrolle eines Pylades spielen, wenn du Orest
wärest; lieber als die geehrwürdigste Person eines Oberpriesters
im Tempel zu Delphos.

„Ich will abbrechen, meine Herren, und morgen weiter
schreiben, denn ich bin in einem Ton, der Ihnen vielleicht nicht
so erbaulich ist, als er mir von Herzen geht.

„Shakespeare's Theater ist ein schöner Raritätenkasten, in dem
die Geschichte der Welt vor unsern Augen an dem unsichtbaren

Faden der Zeit vorbeiwallt. Seine Plane sind, nach dem gemeinen Stil zu reden, keine Plane, aber seine Stücke drehen sich alle um den geheimen Punkt (den noch kein Philosoph gesehen und bestimmt hat), in dem das Eigenthümliche unseres Ichs, die prätendirte Freiheit unseres Wollens mit dem nothwendigen Gang des Ganzen zusammenstößt. Unser verdorbener Geschmack aber umnebelt dergestalt unsere Augen, daß wir fast eine neue Schöpfung nöthig haben, uns aus dieser Finsterniß zu entwickeln.

„Alle Franzosen und angesteckte Teutsche, sogar Wieland, haben sich bei dieser Gelegenheit wie bei mehreren wenig Ehre gemacht. Voltaire, der von jeher Profession machte, alle Majestät zu lästern, hat sich auch hier als ein echter Thersit bewiesen. Wäre ich Ulysses, er sollte seinen Rücken unter meinem Scepter verzerren. Die meisten von diesen Herren stoßen sich besonders an seinen Charakteren an. Und ich rufe: Natur, Natur! nichts so Natur als Shakespeare's Menschen.

„Da hab' ich sie Alle über'm Hals. Laßt mir Luft, daß ich reden kann! Er wetteiferte mit dem Prometheus, bildete ihm Zug vor Zug seine Menschen nach, nur in kolossalischer Größe; darin liegt es, daß wir unsere Brüder verkennen; und dann belebt er sie mit dem Hauche seines Geistes; er redet aus allen und man erkennt ihre Verwandtschaft.

„Und was will sich unser Jahrhundert unterstehen, von Natur zu urtheilen? wo sollten wir sie her kennen, die wir von Jugend auf Alles geschnürt und geziert an uns fühlen und an Anderen sehen? Ich schäme mich oft vor Shakespeare, denn es kommt mir manchmal vor, daß ich beim ersten Blick denke: das hätt' ich anders gemacht; hintendrein erkenne ich, daß ich ein armer Sünder bin, daß aus Shakespeare die Natur weissagt und daß meine Menschen Seifenblasen sind von Romangrillen aufgetrieben.

„Und nun zum Schluß, ob ich gleich noch nicht angefangen habe. Das was edle Menschen von der Welt gesagt haben, gilt auch von Shakespeare, das was wir bös nennen, ist nur die andere Seite vom Guten, die so nothwendig zu seiner Existenz und in das Ganze gehört, als Zona torrida brennen und Lapp-

land einfrieren muß, daß es einen gemäßigten Himmelsstrich
gebe. Er führt uns durch die ganze Welt, aber wir verzärtelte,
unerfahrene Menschen schreien bei jeder fremden Heuschrecke, die
uns begegnet: Herr, er will uns fressen.

„Auf, meine Herren, trompeten Sie mir alle edlen Seelen
aus dem Elysium des sogenannten guten Geschmacks, wo sie
schlaftrunken in langweiliger Dämmerung halb sind, halb nicht
sind, Leidenschaften im Herzen und kein Mark in den Knochen
haben; und weil sie nicht müde genug zu ruhen und noch zu
faul sind, um thätig zu sein, ihr Schattenleben zwischen Myrthen
und Lorbeergebüschen verschlendern und vergähnen.“

Das war des jungen Dichters Programm. Es war vor
Allem ein Absagebrief an den herrschenden literarischen Geschmack
— ein Anschluß an Rousseau's Naturalismus im Gegensatz zur
Classicität Voltaire's; aber über das Verhältniß dieses Naturalismus zu Religion, Nationalität, historischer Entwicklung, Kunst-
bildung absolut keine klare Vorstellung. Fort mit allen Fesseln!
Frei wie Shakespeare! Menschen! Natur! basta. Nicht einmal
die Schulvorlesungen, die Lessing in seiner Hamburger Dramaturgie gegeben, achtete der geniale Sprudelkopf. Er wollte ganz
auf freien Füßen stehen.

Shakespeare folgend, traf er insoweit das Richtige, daß er
nach einem großen geschichtlich-vaterländischen Stoff ausschaute.
Solche Stoffe waren, neben Religion und Volkssage, von jeher
die Hauptquellen großartiger Epik und Dramatik. Aber gerade
den Zusammenhang mit Religion, Sage und Geschichte hatte die
Reformation unbarmherzig, unheilbar durchschnitten. Das katholische Mittelalter war dem protestantischen Deutschland zur
düstern, verhaßten Fremde geworden, zu einem Schreckphantom,
mit dem man die Kinder in ihren fanatischen Bekenntnißglauben hineinhetzte, zu einem Wauwau, vor dem sogar der Aufgeklärte und Gebildete Scheu empfand, als vor einer Zeit der
schrecklichsten geistigen Knechtung. Die Helden der Reformation
boten nichts Poetisches dar — es war nur ein unwirthliches Ge-
zänke, das mit sacrilegischen Hochzeiten und gemeiner Familien-

prosa endigte. Der große Gustav Adolph war ein Schwede. Nach ihm zogen die thurmhohen Perücken in die Geschichte ein. In den heldenmüthigen Kämpfen des katholischen Oesterreich mit den Türken spielte der Protestantismus meist bloß die Rolle des Unthätigen oder des Verräthers. Woher den großen nationalen Stoff nehmen, da die alte nationale Vergangenheit nur im ka: tholischen Teutschland noch fortlebte und leider auch für dieses, unter französischem, spanischem und protestantischem Einfluß, grossentheils zur unverstandenen und ungenießbaren Fabel ge: worden war? Das war für einen protestantischen Dichter ob: jectiv eine schwierige Lage. Für Göthe verminderte. sich die Schwierigkeit freilich dadurch, daß er sich hierüber keine ge: nauere Rechenschaft gab und mehr instinctiv nach etwas recht Natürlichem, Teutschem suchte, das zugleich fähig wäre, durch seine Bedeutsamkeit die fremden, classischen Fesseln zu sprengen.

Dafür fand sich nun Rath. Er hatte in Straßburg ¹ eine alte Scharteke kennen gelernt, deren Inhalt urwüchsiger und deutscher kaum hätte sein können: die Biographie des Ritters Götz von Berlichingen mit der eisernen Hand, geschrieben von ihm selbst, und ebenfalls mit eiserner Faust. Da war wirklich wenig Kunst und Civilisation — Alles Natur — ein Anekdoten: buch von Jugendstreichen, „Reutterstücklein" und Abenteuern, wie sie ein alter, narbenreicher Soldat andächtigen Zuhörern er: zählt, kurz, kräftig, derb, mit herzlichem Wohlgefallen über die eigene Tapferkeit und Pfiffigkeit, hier mit einem Segensspruch, dort mit einem Fluch, bunt darauf los, ohne Satzbau und Unter: scheidungszeichen, nur mit Pausen, um aufzuschnaufen, Alles im gemüthlichen Oberdeutsch des 16. Jahrhunderts. In diese heitere Anekdotensammlung hineingeflochten war eine sehr kurze Selbst: vertheidigung des Ritters über seine Hauptmannschaft im Bauern: krieg, wie gut er es dabei gemeint und wie schlecht der Schwä:

---

¹ Nach Dünzer (Göthe-Jahrb. I. 144) erst in Frankfurt; seine Beweise sind aber nicht peremptorisch.

bische Bund es ihm gemacht habe — auch das im selben Ca=
valleriestil und in derselben derben Sprache[1].

Ein tragischer Held war es nicht, der Göthe in diesem Buche
entgegentrat, ein Ritter, ja, mit dem Kostüm des Ritterthums
angethan, auch mit einigen ritterlichen Zügen, aber vom Beruf
des Ritterthums abgefallen, in guten Tagen ein Wegelagerer, in
bösen Tagen das gepreßte Haupt eines Bauernaufstandes, am
Ende seines Lebens einlenkend auf etwas ritterliche Bahnen, be=
müht, sein nicht recht sauberes Verhältniß zur Revolution weiß=
zuwaschen. Er hat mehr von einem Fuchs oder Wolf (das war
auch sein Wappen), als von einem Löwen. Seine Lebensphilo=
sophie läuft auf den Reiterspruch hinaus: Hilf dir selbst, so hilft
dir Gott! Im Glück ist er voll Humor, im Mißgeschick voll
Galgenhumor. Um die großen religiösen, politischen, geistigen,
socialen Interessen seines Vaterlandes kümmerte er sich durchaus
nicht. Sein Königreich ist Hornberg, seine Religion die eiserne
Faust.

Was dem an sich mehr humoristischen als ernsten Charakter
allenfalls einen tragischen Beigeschmack verlieh, war der düstere
Hintergrund der Zeitgeschichte, die durch manche Züge des Anek=
dotenbuchs ernst und finster durchdämmerte, die Tragödie des
deutschen Volkes selbst, das durch kleinliche Selbstsucht, von seinen
großen Zielen abgekommen, sich in traurigem Hader selbst zer=
fleischt. Maximilian, Sickingen, sogar Berlichingen, Selbiz und
die aufständischen Bauern zeigen die gewaltigen Kräfte, die vor=
handen wären, aus Teutschland das erste Volk Europa's zu
machen. Aber all diese Kräfte sind in die Irre gerathen: ihr
innerer Zwiespalt faugt sie auf. Alle Spannkraft des Einzelnen
ist nicht im Stande, das Reich in seinem Sturze aufzuhalten,

---

[1] Ausführlicheres hierüber in den „Stimmen aus Maria=Laach",
Götz von Berlichingen mit der eisernen Hand. XVI. 45. 174. 208.
527. Vgl. J. W. von Berlichingen, Geschichte des Ritters Götz von
Berlichingen. Leipzig 1861. Hist.=pol. Blätter. VI. 462. Janssen,
Geschichte des deutschen Volkes. I. 555—558.

nachdem die Seele des Ganzen, die religiöse und politische Einheit, aus dem gewaltigen Körper entflohen. Deutsch, wie Götz
und wie der große historische Hintergrund, war die Sprache, die
Denkart, kurz das ganze Leben, das Göthe aus dem kunstlosen
Volksbuch entgegensprach. Es muthete ihn so begeisternd an,
wie das deutsche Volkslied, das er durch Herder in Straßburg
hatte kennen lernen. Aber andererseits lag es auch wieder so
himmelweit von dem ganzen Bereich der damaligen Bühne und
Poesie ab, daß Göthe mit seinem Helden anfänglich nicht wußte,
wo aus, wo ein.

Seine Schwester Cornelia, welcher schon lange die Ohren
von dem Projecte summten, rieth ihm, beherzt anzufangen, gleich-
viel wo und wie. Das that er. Einmal in der Sache drin,
schrieb er mit großer Leichtigkeit, sehr reinlich, mit freier klarer
Hand, ganze Seiten ohne Correctur; es schien keine erste Skizze
zu sein, sondern eine Abschrift. Das Geschriebene wurde der
Schwester vorgelesen, das Weitere mit ihr und Freunden besprochen. Obwohl Göthe sich anfänglich kein höheres Ziel setzte,
als das in der Sebstbiographie gebotene Material auf's Gerathewohl zu dramatisiren, so verschob sich der Charakter des humoristischen Bauernritters bald unvermerkt in den eines tragischen
Helden, die poetische Arbeit in eine „Rettung".

„Mein ganzer Genius," schrieb er am 28. November —
also mitten in der Arbeit, die er im October begonnen hatte —
an Salzmann, „liegt auf einem Unternehmen, worüber Homer
und Shakespeare und Alles vergessen werden. Ich dramatisire
die Geschichte eines der edelsten Deutschen, rette das Andenken
eines braven Mannes, und die viele Arbeit, die mich's kostet,
macht mir einen wahren Zeitvertreib, den ich hier so nöthig habe.
Denn es ist traurig, an einem Orte zu sein, wo unsere ganze
Wirksamkeit in sich selbst summen muß. Ich habe Sie nicht ersetzt und ziehe mit mir selbst im Feld und auf dem Papier herum. In sich selbst gekehrt, es ist wahr, fühlt sich meine Seele
Essorts, die in dem zerstreuten Straßburger Leben verlappten."
„Aber," heißt es weiter im Brief, „Frankfurt bleibt das Nest —

Nidus, wenn Sie wollen, wohl um Vögel auszubrüten, sonst auch figürlich Spelunca, ein leidig Loch. Gott helf uns aus diesem Elend. Amen."

Voll Widerwillen gegen die Prosa seines Frankfurter Lebens und vor Allem gegen die juristische Praxis, voll schmerzlicher Erinnerung an das entschwundene Straßburger Glück und an die getäuschte Friederike, voll innerer Verwirrung und Gährung nach allen Seiten hin, unzufrieden mit allen privaten und öffentlichen Zuständen, mit dem heiligen Römischen Reich und dessen schleppendem Rechtsgang, mit seiner Umgebung, seinem Vater und mit sich selbst, unterschob der jugendliche Dichter — unter den Geburtswehen seiner ersten größern Arbeit — der Lage seines Helden die eigenen Nöthen, Qualen, Bestrebungen, die eigenen Seufzer nach Freiheit und Selbständigkeit, das eigene vermeintliche Martyrium für Recht und Freiheit. Er glaubte sich selbst verklärt in diesem Götz wiederzufinden, der, auf eigene Willenskraft gestemmt, mit allen Mächten und Autoritäten seiner Zeit im Streite lag, aller Theorie und Schulweisheit spottete, viele Hiebe empfangend, mehr noch austheilend, mit seiner Eisenfaust durch alle Wirren sich durchschlug, weder Katholik, noch Protestant, alle religiöse Speculation auf den einfachen Reiterspruch zurückführte: „Hilf dir selbst, so hilft dir Gott!"

Seine Mutter Elisabeth, die Sessenheimer Friederike [1], den Straßburger Freund Lerse und andere gemüthliche Erscheinungen seines bisherigen Freundeskreises frei skizzirend, umgab er den confessionslosen Biedermann Götz mit einer ihm entsprechenden, nahezu religionslosen, aber in ihrem ganzen Wesen gemüthlichen, treuherzigen deutschen Familie. Ihr gegenüber stellte er eine richtige Aristokratenpartei nach der Anschauungsweise des 18. Jahrhunderts, bestehend aus herrschsüchtigen Pfaffen, verkommenen

---

[1] Göthe beauftragte später Salzmann, ihr ein Exemplar des Stückes zuzustellen: „Die arme Friederike wird einigermaßen sich getröstet finden, wenn der Untreue vergiftet wird." Bernays, Der junge Göthe. I. 385.

Junkern und bösen Weibern. Der Kampf zwischen beiden Par-
teien wird dadurch ermöglicht, daß der biedere, vermöge seiner
Tugend dem Bösen unerreichbare Götz in seinem Freunde, dem
zwar edeln, aber schwachen Weislingen, ein Alter Ego erhält,
das verwundbar ist und durch welches die böse Aristokratenpartei
ihn selbst in's tiefste Herz hinein treffen kann. In dem Augenblick, wo eine Aussöhnung zwischen Götz und Weislingen Deutschland das schönste Glück verheißt, weiß der herrschsüchtige Bischof
von Bamberg (der eigentliche böse Dämon Deutschlands und des
deutschen Geistes) durch die Ränke einer schönen Buhlerin, Adelheid von Walldorf, den bekehrten Ritter wieder von seinem
Freunde zu trennen. Weislingen verschmäht die ihm angetraute
Schwester Götzens, die blasse Marie, und arbeitet selbst am
Kaiserhofe verrätherisch gegen Berlichingen. Auf seinen Rath
erklärt der Kaiser Götz in die Reichsacht. Dieser wird in Jart-
hausen belagert und zur Capitulation gezwungen. — So weit
war die Verwicklung glücklich gediehen: Götz trat einigermaßen
in den Vordergrund. Zahlreiche Einzelheiten[1], der Selbstbiographie entnommen, gaben dem Stück einen geschichtlichen Anhauch.

„Die ersten Acte," sagt Göthe selbst, „konnten für das, was
sie sein sollten, füglich gelten." „Aber," so gesteht er weiter,
„in den folgenden und besonders gegen das Ende riß mich
eine wundersame Leidenschaft unbewußt hin. Ich hatte mich,
indem ich Adelheid liebenswürdig zu schildern trachtete, selbst in
sie verliebt; unwillkürlich war meine Feder nur ihr gewidmet,
das Interesse an ihrem Schicksale nahm überhand, und wie ohnehin gegen das Ende Götz außer Thätigkeit gesetzt ist und dann
nur zu einer unglücklichen Theilnahme am Bauernkrieg zurückkehrte, so war nichts natürlicher, als daß eine reizende Frau
ihn bei dem Autor ausstach, der, die Kunstfesseln abschüttelnd,
in einem neuen Felde sich zu versuchen gedachte."

---

[1] Viehoff hat sie zusammengestellt. I. Aufl. II. 77. 78. Vgl.
IV. Aufl. II. 51.

Wie Verwickelung und Spannung der ersten Acte schon großentheils auf den Ränken Adelheids beruhen, so verdrängt sie in den folgenden Götz beinahe von der Bühne, indem der Dichter sie nun gleichzeitig mit Weislingen, dessen Buben Franz und Sickingen buhlen, erst Weislingen, dann Franz vergiften läßt, bis endlich die Rache der heiligen Vehme den weiblichen Teufel ereilt und ihren weiteren ehrgeizigen Plänen ein Ende macht. Nur in ein paar kurzen Scenen unterbricht der Bauernkrieg die wollüstigen Schauer dieses Ehebruchsromans. Dann kommt der alte Götz, von Herzeleid gebrochen, noch einmal aus dem dunk= teln Kerkerloch hervor, in das ihn der Sieg der aristokratisch= pfäffischen Partei geworfen. Er stirbt, indem er noch einmal nach Freiheit seufzt und nicht etwa eine Erlösung Deutschlands durch die Reformation, sondern eine Zeit der tiefsten Knechtschaft und Erniedrigung verkündigt.

So weit gedieh das Stück am 2. Januar 1772 nach kaum dreimonatlicher Arbeit. Der Autor war noch nicht viel über zweiundzwanzig Jahre alt. Abschriften gingen zunächst an be= nachbarte Freunde, dann an Herder, den Hofprediger in Bücke= burg. „Ihr Urtheil,“ schrieb ihm Göthe, „wird mir nicht nur über dieses Stück die Augen öffnen, sondern vielmehr über diesem Stück dich lehren, wie Oeser, es als Meilensäule pflanzen, von der wegschreitend du eine weite, weite Reise anzutreten und bei Ruhestunden zu berechnen hast. Auch unternehme ich keine Ver= änderung, bis ich Ihre Stimme höre; denn ich weiß doch, daß alsdann radicale Wiedergeburt geschehen muß, wenn es zum Leben eingehen soll.“ Während Herder lange mit seiner Kritik zögerte, fand Götz bei den näherwohnenden Freunden begeisterten Beifall, verschaffte Göthe sofort den Ruf eines der hoffnungs= vollsten Schöngeister und bestärkte ihn vollständig in dem Ent= schluß, sich der Dichtkunst zu widmen. Daß seine Erstlings= arbeit selbst — in wenig veränderter Fassung — zu einem Marksteine der deutschen Literaturgeschichte werden sollte, ließ er sich aber nicht träumen. Als Herder endlich nach vielen Mo= naten den „braven Berlichingen“ mit Kritik zurücksandte, ant=

4*

wortete Göthe: „Euer Brief war Trostschreiben; ich setze ihn (den
Götz) weiter schon herunter, als Ihr. Die Definitio, ‚daß Euch
Shakespeare ganz verdorben u. s. w.‘, erkannt ich gleich in ihrer
ganzen Stärke. Genug, es muß eingeschmolzen, von Schlacken
gereinigt, mit neuem, edlerem Stoff versetzt und umgegossen
werden; dann solls wieder vor Euch erscheinen.“

Die Umarbeitung fand erst im folgenden Frühjahr statt. Sie
war mehr negativer als positiver Natur[1]. Adelheid, das „bezaubernde Ungeheuer“, wurde aus seiner bevorzugten Stellung
im letzten Act zu Gunsten des Helden etwas zurückgedrängt, der
stellenweise noch üppig wuchernde Redeflor gehörig beschnitten.
Neuer, edlerer Stoff ward nicht hineingeschmolzen. Verwickelung, Charaktere, Sprache, kurz das ganze Stück blieb im Wesentlichen dasselbe. So wurde es im Sommer 1773 gedruckt und
kam für zwölf gute Groschen in den Handel. Die anfänglichen
Autorängsten wichen bald der fröhlichsten Hoffnung. „Und nun
meinen lieben Götz,“ schrieb Göthe am 21. August. „Auf seine
gute Natur verlaß ich mich, er wird fortkommen und dauern.
Er ist ein Menschenkind mit viel Gebrechen und doch der Besten
einer. Viele werden sich am Kleide stoßen und einigen rauhen
Ecken. Doch hab ich schon so viel Beyfall, daß ich erstaune. Ich
glaube nicht, daß ich sobald was machen werde, was wieder das
Publikum findet.“[2]

Zu einer schulgerechten, abgeschlossenen Einheit war das Stück
auch durch die vollständige Umarbeitung nicht gelangt. Es blieb
ein Kranz lose aneinandergereihter, lebhaft dramatisirter, ge-

---

[1] Die Abänderungen bei Viehoff notirt. I. Aufl. II. 80. 81.

[2] Wie Göthe im Alter selbst nach wiederholten Versuchen an
einer vollständig befriedigenden Inscenirung verzweifelte, so erklärten Wieland, Mensel und andere Kritiker das Stück schon bei seinem
Erscheinen für unaufführbar; der Schauspieler Koch, auf die Neugier des Publikums rechnend, führte es indeß schon den 12. April
1774 in Berlin auf; er hatte guten Kassenerfolg, und der Mann
mit der eisernen Hand erschien in demselben Jahr noch 13mal auf
der Berliner Bühne. Göthe-Jahrb. II. 90 ff.

schichtlicher Scenen, welche nicht ein Charakter oder eine Ver=
wickelung, sondern nur der gemeinsame historische Hintergrund
zusammenhielt — ähnlich wie einige von Shakespeare's Königs=
dramen, nur daß Göthe die Fessel des Verses ganz abstreifte,
noch freier in's epische Gebiet hinübergriff und völlig deutsch
dichtete nach Inhalt, Geist und Sprache. Aber gerade diese
fessellose Freiheit der Form, diese sprudelnde Jugendfrische der
bunten Verwickelung, diese volksthümliche Natürlichkeit der Sprache
und Darstellung gab dem Stücke den Reiz der Neuheit, machte
es zu einer revolutionären Macht auf literarischem Gebiete. Es
kam von Herzen, aus dem Innersten einer begeisterten, durch
und durch poetischen Jünglingsseele, etwas rauh und struppig,
aber voll Leben und Kraft. Es war durchtränkt von den lei=
tenden Gedanken und der revolutionären Strömung der Zeit;
doch hatte es durch Stoff und Form etwas mitbekommen von
dem kräftigen, ritterlichen Geist des Mittelalters, von dem deut=
schen Volkssinn, der es durchwaltete. Wie ein munterer Früh=
lingstag schien es herein in die ölbampfende Classicität der ge=
schniegelten Modebühne und ihrer übersättigten Verehrer. Etwas
unverschämt blitzte es auch hinein in das große, künstliche
Pumpenwerk, das Lessing aufgestellt, um aus Hellas, Frankreich
und England eine regelrechte Poesie in die verzopfte deutsche
Bühne hineinzupumpen. Die ganze Theorie der Affecte hatte
dieser fleißige Dramaturge mit seinem Freunde Mendelssohn und
Nicolai durchphilosophirt, Voltaire in den Grund gebohrt, Shake=
speare zergliedert, Spanier und Italiener zerzaust, auf aristote=
lischer Grundlage ein volles System dramatischer Kunst errichtet
— und da kam nun dieser junge Frankfurter Schöngeist —
ohne Aristoteles und Boileau, ohne Einheiten und Affectetheorie,
ohne Philosophie und Aesthetik, bloß mit ein „bischen" Poesie,
an der Schwelle des finstern Mittelalters und aus dem Herzen
des Volkes geschöpft — und schau, das Ding war schön, schöner als
alles, was bis dahin dagewesen! Lessing ballte und hob die Faust [1]

---

[1] Daß Lessing geschworen habe, „das deutsche Drama zu rächen",

— ließ sie aber weislich wieder sinken. Gegen den Mann mit der eisernen Faust war nicht anzukommen. In der gemüthlichen Karthäuser Familie fand das deutsche Volk sich selber wieder. Durch die revolutionäre Verdrehung der Geschichte leuchtete in gewaltigen Zügen das ergreifende, tragische Loos des deutschen Volkes durch, wie dieses edle, herrliche Volk, in innerem Zwiespalt mit sich selbst, an elendem Egoismus, der seine Einheit untergräbt und seine Institutionen ohnmächtig macht, dem Untergange entgegenwelkt. Gerade der revolutionäre Anflug machte es möglich, daß der halb mittelalterlich-deutsche Held bei dem vorwiegend protestantisch-aufgeklärten Publikum begeisterte Aufnahme finden konnte. Aber auch gerade in diesem Anschluß an die seichte Zeitströmung liegt die innere Schwäche und der innere Widerspruch des Dramas. Es verherrlicht unter mittelalterlichem Kostüm jenen schrankenlosen Individualismus, der das große Teutschland des Mittelalters zerstört hat; es erhebt sich feindlich gegen all jene Mächte, die es einst aufgebaut und wieder aufbauen könnten; es krankt an jenen verworrenen Ideen der Revolution, durch welche das alte deutsche Reich vollends zertrümmert wurde.

Dieser Zwitternatur entsprechend hat „Götz von Berlichingen" eine doppelte literaturgeschichtliche Strömung hervorgerufen oder wenigstens mächtig befördert: jene der sogen. Genieperiode und jene der Romantik. Die erstere ahmte die fessellose, revolutionäre Emancipation von allen conventionellen Schranken nach und verlor sich, dem vermeintlichen „Genie" folgend, in den tollsten Ausgeburten zügelloser Phantasie. Die andere riß Götzens Helm und Harnisch als Mummenschanz an sich und spielte damit erst zahllose Ritter-, Räuber- und Mönchsschauspiele und Ro-

meldet Weiße am 7. Oct. 1775 an Uz, und daß er es ernst im Sinne hatte, darauf deutet die Aphorisme hin: „Er füllt Türme mit Sand und verkauft sie für Stricke. Wer? Etwa der Dichter, der den Lebenslauf eines Mannes in Dialogen bringt und das Ding für ein Drama ausschreit?" Vgl. von Biedermann, Göthe und Lessing. Göthe-Jahrb. I. 34.

mane. Doch legte sich in diesem närrischen Faschingsgetriebe die altprotestantische Scheu vor dem Mittelalter. Das mittelalter= liche Kostüm führte auf mittelalterliche Poesie, Kunst und Ge= schichte. Man wagte sich zurück über die bis dahin unübersteig= liche Scheidewand, versuchte sogar das Mittelalter poetisch und politisch neu zu construiren. Durch Walter Scott, welcher seine poetische Laufbahn mit einer Übersetzung des „Götz“ begann, drang jene „romantische Richtung“ auch über den Canal hin= über, erregte dort ein begeistertes Interesse für mittelalterliche Kunst und mittelalterliches Leben, weckte die alte Balladenpoesie und die patriotische Epopöe zu neuer Blüthe auf und begründete jene historisch=patriotische Art des Romans, der zwar längst nicht alle protestantischen Vorurtheile gegen die katholische Vorzeit auf= gab und zerstörte, aber doch die Abneigung gegen dieselbe mächtig untergrub und eine gerechtere Beurtheilung derselben anbahnte. Durch Scott und seine Schule hat der „Götz“, allerdings sehr mittelbar, wieder auf Teutschland zurückgewirkt. Aber nur wenige dieser romantischen Bewunderer des „Götz“ fanden den Schlußstein, der das ganze Gebäude des Mittelalters trägt. Den meisten blieb es ein längst überlebter Roman oder ein „verlorenes Kirchlein“ im Walde.

5. Merck und der Darmstädter Kreis. Die Recensionen der Frankfurter Gelehrten Anzeigen.

1771—1772.

> „Sich frei zu erklären, ist eine große Anmaßung: denn man erklärt zugleich, daß man sich selbst beherrschen wolle; und wer vermag das?
> Göthe, noch ein Wort für junge Dichter. XXIX. 231.

> „In Ihren Zeitungen sind Sie immer Sokrates-Addison, Göthe meistens ein junger übermütiger Lord mit entsetzlich scharrenden Hahnenfüßen, und wenn ich dann einmal komme, so ist's der irländische Dechant mit der Peitsche."
> Herder an Merck. Oct. 1772.

Schon im Herbst 1771, bald nach seiner Rückkehr nach Frankfurt, wo er die beiden Schlosser wieder traf, ward Göthe mit einem Mann bekannt, der für die nächste Zeit ihm nicht unwichtige Dienste leisten sollte. Es war der Kriegszahlmeister Merck in Darmstadt, ein noch junger Mann (geb. 1741), aber gereist, vielseitig gebildet und ein tüchtiger Beamter (seit 1767 Geh. Secretär, dann Kriegsrath und Zahlmeister, erschoß sich später, 27. Juni 1791). Selbst nicht productiv, besaß er ein sehr gediegenes, scharfes, kritisches Urtheil in literarischen Dingen und sprach dasselbe auch unumwunden aus. Für Göthe, der von Projecten übersprudelte, aber keines zur Reife brachte, in seiner Ueberfülle immer unentschlossen hin- und herschwankte, war ein solcher nüchterner, praktischer Freund Goldes werth. Er brachte ihn an's Arbeiten und Abschließen seiner Arbeiten, drängte, beruhigte wieder, kritisirte scharf und unnachsichtlich, blieb bei allem Interesse ruhig, kalt und objectiv, und hielt die überschäumende Naturentfaltung des Dichters in heilsamen Schranken.

Göthe hat es ihm später schlecht gelohnt, indem er ihn als einen rein negativen, hämischen, bittern, störrischen Menschen in seine Selbstbiographie[1] hineinzeichnete, so daß es vielfacher Forschungen Anderer bedurfte, um den als „Mephistopheles" verrufenen Mann wieder in das wahre objective Licht zu setzen. Im Jahre 1771 und den folgenden jedoch schloß Göthe sich mit Eifer an Merck an, ließ sich von seiner mitunter satirischen Kritik nicht zurückschrecken, sondern theilte ihm alle seine Projecte mit.

Sobald deßhalb die Bekanntschaft gemacht war, herrschte zwischen Frankfurt und Darmstadt ein lebhafter Verkehr. Göthe kam oft herüber, spielte mit Mercks Kindern, belebte die Gesell=schaft, die sich in dessen Hause zusammenfand, machte mit dem=selben Ausflüge und debattirte mit ihm seine Projecte. Merck selbst stand mit einer ganzen Anzahl von Literaten und schön=geistigen Damen in brieflichem Verkehr. Ein kleiner, gewählter Kreis fand sich oft um ihn zusammen. Bei ihm lernte Göthe u. A. die Braut Herders, Caroline Flachsland, kennen, Sophie La Roche, die Großmutter Brentano's, die Verfasserin des „Fräu=lein von Sternheim", Franz Michael Leuchsenring, den geschäfts=reisenden Schutzgeist und Störenfried aller literarischen Cirkel, Geheimrath Hesse, Minister des Landgrafen, Professor Petersen, Rector Wenk, die Geheimräthin von Hesse, eine Schwester der Demoiselle Flachsland.

Im Kreise dieser Gesellschaft las und declamirte Göthe seine und Anderer Gedichte, las Scenen aus seinem „Götz" vor, be=sprach seine angefangenen Arbeiten, suchte Anregung zu neuen. Es wurden auch Ausflüge und Vergnügungspartien veranstaltet. Die Genies spazirten zusammen, tranken Punsch, tanzten und küßten sich. Dazu Complimente, Neckereien, Thränen, Ent=zückungen, kleine Ehrabschneidungen, Stadtneuigkeiten und was sonst zu guter Gesellschaft gehört. Ein kleines Denkmal des Scherzes, der da getrieben wurde, ist „das Fastnachtsspiel, wohl zu tragiren nach Ostern von Pater Brey, dem falschen Propheten,

____

[1] Vgl. Göthe's Werke (Hempel). XXII. 67 ff. 101.

4 **

zu Lehr, Nutz und Kurzweil gemeiner Chriſtenheit, inſonders
Frauen und Jungfrauen zum goldenen Spiegel". Herder, Merck,
Caroline Flachsland, vor Allem aber der ſentimentale Leuchſen=
ring ſind darin mit derbem Studentenhumor aufgezogen. Leuch=
ſenring kömmt ſchlecht weg, wird vom Hauptmann Balandrino
(Herder), den er mit ſeiner Braut zu entzweien ſucht, zum Kuckuck
gejagt.

Während Göthe die Zuckerwaſſer=Schönthuerei, die Lämmlein=
Hämmleins Miene und Damenverehrung Leuchſenrings ſo kräftig
geißelte, himmelte er nebenbei ſelbſt auch mit einiger Empfind=
ſamkeit. So in Pilgers Morgenlied an Lila, d. h. an eine
gewiſſe Fräulein von Ziegler, die in Homburg Hofdame war,
ein Schäfchen hatte, das mit ihr aß und trank und das ſie an
roſenfarbenem Bande ſpazieren führte, die aber mit anderen
„Schäfchen" nur Unglück hatte und die Reihe ihrer Liebſchaften
mit Hundeliebhaberei beſchloß. Noch himmliſcher ſchwärmte er
in dem Gedicht Elyſium an Uranie (eine kränkliche Hofdame
der Herzogin von Zweibrücken, Fräulein von Rouſſillon, eine
Freundin der Lila). Doch bricht auch in dieſem Empfindungs=
ſtück etwas von dem wilden, ſtürmiſchen Weſen durch, das Göthe
in dieſer Periode beherrſchte. Noch kräftiger iſt die Felsweihe
an Pſyche (Caroline Flachsland) und Wanderers Sturmlied,
das er einmal componirte, während er zu Fuß, durch Sturm
und Wetter von Frankfurt nach Darmſtadt ging: „Wen du nicht
verläſſeſt, Genius, wird dem Regengewitter, wird dem Schloſſen=
ſturm entgegenſingen wie die Lerche, du da droben!" —

Biel Bedeutendes kam bei dieſem zerſtreuten und amüſanten
Leben nicht heraus. Die Umarbeitung des „Götz" wurde ver=
ſchoben. Eine Tragödie: „Sokrates", welche den philoſophiſchen
Heroismus der herrſchenden Biedermannsmoral verherrlichen ſollte,
erſtickte im Keime. Mittlerweile hatten ſich Merck und Schloſſer
zuſammengethan, um eine neue Zeitſchrift, ein Literaturblatt, zu
begründen: „Die Frankfurter Gelehrten Anzeigen". Die Redac=
tion übernahm Merck, den Verlag der Buchhändler Deinet. Als
Mitarbeiter waren Wenk (in Darmſtadt), Höpfner (in Gießen),

Böckmann, Herder, auch Göthe angeworben. Die Zeitschrift er=
schien vom Januar 1772 an, gerade rechtzeitig, als Götz fertig
geworden[1]. Was dieselbe von den andern Zeitschriften ähnlichen
Charakters unterscheiden sollte, war die Einheit der Richtung.
Denn keines der damaligen leitenden Literaturblätter, weder
Nicolai's Allgemeine deutsche Bibliothek, noch die Lemgoer Bib=
liothek, noch Weiße's Neue Bibliothek der schönen Wissenschaften
und freien Künste, hatte einen einheitlichen, grundsätzlichen
Charakter. Zufällige Laune und Stimmung würfelte die Arbeiten
zusammen, die Herausgeber wählten und veröffentlichten, was
ihnen das Beste schien, oft auch, was eben da war, ohne ein=
heitlichen Gesichtspunkt und ohne feste Grundsätze. Dem neuen
Journal ging es bald nach seiner Gründung auch nicht besser.
Jeder schrieb nach seinen Ideen und seinem Geschmack — das
Programm ging auseinander und ein bedeutender Einfluß konnte,
bei nur sehr kurzer Dauer, nicht gewonnen werden.

Göthe war, als er als Recensent in dieß Blatt zu schreiben
anfing[2], noch ganz in der wilden, revolutionären Stimmung,
in welcher er den Götz geschrieben, bereit, alle französischen Zier=
gärten auszuraufen, alle ästhetischen Lehrgebäude niederzureißen,
allen pedantischen Lehrern des Schönen die Fenster einzuwerfen
und die Natur endlich einmal frei und ungeschoren wachsen zu
lassen. Der Erste, der ihm in die Quere kam, war der bereits
in Jahren stehende Professor Sulzer in Berlin, der seine „Allgemeine
Theorie der schönen Künste" in Form eines Lexikons zu veröffent=
lichen begonnen. „Es enthält dieses Buch Nachrichten eines Man=
nes," so kündigt Göthe den angesehenen Aesthetiker an, „der in das

---

[1] An jedem Dienstag und an jedem Freitag erschien eine Num=
mer von vier Blättern in klein Octav. Das Blatt enthielt neben
größeren Recensionen kleine Notizen über Bücher, Personal-Notizen,
Anekdoten 2c.

[2] Er bemerkte über seine Zuziehung später selbst: „Was mich
betrifft, so sahen sie wohl ein, daß mir nicht mehr als alles zum
eigentlichen Recensenten fehle. Mein historisches Wissen hing nicht
zusammen" u. s. w. Göthe's Werke (Hempel). XXII. 07.

Land der Kunst gereist ist; allein er ist nicht in dem Lande
geboren und erzogen, hat nie darin gelebt, nie darin gelitten
und genossen, nur Observationen, aber nicht Experimente hat er
angestellt." Nicht ganz mit Unrecht wundert sich Göthe, „daß
der Verfasser dem Faden nicht gefolgt ist, den Lessing und Herder
aufgewunden haben, der die Grenzen jeder einzelnen Kunst und
ihre Bedürfnisse bestimmt. Nachdem die Herren Theorienschmiede
alle Bemerkungen in der Dichtkunst, der Malerei und der Sculptur in einem Topf gerüttelt hatten, so wäre es Zeit, daß man
sie wieder herausholte und für jede Kunst sortirte, besonders die
der Sculptur und Malerei eigenen Grundsätze"[1].

Schlimmer noch kommt ein Artikel der Encyklopädie über die
schönen Künste weg, den Sulzer bald darauf separat erweitert
herausgab. „Wir haben beim Lesen des großen Werks bisher
schon manche Zweifel gehabt; da wir nun aber gar die Grundsätze, worauf sie (die Theorie) gebaut ist, den Leim, der die ver-
worfenen Lexikonsglieder zusammen beleben soll, untersuchen, so
finden wir uns in der Meinung nur zu sehr bestärkt, hier sei
für Niemand nichts gethan, als für den Schüler, der Elemente
sucht, und für den ganz leichten Dilettanten nach der Mode."[2]

Mit noch lebhafterem Ungestüm geht's nun her über die
Philister, die den Homer mit archäologischem und historischem
Tröbelkram von Außen erklären, anstatt seinen inneren Sinn zu
erschließen —, die Sterne's Yorick nachdichten, ohne Sterne's
Humor und wahres Gefühl zu haben, die den Shakespeare nach
dem ersten Theil der ältern Leipziger Bibliothek modeln wollen,
um das Gold von den Schlacken zu scheiden.

In den Neuen Schauspielen der k. k. Theater zu Wien hat
„tragikomische Tugend, Großmuth und Zärtlichkeit so viel zu
schwatzen, daß der gesunde Menschenverstand und die Natur nicht
zum Wort kommen können. . . . Von dieser Sammlung soll
nächstens der zweite Theil nachfolgen: denn seitdem Thalia und

---

[1] Göthe's Werke (Hempel). XXIX. 5.
[2] Das. 68.

Melpomene durch Vermittelung einer französischen Kupplerin mit dem Nonsens Unzucht treiben, hat sich ihr Geschlecht vermehrt wie die Frösche!" [1]

„So lange insbesondere die deutsche Bühne dem Eigensinne eines tausendköpfigen und ungebildeten Publikums, dem Muth= willen der Schreiber= und Uebersetzerzunft ausgesetzt bleibt, so lange in Deutschland nur eine tragische Schauspielerin existirt, so lange die Gebler, die Stephanie schreiben dürfen und belobt werden — wer wird es dem Philosophen verdenken, wenn er lieber, wie mancher Brahmine, den ganzen Tag in einer Po= situr unthätig säße, als sich in den Schauplatz erhübe?" [2]

So wurden Hiebe und Püffe ausgetheilt nach Rechts und Links gegen Schauspieler und Professoren, Uebersetzer und Poeten, wer immer auf Schulkrücken ging oder nach Oel roch [3]. Es sollte der gekränkten Natur, dem beleidigten Menschenverstande, der eingeschnürten Freiheit allseitig zu ihrem guten Recht verholfen werden. Die Poesie zurück in's Leben und vom Leben wieder in die Poesie! Deutscher Geschmack, deutsches Gefühl! Das war der Schlachtruf des lebhaften, feuersprühenden Kritikers. Der alte hausbackene Gellert kam darum schlecht weg, obwohl sich Göthe scheinbar anschickte, ihn zu vertheidigen. Dagegen ging er mit den Barden noch ziemlich glimpflich um.

„Wir sind," schreibt er über die Lieder des Jesuiten Denis, „wider die Bardenpoesie nicht eingenommen. Rechtschaffenheit und Patriotismus wird in diesem oder dem Tone der Gleim'schen Kriegslieder am besten verbreitet; und der Dichter selbst setzt sich lieber in die Zeiten der Sittenunschuld und der starken Heldengesinnung zurück, als daß er unsere tändelnde Zeit be=

---

[1] Göthe's Werke (Hempel). XXIX. 23. 24.

[2] Das. 81.

[3] Hamann urtheilte über Göthe's Recensenten=Thätigkeit: „Göthens Harlekinspeitsche ist nicht ganz nach meinem Geschmack, wiewohl sie vielleicht das beste Mittel bei gegenwärtiger Barbarei zu sein scheint." Gesammelte Werke. Ed. Roth. V. 158.

fänge. Wo sind denn die schönen Thaten, die ein deutscher Ossian in unsern Zeiten besingen könnte, nachdem wir unseren
Nachbarn, den Franzosen, unser ganzes Herz eingeräumt haben?
Einem Patrioten singt kein Dichter in diesem Tone fremd, und
antike griechische Schilderungen, mit deutschen Sitten verbrämt,
sind doch ja wohl eben der Fehler, oder wohl ein größerer als
Bardenpoesie in unserem Zeitalter. Wenn Tugend und Rechtschaffenheit statt der Kabale und der Laster unseres Jahrhunderts,
statt der Bosheit der Priester und unseres Volkes, wieder einmal
die Oberhand gewinnen, dann erst kann der Barde seine Saiten
umspannen und seinen Zeiten gemäß singen. Indeß bringt jeder
Barde sein Opfer zur Verbesserung unserer Sitten, und dieß hat
auch hier Denis gethan." [1]

Weder mit dem Patriotismus und der Heldengesinnung, noch
mit der Rechtschaffenheit und Sittenunschuld war es jedoch sehr
ernst gemeint.

„Wenn wir einen Platz in der Welt finden," ruft Göthe dem
Freimaurer Sonnenfels in Wien zu, „da mit unseren Besitz-
thümern zu ruhen, ein Feld, uns zu nähren, ein Haus, uns zu
decken: haben wir da nicht Vaterland? Und haben das nicht
Tausende und Tausende in jedem Staate? und leben sie nicht
in dieser Beschränkung glücklich? Wozu nun das vergebene Aufstreben nach einer Empfindung, die wir weder haben können
noch mögen, die bei gewissen Völkern nur zu gewissen Zeiten
das Resultat vieler glücklich zusammentreffender Umstände war
und ist. — Römerpatriotismus! Davor bewahre uns Gott,
wie vor einer Riesengestalt! wir würden keinen Stuhl finden,
darauf zu sitzen; kein Bett, drinnen zu liegen." [2]

Was aber die Sittenunschuld betrifft, so schäkerte er nicht
nur mit schmeichelhafter Grazie über den sentimentalen Salon-
roman der Sophie La Roche: „Geschichte des Fräuleins von
Sternheim", sondern ergriff ganz begeistert Partei für ihren

---

[1] Göthe's Werke (Hempel). XXIX. 92.
[2] Das. 26.

einstigen Anbeter Wieland und dessen französischen Epikuräismus.
Er begrüßte es mit Freuden, daß die Wieland'sche Muse das
platonische Empyreum verlassen und zu den Menschen herniederge=
stiegen, „vielleicht in dem Alter, wo der Dichter, nachdem er
die moralische Welt als ein Paradies durchwandert hatte, an=
fing, den Baum des Erkenntnisses selbst zu kosten. Nun wurden
die dramatis personae gute, ehrliche Menschenkinder, wie sie
vor unsern Augen herumgehen, weder ganz gut, noch ganz
böse . . . .Es waren Sitten des 18. Jahrhunderts, nur in's
Griechen= und Feenland versetzt. Dieß war das nämliche Alter,
wohin die Geburt des Agathon und der Musarion fällt (1768).
Die Enkratiten sahen ihn als einen abgefallenen Engel an, weil
er nicht mehr in den Wolken schwebte, sondern herabgekommen
war, die Schafe Admets zu weiden. Die Weltleute warfen ihm
vor, die Wahrheit erliege unter dem Putz, und die ekeln Mo=
ralisten, die nichts als gute und böse Gespenster sehen, verschlossen
die Bücher vor ihren Töchtern."[1]

Der poetische Gehalt der „Musarion" beschränkt sich darauf,
daß ein heruntergekommener Athenienser Phanias nebst zwei Phi=
losophen, einem Stoiker und einem Pythagoräer, welche sich einem
ascetischen Einsiedlerleben ergeben haben, durch die Künste einer
Hetäre, der eine zu viehischer Unmäßigkeit, der andere zu crasser
Wollust, Phanias zur „gesunden Sinnlichkeit" eines gemäßigten
Epicuräismus zurückgeführt werden. Das nennt Wieland:

> „Die reizende Philosophie,
> Die, was Natur und Schicksal uns gewährt,
> Vergnügt genießt und gern den Rest entbehrt."

Indem Göthe sich dieses griechisch aufgeputzte, unzüchtige
Franzosenthum Wielands nicht nur herzlich wohl gefallen ließ,
sondern es sogar gegen „die gravitätischen Zwitter von Schwär=
merei und Heuchelei", d. h. gegen alle anständigen Leute ver=
theidigte, ist es klar genug, daß seine Naturbegeisterung auf die=

---

[1] Göthe's Werke (Hempel). XXIX. 64.

selbe Genußsucht und Emancipation des Fleisches hinauslief,
deren Oberhofprediger Wieland geworden. Nur rang er nach
einer etwas frischeren, natürlicheren, kräftigeren Form, als die
holperigen Alexandriner und Stanzen, in welchen Wieland die
„gesunde Sinnlichkeit" verherrlichte. Auch sollte die Liederlichkeit
mit etwas Maß, mit deutschem Gefühl und deutschem Geschmack
betrieben werden, unter der Firma Sittenunschuld und Natur,
Freiheit und Biederkeit.

Ohne Autorität im Himmel und auf Erden, als den eigenen
„Genius", brach der stürmische Recensent auch in die Theologie
ein. Da hatte sich der greise Haller in Bern, einer der größten
Gelehrten der Zeit, Mediciner und Naturforscher von europäischem
Ruf, Dichter und Schriftsteller von hervorragendstem Verdienst,
dabei ein Ehrenmann im vollsten Sinne des Wortes, unterfangen,
in „Briefen über die wichtigsten Wahrheiten der Offenbarung"
die apologetischen Grundlagen und Fundamentaldogmen des
Christenthums gegen den frivolen Unglauben zu vertheidigen.
Pfui über den thörichten Greisen! In zwei Zeitchen ist über
all seine Gelehrsamkeit der Stab gebrochen — in zwei Zeitchen
ist die ganze Apologetik, sind die Dogmen des Sündenfalls und
der ewigen Vergeltung im Jenseits über den Haufen geworfen.
Ein paar frivole Witze à la Voltaire dazu — und der 23jährige
Advokat, der nie Philosophie noch Theologie studirt, schleudert
lustig die „Krücke" der Offenbarung von sich -- er braucht sie
nicht![1]

Nun werden es ihm wohl die Neologen recht machen, die
alles Uebernatürliche aus der Bibel wegräsonniren? Nein, Herr
Dr. Göthe sitzt auch über den Giessener Professor Bahrdt zu
Gericht, der sich vermessen hatte, nicht bloß Terminologie-Pagoden
umzustoßen, sondern vollkommen biblische Begriffe zu untergraben.
Fort mit ihm! Herr Göthe will die Bibel erhalten wissen und
was sie vom Teufel und vom Opfer lehrt. Er gedenkt das noch
poetisch zu brauchen.

---

[1] Göthe's Werke (Hempel). XXIX. 20. 22.

„Hätte der Verfasser sich den Schriften Mosis auch nur als einem der ältesten Monumente des menschlichen Geistes, als Bruchstücke einer ägyptischen Pyramide mit Ehrfurcht zu nähern gewußt, so würde er die Bilder der morgenländischen Dichtkunst nicht in einer homiletischen Sündfluth ersäuft, nicht jedes Glied dieses Torso abgerissen, zerhauen und in ihm Bestandtheile deutscher Universitätsbegriffe des 18. Jahrhunderts aufgedeckt haben. Es ist ekelhaft anzusehen, wenn uns ein solcher Scribent, wie dieser, unterscheiden will: das hat die ewige Weisheit unter der Geschichte Edens, unter dem Bilde der Schlange gelehrt, und das hat sie nicht gelehrt." [1]

So wenig wie die frechen Rationalisten, konnten es dem jungen „Doctor" die dummen, bigotten Orthodoxen treffen. Sie nahmen es nicht nur mit der Bibel zu ernst, sondern namentlich mit der Moral. Deßhalb empfahl er in ironischem Sinn „angelegentlichst allen Eltern, Lehrern, Predigern und übertriebenen Devoten" die von Dr. Münter herausgegebene Bekehrungsgeschichte des Grafen Struensee, weil sie daraus „die große Wahrheit lernen werden, daß allzustrenge und über die Grenzen gedehnte Religionsmoral den armen Struensee zum Feind der Religion gemacht hat. Tausende sind es aus eben der Ursache heimlich und öffentlich, Tausende, die Christum als ihren Freund geliebt haben würden, wenn man ihn ihnen als einen Freund und nicht als einen mürrischen Tyrannen vorgemalt hätte, der immer bereit ist, mit dem Donner zuzuschlagen, wo nicht höchste Vollkommenheit ist. Wir müssen es einmal sagen, weil es uns schon lange auf dem Herzen liegt: Voltaire, Hume, Lamettrie, Helvetius, Rousseau und ihre ganze Schule haben der Moralität und der Religion lange nicht so geschadet, als der strenge, kranke Pascal und seine Schule." [2]

Da, sollte man nun glauben, hätte Lavater Gnade gefunden, der in Christus die Menschlichkeit und den Menschenfreund hervorhob.

---

[1] Göthe's Werke (Hempel). XXIX. 33.
[2] Ebd. XXIX. 43.

„Menschlichkeit auszubreiten," so predigte dieser fromme Schön= geist, „lieber Freund, Menschlichkeit, diese erste und letzte Menschen= tugend, ist einer meiner Hauptzwecke bei diesen Predigten. Dieß, lieber Bruder, sei dir ein Wink! herzlich gern möchte ich mich noch länger über wichtige Reichsangelegenheiten Christi mit dir unterhalten, aber ich kann es nicht. Ich sage also nur noch: Sei weise, sei ein Mann! Widersetze dich ferner, lieber Bruder, mit Weisheit, Sanftmuth und leuchtender Stärke des Geistes und Herzens den beiden großen Feinden der Wahrheit und der Tugend: ich meine das emporbrausende christusleere Christen= thum auf der einen und die vernunftlose Schwärmerei auf der andern Seite." „Sprich, lieber Leser," antwortete ihm Göthe in der Kritik seiner Predigten, „ob unser Lavater nicht vortreff= lich denkt? Aber sprich, ob es nicht höchst wünschenswürdig wäre, daß man beide diese Feinde besser kennen lernte, als sie die Meisten kennen? Denn wie viele wissen die große Frage richtig zu beantworten: Was heißt christusleeres Christenthum? was vernunftlose Schwärmerei? welches sind ihre Grenzlinien, welche die Maßeichen des Thieres? Möchte sie doch einst ein Lavater beantworten!"[1]

Es brauchte hierzu gar keines Lavaters. Glaube und Un= glaube grenzten sich an dem geistigen Gesichtskreis der Zeit deut= lich genug ab, wenn auch Männer wie Lavater Pfade der Ver= mittlung suchten. Aber Göthe war weder an dem doctrinären Unglauben, noch an dem doctrinären Glauben, weder am Ratio= nalismus, noch am Pietismus, weder an Theologie noch an Philo= sophie etwas gelegen. Was er suchte und wollte, war Freiheit, Lebensgenuß und Poesie. Am deutlichsten zeichnet er sein eigenes Glaubens= und Sittenbekenntniß in einer Recension über die Ge= dichte eines polnischen Juden, welcher, wie hundert Andere, die schöne Wissenschaft gepudert und mit glattem Kinn und in grünem, goldbesetztem Rock betrieb und gewöhnlichen Mädchen auf der Promenade die schon längst dagewesenen Liebchen nach=

---

[1] Göthe's Werke (Hempel). XXIX. 90.

trillerte. Nachdem Göthe ihn mit einigen Witzen auf's Trockene
gesetzt, bricht er in folgendes charakteristische Gebet aus [1]:

„Laß, o Genius unseres Vaterlandes, bald einen Jüngling
aufblühen, der, voller Jugendkraft und Munterkeit, zuerst für
seinen Kreis der beste Gesellschafter wäre, das artigste Spiel an-
gäbe, das freudigste Liebchen sänge, im Rundgesange den Chor
belebte, dem die beste Tänzerin freudig die Hand reichte, den
neuesten, manigfaltigsten Reihen vorzutanzen, den zu fangen die
Schöne, die Witzige, die Muntere alle ihre Reize ausstellte, dessen
empfindendes Herz sich auch wohl fangen ließe, sich aber stolz im
Augenblicke wieder losrisse, wenn er, aus dem dichtenden Traume
erwachend, fände, daß seine Göttin nur schön, nur witzig, nur
munter sei; dessen Eitelkeit, durch den Gleichmuth einer Zurück-
haltenden beleidigt, sich der aufdrängte, sie durch erzwungene und
erlogene Seufzer und Thränen und Sympathien, hunderterlei
Aufmerksamkeiten des Tages, schmelzende Lieder und Musiken
des Nachts, endlich auch eroberte und — auch wieder verließe,
weil sie nur zurückhaltend war; der uns dann all seine Freuden
und Siege und Niederlagen, all seine Thorheiten und Resipis-
cenzen mit dem Muthe eines unbezwungenen Herzens vorjauchzte,
verspottete; des Flatterhaften würden wir uns freuen, dem gemeine, einzelne, weibliche Vorzüge nicht genugthun.

„Aber dann, o Genius, daß offenbar werde, nicht Fläche,
Weichheit des Herzens sei an seiner Unbestimmtheit schuld, laß
ihn ein Mädchen finden, seiner werth! Wenn ihn heiligere Gefühle aus dem Geschwirre der Gesellschaft in die Einsamkeit leiten,
laß ihn auf seiner Wallfahrt ein Mädchen entdecken, deren Seele
ganz Güte, zugleich mit einer Gestalt ganz Anmuth, sich in
stillem Familienkreis häuslicher, thätiger Liebe glücklich entfaltet
hat; die Liebling, Freundin, Beistand ihrer Mutter, die zweite
Mutter ihres Hauses ist, deren stets liebewirkende Seele jedes
Herz unwiderstehlich an sich reißt, zu der Dichter und Weise
willig in die Schule gingen, mit Entzücken schauten eingeborene

----

[1] Ebd. XXIX. 39.

Jugend, mit geborenem Wohlanstand und Grazie. Ja, wenn sie in Stunden einsamer Ruhe fühlt, daß ihr bei alle dem Liebe-verbreiten noch etwas fehlt, ein Herz, das jung und warm, wie sie, mit ihr nach ferneren verhüllteren Seligkeiten dieser Welt ahndete, in dessen belebender Gesellschaft sie nach all den goldenen Aussichten von ewigem Beisammensein, dauernder Vereinigung, unsterblich webender Liebe fest angeschlossen hinstrebte. Laß die Beiden sich finden: beim ersten Nahen werden sie dunkel ahnden, was Jedes für einen Inbegriff von Glückseligkeit in dem Andern ergreift, werden nimmer von einander lassen. Und dann lalle er ahnend und hoffend und genießend, ‚was doch keiner mit Worten ausspricht, keiner mit Thränen, und keiner mit dem ver-weilenden vollen Blick und der Seele drin‘. Wahrheit wird in seinen Liedern sein und lebendige Schönheit, nicht bunte Seifen-blasen-Ideale, wie sie in hundert deutschen Gesängen herumwallen.

Doch, ob's solche Mädchen gibt? ob's solche Jünglinge geben kann?"

Zu dieser Anrufung des vaterländischen Genius ist wohl das tiefgehendste Programm für Göthe's weiteres Leben und Dichten enthalten. Er hatte in Leipzig die ersten Experimente zu dessen Verwirklichung gemacht; er hatte Friederike erobert — und auch wieder verlassen. Er hatte, als er die Recension schrieb, bereits das neue, vollendete Ideal geschaut. Aber das „Ideal" war bereits mit einem Andern verlobt — und der junge Dichter konnte wohl aus der fatalen Lage neuen Stoff zu wahrer und schöner Darstellung schöpfen; aber indem er ein zauberischer Herold der gesunden Natur zu werden wähnte, legte er, ohne es zu wollen, Zeugniß für die Krankheit der nun einmal gefallenen Natur ab, versperrte sich selbst den Pfad zu einer wahren, glücklichen Liebe und verirrte sich auf einen Weg, der, von der Gesellschaft im großen Ganzen innegehalten, sie in vollständige Auflösung stürzen mußte.

Der junge Jerusalem schrieb um diese Zeit über Göthe: „Er war zu unserer Zeit in Leipzig nur ein Geck, jetzt ist er noch außerdem ein Frankfurter Zeitungsschreiber."

———————

6. Der wirkliche Lotte-Roman.

1772 und 1773.

> „Der Dr. Göthe war mit im Wagen und lernte
> Lottchen hier zuerst kennen. Er hat sehr viele
> Kenntnisse, und die Natur, im physikalischen und
> moralischen Verstande genommen, zu seinem Haupt-
> Studium gemacht, und von beyden die wahre
> Schönheit studirt. Noch kein Frauenzimmer hier
> hatte ihm Genüge geleistet.“   Kestner.

> „Toutes les rêveries, toutes les faiblesses,
> toutes les misères sentimentales de Werther
> Goethe les a eues, mais avec moins de con-
> sequence.   Henry Blaze de Bury.

Im Frühjahr 1772 siedelte Göthe nach Wetzlar über. Sein
Vater wünschte, daß er hier — am Sitze des Reichskammergerichts — gleich ihm selbst die praktische Rechtsschule durch-
mache, um hernach mit mehr Erfolg und Glanz in Frankfurt
voranzukommen. Denn neben dem Reichshofrath in Wien war
dieß das höchste Tribunal in deutschen Landen: vor seinen
Schranken wurden die Processe der Reichsunmittelbaren verhandelt; an seinen Spruch appellirten die Reichsmittelbaren im
Falle verweigerter Gerechtigkeit. Nur einige Jahre zuvor (1767)
war, auf Anregung des Kaisers Joseph, eine Reichsdeputation
unter dem Vorsitz kaiserlicher Commissarien daselbst zusammen-
getreten, um den Tausenden von Processen, die sich in Folge von
Form-, Competenz-, Prioritäts- und anderen Streitigkeiten dort
aufgespeichert hatten, zu endlicher Erledigung, dem Gerichtshof
selbst zu geeigneter Reform zu verhelfen[1]. Noch saß die erste

---

[1] Ueber diese Visitation vgl. Ad. Menzel, Deutsche Geschichte.
XI. 408 ff. XII^a. 104—122.

der fünf Klassen, in welche sich die Deputation getheilt hatte, aus 24 Abgeordneten bestehend, an ihrem bureaukratischen Riesenwerk, bebrütete mit deutscher Gründlichkeit die endlosen Processe mit ihren hundertfältigen Beziehungen zu den Einzelrechten, Einzelforderungen und Einzelinteressen der deutschen Stände und Religionsparteien, führte durch Einleitungen und Vorarbeiten neue Verschleppungen herbei und brachte durch Zwist der Mitglieder unter sich neue Verwickelungen zu Stande. Einem angehenden Juristen und Diplomaten war in diesem größten Actenmagazin von Europa die reichlichste Gelegenheit geboten, die verworrene Rechtsmaschine des deutschen Reiches bis hinein in ihre geheimsten Schrauben, Federn und Rädchen zu studiren. Der alte Göthe kannte nichts Vortrefflicheres, nichts Bildenderes, um in kurzer Zeit die Kunst zu lernen, an Processen Geld, Amt und Titel zu verdienen.

Wolfgang seinerseits war froh, der väterlichen Aufsicht wieder für einige Zeit zu entgehen. Das Städtchen war zwar nicht schön, noch bot es das bunte Leben einer größeren Stadt, aber das Lahnthal und die Höhen ringsum boten dem Zeichner, Dichter und Naturfreund manche Annehmlichkeit. Dazu brachte die Vertretung der gesammten deutschen Jurisprudenz schon einige Bewegung. Jede der Legationen hatte ihr kleineres oder größeres Hotel, ihre Schreiber und Bedienten, ihre Equipagen und ihr Ceremoniell; jede hatte auch ihre besonderen Ansprüche und ihre eigenen Händel. Nord- und Süddeutschland, katholische und protestantische Stände, preußische und österreichische Politik geriethen da in vielfache freundliche und feindliche Berührung. Jede der großen und kleinen Souveränitäten trieb ihr diplomatisches Spiel und verwickelte sich mit demjenigen der andern zu einem wunderlichen Gewebe. Unter den jungen Schreibern und Attachés waren nicht wenige, die, wie Göthe, Genies zu sein glaubten und sich mehr mit Schöngeisterei als mit Gerichtsacten plagten. Unter diesen hatte sich eine Anzahl als Club zusammengethan und Ulkes halber einander Ritternamen angehängt. Gründer und Vorsitzender des Ordens war der braunschweigische Gesandtschaftssecretär Aug. Friedr. v. Goué, ein närrischer Komiker, der für ein sehr großes Genie galt, aber mehr trank als arbeitete und später auch an unmäßigem Trinken zu Grunde ging.

Feiner gebildet war der Legationssecretär Gotter aus Gotha, welcher nach französischen Mustern Poesie trieb und an der Herausgabe des Göttinger Musenalmanachs betheiligt war. Nicht unbeträchtliche Kenntnisse besaß der Mecklenburger v. Kielmannsegge, der in Göttingen studirt hatte, mit Biester, Sprengel, Voie näher bekannt war und mit Bürger in vertraulicher Beziehung stand. Etwas ernster als die Uebrigen war Falke, späterer Bürgermeister von Hannover. In diesem Club, der mit der größten Feierlichkeit den größten Unsinn trieb, war Göthe schon als „Genie" bekannt und empfohlen. Er wurde deßhalb mit offenen Armen aufgenommen, erhielt in der Tafelrunde den Beinamen „Götz von Berlichingen der Redliche" und machte den Ulk der heiteren Gesellschaft mit, in welcher das Volksbuch von den vier Haimonskindern als „canonisches Buch" erklärt und Abschnitte daraus mit vielen Ceremonien vorgelesen wurden.

Bei einem Ausfluge mit einigen dieser Ritter lernte Göthe auch den hannöver'schen Legationssecretär Joh. Christian Kestner kennen, der, geb. 1741, im Jahre 1767 mit der kurfürstlichen Gesandtschaft zur Kammergerichtsvisitation nach Wetzlar gekommen war, einen talentvollen, braven, soliden Mann, der seinem Berufe lebte und dem Orden der Witzbolde nicht angehörte. Von ihm haben wir eine sehr treffende Charakteristik Göthe's aus dieser Zeit[1].

„Im Frühjahr," schreibt er, „kam hier ein gewisser Göthe aus Franckfurt, seiner Hanthierung nach Dr. Juris, 23 Jahr alt, einziger Sohn eines sehr reichen Vaters, um sich hier — dieß war seines Vaters Absicht — in Praxi umzusehen, der seinigen

---

[1] Ch. Kestner, Göthe und Werther. Briefe Göthens aus seiner Jugendzeit. Stuttgart, Cotta. 1854. S. 35 ff. J. W. Appell, Werther und seine Zeit. 3. Aufl. Oldenburg. 1882.

nach aber, den Homer, Pindar u. s. w. zu studiren, und was
sein Genie, seine Denkungsart und sein Herz ihm weiter für
Beschäftigungen eingeben würden.

„Er hat sehr viele Talente, ist ein wahres Genie und ein
Mensch von Charakter; besitzt eine außerordentlich lebhafte Einbildungskraft, daher er sich meistens in Bildern und Gleichnissen
ausdrückt. Er pflegt auch selbst zu sagen, daß er sich immer
uneigentlich ausdrücke, niemals eigentlich ausdrücken könne; wenn
er aber älter werde, hoffe er die Gedanken selbst, wie sie wären,
zu denken und zu sagen.

„Er ist in allen seinen Affecten heftig, hat jedoch oft viel
Gewalt über sich. Seine Denkungsart ist edel; von Vorurtheilen
so viel frey, handelt er, wie es ihm einfällt, ohne sich darum zu
bekümmern, ob es Andern gefällt, ob es Mode ist, ob es die
Lebensart erlaubt. Aller Zwang ist ihm verhaßt.

„Er liebt die Kinder und kann sich mit ihnen sehr beschäftigen. Er ist bizarre und hat in seinem Betragen, seinem
Aeußerlichen verschiedenes, das ihn unangenehm machen könnte.
Aber bey Kindern, bey Frauenzimmern und vielen Andern ist
er doch wohl angeschrieben.

„Für das weibliche Geschlecht hat er sehr viele Hochachtung.

„In principiis ist er noch nicht fest und strebt noch erst nach
einem gewissen System.

„Um etwas davon zu sagen, so hält er viel von Rousseau,
ist jedoch nicht ein blinder Anbeter von demselben.

„Er ist nicht, was man orthodox nennt. Jedoch nicht aus
Stolz oder Caprice oder um etwas vorstellen zu wollen. Er
äußert sich auch über gewisse Hauptmaterien gegen Wenige; stört
Andere nicht gern in ihren ruhigen Vorstellungen.

„Er haßt zwar den Scepticismum, strebt nach Wahrheit
und nach Determinirung über gewisse Hauptmaterien, glaubt
auch schon über die wichtigsten determinirt zu sein; so viel ich
aber gemerkt, ist er es noch nicht. Er geht nicht in die Kirche,
auch nicht zum Abendmahl, betet auch selten. Denn, sagt er,
ich bin dazu nicht genug Lügner.

„Zuweilen ist er über gewisse Materien ruhig, zuweilen aber auch nichts weniger wie das.

„Vor der Christlichen Religion hat er Hochachtung, nicht aber in der Gestalt, wie sie unsere Theologen vorstellen.

„Er glaubt ein künftiges Leben, einen bessern Zustand.

„Er strebt nach Wahrheit, hält jedoch mehr vom Gefühl derselben, als von ihrer Demonstration.

„Er hat schon viel gethan und viele Kenntnisse, viel Lectüre; aber doch noch mehr gedacht und raisonnirt. Aus den schönen Wissenschaften und Künsten hat er sein Hauptwerck gemacht, oder vielmehr aus allen Wissenschaften, nur nicht den sogenannten Brodwissenschaften."

Kestner bildete in Charakter und Leben einen auffallenden Gegensatz zu Göthe. Acht Jahre älter als dieser, hatte er in einem glücklichen Familienkreise und unter Leitung eines wackern, vielseitig gebildeten Hauslehrers eine tüchtige Erziehung bekommen. Er war kein genialer Ueberflieger, aber dafür auch von den Thorheiten eines solchen frei, ein wackerer Arbeiter, der etwas Kunst und Poesie nur als Zuspeise mit in den Kauf nahm, genügsam, ordnungsliebend, religiös — ein treuer Freund, ein anhänglicher, dankbarer Schüler. 26 Jahre alt, kam er als Legationssecretär nach Wetzlar. Er vermißte hier anfangs den angenehmen Freundeskreis der Heimath, in welchem er aufgewachsen war, ließ sich jedoch hierdurch nicht beirren, sondern suchte seine bescheidene Erholung in Spaziergängen und Ritten durch das schöne Lahnthal. Balb fand er auch einen geselligen Familienkreis, der ihm denjenigen der eigenen Familie einigermaßen ersetzte. Es war die Familie des Amtmanns Buff, der das „Teutsche Ordenshaus" zu Wetzlar verwaltete. Der Vater, ein biederer Beamter, die Mutter, eine fromme, verständige und herzensgute Frau, die mit ganzer Hingebung ihren zahlreichen Kindern lebte, die Kinder, ihrer Mutter würdig, sämmtlich blond mit blauen Augen, eines hübscher als das andere, weßhalb die Frau Buff in der Stadt nur die „Mutter der schönen Kinder" genannt ward. Das älteste war schon 18 Jahre alt, regelmäßig

schön, still, ruhig, von sanftem Charakter; die zweite Tochter
Charlotte (geb. 11. Januar 1753), zählte 16 Jahre, stand der
erstern an Anmuth nach), empfahl sich aber dafür um so mehr
durch ihren Charakter.

„Mitleidig gegen alle Unglücklichen," so schildert sie Kestner
in einem Briefconcept an seinen frühern Erzieher vom Ende
1767 oder Anfang 1768 [1], „gefällig und bereit, Jedermann zu
dienen, versöhnlich, gerührt, wenn sie glaubt, Jemand beleidigt
zu haben, gutthätig, freundlich und höflich; freudig, wenn Jemanden etwas Gutes begegnet, gar nicht neidisch (wie unter
jungen, auch alten Frauenzimmern sonst gewöhnlich ist). Dabei
eine aufgeweckte, lebhafte Seele, geschwinde Begriffe, Gegenwart
des Geistes, froh und immer vergnügt; und dieses nicht für sich
allein, nein, alles, was um sie ist, macht sie vergnügt, durch
Gespräche, durch lustige Einfälle, durch eine gewisse Laune oder
Humor. Sie ist das Vergnügen ihrer Aeltern und Geschwister;
und wenn sie ein finsteres Gesicht darunter bemerkt, so eilt sie,
es aufzuklären. Sie ist bei Jedermann beliebt, und es fehlt ihr
nicht an Anbetern, worunter, welches sonderbar ist, sich dumme
und kluge, ernsthafte und lustige befinden. Sie ist tugendhaft,
fromm und fleißig, geschickt in allen Frauenzimmerarbeiten ꝛc."

Diese soliden Vorzüge des Charakters erweckten in Kestner
den Wunsch, Charlotte zur Gemahlin zu nehmen; doch war sie
immerhin noch etwas jung; er selbst hatte auch nicht genügendes
Einkommen, um eine Familie zu gründen. Deßhalb verschob er
seine förmliche Verlobung und beschloß, die ersehnte Braut gleich
dem Patriarchen Jakob durch gewissenhafte, treue Arbeit zu verdienen.

Diese Arbeit war keine angenehme — eine verzweifelt lederne
Bureau-Arbeit, mitten in Kreisen, in welchen Gelehrten- und
Adelsstolz, niedrige Gewinnsucht, Härte gegen unglückliche Be-
drückte, Kabale und kleinliche Regiersucht das Leben höchst ungemüthlich machten. Dazu wurde das Visitationsgeschäft von

---

[1] Kestner l. c. S. 290.

den leitenden Juriſten möglichſt in die Länge gezogen[1]. Der hannöver'ſche Geſandte aber war einer der arbeitſamſten und ſchreibſeligſten von Allen. „Man iſt nichts mehr," meinte Keſtner, „als eine Maſchine, welche ſich bewegt, wenn Andere wollen, und ſo auch wieder ſtille ſteht. Das Bewußtſein, auf ſolche Weiſe gearbeitet zu haben, hat gar wenig Befriedigendes... Da iſt der Ort, die Standhaftigkeit zu üben, das Böſe zum Guten zu benutzen."

Es war ein harter Schlag für die Familie im Deutſchen Haus, als die Mutter, eine brave chriſtliche Hausmutter, fromm und thätig, ſittſam und liebevoll, ein Muſter aller häuslichen Tugenden, den zahlreichen Kindern im Herbſt 1770 durch den Tod entriſſen wurde[2]. Gemildert ward er einigermaßen dadurch, daß die beiden älteren Töchter, beſonders Lotte, ſich treulich nach den Lehren und Beiſpielen der Mutter gebildet hatten. Sie vertrat für die jüngeren zehn Geſchwiſter wahrhaft der Mutter Stelle und erbte darum auch in vollem Maße die Liebe, mit welcher alle an der Mutter gehangen hatten. Keſtner, der den Tod der Dahingeſchiedenen wie ein Sohn mitbetrauerte, ward in der verſtändigen Wahl ſeines Herzens noch mehr beſtärkt, als Lotte's Charakter ſich in den harten Tagen der Trauer immer edler und ſchöner entfaltete. Er ſah ſich nach einer Anſtellung um, welche eine baldige Heirath ermöglichte, und arbeitete, da ſich dieſer Plan nicht ſo ſchnell verwirklichen ließ, ruhig in ſeiner bisherigen Stellung weiter, zur vollen Befriedigung ſeines Geſandten, der ihn nach Verdienſt zu ſchätzen wußte.

So ſtanden die Dinge im Deutſchen Haus, als Göthe, keineswegs von den Narrheiten des Goué'ſchen Ritterordens befriedigt, zufällig in den ſtillen Kreis deſſelben hineingerieth.

Am 9. Juni (1772) fuhr Charlotte mit einigen Freundinnen auf einen ländlichen Ball in Wolpertshauſen. Keſtner hatte noch Geſchäfte und kam erſt ſpäter zu Pferde nach.

---

[1] A. Menzel XII*. 108.
[2] Vgl. Keſtner l. c. S. 288. 303.

„Der Dr. Göthe," so berichtete später Kestner, „war mit im Wagen und lernte Lottchen hier zuerst kennen. Er hat sehr viele Kenntnisse, und die Natur, im physikalischen und moralischen Verstand genommen, zu seinem Hauptstudium gemacht, und von beyden die wahre Schönheit studirt. Noch kein Frauenzimmer hier hatte ihm Genüge geleistet. Lottchen zog gleich seine ganze Aufmerksamkeit an sich. Sie ist noch jung, sie hat, wenn sie gleich keine ganz regelmäßige Schönheit ist, eine sehr vortheilhafte, einnehmende Gesichtsbildung; ihr Blick ist wie ein heiterer Frühlingsmorgen, zumal den Tag, weil sie den Tanz liebt; sie war lustig; sie war in ganz ungekünsteltem Putze. Er bemerkte bei ihr Gefühl für das Schöne der Natur und einen ungezwungenen Witz, mehr Laune als Witz. Er wußte nicht, daß sie nicht mehr frey war; ich kam ein paar Stunden später; und es ist nie unsere Gewohnheit, an öffentlichen Orten mehr als Freundschaft gegen einander zu äußern. Er war den ganzen Tag ausgelassen lustig (dieses ist er manchmal, dagegen zu anderer Zeit melancholisch), Lottchen eroberte ihn ganz, um desto mehr, da sie sich keine Mühe darum gab, sondern sich nur dem Vergnügen überließ. Andern Tags konnte es nicht fehlen, daß Göthe sich nach Lottchens Befinden auf den Ball erkundigte. Vorhin hatte er in ihr ein fröhliches Mädchen kennen gelernt, das den Tanz und das ungetrübte Vergnügen liebt; nun lernte er sie auch erst von der Seite, wo sie ihre Stärke hat, von der häuslichen Seite, kennen." [1]

Jetzt war's aus mit Reichskammergerichtsvisitation und mit allen Prozessen, mit allem ernsteren Studium und fast auch mit der Literatur. „Der Dr. Göthe" war nun alle Tage im Deutschen Hause. Die Kinder nannten ihn „Vetter" und „Onkel"; mit den Buben kollerte er am Boden herum und ließ sich von ihnen zerzausen, den Mädchen brachte er Bonbons und erzählte ihnen Märchen. Der Vater gewann ihn bald wie einen Sohn lieb; Lotte ließ sich in ihren häuslichen Geschäften nicht im min-

---

[1] Kestner l. c. S. 40.

besten stören, war freundlich und gut, ohne die versteckten Liebes=
äußerungen des Dichters zu erwiedern. Kestner, eine ehrliche,
biedere Natur, achtete Göthe um seines augenscheinlichen Talentes
und mancher guten Eigenschaften willen, behandelte ihn als
Freund, ließ die Idee einer Nebenbuhlerschaft gar nicht in sich
aufkommen, ging nach wie vor treu seinen Pflichten nach und
saß oft noch spät Abends am Pulte, während Göthe den Kindern
Geschichten erzählte, nur um bei Lotte zu sein.

Göthe seinerseits war Kestner auch recht zugethan. Dabei
verkannte er den soliden Fond wackerer Gesinnung nicht, der ihn
in seinem prosaischen Bureauleben und Lotte in den häuslichen
Sorgen einer nicht sehr begüterten, mit Kindern gesegneten Fa=
milie so glücklich machte. „Ihr wart mir,“ schrieb er später an
Kestner, „eine Art Ideal eines durch Genügsamkeit und Ord=
nung Glücklichen, und euer musterhaftes Leben mit Frau und
Kindern war mir ein fröhliches und beruhigendes Bild.“ Aber
so sehr er sich auch Mühe gab, an Kestner als Freund zu han=
deln, Phantasie und Herz walteten zu mächtig in ihm, um bei
der bloßen Freundschaft für Kestner stehen zu bleiben. Char=
lotte, in welcher er manche Züge von Friederike wiederfand, nur
anmuthig von der freundlichen Geschäftigkeit eines Hausmütter=
chens belebt, ward einstweilen des Dichters Frauenideal. Von
ihr dichtete und träumte er, und wie er denn im tiefsten Grunde
seines Wesens Realist war, ließ er es nicht bei bloßen poetischen
Träumereien bewenden. Er schloß sich immer zutraulicher an
Lotte und Kestner an, mischte sich unter die Kinder, um so
einigermaßen unter Lotte's Obsorge zu stehen, vertauschte das
„Ihr“ und „Sie“ bald mit dem spielenden „Du“, erbat sich
von ihr kleine Andenken, suchte bei Spaziergängen um sie zu
sein, lud auch wohl zu solchen ein und irrlichtelte in den mannig=
fachsten Formen lockend und klagend um das angebetete Wesen
herum. Zum Glück waren Kestner und seine Braut vernünf=
tige und praktische Leute, genossen das unterhaltende Licht des
schönen Kometen, der in ihre ruhige Bahn gefahren war, ließen
sich von demselben aber in ihrem Geleise nicht beirren. Viel=

leicht daß sie die sonderbare Freundschaft nur etwas allzu ge=
müthlich und nachsichtig beurtheilten. Für Göthe wurde das
anfängliche Spielen mit der Liebe bald zur peinlichen Qual.
Er saß am Hamen und versuchte umsonst, sich weg zu poetisiren.

„Ob er gleich," so erzählt Kestner, „in Ansehung Lottchens
alle Hoffnung aufgeben mußte und auch aufgab, so konnte er,
mit aller seiner Philosophie und seinem natürlichen Stolze, so
viel nicht über sich erhalten, daß er seine Neigung ganz be=
zwungen hätte. Und er hat solche Eigenschaften, die ihn einem
Frauenzimmer, zumal einem empfindenden und das von Geschmack
ist, gefährlich machen können. Allein Lottchen wußte ihn so zu be=
handeln, daß keine Hoffnung bey ihm aufkeimen konnte, und er
sie, in ihrer Art zu verfahren, noch selbst bewundern mußte.
Seine Ruhe litt sehr dabey; es gab mancherley merkwürdige
Scenen, wobey Lottchen bei mir gewann, und er mir als Freund
auch werther werden mußte, ich aber doch manchmal bey mir
erstaunen mußte, wie die Liebe so gar wunderliche Geschöpfe
selbst aus den stärksten und sonst für sich selbstständigen Men=
schen machen kann. Meistens dauerte er mich, und es entstanden
bey mir innerliche Kämpfe, da ich auf der einen Seite dachte,
ich möchte nicht im Stande sein, Lottchen so glücklich zu machen,
als er, auf der andern Seite aber den Gedanken nicht ausstehen
konnte, sie zu verlieren. Letzteres gewann die Oberhand, und
an Lottchen habe ich nicht einmal eine Ahndung von dergleichen
Betrachtungen bemerken können."[1]

Wochen, Monate, ja ein ganzes Vierteljahr lang härmte und
plagte sich Göthe inzwischen mit dieser völlig aussichtslosen Liebe,
winselte und jammerte, wenn bei einem Ausflug Lotte nicht dabei
war, oder wenn er nicht ein ganz so freundlich Gesicht bekam,
als er erwartet hatte. „Heute war ich in Atspach," heißt es in
einem seiner Seufzercoupons, „und morgen gehen wir zusammen,
da hoffe ich freundlichere Gesichter zu kriegen. Inzwischen war
ich da, hab Ihnen zu sagen, daß Lotte sich am Mondbescheinen

---

[1] Kestner l. c. S. 78.

Tahl innig ergötzt, und Ihnen eine gute Nacht sagen wird. Das wollt ich Ihnen selbst sagen, war an ihrem Haus, in ihrem Zimmer war kein Licht, da wollt ich nicht Lärm machen. Morgen früh trinken wir Caffee unterm Baum in Garbenheim, wo ich heute zu Nacht im Mondschein aß. Allein — doch nicht allein. Schlafen Sie wohl. Soll ein schöner Morgen sein" (8. Aug.)[1].

Endlich machte „Mephistopheles" Merck dem unerquicklichen Jammer ein Ende. Göthe war nach Gießen hinübergekommen, um persönlich mit Höpfner Bekanntschaft zu machen — ganz in jenem studentischen Galgenhumor, der damals mit seiner Liebes= melancholie in unberechenbaren Intervallen abwechselte. Da traf er Merck (28. Aug.); dieser mußte mit nach Wetzlar und Char= lotte sehen. Sie gefiel ihm, „elle mérite réellement tout ce qu'il pourra dire de bien sur son compte", schrieb er an seine Frau; aber er betrachtete sie als die Braut eines Andern, — Göthe's Liebe, wie sie es war, als aussichtslos, thöricht und unrecht. Er machte ihn auf vernünftigere Partieen aufmerksam, suchte ihn von Wetzlar wegzubringen und hätte ihn eigentlich gern gleich selbst mitgenommen. Doch Göthe wollte nicht. Noch am 5. September murrte er den ganzen Nachmittag und am sechsten den ganzen Vormittag, „daß Lotte nicht nach Atspach gegangen ist". Merck's Mahnungen wirkten indeß langsam in dem von vergeblichem Warten, Hoffen, Sehnen und Klagen ab= gehetzten Geiste. Er beschloß nun wirklich abzureisen. Am 10. September aß er zum letzten Male bei Kestner zu Mittag im Garten. Abends saßen sie noch einmal beisammen. Char= lotte führte das Gespräch auf den Zustand der Seele nach dem Tode und die Drei versprachen sich, welches von ihnen zuerst stürbe, sollte den Andern, wenn möglich, Nachricht aus dem Jenseits bringen. Den andern Morgen reiste Göthe von Wetzlar ab, ohne Abschied zu nehmen. Er ließ ein Billet an Kestner zurück, vom vorigen Tag datirt:

-----

[1] Ebd. S. 42.

„Er ist fort, Kestner, wenn Sie diesen Zettel kriegen, er ist fort. Geben Sie Lotten inliegenden Zettel. Ich war sehr gefaßt, aber Euer Gespräch hat mich auseinander gerissen. Ich kann Ihnen in dem Augenblick nichts sagen, als leben Sie wohl. Wäre ich einen Augenblick länger bey Euch geblieben, ich hätte nicht gehalten. Nun bin ich allein und morgen geh ich. O mein armer Kopf!" Der Brief hatte einen doppelten Einschluß mit zwei Abschiedsbrieflein an Charlotte[1].

Die fröhliche Reise der Lahn entlang, erst zu Fuß, dann im Nachen, mitten unter den anmuthigsten Landschaftsbildern, zerstreute rasch des Dichters schwarze Melancholien. In Ehrenbreitstein bei der Familie La Roche wurde er mit offenen Armen aufgenommen. Merck war da, auch der Allerwelts-Leuchsenring, der den Damen aus seinen Chatouillen die Correspondenzen berühmter Männer und Frauen zum Besten gab. Man plauderte über Literatur, machte Ausflüge; Göthe schwärmte gleich um die beiden Töchter herum, verliebte sich in eine derselben, die später den Frankfurter Brentano heirathete, fing mit Leuchsenring Händel an 2c., aber ehe es ungemüthlich wurde, trieb Merck zur Weiterreise, den Rhein hinauf. Göthe zeichnete, dichtete und schwärmte.

Er war kaum in Frankfurt angekommen, als er am 22. September bei Schlosser seinen Freund Kestner traf, der von Wetzlar in Gesellschaft der Herren von Born, von Hardenberg (des spätern Ministers) und Freitag herübergekommen. „Es war mir eine unbeschreibliche Freude," berichtet Kestner in seinem Tagebuch, „er fiel mir um den Hals und erdrückte mich fast." Auf dem Römer trafen sie Frau Merck und Göthe's Schwester Cornelie. „Wir gingen vor's Thor auf dem Wall spazieren," erzählt Kestner weiter, „unvermuthet begegnete uns ein Frauenzimmer; wie sie den Göthe sah, leuchtete ihr die Freude aus dem Gesicht; plötzlich lief sie auf ihn zu und in seine Arme; sie küßten sich herzlich; es war die Schwester der Antoinette

---

[1] Kestner l. c. S. 44 ff.

(Charlotte Gerock, eine Freundin Corneliens). Die Zeit ging unterm Spazierengehen und Sprechen bald der Merckin, bald dem Merck, bald dem Göthe unvermerkt hin. Wir gingen in Göthe's Haus; die Mutter war nur zu Haus und empfing uns, auch mich, auf das bey ihr alles geltende Wort des Sohnes ꝛc." Am folgenden Tag besahen sie das Göthe'sche Haus, die Stadt= bibliothek und den Römer, gingen auf die Messe, besuchten Antoinette Gerock und Abends die Komödie[1].

Seit diesem Besuche lebte — trotz der andern galanten Be= kanntschaften — die Leidenschaft für Charlotte wieder mit neuer Gewalt auf. Den ganzen September und October flog ein Briefchen um's andere nach Wetzlar — an Kestner adressirt und für dessen Braut bestimmt. Er heftete ihre Silhouette an die Wand seines Zimmers und hielt davor seine Monologe; er schickte Grüße und Gaben, besorgte Bestellungen und erzählte seine Träume. Kestners Braut ist noch immer die „liebe Lotte" und die „goldene Lotte" und die Lotte mit dem „rosafarbenen Band", sein Traum bei Tag und Nacht. Alles erinnert ihn an die vergangenen Scenen; jetzt hätte er ihr, wenn er noch in Wetzlar wäre, etwas mitzutheilen, wovon Kestner nichts wissen dürfe; jetzt fleht er um abermalige Abschiedsthränen; jetzt meint er, es wäre eigentlich besser, nicht mehr zu schreiben, aber die Silhouette läßt ihm keine Ruhe.

Gerade um diese Zeit (am 29. October) erschoß sich in Wetz= lar ein College Goué's, der braunschweigische Gesandtschafts= secretär Jerusalem, ein Sohn des protestantischen Abts von Rid= dagshausen. Unzufriedenheit mit seiner Stellung überhaupt, Streitigkeiten mit seinem Gesandten, Verweise von seinem Hofe, unfreundlicher Ausschluß aus der höhern Gesellschaft, in die er Zutritt gesucht, hatten diesen talentvollen jungen Mann so miß= stimmt, daß er von Wetzlar wegzukommen suchte. Er hoffte, die Visitationsgeschäfte möchten sich bald zerschlagen; doch umsonst. In seiner Mißstimmung verliebte er sich in die Frau des pfäl=

---

[1] **Kestner** l. c. S. 50.

zischen Legationsfecretärs H., die jedoch seine Complimente und Galanterieen abwies. Da fing er an, sich aller Gesellschaft zu entziehen, verschloß sich vor Jedermann, auch vor seinen bisherigen Vertrauten, machte lange Mondscheinspaziergänge, las wüthend Romane und Trauerspiele (die fürchterlichsten waren ihm die liebsten und von den Romanen glaubte er bald alle gelesen zu haben), bohrte dazu in modernen philosophischen Schriften, las Leibniz, mit Vorliebe aber Mendelsohns Phädon, bestritt jedoch dessen Ansichten über den Selbstmord, klagte über die engen Grenzen des menschlichen Verstandes und beschwerte sich heftig über die Lieblosigkeit der Menschen. Als sich das falsche Gerücht verbreitete, Goué habe sich entleibt, widersprach er, erklärte Goué dessen unfähig, vertheidigte aber mit Eifer den Selbstmord. Kestner beneidete er um sein friedliches Glück: „Wie glücklich ist Kestner! Wie ruhig er dahin geht!" Die unselige Leidenschaft für Frau H. verwirrte immer mehr sein krankes Gehirn. Am 28. October (Mittwoch) nach einer Gasterei nahm ihn der Secretär mit nach Hause zum Kaffee. Dabei erklärte er dessen Gattin: „Liebe Frau Secretärin, dieß ist der letzte Kaffee, den ich mit Ihnen trinke." Sie nahm das für Spaß und antwortete scherzend. Des Nachmittags kam er wieder, that, da er sie allein fand, vor ihr einen Fußfall und machte eine wahnsinnige Liebeserklärung. Die Frau wies ihn ab, erzählte ihrem Manne die Sache und bat ihn, dem Verrückten das Haus zu verbieten. Jerusalem schickte, nach einer qualvollen Nacht, des folgenden Morgens ein Billet an den Secretär H., das nicht angenommen wurde, gegen Mittag ein zweites, das ebenfalls keine Aufnahme fand, Nachmittags ersuchte er Kestner in einem Billet um dessen Pistolen, angeblich zu „einer vorhabenden Reise". Nachdem er sie erhalten, schrieb er einige Abschiedsbriefe und schoß sich dann um 1 Uhr Nachts eine Kugel in den Kopf. Der Schuß tödtete ihn nicht sofort; man traf ihn des Morgens noch athmend, doch bewußtlos und tödlich verwundet. Auf seinem Pult lag „Emilie Galotti" aufgeschlagen und ein von ihm selbst verfaßter Aufsatz „Von der Freiheit". Gegen 12 Uhr verschied er. Abends ¾ 11 Uhr

wurde er in der Stille begraben, „kein Geistlicher hat ihn be=
gleitet"[1].

Der Selbstmord machte in Wetzlar ungeheures Aufsehen.
Die Frauenzimmer zerflossen in Rührung über den Unglücklichen,
Kestner beurtheilte die Sache sehr ruhig und vernünftig, Göthe
ward auf's Höchste erregt. Er schrieb Jerusalems Unglück nicht
seiner aufgeklärten Philosophie, Romanleserei und Phantasterei
zu, sondern seiner früheren protestantisch=religiösen Erziehung:
„Der unglückliche. Aber die Teufel, welches sind die schänd=
lichen Menschen, die nichts geniessen denn Spreu der Eitelkeit
und Götzenlust in ihrem Herzen haben und Götzendienst predigen
und hemmen gute Natur und übertreiben und verderben die
Kräffte, sind schuld an diesem Unglück, an unserm Unglück.
Hohle sie der Teufel, ihr Bruder. Wenn der verfluchte Pfaff . . . .
nicht schuld, so verzeih mir's Gott, daß ich ihm wünsche, er möge
den Hals brechen wie Eli."

Am 6. November erschien er selbst mit Schlosser auf dem
Schauplatz des tragischen Vorfalls, saß bis zum 10. mit Kestner
und dessen Braut herum, und hatte zum Schluß „wieder recht
hängerliche und hängenswerthe Gedanken auf dem Kanapee".
Schlosser verhinderte einen förmlichen Abschied mit sentimentaler
Rührungsscene. Noch im Verlauf des Novembers erhielt Göthe
von Kestner einen ausführlichen Bericht über Jerusalems Selbst=
mord, den er abschreiben ließ.

Weit entfernt indeß, davon bewegt zu werden, tändelte er
fort mit dem elenden Phantom seiner Lotte=Liebe, — bald heiter,
bald melancholisch, bald gemüthlich scherzhaft, bald wild senti=
mental, je nach Laune und Wetter, träumte von Lotte, plauderte
von Lotte. erzählte aller Welt von Lotte. schickte ihr seine Sil=
houette mit Gedicht, sendete Geschenke für sie und die Kinder
u. s. w. u. s. w. Dabei ermangelte er aber nicht, fleißig bei
andern Frauenzimmern herumzuflattern und neue Verhältnisse

---

[1] Der ausführliche Bericht Kestners, den Göthe später dem
Werther zu Grunde legte, bei Kestner S. 80 ff.

anzuspinnen, der einen von der andern zu erzählen, und durch
die Erzählung seiner Herzensgeheimnisse neue Herzen zu saugen
— ein Spiel, das er hernach so ziemlich zeitlebens forttrieb.
Schon im Januar 1773 ließ er Lotte sagen, daß er ein Mädchen
gefunden, das er von Herzen lieb habe und das der Schwester
Lotte's, Lenchen, gleiche. Am 28. Januar erzählt er Kestner,
an Lotte's Adresse, wie er seine Freundinnen auf den Ball ge-
putzt, dann mit den Fräulein Gerock (Antoinette und Nannen)
einen Nachtspaziergang gemacht und dabei dann aus Homer übersetzt habe. Immer kam er aber wieder auf Lotte zurück, welche
noch lange die Königin seiner unsinnigen Träumereien blieb, auch
nachdem sie am 4. April 1773 durch feierliche Trauung Kestners
Gattin geworden war. Ja noch spät im folgenden Jahre, als
sie schon Mutter war, verfolgte er sie mit zärtlichen Briefen, und
als seine Wetzlarer Strumpfwäscherin, Katharine Lisbeth, nach
Frankfurt kam, und ihm von Lotte's Kindheit erzählte, gerieth
er in Entzückung und schrieb an sie einen ganzen Dithyrambus: „und am Endlichen Ende war doch Lotte und Lotte und
Lotte und Lotte und Lotte und ohne Lotte nichts und Mangel
und Trauer und der Todt. Adieu Lotte. Kein Wort heute
mehr“ (26. August 1774)[1]. Und doch hatte er in Frankfurt
selbst einen zahlreichen Kreis junger Schöngeister, in welchem
Mariage gespielt wurde, im benachbarten Darmstadt einen Cirkel,
von dem Merck erzählt: on danse à tout moment, er hatte in
der scherzhaften Hochzeitslotterie eine Braut gezogen, die er wirklich an den Altar zu führen gedachte — und setzte das mehr
als gemeine und nach dem natürlichen Sittengesetz schon unerlaubte, ihm aber nun einmal pikante Abenteuer, der Frau eines
Andern den Hof zu machen, mit Genuß fort. Maximiliane La
Roche hatte den reichen Kaufmann Peter Brentano geheirathet,
einen etwas prosaischen Herrn, der schon aus erster Ehe 5 Kinder
mitbrachte. Göthe schmuggelte sich rasch als Hausfreund ein,
kollerte wie in Wetzlar mit den Kindern auf dem Boden herum

---

[1] **Kestner** l. c. S. 212.

und begleitete das Clavierspiel der Dame, in die er sich früher
vergafft hatte, mit dem Baß.

Glücklich, wahrhaft innerlich glücklich fühlte er sich nicht,
während er so mit phantastischer Thorheit und mit der Sünde
spielte. Wilder Rausch wechselte mit trübem Katzenjammer,
drückendes Gefühl von Leere mit neuen Versuchen, „Poesie" zu
leben. „Meine arme Existenz starrt zum öden Fels," klagt er
Kestner (am 23. April 1773). „Diesen Sommer geht Alles.
Merck mit dem Hofe nach Berlin, sein Weib in die Schweiz,
meine Schwester, die Flachsland, ihr, alles. Und ich binn
allein. Wenn ich kein Weib nehme, oder mich erhänge, so sagt,
ich habe das Leben recht lieb, oder was, daß mir mehr Ehre
macht, wenn ihr wollt." [1]

„Und so träume ich denn," heißt es in einem anderen Brief
an Kestner (18. Juni 1773), „und gängle durchs Leben, führe
garstige Processe, schreibe Dramata und Romanen und dergleichen.
Zeichne und poussire und treibe es so geschwind es gehen will.
Und ihr seyd gesegnet, wie der Mann, der den Herrn fürchtet.
Von mir sagen die Leute, der Fluch Kains läge auf mir.
Keinen Bruder hab' ich erschlagen! Und ich denke, die Leute
sind Narren." [2]

„Ich, lieber Mann," schreibt er demselben Freunde am 15. September 1773, „lasse meinen Vater ietzt ganz gewähren, der mich
täglich mehr in Stadt Civil Verhältnisse einzuspinnen sucht, und
ich lass es geschehen. So lang meine Kraft noch in mir ist!
Ein Riß! und all' die siebensachen Bastseile sind entzwei. Ich
bin auch viel gelassener und sehe, daß man überall den Menschen,
überall großes und kleines, schönes und Häßliches finden kann.
Auch arbeit ich sonst brav fort und denke den Winter allerley
zu fördern." [3]

Der Prozesse waren eigentlich nicht viele, die Arbeit besorgte

---

[1] Kestner l. c. 102. Vgl. S. 142. 149.
[2] Kestner l. c. S. 160.
[3] Kestner l. c. S. 180.

fast ganz der Vater; es blieb daher Zeit genug zu Ausflügen, Unterhaltungen aller Art, Dilettanterien, literarischen Arbeiten. Vor Allem legte sich Göthe wieder auf's Zeichnen, unterrichtete Merck im Zeichnen und Kupferstechen und dachte allen Ernstes daran, Maler zu werden. Obgleich ihn das Leben im Vaterhause etwas einengte, wollte er deßhalb die „siebenfachen Bastseile" nicht zerreißen und verwarf Kestners Antrag, fremde Dienste zu nehmen.

„Die Stelle in Deinem Brief, die einen Wink enthält von möglicher Näherung zu euch, ist mir durch die Seele gangen. Ach, es ist das schon so lange mein Traum als ihr weg seyd. Aber es wird wohl auch Traum bleiben. Mein Vater hätte zwar nichts dagegen, wenn ich in fremde Dienste gienge, auch hält mich hier weder Liebe noch Hoffnung eines Amts — und so scheint es, könnt ich wohl einen Versuch wagen, wieder einmal zu sehen wie's braussen aussieht.

„Aber Kestner, die Talente und Kräffte, die ich habe, brauch ich für mich selbst gar zu sehr, ich bin von ieher gewohnt, nur nach meinem Instinkt zu handeln, und damit könnte keinem Fürsten gedient sein. Und dann, bis ich politische Suborbination lernte — (Es ist ein verfluchtes Volk, die Frankfurter, pflegt der Präs. v. Moser zu sagen, man kann ihre eigensinnigen Köpfe nirgends hin brauchen. Und wenn auch das nicht wäre, unter all meinen Talenten ist meine Jurisprudenz der geringsten eins, Das bißgen Theorie und Menschenverstand richtens nicht aus — hier geht meine Praxis mit meinen Kenntnissen Hand in Hand. ich lerne ieden Tag und haubere mich weiter. --- Aber in einem Justizcollegio — Ich habe mich von ieher gehütet ein Spiel zu spielen, da ich der unerfahrenste am Tisch war. — Also —"[1]

Er beschloß also, Poet und Literat zu bleiben und das Leben fortzuführen, das er selbst im Frühjahr (1773) ein „Gewirre" genannt hatte, „ein recht toll und wunderbar Leben", das sich nie detailliren läßt, „vielleicht heute weniger als jemals". In

---

[1] Kestner l. c. S. 193.

aussichtslosen Liebeshändeln hetzte er seine Phantasie zu wilder
Träumerei auf, in geschäftiger Kunstländelei beruhigte er sie
wieder. Langweilige Geschäfte reizten ihn zu tiefem Groll gegen
alle Prosa des wirklichen Lebens, in burschikosem Spott nahm
er Rache daran und bettelte dann ungesättigt wieder um den
schmeichlerischen Blick einer Schönen. Unter allen Schönen wollte
er die Schönste haben und blieb dabei ohne Frau; begnügte sich
dann mit Frauenstudien und hätte wohl Lust gehabt, eine der
nächsten zu freien, hätten ihn nicht die Fesseln der Ehe ab-
geschreckt. Unter allen Genies wollte er aber das freieste sein
und hetzte sich durch Genuß und Vergnügen, regelloses Studium
und Pfuschen in allen Künsten abermal zu neuem Phantasierausch auf, um bald im Momente der höchsten Erregung blitz-
artige Fragmente auf's Papier zu schleudern, bald in der ein-
tretenden Erschlaffung die Geschöpfe seiner Phantasie berechnend
und ruhiger zurechtzustutzen. Lenz und Andere, die es ihm
nachthun wollten, wurden eine Beute des Wahnsinns. Hätte er
nicht eine ordentliche Dosis weiblicher Schmiegsamkeit und dabei
die Mittel gehabt, sich von seinen Phantasieleiden in aller Behaglichkeit des angenehmsten Lebens zu erholen: sein tolles Phantasieleben hätte vielleicht auch ihm das Gehirn verwirrt. Mit
Selbstmordsgedanken plagte er sich mehr als einmal[1].

---

[1] Göthe's Werke (Hempel). XXII. 123—129. Vgl. Kestner
l. c. S. 162.

7. Literarische Früchte des Genielebens. Possen und Farcen. Clavigo.

1772 –1774.

„Die Meisten liebten alle Menschen und Thiere und nahmen **nur** die Recensenten aus; Genies mit Thränen in **den** Augen theilten auf der Straße Prügel aus **und** Scheltworte auf dem Papier."

Jean Paul.

„Haß **und** Liebe hatte bei Göthe und seinem Kreise damals keine Grenze; Rücksicht und Schonung kannte **man** nicht, wenn der Kitzel des Muthwillens juckt." **Gervinus.**

Bunt und wirr, wie Göthe's Leben in den Jahren 1772 bis 1774, sind auch die Erzeugnisse dieses Zeitabschnittes. Hundert Ideen und Projecte durchkreuzten sich; langsam **nur** und von den Umständen geschoben kam eines oder das andere zur Durchführung.

Das **erste**, was er nach der Rückkehr von Wetzlar im Herbst 1772 seinen Recensionen folgen ließ, war ein kleiner Aufsatz „von deutscher Baukunst . **D. M. Ervini a** Steinbach"[1] (mit der Jahreszahl 1771), ein Lehrgedicht in **Prosa** oder ein ästhetisches Fragment im Dithyrambenstil, wie die meisten seiner Recensionen eine Zündbombe auf **die Dächer der** Kunstphilosophen. Diese hatten in nachbetender **Ueberlieferung** seit den Zeiten der Reformation den ehrwürdigen Baustil, in welchem das Mittelalter seine Gotteshäuser gebaut, aus dem Reiche des guten Geschmackes **ausgewiesen und als** „Gothisch" verpönt. Göthe **war in** dieser Kunstanschauung, die jede noch so barocke

---

[1] Göthe's Werke (Hempel). XXVIII. 349.

Renaissance als classisch verehrte, aufgewachsen; doch wie Schuppen fiel es ihm von den Augen, als er das Straßburger Münster sah: die ungeheure, vermannigfaltigte Mauer, die Erwin von Steinbach himmelangeführt: „daß sie aufsteige gleich einem hocherhabenen weitverbreiteten Baume Gottes, der mit tausend Aesten, Millionen Zweigen und Blättern wie der Sand am Meer ringsum verkündet die Herrlichkeit des Herrn ... Ein ganzer, großer Eindruck füllte meine Seele, den, weil er aus tausend harmonirenden Einzelheiten bestand, ich wohl schmecken und genießen, keineswegs aber erkennen und erklären konnte. Sie sagen, daß es also mit den Freuden des Himmels sei. Wie oft bin ich zurückgekehrt, diese himmlisch-irdische Freude zu genießen, den Riesengeist unserer älteren Brüder in ihren Werken zu umfassen! Wie oft bin ich zurückgekehrt, von allen Seiten, aus allen Entfernungen, in jedem Lichte des Tages zu schauen seine Würde und Herrlichkeit!“ Er fühlte, daß das schön war, daß es groß war, daß es deutsch war.

Aber wie bei Shakespeare und bei Götz, blieb er auch hier bei dem äußern Nachleuchten des Mittelalters stehen, ohne auch nur eine Idee oder Ahnung von dem Kerne seines idealen und darum so poetischen Lebens zu schöpfen. Keine Ahnung von dem tiefen Glauben und Wissen, dessen Harmonie jene architektonische Symbolik geschaffen; keine Ahnung von jener anspruchslosen Demuth und Bescheidenheit, mit der der mittelalterliche Künstler als Diener des höchsten Herrn sich selbst ganz zurücktreten ließ; keine Ahnung von dem liebevollen, starken Gemeingeist, der die Kunstfertigkeit zur Blüthe erhob und rastlos weiter bildete; keine Ahnung von der Gottes- und Nächstenliebe, welche das Geld zum Bau als Pfand ewigen Lohnes aufopferungsvoll herbeitrug; keine Ahnung von der sichtbaren Kirche, deren steinerne Allegorie der gothische Dom war.

Aber was hat denn die gothischen Dome geschaffen und so schön gemacht?

Der Genius — der Genius — nichts als der Genius!

Wie bei Götz, machte Göthe auch beim Straßburger Münster

rechtsum kehrt! — und dann mit etwas deutschen Phrasen und
deutschen Kunstgefühlen zurück in den erbärmlichen Individualismus des 18. Jahrhunderts. Daß es keine Künstler mehr gibt
wie Erwin, daran sind nur die Schulpedanten und Kunstphilosophen schuld. Denn „schädlicher als Beispiele sind dem Genius
Principien"! Sie hemmen die natürliche und charakteristische
Entwicklung der Kunst, und doch ist „diese charakteristische Kunst
die einzig wahre".

Nicht der großartige katholische Geist des Mittelalters hat
das Straßburger Münster hervorgezaubert, sondern nur der
„Genius" Erwins. „Hier steht sein Werk: tretet hin und erkennt das tiefste Gefühl von Wahrheit und Schönheit der Verhältnisse, wirkend aus starker, rauher deutscher Seele, auf dem
eingeschränkten Pfaffenschauplatz des medii aevi." Der Herr,
dessen Herrlichkeit der Dom verkündet, ist nicht Gott, sondern
der Meister: vor ihm steht Göthe tief gebeugt und betet an „den
Gesalbten Gottes". Und dennoch will er weder von ihm noch
andern Meistern lernen:

„Ihr schadet dem Genius. Er will auf keinen fremden
Flügeln, und wären's die Flügel der Morgenröthe, emporgehoben
und fortgerückt werden. Seine eigenen Kräfte sind's, die sich im
Kindertraum entfalten, im Jünglingsleben bearbeiten, bis er stark
und behend wie der Löwe des Gebirges auseilt auf Raub. Drum
erzieht sie meist die Natur, weil ihr Pädagogen ihm nimmer den
mannichfaltigen Schauplatz erkünsteln könnt, stets im gegenwärtigen Maß seiner Kräfte zu handeln und zu genießen."[1]

So fällt dem jungen Löwen mitten in seiner urgermanischen
Begeisterung[2] Rousseau aus der Tasche und vor einem der

---

[1] Ebd. S. 346.

[2] Blaze de Bury (Rev. des Deux Mondes. 1857. 2de Période.
23e Année. Vol. IX. p. 152) bemerkt geistreich, wie bald Göthe
davon zurückgekommen zu einer sainte recrudescence de fureur
esthétique. La recherche de lois générales, d'imprescriptibles
règles à s'imposer dans l'art, formait son unique spéculation.
Oubliant ce qu'il avait écrit lui-même sur l'inutilité des prin-

schönsten Denkmäler deutschen Gemeingeistes erklärt er jene Un=
abhängigkeit des Individuums, welche jedes nationale und kirch=
liche Leben und darum auch jede großartige Kunstthätigkeit in
der Wurzel zerstört. Genuß und Willkür des Einzelnen soll
durch feines epikuräisches Maßhalten zu jenem Ideal des Schönen
zurückführen, das der deutsche Volksgeist, vom Glaubensleben
der katholischen Kirche beherrscht, von der Liebe des Kreuzes be=
geistert, von Gehorsam, Demuth und Liebe beseelt, in unerschöpf=
licher Fülle verkörpert hatte.

In demselben brausenden Stil, von derselben hochmüthigen
Kraftgenialität durchweht ist ein anderer kleiner Aufsatz aus dieser
Zeit: „Nach Falconet und über Falconet." Göthe versucht darin
die Grundsätze, die er über dramatische Poesie und Architektur
entwickelt, auch in's Gebiet der Malerei hinüberzutragen. Auch
hier soll der Genius alle Schranken der Schule brechen und zu=
rückkehren zur Natur, die sich nicht dem Verstande, sondern dem
Gefühle offenbart. „Wem hat nicht in Gegenwart seines Mäd=
chens die ganze Welt golden geschienen? Wer fühlte nicht an
ihrem Arme Himmel und Erde in wonnevollster Harmonie zu=
sammenfließen? ... Das Gefühl ist die Harmonie und vice
versa." Rembrandt, Raphael, Rubens kommen ihm darum „in
ihren geistlichen Geschichten wie wahre Heilige vor, die sich Gott
überall auf Schritt und Tritt, im Kämmerlein und auf dem
Felde gegenwärtig fühlen, und nicht der umständlichen Pracht
von Tempeln und Opfern bedürfen, um ihn an ihre Herzen her=
beizuzerren."[1] Darum vergißt er es nicht nur Rembrandt, nein,
er verehrt ihn dafür, daß er die Madonna mit dem Kinde als
niederländische Bäuerin darstellt. „Hat Raphael was anderes,
was mehr gemalt, als eine liebende Mutter mit ihrem Ersten,
Einzigen? und war aus dem Sujet etwas anderes zu malen?
Und ist Mutterliebe in ihren Abschattungen nicht eine ergiebige

cipes et des maximes, il se consumait à creuser de laborieuses
théories et s'épuisait à les discuter avec son entourage.

[1] Göthe's Werke (Hempel). XXVIII. 350.

Quelle für Dichter und Maler aller Zeiten? Aber es sind die biblischen Stücke alle durch kalte Veredlung und die geistige Kirchenschicklichkeit aus ihrer Einfalt und Wahrheit herausgezogen und dem theilnehmenden Herzen entrissen worden, um gaffende Augen des Dumpfsinns zu blenden." Indem der kecke Bilderstürmer anscheinend bloß das Gekünstelte, Unwahre, die Auswüchse christlicher Kunst bekämpft, stürzt er ihre tiefsten Grundlagen um: ihren dogmatischen Gehalt, ihren liturgischen Werth, ihre religiöse Weihe. Die an sich heilsame ästhetische Revolution schließt zugleich die religiöse ein und Göthe langt dann auch glücklich dabei an, Rubens' fleischige Weiber dafür zu preisen, daß sie so fleischig sind [1].

Im folgenden Jahre (1773) veröffentlichte Göthe ein paar anonyme Blätter „theologischen" Inhalts, die indeß mehr den Charakter literarischer Renommisterei, als den eines „Glaubensbekenntnisses" an sich tragen. Wer ist denn der neue Anonymus? mußte es heißen, und das rasch gelüftete Geheimniß verkündigte, daß Wolfgang Göthe trotz einem Herder, Lavater, Claudius und Hamann auch dieses Instrument zu spielen wisse. Das erste solche Elaborat war der „Brief des Pastors zu *** an den neuen Pastor zu *** [2]. Aus dem Französischen", schon im Titel an Rousseau's „Savoyischen Vicar" gemahnend. Die Quintessenz dieser theologischen Flunkerei ist ein abgestandener Protestantismus, der alle Rechtgläubigkeit bei Seite geschoben, aber von dem kahlen Rationalismus auch nichts wissen will, nun ein zahmes Mittelding sucht, die Bekenntnißlehre mit „ewiger Liebe" abschleift, die trockene Naturreligion, die dabei übrig bleibt, mit biblischer Sentimentalität und pietistischer Herzlichkeit überzuckert.

Der Pastor glaubt, so sagt er wenigstens, an Gott, an Christus, an Rechtfertigung durch den Glauben, an einen Himmel im Jenseits. Aber er will als unendlich liebender Mensch durchaus alle Leute in dem Himmel haben, hat darum im Stillen

[1] Ebd. S. 352.
[2] Ges. Werke. Ebd. XXVII. 2. Abth. 87 ff.

die Hölle abgeschafft und tröstet sich insgeheim (offen darf man's
noch nicht sagen) mit einer schließlichen Begnadigung aller Ver=
dammten. Für den Grund seiner Seligkeit hält er den Glauben
an die göttliche Liebe, die vor so viel hundert Jahren unter dem
Namen Jesus Christus eine kleine Zeit als Mensch herumzog.
Aber Genaueres über die Menschwerdung will er nicht wissen:
„Da Gott Mensch geworden ist, so muß man sich vor nichts
mehr hüten, als ihn wieder zu Gott zu machen."[1] Er ist also
nicht Gott geblieben. Dennoch taugen die Vernunftphilosophen,
welche ihn lärmend absetzen, nichts, weil sie intolerant sind und
zahllose Händel erregen. Es braucht und soll nichts bewiesen
werden — auch die Göttlichkeit der Bibel nicht; diese wird jeder,
der guten Willens ist, durch die Süßigkeit des Evangelii inne;
wer sie nicht fühlt, den muß man laufen lassen: genug, wenn
ich einst im Jenseits den Türken und Juden an's Herz drücken
kann. Wir sind alle Menschen und das größte Elend ist, daß
die Christen unter sich uneins sind.

Weder Bellarmin noch Seckendorf, weder Luther noch Calvin
haben das richtige Christenthum — die Bekenntnisse sind bloß
äußerliche, zeitweilig ersprießliche Formeln. Luther hat wohl
gethan, uns von der Hierarchie zu befrein; die Messe ist etwas
zu viel, die Sacramente sind bloße Zeichen; aber er hat damit
nicht das Reich erworben, davon er einen Andern herunterwarf.
Die „Hierarchie ist ganz und gar wider den Begriff einer ächten
Kirche"[2], es war nie eine sichtbare Kirche auf Erden. Das ganze
Uebel der Entzweiung kommt von den Theologen her, den
wunderlichen Leuten, die schon von den apostolischen Zeiten her
prätendirten, was nicht möglich ist: die christliche Religion in ein
Glaubensbekenntniß zu bringen. Daher schon Streit zwischen
Petrus und Paulus. Taufe, Händeauflegung und Abendmahl
waren anfangs ganz schöne, sinnige Zeichen zu freiwilliger Er=
bauung, aber leider hat man sie hernach zum Gesetze gemacht,
und das führte nothwendig Trennung herbei.

---

[1] Ebd. S. 90.   [2] Ebd. S. 93.

Darum fort mit Schriftcommentaren und dogmatischer Engherzigkeit! Fort mit allem theologischen Streit und aller Ausschließlichkeit! Allgemeine Brüderlichkeit, Frieden und Liebe! „Wer Jesum einen Herrn heißt, der sei uns willkommen; können die Andern auf eigene Hand leben und sterben, wohl bekomm es ihnen!"[1]

Wie Lessing in ähnlichen religionsphilosophischen Fragmenten seiner Jugend, behält Göthe Namen und Schein des Christenthumes bei, beseitigt aber in ebenso frivoler Weise dessen Grundlage, die Gottheit Christi, dessen Kern, d. h. die positiven Lehren und die gesellschaftliche Organisation: die Kirche. Was ihn von Lessing vorzüglich unterscheidet, ist, daß er nicht verstandesmäßig, sondern rein nur nach Empfindung vorangeht und sich wieder an Empfindung wendet. Jener löst die positive Offenbarung in willkürlichen Verstandesbegriffen, dieser in dem vagen Wahnbild einer „ewigen Liebe" auf, die weder Wahrheit noch Gerechtigkeit und Heiligkeit in sich schließt. Dem entsprechend sind Form und Fassung milder, weicher, pietistisch angeweht. Nicht nur den protestantischen Religionsschattirungen und dem offenen Unglauben wird zarte Rücksicht gezollt, sondern auch dem Bibelglauben, den Sacramenten, ja sogar den Katholiken. Er fürchtet, die „Aufgeklärten" unter diesen möchten zu weit gehen. „Lieber Bruder, es wird täglich lichter in der römischen Kirche; ob's aber Gottes Werk ist, wird die Zeit ausweisen. Vielleicht protestirt sie bald mehr als gut ist."[2]

Er fürchtete, daß die Religion durch irgend welche entschiedene Proteste etwas mehr werden möge als ein unbestimmbares, süßelndes Gefühl, wie er es schon in seiner Kindheit unter pietistischen Frauen eingesogen und nachher in Liebesabenteuern mit seiner Sinnlichkeit amalgamirt hatte. Damit ließ sich in der vergnüglichen, wenn auch buntschattirten Gesellschaft auskommen, in der er lebte. Darin stimmten Alle überein, daß man einander liebhaben und amüsiren müsse, — auch die Katholiken la-

---

[1] Ebd. S. 96.   [2] Ebd. S. 92.

Roche, Brentano, der leichtlebige Jeſuitenſchüler Creßpel und der tolerante Propſt Dumeiz, von dem Göthe ſich über Katholiſches belehren ließ. Auf dem Grunde des tobenden Genieſprudels aber ſaß ein recht weichherziges Seelchen, das nicht den Muth hatte, der Wahrheit als Gegner oder Zweiſler oder aufrichtiger Forſcher in's Auge zu ſchauen. Dazu fehlte ihm auch vollſtändig die männliche Charakterbildung und jede gründliche philologiſche, philoſophiſche und theologiſche Schule. Da er nichtsbeſtoweniger in „Zwo wichtigen bibliſchen Fragen" ſich auch den Exegeten als Genie zeigen wollte, ſchrieb er um dieſelbe Zeit mit griechiſchen Anmerkungen ein paar Seitchen über den Inhalt der Bundes= tafeln und über die Sprachengabe zuſammen, nach ſeinem eigenen ſpätern Geſtändniß eine „Poſſe"[1], worin er die orthodoxe Schrifterklärung über die Bundestafeln umſtieß und die Sprachen= gabe mit poetiſcher Gefühlsphantaſterei zuſammenwarf.

„Trachtet ihr," das iſt die Moral,. „daß ihr Lebenskenntniß erlanget, euch und eure Brüder aufzubauen. Das iſt euer Wein= berg, und jeder Abend reicht dem Tage ſeinen Lohn. Wirft aber der ewige Geiſt einen Blick ſeiner Weisheit, einen Funken ſeiner Liebe einem Erwählten zu, der trete auf und laſſe ſein Gefühl!"[2]

Dieſer Erwählte war natürlich vor Allem der Dichter. Platz für ihn! Er brachte zunächſt im Sommer den unter Mercks Mitwirkung umgearbeiteten „Götz von Berlichingen" zu Markte, der nun für zwölf gute Groſchen zu haben war; dann im Herbſt eine aus „belebten Epigrammen" zuſammengewürfelte Poſſe „Das Jahrmarktsfeſt in Plundersweilen". Das war Alles dieſes Jahr.

Sei es, daß Wieland den „Götz" nicht genug gelobt hatte — er hatte ihn im deutſchen Merkur ein „bezauberndes Un= geheuer" genannt — oder daß das Genie von ſonſt nicht eben largem Lobe überſchäumte; genug, Anfangs des folgenden Jahres (1774) zog Göthe in einer derben ſtudentiſchen Poſſe gegen den

----

[1] Aus Herders Nachlaß I. 144.
[2] Ebd. S. 98.

beliebten Modeschriftsteller zu Felde und gab ihn dem Gelächter
preis. Anlaß lag vor. Wieland hatte sich nicht begnügt, unter
athenienſiſchen Titeln ſeine leichte genußſüchtige Modewaare zu
verkaufen, er hatte ſich auch der Götter und Halbgötter des
ſeligen Olymps bemächtigt und ſie in „Alceſte" eine zahme tugendhafte Rococo-Tragödie ſpielen laſſen. Alceſte ſtarb dabei an Ohn-
macht und ſentimentalen Krämpfen und Herkules holte ſie unter
vielen franzöſiſchen Complimenten wieder aus dem Orkus heraus.
Da ließ Göthe nun in „Götter, Helden und Wieland" den Herkules mit Löwenfell und Keule aufmarſchiren und Wieland
ſagen: „Hätteſt du nicht ſo lange unter der Knechtſchaft deiner
Sittenlehre geſeufzt, es hätte noch was aus dir werden können.
Denn jetzt hängen dir immer noch die ſchalen Ideale an. Kannſt
nicht verbauen, daß ein Halbgott ſich betrinkt und ein Flegel iſt,
ſeiner Gottheit unbeſchadet u. ſ. w."[1] Es war aber durchaus nicht
der wirkliche antike Herkules, den Göthe gegen Wieland herauf-
beſchwor, ſondern einfach ein beſoffener Kneipſtudent, der im ur-
deutſchen Bierdampf und cyniſchem Coſtüm ungewaſchene Zoten
gegen den zimpferlichen Salondichter daherhagelte. Was dieſem
„Genie" am meiſten mißfiel, war, daß Wieland noch immer
ängſtlich zwiſchen Tugend und Laſter ſchwankte: „Laſter! Das
iſt wieder ein ſchönes Wort. Dadurch wird eben Alles ſo .halb
bei euch), daß ihr euch Tugend und Laſter als zwei Extreme vor-
ſtellt, zwiſchen denen ihr ſchwankt, anſtatt euern Mittelzuſtand
als den poſitiven anzuſehen und den beſten, wie's eure Bauern
und Knechte und Mägde noch thun!" Wieland ſteckte den Scherz
lachend ein und beraubte ihn ſo ſeines Stachels. Göthe aber
hatte den herkuliſchen Genierauſch kaum in noch ein paar andern kleinen Studentenpoſſen ausgetobt („Prolog zu den neueſten
Offenbarungen Gottes", gegen den Rationaliſten Bahrdt, wahr-
ſcheinlich auch „Satyros"[2]), als er ſich ebenſo ſchwächlich und
ſentimental zeigte, als der durchgepeitſchte Wieland.

---

[1] Göthe's Werke (Hempel). VIII. 274.

[2] Auf wen dieſe Poſſe gemünzt war, darüber herrſcht bis heute

Ob er wirklich genau so, wie er in „Dichtung und Wahr=
heit" erzählt, in seinem schöngeistigen Kränzchen dem ihm durch
die Ehelotterie zugetheilten „Weibgen" (Anna Sibylla Münch?)
das Versprechen gethan, binnen acht Tagen das eben vorgelesene
IV. Mémoire des Beaumarchais zu einem Drama zu verarbeiten,
ist ungewiß [1]; gewiß dagegen, daß er sehr galant in diesem
Kränzchen herumtändelte, und es nicht unter seiner eben affec=
tirten deutschen Natur= und Bärenwürde hielt, ein Stück der
neuesten französischen Modewaare theilweise zu übersetzen, theil=

großes Dunkel. Einige deuteten „Satyros" auf Basedow, Andere
auf Klinger, Andere auf Heinse, Andere auf einen gewissen Kauf=
mann, wieder Andere auf Rousseau's deutsche Nachahmer im All=
gemeinen. Der neueste Erklärer derselben, Wilhelm Scherer (Aus
Göthe's Frühzeit. Straßburg 1879. S. 43 ff.), glaubt, daß Göthe
in „Satyros" bloß für den allerengsten Kreis, d. h. bloß für sich
und Merck, den ihm etwas mißliebig gewordenen Herder persifliren
wollte, und führt zu dem Stück eine Menge erklärender Parallelstellen
aus Herders Werken, Briefen und andern Correspondenzen an, welche
dieser Deutung einen nicht geringen Grad von Wahrscheinlichkeit
verleihen. Wie Göthe einmal in der Aufregung Herder einen „in=
toleranten Pfaffen" schalt, so hätte er — nach Scherers Annahme
— bei einer ähnlichen Anwandlung sein Verhältniß zu Rousseau
in dieser Posse verspottet. „Zu wie viel Uebertreibung und Un=
gerechtigkeit sich Göthe dabei hinreißen ließ," meint Scherer, „bedarf
keiner Ausführung." Die Deutung fällt übrigens wie für Göthe,
so auch für Herder nichts weniger als ehrenvoll aus. Sie constatirt,
daß Herder einigermaßen den Satyrschwanz verdient, und indem
Scherer die Bemerkung Julian Schmidts adoptirt, daß im Satyros
„ein gutes Stück von Göthe selbst stecke", erhält auch dieser seinen
Antheil an dem faunischen Schmucke. Die pikantesten Anzüglichkeiten
in Göthe's Posse wie ihre Parallelstellen in Herders Correspondenz
schlagen in ein Kapitel, das keinem von Beiden Ehre macht. Vgl.
W. Scherer, Satyros und Brax. Göthe=Jahrb. I. 81—118.
    [1] Vgl. Göthe's Werke (Hempel) XXII. 202 ff. 467. Dünzer,
Frauenbilder aus Göthe's Jugendzeit. S. 208 ff. Bl. f. lit. Unt.
1864. Nr. 19.

weise mit sentimentalen Friederike-Erinnerungen und Tuchreften von Weislingen zu einem Salon- und Modedrama aufzustutzen. „Clavigo“ heißt das Stück.

Der spanische Schreiber und Publicist Clavijo, ein armer Emporkömmling, hatte sich mit einer Französin, Beaumarchais versprochen, aber mit der Hochzeit gewartet, bis er zu einer bessern Stelle gekommen; er erhält sie und läßt dennoch die Braut sitzen. Ihr Bruder, der französische Revolutionsscribler, kommt nun nach Madrid und verlangt von Clavijo eine Erklärung, daß er unehrlich gehandelt. Clavijo erbietet sich darauf zur Heirath. Aber während die Hochzeit vorbereitet wird, hört Beaumarchais, daß Clavijo ihm wegen des erlittenen Zwanges ein Ausweisungs= decret von der Regierung erwirkt habe. Da wendet sich auch Beaumarchais an die Regierung und erlangt die Entlassung Clavijo's aus seinem Amt. Das war der Gegenstand, wie er in dem französischen Mémoire vorlag. Göthe setzte ihn in vier Acte, fast ganz dem gegebenen Texte folgend, ihn stellenweis ein= fach übersetzend; nur verlieh er der Braut Marie größerer Rührung halber den Keim zur Schwindsucht, gab dem Clavijo, der gefühlvoll genug wäre, sich ihrer endlich zu erbarmen, einen entschiedenen Freund Carlos zur Seite, der (wie Merck die Vor= züge Lottens) seine Liebesphantasieen mit unbarmherziger Kritik zerpflückt, und ließ die arme Marie, nachdem Clavigo ihren Bru= der einstecken lassen will, gebrochenen Herzens an ihrer Schwind= sucht sterben. Das war noch nicht rührend genug. Also ein fünfter Act, in welchem durch plumpe Verwickelung Clavigo dem Leichenzug Mariens begegnet und von Beaumarchais erstochen wird. Der wirkliche Clavijo überlebte diesen entzückenden Tod fast um ein Menschenalter, da er erst 1806 als Vicedirector des naturhistorischen Cabinets in Madrid in einem Alter von 76 Jahren starb und somit seinem tragischen Tod auf deutschen Bühnen noch lebendigen Leibes hätte beiwohnen können.

Von dem Helden, wie er ihn aufgeputzt, sagt Göthe selbst es sei „ein unbestimmter, halb groß, halb kleiner Mensch, der Pendant zum Weislingen im Götz, vielmehr Weislingen selbst

in der ganzen Rundheit einer Hauptperson"[1] — eine bedenkliche
Selbstverurtheilung, da Clavigo thatsächlich keine andere Rolle
spielt, als Göthe in Sessenheim. Wieland meinte nach Lesung
des Stückes, daß Göthe doch noch nicht der Wundermann sei,
für den man ihn halte. Jedenfalls hätte er von dem poltern=
den Kneip=Herkules andere Geschöpfe erwarten können, als die
schwindsüchtige Französin und ihren sentimentalen Liebhaber.
Merck sagte Göthe ungenirt: „Solchen Quark mußt du mir
nicht mehr schreiben; das können die Andern auch."

[1] Brief an den Consul Schönborn. 1. Juni 1774. Bernays,
Der junge Göthe. III. 21.

8. Werthers Leiden.

1774.

„Dieser Roman muß für eine Schrift angesehen
werden, welche die Religion bespottet, das Laster
beschönigt, Herz und gute Sitten verderben kann;
für unschuldige und nicht feste Menschen um so ge-
fährlicher, als der Verfasser sich Mühe genug gegeben
hat, Alles in schönem Stile und in blühender Sprache
vorzubringen.“
Gutachten der theol. Facultät zu Kopenhagen
über Werthers Leiden. 1776.

„Es ist dieser erste deutsche Originalroman ein
Fehdebrief, der gesellschaftlichen Convenienz rebellisch
in's Gesicht geschleudert.“
Joh. Scherr.

Inzwischen hatte sich Herkules noch tiefer in die Modekrank-
heit der Zeit, Liebesempfindelei und Naturschwärmerei, verloren.
Als Ergebniß derselben gelangte fast gleichzeitig mit Clavigo
ein Roman zu Ende, der im Herbst 1774 erschien: „Die Leiden
des jungen Werther“. Ueber denselben schrieb Göthe in demselben Briefe, in welchem er Clavigo charakterisirte, unterm
1. Juni an den dänischen Consul Schönborn in Algier:

„Eine Geschichte habe ich gemacht, des Titels: Die Leiden
des jungen Werthers, darin ich einen jungen Menschen dar-
stelle, der mit einer tiefen reinen Empfindung und wahrer
Penetration begabt, sich in schwärmende Träume verliert, sich
durch Speculation untergräbt, bis er zuletzt, durch dazutretende
unglückliche Leidenschaften, besonders eine endlose Liebe zerrüttet,
sich eine Kugel vor den Kopf schießt.“ [1]

---

[1] Bernays, Der junge Göthe. III. 20.

Den Stoff zum ersten Theil dieser Verwickelung nahm er aus seiner eigenen Erfahrung, nämlich aus seinem Liebesverhältniß zu Charlotte Buff — und schilderte diese, Kestner, sich selbst, Wetzlar und dessen Umgebung in manchen Zügen so treu, daß Kestner und dessen Frau im Anfang ungehalten waren, das Privatleben ihres stillen Freundeskreises und dessen Gedanken so vor aller Welt ausgekramt zu sehen[1].

„Im ersten Theile des Werthers ist Werther Göthe selbst," schreibt Kestner (7. Nov. 1774) an seinen Freund von Hennings. „In Lotte und Albert hat er von uns, meiner Frau und mir, Züge entlehnt. Viele von den Scenen sind ganz wahr, aber doch zum Theil verändert; andere sind, in unserer Geschichte wenigstens, fremd. Um des zweyten Theils willen, und um den Tod des Werthers vorzubereiten, hat er im ersten Theil Verschiedenes hinzugedichtet, das uns gar nicht zukömmt. Lotte hat z. B. weder mit Göthe noch mit sonst einem Andern in dem ziemlich genauen Verhältniß gestanden, wie da beschrieben ist; dieß haben wir ihm allerdings sehr übel zu nehmen, indem verschiedene Nebenumstände zu wahr und zu bekannt sind, als daß man nicht auf uns hätte fallen sollen. . . . .

„So viel vom ersten Theile. Der zweyte geht uns gar nichts an. Da ist Werther der junge Jerusalem; Albert der pfälzische Legations=Secretair, und Lotte des letztern Frau; was nämlich die Geschichte anbetrifft, denn die Charaktere sind diesen drey Leuten größtentheils nur angedichtet. Von Jerusalem wußte aber der Verfasser seine vorherige Geschichte vermuthlich nicht, darum schickte er die im ersten Theil voraus, und setzte Verschiedenes hinzu, um den Erfolg des zweyten Theils wahrscheinlich zu machen, und diesem mehreren Anlaß zu geben. Der Albert des zweyten Theils war freilich etwas eifersüchtig, aber stand doch nicht in dem Verhältniß mit seiner Frau, wie da beschrieben ist. Seine Frau ist ein sehr hübsches, sanftes, gutes Geschöpf; aber nicht das Leben in ihr, das ihr da beygelegt wird; sie war

____

[1] Kestner, Göthe und Werther. S. 220 ff.

auch zu der kleinen Untreue nicht einmal fähig, und auch sie betrug sich viel eingezogener gegen Jerusalem, der sie freylich sehr liebte, aber doch im beleidigten Ehrgeiz, mehr als in der unglücklichen Liebe, den Grund zu seinem letzten Entschlusse fand. Er beredete sich aber vielleicht selbst, daß das Letzte die Hauptursache sey, und die letzte Veranlassung ist die Liebe selbst gewiß gewesen."

Indem Göthe das tragische Schicksal des jungen Jerusalem in seiner eigenen unglücklichen Liebschaft motivirte oder, wenn man lieber will, seiner eigenen Lottegeschichte den Abschluß gab, zu dem die Natur einer sentimentalen, hoffnungslosen Liebe gemeiniglich drängt, erwuchs eine höchst einfache Hauptfigur, welche die Verwicklung des Romans nahezu vollständig in ihrem Charakter trug. Werther ist ein begabter, geistreicher, phantasievoller Jüngling, der Hohes zu leisten vermöchte, wenn Verstand und Willen ordentlich ausgebildet wären. Allein die Phantasie hat sowohl den Verstand als den Willen in ihren Dienst genommen — er träumt und schwärmt; die prosaische Wirklichkeit fügt sich seinen Träumen nicht. Er rennt blindlings wider sie an, flieht bald zur Natur und zu den Kindern, die seine gekränkte Seele nicht verwunden, bäumt sich bald wieder gegen die ihn umgebende Gesellschaft, sogar seine besten Freunde, auf, verschmäht das bescheidene Glück, das er haben könnte, und ringt vergeblich nach einem andern, das ihm nicht beschieden ist. Das einzige Heilmittel, das sein verstörtes Gemüth beruhigen und heilen könnte, fehlt ihm, — er hat keine Religion, keine klaren Grundsätze, keinen Halt für seinen schwankenden Charakter. Was das Schlimmste ist, er glaubt das Alles zu haben, nimmt sein verschwommenes, pantheistisch gefärbtes Naturgefühl für Religion, die Eingebungen der wechselnden Stimmung für Grundsätze und seine Leidenschaft für Charakter. Reste von protestantischer Bibelgläubigkeit, stolzer Deismus, dunkle pantheistische Vorstellungen ziehen wild durch sein verwirrtes Gehirn. Er ist Maler und Dichter. Doch auch dieß bischen Thätigkeit, das ihn etwa zerstreuen und beruhigen könnte, wird ihm zum Gift, sobald eine unglückliche, hoffnungslose Liebe sich seiner bemächtigt und er nicht mehr die Kraft hat, sich von ihr loszureißen. Schal und haltlos, wie seine vermeintlich religiösen Anschauungen sind, dienen sie nur dazu, das Netz der Leidenschaft enger und enger um ihn zu spinnen. Sein ganzes Wesen geht auf in Leidenschaft; Malerei und Dichtung vermehren deren Zauber; gekränkter Ehrgeiz zerreißt das wunde Gemüth noch tiefer. Er sucht Trost in der verzehrenden leidenschaftlichen Liebe, die ihn zernagt; diese hat seine Philosophie schon längst zu einer Philosophie des Pessimismus und des Selbstmordes gemacht. Er macht den letzten Versuch, Lotte zu erobern, Lotte weist ihn von sich, nun wird er Selbstmörder.

Den ganzen Verlauf dieser Seelenkrankheit hat Göthe mit höchster Meisterschaft gezeichnet. Es lag in der Natur eines solchen sentimentalen Schwärmers, wie Werther ist, seine Schwärmerei mit der innigsten Selbstbeschaulichkeit auszubrüten und tagebuchartig aufzuzeichnen. In einer Reihe von Briefen, an einen außer der Handlung stehenden Freund, eigentlich an den Leser gerichtet, ziehen diese Tagebuchblätter in dramatischer Lebhaftigkeit an uns vorüber. Kein Zug ist übergangen — kein Symptom fehlt, Alles ist kurz, fast lakonisch gehalten, in klarster Anschaulichkeit, Bestimmtheit. Landschaft, Staffage, Alles trägt das Colorit der Stimmung. Nur wenn der Schwärmer sich seiner Träumerei überläßt, schäumt die Darstellung in leidenschaftliche Ergüsse über, und zieht Natur und Menschenwelt im gewaltigen Zuge in Mitleidenschaft. Auf dem Höhepunkt der Verwirrung, wo Werthers Geist bereits unfähig geworden, die Raserei seiner Empfindungen in Worte zu fassen, nimmt der Dichter den Ossian zu Hilfe. Eine an sich so harmlose Poesie wie diese wirkt in dem kranken Gemüth gleich zehrendem Feuer, indem er ihren nebelhaften Schattengestalten und ihrer melancholischen Trauer die Fieberträume seines Liebeswahnsinns unterschiebt. Den Schluß des Romans hat Göthe zum Theil dem Sinne nach, zum Theil fast wörtlich dem Bericht entnommen, den er von Kestner über Jerusalems Selbstmord erhalten hatte —

der Roman wird da wirkliche Geschichte und des Dichters Arbeit beschränkt sich darauf, den einfach schlichten Bericht durch noch größere Einfachheit zu verstärken und zu beleben.

Ein Buch für junge Leute konnte ein derartiges Seelengemälde natürlich nicht werden, wenn auch ein Jüngling von 25 Jahren es schrieb. Er schrieb mit der Gluth eines leidenschaftlichen Mannes, dem das Schicksal alle Träume zerstört, den die Qual hoffnungsloser Liebe selbst bis zum Selbstmorde gedrängt hat; er schrieb aber auch mit der Klarheit und Erfahrung eines Arztes, der beruhigt auf all die wechselnden Erscheinungen der tödtlichsten aller Krankheiten zurückblickt. Allein Krankheit bleibt immer Krankheit, Sünde bleibt Sünde, wie schön oder wie abschreckend sie erzählt werden mag — und hierin liegt wie das Bezaubernde, so auch das Gefährliche des Buches. Der Arzt ist selbst in die Krankheit verliebt, er schildert sie mit dieser Liebe, er hat zu dem Verlockenden der Schilderung kein Gegengewicht geschaffen.

Die Gestalt Lotte's ist kein solches Gegengewicht. Freilich ist sie wohl das freundlichste und gemüthlichste Bild, das die ganze damalige Roman- und Theaterliteratur aufzuweisen hatte. Keine sentimentale Tugendschönheit aus der Fabrik der Frau La Roche, keine griechisch-französische Buhlerin aus Wielands unerschöpflichem Repertoir, keine Dirne aus Heinse's garstiger Phantasie, keine langweilige Soldatenbraut wie Lessings Minna, keine tugendhafte Dulderin aus Gellerts mattherziger Vorstellung. Es war eine aus der Natur genommene und darum deutsche Gestalt — ein gutes deutsches Kind — so gut wie es nur ohne das Ideal der Jungfräulichkeit und der katholischen Ehe auf protestantischem Boden gedeihen kann. Was kann ein solches Kind Höheres anstreben, als bereinst ein gutes Hausfräuchen zu sein, einem Manne als Trost und Hilfe zu dienen, ihm treu zu sein, ihm Kinder zu geben, ihm die Kinder mit ächter Mutterliebe großzuziehen? Es muß Religion haben, aber nicht um Gott zu verherrlichen, sondern um mit dem Manne ein beiderseits erfreuliches Lebensduett zu Stande zu bringen; es muß ge-

horsam sein, treu, sanft, gutherzig, liebevoll, mitleidig, auf=
opferungsfähig, häuslich — keine Putzdame, keine Phantastin,
kein Blaustrumpf. Von Literatur und Bildung darf es so viel
wissen, daß der Mann eine gebildete Soirée geben kann — aber
Küche und Keller dürfen nicht drunter und drüber gehen. Von
Religion darf es so viel haben, daß der Mann sich auf die ehe=
liche Treue verlassen kann — aber mit Conventikeln und Reli=
gionsübungen soll es ihn ungeschoren lassen. Tanz und Pläsir
darf es lieben, aber es soll nicht nach anderen Herren sehen.
Es soll der Engel des häuslichen Herdes sein, doch ohne über=
natürliche Ausstattung und Hilfe.

So war die Braut Kestners, welche Göthe zu seinem Bilde
saß. Er hat sie geschildert wie Einer, der ganz und gar darin
verliebt ist, der in einem solchen Wesen den höchsten Zauber des
Lebens findet. So glänzend ist sie geschildert, daß Albert seines
Glückes unwürdig erscheint, daß man es fast für erklärlich hält,
wenn Werther sich um ihres Verlustes willen erschießt. Doch
Göthe hat das Bild nicht einmal in seiner ursprünglichen Lauter=
keit belassen. Auch Lotte ist von Werthers Sentimentalität an=
gesteckt und hilft ihm durch ihre Nachgiebigkeit zum Selbstmorde.
Da nun der Gott im Roman zudem ein gar guter Papa ist,
gern zwei oder auch drei Verliebte beisammen sieht und sogar
zum Selbstmord schläfrig=lächelnd nickt und die Arme ausbreitet,
um den Selbstmörder an seiner Brust dereinst mit Lotte und
Albert zusammenzuführen, so steht dem dunkeln Bilde der un=
glücklichen Liebe nichts gegenüber, was den Leser stören könnte,
sie recht von Herzen in sich durchzuleben und Werthers Ansichten
über den Selbstmord in sich aufzunehmen.

Alberts Gestalt und Lotte's Reue stoßen ab; was fesselt, ist
Werthers toller Liebesrausch. Es ist darum nicht zu verwun=
dern, daß Werther nicht bloß Bewunderer, sondern auch Nach=
ahmer erweckte, daß er bei empfindsamen Damen und Schön=
geistern die begeistertste Aufnahme fand, bei ernsteren Beurthei=
lern der verschiedensten Schattirungen Widerspruch hervorrief.

Daß ein glaubenstreuer Katholik das Werk entschieden ver=

urtheilen müßte, darüber war Göthe in späteren Jahren völlig
mit sich im Reinen.

„Von meinem ‚Werther‘," erzählte er Eckermann, „erschien
sehr bald eine italienische Uebersetzung in Mailand. Aber von
der ganzen Auflage war in kurzem auch nicht ein einziges Exemplar mehr zu sehen. Der Bischof war dahinter gekommen und
hatte die ganze Edition von den Geistlichen in den Gemeinden
aufkaufen lassen. Es verdroß mich nicht, ich freute mich vielmehr über den klugen Herrn, der sogleich einsah, daß der ‚Werther‘ für die Katholiken ein schlechtes Buch sei, und ich mußte
ihn loben, daß er auf der Stelle die wirksamsten Mittel ergriffen, es ganz im Stillen wieder aus der Welt zu schaffen."[1]

Mochten viele flauen Katholiken jener Zeit in Deutschland
diesen gefährlichen Charakter des Buches verkennen, unter den
gläubigen Protestanten erhoben sich viele Stimmen, die das
Werk entschieden verurtheilten[2], und zwar nicht nur unter den

---

[1] Eckermann, II. 68.

[2] So wies z. B. die dänische Regierung den „Werther", sobald
er in's Dänische übersetzt war, an eine Commission von drei theologischen Censoren (P. Holmius, Nil. Edinger Balle, H. J. Janson),
welche denselben am 16. September 1776 als ein gefährliches Buch
bezeichnete. Der Roman hatte solchen Absatz gefunden, daß die
Censoren in drei Buchläden umsonst nach einem Exemplare fragten,
es waren alle schon verkauft. Als sie in einem vierten endlich ein
Exemplar aufgetrieben hatten, „fanden" sie: „daß es für die Wenigen,
die es ohne Schaden lesen könnten, ein langweiliger Zeitverlust
ist. . . . Allein für die Menge und besonders für jene Menge, die
zu unordentlichen Liebschaften starke Neigung hat, und am meisten
für jene, bei denen eine solche Leidenschaft noch durch Lesung loser
Poeten und Romane, Einbildung und böse Lust aufgeregt worden
ist, erachten wir dieses kleine Buch als sehr verführerisch und deßhalb nicht allein schädlich für die christliche Religion, sondern auch
für bürgerlich gute Sitten." Das Gutachten findet sich in den
Kopenhagener Kirkenhistoriske Samlinger, udgivne af Selskabet
for Danmarks Kirkehistorie. T. II. 1853—56. S. 130—143.
Meines Wissens hat es vor mir Niemand in deutscher Sprache mit-

Rechtgläubigen und Frommen, sondern auch unter den Auf=
geklärten und Rationalisten. Am merkwürdigsten ist das ver=
werfende Urtheil Lessings.

„Glauben Sie wohl,“ schrieb er (am 26. October) an Eschen=
burg, „daß je ein römischer oder griechischer Jüngling sich so
und darum das Leben genommen? Gewiß nicht. Sie mußten
sich vor der Schwärmerei der Liebe ganz anders zu sichern; und
zu Sokrates' Zeiten würde man eine solche ἐξ ἔρωτος κατοχή,
welche τι τολμᾶν παρὰ φύσιν antreibt, nur kaum einem Mädchen
verziehen haben. Solche klein=große, verächtlich=schätzbare Ori=
ginale hervorzubringen, war nur der christlichen Erziehung vor=
behalten, die ein körperliches Bedürfniß so schön in eine geistige
Vollkommenheit zu verwandeln weiß. Also, lieber Göthe, noch
ein Kapitelchen zum Schlusse und je cynischer, desto besser.“

Dieß Urtheil hat viel Richtiges — die Geisteskrankheit, wie
sie Göthe an Werther entwickelt, war den Alten in dieser Form
und Ausdehnung unbekannt. Mochte der Selbstmord auch bei
den Stoikern an der Tagesordnung sein, mochten auch einzelne
antike Dichter denselben (wie Virgil den Selbstmord der Dido,

---

getheilt (1879). Vielleicht hat das Herrn L. Geiger veranlaßt, für
das Göthe=Jahrbuch 1881 von dem dänischen Literaten Georg Brandes
einen ganzen Aufsatz „Göthe und Dänemark“ schreiben zu lassen
(II. 1—48), welcher indeß nur beweist, daß, zum Segen ihrer
Literatur, die größten dänischen und norwegischen Dichter sich un=
abhängig von Göthe erhalten haben. Um auch nur eine „kleine,
treue Göthegemeinde“ zusammenzubringen, mußte er zu den Natur=
forschern seine Zuflucht nehmen, welche die „Mütter“ gesehen haben.
Der Freidenker Hans Bröchner und der Entomolog Schiödte —
sind die einzigen Götheverehrer, die er im neuesten Dänemark auf=
zutreiben mußte. Die sachliche Richtigkeit des „burlesken“ Verbots,
wie es Brandes nennt, bestätigt er selbst, indem er zugesteht, daß
„die Schwärmerei für Göthe's Jugendwerk viele Herzen erfüllte und
manch einer jungen verheiratheten Frau Seufzer und Thränen jugend=
licher Anbeter eintrug“ (S. 3. ib.). Vgl. Chr. Garve's Urtheil in
Engels Philosoph für die Welt. Berlin, Hofmann. 1853. S. 15.

Sophokles denjenigen des Hämus) in unglücklicher Liebe motiviren: dieses beschauliche Verzehren der eigenen Kraft in unerfüllbarem Liebesjammer setzt wirklich eine andere Weltanschauung voraus, als die classisch-antike; aber nicht die christliche, sondern die modern-heidnische, die aus dem Abfall vom Christenthum entstanden war und, Reste von christlichen Vorstellungen mit heidnischem Unglauben mischend, das Ideal christlicher Brautliebe zum elenden, lächerlichen, sentimentalen Zerrbild entstellte. Werther — und so auch Göthe, so weit er in Werther gezeichnet ist — ist wirklich ein „klein-großer, verächtlich-schätzbarer" Charakter, den ein alter Grieche ausgelacht, ein Römer herzlich verachtet haben würde. Auf dem Tische des erschossenen Jerusalem fand man übrigens bezeichnender Weise nichts Christliches und nichts Göthisches — sondern Lessings Emilia Galotti! Mendelssohn hatte er fleißig studirt, aber es hat nichts geholfen. Wandelte Lessing nicht selbst im Unglück der Gedanke an, den Kahn umzustoßen und sich zu befreien?

Weit ungelegener als dem consequenten Lessing kam der Roman dem aufgeklärten Philisterthum, welches, mit allen Formen kirchlichen Lebens zerfallen, sich in einer rationalistischen Moral weltbürgerlich eingerichtet hatte und von der spießbürgerlichen Vernunft alle nöthigen Schranken gegen die menschliche Leidenschaft erhoffte. Der Roman zeigte den bodenlosen Abgrund, der unter jener Aufklärung lauerte, ihre Haltlosigkeit gegenüber glühender, jugendlicher Leidenschaft. Nicolai machte sich zum Stimmführer der entsetzten Ehrenmänner. Er schrieb, um Werthers Leiden unschädlich zu machen, die „Freuden des jungen Werther". Werther schießt zwar auf sich; aber die Pistole ist nur mit Hühnerblut geladen, und nachdem er frisch gewaschen und angezogen, gibt's eine fröhliche Heirath mit Lotte. Göthe antwortete grob, so daß sich sein Spottgedicht nach seiner eigenen Anschauung nicht öffentlich mittheilen ließ. Nur eine Stelle daraus theilt er in „Dichtung und Wahrheit" mit:

> „Mag jener dünkelhafte Mann
> Mich als gefährlich preisen,

> Der Plumpe, der nicht schwimmen kann,
> Er will's dem Wasser weisen!
> Was schiert mich der Berliner Bann,
> Geschmäcklerpfaffenwesen!
> Und wer mich nicht verstehen kann,
> Der lerne besser lesen."

Boie fand sich durch Nicolai's Freuden „sehr überrascht. Vieles darin ist so übel nicht. Mich verlangt, was unser Göthe dazu sagen wird. Man sieht hier (in Göttingen) dieß Dings sowohl als den Werther ganz schief an"[1].

Nicolai betrachtete sein Buch als eine berechtigte Nothwehr im Interesse des Publikums.

„Zwar ist, wie Jedermann sagt, Herr Göthe sehr ungehalten. Aber er ist es wirklich ohne Ursach. Ich griff Ihn nicht an; denn ich glaube nicht, daß Er Willens ist, alle Banden der menschlichen Gesellschaft aufzulösen; aber einen Haufen Leser mancherlei Art, die aus Stellen, die er im Charakter des schwärmerischen Werthers geschrieben hatte, Axiomen und Lebensregeln machen wollten, daß Selbstmord aus Uebereilung und Trugschlüssen entstehe und nicht Edelthat (Verbrechen?) sei."[2]

Merck theilte in dieser Hinsicht Nicolai's Ansicht[3]:

„Mir und allen Leuten, die unpartheiisch dachten, schien Ihre kleine Schrift ein wohlgerathenes Gegengift gegen alle das Ge-

---

[1] Wagner, Briefe an Merck. S. 57.

[2] Wagner, Briefe an Merck. S. 66

[3] Wagner, Briefe aus dem Freundeskreise von Göthe. S. 117. Vgl. S. 107. „Von Göthe sehen Sie nächstens einen Roman: Leiden des jungen Werthers. Das Schicksal des jungen Jerusalems wie sein ganzer Charakter liegt zu Grunde, und Göthe hat hier individuelle Wahrheiten wie bei seinem Götz verarbeitet und verkleistert." (Merck an Nicolai.) „Der Teufel hole das gesellige Leben, wenn Werthers Philosophie in Gang kommt," schrieb Teinet (10. Juni 1775), von Göthe aber meinte er: „Ein bewundernswerther Kopf, ich möchte aber nicht in einer Stadt wohnen, deren dritter Theil Einwohner so dächten, wie er"

wäsch der unmündigen und kraftlosen Seelen, die That und Ent-
schluß ewig auf der Zunge tragen und doch dem geringsten
Streich auf ihrem Schneckenwege nicht entgegenzukriechen ver-
mögen. Das Gesumse der Buben und das Gewimmern der
Mädchen hatte schon lange genug gedauert, daß man endlich aus
Ungeduld ein wenig Stillschweigen gebieten konnte."

Nicolai's Grimm dauerte noch in's folgende Jahr hinein.

Claudius gewann der Sache, wie immer, eine zwar grünere,
aber bei humoristischem Gewande ernste Seite ab.

„Weiß nicht, ob's 'n Geschicht oder 'n Gedicht ist, aber ganz
natürlich geht's her, und weiß einem die Thränen recht aus 'm
Kopf heraus zu holen. Ja, die Lieb' ist ein eigen Ding; läßt
sich's nicht mit ihr spielen wie mit einem Vogel. Ich kenne sie,
wie sie durch Leib und Leben geht, und in jeder Ader zuckt und
stört, und mit 'm Kopf und der Vernunft kurzweilt...." Der
Jüngling möge nur an Werther die menschliche Schwachheit be-
weinen, „aber wenn du ausgeweint hast, sanfter, guter Jüngling! wenn du ausgeweint hast, so hebe den Kopf fröhlich auf,
und stemme die Hand in die Seite! denn es gibt Tugend, die,
wie die Liebe, auch durch Leib und Leben geht, und in jeder Ader
zuckt und stört. Sie soll, dem Vernehmen nach, nur mit viel
Ernst und Streben errungen werden, und deßwegen nicht sehr
bekannt und beliebt sein; aber wer sie hat, dem soll sie auch
dafür reichlich lohnen bei Sonnenschein und Frost und Regen,
und wenn Freund Hain mit der Hippe kommt."

Göthe ging das vielerlei Gerede über „Werther" trotz des
burschikosen Humors, mit welchem er Nicolai abfertigte, doch sehr
zu Herzen. Er setzte, um einer üblen Wirkung des Romans
vorzubeugen, demselben (1775) die Verse vor:

> „Jeder Jüngling sehnt sich, so zu lieben,
> Jedes Mädchen, so geliebt zu sein;
> Ach, der heiligste von unsern Trieben,
> Warum quillt aus ihm die grimme Pein?
> Du beweinst, du liebst ihn, liebe Seele,
> Rettest sein Gedächtniß von der Schmach;

Sieh, dir winkt sein Geist aus seiner Höhle:
Sei ein Mann und folge mir nicht nach."[1]

Daß der „Werther" wohl einerseits durch „die meisterhafte Sprache des Herzens, die naturwahre, rheinländisch frische Erfassung und Gestaltung des Lebens"[2] die damalige Jugend in Begeisterung versetzte, kann unbedenklich zugegeben werden — auch sein Vorbild, Rousseau, läßt an meisterhafter Sprache des Herzens, Naturwahrheit und frischer Erfassung des Lebens nichts zu wünschen übrig —; aber ebenso klar ist auch, daß nicht „das helllodernde Feuer einer noch edeln Leidenschaft" den Roman durchglüht. Vieles Edle, Hohe und Schöne, was edle Naturen unwillkürlich anziehen mußte, verschwamm darin in unklarem Gefühlstaumel mit den frivolsten Anschauungen zusammen. Der skeptischen Frivolität Voltaire's stand in Rousseau nicht die Gesundheit, sondern nur eine entgegengesetzte Krankheit gegenüber, und so war es mit dem „Werther" auch.

„Werther," so urtheilt Eichendorff, „ist im Grunde nur ein edler und tiefer gehaltener Arbinghello, der seine feinere Genußsucht mit anständigerem Egoismus auf Tod und Leben vertheidigt. Es ist wiederum der Götzendienst, und daher die ängstliche Beschönigung der losgebundenen Empfindung, einer Gefühlsfreiheit, die nur sich selbst genießen, ja, wie ein ächter Gourmand, den haut goût der Leiden selbst sich zu einer vornehmen Wollust präpariren will, und also gegen jede Schranke der Religion und Sitte opponirt, die sie in jenem schwelgerischen Selbstgenusse stört oder hindert. Werther sagt es selbst, daß er sein Herzchen wie ein krankes Kind hält, dem Alles gestattet wird. Daher weist er jede praktische Beschäftigung verächtlich von sich, denn sie mahnt an ein strengeres, unbequemes Zusammenfassen der Kräfte; die Ehe färbt sich ihm unwillkürlich in's Pedantisch-Philiströse, da sie ihn von seiner geliebten Lotte trennt; und die

---

[1] Göthe's Werke (Hempel). III. 45.

[2] Norrenberg, Allgem. Gesch. der Literatur. Münster 1884. III. 173.

‚fatalen bürgerlichen Verhältnisse' necken ihn überall, weil sie ihm eben gerade im Wege stehen, wo er noch ein wenig Freude auf dieser Erde genießen könnte. Ja, auch sein Selbstmord ist nicht etwa eine heldenmüthige Aufopferung für Lotte's Seelenruhe, sondern recht eigentlich nur weichliche Feigheit, um dem eigenen Unbehagen zu entgehen, und so erinnert sein ‚wie ein krankes Kind gehaltenes Herzchen' lebhaft an die von Schubert irgend= wo erzählte Geschichte von der Lieblingskatze, die ihrem Herrn, der sie großgezogen und verhätschelt, plötzlich bei Nacht die Kehle zerbeißt. . . Im Arbinghello ist eine Liederlichkeit der Sinne, bei Werther eine Liederlichkeit der Gefühle; beiden liegt der Hoch= muth zu Grunde, der seine individuelle Leidenschaft für gescheiter und berechtigter hält, als die unscheinbaren Tugenden der An= dern . . . Indem er also wählerisch dem positiven Christenthum entsagt, um lieber selbst Gott zu sein, verfällt er unverkennbar einer pantheistischen Weltansicht, die sich der sittlichen Erschlaf= fung jederzeit als die bequemste und vornehmste Auskunft dar= bietet." [1]

„Das ist auch so ein Geschöpf," gestand Göthe (Eckermann (2. Januar 1824), „das ich gleich dem Pelikan mit dem Blute meines eigenen Herzens gefüttert habe. Es ist darin so viel Innerliches aus meiner eigenen Brust, so viel von Empfindungen und Gedanken, um damit wohl einen Roman von zehn solcher Bändchen auszustatten. Uebrigens habe ich das Buch, wie ich schon öfter gesagt, seit seinem Erscheinen nur ein einziges mal wieder gelesen und mich gehütet, es abermals zu thun. Es sind lauter Brandraketen! Es wird mir unheimlich dabei und ich fürchte, den pathologischen Zustand wieder durchzuempfinden, aus dem es her= vorging." [2]

Wenn der Greis von 75 Jahren sich scheute, die Krankheit und die Qual einer unglücklichen Liebe noch einmal durchzufühlen,

<hr>

[1] Eichendorff, Geschichte des deutschen Romans. Pader=
born 1860. S. 81—83.
[2] Eckermann, II. 28.

aus der das Buch hervorgegangen, wenn es ihm noch lauter
Brandraketen vergleichbar schien und leidenschaftlich genug, um
mit dem Affect zehn Bände auszustatten: was muß es denn für
jüngere Leser sein, welche, von der Schönheit der Sprache und
Darstellung hingerissen, sich selbst an die Stelle der Roman-
helden setzen und den ganzen „pathologischen Zustand" mit der
Lebhaftigkeit der Jugend durchempfinden! Göthe selbst war
sich der gemeinsamen Krankheit seiner Zeit und seines Werthers
wohl bewußt. Sprache und Darstellung sind von classischer Einfachheit, Natürlichkeit, Schönheit. Als Roman ist das Buch
unläugbar ein Meisterwerk und ragt noch heute als solches aus
der Fluth der deutschen Roman- und Novellenliteratur hervor.
Es ist mehr Menschenkenntniß, Leidenschaft, Natur, Poesie darin,
als in den meisten zwei-, drei- und vierbändigen Romanen.
Aber wie er das Schöne und Lockende eines Romans in concen-
trirter Fülle in sich trägt, so auch das Verlockende und Gefährliche eines leidenschaftlich gehaltenen Liebesromans, dessen ganzer
Gehalt in der Leidenschaft aufgeht. „Es ist dieser erste deutsche
Originalroman" zugleich „ein Fehdebrief, der gesellschaftlichen
Convenienz rebellisch in's Gesicht geschleudert." [1] Die gesellschaftliche Convenienz aber ist, wenn auch wandelbar in ihren un-
wesentlichen Formen, ihrem letzten Wesen nach ein unentbehrlicher
Schutzwall häuslicher und öffentlicher Zucht und Sitte; wer ihn
einreißt, rüttelt am Gebäude der menschlichen Gesellschaft selbst.

[1] Joh. Scherr, Allgem. Geschichte der Literatur. Stuttgart 1875.
II. 232.

9. Lavaters Christenthum und Physiognomik.

1774—1775.

Um dieselbe Zeit, als Göthe seinen **Werther** zu Ende brachte, erschienen **zwei für** die damalige Literatur ganz bedeutsame Werke; Klopstocks Gelehrtenrepublik und Herders Aelteste Urkunde des Menschengeschlechts. Nach jahrelangen biblischen, mythologischen, philosophischen **und** hauptsächlich literaturhistorischen Studien erhob sich dieser, **um die ersten Kapitel des** Pentateuchs aus der Halbnacht **französisch-englischer Aufklärung** und aus **den Wasser-**fluthen rationalistischer Schrifterklärung **zu** retten — nicht für den **Verstand,** sondern für das **Herz und** die Phantasie, nicht als **Apologet,** sondern als Dichter. **Er** stieg, wie Göthe sagt, „in die Tiefen seiner Empfindung hinab, hat darin alle die **hohe heilige Kraft der** simpeln Natur aufgewühlt **und führt sie nun** in dämmerndem, wetterleuchtendem, hie **und da morgenfreund**lich lächelndem Orphischem Gesang **vom Aufgang herauf über** die weite Welt, nachdem **er** vorher **die** Lasterbrut **der** neuern **Geister, De-** und Atheisten, Philologen, Textverbesserer, Orientalisten zc. mit **Feuer und Schwefel und** Fluthsturm ausgetilgt"[1]

---

[1] **Brief an den Consul Schönborn in Algier,** vom 1. Juni 1774.
— **Bernays, Der junge Göthe** III. 23.

Während Herder so für die Bibel als poetische Herzenssache, als
Offenbarung göttlicher Poesie in die Schranken trat, erhob sich
Klopstock, einstimmend in den Chor der jungen Genies, für die
Rechte der Natur, des Herzens, der Empfindung, gegen die
blinde Verehrung der Alten, gegen die Schulüberlieferungen der
Aesthetiker, gegen alles Mäcenatenthum, gegen alle schulmäßige
Kritik. Beide Werke waren aus der wilden Gährung hervorgegangen, die der Geist der Revolution bereits auf allen Kreisen
geistigen Lebens angefacht; beide stürmten an gegen alte geheiligte
Schulautoritäten und gegen neue, die sich dictatorisch an deren
Stelle setzen wollten; beide trugen verschwommen und ungeklärt
auch den Protest des deutschen Geistes gegen die Revolution in
sich, das Streben, Religion und Vaterland dem deutschen Herzen
zu retten. Beide halfen indeß die allgemeine Confusion vermehren, indem die Genies aus Klopstock eine Aufmunterung zu
völliger Zügellosigkeit herauslasen und aus Herder nur das
lernten, Bibel und Religion völlig unrettbar mit Natur, Poesie
und Genie zu verquicken.

Wie die rhapsodischen Bibelbetrachtungen Herders, so begrüßte
Göthe auch die Gelehrtenrepublik Klopstocks mit ihren biedern
Aldermans-Wahrheiten voll Begeisterung. Er nennt das Buch
ein herrliches Werk, „die einzige Poetik aller Zeiten und Völker,
die einzigen Regeln, die möglich sind!"[1] Was ihn jedoch augenblicklich weit mehr anzog und beschäftigte, war die wunderliche
Arbeit, mit welcher der Züricher Diakon Lavater die Welt be-
glücken wollte — eine Arbeit, die aus derselben allgemeinen
Ideenverwirrung und Gährung hervorging, aber mehr in's Gebiet
der Kunst hinüberspielte und unter allem Modevolk das höchste
Interesse hervorrief. Statt die Menschheit mit neuen Untersuchungen über Gott und Welt, Substanz und Accidenz, Geist
und Materie, Leib und Seele aufzuklären, war dieser gemüthliche
Schweizer auf den klugen Gedanken verfallen, einmal die Gesichter der Menschheit, Stirnen, Augen, Nasen, Ohren, Lippen,

____

[1] Ebd. 24.

Kinn und Wangen aller großen Männer, Tugendhelden, Spitzbuben, Verbrecher, Feldherren, Religionsstifter, Künstler, Schöngeister, Staatsmänner, auch der weiblichen Schönheiten und Häß-
lichkeiten, in einem großen Portefeuille zu versammeln und daraus
eine Theorie der Menschenkenntniß aufzubauen, mit der man den
verschiedenen Gebrechen und Mängeln seiner Mitmenschen ab-
helfen könnte[1]. Mehr als einer seiner sentimentalen Zeitgenossen,
liebte Lavater alle Menschen und Thiere, haßte sogar die Recensenten nicht, wollte alle aus dem kalten Unglauben in sein
gefühlvolles Reich Christi einführen und sie hienieden und im
Jenseits selig machen[2].

Lavater war weder jene „Blüthe der Menschheit", für die
ihn Göthe in der Betrunkenheit der ersten Liebe hielt, noch jener
elende selbstbetrogene Betrüger, für den er ihn in der Vernüch-
terung des höhern Alters ausgab; er war vielmehr einer der
wohlmeinendsten und ehrlichen Protestanten, welche sich damals
aus dem Wirbelstrom ungläubigen Treibens heraus zu einem
thätigen und lebendigen Christusglauben zu retten versuchten;
aber, in protestantischen Vorurtheilen und pietistischem Eigen-
dünkel, weibischer Empfindsamkeit und revolutionären Ideen befangen, verfehlte er das so nahe liegende Thor zur katholischen
Kirche und schwärmte nun in unbefriedigter Sehnsucht an dem
Grenzgebiet ihrer Mystik umher. Er war acht Jahre älter als
Göthe (geb. 15. Nov. 1741). Wie alle begabteren Geister jener
Zeit, fand er schon in früher Jugend an der Predigt und dem
übrigen Schablonenwesen des protestantischen Bekenntnißglaubens
keine innere Befriedigung. Während aber ein Lessing und Göthe
der Religion beherzt den Rücken drehten und sich der Schöngeisterei und dem Lebensgenuß zuwandten, Herder nur Poesie

<hr>

[1] Physiognomische **Fragmente zur** Beförderung der Menschenkenntniß und Menschenliebe. **4 Bde.** Leipzig und Winterthur. Von
Johann Caspar **Lavater.** 1775—1778.

[2] Ulr. **Hegner,** Beiträge zur nähern Kenntniß x. Joh. Caspar
Lavaters. Leipzig **1836. Steck, Göthe und** Lavater. Basel 1884.

aus seiner Bibel herauslas, wandte sich Lavater ernst und eifrig dem Gebete zu, versuchte ein inneres, geistliches Leben zu führen, glaubte an Gebetserhörung und zwar auch an die Erhörung der eigenen Gebete, und trat 1762 in den Predigerstand, fest entschlossen, „sich demüthig vor seinem Schöpfer und Erlöser niederzuwerfen, nach der höchsten Vollkommenheit zu streben, niemals stille zu stehen, niemals müde zu werden, Gott in allen Dingen zu ehren, kein Knecht der Menschen, noch sein eigenes Ziel zu sein". In diese ascetische Richtung, die gewiß nicht verdient, von Katholiken verspottet zu werden, mischte sich jedoch ein Anflug jenes demokratisch-revolutionären Geistes, der von Westen her schon kräftig in das kleine Vaterland des „großen" citoyen de Genève herüberwehte. Wie große und kleine Aristokraten in Frankreich und Deutschland durch Luxus, Liederlichkeit, Unglauben und Volksbedrückung wacker darauflossündigten, um sich die Revolution als Strafe zu verdienen, so hatten auch einzelne der äußeren Schweizerkantone ihre aristokratischen Duodeztyrannen. An einem solchen, dem Landvogt Grebel von Grüningen, verdiente sich Lavater die ersten Sporen. Grebel hatte sich verschiedene Bedrückungen gegen Arme und Wehrlose zu Schulden kommen lassen, die nicht zu klagen wagten, weil der Landvogt dem Patriciat der Stadt Zürich angehörte, sogar Schwiegersohn des regierenden Bürgermeisters war. Lavater verband sich mit dem jungen Maler Füßlin, um den Bedrängten Recht zu verschaffen, verfolgte den Landvogt erst mit anonymen Drohbriefen und Citationen, legte dann ebenfalls eine anonyme, aber mit zündender Beredsamkeit abgefaßte Klageschrift Nachts an die Thüren der vornehmsten Rathsmitglieder, rief so eine Untersuchung hervor und nannte sich, als der Beklagte floh, offen mit Füßlin als Kläger. Sie erhielten einen obrigkeitlichen Verweis, aber triumphirten zugleich, indem Grebel seines Amtes entsetzt und zur Entschädigung der Beraubten verurtheilt ward. Damit war Lavater zum Volksmann und zur öffentlichen Persönlichkeit geworden. „Eine solche That gilt hundert Bücher!" schreibt Göthe noch 1777. Der kühne Anwalt der Volksrechte gegen

ariſtokratiſche Anmaßungen durchreiste nun (1763) mit dem
Maler Heinrich Füßlin und Felix Heß Deutſchland und knüpfte
mit den großen Männern des Tages, Theologen und Schön-
geiſtern, Bekanntſchaft an; ſo mit Gellert, Sack, Zollikofer,
Spalding, Mendelsſohn, Käſtner, Klopſtock und dem Abt Jeru-
ſalem. Er ſchrieb gegen Bahrdt, der damals noch den Orthodoxen ſpielte, und half, nach Hauſe zurückgekehrt, zur Hebung
patriotiſchen Gemeinſinnes (1776) die helvetiſche Geſellſchaft
gründen. „Schweizerlieder" machten ihn in ſeiner Heimath noch
volksthümlicher, öffentliche Fragen an Herder über die Kraft
des Gebets, des Glaubens und die Gaben des heiligen Geiſtes,
vor Allem aber die Aufforderung an Mendelsſohn, Bonnet zu
widerlegen oder Chriſt zu werden (1769), verſchafften ihm in
Deutſchland einen literariſchen Namen. In ſeinem Amt als
Prediger der Waiſen- und Strafanſtalt in Zürich bewies er ſich
in der That als eifrigen und aufopferungsvollen Menſchenfreund,
der nicht ganz umſonſt einen hl. Karl Borromäus verehrte.
Wenn er an Chriſtus auch hauptſächlich den Menſchenfreund
hervorhob, ſo war er doch auch vom Glauben an deſſen Gottheit
durchdrungen und erblickte in der Vereinigung mit ihm das
einzige Heil des Einzelnen und der Menſchheit. Aber all dieſer
Glaube hatte keinen autoritativen Widerhalt, keine rationelle
Stütze. Alles war Gefühlsſache, wie er denn ganz und gar
Gefühlsmenſch war, „ſchwach und kühn", wie er ſich ſelbſt beſchreibt, „thöricht und glücklich, kindiſch und ſtark, ſanft und
hitzig, beides allemal in ausgezeichnetem Grade" [1] — ein „lieber
Gottesſchwätzer" [2], wie ihn Herder nennt. Dennoch bezeichnet
ihn letzterer ſeiner Braut mit verzückter Ueberſchwenglichkeit auch
als einen Menſchen, „der nach Klopſtock vielleicht das größte
Genie in Deutſchland iſt, der jede alte und neue Wahrheit mit
einer Anſchauung erfaſſet, die ſelbſt alle ſeine Schwärmerei über-

---

[1] In einem Brief an Herder vom 13. März 1773. (Herders
Nachlaß. 1857. II. S. 10 ff.)
[2] Brief vom 21. December 1773.

sehen läßt und in Alles, was er auch wähnt und schwärmt, eine
Wahrheit des Herzens legt, die mich bezaubert".

Menschenfreund, wie er war, wollte er auch Menschenkenner
sein, um helfen zu können. Diese Neigung, in den Herzen zu
lesen, einige Anlage zum Porträtiren, Schöngeisterei und schöngeistige Eitelkeit führten zu dem Plan eines großen physiognomischen Werkes, dessen Programm der Arzt Dr. Zimmermann
1772 herausgab. Mit unermüdlichem Eifer begann Lavater nun,
Porträts aller möglichen Menschen zu sammeln. Zeichner und
Maler wurden aufgeboten. Nach allen Weltgegenden wurde um
Bildnisse geschrieben. Von Herder als großer Zeichner empfohlen,
wurde auch Göthe um thätige Antheilnahme ersucht. Das war
Wasser auf dessen Mühle; denn er gab sich noch lebhaft mit
Zeichnen ab. Das ganze Unternehmen entsprach seinen weitaus-
schauenden Kunstliebhabereien und seiner Idee, die Kunst durch
Studium der Natur neu zu beleben. Eine Annäherung an La-
vater war schon dadurch eingeleitet, daß dieser mit seinem Schwager
Schlosser in regem Briefwechsel stand und Lavater sich von
Schlosser sogar seine Predigten für den Druck hatte corrigiren
lassen[1]. Was etwa hätte stören können, war der Feuereifer
Lavaters und seines Freundes Pfenninger für das, was sie als
Reich Christi betrachteten. Doch Lavater erklärte Göthe für
einen Genius erster Größe, gerieth über den Götz in Verzückung,
verlangte nach Göthe's Bild und mischte seine sanften Bekehrungs-
versuche mit so viel Lobeshonig und Toleranzsüßigkeit, daß man
beiderseits auskommen konnte. Lavater umwickelte die gefühlvollen „Zeugnisse" des Christenthums mit dem Gummi-Elasticum
der allgemeinen Liebe, Göthe ließ die Frommen auch als ein
Stück der vielgestaltigen Natur gelten und drückte sie an sein
allumarmendes Herz. „Und daß du mich immer mit Zeugnissen
packen willst!" schrieb er an Pfenninger. Wozu die? Brauch
ich Zeugniß, daß ich bin? Zeugniß, daß ich fühle? — Nun so

[1] Vgl. Joh. Georg Schlosser, Lavater, Göthe ꝛc. von L. Hirzel.
Im neuen Reich. 1870. I. 275 ff.

schätz, lieb, bet ich die Zeugnisse an, die mir darlegen, wie tausende oder einer vor mir eben das gefühlt haben, das mich kräftiget und stärket. Und so ist das Wort der Menschen mir Wort Gottes, es mögens Pfaffen oder H . . . n gesammelt und zum Canon gerollt oder als Fragmente hingestreut haben. Und mit inniger Seele fall ich dem Bruder um den Hals, Moses! Prophet! Evangelist! Apostel, Spinoza oder Machiavell. Darf aber auch zu jedem sagen, lieber Freund, geht dir's doch wie mir! Im Einzelnen sentirst du kräftig und herrlich. Das Ganze ging in euern Kopf so wenig als in meinen."[1] Lavater wagte höchstens sanft girrende Klagen: „Mein lieber Bruder, Gott weiß es, Du bist's noch mehr, seit Du's mir gesagt hast: Ich bin kein Christ. Aber nun Bruder, sage mir, wie Du's sagen kannst: Was hast du wider den Christus, dessen Namen ich zu verherrlichen dürste?" Er durchschaute Göthe's Schwäche mit ziemlicher Klarheit, indem er ihn durch Schilderung des eigenen ehelichen und häuslichen Glückes von seinen romantischen Liebes= abenteuern in den christlichen Ehestand zu locken versuchte. Aber da kam denn auch Lavaters Christus wunderlich heraus — wie ein bloßer Hochzeitbitter, um Braut und Bräutigam mit Bibel= sprüchen zu beseligen, wie ein süßer Liebesprediger, um alte und junge Jungfern männlichen und weiblichen Geschlechts in der= selben religiösen Empfindsamkeit zu ertränken[2]. Die Klettenberg gab ihren Segen dazu. „Die brüderliche Verbindung und Be= kanntschaft mit Lavater," schrieb sie diesem in ihrem und Göthe's Namen, „ist ein Geschenk meines himmlischen Freundes: Er wandelt mit Lavater und mit Göthe — ich kenne ihn am Gange, noch werden ihre Augen gehalten, daß sie ihn nicht erkennen."[3]

---

[1] Briefe von Göthe an Lavater. Herausg. von H. Hirzel. Leip= zig 1833. S. 5.

[2] Lavater im Verhältniß zu Göthe von J. C. Mörikofer. Im neuen Reich. 1877. I. 622 ff.

[3] Ebd. I. 623. Vgl. Göthe's Darstellung in „Dichtung und Wahrheit". Göthe's Werke (Hempel). XXII. 150 ff. Lavater trat schon bei diesem Briefverkehr mit dem Dilemma hervor: Christ oder

Nachdem Lavater schon ein Jahr mit Göthe in brieflichem Verkehr gestanden, erfolgte auch persönliche Bekanntschaft. Lavater kam nach Deutschland, um Gesichter anzusehen, Gesichter zu sammeln, Gesichter zu studiren und auszulegen. Alle Berühmtheiten drängten sich um ihn, einen Platz in seinem Album zu erhalten. Ende Juni (1774) erschien er auch in Frankfurt. „Bischt's?" rief Göthe den Ankömmling an. „Bin's," antwortete Lavater. Und nun drückten sich die Genies enthusiastisch an's Herz und ergossen sich in begeistertem Redestrom über alle ihre Angelegenheiten, Natur und Poesie, Religion und Welt, Physiognomik und Häusliches. Was Göthe im Briefwechsel abgestoßen, zerschmolz vor Lavaters gewinnender Herzlichkeit. „Die tiefe Sanftmuth seines Blicks, die bestimmte Lieblichkeit seiner Lippen, selbst der durch sein Hochdeutsch durchtönende treuherzige Schweizerdialekt und wie manches andere, was ihn auszeichnete, gab Allen, zu denen er sprach, die angenehmste Sinnesberuhigung." [1] Göthe thaute völlig auf. Fünf Tage plauderten sie zusammen und kramten in physiognomischen Räthseln herum. Herr und Frau Rath, das ganze Haus und die weitere Bekanntschaft war für den Propheten eingenommen. Göthe begleitete ihn nach Ems, wohin er mit mehreren Zeichnern reiste, und wäre gern bei ihm geblieben, hätte ihn nicht eben die Prosa eines Rechtshandels für die „Vorstadt= und Buddeischen Herren Erben" nach Frankfurt zurückgerufen. Von hier kam er mit Basedow, dem struppichten Naturpädagogen, der ihn inzwischen besuchte, schon am 15. Juli wieder nach Ems und reiste dann mit Lavater und der ganzen Gesellschaft die Lahn hinunter nach Coblenz:

> „Prophete rechts, Prophete links,
> Das Weltkind in der Mitte."

Atheist! „Ich erklärte darauf, daß wenn er mir mein Christenthum nicht lassen wollte, wie ich es bisher gehegt hätte, so könnte ich mich auch wohl zum Atheismus entschließen, zumal da ich sähe, daß Niemand recht wisse, was beides eigentlich heißen solle."

[1] Göthe's Werke (Hempel). XXII. 154.

In Ehrenbreitstein wurde der Frau La Roche ein Besuch gemacht, dann ging's den Rhein hinab nach Düsseldorf zu Fritz Jacobi, mit dem sich Göthe wieder aussöhnen wollte. Dieser war nicht zu Hause, sondern in Elberfeld; er suchte ihn nun dort auf und traf unerwartet nicht nur wieder mit Lavater und mit Fritz Jacobi, sondern auch mit dessen Bruder Georg, mit seinem pietistischen Freunde Jung=Stilling und dem frivolen Roman= schreiber Heinse zusammen: dazu Basedow und ein paar Elber= selder Theosophen, Mystiker und Philister. Göthe wurde in dem sonderbar gemischten Kreise ganz närrisch zu Muthe; er tanzte und hüpfte von Einem zum Andern herum, so daß die Elber= selder fast an seiner Vernunft zu zweifeln begannen. Die Scene ist insofern charakteristisch, als Göthe mit seiner übersprudelnden Lustigkeit Aller Herzen gewann, sich mit Allen gut zu stellen wußte, von Allen etwas an sich hatte und hinwieder Alle narrte. Die pietistische Beschaulichkeit Stillings, die physiognomische Ge= schäftigkeit und menschenfreundliche Weichheit Lavaters, die über= schwengliche Sentimentalität Jacobi's, die ungekämmte Natur= menschlichkeit Basedows, auch das unsaubere Griechenthum Heinse's — all das hatte seinen Theil an ihm und gewann darum bis zu gewissem Grade seine Sympathieen. Lips, der Zeichner Lavaters, aber arbeitete bis zur Ermüdung, um all die wichtigen Profile in seine Mappe zu bringen.

10. Spinozismus und Titanismus.

„Humilitas virtus non est sive ex ratione
non oritur. Poenitentia virtus non est, sed in,
quem facti poenitet, bis miser seu impotens est.“
Baruch de Spinoza. Ethica. P. IV. Prop.
53 et 54.

„Göthe ist, nach Heinse's Ausbruck, Genie vom
Scheitel bis zur Sohle; ein Besessener, füge ich
hinzu, bem in keinem Falle gestattet ist, willkürlich
zu handeln.“
Fr. Jacobi an Wieland. 27. Aug. 1774.

Als die Genies sich wieder trennten, begleitete Göthe die
beiden Brüber Jacobi und Heinse nach Düsseldorf und machte
von hier aus mit ben ersteren einen Ausflug nach Köln. Das
alte Haus ber Patricierfamilie Jabach, bas bamals als Curio-
sität von Rheinreisenben viel besucht wurde, erfüllte Göthe mit
Begeisterung für bas Familienleben dahingeschwundener Zeit, ber
unvollenbete Dom bagegen sprach ihn wenig an. Der Genius
hatte hier, wie er meinte, die rechte Zeit nicht gefunden, um sein
Werk in einem Guß fertig wie Minerva aus Jupiters Haupt
hervorspringen zu lassen. Umsomehr schwelgte er in der schönen
Natur, in Poesie und geselliger Unterhaltung. Hatte er noch
kaum im Frühjahr beibe Jacobi „Jackerls“ genannt, eine satirische
Posse über sie angefangen und gesagt: „Was die Kerls von mir
benken, ist mir einerlei!“ [1] so überströmte er jetzt von Freund-

---

[1] A. Kestner, Göthe und Werther. S. 204. „Die Iris (Zeitschrift, die Georg Jacobi herausgab) ist eine kindische Entreprise
und soll ihm verziehen werden, weil er Geld dabei zu schneiden
benkt. Eigentlich wollen die Jackerls ben Merkur miniren, seit sie

schaft und Liebe. „O Liebe! Liebe!" schrieb er noch unter dem
Eindruck der gemeinsamen Fahrt an Fritz Jacobi, „die Armuth
des Reichthums — und welche Kraft wirkts in mich, da ich im
Andern Alles umarme, was mir fehlt, und ihm noch dazu
schenke, was ich habe. Glaub mir, wir könnten von nun an
stumm gegeneinander sein, uns dann nach Zeiten wieder treffen,
und uns wärs, als wären wir Hand in Hand gegangen. Einig
werden wir sein über das, was wir nicht durchgeredet haben."
Nicht weniger begeistert für Göthe war Friedrich Jacobi. Nach
vierzig Jahren noch erinnerte er ihn „an das Jabach'sche Haus,
das Schloß zu Bensberg, die Laube, in der du über Spinoza
mir so unvergeßlich, sprachst; an den Saal in dem Gasthof zum
Geist, wo wir über das Siebengebirge den Mond heraufsteigen
sahen, wo du in der Dämmerung auf dem Tische sitzend uns
die Romanze: ‚Es war ein Buhle frech genung' und andere
hersagtest ... Welche Stunden! Welche Tage! — Um Mitter
nacht suchtest du mich noch im Dunkeln auf. — Mir wurde
wie eine neue Seele. Von diesem Augenblick an konnte ich dich
nicht mehr lassen!" [1]

Auf diesem gefühlvollen Ausflug unter Mondschein und
Romanzen, Naturgenuß und enthusiastischen Freundschaftsversiche
rungen kam das Gespräch auch auf Philosophie. Denn Friedrich
Jacobi war nicht nur Schöngeist, sondern auch, ja weit mehr,
wie er wenigstens glaubte — Philosoph. Freilich war das ursprünglich nicht sein Fach. Im Jahr 1743 geboren, hatte er
sich nach sehr kurzer Vorbildung der Kaufmannschaft gewidmet
und nie einen philosophischen Schulcursus durchgemacht; später
beschäftigte er sich als pfälzischer Hofrath mit dem Zollwesen;
allein in einer Zeit, wo junge Autodidakten die ganze Welt auf
den Kopf stellten, war jener Mangel an Schulbildung kein
Mangel, vielmehr ein Vorzug. In der neueren französischen

---

sich mit Wieland überworfen haben. Was die Kerls von mir denken
ist mir einerlei rc."
[1] Göthe's Werke (Hempel). XXII. 171. 428.

Literatur war er zu Hause, schrieb selbst Französisch mit leib=
licher Modeeleganz, hatte Geld, Freunde, ein überschwengliches
Herz, eine rasende Phantasie, große Weltkenntniß und besonders
reiche Erfahrung in Liebesabenteuern — so konnte er schon mit=
helfen zur Grundlegung einer neuen deutschen Cultur, Literatur
und Philosophie. Wie Hamann, Herder, Lavater und viele
andere Pioniere dieses Culturwerks, hatte er zu viel deutsche
Gemüthlichkeit, Herz und Phantasie, um sich den Haß Voltaire's
und der Encyklopädisten gegen das Christenthum, den krassen
Materialismus Holbachs und La Mettrie's, kurz die französische
Aufklärung in ihrer unverschleierten Folgerichtigkeit anzueignen.
Diese Aufklärung ging ihnen zu weit. Ohne dieselbe jedoch ganz
zu vernachlässigen, schlossen sie sich instinctiv mehr an Rousseau
an, der nicht wie Voltaire ein bloßer Salons= und Hofschranze
war, sondern ein tiefes, mächtiges Naturgefühl, energische Leiden=
schaft, volksthümliche Beredsamkeit, ein noch für's Ideale empfäng=
liches Herz besaß, mitten im Wirrwarr des Lasters und des Um=
sturzes noch von Kindesunschuld, Menschenwürde, edler Freiheit,
bürgerlicher Tugend, von Religion und Vaterland träumte. Es
waren bloße Träume; aber sie wiesen noch auf die ewigen Polar=
sterne hin, von denen das Glück des Menschen bedingt ist und
zu denen die tief gesunkene Natur unwillkürlich aufseufzte. Gerade
diese wirren, dunkeln Klänge fanden in dem Gemüth der deutschen
Protestanten einen Wiederhall; Reste der eigenen religiösen Er=
ziehung, Bibelerinnerungen mischten sich damit. Sie wollten
weder Gott, noch Tugend, noch Sitte, noch Religion aus der
Welt schaffen lassen; das Alles sollte bleiben, nur nach etwas
freierem Zuschnitt — eine ideale Welt ohne Mittelpunkt und
ohne autoritativ oder rationell bestimmbare Grenzen. Jacobi
entsetzte sich vor einer Weltanschauung, welche es mit der Revo=
lution gründlich und folgerichtig nahm; aber er wollte auch
keines seiner Ideale bewiesen haben. Einigermaßen Luther fol=
gend, setzte er den philosophischen Verstand völlig ab und mit
ihm alle eigentliche Philosophie und philosophische Vertheidigung
des Christenthums. An seine Stelle ließ er für die Erkenntniß

der sichtbaren Welt die bloße Erfahrung treten, für die Erkenntniß des Unsichtbaren, Göttlichen — die „Vernunft", eine Fähigkeit, die weder forscht, noch schließt, sondern unmittelbar schaut und aufnimmt. Gott wird gefühlt, bewiesen kann sein Dasein nicht werden. Dieses Gottes-Gefühl nannte Jacobi Glauben — es war aber bloße Gefühlssache, wie sein ganzes Leben und Treiben in überschwenglichen Gefühlen aufging. Als er mit Göthe zusammentraf, hatte er sein System noch nicht ausgebaut, aber er hatte es bereits im Keime; er war von seinem Gottes- und Tugendgefühl ebenso sehr beduselt, als von seinem Freundschafts- und Liebesgefühl, das sich in Göthe's Gegenwart zum Rausche steigerte und in Thränen krystallisirte. Wäre er ein consequenter Denker gewesen, so hätte ihn kein Philosoph mehr abstoßen müssen, als der trockene Spinoza, welcher Gott zur Welt machte, diese göttliche Welt dann in eine ungeheure, halb denkende, halb bewußtlose Maschine auseinanderlegte, alle Freiheit aufhob und die Tugend geometrisch bewies. Aber ein solcher Denker war Jacobi nicht; er fand es praktischer, Spinoza zu lieben, ja sogar als „hellen und reinen Kopf" zu bewundern, weil er ihn „mehr als irgend ein anderer Philosoph zu der vollkommenen Ueberzeugung geleitet hatte, daß sich gewisse Dinge — gerade die Grundfragen der Philosophie — nicht entwickeln lassen". Er liebte ihn, weil er eigentlich n i c h t s bewies — und in dieser wissenschaftlichen Liebe traf er mit Göthe ganz harmonisch zusammen.

Wer übrigens die beiden „Genies" zusammengeführt und zeitweilig versöhnt hatte, war nicht der mathematisch angelegte Philosoph Spinoza, sondern — „die Weiber, Tanten und Schwestern der Jacobi's", bei denen Göthe sich „einstellte", besonders Demoiselle Fahlmer, im Jacobi'schen Kreise „Abelaide", von Göthe „die Tante" genannt, ein feingebildetes Fräulein, das mit Göthe seit Sept. 1772 näher bekannt war und häufig correspondirte, zu Fritz Jacobi in einem seltsamen romantischen Verhältniß stand. Als Halbschwester der ersten Frau des Vaters Jacobi war sie nämlich wirklich Fritzens Tante, d. h. Stieftante, aber faſt zwei Jahre jünger als er. Als ſie nun 1766 nach längerem Aufenthalt in Mannheim mit ihrer Mutter nach Pempelfort kam, ſchloß ſie ſich „mit hingebender Anhänglichkeit"[1] an ihren ſchon ſeit zwei Jahren mit Betty von Clermont verheiratheten Neffen an. Die Tante wurde zugleich die unglücklich Liebende ihres Neffen, und Fritz Jacobi ſcheint durch die zwei ihn liebenden Damen, d. h. ſeine brave Frau und die ihm ſchwär=meriſch zugethane Tante in eine ſeinem gefühlvollen Herzen ſehr fatale Lage gekommen zu ſein. Tante Fahlmer erkrankte über ihrer unglücklichen Liebe und zog, nachdem ſie im Bade Spaa Herſtellung ihrer Geſundheit gefunden hatte, 1772 mit ihrer Mutter nach Frankfurt, wo ſie Göthe kennen lernte. Schon 1773 wurde ſie von Betty Jacobi indeß zum Beſuch nach Pempelfort geholt und weilte dann öfter daſelbſt, bis ſie ſich 1778 mit Schloſſer, dem inzwiſchen verwittweten Schwager Göthe's, im reſpectablen Alter von 34 Jahren verehelichte. Die unglück=liche Liebe zu Fritz ſcheint ſich nach ihrer Krankheit zu ſanfterer „Freundſchaft" gemildert zu haben, während ſie zugleich Göthe's literariſche Vertraute und Freundin ward.

Daß Letzteren die Familienangelegenheiten der Jacobi's weit mehr intereſſirten, als alle Philoſophie und Religion, geht aus mehreren Briefen hervor. „Ihre Buben," ſo ſchreibt er z. B. an Betty Jacobi, „ſind mir lieb, denn es ſind Ihre Buben, und der letzte iſt mir immer der nächſte. Ob ſie an Chriſt glauben, oder Götz oder Hamlet, das iſt eins, nur an was laßt ſie glauben. Wer an nichts glaubt, verzweifelt an ſich ſelber."[2] Vielleicht hat er das Verhältniß der beiden Frauen auch romantiſcher angeſehen, als es in Wirklichkeit war; wenig=ſtens hatte ihn noch vor ſeinem Beſuch Betty verſichert: „Daß die Tante und ich unſeren ebenen und graden Weg nebeneinander ohne ſtumpen und ſtolpern gehen, iſt wahr, obgleich noch immer ein Räthſel für den Herrn Doktor Göthe Lobeſan."

---

[1] Urlichs, Zu Göthe's Stella. Deutſche Rundſchau. 1875. IV. 81.
[2] Bernays, Der junge Göthe. II. 7.

Obgleich Niemand genau weiß, was und wie Göthe und
Jacobi zusammen über Spinoza verhandelten, so ist es doch seither
allgemein Brauch, von den tiefen Beziehungen Göthe's zu dem
jüdischen Pantheisten, dem Stammvater alles neueren Pantheismus, zu sprechen. In allen Biographieen Göthe's wird in dunkeln, allgemeinen, ahnungsreichen Phrasen angedeutet, wie der
„große" Dichter sich des „großen" Philosophen bemächtigt[1],
dessen Allbegriff mit seinem Naturbegriff verschmolzen und so
seine eigene Weltanschauung, eine der bedeutendsten Etappen auf
dem Entwicklungsgang moderner Weltanschauung, gebildet habe.
Danzel hat eine eigene Schrift über Göthe's Spinozismus verfaßt[2]; Hermann Grimm holt bei den Anfängen aller Cultur
aus[3], läßt alle Culturstufen der Menschheit Revue passiren —
griechische Cultur — germanische Cultur — romanische Cultur
semitische Cultur, ernennt für alle diese Culturstufen typische
Repräsentanten, für die griechische Homer nebst Phidias und
Plato, für die romanische Raphael nebst Michelangelo und Dante,
für die germanische Shakespeare und Luther, für die semitische
Spinoza neben den Männern des Alten und Neuen Testamentes,
um Göthe auf den Gipfelpunkt all dieser Culturstufen zu bringen
und den Satz einzuleiten: „Keine Philosophie hat Göthe genügt,
als die Spinoza's."[4]

Das hört und sieht sich überaus großartig an: Göthe's

---

[1] Lewes (Frese) I. 206. „Für Göthe genügten einige wenige
Ideen Spinoza's, um seinem Geiste Richtung zu geben. Spinoza
wurde für ihn, was Kant für Schiller, nur daß dieser — ein
charakteristischer Unterschied der beiden Geister — seinen Philosophen
systematisch studirte und dessen Lehre systematisch zu reproduciren
suchte."

[2] Ueber Göthe's Spinozismus, von Wilhelm Danzel. Hamburg 1843. Er läßt nicht undeutlich durchblicken, daß Göthe weit
mehr ein Anhänger Rousseau's war, als Spinoza's. S. 13—17.

[3] Göthe, Vorlesungen, gehalten an der königl. Universität zu
Berlin von Hermann Grimm. Berlin. Hertz. 1877. I. 233 ff.

[4] Ebd. S. 242.

Standbild von Homer, Raphael, Shakespeare und Spinoza getragen, die hinwieder auf den Schultern des Phidias und Plato,
des Michelangelo und Dante, Luthers und der Männer des
Alten und Neuen Testamentes ruhen. Nur hat das Denkmal
leider wenig historisches Fundament.

Göthe hatte ebenso wenig eine philosophische Schule durchgemacht, als Jacobi. Weder Leibniz noch Malebranche, weder
Wolff noch Descartes hatte er ein Leides gethan. Die Logik
hatte er bereits in den ersten Monaten mit Kräpfeln vertauscht;
dagegen hatte er Bayle als ein anrüchiges Buch durchgemaust,
Holbach gelesen, viel Rousseau und Voltaire studirt und in
Giordano Bruno auch einigen Geschmack am Pantheismus
gefunden.

„Getrennt über Gott und Natur abhandeln," so schrieb er
sich in Straßburg auf, „ist schwierig und mißlich, eben als
wenn wir über Leib und Seele gesondert denken. Wir erkennen
die Seele nur durch das Mittel des Leibes, Gott nur durch die
durchschaute Natur; daher scheint es mir verkehrt, Denker der
Verkehrtheit zu zeihen, die ganz philosophisch Gott mit der Welt
verknüpft haben. Denn was ist, muß nothwendig Alles zum
Wesen Gottes gehören, weil Gott das einzige Wirkliche ist und
Alles umfaßt. Die heilige Schrift ist unserm Urtheile auch
nicht entgegen, obwohl wir ihre Aussprüche einem Jeden nach
seinem Urtheile zu drehen gestatten. Und das ganze Alterthum
erkannte ebenso eine Uebereinstimmung, auf die ich großes Gewicht
lege. Denn mir zeugt das Urtheil so großer Männer für die
Vernunftmäßigkeit jenes Systems, wornach die Welt von Gott
ausfließt, wenn ich auch zu keiner Schule schwören will und sehr
bedaure, daß im Spinozismus, in dem auch die ärgsten Irrthümer dieser Quelle entströmen, dieser so reinen Lehre ein so
böser Bruder erwachsen ist."[1]

Göthe hatte, wie diese Stelle genugsam ausweist, noch in

---

[1] A. Schöll, Briefe und Aufsätze von Göthe. Weimar 1846.
2. Ausg. 1857. — Viehoff. I. 325.

Straßburg die confusesten Begriffe über den Pantheismus im
Allgemeinen, wie über die Lehre des Spinoza im Besondern.
Er wußte nicht einmal den in den heiligen Büchern doch so klar
ausgeführten Begriff eines persönlichen, von der Welt verschiedenen Gottes von dem Wahnbild eines pantheistischen Gottes zu
unterscheiden, hielt letzteres für biblisch und vernunftgemäß, die
Lehre des Spinoza dagegen für „einen bösen Bruder". Es liegt
nun von Göthe bis zum Eintritt in Weimar nicht nur nicht die
geringste philosophische Abhandlung, sondern nicht einmal irgend
ein philosophisches Fragment vor. Was seine übrigen Schriften
bekunden, ist nur die größte Verworrenheit über den Begriff von
Gott und Natur und eine confuse Verschmelzung von Beiden,
welche sich metaphysisch nicht formuliren läßt. Ihren classischen
Ausdruck hat sie in Fausts Bekenntniß an Gretchen gefunden:

> „Nenn's Glück! Herz! Liebe! Gott!
> Ich habe keinen Namen
> Dafür! Gefühl ist Alles;
> Name ist Schall und Rauch,
> Umnebelnd Himmelsgluth."

Mit ähnlicher verschwommener Gefühlsconfusion spricht er in
ein paar Briefen von „dem lieben Ding, das sie Gott heißen"[1].
In seinen enthusiastischen Dithyramben über das Straßburger
Münster vermengt er Gott, Natur, Genie, wie ein von Bacchus
Berauschter. Nirgends legt er irgendwelche Proben von einer
eingehenderen Kenntniß älterer oder neuerer Philosophie an den
Tag; die Faustfragmente, welche aus dieser Zeit stammen, zeugen
vielmehr für die tiefste Verachtung aller Philosophie[2].

---

[1] Göthe's Briefe an A. v. Stolberg. Leipzig 1839. S. 60.

[2] L'ironie, la critique, un scepticisme hautain, dominent chez
Goethe, quand il se rencontre avec l'énigme des choses. Il veut
se venger de ne pouvoir la résoudre en humiliant l'ambition des
métaphysiciens qui prennent à cœur de la poursuivre (Caro,
La philosophie de Goethe. Revue des Deux Mondes. 1885.
2º Période. Tom. 59. p. 870). Eine knabenhafte Rache!

„Habe nun, ach! Philosophie,
Juristerei und Medicin,
Und, leider! auch Theologie
Durchaus studirt, mit heißem Bemühn.
Da steh ich nun, ich armer Thor!
Und bin so klug als wie zuvor;
Heiße Magister, heiße Doctor gar,
Und ziehe schon an die zehen Jahr
Herauf, herab und quer und krumm
Meine Schüler an der Nase herum —
Und sehe, daß wir nichts wissen können!"

Was die Lehre des Spinoza betrifft, so liegt nirgends ein sicherer Anhaltspunkt dafür vor, daß Göthe sie um diese Zeit auch nur einmal wirklich durchstudirt hätte[1]; seine Lebensweise selbst machte ein solches Studium nahezu unmöglich. Man muthet ihm Uebermenschliches zu, wenn man annimmt, er habe zwischen all seinen Ausflügen und Zerstreuungen, seinen Liebhabereien und Unterhaltungen, seinen Possen und Farcen, seinen Liebschaften und Correspondenzen, ja mitten in einem steten Romanleben zu drei, zu vier, die Ruhe, den Ernst, die Zeit, die Ausdauer gehabt, ein abstractes System wie dasjenige Spinoza's mit der ganzen Kette seiner trockenen Definitionen, Thesen und Schlußfolgerungen wissenschaftlich zu untersuchen. Um übrigens keinem Zweifel darüber Raum zu lassen, daß er sich nicht dieser mühsamen Geistesarbeit unterzogen, deutet er selbst in „Dichtung und Wahrheit" verständlich genug an, daß er an Spinoza's Werken keine Kritik geübt, sondern daß die gelegentliche Lesung darin nur einen allgemein verschwommenen, beruhigenden Gefühlseinbruck zurückgelassen.

„Nachdem ich mich," erzählt er selber, „in aller Welt um ein Bildungsmittel meines wunderlichen Wesens vergeblich um-

---

[1] Nach **Riemers** Mittheilungen (Berlin 1841. II. 182) hat er die Ethik erst 1784 zu Weimar gelesen, als Jacobi und Mendelssohn sich über sein Gedicht „Prometheus" und Lessings Spinozismus zankten; vielleicht auch dann nicht ganz.

gesehen hatte, gerieth ich endlich an die Ethik dieses Mannes. Was ich mir aus dem Werke mag herausgelesen, was ich in dasselbe mag hineingelesen haben, davon wüßte ich keine Rechenschaft zu geben; genug, ich fand hier eine Beruhigung meiner Leidenschaften, es schien sich mir eine große und freie Aussicht über die sinnliche und sittliche Welt aufzuthun. Was mich aber besonders an ihn fesselte, war die grenzenlose Uneigennützigkeit, die aus jedem Satz hervorleuchtete. Jenes wunderliche Wort: ‚Wer Gott recht liebt, muß nicht verlangen, daß Gott ihn wieder liebe‘ [1], mit allen den Vordersätzen, worauf er ruht, mit allen den Folgen, die daraus entspringen, erfüllte mein ganzes Nachdenken. Uneigennützig zu sein in Allem, am uneigennützigsten in Liebe und Freundschaft, war meine höchste Lust, meine Maxime, meine Ausübung, so daß jenes freche spätere Wort: ‚Wenn ich dich liebe, was geht's dich an?‘ mir recht aus dem Herzen gesprochen ist.

„Uebrigens möge auch hier nicht verkannt werden, daß eigentlich die innigsten Verbindungen nur aus dem Entgegengesetzten folgen. Die Alles ausgleichende Ruhe Spinoza's contrastirte mit meinem Alles aufregenden Streben, seine mathematische Methode war das Widerspiel meiner poetischen Sinnes- und Darstellungsweise, und eben jene geregelte Behandlungsart, die man sittlichen Gegenständen nicht angemessen finden wollte, machte mich zu seinem leidenschaftlichsten Schüler, zu seinem entschiedensten Verehrer. Geist und Herz, Verstand und Sinn suchten sich mit nothwendiger Wahlverwandtschaft, und durch diese kam die Vereinigung der verschiedensten Wesen zu Stande." [2]

Der Uneigennützige! Friederike betrog er mit seinen Liebe-

---

[1] Ethica. Pars V. 19. Der Beweis (!) des Spinoza für diesen Satz lautet: „Wenn der Mensch danach strebte (daß Gott ihn liebte), so würde er begehren, daß Gott, den er liebt, nicht Gott wäre, und folglich würde er wünschen, Unlust zu haben, was widersinnig ist. Ergo q. e. d." Eine saubere Logik das.

[2] Göthe's Werke (Hempel). XXII. 188.

leien und ließ sie dann sitzen, um Carrière zu machen; Kestners Gutmüthigkeit nützte er aus, um ihm, wenn es möglich gewesen wäre, Lotte wegzukapern; Jacobi schwindelte er jetzt „ewige" Freundschaft vor, und ein paar Jahre später, als ihm diese Freundschaft nichts mehr nützen konnte, nagelte er, unter dem schallenden Gelächter des Weimarer Hofs, Jacobi's Roman „All= will" an einen Baum; Lavater, dessen Name ihn jetzt selbst berühmt machen half, nannte er die Blüthe der Menschheit, und als die Physiognomik aus der Mode kam, war derselbe ein „be= trogener Betrüger"; von Merck ließ er sich jetzt seine Gedichte censiren und corrigiren, hintendrein verunglimpfte er ihn als „Mephistopheles", als einen ganz hämischen, negativen Menschen; den Arzt Zimmermann, der jetzt seinen Ruf durch Deutschland ausposaunen half, nahm er mit offenen Armen in sein Haus auf; als sein eigener Ruf gemacht war, hing er ihm in „Dich= tung und Wahrheit" Charakterzüge und Handlungen an, die den Mann durch ganz Deutschland hin anschwärzten und verdächtigten, bis endlich die Kritik kam und ein „Räthsel" aufdeckte, das man vielleicht bei jedem Andern sofort als „Verleumbung" qualificirt hätte[1]. Das war Göthe's berühmte spinozistische „Uneigennützig= keit" — seine Ethica geomotrice demonstrata.

----

[1] Er klagte ihn in „Dichtung und Wahrheit" (Göthe's Werke [Hempel]. XXII. 195 ff.) der schändlichsten Härte und Tyrannei gegen seine eigene Tochter an, während anderweitig feststeht, daß er dieselbe väterlich liebte und dem Kinde als ein treuer, liebevoller Vater galt. Im Jahre 1775 selbst nannte er ihn (in einem Briefe an die La Roche) „gar brav, einen gemachten Charakter ec." — „Um so auffallender," sagt Göbele (Göthe's Leben und Schriften. Stuttgart 1877. S. 144), „ist es, daß Göthe in Bezug auf diesen Freund und seine Tochter, die derselbe aus einer Pension in Lau= sanne geholt, wo sie ihren Verlobten zurückgelassen hatte, in ‚Dich= tung und Wahrheit' Dinge erzählen konnte, die nicht allein durch= weg unwahr, sondern auch geradezu unmöglich waren. Alle Thatsachen, die Göthe anführt, sind theils erfunden, theils auf Zimmermanns Kosten in einen falschen Zusammenhang gebracht, theils aus der

So wenig sich feststellen läßt, was der junge Göthe aus dem Spinoza heraus- und in denselben hineingelesen (er wußte das als alter Mann selbst nicht mehr), so gewiß erhellt aus seinem ganzen Leben und Treiben, daß er wenigstens die Freigeisterei, den Naturalismus und den antichristlichen Geist dieses Philosophen von Herzen theilte, soweit derselbe, namentlich unter einem gewissen Schein von Religiosität, gegen alles Uebernatürliche protestirte[1]. Die positiven Pflichten der Religion erfüllte er nicht; in Wetzlar galt er, wie wir gesehen, als Freidenker; was er Christenthum nannte, war ein ganz bekenntnißloser, vager Naturalismus. Er liebte es indeß, sich als „Naturfrommen" darzustellen, d. h. als Einen, der dem Schöpfer in der Natur, d. h. durch Betrachtung, Studium, Verehrung und Nachahmung der Natur, außerordentlich viel Ehre erweise. Doch hing dieß von der Stimmung ab. Neben den zahlreichen Aeußerungen dieser Naturfrömmigkeit läuft eine parallele Reihe von durchaus entgegengesetzten, in welchen er sich als „Titane" den Göttern entgegenwirft, sie als neidische, feindliche Gewalten verdonnert und ihnen zum Trotz leben, dichten und glücklich sein will. Die wunderliche Idee schöpfte er wahrscheinlich nicht unmittelbar aus der griechischen Titanensage, welche, wie bekannt, die göttliche Gerechtigkeit über den verwegenen Aufstand der Halbgötter triumphiren läßt, sondern aus Voltaire, welcher in seiner Oper

---

Zukunft vorweggenommen. Dieser bunkle Fleck in Göthe's Selbstbiographie bedarf zwar nicht mehr der Widerlegung, wohl aber der Aufklärung." Eine solche ist bis jetzt nicht gegeben worden (weder von Dünzer, Frauenbilder. S. 851—868, noch von Löper, Göthe's Werke [Hempel]. XXII. 456). Damit soll nicht gesagt sein, daß Zimmermann nicht auch ein rechter „Culturmensch" war.

[1] So gab schon Voltaire dem Philosophen, der im Stillen Gott absetzen wollte, aber mit seiner Philosophie wenig Glück hatte, ein Gefolge von Schöngeistern:

> „Ne pouvant désormais composer pour le prix
> Il partit escorté de quelques beaux-esprits."

(Les systèmes.)

„Pandora" die gewaltige griechische Sage bereits im Sinne des 18. Jahrhunderts umgedichtet hatte, indem er Zeus zum neidischen Tyrannen, Prometheus zum verkannten Künstler und Aufklärer machte, den letzteren über die finstere Macht der Götter siegen ließ. In diesem Sinn riß Göthe die Prometheussage an sich und führte die revolutionären Partien derselben mit großer Begeisterung aus. Mit demselben Geist unbändigen Trotzes gegen Gott begann er auch die Faustsage zu behandeln. In einem burschikosen Fragment über den „Ewigen Juden" entwickelte sich derselbe zur krassen Gotteslästerung. Die psychologische Erklärung dieses „Titanismus" gibt Friedr. Leop. von Stolberg in zwei Briefen von 1776 [1].

„Göthe," schrieb er an Klopstock am 8. Juni, „ist Starrkopf im allerhöchsten Grade, und seine Unbiegsamkeit, welche er, wenn es möglich wäre, gern gegen Gott behauptete, machte mich oft schon für ihn zittern. Gott, welch ein Gemisch, ein Titanenkopf gegen seinen Gott, und nun schwindelnd vor der Gunst eines Herzogs! Sagen Sie, mein Liebster, denn Sie erkannten früh seinen eisernen Nacken, dachten Sie nicht an ihn, wie Sie die ‚Warnung‘ machten? Und doch kann er so weich sein, ist so liebend, läßt sich in guten Stunden leiten am seidenen Faden, ist seinen Freunden so herzlich zugethan. — Gott erbarme sich über ihn und mache ihn gut, damit er trefflich werde, aber wenn Gott nicht Wunder an ihm thut, so wird er der Unseligsten einer."

In einem fast gleichzeitigen andern Briefe schreibt Stolberg:

„Göthe ist nicht bloß ein Genie, sondern er hat auch ein wahrhaft gutes Herz; aber es ergriff mich ein Grausen, als er mir an einem der letzten Tage meiner Anwesenheit in Weimar von Riesengeistern sprach, die sich auch den ewigen geoffenbarten Wahrheiten nicht beugen. Dieser unbeugsame Trotz wird, wenn er in ihm weiter wuchert, auch sein Herz kalt machen. Armer

---

[1] Joh. Janssen, Fr. Leop. Graf zu Stolberg. Freiburg. Herder. 1877. II. 70. Im neuen Reich. 1874. II. 337—342.

Erdenwurm! Sich den ewigen geoffenbarten Wahrheiten nicht beugen, gleichsam rechten wollen mit Gott!"

Das war die Gesinnung, in welcher sich Göthe an Spinoza und an Voltaire anschloß. Es kam ihm von Herzen, wenn er grimmig zu Gott emportrotzte:

> „Ich dich ehren? Wofür?
> Hast du die Schmerzen gelindert
> Je des Beladenen?
> Hast du die Thränen gestillt
> Je des Geängsteten?
> Hat nicht mich zum Manne geschmiedet
> Die allmächtige Zeit,
> Und das ewige Schicksal,
> Meine Herr'n und deine?
> Wähntest du etwa,
> Ich sollte das Leben hassen,
> In Wüsten fliehen,
> Weil nicht alle
>
> Blüthenträume reiften?"

11. Der Lili-Roman.

1774—1775.

„Wird mein Herz endlich einmal in ergreifendem
wahrem Genusse und Leiden die Seligkeit, die Menschen gegönnt ward, empfinden und nicht immer auf
den Wogen der Einbildungskraft und überspannten
Sinnlichkeit Himmel auf und Höllen ab getrieben
werden?"

Göthe an Aug. v. Stolberg, 18. Sept. 1775.

Das wirkliche Leben des Frankfurter Titanen sticht gerade in
dieser Zeit sehr seltsam von der erhabenen Einsamkeit ab, in
welcher sein Prometheus zornerfüllt den Göttern trotzt. Um
Mitte August 1774 von seiner Rheinreise nach Hause zurückgekehrt, zeichnete, malte, tändelte, dichtete, bummelte, träumte,
amüsirte er sich ganz genau im selben Stil wie früher. Die
Eltern suchten ihn endlich zur Heirath zu bewegen, er wollte aber
nicht. Der Druck des Werther ging unterdessen rüstig voran;
im September ward er vollendet, während die Frankfurter Messe
um den Dichter tobte und kreischte, Vergangenheit und Zukunft
ihm wunderbar ineinander schwebten. Von der Vergangenheit
war es besonders der Lotte-Roman, der nun „unwiderruflich zum
letzten Mal" in seiner Phantasie wieder auflebte. Im September
besuchte ihn ja seine Strumpfwäscherin aus Wetzlar und erzählte
ihm von Lotte's Kindheit; dazu war er augenblicklich an „Werthers
Leiden" beschäftigt. Alles war deßhalb „Lotte und Lotte und
Lotte und Lotte und ohne Lotte nichts als Mangel und Trauer
und der Tobt". Etwas Komödie wird bei diesem neuen Anfall
von Sentimentalität auch gewesen sein. Er konnte sich denken,
daß es Kestner und seiner Frau nicht eben angenehm sein würde,
die Geschichte ihres Brautstandes und ihrer Beziehung zu Göthe,

„verklebt" mit dem Selbstmord Jerusalems, vor das ganze deutsche Publikum gelangen zu sehen. Er wollte augenscheinlich dem übeln Eindruck zuvorkommen und warf sich Lotte in knechtischerer Anbetung, als in irgend einem früheren Brief zu Füßen. „Wenn Beine der Heiligen," schrieb er ihr blasphemisch mit Bezug auf seine Strumpfwäscherin, „und leblose Lappen, die der Heiligen Leib berührten, Anbetung und Bewahrung und Sorge verdienen, warum nicht das Menschengeschöpf, das dich berührte, dich als Kind auf'm Arm trug, dich an der Hand führte, das Geschöpf, das du vielleicht um manches gebeten hast? Du Lotte gebeten &c."[1] — All diese saubere Heiligenverehrung half indeß nicht. Umsonst schrieb er zu dem Exemplar des Werther, das er ihr schickte: „Dieses Exemplar ist mir so werth, als wär's das einzige in der Welt. Du sollsts haben, Lotte, ich hab es hundertmal geküßt, habs weggeschlossen, daß es niemand berühre. O Lotte!" Aller dieser Liebesversicherungen ungeachtet wurden Kestner und seine Frau über den Werther recht ungehalten, und Göthe mußte auf's Neue alle seine Beredsamkeit aufbieten, um sie zu beruhigen:

„Es ist gethan, es ist ausgegeben, verzeiht mir, wenn ihr könnt.... Ich will nichts von euch hören, bis der Ausgang bestätigt haben wird, daß eure Besorgnisse zu hoch gespannt waren, bis ihr dann auch im Buche selbst das unschuldige Gemisch von Wahrheit und Lüge reiner an euerm Herzen gefühlt haben werdet.... Binnen hier (21. November 1774) und einem Jahr versprech ich euch auf die lieblichste einzigste innigste Weise, alles was noch übrig sein mögte von Verdacht, Mißdeutung &c. im schwäzenden Publikum, obgleich das eine Herb Schwein ist, auszulöschen wie ein reiner Nordwind, Nebel und Duft. Werther muß sein — muß sein.... Das Billet keinem Menschen gezeigt! unter euch beiden! Sonst niemand sehe das! &c...."[2]

Diesem Briefe folgte im folgenden Jahr noch ein Zettelchen

---

[1] A. Kestner, Göthe und Werther. S. 212.
[2] Ebd. S. 222. 232 ff.

an Lotte — dann verſiegte die Lotte-Correſpondenz. Sie hatte
ihren Dienſt gethan. Dem Dichter lag, bei aller Ueberſchweng:
lichkeit ſeines Briefſtils, mehr an Werther und an ſeinem litera:
riſchen Ruhm, als an Keſtner und deſſen Frau und ſeiner früheren
Liebe. Der Ruhm aber kam jetzt in ſteigender Fülle. Alte
Freunde, wie Merck und Gotter, trafen im Laufe des Herbſtes
wieder bei Göthe ein, um ſich mit ihm ſeiner Erfolge zu freuen,
vergangene Tage zu recapituliren und neue Projecte zu beſprechen.
Fremde, wie der Schweizer Karl Ulyſſes von Salis-Marſchlins,
der in pädagogiſchen Angelegenheiten Deutſchland bereiſte,
ſprachen bei dem Gefeierten vor. Der ehrenvollſte Beſuch jedoch
war wohl derjenige, der ihm Ende September von Klopſtock zu
Theil ward, als dieſer, von dem Markgrafen Karl Friedrich von
Baden als Hofrath nach Karlsruhe berufen, erſt bei den Bundes:
brüdern des Hainbundes in Göttingen vorſprach und dann auch
den Verfaſſer des Werther perſönlich aufſuchte. Klopſtock war,
der Kritik Leſſings ungeachtet, noch der gefeiertſte deutſche Dichter,
der einzige, zu dem eine ganze Schule ſtand. Sein „Meſſias“,
den er ein Jahr zuvor vollendet, wurde in England, Frankreich,
Italien überſetzt; auch eine lateiniſche Ueberſetzung wurde be:
gonnen. Künſtler nahmen Scenen aus ſeinem Gedicht zum Vor:
wurf ihrer Gemälde. Der Dichterkreis in Göttingen, die Hölty,
Voß, Stolberg, Bürger, Miller, Cramer, Leyſewitz ꝛc. betrachteten
ihn als Vater und Fürſten der deutſchen Dichtkunſt.

Die beiden Dichter ſtanden zu einander in ähnlichem Gegen:
ſatz, wie „Meſſias“ und „Werther“, Klopſtocks Oden und Göthe's
Liebeslieder. Jener ein ſtattlicher, würdiger Mann, ſchon über
die Vollkraft der Jahre hinaus, abgemeſſenen Benehmens, wie
Einer, der lange am Hofe gelebt, des ernſten Bewußtſeins, der
Sänger der Religion, der Tugend, der Vaterlandsliebe zu ſein,
daher väterlich, feierlich mit dem Plan beſchäftigt, die jüngeren
poetiſchen Kräfte um ſich zu ſchaaren und ihre literariſche Thätig:
keit durch jene Ideale zu adeln, durch Gemeinſamkeit zu ſtärken;
dieſer ein feuriger Jüngling, bald übermüthig aufblitzend, bald
melancholiſch träumend, bis jetzt ziemlicher Verächter der conven:

tionellen Formen, der Sänger der Natur und der „gesunden Sinnlichkeit", sich fühlend in seinen ersten Erfolgen und sich noch Großes versprechend für die Zukunft. Beide theilten in Etwas die allgemein herrschende Empfindsamkeit, eine vage Begeisterung für Natur und Freiheit, die Ahnung einer bessern Zukunft; aber gerade über die höchsten Ziele, Religion und Tugend, gingen ihre Anschauungen so ganz auseinander, daß eine gegenseitige Harmonie nicht möglich war. Der Eine suchte sein Glück und seine Poesie im Jenseits und der religiösen Weihe des irdischen Lebens, der Andere ganz im Diesseits und in der möglichsten Lostrennung von den Ideen und Forderungen des Christenthums. Diese tiefliegenden Gegensätze waren indeß noch nicht zur vollen Entwicklung gelangt. Göthe benahm sich gegen Klopstock achtungsvoll; dieser bezeigte Interesse für Göthe's Person und Dichtung. Freundliche Berührungspunkte fanden sich sowohl in der gemeinsamen Begeisterung für deutsche Nationalität und Sprache als auch in dem Schrittschuhlaufen, für das beide Dichter, der „seraphische" und der „titanische", jugendlich schwärmten. Göthe begleitete Klopstock nach Darmstadt und dichtete auf dem Rückweg (10. Oct.) im Postwagen seine Ode: „An Schwager Kronos".

Wichtiger für Göthe's weitere Schicksale, als Klopstocks Besuch, war ein anderer, der ihm am 11. December Abends zu Theil wurde. Es war dieß Karl Ludwig von Knebel, seit einigen Monaten Erzieher des jüngeren Prinzen Constantin von Sachsen-Weimar-Eisenach. Er begleitete eben die beiden noch minorennen Prinzen Karl August und Constantin auf ihrer Reise zum Großherzog von Baden, und benützte eine freie winterliche Abendstunde, um den Dichter des Götz, Clavigo und Werther kennen zu lernen. Dieser kam ihm gleich als der „beste" und „liebenswürdigste aller Menschen" vor, und Knebel konnte nicht umhin, ein solches Juwel auch den beiden Prinzen vorzustellen. Auf die Prinzen (von denen der ältere 17 Jahre alt war) machte Göthe ebenfalls den günstigsten Eindruck; Karl August lud ihn nach Mainz ein, wohin die Gesellschaft unter Leitung des Grafen

Görz weiterreiste, während Knebel in Frankfurt blieb, um den besten aller Menschen noch mehr zu genießen. Am folgenden Tag reisten sie dann zusammen den Prinzen nach, verweilten mit diesen zwei Tage zu Mainz — im Gasthof zu den „drei Kronen" — und gingen mit ihnen in die Komödie. Die Scheu, welche Göthe anfänglich vor den Sternen und Kreuzen empfunden, schwand schnell, da er „dabrein so mit ganz offenem Herzen herumgewebt". Er hielt die hohe Connexion mit beiden Händen fest, empfahl sich den Prinzen nachher durch Knebel auch schrift- lich und wünschte zu wissen, ob auch Graf Görz, der Erzieher des Prinzen Karl August, etwas für ihn fühle[1].

Durch Knebel kam um diese Zeit eine vollständige Aus- söhnung zwischen Herkules-Göthe und dem mit der Keule bear- beiteten Wieland zu Stande; Göthe schrieb an diesen und der Brief ward zuvorkommendst erwiedert. Auch mit dem ältern der beiden Jacobi, Johann Georg, welcher die „Iris" herausgab, hatte er sich bei dem Besuch in Pempelfort ausgesöhnt. Doch war ihm dieß Einlenken von der bisherigen burschikosen Un- gebundenheit und Rücksichtslosigkeit auf den Pfad der conven- tionellen Höflichkeit noch nicht recht nach dem Herzen. „Das ist ein Verfluchtes," schrieb er an Frau La Roche, „daß ich anfange, mich mit niemand mehr mißzuverstehn."

Während des Winters, der ziemlich früh Eis brachte (schon am 10. Nov.), tummelte er sich übrigens wie ein lustiger Student auf dem Eise herum, amüsirte sich in einem Kreise von Freunden und Bekannten, in welchem Boccaccio's schmutzigste Geschichten für anmuthig heiter galten, mit Knittelversen, Märchen und Schachspiel, und

> „Den Abend drauf, nach Schrittschuhfahrt,
> Mit Jungfräulein von ebler Art,
> Staatskirschentort, gemeinem Bier,
> Den Abend zugebracht allhier

---

[1] Guhrauer, Briefwechsel zwischen Göthe und Knebel. Leip- zig 1851. S. 4—6.

Und Aeugelein und Lichter Glanz
Ram, Sitha, Hannemann und sein Schwanz."[1]

Ueber seine Beschäftigung schrieb er im Spätherbst an Merck:
„Zu schicken hab' ich Dir nichts. Denn meine Arbeit hat bis=
her in Porträts im Großen und in kleinen Liebesliedern be=
standen." Etwas später schickte er ihm das Gedicht „Prometheus"
mit der Nachricht: „Ich habe seit drei Tagen an einer Zeich=
nung in dem mir möglichsten Fleiße gearbeitet und bin noch
nicht fertig. Es ist gut, daß man einmal Alles thue, was man
thun kann, um die Ehre zu haben, sich näher kennen zu lernen....
(Ich) ordne, lerne an den Romanzen und gehe so eben nach
Offenbach, wenn was dran liegt."[2]   Es ist stets das zerfahrene
Leben eines Dilettanten, der sich keine Lebensaufgabe stellt, son=
dern sich bestens zu unterhalten sucht mit Malerei und Poesie,
Lectüre, Tändelei und Spiel, wie die Laune es eingab. Die
einzige Einheit, die es lose genug zusammenhielt und etwas
spannte, war ein neuer Liebesroman.

Das „Lotte, Lotte, Lotte und ohne Lotte nichts als Mangel,
Trauer und Tobt" hatte kaum ausgeklungen, als Göthe seine
neue Bekanntschaft machte, dießmal kein einfaches, schlichtes
Bürgermädchen, sondern eine reiche, vornehme, kokette Banquiers=
tochter, sechzehn Jahre alt. Der Vater, Banquier Schönemann,
war todt; die Mutter, eine geborne b'Orville, hielt großes Haus
in Frankfurt, und vereinigte — was damals in der Stadt noch
ungewöhnlich war — jeden Tag eine gewählte Gesellschaft in
ihrem Salon. Elisabeth oder Lili, wie sie genannt wurde, trotz
ihres Alters schon eine vollendete Putzbame, war die Königin
dieser Gesellschaft. Zahlreiche Bewerber freiten um ihre Hand,
während sie unter Spiel, Musik und geselliger Unterhaltung den
würdigsten zu erkennen suchte. Bei einer solchen Abendunter=
haltung lernte Göthe sie kennen und verliebte sich in sie. Auf
den Wunsch der Mutter wiederholte er seinen Besuch in freien

---

[1] Düntzer, Frauenbilder. S. 251.
[2] Wagner, Briefe an Merck. S. 55. 56.

Tagesstunden, an welchen es bei seinem Dilettantenleben nicht
fehlte. Bald wurde er ein gewöhnlicher Gast im Hause. Lili
hatte noch etwas von dem kindlichen Wesen ihres Alters, aber
dazu auch die „Vollkommenheiten" einer feinen Weltdame. So
sehr Göthe diese vereinigten Eigenschaften bei seinen Einzel-
besuchen anzogen, so schrecklich quälten sie ihn Abends in den
Soiréen, wo ihre Freundlichkeit gegen Jedermann seine pein-
lichste Eifersucht erregte. Er klagte ihr seinen Jammer in kleinen
Liedchen, von denen der Componist André in Offenbach das eine
oder andere componirte; Lili sang sie zum Clavier. Aber ihre
Koketterie gab die verschmitzte Salonskönigin darum nicht auf.
Sie wollte ihre Partie machen, ihre gute, gesicherte Partie, und
ließ darum den „armen Jungen" zappeln — Monate lang, ja
ungefähr ein Jahr. Göthe fühlte wohl vorübergehend das Unwürdige und Lächerliche seiner Lage und hat es selbst in einer
Anwandlung von Galgenhumor in einem Gedichte gezeichnet,
das „Lili's Park" überschrieben ist; er vergleicht sie darin mit
einer Menageriebesitzerin, die verschiedenen Freier mit ihren
Thieren, sich selbst mit dem Bären, den sie gezähmt: „Zu ihren
Füßen liegt das Thier," abwechselnd knurrt er gegen sie und
läßt sich dann wieder von ihr streicheln. Oft wandelt es ihn
auch an, sich loszureißen; aber er hat die Kraft nicht. Er war
schon allzusehr daran gewöhnt, in elender Liebelei die Quintessenz, Weihe, Seligkeit und Poesie des Lebens zu suchen. Ungefähr ein Jahr seufzte der Titane, der so stolz den Göttern
Opferspende und Gebetsweihrauch verweigerte, als Bär in Lili's
Menagerie. Die ganze Tonleiter sentimentaler Liebesempfindelei
ward — wie zuvor mit Friederike und Lotte — von vorne
durchgespielt, mit allen Variationen, welche die veränderten Umstände boten, mit aller Leidenschaftlichkeit, deren eine so lebhafte
Dichternatur, wie die seinige, fähig war. Es verlohnt nicht der
Mühe, bei den einzelnen Thorheiten dieses Romans ausführlicher
zu verweilen [1]; derselbe war von der allergewöhnlichsten Sorte

---

[1] Göthe selbst, Düntzer und Scherr haben ihn mit vieler An-

— Er und Sie, Liebe und Eifersucht, Aerger und Versöhnung,
Bälle und Concerte, Verlobung und Entzweiung, bis endlich
beide der Sache müde werden, s i e eine vernünftige Heirath ein-
geht, e r neue Liebeshistorien anfängt.

Noch während der Lili-Roman in seinen Anfängen war,
benützte Göthe die Begeisterung, welche „Werthers Leiden" bei
der gesammten Damenwelt, auch in den Klopstock'schen Kreisen
wachgerufen, um eine sentimentale Correspondenz mit der jungen
Gräfin Augusta zu Stolberg-Stolberg einzufädeln. Aus den im
überschwenglichsten Wertherstil gehaltenen, tagebuchartigen Briefen
allein [1], welche er im Laufe des Jahres 1775 von Zeit zu Zeit
an sie richtete — meist wenn der Lili-Roman auf Sandbänke
gerieth —, ist kaum zu ersehen, wie weit es ihm mit seinen
Galanterien gegen das ihm persönlich unbekannte Fräulein ernst
gemeint war. Neben dem Wunsch, auch in ihren Kreisen recht
bekannt, gelobt, besprochen und gefeiert zu werden, klingt darin
jedoch auch das Bestreben unverkennbar durch, eine persönliche
Annäherung anzubahnen und die Tochter einer so angesehenen
Familie, wenn möglich, in den Kreis seines Romanlebens hineinzuziehen. Während er sich bei Lili als einen „armen Jungen"
darstellte, der, durch „unschuldige" Eifersucht gefoltert, das tiefste
Mitleid verdiene, führte er sich der Gräfin Stolberg als einen
jungen Mann vor, der, unschuldig wie ein Kind, sich aus der
Qual einer unglücklichen Liebe zur edelsten Mannestugend empor-

dacht beschrieben, auch die Biographen verweilen liebevoll dabei, und
W. Wilmanns (Göthe-Jahrb. I. 164) gibt sogar die tröstliche Versicherung: „Wir haben nicht unglaubwürdige Mittheilungen, nach denen
Lili noch in späteren Jahren Göthe als den S ch ö p f e r (!) i h r e r
m o r a l i s ch e n E x i s t e n z verehrte." Wenn Göthe der jungen
Dame den Geschmack an den Werken des Frl. de Scudery, dieser
„boutique de verbiage", verleibete, so war das sicher gut. Aber
ein gesunder, natürlicher Geschmack ist noch keine moralische Existenz,
und der Werther war entschieden noch ungesunder als jene boutique
de verbiage.

[1] Göthe's Briefe an die Gräfin A. zu Stolberg. Leipzig 1839.

zuringen suche, der sich berufen fühle, mit den „Edelsten“ seiner Zeit zu leben, der, vom Schicksal verfolgt, nur durch sie aus dem Abgrund der Verzweiflung errettet werden könne. Dieß Flehen um Mitleid war nach beiden Seiten hin Komödie.

Er war es sich recht wohl bewußt, daß der Werther wie ein an alle Mädchen zugleich gerichteter Liebesbrief gewirkt hatte. Alle glaubten sich in Lotte mitgefeiert; alle hatten, wenn nicht eine weiß und blau gestreifte — doch eine Jacke. Alle hielten den Dichter für „unendlich“ trostbedürftig und wollten ihn trösten; alle hielten ihn für „unendlich“ liebenswürdig und wollten ihn lieben. Mit wenigstens einem halben Dutzend liebelte der „edle“, der „von unendlichen Gefühlen zermarterte“, der „verlassene“, der „am Rande der Verzweiflung schwebende“, der „kindlich un= schuldige“ Poetenjüngling, der sich gerne wohl zu den noch quasi modo geniti rechnete, theils schriftlich, theils mündlich herum, ließ sie mitpicken an dem „unendlichen“ Gänsefutter seiner „un= endlichen“ Leiden und Seligkeiten, studirte ihre „unendlichen“ Herzchen, Siebensächelchen und Jacken, und unterhielt sie mit seinen romanhaften Grillen, Einfällen und Gefühlen. All den Liebesdusel aber verarbeitete er dann mit großem Wohlbehagen zu Liebeslied= chen, Singspielchen und Dramoletten, und lebte — wie er selbst der Fräulein Henriette von Knebel gesteht — „wie immer in Strudeley und Unmäßigkeit des Vergnügens und Schmerzens“ [1].

„Was sind die Namen Freundin, Schwester, Geliebte, Braut, Gattin oder ein Wort, das einen Complex von all den Namen begriffe, gegen das unmittelbare Gefühl, zu dem —“ so decla= mirte er an Auguste von Stolberg, während er an Lili's goldenem Herzchen drehte. „Gustchen ist ein Engel,“ schrieb er an Auguste's Bruder, „hol's der Teufel, daß sie Reichsgräfin ist!“ — „Wenn ich Dir mein gegenwärtig Verhältniß zu mehreren recht lieben und edlen weiblichen Seelen sagen könnte!“ so meldet er ihr später. „Wenn ich Dir lebhaft — Nein, wenn ich's könnte, ich dürfte nicht, Du hieltest es nicht aus.“

[1] 3. May 1775. — Göthe=Jahrb. II. 238.

Den in „Mondschein" getauchten Liebesbriefen an Auguste von Stolberg, die nicht selten zu ganzen Tagebüchern anwachsen, geht eine mehr abgerissene, aphoristische Correspondenz an „Tante Fahlmer" zur Seite. Sie ist mehr die literarische Vertraute, muß alles Neue lesen und begutachten, muß die nicht ganz bombenfeste Freundschaft mit den Jacobi's aufrecht erhalten, helfen rathen, orientiren. Auch ihr wird übrigens die ganze Lili Geschichte mit vielen Gedankenstrichen ausgekramt, um gelegentlich praktisch aushelfen zu können.

Eine kurze Unterbrechung erlitt der Lili-Roman, als im Mai 1775 die beiden Grafen Friedrich Leopold und Christian zu Stolberg mit dem Freihern Kurt von Haugwitz im Göthe'schen Hause erschienen und den Dichter einluden, mit ihnen in die Schweiz zu reisen. Den Plan zu einer Schweizerreise hatte er selbst schon lange gehegt, die Eltern waren einverstanden; so ermannte er sich, aus Lili's Menagerie auszubrechen. Die beiden jungen Dichter des Hainbundes genossen die Reise, wie nur eine kräftige muntere Jugend das Reisen genießen kann[1]. Göthe trug den Namen seiner Lili-Liebe überallhin mit, zupfte bei seiner Schwester in Emmendingen unter vielen Fraubasereien daran herum, konnte sich auch in der Schweiz nicht davon losmachen. Den Zürichsee zu seinen Füßen, klimperte er die merkwürdiger Weise noch immer bewunderten Verse:

> „Wenn ich, liebe Lili, dich nicht liebte,
> Welche Wonne gäb' mir dieser Blick!
> Und doch, wenn ich, Lili, dich nicht liebte,
> Wär', was wär' mein Glück?"

Beim Anblick des Kirchenschatzes von Maria-Einsiedeln fiel ihm nichts Gescheidteres ein, als der Wunsch, eine für das Gnadenbild der Mutter Gottes bestimmte Krone seiner Lili aufzusetzen. Ein paar Tagreisen weiter, in Altdorf, fiel ihm plötzlich Frau Lotte Kestner, geborene Buff, ein, und er schrieb ein

---

[1] Janssen, Stolberg. I. 31—59.

Briefchen — das letzte — an sie, in welchem nicht viel steht, als daß Tell hier seinem Knaben den Apfel vom Kopf schoß und daß sie ihn (Göthe) doch noch ein bischen lieb haben möge[1]. Er hatte sich am Zürichsee von den Grafen Stolberg getrennt, und mit seinem Landsmann Passavant, der nach Italien wollte, der innern Schweiz und dem Gotthard zugewandt. Italien war längst das Land seiner Sehnsucht gewesen. Passavant lud ihn dringend ein, mit dahin zu ziehen, Geld bis Mailand hatten sie, Credit für die Weiterreise war leicht zu finden. Da mitten oben in der Herrlichkeit des Alpengebirgs, Italien vor sich, zog er an einem „golbenen Herzchen", das ihm Lili einst um den Hals gehängt, und — kehrte um[2].

Ueber Fluelen, Küßnacht, Zug und Horgen traf er gegen Ende Juni wieder in Zürich ein, verlebte dort noch einige Tage mit den Grafen Stolberg bei Lavater und kehrte dann über Konstanz, Lindau, Ulm, Stuttgart und Straßburg nach Frankfurt zurück. In Straßburg traf er mit dem Arzte Zimmermann zusammen, der Silhouetten für das große physiognomische Werk Lavaters sammelte und colportirte. Unter den hundert Silhouetten, welche ihm Zimmermann vorlegte, befand sich auch die einer Weimarer Hofdame, Charlotte von Stein, für Göthe der nächste Anlaß zu einem neuen Liebesroman, ehe noch der laufende völlig ausgespielt war. Als nämlich Göthe nach Frankfurt zurückgekommen war, schien sich das Verhältniß zu Lili wieder nahezu zu einer Heirath anzulassen. Die Verwandtschaft war zwar beiderseits dagegen, Lili jedoch erklärte sich bereit, nöthigenfalls mit ihm nach Amerika auszuwandern. In Offenbach, wo Lili bei ihrem Onkel, dem reichen Fabrikanten d'Orville, wohnte, lebten sie während des August in größter Familiarität, amüsirten sich gemeinschaftlich bei dem Componisten André an dessen musikalischen Productionen, ritten miteinander aus, Göthe schrieb sogar in ihrem Zimmer Quasi-Liebesbriefe an Andere. Auch die alte

---

[1] A. Kestner. S. 241.
[2] Göthe's Werke (Hempel). XXIII. 77.

Noth ging indeß wieder an, als Lili bald wieder — und Göthe ihr nach — in die Stadt zog.

„Ich bin wieder garstig gestrandet," schrieb er Ende August an seinen Freund Merck, „und möchte mir tausend Ohrfeigen geben, daß ich nicht zum Teufel ging, da ich flott war. Ich passe wieder auf neue Gelegenheit abzudrücken: nur möcht ich wissen, ob du mir im Fall mit einigem Geld beistehen wolltest, nur zum ersten Stoß. — Allenfalls magst du meinem Vater beim künftigen Congreß klärlich beweisen, daß er mich auf's Frühjahr nach Italien schicken müsse; das heißt zu Ende dieses Jahres muß ich fort. Daur' es kaum bis dahin, auf diesem Bassin herumzugondoliren, und auf die Frösch- und Spinnenjagd mit großer Feierlichkeit auszuziehen."

Als am 10. September sein Freund, der reformirte Prediger Ewald, in Offenbach Hochzeit hielt, lieferte er ein begeistertes Hochzeitslied, war mit Lili auf der Hochzeit, sah Mond und Welt „durch die glühendsten Thränen" der Liebe. Er bekam Lust, auch Hochzeit zu halten.

„Liebste Tante," schrieb er des folgenden Tags an Johanna Fahlmer, „ich komme von Offenbach! — kann Ihnen weder Blick noch Zug geben von der Wirthschaft. Mein Herz immer wie ein Strumpf, das äußerste zu innerst, das innere zu äußerst gekehrt. Bitte! Bitte! — Sehen Sie sich in der Messe um, nach was — für Lili!!!! Galantrie, Bijoutrie, das neueste, eleganteste! — Sie fühlens allein und meine Liebe dazu! Aber heilig unter uns, der Mama nichts davon. Den Gerocks nichts. Ich bitte. Und schreiben Sie Was es kostet!!!!"

Aller Aufwand, den er um Lili's willen im Stillen machte, scheiterte indeß an dem Widerstand, den Lili's Familie, besonders die Mutter derselben, gegen eine eheliche Verbindung mit Göthe erhob, der nach ihrer Ansicht nicht der geeignete Mann war, das dauernde Glück der Tochter zu begründen. Acht Tage nach Ewalds Hochzeit lautet sein Tagebuch-Bericht an Auguste von Stolberg:

„Offenbach. Sonntags, den 17. Nachts zehen. — Ist der

Tag leiblich und stumpf herumgegangen, da ich aufstand war mirs gut, ich machte eine Scene an meinem Faust. Vergängelte ein paar Stunden. Verliebelte ein paar mit einem Mädgen......., das ein seltsames Geschöpf ist. Aß in einer Gesellschaft ein Duzzend guter Jungens, so grad wie sie Gott erschaffen hat. Fuhr auf dem Wasser selbst auf und nieder, ich hab die Grille selbst fahren zu lernen. Spielte ein paar Stunden Pharao und verträumte ein paar mit guten Menschen. ..... Mir war's in alledem wie einer Ratte, die Gift gefressen hat, sie läuft in alle Löcher, schlürpft alle Feuchtigkeit, verschlingt alles Eßbare, das ihr in Weg kommt und ihr innerstes glüht von unauslöschlich verderblichem Feuer."

Montag, den 18., nach dieser ächt modernen Sonntagsfeier und ihren Rattenqualen, seufzt er auf:

„Wird mein Herz endlich einmal in ergreifenden wahren Genuß und Leiden, die Seeligkeit die Menschen gegönnt ward, empfinden, und nicht immer auf den Wogen der Einbildungskrafft und überspannten Sinnlichkeit Himmel auf und Höllen ab getrieben werden."

Nachdem er diesen schönen Wunsch auf's Papier gebracht, ging er aber wieder in die Stadt und lief, statt zu arbeiten, Lili nach, traf sie nach Tisch, dann in der Komödie — redete nicht mit ihr, hatte auch nichts mit ihr zu reden, schwärmte herum bis Nachts halb zwölf und warf noch ein paar Zeilen auf's Papier. Am Dienstag Morgen suchte er sich wieder zu fassen: „Ich lasse mich treiben und halte nur das Steuer, daß ich nicht strande. Doch bin ich gestrandet, ich kann von dem Mädgen (Lili) nicht ab — heut früh regt sich's wieder zu ihrem Vortheil in meinem Herzen." Obwohl Lili nicht auf den Ball kommt, beschließt er einem andern „Geschöpfe zu lieb" in leichtem Domino auf den Ball zu gehen, wenn er noch einen kriege, läuft zwischen kleinen Geschäften und Müßigang nach „Dominos und Lappenwaare", besucht die Komödie, macht Abends acht Toilette zum Ball, bleibt da bis des andern Morgens sechs, tanzt aber bloß zwei Menuets, um einem Mädgen Gesellschaft zu halten, das einen Husten hatte. Dann schlief er bis Mittags ein Uhr, zog sich an, machte dem Prinzen von Meiningen seine Aufwartung, ging in die Komödie und sagte Lili „sieben Worte" — dann war der Roman aus, obwohl er dann und wann später noch in sentimentaler Weise daran wiederkäute. Woran das unerquickliche Verhältniß schließlich scheiterte, ist nicht ermittelt.

Göthe machte sich weiß, er habe durch die „große schwere Lecktion" sehr gewonnen.

„Und doch," schreibt er, „wenn ich wieder so fühle, daß mitten in all dem Nichts sich doch wieder so viele Häute von meinem Herzen lösen, so die convulsiven Spannungen meiner kleinen närrischen Composition nachlassen, mein Blick heitrer über Welt, mein Umgang mit den Menschen sicherer, fester, weiter wird, und doch mein innerstes immer ewig allein der heiligen Liebe gewiedmet bleibt, die nach und nach das Fremde durch den Geist der reinheit (!!!), der sie selbst ist, ausstößt und so endlich lauter werden wird wie gesponnen Gold."

Täuschung! Noch ein paar Athemzüge zuvor kam er sich als ein „Armer verirrter verlohrener —" vor; und wenn man sein ganzes Treiben überschaut, kann man dieses Urtheil wohl nur unterschreiben. Seine Rabotage über innere Läuterung aber erinnert unwillkürlich an seine eigenen Worte im Werther:

„Ich gestehe dir gern, daß diejenigen die Glücklichsten sind, die gleich den Kindern in den Tag hineinleben, ihre Puppen herumschleppen, aus- und anziehen, und mit großem Respect um die Schublade umher schleichen, wo Mama das Zuckerbrod hineingeschlossen hat, und wenn sie das Gewünschte endlich erhaschen, es mit vollen Backen verzehren, und rufen: Mehr! — Das sind glückliche Geschöpfe. Auch denen ist's wohl, die ihren Lumpenbeschäftigungen oder wohl gar ihren Leidenschaften prächtige Titel geben, und sie dem Menschengeschlechte als Riesenoperationen zu dessen Heil und Wohlfahrt anschreiben."

12. Titanenpoesie und Prosa.

1774—1775.

> „Was ich treibe, ist . . . . . werth, geschweige
> einen Federstrich.“
>
> Göthe an die Gebrüder Stolberg. Oct. 1775.
>
> „Ich bin bis zehn Uhr im Bette liegen blieben,
> um einen Catharr auszubrüten, mehr aber um die
> Empfindung häuslicher Innigkeit wieder in mir zu
> beleben, die das gottlose Geschwärme der Tage her
> ganz zersplittert hatte.“
>
> Göthe an Lavater. 1775.

Shakespeare hatte Göthe auf den richtigen Weg geführt, um
das für Deutschland zu werden, was Shakespeare für England
war, ein großer, wahrhaft nationaler Dichter. Aber der wilde
Sturmlauf gegen alle Kunstregeln zerstörte sogar die freiere
Form, durch welche Götz ein abgerundetes Drama hätte werden
mögen. Die Gewalt der modernen Aufklärung lenkte den Dich=
ter von den lebendigen Springquellen, der poetischen Vergangen=
heit zurück in die Sandwüste prosaischer Gegenwart, und die
schalen, sentimentalen Liebeshändel, in welchen er nun die Poesie
suchte, kränkelten nicht nur seinen „Götz“ an, sie machten ihn
im „Werther“ zum Patriarchen aller Liebes= und Weltschmerz=
poesie und verdarben alle größeren Pläne, mit welchen er sich
trug, soweit dieselben nicht schon von dem herrschenden Zeitgeist
dictirt oder verdorben waren. Er wagte es nicht, über die
Schwelle des Reformationszeitalters zurückzugreifen in das groß=
artige Gebiet deutscher Geschichte. Wo nun die Helden suchen?

In Athen. Da hatte der große Schutzheilige aller uneigen=
nützigen Philosophen und Biedermänner, der Menschenfreund
Sokrates, den Giftbecher getrunken; doch der Mann war in der

hausbackenen Ausgabe Mendelssohns für Göthe zu prosaisch —
er blieb im Tintenfaß stecken.

Also nach Mekka und Medina! Denn auch Mahomet war einer
der Lieblinge der Zeit, nicht als Patron oder Vorbild, aber doch als
Typus der landläufigen Anschauungen, welche die Lehrer des Deis=
mus über den Ursprung der positiven Religionen in Schwang
gebracht hatten. Das Christenthum wagte man noch nicht als
tragischen Volksbetrug auf die Bühne zu bringen; an dem Pro=
pheten von Mekka aber ließ sich der ganze Humbug des christ=
lichen Kirchen= und Priesterthums, wie die Aufgeklärten ihn sich
vorstellten, sehr dramatisch entwickeln — die Läuterung des poly=
theistischen Gottesbegriffs zu einer reineren, monotheistischen Auf=
fassung, die sofortige Beimischung positiver Religionsformen, welche
die geläuterte Naturreligion wieder verderben, der damit gegebene
Religionszwang, die Religionsverfolgung — und die Religions=
tyrannei mit den tragischen Conflicten, welche sie für den Frei=
und Edeldenkenden herbeiführt. So hatte Voltaire den Mahomet
auf die Bühne gebracht. Jedermann wußte, wen der ehrgeizige,
heuchlerische Tyrann eigentlich vorstellen sollte, der, Glück und
Gewissen der Einzelnen mit Füßen tretend, nach der Weltherr=
schaft ringt [1].

„Die Welt gehört Tyrannen. Lebe du!" ruft die sterbende
Palmyra. „Ecrasez l'infame!" ist das Echo, welches das wohl=
berechnete Tendenzstück nothwendig im Leser oder Hörer hervor=
ruft. Das Christenthum verdiente wirklich den Haß der ganzen
Menschheit, wenn es das wäre, als was es Voltaire in seinem
Mahomet hinstellt. Es ist bezeichnend, daß der „deutsche" Göthe,
noch während er am Götz arbeitete, sich an Voltaire's Mahomet
zu einer Tragödie über denselben Gegenstand inspirirte. Allein
Göthe hatte nicht den infernalen Gotteshaß der französischen

---

[1] Voltaire hatte ihn bereits dramatisch gefeiert. „Votre Majesté,"
schrieb Voltaire an Friedrich II., „sait quel esprit m'animait en
composant cet ouvrage: l'amour du genre humain et l'horreur
du fanatisme."

Apostaten; er hatte nur die flaue Abneigung eines abgestandenen
Protestanten gegen alles positive Dogma und alle religiöse Auto=
rität. In dem Plane, welchen er in Dichtung und Wahrheit
mittheilt, wird der Charakter Mahomets bedeutend gemildert,
indem er seinen welthistorischen Religionsbetrug auf frommen
Selbstbetrug und diesen selbst auf ein an sich edles, schönes
Streben zurückführt. Aufschauend zur nächtlichen Pracht des ge=
stirnten Himmels, betet Mahomet, der Beduinenhäuptling, erst
alle Sterne als Götter an, dann ausschließlich den Jupiter (Gad)
als den schönsten, dann den Mond, dann die aufgehende Sonne,
endlich Gott den Einzigen, Ewigen, Unsichtbaren, der Sonne
und Mond und Sterne gemacht hat. Friedlich gewinnt er seine
Frau und Ali für den neuen (monotheistischen) Glauben; indem
er ihn jedoch weiter über sein Volk zu verbreiten sucht, wird sein
lauteres Bestreben von Leidenschaft, Haß, irdischer Eitelkeit und
Herrschsucht verdüstert. Der religiöse Eroberungskampf führt den
Propheten in alle Wirrsale irdischer Politik; er stirbt, vergiftet,
als Opfer der eigenen Grausamkeit, nachdem er noch Zeit gehabt,
seine Lehre und sein Reich zur ursprünglichen Reinheit zurück=
zuführen. Eine schon weit poetischere Auffassung als diejenige
Voltaire's! Ganz abweichend von diesem suchte Göthe den
Mahomet im Naturleben morgenländischer Beduinenstämme auf,
rang nach concreter, historischer Gestaltung, übersetzte Stellen
aus dem lateinischen Koran des Maracci, warf einige Strophen
zu Papier, die in einfacher Erhabenheit und Wahrheit mehr den
Geist der Bibel als den des Koran athmen. Aber nachdem der
betende Mahomet zu einem aufrichtigen Gottesverehrer, zu einem
edeln, monotheistischen Propheten geworden, stimmte die von
Voltaire herübergenommene Verwicklung nicht mehr; an ihrem
innern Widerspruch versiegte die gestaltende Kraft und die nach
dem Schönen ringende Begeisterung. Außer ein paar Frag=
menten, welche ahnen lassen, welchen Zauber der Poesie Göthe
aus einer ernsten und tiefen Würdigung der religiösen Wahr=
heit hätte schöpfen können, kam nichts zu Stande.

Auch ein anderes Steckenpferd Voltaire's versuchte der reich=

begabte Dichter statt des Pegasus zu reiten. Cäsar und Brutus! Doch altrömisches Metall lag bei aller Vielseitigkeit nicht in seinem unter Frauen gebildeten weichen, mehr hellenischen Geiste. Es besser zu machen als Shakespeare, war schwer. Nach einigen poetischen Träumen verzog sich das rächende Schattenbild von Philippi vor Lottens Silhouette. Von Cäsar liegt nicht einmal ein bedeutendes Fragment vor.

Eines zeigen aber diese Pläne und Versuche: der junge Dichter wollte das größte und gewaltigste auf Erden und im Himmel für seine Dramen erobern. Als die irdischen Themata mißlangen, zog er in den Himmel — nicht in den christlichen: der war ihm durch Klopstock und die Seraphischen verdrießlich geworden, sondern Voltaire nach in den griechischen Olymp, um die Titanen herabzuholen.

Prometheus — eine der erhabensten Sagen des classischen Alterthums, Keime der ältesten menschlichen Ueberlieferungen in sich bergend, ein großartiger Ausdruck für die unausfüllbare Kluft zwischen Geschöpf und Schöpfer, für die Vermessenheit menschlicher Rebellion wider die Gottheit, für das Walten ewiger Gerechtigkeit, für die Möglichkeit und Ahnung einer stellvertretenden Sühne. Hesiod hatte die Mythe in gewaltigen Zügen ausgeführt, Aeschylos sie zum majestätischen furchtbaren Drama gestaltet. Von der christlichen Offenbarung beleuchtet, bot sie dem Dichter Grundlinien der ergreifendsten tiefsten Tragik, Stoff zu einem neuen Weltgedicht. Doch Voltaire hatte den grandiosen Stoff schon für das 18., für sein Jahrhundert zubereitet, die ewige Gerechtigkeit und die unantastbare Majestät der Gottheit hinweggeräumt, Zeus zum eifersüchtigen Liebhaber und Tyrannen, Prometheus zum mißhandelten Künstler, Pandora zur göttlichen Ballettänzerin gemacht, und den ganzen Götter- und Titanenkampf karnevalistisch im palais d'amour beschlossen. Da spotten die Beiden aller göttlichen Strafgerichte und singen vergnügt zusammen:

> „Le ciel en vain sur nous rassemble
> Les maux, la crainte et l'horreur de mourir.

> Nous souffrirons ensemble
> Et ce n'est point souffrir."

Das stimmte zwar zu Göthe's Religion; aber für die Dich=
tung war es ihm doch etwas zu sehr à la mode. Umsomehr
sagte ihm das andere Element zu, das Voltaire als Handlanger
des Zeitgeistes in der antiken Sage hervorgekehrt, — der
Stolz, die Selbstgenügsamkeit, der Gotteshaß, die Rebellion der
Titanen:

> „O Jupiter! o fureurs inhumaines!
> Éternel persécuteur
> De l'infortuné créateur,
> Tu sentiras toutes mes peines.
> Je braverai ton pouvoir:
> Ta foudre épouvantable
> Sera moins redoutable
> Que mon amour au désespoir."

Dieses Rodomontiren des künstlerischen Genius war all den
Helden der Genieperiode sympathisch. Jede göttliche und mensch=
liche Autorität forderten sie zum Kampfe heraus. Sie waren
Genies, Niemanden zur Rechenschaft verpflichtet, die Herolde der
Natur, die durch sie nach langem Zwange wieder zum Rechte
kommen sollte. Dieser Ton klang voll im Herzen Göthe's wieder.
Den Reim und alle Schwächen des französischen Declamators
von sich werfend, sang er ihn voll und mächtig wieder, in kräf=
tigem, an antikem Muster gebildetem Deutsch, in der gewaltig=
sten Sprache, die er bis jetzt gesprochen. Voltaire's grinsendes
entêtement wird bei Göthe gigantischer Trotz; Voltaire ist ein
rebellischer Tanzmeister, Göthe ein leibhaftiger Titane. Aber der
Geist, in dem die wenigen glühenden Scenen hingeworfen, ist
im Wesen derselbe; es sind nur Variationen über dasselbe Thema
— der Absagebrief des Genius an Gott, wie er erschütternd sich
in den letzten Versen zusammenfaßt:

> „Hier sitz' ich, forme Menschen
> Nach meinem Bilde,

> Ein Geschlecht, das mir gleich sei,
> Zu leiden, zu weinen!
> Zu genießen und zu freuen sich,
> Und dein nicht zu achten,
> Wie ich!"

Minerva sollte nun eine Vermittlung einleiten; aber Minerva kam nicht. Nachdem Göthe seinem Titanengrimm Luft gemacht, war die poetische Begeisterung fort; für das ewige göttliche Recht, für die Gottheit fühlte er keine. Das Stück blieb Torso.

Aus dem Chor der himmelstürmenden Titanen stieg Göthe wieder auf die Erde nieder und stieß auf der Suche nach poetischen Stoffen auf den Ewigen Juden. Abermals ein tüchtiger Sagenstoff mit bedeutsamem religiösem Hintergrunde. Er wurzelte in alter, volksthümlicher Legende, er bot der schöpferischen Phantasie freien Spielraum, sei es zu einem epischen, sei es zu einem dramatischen Gedicht; es eröffnete sich von selbst der Ausblick in die gewaltigsten Fragen, welche von jeher die Menschen bewegten. Doch Göthe fehlte vollkommen jener tiefe christliche Glaube, welcher der merkwürdigen Legende zu Grunde lag. Der Christus, dessen Werk er am Faden derselben zu schildern gedachte, war nicht der Gottessohn, den Propheten und Evangelisten bezeugen, sondern der menschenfreundlich-revolutionäre Menschensohn, den sich die Deisten des 18. Jahrhunderts zurechtgedichtet. Er versuchte zwar (nach dem in Dichtung und Wahrheit mitgetheilten Plan) sich in die christliche Auffassung hineinzudenken, und Christus in Ahasver eine zwar derb volksthümliche, aber nicht die Passionsgeschichte in's Lächerliche ziehende Persönlichkeit gegenüberzustellen, eine Personification des rein natürlichen, sinnlichen Geistes, der nichts von dem großen Werke Gottes versteht, Christus von seinem apostolischen Leben abmahnt, in seinen Leiden nur eine verdiente Strafe für sein revolutionäres Gebahren sieht und ihn auf dem Weg zur Schädelstätte darum mit Vorwürfen überhäuft.

„Christus antwortet ihm nicht, aber im Augenblicke bedeckt die liebende Veronica des Heilands Gesicht mit dem Tuche, und

da sie es wegnimmt und in die Höhe hält, erblickt Ahasverus
darauf das Antlitz des Herrn, aber keineswegs des in Gegenwart
leidenden, sondern eines herrlich Verklärten und himmlisches
Leben Ausstrahlenden. Geblendet von dieser Erscheinung wendet
er die Augen weg und vernimmt die Worte: ‚Du wandelst auf
Erden, bis du mich in dieser Gestalt wieder erblickst.‘ Der Be=
troffene kommt erst einige Zeit hernach zu sich selbst zurück,
findet, da Alles zum Gerichtsplatz sich gedrängt hat, die Straßen
Jerusalems öde; Unruhe und Sehnsucht treiben ihn fort und er
beginnt seine Wanderung.“

Ein herrlicher Zug, welcher andeutet, welche Fülle von Poesie
der Geist Göthe's dem Stoffe hätte abgewinnen können, wenn
er wirklich an die Gottheit des Gekreuzigten geglaubt hätte. Als
er jedoch an die Ausführung schritt, kam weiter nichts als eine
Reihe burschikoser Knittelverse zu Stande, die an Zotenhaftigkeit
seine ungewaschensten Farcen noch hinter sich zurücklassen. Als
Probe nur der Anfang jener Scene, in welcher Gott Vater den
ewigen Sohn herbeiruft, um ihn ein zweites Mal auf die Erde
zu senden:

> „Der Vater saß auf seinem Thron,
> Da rief er seinen lieben Sohn,
> Mußt' zwei= bis dreimal schreien.
> Da kam der Sohn ganz überquer
> Gestolpert über Sterne her
> Und fragt, was zu befehlen?“

Zu solcher Kneippoesie stieg das größte Genie der Genie=
periode herunter, als er versuchte, die merkwürdige, tiefsinnige
mittelalterliche Legende im wilden Phantasierausch einer schlaf=
losen Nacht — wie er Jahrzehnte später sagte — „episch zu be=
handeln“. Im Eingang des Gedichtes selbst dagegen gesteht er:

> „Um Mitternacht wohl fang' ich an,
> Spring aus dem Bette wie ein Toller;
> Nie war mein Busen seelenvoller,
> Zu singen den gereisten Mann.“

Zum Glück für seinen Namen hielt der tolle Phantasierausch nicht an. Das elende Gemächte ist, wie der ursprüngliche Plan, ein bloßes Bruchstück geblieben.

So scheiterten die reichsten, gestaltungsfähigsten Stoffe an der religiösen Zerfahrenheit und der sittlichen Grundsatzlosigkeit des sonst so begabten Dichters. Immer und immer wieder leitete ihn sein poetischer Genius auf Religion und Christenthum als die unerschöpflichen Quellen wahrer Poesie; immer und immer wieder rissen ihn der schale Zeitgeist und seine eigene Irreligiosität davon zurück und zerstörten seine Pläne, so daß nichts Ganzes herauskam — nur Träume und Bruchstücke. Diesem Loose entging auch nicht der einzige Stoff, den er unter den Projecten dieser aufgeregten Zeit festhielt — der „Faust".

Gleich der Prometheussage reichte auch die Faustsage in die tiefsten Tiefen des menschlichen Geisteslebens hinein; sie war, obwohl in den Volksbüchern und im Puppentheater drollig, fast= nachtsmäßig aufgeputzt, doch in ihrem Kerne ein Zeuge für den religiösen Ernst des deutschen Volkes. Sie zeichnete denselben titanischen Menschenstolz, den die griechische Sage im Prometheus verkörpert hatte, nur von einer andern Seite — nicht als den Stolz des schöpferischen, erfindenden Menschengeistes, sondern als jenen Wissensstolz der Menschheit, der Natur und die Gottheit durchschauen, durch Wissen Gott gleich sein will. Das war die große Versuchung, die schon im Paradies an den Menschen heran= getreten: Eritis sicut dii, scientes bonum et malum. Sie wiederholte sich in der Geschichte aller Apostasieen und Häresieen. Der gesunde christlich=deutsche Volksgeist erkannte sie schnell, als im Zeitalter der Renaissance und der Reformation jener dämo= nische Trieb, mehr zu wissen als Gott dem Menschen bestimmt hat, in häretischem Treiben, revolutionären Philosophieen, magi= schen Künsten, Unglauben und Aberglauben unheimlich zu Tage trat. Anschließend an frühere Legenden, verkörperte er das gegen Gott rebellirende Genie in Doctor Faustus, der, von allem menschlichen Wissen unbefriedigt, sich dem Teufel verschreibt, durch magische Kunst zu allen Genüssen des Lebens gelangt und

enblich nach dem Saus und Braus der tollen Weltfahrt von
dem Teufel geholt wird.

Göthe kannte die Sage schon von früher Jugend her aus
den Volksbüchern, sie verschmolz mit seinen gemüthlichsten Jugend=
erinnerungen. In Straßburg, in Wetzlar beschäftigte er sich
wieder damit, suchte sie dramatisch zu gestalten, besprach sich mit
seinen Freunden darüber. Den ersten Monolog des Faust im
Puppentheater hatte er selbst durchlebt, der Schulweisheit aller
vier Facultäten aufgekündigt. Wie Faust hatte er sich dem Aber=
glauben, der Magie und Alchymie zugewandt, mit dem Wind=
öfelein der Klettenberg den succum silicis bereitet. Wie Faust
fühlte er seinen stolzen Wissensdrang von nichts befriedigt,
dichtete, sprach, träumte beständig von der „Natur“, wollte ihr
Geheimniß ergründen, war „mit aller Wollust und aller Pein
des Titanismus tief vertraut“[1]. Das Selbsterlebte gestaltete
sich in seiner Phantasie ohne Mühe zu ein paar Scenen voll
lebendiger Kraft und hoher Formschönheit. Den verschwommenen
Pantheismus, mit dem er sich bis jetzt das Räthsel der Natur
beantwortet hatte, verkörperte er in dem phantastischen Erdgeist,
den der wissensdurstige Faust zuerst beschwört:

> „In Lebensfluthen, im Thatensturm
> Wall' ich auf und ab,
> Webe hin und her!
> Geburt und Grab,
> Ein ewiges Meer,
> Ein wechselnd Weben,
> Ein glühend Leben,
> So schaff' ich am sausenden Webstuhl der Zeit
> Und wirke der Gottheit lebendiges Kleid.“

Ironisch setzte er diesem, ihm allerdings selbst noch unge=
nügenden Resultat seiner Geisterbeschwörung die pedantische

---

[1] Erich Schmidt, Zur Vorgeschichte des Göthe'schen Faust.
Göthe-Jahrb. II. 80.

Beschränktheit des landläufigen Schulwissens entgegen, das sich in dem Bekenntniß Wagners abschließt:

„Zwar weiß ich viel, doch möcht' ich Alles wissen."

Doch hier stockte das erste Fragment. Faust kam nicht zum Pact mit dem Teufel. Was ist auch ein pantheistischer Teufel? Was ist die ganze Faustsage im pantheistischen Sinne gedacht? Wenn Gott in der Natur aufgeht, wo ist dann ein Platz für die Hölle? Und wenn es keine Hölle gibt, was ist dann der Teufel? und welchen Sinn hat es dann, wenn Faust sich ihm für die Ewigkeit verschreibt, um hienieden im höchsten Genuß zu schwelgen?

Ohne sich selbst mit diesen Fragen abzufinden, nahm Göthe in einem zweiten Fragment den Mephistopheles der Volkssage in seine Dichtung hinüber, hielt in seiner Person über die Schulgelehrsamkeit seiner Zeit satirisches Gericht und leitete durch ihn — ohne diabolisches Pact — das dritte und bedeutendste der Fragmente ein: die sogen. Gretchentragödie[1]. Anstatt Faust durch Hingebung an dämonische Macht zum Genuß aller Schätze und Herrlichkeiten der Welt gelangen zu lassen, theilt er ihm bloß die Rolle eines genußsüchtigen Verführers zu, welcher, des unbefriedigten Strebens und Ringens nach Wahrheit überdrüssig, seine Befriedigung in tollem, wildem Lebensgenusse sucht. Mephistopheles steht ihm dabei als willkommener Begleiter und Helfer

---

[1] Wir reden hier nicht von dem ganzen Faust, wie er jetzt vorliegt, sondern von den Fragmenten, die bis 1775 zu Stande kamen. Diese enthalten I. Fausts ersten Monolog. Die Scene mit dem Erdgeist. Das Gespräch mit dem Famulus. II. Das Ende der zweiten Unterredung Fausts mit Mephistopheles von der Stelle an „Und was der ganzen Menschheit zugetheilt ist ꝛc.", den Monolog des Mephistopheles „Verachte nur ꝛc.", das Gespräch mit dem Schüler, die Vorbereitung zur Weltfahrt. III. Die Gretchentragödie bis zur Scene im Dom inclusive (mit Ausschluß der Valentinsscene). Vgl. W. Scherer, Aus Göthe's Frühzeit. S. 94 ff. Kuno Fischer, Göthe's Faust. Deutsche Rundschau 1877. Bd. XIII. 92.

zur Seite, fühlt aber selbst, daß seine Mitwirkung eigentlich überflüssig ist:

> „Und hätt' er sich auch nicht dem Teufel übergeben,
> Er müßte doch zu Grunde geh'n!"

Sobald Göthe aus dem philosophischen, dunkeln Hintergrunde der Sage heraus zu der concreten, höchst einfachen Liebesgeschichte gelangt war, sprudelte die Ader wieder. Das Bild der Verführung — von dem ersten lockenden Wort bis zu dem ergreifenden Moment, wo die Verführte bei den gewaltigen Klängen des Dies irae verzweifelnd unter dem Schuldbewußtsein ihres Doppelmords zusammenbricht — diese ganze Tragödie der Sünde ist mit einer psychologischen Wahrheit und Meisterschaft, einem Reichthum zugleich der poetischen Darstellung und einer classischen Einfachheit ausgeführt, wie sie bis dahin wohl noch kein Dichter gestaltet hatte. Sie ist, wenn auch ihres Inhalts wegen keine Lectüre für Jedermann, der Form nach eine der vollendetsten Leistungen Göthe's, ein poetisches Meisterwerk. Und doch — trotz der gewaltigen Schöpferkraft, die sie verräth — blieb auch dieser Theil des Faust ein Fragment, sei es, daß seine verschwommene Weltanschauung ihn hinderte, die Sage poetisch weiterzugestalten, oder daß die Zerfahrenheit und Zerstreuung seines äußern Lebens ihm die nöthige Sammlung des Geistes entzog und seine Kraft in kleinlicher Liebeständelei erschlaffte. Noch wahrscheinlicher ist, daß alle drei Ursachen sich vereinigten, um den Fortschritt der Dichtung zu hemmen. Daß es bloß vorübergehend an günstiger Stimmung fehlte, ist kaum anzunehmen, da er selbst später diese Zeit als die günstigste, productivste seines ganzen Lebens bezeichnet hat: „Als Bestätigung meiner Selbständigkeit fand ich mein productives Talent, es verließ mich seit einigen Jahren keinen Augenblick, in jeder Zeit konnte man von mir fordern, was man wollte, ich war stets bereit und fertig." Dieser Fülle von jugendlicher Kraft und Frische unerachtet, gelangte der Faust nicht zum Abschluß; er blieb liegen, im Ganzen zwanzig Jahre lang, zwei Scenen ab-

gerechnet, welche in Italien hinzutraten, die „Hexenküche" und
die Scene in „Wald und Höhle". Vielleicht wären die Bruchstücke Bruchstücke geblieben, wenn Schiller den Dichter nicht dazu
angeregt hätte, sie künstlich zu verbinden und zum poetischen
Ganzen zu gestalten. Der Titanengeist brachte auch einen so
gewaltigen Stoff wie den Faust nicht über einige Fragmente
hinaus, allerdings großartige Fragmente, welche ahnen lassen,
was aus dem gigantischen Sagenstoff hätte werden können, wenn
Göthe seine Kraft zusammengehalten und die Faustsage mit der
ganzen Poesiefülle seiner jungen Jahre in jenem ächt deutschen
und christlichen Sinne weitergestaltet hätte, aus dem sie hervorging.

Die kleineren Arbeiten, an welche er seine Kraft verschwendete, bieten wenig Ersatz. Die Knittelverse, welche er an einem
heitern Abend in Peter Reyniers Stammbuch schrieb, würden
einen Dichter ersten Ranges nicht verrathen, fast ebenso wenig
die Liebeslieder [1], die er Lili-Belinde widmete, und die Singspiele: „Erwin und Elmire" [2] und „Claudine von Villa Bella",
die er unter dem Einfluß dieser Muse niederschrieb. So anmuthig auch die singbaren Verslein klingen mögen, sie gehen
nirgends über den Gesichtskreis einer jungen Putzdame hinaus
und gipfeln in dem ächten Ballet-Tutti:

> „Laßt uns eilen, eilen, eilen,
> Uns auf ewig zu verbinden!
> Dieser Erde Glück zu finden,
> Müsset ihr zu Paaren sein!"

Mehr Aufsehen im weiteren Publikum machte „Stella, ein
Schauspiel für Liebende", nicht als ob dieses Stück den Erwartungen entsprochen hätte, die man von dem Dichter des Götz

---

[1] Das werthvollste unter den Gedichten dieser Zeit ist der „Klag-
gesang von den edlen Frauen der Asan Aga", welchen er einer
französischen Bearbeitung der „Reisen des Abbate Giov. Batt. Fortis
in Dalmazien" entlehnte.

[2] „Erwin und Elmire ist eine dramatische Ausführung der gleich-
namigen Ballade Goldsmiths im ‚Vicar of Wakefield'."

und Werther hegte. „Mir ist sie," schrieb Freund Merck darüber, „nichts als Anlage von Situationen und gelungenen
Situationen, wenigstens auf den Theaterbrettern, wo man durch
den Schimmer des Détail nicht Zeit hat wahrzunehmen, daß
das Grün des Hains Wasserfarbe und das Sonnenlicht Talg ist."
Aber das Neue und Pikante war, daß Göthe in diesen „gelungenen" Theater-Coups zur Abwechslung nicht eine Doppellieb-
schaft, sondern geradezu eine Doppelheirath, eine wirkliche Bigamie
auf die Bühne brachte, und zwar mit der begeisterten, glühenden
Sprache, welche die sogen. Genieperiode charakterisirt, mit einer
Liebe und Ueberschwänglichkeit der Darstellung, welche das
innigste Wohlgefallen an dieser neuen glücklichen Idee verräth.
Man pflegt das Stück gewöhnlich mit der Geschichte des Grafen
von Gleichen und seinen zwei Frauen in Verbindung zu bringen
und damit zu entschuldigen. Während jedoch in dieser Fabel
die Doppelehe wenigstens durch die äußeren Umstände eine Art
von Milderung und Entschuldigung findet, motivirt Göthe die
Doppelehe lediglich in jener leichtfertigen Unbeständigkeit und
niebefriedigten Sinnlichkeit, mit welcher er selbst gleichzeitig
mehrere Liebesverhältnisse unterhielt, d. h. (wenn hier von Grundsätzen die Rede sein kann) mit dem Grundsatz der freien Liebe.

Fernando verläßt seine Frau Cäcilie und ihre gemeinschaftliche Tochter bloß aus dem Grunde, weil sie ihm zu sanft und
still ist. Er flieht vor ihr wie ein Feigling, heimlich, schlechten
Gewissens, ohne auch nur einen Vorwand zu suchen. Er heirathet die leidenschaftlichere Stella, weil sie seiner eigenen Leidenschaftlichkeit mehr zusagt. Cäcilie sucht den ungetreuen Gatten
wieder auf. Ihre Treue und Stella's Reiz rufen nun erst recht
den Conflict hervor, dem er durch schnöde Flucht entgehen wollte.
Er schwankt eine Weile erbärmlich zwischen den Beiden — wie
der Esel des Buridan zwischen den zwei Heubündeln — und
entschließt sich endlich, mit Cäcilie zu entfliehen. Da erbarmt
sich diese Stella's und bietet ihr an, sich mit ihr in Fernando's
Besitz zu theilen. Indem er Beide umarmt, unter dem seligen
Ausruf: „Mein, mein!" fällt der Vorhang.

„Ich hatte mir einen ganz andern Ausgang vorgestellt,“ bemerkte treffend der nüchterne Nicolai, der hier abermals die praktischen Folgerungen der Freigeisterei nicht ertragen konnte und scheu davor zurückwich, „nämlich, daß die beiden Weiber den Schurken Fernando, der sie ohne Ursache verlassen hat und gewiß nächstens wieder verlassen wird, Beide würden verabschiedet haben. Beim Grafen von Gleichen war die Sache ganz anders motivirt. Doch ob ich gleich verliebt gewesen bin und noch sein kann, so mag vielleicht ein Liebender ein ganz anderes Ding und das Ding nicht für mich geschrieben sein.“ [1]

In der That hatte Göthe auf diesem schlüpfrigen Gebiete umfassendere Studien angestellt als Nicolai, Lessing und deren Freunde, und wenn er gerade um diese Zeit von seinen Arbeiten sagt, sie seien „immer nur die aufbewahrten Freuden und Leiden seines Lebens“, so ist nicht zu zweifeln, daß ihm auch dieß Stück recht von Herzen gekommen, obgleich versichert wird, er habe dabei mehr aus Lebenserfahrungen Fritz Jacobi’s als aus eigenen geschöpft.

„Mit der Annahme, daß Göthe ein wirkliches oder mögliches Verhältniß nur objectiv habe hinstellen wollen und der Sittlichkeit der Zuschauer das Urtheil darüber selbst überlassen,“ so erklärt auch der für Göthe sonst so begeisterte Gödeke, „reicht man hier nicht aus; weder die psychologische Motivirung berechtigt zu dieser Voraussetzung, noch die eigentliche Bedeutung der Lösung im Stück.“ Während er in seinen Briefen von Kindesunschuld, reiner Liebe und stets fortschreitender sittlicher Läuterung redete, sank der Titan wirklich so weit herab, bei einem so schmutzigen Vorwurf wie „Stella“ mit dem größten Wohlgefallen zu verweilen, ihn mit leidenschaftlicher Begeisterung auszuführen, ihn zur Lesung sogar jugendlichen Leserinnen zu empfehlen, wie seine Dichtungen denn überhaupt zu großem Theil auf die Schwächen und Neigungen des weiblichen Publikums berechnet waren. Nicht nur in der „Stella“, sondern auch in seinen andern

---

[1] Wagner, Briefe an Merck. S. 70.

Dichtungen trat er dem schamhaften Zartgefühl bald mit un=
ziemlichen Andeutungen, Worten, Scherzen, bald mit Ausführung
verfänglicher Situationen und Vorstellungen entgegen — er be=
kämpfte nicht bloß etwa die hergebrachten Schranken des geselligen
Anstandes, sondern ebenso sehr diejenigen des sittlichen Scham=
gefühls und machte sich nichts daraus, das Studium des Nackten
mit lüsternem Wohlbehagen auszumalen und dem allgemeinen
Publikum als ein neues, wichtiges Element seiner fortgeschrittenen
Bildung zu empfehlen. Das hohe Lied, das er um diese Zeit
übersetzte, erschien seinem von der Leidenschaft berauschten Blick
als die „herrlichste Sammlung Liebeslieder, die Gott erschaffen
hat". Wie Luther einst dahin kam, das sinnliche Gelüste zu
einer unbezähmbaren Naturkraft zu erklären, so verschmolz Göthe
es mit seinen verworrenen Ideen von Genie, Natur, Freiheit,
Liebe zu einer Art Götzenbild, dessen Cult kein Sterblicher sich
zu entziehen vermag, dessen geborener Priester der Dichter, dessen
Verherrlichung die höchste Poesie ist. Er sank — das ist voll=
kommen wahr — nie so tief herab, alles Ideale, gleich Voltaire,
im Schmutze der niedrigsten Leidenschaft zu begraben, aber in=
dem er diese poetisch zu verklären und in's Reich des Idealen
zu erheben suchte, hat er nicht weniger verderblich gewirkt. Auch
ihn traf bis zu einem gewissen Grade das Loos der promethei=
schen Geister, von denen der Apostel gesagt hat: Evanuerunt
in cogitationibus suis, et obscuratum est insipiens cor
eorum. Propter quod tradidit illos Deus in desideria
cordis eorum in immunditiam. Die menschliche Natur erwies
sich auch an ihrem glühendsten Anbeter und begeistertsten Pro=
pheten als eine — gefallene, die höherer Vermittlung bedarf, um
ihr hehres, göttliches Ziel zu erreichen.

Wenig verschlägt die Entschuldigung, die Viehoff in Bezug
auf „Stella" vorbringt, „daß durch jene ganze Zeit ein Geist
der Kritik und Opposition ging, dem selbst die allerehrwürdigsten
und heiligsten gesellschaftlichen, staatlichen und kirchlichen In=
stitutionen nicht zu ehrwürdig und heilig waren, der sich gegen
jede Schranke richtete, welche die individuellen menschlichen Ge=

fühle einzuengen drohte“ [1]. Denn es handelte sich hier um Gefühle, die das Naturgesetz selbst, eingegraben in das Menschenherz, mit unauslöschlicher Sanction verurtheilt. Sogar der in sittlichen Dingen nicht eben sehr ernste Merck vermochte der Moral, die in „Stella“ vorgetragen wurde, keine Billigung abzugewinnen und bezeichnete sehr richtig den Leserkreis, in welchem das Stück am verderblichsten wirken mußte: „die jungen Frauenzimmer, die immer auf alles Ueberspannte so erpicht sind“.

Das Stück blieb übrigens nicht Lesedrama. In der Stadt, welche Göthe scherzend „Sodom“ nennt, wurde es ein beliebtes Bühnenstück. „Wenn Göthe noch in loco ist,“ schrieb der Lieutenant Warnsdorff in Potsdam am 26. Februar 1776 an Knebel [2], „so bitte ich ihm meine Empfehlung zu machen und ihm nebst meiner Ergebenheit zu versichern, daß sein zärtliches

---

[1] Viehoff, Göthe's Leben. II. 205.

[2] W. R. Abeken, Göthe in den Jahren 1771 bis 1775. Hannover 1865. S. 361. Das Entzücken der Berliner theilte übrigens auch Herder: „Göthe schwimmt auf goldenen Wellen des Jahrhunderts zur Ewigkeit! Welch ein paradiesisches Stück seine Stella! Das Beste was er schrieb. Der Knote ist nicht auszuhalten, und wie gnüglich endet er Alles, daß sich die Engel Gottes freuen.“ Welch ein Urtheil des Oberhofpredigers über ein Stück, das die Bigamie verherrlicht! Der achtundsiebzigjährige Bodmer in Zürich dagegen charakterisirte diese „paradiesische“ Poesie mit heiterem Jugendhumor in folgenden Worten: „Der Graf (Stolberg) lobt den Himmel, daß seine Seele nicht ganz Verstand ist, daß auch das Herz will erfüllt sein. Ein solch erfüllt sein wollendes Herz hat auch Göthe, der durch fünf Actus hindurch sich unter convulsiven Liebessymptomen hin- und herwälzt; zwei Weiber reißen sein Herz von zwei Seiten zu sich, mit gleicher Gewalt, daß es brechen möchte. Alle drei Bigames stehen im Begriffe, die Stärke der Göthe'schen Seele durch Erstechen, Erschießen, Ersäufen zu bekräftigen; denn Göthe's Lehrgebäude vermeint, wenn Anstrengung Stärke ist, warum nicht auch Ueberspannung? Zum Glück besinnt man sich anders, Fernando's Herz ist für beide Damen genugsam, beide Damen finden es überfließend für jede von ihnen. Und so gehen sie zu-

Drama „Stella" unaufhörlich in Berlin gespielt und bewundert
wird, was auch der Hamburger Mann ohne Kopf darüber schreiben
mag; der Orang=Utang in Berlin (Nicolai) hat nicht wieder
gemuckst, seitdem er in der Thierwelt parabirt hat." So be=
handelte die moderne Cultur ihre eigenen Stammväter, wenn
sie den Fortschritt nicht consequent bis zur Bigamie und drüber
hinaus mitmachen wollten. Trotz des Entzückens aber, welches
das zärtliche Drama in dem Potsdamer Lieutenant wachrief, fällt
der englische Biograph Göthe's, Lewes, über dasselbe die gerechte
Kritik: „Ein armseligeres Werk ist wohl nie von einem großen
Dichter geschaffen worden."[1]

Weit geringfügiger als seine poetischen Leistungen in diesem
unruhigen Jahr (Herbst 1774 bis Herbst 1775) waren seine
prosaischen. Er hing, als Frucht der Schweizerreise, dem Werther
ein paar „Briefe aus der Schweiz" an, die er unter Werthers
Papieren gefunden zu haben fingirt — überspannte Freiheits=
tiraden, sentimentale Natur= und Selbstbespiegelungen und nach
Lessings Wunsch „noch ein Kapitelchen zum Schluß, je cynischer,
desto besser". In demselben Brausewasser=Stil schrieb er im
Juli 1775, in lächerlicher Weise die katholischen Stationsandachten
nachahmend, seine „Dritte Wallfahrt nach Erwins Grabe".

Außer diesen paar Blättern, die er in einem „Genie"=Rausche
dahinwühlte, brachte das Jahr nichts unter seinem Namen. Da=
gegen arbeitete er viel für Lavaters „Physiognomische Fragmente",
deren ganzes Manuscript durch seine Hände an den Buchhändler
Reich in Leipzig ging. Den wunderlichen, bald einfach treu=
herzigen, bald dunkel prophetischen Stil, in welchem Lavater seine
Orakelsprüche über die Gesichter der Menschen abgab — mit
seinen kurzen, abgerissenen Sätzen, seinen unvermittelten Gedanken=
sprüngen, seinen empfindsamen Gedankenstrichen, seinen ahnungs=

---

sammen . . . ." (Brief an Sulzer. 22. März 1776.) Göthe=
Jahrb. V. 200.

[1] G. J. Lewes, Göthe's Leben und Werke. (Frese.) Stutt=
gart 1877. I. 316.

reichen, viel= und doch wieder nichtssagenden Andeutungen und Erclamationen hatte sich Göthe nicht nur für seinen eigenen vertraulichen Briefwechsel theilweise angeeignet, sondern ahmte ihn auch in seinen physiognomischen Beiträgen so meisterlich nach, daß es unmöglich geworden ist (da andere Anhaltspunkte fehlen), dieselben von Lavaters eigenen Skizzen zu unterscheiden. Für die Verbreitung seines Rufs war die Theilnahme an diesem sonder= baren Werke unzweifelhaft von großem Einfluß. Er erwarb sich dadurch eine bevorzugte Stelle im Herzen und Munde der eiteln Damen, welche den Propheten von Zürich dafür verehrten, daß er durch ihre Gesichter in ihren „schönen“ Seelen las und deren gewinnende Vorzüge der ganzen Welt verkündigte. Mit dem Namen Lavaters cursirte der seinige in der ganzen blasirten Modewelt. Silhouetten=Colporteurs, wie Zimmermann und andere Schöngeister, wanderten durch ganz Deutschland und verkündeten, sie hätten „bei Herrn Göthe gewohnt, einem der außerordent= lichsten und gewaltigsten Genies, die je auf Erden erschienen sind“. Dazu entzückte sich alle Welt über seine Frauenfiguren: Götzens Elisabeth, die beiden Marien und vor Allem Lotte. Das gesammte Volk der Romanleserinnen und Theaterbesuche= rinnen fühlte aus seinen Werken heraus, daß dieses „Genie“ sich ganz und gar dem „Weiblichen“ verschrieben, und daß alle ver= borgenen Leiden, Seligkeiten und Ueberspanntheiten des weiblichen Gefühlslebens noch von keinem so liebevoll aufgefaßt, so sorg= fältig mitgelebt, so künstlerisch geschildert worden. Wie zuvor Klopstocks Name, so lispelte sich jetzt sein „heiliger Name“ dank= bar von Lippe zu Lippe. Mit der Karschin, der „deutschen Sappho“ in Berlin, wechselte er Briefe, bei Frau La Roche war er Hausfreund.

Aber auch bei den Männern wuchs Göthe's Ruf von Tag zu Tage. Herder betrachtete ihn als das bedeutendste der jüngeren Talente, wenn er auch nicht in die allgemeine Trompete des Ruhmes stieß. Wieland war versöhnt und gehörte fortan zu Göthe's unbedingten Bewunderern, Fritz Jacobi schwärmte für ihn wie für einen Abgott, Georg Jacobi brachte Beiträge von ihm in der Iris, Lenz, Wagner, Klinger und andere junge „Genies" nahmen ihn zu ihrem Vorbilde und ahmten ihn bis zur tollsten Ueberspanntheit nach, Klopstock huldigte ihm durch zwei Besuche, und fortan sahen auch die Dichter des Hainbundes mit Verehrung zu ihm auf; Sulzer endlich, den er in den Frankfurter Gelehrten Anzeigen so derb mitgenommen, wallsahrtete zu ihm und schrieb in sein Reisejournal: „Dieser junge Gelehrte ist ein wahres Originalgenie von ungebundener Freiheit im Denken, sowohl in politischen als gelehrten Angelegenheiten. Er besitzt bei wirklich scharfer Beurtheilungskraft eine feurige Einbildungskraft und sehr lebhafte Empfindsamkeit. Aber seine Urtheile über Menschen, Sitten, Politik, Geschmack sind noch nicht durch hinlängliche Erfahrung unterstützt. Im Umgang fand ich ihn angenehm und liebenswürdig."

Der einzige bedeutende Schriftsteller, der sich schweigend — wie eine grollende Gewitterwolke — der olympischen Feier des ersten Göthe-Cultus ferne hielt, war Lessing, der Wolfenbütteler Bibliothekar, Deutschlands erster Kritiker, der in zwanzig Jahren der vielseitigsten literarischen Thätigkeit nicht so viel Ruhmesglanz erobert hatte, als der junge Frankfurter Advokat in drei Jahren mit seinem Götz, seinem Werther und dem noch unvollendeten Faust. Der Einzige, der Göthe kritisirend und tadelnd entgegenzutreten wagte, war Lessings Freund, der spießbürgerliche, beschränkte Aufklärer Nicolai, der durch das glänzende, sittengefährliche Meteor seine ganze gemäßigte Aufklärung überstrahlt sah. Seine täppischen Angriffe trugen nur dazu bei, den Ruhm des Gefeierten noch weiter zu verbreiten.

Schon im Februar 1775 war Göthe von den durch Frankfurt reisenden minderjährigen Prinzen von Meiningen nebst seinem Freunde Riese zur Tafel gezogen worden und hatte einen sehr günstigen Eindruck auf sie gemacht. Der ältere, Karl August, sein Nachbar bei Tische, schrieb damals über ihn an seine Schwester, die Herzogin von Gotha: „Er spricht viel, gut, besonders, original, naiv und ist erstaunlich amüsant und lustig. Er ist groß und gut gewachsen, in der Natur Gottes, hat ganz seine eigene

Façons, ſowie er überhaupt zu einer beſonderen Gattung von
Menſchen gehört. Er hat ſeine eigenen Ideen und Meinungen
über alle Sachen; über die Menſchen, die er kennt, hat er ſeine
eigene Sprache, ſeine eigenen Wörter.“

Am 20. September nach dem Ball, auf welchem er vergeblich
Lili erwartet hatte, ſtellte ſich Göthe, nachdem er bis über Mit=
tag hinaus geſchlafen hatte, zum zweiten Mal den Prinzen von
Meiningen vor, welche am vorigen Tag von ihrer Schweizerreiſe
in Frankfurt eingetroffen waren und hier ihre Mutter erwarteten.
Dieſe traf am 21. ein, mit ihr die verwittwete Markgräfin von
Baireuth und der jugendliche Herzog Karl Auguſt von Sachſen=
Weimar, der am 3. des Monats volljährig geworden und die
Regierung angetreten hatte. In einem neuen Frack, den er ſich
in Lyon hatte ſticken laſſen, „grau mit blauer Vorbüre“, und
nachdem er zuvor die Thätigkeit zweier Friſeure weit über eine
Stunde in Anſpruch genommen, ſtellte ſich Göthe dieſen ſämmt=
lichen „Alteſſen“ vor und ward von ihnen zur Tafel gezogen.
Bei dem jungen Herzog von Weimar reifte jetzt der Gedanke,
einen ſo „erſtaunlich luſtigen und amüſanten“ Poeten an ſeinen
Hof zu ziehen. Bereits am 8. October erwartete Göthe den
jugendlichen Fürſten wieder, „der von Karlsruhe mit ſeiner neuen
herrlichen Gemahlin Louiſe von Darmſtadt kömmt. Ich geh’
mit nach Weimar“. Am 12. kam der Herzog richtig mit der
Neuvermählten in Frankfurt an und reiste den folgenden Tag
wieder weiter. Göthe ſollte in einem Landauer Wagen mit dem
Kammerherrn von Kalb, der bald von Straßburg hier eintreffen
würde, ihnen nachreiſen. Er packte, nahm Abſchied von ſeinen
Freunden, auch von Lili. Aber durch ein Mißverſtändniß kam
der Wagen nicht zur erwarteten Friſt. Göthe wartete und
wartete, arbeitete, da er ſich nach bereits gemachten Abſchieds=
beſuchen nicht wieder öffentlich zeigen mochte, zu Hauſe an Fauſt
und Egmont, hielt Stubenarreſt bis in die Nacht hinein, wo er
dann ſeinen Spaziergang machte und vor Lili’s Fenſter ſeine
abgethane Romanheldin zum letzten Mal ein von ihm verfaßtes
Liebesliedchen klimpern hörte. Als nach ſiebzehn Tagen ſchmerz=

lichen, freiwillig-unfreiwilligen Stubenarrestes noch immer der
erwartete Wagen nicht kam, beschloß er, ebenso verlegen als
ärgerlich, am 30. October endlich, nach Italien zu reisen. In
einem empfindsamen Stimmungsblatt nahm er nochmals von
Lili Abschied und reiste dann nach Heidelberg. Hier klärte sich
endlich das Mißverständniß auf. Alsbald eilte Göthe nun nach
Frankfurt zurück und traf, nachdem er abermals von den Seinigen
Abschied genommen, am 7. November in Weimar ein.

Mit dem Eintritt in Weimar schließt die erste Periode in
Göthe's Leben — die Periode überschwenglicher Empfindsamkeit
und stürmischer Gefühlsschwelgerei, die Periode der Geniewuth
und des Titanismus — die Periode des ästhetischen Radicalis-
mus, wie man sie vielleicht am bündigsten nennen könnte —
die Sturm- und Drangperiode, wie sie gewöhnlich genannt wird.
Sie muß den Eindruck eines glänzenden Jugendlebens machen,
wenn man von der religiös-sittlichen Bestimmung des Lebens
absieht und dasselbe nur nach Ehre, Genuß, ungezügelter Freiheit, literarischem Erfolg, rein natürlichen Anlagen, Leistungen
und Vortheilen beurtheilt. Ein junger Mann von 26 Jahren
bringt ohne die Mühen einer gelehrten Schulbildung, tändelnd,
spielend, ohne anderes Ziel als geistreichen Lebensgenuß, unter
heiteren Dilettanterien, geselligen Vergnügungen, leichtfertigen
Romanabenteuern an die Spitze der deutschen Literatur, stellt
Klopstock, Wieland, Lessing, Herder in den Schatten, wird als
das größte Genie Deutschlands proclamirt und erobert sich mit
einem regellosen Drama, dem „Götz“, und einem kleinen Roman,
dem „Werther“, einen Ruf, der weit über Deutschlands Grenzen
hinausgeht — einen Weltruf. Die Damen beten ihn an, die
Gelehrten ehren ihn als Zunftgenossen, die Dichter wallfahrten
zu ihm, Fürsten suchen ihn an ihren Hof zu ziehen. Die Sprache,
die er schreibt, wird zur mustergiltigen, classischen für ganz
Deutschland. Die Dichtungen, die er verfaßt, sind nahezu die
einzigen, welche das bunte Gewirr der Sturm- und Drangperiode

überdauern und als classische Denkmale derselben auch von der
Nachwelt bewundert werden.

Auch abgesehen von diesem blendenden Erfolg, steht der junge
Göthe als eine glänzende, gewinnende Erscheinung vor uns da,
— ein deutscher Jüngling, den Gott mit den herrlichsten Geistes-
gaben ausgerüstet, dem die reichsten Quellen der Bildung sich
ungesucht erschließen, dem das Glück beständig lächelt, der nach
keiner Richtung hin mit widrigen Schicksalen zu ringen hat, dem
alle Mittel in verschwenderischer Fülle in den Schooß fallen,
mit denen er eine bedeutende Stellung im Leben einnehmen, die
höchsten Interessen der Menschheit wirksam förbern kann. Seine
äußere Erscheinung selbst wirkt wie ein Zauber, der Alle an
sich zieht, Neid und Abneigung verstummen läßt, Andersdenkende
gewinnt, Beleidigte versöhnt, alle gesellschaftlichen Schranken
durchbricht und ihn zum Liebling aller Welt macht. Ohne systematisches Studium erwirbt sich sein heller, durchbringender Verstand das ausgebreitetste encyklopädische Wissen, beherrscht die
Durchschnittsbildung seiner Zeitgenossen mit selbständigem, oft
treffendem Urtheil, imponirt den Aeltern, gewinnt bei den Jüngern,
vorab in literarisch-ästhetischen Fragen, ein maßgebendes Ansehen.
Seine schöpferische Phantasie von seltener Fülle, sein jugendlich
begeistertes Herz, sein feiner Sinn für alles Schöne, Harmonische,
Poetische, seine Kraft der Empfindung und Gewandtheit der
Sprache machen ihn zum geborenen Dichter, zu einem Schriftsteller ersten Ranges. Fähig, im Kleinsten und Gewöhnlichsten
die Schönheit der Natur herauszuempfinden und dichterisch nachzuahmen, fühlt er sich von der gewaltigen Schwungkraft seines
Geistes zu den höchsten, größten Problemen der Menschheit hin-
gedrängt. Seine Liebe zur Poesie des Alten Testaments, zu
Homer und Shakespeare beruht nicht auf angelernter Neigung,
sondern auf innerer Verwandtschaft. Er hat wirklich das, wovon
seine Kunstgenossen bloß reden — Genie.

Allein Genie ist noch keine Tugend, Erfolg kein Verdienst.
Wenn wir auf den Gebrauch sehen, den Göthe von seinem Genie
gemacht hat, auf die wirklichen Leistungen, welche derartige Er-

folge hervorrufen, welche ungeheure Zeitvergeudung begegnet uns
da, welche Tändelei, welche Zersplitterung der Kräfte!

„Götz von Berlichingen", das eine seiner Hauptwerke, ist
nach Lessings Urtheil ein theatralisches Unwesen, nach Wieland
ein bezauberndes Ungeheuer, nach dem allgemeinen Urtheil eine
mißlungene dramatische Arbeit. Den „Werther", das zweite
seiner Hauptwerke, mochte Göthe in späteren Jahren selbst nicht
mehr durchlesen, um nicht noch einmal die quälende psychische
Krankheit durchzuempfinden, aus der es hervorging. „Faust",
das dritte Hauptwerk, blieb Fragment. Den „Clavigo" nannte
Freund Merck mit gutem Grunde einen „Quark", und von der
„Stella" urtheilt Lewes mit vollem Recht: „Ein armseligeres
Werk ist nie von einem großen Dichter geschaffen worden." Alle
bedeutenderen Entwürfe erstickten in Fragmenten. Was bleibt?
— Ein paar Liebesgedichte, ein paar dramatische Liebeständeleien,
ein paar Possen und Farcen. Was ist das für einen Genius,
der wirklich mit Homer und Shakespeare verwandt war?

Und wenn wir nun — wozu der hohe Ruf des Dichters
gewiß berechtigt — nach dem geistigen Gehalt seiner Dichtungen
fragen? . . . Von einer wahren, klaren, tiefen, großartigen Auf=
fassung des Menschenlebens keine Spur; über Gott und Welt
die verworrensten Träumereien; die Leidenschaft wie eine Tugend
verherrlicht, das christliche, selbst das natürliche Sittengesetz ver=
achtet und verhöhnt! Der Dichter ist weder Katholik noch Pro=
testant, weder Jude noch Heide, weder Pietist noch Atheist,
weder Theologe noch Philosoph — ein in den Tag hinein tän=
delnder, träumender Gefühlsmensch, dem an der Wahrheit nichts
gelegen ist, der in Himmel, Erde und Hölle nur nach Blumen
sucht, um eine „Geliebte" damit zu schmücken; der Christenthum,
Judenthum und Heidenthum nur dazu verwendet, um die Freuden
und Qualen seiner sogenannten Liebe zu schildern. In wildem
Prometheus=Trotz ballt er seine Faust gegen den Ewigen, der
durch den Ruf des Gewissens sein Treiben straft; in weibischer
Empfindsamkeit wirft er sich einer eiteln Putzdame zu Füßen;
in studentischem Galgenhumor verspottet er sich dann als „Bär".

Stoffe wie „Götz“ und „Faust“ verlaufen in romantischen Liebesgeschichten; Bibel und Homer, Shakespeare und gothische Dome,
alles Große in Natur und Kunst erscheinen dem verliebten
Träumer als Werke eines verliebten Genies. Wahre Poesie ist
ihm undenkbar ohne die Aufregung eines Romans, ohne eine
Geliebte. Die Religion ist ihm nichts mehr als ein weiblicher
Gefühlsdusel: „Das liebe Ding, das Sie Gott heissen oder
wie's heißt!“

Wie schal und hohl erscheint aber nicht eine solche liebeskranke Auffassung des Lebens und der Poesie, wenn man von
ihren „schwankenden Gestalten“ aufblickt zu den klar und fest
gezeichneten Meisterwerken der Alten, zur Ilias und Odyssee,
zu den Dramen des Aeschylus und Sophokles, zu den wackern
alten Heiden, denen die Sonne leuchtete und denen das Meer
rauschte, denen alle Mächte der Natur die sinnigsten Mythen
erzählten und denen das bunte Menschenleben hienieden voll Herrlichkeit und Poesie war, ohne daß sie dabei an die blau und
weiß gestreifte Jacke einer Lotte oder an das goldene Herzchen
einer Lili zu denken brauchten! Und wie traurig wandelt Werthers
Schatten einher, wenn uns Dante und Milton die Geheimnisse
der übernatürlichen Welt enthüllen! Was bringen die Faustfragmente wahrhaft Neues, Erhabenes, Weltumfassendes, was
nicht der Parcival und die alte Faustsage selbst schon männlicher, großartiger und ergreifender dargestellt hätten! Göthe's
Poesie krankt an demselben tiefen Uebel, an welchem sein Leben
krankt und an welchem seither auch ein großer Theil der deutschen
Literatur krankt — an romanhafter Liebe, die, psychologisch analysirt, sich schließlich in eine nicht geringe Dosis von Sinnlichkeit
auflöst. Durch Göthe ist so recht die Vorstellung allgemein und
landläufig geworden, daß es ohne die sogenannte „Liebe“ eigentlich keine Poesie, wenigstens keine „natürliche“ Poesie geben
könne — eine Vorstellung ebenso unwahr in sich, als unheilvoll
in ihren Folgen.

Das ist es, was Göthe's Jugenddichtungen, mehr als alles
Andere, zu einer gefährlichen Geistesnahrung für die Jugend

macht. Der ungesunde Geist, dem sie entsprungen, hat seinen Hauch nicht bloß der „Stella“ mitgetheilt. Auch seine übrigen Dichtungen tragen, mit wenigen Ausnahmen, dasselbe Gepräge. Was soll aus einer Jugend werden, die, vom verlockenden, berauschenden Odem dieser Poesie gefesselt, gleich Göthe die Poesie und Weihe des Lebens in der gefährlichsten aller Leidenschaften sucht? Was soll vollends aus einer Jugend werden, die, ohne seine großen Anlagen, ohne seine epikuräische Klugheit, ohne seine günstigen Lebensverhältnisse zu besitzen, sich ihn zum Muster und Ideal der Bildung nimmt[1], gleich ihm in frühen Jahren vom elterlichen Glauben abfällt, auf eine geregelte Schulbildung verzichtet, ohne Pietät für Gott und Eltern, in Dilettanterie und Genuß die jungen Jahre durchstürmt, ohne wissenschaftliche Schulung über alle Zweige des Wissens keck zu Gericht sitzt und aus dem Wirrwarr eines tollen Romanlebens scherzend auflacht: „Wir sind Spinozisten!“

Uns will eine solche „Bildung“ nicht weniger bedenklich erscheinen, als die düstere Halbnacht, die Göthe aus Holbachs Natursystem entgegenstarrte. Bietet Spinoza etwas Besseres? Bietet Göthe's verschwommener Pantheismus denn mehr als ein poetisches Kleid zu Spinoza's starrer Weltmaschine, als eine glänzende Fata morgana, welche dem wissensburstigen Wanderer auf der öben, mechanischen Fläche des Alls ein trügerisches Gaukelbild vorzaubert?

Den Ausweg aus dem Labyrinthe jener traurigen Halbnacht

---

[1] Seltsam ist es, daß man liberalerseits Göthe wie das höchste Menschen- und Dichterideal feiert und ihn doch nicht als Muster zur Nachahmung aufzustellen wagt. „Göthe,“ so hieß es in einer Kritik der Augsb. Allgem. am 11. November 1877, „war gewiß ein sittlicher Mensch, so gut wie einer; aber wird ihn Jemand als Muster und Vorbild der Sittlichkeit aufstellen? Gewiß nie. Denn sein ganzes Leben ist wie ein großartiger Naturproceß, den man erklären, darlegen, bewundern, aber nicht nachahmen, daher auch nicht zur Nachahmung aufstellen kann.“ Ist der „großartige Naturproceß“ in seinen Einzelphasen wirklich so unnachahmlich?

hatte Herder dem jugendlichen Dichter angedeutet, als er ihn auf die Bibel, auf Homer, Shakespeare und das deutsche Volkslied hinwies — d. h. auf eine christliche Weltanschauung, welche Leben und Kunst auf die ewigen Ziele der Menschheit hinlenkte, beide mit der Gemüthstiefe des deutschen Volkes erfaßte, beide mit der Geschichte und unterbrochenen Ueberlieferung des deutschen Volksgeistes wieder in Verbindung setzte, beide mit den Schätzen antiker Geistesbildung bereicherte und durch die glückliche Vereinigung des christlichen, deutschen und altclassischen Elements das deutsche Volk von der oberflächlichen Revolutionscultur des 18. Jahrhunderts errettete. Göthe hat, wie Herder selbst, diesen Ausweg verfehlt, indem er die tieferen Grundlagen aller christlichen Bildung von sich stieß, sich ein Blumenchristenthum zu eigenem Privatgebrauch herrichtete, deutsche Sage und Geschichte nur oberflächlich streifte, die deutsch-christliche Wissenschaft herzlich verachtete, von der classischen Bildung nicht nur die schöne Form, sondern auch die heidnische Geistesrichtung an sich zog und sie mit jener Cultur verband, die durch Voltaire und Rousseau das deutsche Geistesleben beherrschte. Eine neue deutsche Bildung hat er nicht geschaffen; er hat bloß der französischen Revolutionscultur zu einem glänzenden, deutschen Gewande verholfen.

Zweites Buch.

Lehr- und Wanderjahre

in

Weimar und Italien.

1775—1790.

„Ich bin nur durch die Welt gerannt:
Ein jed' Gelüst' ergriff ich bei den Haaren;
Was nicht genügte, ließ ich fahren;
Was mir entwischte, ließ ich zieh'n.
Ich habe nur begehrt und nur vollbracht,
Und abermals gewünscht, und so mit Macht
Mein Leben durchgestürmt; erst groß und mächtig,
Nun aber geht es weise, geht bedächtig.
Der Erdenkreis ist mir genug bekannt;
Nach drüben ist die Aussicht uns verrannt."
                                Göthe. Faust. II.

1. Das alte Weimar. Die Herzogin Anna Amalia.

1748—1772.

„Jena ist oder scheint ansehnlicher als Weimar;
längere Gassen und höhere Häuser erinnern einen,
daß man doch wenigstens in einer Stadt ist.“

Friedrich v. Schiller.

„Die Herzogin Mutter war ein allerliebstes,
vortreffliches, aber indefinibles Wesen.“

Göthe.

Es war fünf Uhr Morgens den 7. November 1775, als
„Doctor“ Wolfgang Göthe, der Verfasser des Götz und Werther,
mit dem herzoglichen Kammerrath von Kalb in Weimar eintraf.
Der Abstand zwischen der Vaterstadt und der neuen Heimath
war kein geringer. Frankfurt war eine geschichtlich bedeutende
Stadt, deren Erinnerungen in die Zeit Karls des Großen hinauf-
reichten, ein wichtiger politischer Mittelpunkt, die Stadt der
Kaiserkrönung, das Stelldichein von Nord- und Süddeutschland,
der Knotenpunkt der belebtesten Handelslinien, eine Stadt voll
Leben, Regsamkeit, Handel und Verkehr. Mehr als 3000 Häuser
umschloß der stattliche Mauerring mit seinen Zinnen und Thür-
men, selbst wieder von einem mächtigen Wall mit elf Bastionen
und einem breiten Graben eingefaßt. Die Wohlhabenheit der
Bürger hatte sich in prächtigen Häusern ein Denkmal gesetzt;
über mehrere Kirchen von architektonischem Werth ragte der alte
Kaiserdom des hl. Bartholomäus empor, als ein Wahrzeichen
der Majestät und Würde des heiligen Reiches deutscher Nation.
Ueber 30 000 Menschen beherbergte die fröhliche Stadt, durch
regen Fremdenverkehr ab und zu in stets munterer Bewegung[1].

---

[1] Dr. Wilhelm Stricker, Göthe und Frankfurt a. M. Berlin
1878. S. 11.

Weimar dagegen lag einsam, außerhalb der großen Verkehrs=
straßen. Die Reichspost ging noch bis 1799 von Erfurt über
Buttelstädt nach Leipzig. Noch im Jahr 1786 hatte die kleine
Stadt am Ufer der grünen Ilm nur 6265 Einwohner und
769 Häuser[1]. Schiller kam sie wie ein Dorf vor, Herder wie
ein Mittelding zwischen Dorf und Hofstadt, während die Frau
von Staël 1803 witzelte: „Weimar n'est pas une petite ville,
mais un grand château." Göthe selbst bemerkte einmal später
seinem Freunde Zelter, als von Volkstheater gesprochen wurde:
„Wie kann in Weimar viel von Volk die Rede sein, in der kleinen
Residenz, die 10 000 Poeten und einige Einwohner hat." Das
alte Residenzschloß, die Wilhelmsburg, war das Jahr zuvor
(1774) ein Raub der Flammen geworden. Nur ein alter Thurm
stand noch. Die Stadtkirche, 1494 erbaut, 1726 renovirt, glich
eher einer ansehnlicheren Dorfkirche, als einer „Westminsterabtei"[2].
Die Jakobskirche war eine unbedeutende Kapelle. Eine nicht
sehr stattliche Ringmauer umschloß ungefähr in Form eines Recht=
ecks die engen und winkligen Straßen der kleinen Residenz, aus
der sonst kein einziges größeres, monumentales Bauwerk auf=
tauchte[3].

Das alte Stadthaus war nur durch seinen „Matz" berühmt,
das humoristische Wahrzeichen der Stadt. An dem Uhrblatt
stand ein Türke mit zwei Böcken zur Seite. Diese stießen beim

---

[1] Büsching, Erdbeschreibung. Hamburg 1791. VIII. 601.

[2] So nennt sie H. Schwerdt, Thüringen. Leipzig 1879.
S. 130.

[3] Noch heute ist „die Poesie Weimars Ruhm. Dem entsprechend
liegt seine Schönheit nicht in großartigen Kirchen, in malerischen
alten Gebäuden, sprechenden Darstellungen des Mittelalters, sondern
in der stillen Lieblichkeit seines reizenden Parkes". Lewes (Frese).
Stuttgart 1877. I. 331. Seine Beschreibung von Weimar S. 327
bis 340 ist anschaulicher, als das belletristische Gemälde bei
R. Springer (Anna Amalia. Berlin, Janke. I. 6—9). Vgl.
A. Diezmann, Göthe und die lustige Zeit. Leipzig 1857. —
Weimar=Album. Leipzig 1860.

Stundenschlag den Türken so oft in die Seite, als die Stunde
zählte, worauf der Türke ebenso oft an die Glocke schlug. Vier
streng bewachte Thore mit Fallgattern schlossen die Stadt ein,
das Frauenthor, das Erfurter Thor, das Johannisthor und das
Gerberthor. Bis in unser Jahrhundert hinein wurden sie nach
genauem strengem Reglement des Morgens (je nach der Jahres=
zeit 3½,—6 Uhr) geöffnet, (6—9½ Uhr) des Abends geschlossen.
Das Sperrgeld für Fußgänger war 6 Pfennige, für Reiter
1½ Sgr. Die wirklichen fürstlichen Räthe wurden erst 1788
von dem Thorsperrgelde befreit, die Domestiken des Hofes und
des Adels bekamen schon seit 1764 Freizettel [1].

Wie die Polizei im Interesse des Steuer= und Accisewesens
noch ähnlich den Verkehr einschränkte und behütete, so waltete
sie auch sonst mit zahlreichen Verordnungen über dem Wohle
der Stadt. Kleidung und Wohnung, Handel und Wandel,
öffentliches und privates Vergnügen waren durch hochobrigkeit=
liche Erlasse normirt. Die Stadt hatte ein einziges Billard, die
Aufstellung eines zweiten wurde noch 1750 wegen Gefahr un=
nützer Ausgaben verboten. Ein Mandat vom 7. und 12. Sep=
tember 1757 verpönte das unnöthige und unschickliche Räsonniren
und Kritisiren der Zeitläufte unter verschiedenen Strafen, nach
Befinden sogar unter Zuchthausstrafe [2]. Ein Gesetz vom 8. Sep=
tember 1758 untersagte das Rauchen auf offener Straße bei
Strafe eines Schockes. Unter dem 11. März 1761 wurde die
Gewohnheit des „Dorflaufens“, d. h. der Besuch der umliegen=
den Dörfer, mit einem halben Gulden Strafe belegt. Das durch
Polizeiverordnungen und Zunftbeschränkung eingeengte Gewerbe

[1] Dr. C. A. H. Burkhardt, Aus Weimars Culturgeschichte.
1730—1800 (Grenzboten 1871. II. 645—706). Der unmittelbar
aus archivalischen Quellen geschöpfte Aufsatz ergänzt und verbessert
die Darstellung von Lewes in vielen nicht unbedeutenden Punkten.

[2] Nach Dr. E. Vehse (Geschichte der deutschen Höfe seit der
Reformation. Hamburg 1854. XXVII. 44) lautete schon ein
Rescript vom 3. Nov. 1736: „Das vielfältige Räsonniren der Unter=
thanen wird hiermit bei halbjähriger Zuchthausstrafe verboten.“

lag kläglich darnieder und bekam erst von 1755 an durch die
Einführung von Waarenlotterieen etwas Luft. Ein ähnlicher
Druck erstickte den Handel. Weil man den Mangel an Victualien der größern Anzahl von Höfern zuschrieb, wurde die Zahl
derselben noch 1764 auf 12 beschränkt. Hausirhandel innerhalb
der Stadt wurde (1778) nur auf drei Tage gestattet. Ein
Strumpfwirker wurde noch zu Göthe's Zeit (1784) gestraft,
weil er einen seiner Stühle außer Landes verkauft hatte. Von
den Märkten gelangte nur der Zwiebelmarkt zu größerer Bedeutung. Wie Handel und Gewerbe, so hatten auch Bildung und
Schulwesen sehr bescheidene Dimensionen. Neben einer Latein-
schule, die 1712 zum Gymnasium erhoben worden war, bestand
noch eine Freischule und eine Mägdleinschule, die von etwa
150 Kindern besucht wurde. Ein städtisches Krankenhaus war
1713 errichtet worden.

Wie die Stadt, so war auch das ganze Herzogthum Sachsen-
Weimar-Eisenach nicht von großem Umfang. In höchst unregel-
mäßigen Landstrecken, vielfach zerstückelt, lag es zwischen den
ebenso zerstückelten kleinen Nachbarstaaten drin. Die gesammte
Einwohnerzahl war kaum dreimal so groß, als diejenige der
Stadt Frankfurt. 1786 betrug sie 93 360 Seelen auf einem
Flächenraum von 36 □Meilen. Davon fielen 62 360 Einwohner und 24 □Meilen auf Weimar, 31 000 Einwohner und
12 □Meilen auf Eisenach. Obwohl unter demselben Regenten
stehend, hatte Eisenach seine drei eigenen Regierungscollegien,
nämlich die Landesregierung, das Kammercolleg und das Oberconsistorium. In Weimar dagegen residirte neben den drei ana-
logen Behörden für den Landestheil Weimar zugleich die „Geheime Rathsstube (Conseil) und Kanzlei", d. h. das Ministerium
des Fürsten.

Die alte Wartburg bei Eisenach war in ziemlich vernach-
lässigtem Zustand. Man wallfahrtete damals weder zum Brunnen
der hl. Elisabeth, noch zur Lutherstube. Die herrlich gelegene
Veste diente nur als Jagdschloß. In dem Landestheil Eisenach
wohnten noch etliche ältere Rittergeschlechter; die Landbevölkerung

beschäftigte sich theils mit Bergbau, theils mit Landbau, dessen
Ertrag aber für den jährlichen Bedarf nicht ausreichte. Die
Stadt Eisenach hatte 8000 Einwohner, mehrere stattliche Gebäude,
ein theologisches Seminar und eine ansehnliche Tuchindustrie.

Der wissenschaftliche Mittelpunkt des vereinigten Herzogthums
war die alte Universitätsstadt Jena an der Saale, die mit ihren
Vorstädten 791 Häuser umfaßte. „1786 zählte man," wie
Büsching sagt, „4334 Menschen, ohne ungefähr 600 Studenten."[1]
Die Universität gehörte, nebst verschiedenen anderen Rechten,
Ansprüchen und Titeln, nicht ausschließlich dem Herzogthum
Sachsen-Weimar-Eisenach, sondern den vereinten Linien des
ernestinischen Hauses.

Die Landestheile von Weimar waren fruchtbarer, als jene
von Eisenach. Sie konnten Getreide, Gartenfrüchte, Wolle und
Holz ausführen. Zu ansehnlichem Garten-, Landbau und guter
Viehzucht gesellte sich eine einträgliche Wollindustrie, auch etwas
Porzellanfabrication; doch ausnehmend reich war auch dieser Theil
des Herzogthums nicht, alle Erwerbszweige zudem durch eine nach-
theilige Steuergesetzgebung an lebhafterem Aufschwung gehindert[2].

Das gesammte Land (mit seinen 17 Städten und 220 Dörfern) war in 14 Aemter getheilt und wurde von 842 Staatsbeamten verwaltet, wobei die Volksschullehrer nicht mitgerechnet
sind. Die Gehälter waren niedrig. Das höchste Amt im Staate
brachte nur 1400 Thaler ein. Von 1783 an betrug die Armee
310 Mann.

Sachsen-Weimar-Eisenach war indessen immerhin ein selbständiger Staat. Der Herzog hatte Gericht über Hals und Hand,
führte ein dem kursächsischen ähnliches Wappen, hatte Sitz und
Stimme im Rathe der Reichsfürsten und auf den obersächsischen
Kreistagen, und war unabhängiger als heute mancher König.

Uebrigens war es noch nicht sehr lange her, daß das kleine
Land wieder einem Herrscher gehörte. Denn 1672 war es unter

---

[1] VIII. 609.
[2] Burkhardt, a. a. O. S. 655 ff.

drei Brüder vertheilt worden. Der Landestheil Jena fiel nun schon 1691, Eisenach aber erst 1741 an den Erben von Weimar zurück. Herzog Ernst August (seit 1707 Mitregent seines Onkels Wilhelm Ernst, von 1728—1748 alleiniger Regent) führte 1719 die Primogenitur ein, um weitere Zerstückelungen des Landes zu verhüten, stiftete den Orden von der Wachsamkeit oder vom Weißen Falken, legte verschiedene Rechtsstreitigkeiten bei und baute die beiden Jagd= und Lustschlösser Dornburg und Belvedere, das erstere auf einem Felsen an der Saale zwischen Jena und Naumburg, das andere unfern Weimar, auf der Straße nach Berka, die mit einer herrlichen Linden= und Kastanienallee bepflanzt ward. Ein anderes Jagdschloß, Ettersburg, hatte sich schon sein Vater Wilhelm Ernst nordwestlich von Weimar, am Abhang des Ettersberges gebaut, so daß es dem Hofe nicht an Vergnügungsplätzen fehlte. Alle diese Schlösser waren mit schönen Waldungen umgeben, und wenn auch nicht glänzend, doch im Modegeschmack ihrer Zeit bequem und fürstlich eingerichtet[1].

Herzog Ernst August war ein origineller Kautz, aber, wie es scheint, ein nicht übler Verwalter. Ein paar Rescripte von ihm mögen an die Culturzustände erinnern, die nur wenige Jahrzehnte vor Göthe's Eintritt am Hofe von Weimar herrschten.

Dem Pfarrer Grienitz von Rauschela gebot er 1735, „sein geistlich auf Weissenfelsische Arth roth auf dem Schnitt dressirtes Stutzbärtgen abnehmen und solches, so lange er lebe, nicht wieder wachsen zu lassen". Dafür beschenkte der fürstliche Summus Episcopus den Diener am Worte alljährlich mit einem Klafter Eichenholz aus den Ettersburger Waldungen, nur mit der Bedingung, daß der Pfarrer auch „alljährlich zur Dankbar-

―――――――

[1] Den 4. März 1779 schreibt Göthe an Frau von Stein von Dornburg: „Auf meinem Schlößchen ist's mir sehr wohl, ich habe recht dem alten Ernst August gedankt, daß durch seine Veranstaltung an dem schönsten Platz auf dem besten Felsen eine warme, gute Stätte zubereitet ist." A. Schöll, Göthe's Briefe an Frau von Stein. 1848. I. 215.

keit eine wohl conditionirte Knack Wurst auf seinen Geburtstag an Uns in natura mit Ablegung eines Panegyrici in
lateinischer Sprache, den miraculeusen Lebenslauf seiner eigenen
Persohn und die ausnehmende Erkänntniß der Nelkenflor und
Mistbethe betreffend, einliefern solle" [1].

Ein anderes Decret vom 13. Mai 1740 weist auf verschie-
bene unangenehme Erfahrungen hin, welche dem Herzog sowohl
die Genußsucht und Trägheit einzelner Beamten, als auch seine
eigene Baulust bereitet hatten:

„Denen Cavaliers ist die Fourago in natura abzuziehen
und solche an Gelde anzuschlagen, welches von dato an geschehen
soll, dahero dem Oberjägermeister 3 und jedem Forstmeister
2 Pferde passiren, welche sie zum Reiten halten sollen, und wird
ihnen die Fourage auf dem Lande hiermit gänzlich abgeschnitten.
Hätte man vorigen Herbst bey wohlfeiler Zeit vor Hafer gesorget,
so müßte man solchen jetzo nicht so theuer bezahlen, allein wenn
man schmaussen und bei den Pachtern Forellen und welsche
Hähne fressen soll, da ist man parat, und in zehn Jahren siehet
Niemand nach der Wirthschaft und Felder, welches doch der
Kammer verdammte Schuldigkeit ist. Wir seynd kein Geldsch......,

---

[1] Mitgetheilt von Dr. C. A. H. Burkhardt, Grenzboten.
1876. III. 120. — Nach Vehse (XXVIII. 48. 49) war der Herzog
ziemlich übergläubig und abergläubisch, glaubte „das wahre Philo-
sophenlicht der Natur" erkannt zu haben, verordnete aber zugleich
als „untrügliches Mittel zum Löschen der Feuerbrände": „in allen
Städten und Dörfern hölzerne Teller, mit einem Feuerpfeile nach
beigesetzter Zeichnung versehen, anzuschaffen, und diese Teller Frei-
tags bei abnehmendem Monde zwischen 11 und 12 Uhr mit frischer
Tinte und neuer Feder mit den Worten beschrieben: ‚An Gottes
Allmacht liegts. Consummatum est', bei jeder vorfallenden Feuersbrunst im Namen Gottes in's Feuer zu werfen." Da Vehse sehr
in Mißcredit ist (vielleicht mehr unliebsamer Wahrheiten, als mancher „Gerüchte" und „Klatschereien" wegen), so habe ich ihn für
das Folgende nicht weiter als Zeugen benützt, mich indeß überzeugt,
daß er jenen Mißcredit nicht in allen Punkten verdient.

sonsten wir denen Cameralisten ein ziemliches Capital auf die Nase avanciren würden und haben auch Unser Geld nicht gestohlen, allein wenn die Wirthschaft bei dem Bauwesen und Küch und Keller besser eingerichtet würden, das wäre besser, und hat der Oberjägermeister darauf zu bringen, daß das sämmtliche Bauwesen dieses Jahr zu Ende gehe, maßen Wir dabei abscheulich betrogen werden und die Baumeister mit denen Handwerks- und arbeitsamen Leuten unter einer Decke stecken."[1]

Mit derselben Entrüstung bekämpft der Fürst ("von Gottes Gnaden Ernst August Herzog zu Sachsen, Jülich, Cleve und Berg, auch Engern und Westphalen") die Annahme von Präsenten und Besoldungen seitens der Präsidenten, Kanzler und Anderer ohne Bewilligung des Landesherrn, besonders aber die Einmischung der Damen in Sachen der Politik und des öffentlichen Lebens (24. November 1738).

"Gleichwie Wir nun aber als Landesherr dergleichen üble eingeführte Gewohnheit gänzlich abgeschafft wissen wollen, maßen Wir selbst nicht verlangen, daß Uns bei jetzigen Geldklemmen Zeiten ein don gratuit verwilligt werde, da Wir doch Tag und Nacht in Unruhe und Mühe zum Besten des Landes Unsere Zeit zu bringen; Also ist Unser gnädigstes Begehren, Ihr wollet fürs künftige Euch dergleichen der Landeshoheit nachtheiligen Freiheit gänzlich entäußern und keinem Menschen, er sey wer er wolle, ohne Unsere gnädigste Genehmhaltung ein Präsent verwilligen, noch weniger eine jährliche Bestallung setzen, um so mehr, da Uns als Landesfürsten die Disposition der Landes-Einkünfte zustehet, und Wir Uns von keinem Minister, Rath oder Dames maitrisiren lassen, und obwohl die Frau Ober-Hof-Meisterin, welche Euch in Ansehung ihrer und anderer dieserhalb einige Proposition thun lassen, eine kluge welterfahrene Hofdame ist, so hegt sie doch **principia imperantia** und mischet sich in Alles, welches Wir aber bey Unserem Leben nicht dulden

---

[1] Mitgetheilt von C. A. H. Burkhardt, Grenzboten 1873. IV. 278.

werben, noch baß bie Frauenzimmer=Seuche nach Unserem Tobte
einwurzele, welches Wir einer getreuen Landschaft ernstlich ver=
biethen, allermaßen bekannt ist, baß bie meisten Höfe durch bie Reif=
Röcke bie größten unb geheimsten Affairen ben Fürsten zum Schaben
unb zum Verberb Land unb Leute zu birigiren gesuchet, wenn zumal
bie Diener von beren Befehl bependiren ober bependirt haben."[1]

Herzog Ernst August starb 1748. Sein Sohn, Ernst August
Constantin, zur Zeit seines Tobes 11 Jahre alt, folgte ihm erst
1755 in ber Regierung, starb aber schon brei Jahre später, noch
nicht ganz 21 Jahre alt, an ber Schwinbsucht, unb hinterließ
zwei unmünbige Kinber. Das ältere, Karl August, war 9
Monate alt; bas anbere, Prinz Constantin, wurbe erst 3 Monate
nach bes Vaters Tob geboren. So gelangte bie Regierung schon
10 Jahre nach Ernst Augusts Ableben an bie „Reifröcke", boch nicht
gerabe, wie er befürchtet hatte, zum vollständigen Verberb bes Lanbes.

Die Herzogin Anna Amalia, welche burch Testament ihres
Mannes als Vormünberin=Regentin eingesetzt wurbe, war eine
Tochter bes Herzogs Karl von Braunschweig, eine Nichte Frieb=
richs II. von Preußen, unb am 24. October 1739 geboren. Als
Kind von ihren Eltern nicht geliebt[2], ihren jüngeren Geschwistern
nachgesetzt, wurbe sie nach trüben, harten Jugenbtagen schon als
16jähriges Mäbchen bem Herzog E. August Constantin ange=
traut, nach ihrem eigenen Ausbruck: „so wie man gewöhnlich
Fürstinnen vermählt". Sie war gesund unb lebensfrisch, er
schwach unb schwinbsüchtig. Mit 19 Jahren wurbe sie schon
Wittwe unb Regentin. Die harte Behanblung, welche sie in
ben Jahren ihrer Kinbheit erfahren, hatten ihren Geist weber
niebergebrückt unb verbittert, noch auch nach erlangter Freiheit
in bas entgegengesetzte Extrem gebrängt, wohl aber ihre Klug=
heit geschärft unb ihrem Charakter eine muntere Elasticität ge=
geben. Ihre „Selbstbekenntnisse", nicht ohne rosiges Wohl=

---

[1] Ebb. 1874. III. 80.

[2] F. Arnbt, Mütter berühmter Männer. Anna Amalia, Her=
zogin von Sachsen=Weimar. Leipzig, Richters Verlagsanstalt. S. 17.

gefallen an sich selbst geschrieben, verrathen einen feingebildeten
Geist, ein gutes Herz, wohlmeinende Absichten, doch mehr Heiterkeit und Gefühl, als tieferen Ernst und Charakter. So zeigt
sie sich auch in ihrem Leben: sie ist das muntere fürstliche Pendant zur bürgerlichen „Frau Rath", Elisabeth Tertor, Göthe's
Mutter. Ihre religiöse Bildung kann man nach katholischen
Begriffen allerdings weder eine tiefe noch eine klare nennen. In
Weimar war nicht die Kirche die Hauptsache, sondern das Schloß.
Die Religion galt als eine hergebrachte Zuspeise des Lebens,
aber nicht als dessen Kern und Alles belebende Grundkraft. So
war Anna Amalia keine Ungläubige, in ihren Briefen kommen
vielmehr manche fromme Sprüche vor; aber es möchte ihr schwer
geworden sein, den dogmatischen Inhalt ihres Christenthums
genau zu definiren. Wie ihr berühmter Onkel, kam sie mit
wenig Dogmatik aus; die Moral bestand darin, zu leben und
leben zu lassen. In frohen Tagen ging das gut, in trüben war
man freilich um Trost verlegen. „Die Katholiken," klagt ihr
Freund Wieland in einem Brief, „haben wenigstens ihr Vene-
rabile, das ihre Zuflucht und feste Burg in allen ihren Nöthen
ist; wir armen Lutheraner hingegen haben Niemand, als den
lieben Gott, an den leider auch Niemand glaubt, weil er zu weit
von unseren Sinnen ist und sich am Ende auch nicht viel um
uns zu kümmern scheint. Wir sind also in allerwege übel daran."[1]
Dieser praktische Indifferentismus, nur dürftig noch mit etwas
protestantischem Formelwesen umkleidet, war längst die Religion
der meisten „Gebildeten", ehe Herder seine Humanitätsreligion
formulirte und Göthe die „Mutter Natur" anrief.

Wie ernst Anna Amalia ihre Aufgabe als Fürstin erfaßte,
bezeugt ein schon am 8. September 1759 an den Präsidenten
ihres Geheimen Conseils, von Rhediger, erlassenes Promemoria:

„Da ich unter anhoffendem Göttlichen Beystand und Seegen
die Obervormundschaftliche Regierung dieser Lande angetreten

---

[1] R. Wagner, Briefe an und von H. J. Merck. Darmstadt
1838. S. 178. (Der Brief ist vom 10. Aug. 1780.)

habe, um sie zum Nutzen und Bestand Meiner unmündigen Prinzen und deren Lande zu führen, so bin ich zuförderst der mir obliegenden schweren Verantwortung eingedenk, und um das in Mich gesetzte Vertrauen zu rechtfertigen, erachte Ich Mich, so weit es das Mir von Gott gebotene Vermögen gestattet, schuldig, nach dem weisen Exempel Meines hochgeehrtesten Herrn Vaters Gnaden Mir die Mühe nicht verdrießen zu lassen, alles mit eigenen Augen zu sehen und mit eigenen Ohren zu hören."[1]

Indem sie versprach, den Conseilssitzungen fleißig beizuwohnen, verlangte sie zugleich, auch außer denselben stets genau über alles Laufende unterrichtet und berathen zu werden, die Munda selbst zu vollziehen, die beiliegenden Concepte zu signiren, alle Expeditiones nach bestimmtem Reglement durch ihren eigenen Cabinets-secretär an sich selbst gelangen zu lassen, von allen einlaufenden Schreiben rc. schon vor der Conseilssitzung Einsicht zu nehmen, jeden Sonnabend sowohl einen Kammer- und Kassen-Extract, als auch einen Auszug der Sitzungsprotocolle zu erhalten. Das war viel für eine junge Frau von zwanzig Jahren; man denkt un-willkürlich an Maria Theresia, wie sie in der Blüthe ihrer jugend-lichen Schönheit den unendlich langen Berathungen ihrer alters-grauen Kronräthe präsidirte. Die Aufgabe war um so weniger ansprechend, als die Finanzen darniederlagen, von dem früheren Wohlstand des Hofes selbst nur dürftige Ueberreste vorhanden waren. Unter der langen vorausgegangenen Vormundschaft war weder für Erhaltung und Vermehrung der vorhandenen Kostbar-keiten, noch auch für die nothwendigsten Dinge gesorgt worden, selbst ein Theil der Dienerschaft war außer Thätigkeit gesetzt, wie ihre Hofdame, Henriette von Egloffstein, erzählt[2].

„In ähnlicher Lage," so meldet die Gräfin weiter, „befand sich die junge Herzogin hinsichtlich ihrer geistigen Bedürfnisse. Sie, die im Umgange feingebildeter Menschen aufgewachsen,

---

[1] Karl Frhr. von Beaulieu-Marconnay, Anna Amalia, Karl August und der Minister von Fritsch. Weimar, Böhlau. 1874. S. 20 ff.

[2] Ebd. 222 ff.

gleichsam mit der Muttermilch die Liebe für Künste und Wissenschaften eingesogen hatte, und nur im Französischen sowohl mündlich als schriftlich mit Leichtigkeit sich auszudrücken vermochte, —
weil damals die deutsche Sprache am Hofe ihres Vaters, wie in
allen vornehmen Kreisen Deutschlands, als das Idiom der Roh-
heit und Barbarei durchaus verpönt war, — sie, sage ich, mußte
sich unter Halbwilde versetzt wähnen, da die meisten Weimaraner
des französischen Jargons nicht mächtig und in ihren Sitten und
Gebräuchen jenen Kleinstädtern zu vergleichen waren, welche
Kotzebue so treffend schilderte, daß die Herzogin in späteren Jahren
dadurch an die Zeit erinnert wurde, wo sie, von ähnlichen Wesen
und Zuständen umringt, kaum auf eine Besserung der Lage zu
hoffen wagte. Langeweile und die daraus entspringende Sucht
zu Klatschereien herrschten in den Versammlungen der Weimar'-
schen Damen, von welchen sich die Männer wie überall, wo
Cultur und Urbanität der Sitten noch nicht heimisch sind, auf's
Strengste absonderten, um ihren brutalen Zeitvertreiben unge-
hindert nachgehen zu können."

So gesellte sich zu den ernsten Regentenpflichten Anna
Amalia's die ungleich leichtere und angenehmere Aufgabe, das
gesellige Leben ihres Hofes auf eine höhere Stufe der Bildung
zu bringen: mit der Lösung beider Aufgaben verschmolz sich von
selbst eine dritte, die höchste Herzens- und Staatsangelegenheit
der Fürstin und Mutter: die Heranbildung ihrer beiden Söhne
zu tüchtigen Fürsten.

Was die erste dieser drei Aufgaben betrifft, so ist es sicher
nicht dem bloßen Glück, sondern auch der Klugheit und dem
Scharfblick der jungen Fürstin zuzuschreiben, daß sie für die
Leitung der Staatsgeschäfte ebenso gewandte und sachverständige,
als treue und redliche Männer fand. Am meisten schätzte sie
unter diesen Christoph von Greiner, einen früheren Lehrer ihres
Gemahls, den sie 1761 zum Mitglied ihres Geheimen Conseils
ernannte, und der, 1763 vom Kaiser geadelt, ihr bis zum Jahr
1772 als treuer Berather zur Seite stand. Sie glaubte an ihm
einen wahren Schatz gefunden zu haben.

„Er war," sagt sie, „nicht von den außerordentlichen, großen Köpfen, aber ein geraddenkender, mit viel Vernunft begabter Mann. Er hatte von unten auf zu dienen angefangen, also daß er in den Geschäften sehr wohl unterrichtet war und sich viele Kenntnisse darin erworben hatte. Ein feines Gefühl beseelte ihn, also war er einer wahren Freundschaft fähig. Er war Freund seiner Freunde; seine Seele war zu edel, als daß er schmeicheln konnte. Dieses war der Mann, in dessen Arme ich mich warf; ich liebte ihn als meinen Vater. Von ihm habe ich die Wahrheit kennen und sie liebgewinnen lernen."[1]

Nach seinem Tode 1772 trat der Geheime Rath Thomas von Fritsch (geb. 1731, seit 1756 im Staatsdienst, seit 1762 Mitglied des Conseils) als Conseilspräsident an die Spitze der Geschäfte, und leistete der Fürstin manche gute Dienste, besonders, als allerhand Mißhelligkeiten wegen der Prinzenerziehung, Finanz- und Verwaltungsschwierigkeiten sie 1773 so entmuthigten, daß sie von der Vormundschaft sobald als nur möglich zurücktreten wollte.

Die Geschäftstüchtigkeit dieser Männer vermochte es indeß nicht zu hindern, daß das Land in den letzten Jahren des siebenjährigen Krieges (bis 1763) hart mitgenommen wurde und auch unter dessen Folgen litt. Trotz aller dieser schönen Gesinnungen und Vorsätze scheint die Herzogin wenig oder nichts gethan zu haben, um durch Einschränkung des Hofes die Lage ihres Landes und Volkes praktisch zu erleichtern. Wenigstens stellte ihre Hofverwaltung im Jahre 1760, also noch im Kriege, einen Etat von 57253 Thalern auf und preßte dadurch dem Geheimrath Nonne die amtliche Klage ab: „Die armen Unterthanen werden bis auf den letzten Blutstropfen ausgesaugt, und an dem Hof der besten Fürstin, einer wahren Mutter der Unterthanen, soll zu der Zeit nur Pracht und Ueberfluß herrschen!"[2]

Einem ähnlichen Zug begegnet man öfter an den Fürsten-

---

[1] Beaulieu-Marconnay, Anna Amalia. S. 29.
[2] C. A. H. Burkhardt, Aus Weimars Culturgeschichte. Grenzboten 1871. II. 650, Anm.

höfen jener Zeit: in Briefen und Actenstücken die herrlichsten „philosophischen“ Gesinnungen von Fürstentugend, Milde, Menschlichkeit, Väterlichkeit, Mütterlichkeit — — und dabei im Lande Steuerdruck, Noth der Unterthanen — und bei Hofe glänzende Lustbarkeiten, kostspielige Feste, Theater, Bälle und Redouten. In Paris war das ja auch so, und Paris galt als das Muster der Höfe.

Da die junge Herzogin keine höheren Ideale vor sich hatte (denn an die liebenswürdige Schutzheilige Thüringens, die hl. Elisabeth, dachte sie wohl nie), so ist es leicht erklärlich, daß sie der äußeren Ausstattung, dem Vergnügen und der Unterhaltung ihres Hofes mehr Sorgfalt zuwandte, als den Interessen ihres Volkes, ja daß mit ihr gerade eine Aera größeren Aufwandes am Weimarer Hofe begann.

Nach Wieland war Anna Amalia „telle qu’elle est, eines der liebenswürdigsten Gemische von Menschlichkeit, Weiblichkeit und Fürstlichkeit“. Schiller war weniger gut auf sie zu sprechen. „Ihr Geist,“ schrieb er an Körner, „ist äußerst bornirt, nichts interessirt sie, als was mit Sinnlichkeit zusammenhängt: diese gibt ihr den Geschmack, den sie für Musik und Malerei u. dgl. hat oder haben will.“[1] Dieses Urtheil ist unzweifelhaft zu hart; aber es ist auch etwas Wahres daran. Die Herzogin war eine heitere, sinnliche, lebenslustige Natur und fühlte selbst das Bedürfniß, vor Allem so gut als möglich für ein fröhliches und unterhaltendes Hofleben zu sorgen. Sie zeichnete und musicirte, interessirte sich für Gesang und Poesie, ritt und verkleidete sich gern, tanzte gern und tanzte gut. War ihr Gesicht nicht sonderlich anmuthig, so wurden dafür ihre kleinen Füßchen bewundert. Fast täglich legte sie neue Schuhe an. Die Damen wetteiferten, ihr die schon getragenen abzukaufen und ihren eigenen Fuß in dieselben zu quälen, die Herren trugen den Fuß der Herzogin in Gold nachgebildet an der Uhrkette[2].

[1] K. Göbele, Schillers Briefwechsel mit Körner. Leipzig 1874. I. 74.

[2] Burkhardt, Aus Weimars Culturgeschichte, Grenzboten 1871. II. 650.

Schon kurz nach ihrer Verheirathung mit Herzog August Constantin, den 1. November 1756, — also eben nach Ausbruch des siebenjährigen Krieges, wurde in Weimar die Truppe des Schauspielers Karl Theophil Döbbelin angeworben. Nach dem Bestallungsdecret erhielt Döbbelin 6800 Reichsthaler, wofür er die ganze Schauspielergesellschaft zu stellen hatte. Die Beleuchtungskosten mußte der Hof auch noch übernehmen. Eine kostspielige Sache für einen Hof, dessen ganzer Haushalt 60 000 Thaler nicht überstieg! Als Döbbelin Ende April 1757 Weimar verließ, übernahm der Hof die Gesellschaft, ein Kammerjunker von Dürkheim ward Intendant, das Theater zum förmlichen Hoftheater. Es war das dritte, welches Deutschland besaß. Schon im September indeß gerieth die Hoftheaterkasse in Schulden, am 20. d. M. mußten alle Gehälter auf ein Drittel reducirt werden, das „theure" Vergnügen aber wurde trotz der Kriegsnöthen nicht preisgegeben. Vielmehr nahm man die Schauspieler in den Hof- und Adreßkalender auf. Vom Herbst 1768—1771 spielte in Weimar die Koch'sche Truppe, ihr folgten 1771 bis 1774 der Schauspieler Seyler und die Seinigen, und spielten wöchentlich dreimal, bis am 5. und 6. Mai 1774 mit dem herzoglichen Schloß auch das Theaterlokal ein Raub der Flammen ward. So erhielt Weimar durch Anna Amalia ein ständiges Theater, und wurde gleichzeitig zur eigentlichen Wiege der deutschen Oper und Operette[1].

Wie das musikalische Element auf der Bühne begünstigt wurde, so wurde es auch sonst in Concerten, Musikaufführungen und Abendgesellschaften emsig gepflegt. Als Hofmusicus berief die Herzogin 1767 den Kapellmeister Ernst Wilhelm Wolff von Gotha. 1772 kam der Componist A. Schweitzer aus Coburg von Italien zurück und componirte Wielands „Alceste", die erste deutsche Oper, die am 28. Mai 1773 zum ersten Mal aufgeführt wurde[2].

---

[1] Ernst Pasqué, Göthe's Theaterleitung in Weimar. Leipzig 1863. I. 10—29. Göthe-Jahrbuch IV. 111.

[2] Pasqué II. 353 ff.

Zu dieser Begünstigung der Musik trug wohl nicht wenig die persönliche Liebhaberei der Herzogin bei, ihr Gefallen am französischen und italienischen Singspiel, dann die noch fühlbare Armuth der deutschen Dramatik, endlich aber auch die Gewalt der Mode und des bloßen Vergnügens. Bei einer Operette braucht man nicht so viel zu denken, als bei einem ernsten Trauerspiel; die Sinne aber finden dabei besser ihre Rechnung.

Putz, Vergnügen und Pracht aber liebte die Herzogin augenscheinlich. Neben den regelmäßigen Theatervorstellungen und Concerten fanden glänzende Hoffeste, Bälle, Redouten, Picknicks, Vergnügungsfahrten statt. Frisur und Toilette nahmen viel Zeit, Putz und Garderobe viel Geld in Anspruch. An Sonn und Festtagen ließ sich die Herzogin auf der Esplanade sehen, vor ihr ging der Hofmarschall einher, ein Page trug die Schleppe, dann folgten die übrigen Pagen, Läufer und Haiducken, auch ein Zwerg fehlte nicht. Bei Vergnügungsritten begleitete sie ein größeres glänzendes Gefolge. Im Winter wurden große Schlittenpartieen gehalten, in buntbemalten zweispännigen Schlitten, welche Muscheln, Schwäne, Drachen u. dgl. vorstellten. Im Schlitten saß gewöhnlich nur eine Dame in großer Gala, während vom hinteren Sitze des Schlittens aus der Cavalier die reichbehangenen Pferde lenkte. Zwischen den Schlitten ritten je nach Rang und Stand der Dame zwei bis drei Cavaliere einher und Haiducken und Läufer knallten mit ihren Peitschen[1]. Nicht weniger Freude hatte Anna Amalia am Spiel, an Hoffesten und Bällen. Ein Reisender, der Weimar 1770 besuchte, erzählt[2]:

„Diesen selben Abend war Redoute auf dem Rathhause, das Villet zu einem Gulden. Der Hof fuhr um acht Uhr hin. Die Herzogin war prächtig en domino und brillirte auch sonst mit ihrem Schmuck von Juwelen. Sie tanzt schön, leicht und mit vielem Anstand; die jüngeren Prinzen, die en Zéphir und en

---

[1] Grenzboten 1871. II. 651 ff.

[2] Lewes (Frese). 1877. I. 840. Ausführlicher bei Vehse XXVIII. 61 ff.

Amour maskirt waren, tanzten auch sehr gut. Die ganze Maskerade war sehr voll, animirt und eine Menge artiger Masken.
Es war auch ein Pharaotisch da, der geringste Point war ein
halber Gulden. Die Herzogin setzte immer Laubthaler und halbe
Louisb'or. Da sie aber sehr gern tanzte, so spielte sie auch nicht
lange. Sie tanzte mit jeder Maske, die sie aufnahm, und blieb
bis früh um drei, da fast alles aus war."

Von einer anderen Reboute erzählt derselbe Reisende:

„Die Herzogin war en reine grecque, eine sehr prächtige
Maske, die ihr wie Alles sehr gut ließ. Es war heute ungemein
voll, brillant und belebt auf der Reboute, und waren auch einige
Studenten da von Jena. Zu der letzten Reboute schickte mir
die Herzogin eine ihr eigene Savoyarden-Maske; ich wurde bei
der Gräfin von Görtz angezogen, von ihrer Kammerjungfer als
Dame frisirt und erschien nebst dem jungen Grafen Görtz, der
auch so gekleidet war, bei Hofe, aß so bei der Tafel und fuhr
mit dem Hofe auf die Reboute; sie dauerte bis sechs Uhr."

Während die Herzogin so dem kleinen Weimar einen für
seine Verhältnisse glänzenden und amüsanten Hof verschaffte, trug
sie auch für die Erziehung ihrer beiden Söhne eine ganz der
Richtung und dem Geiste der Zeit entsprechende Sorge.

Sobald der Erbprinz drei Jahre alt war, berief sie den
Gymnasiallehrer Johann Wilhelm Seibler aus Braunschweig,
um dessen Heranbildung zu leiten. Seibler kam denn im Frühjahr 1761 nach Weimar[1]. Er scheint es gut gemeint zu haben,
wollte einen rechten Vater des Vaterlandes aus seinem jungen
Zögling machen: „Er muß sich klar werden, daß er der Vater
seines Landes, er muß ein Herz, das nur die Religion bildet,
für alle seine Kinder haben, ihm muß die harte und saure Arbeit
des Bauernstandes ebenso bemerkenswerth sein, als das künstliche
schönste Meisterwerk." So meinte der brave würdige Scholarche
und gab sich redliche Mühe, seinen Prinzen, nach sokratischer

---

[1] C. A. H. Burkhardt, Jugend und Erziehung Karl Augusts
von Weimar. Westermanns Monatshefte 1863, Febr. S. 400 ff.

Methode, auf religiöser Grundlage, vor Allem im Latein, in der Geschichte und im Rechnen voranzubringen, nährte indeß in ihm allzusehr das prinzliche Bewußtsein, was später der Mutter und den andern Erziehern Schwierigkeiten bereitete. Noch im selben Frühjahr sah sich Anna Amalia nach einem andern Pädagogen für den kleinen Karl August um und berichtete am 4. Mai (1761) an ihr Geheimes Conseil über ihre Umschau:

„Endlich bin ich bei dem Grafen Görtz stehen geblieben, und ich glaube von ihm versichern zu können, daß er Christ im voll- sten Sinne des Wortes, ein trefflicher Mensch, ohne Widerspruch im großen Ganzen wie in den einzelnsten Beziehungen die herrlich- sten Eigenschaften in sich vereinigt. Geist und Welt sind ihm eigen, er gehört zu denen, die mit Freudigkeit die Dinge erfassen, ihn zeichnen Kenntnisse aus, die er durch Fleiß, Lectüre und ernstes Studium der Wissenschaft zu vermehren strebt.“[1]

Ueber sein Bißchen satirische Schalkhaftigkeit beruhigte sie sich, da dieselbe ohne Bosheit sei; früher sei er allerdings dem Spiel ergeben gewesen, habe aber auf dieses Vergnügen schon längst verzichtet.

Graf Görtz war ein tüchtiger Hofcavalier. Er hatte in Ley- den studirt, dann im Haag und in Straßburg sich für die diplo- matische Thätigkeit herangebildet. Mit 24 Jahren wurde er Regierungsassessor in Weimar, kam aber mit dem mürrischen Minister von Bünau nicht aus und siedelte deßhalb nach Gotha über, von wo er erst 1759 wieder nach Weimar zurückkehrte. Auch er faßte das Erziehungswerk mit hohem Ernste auf, visirte vielleicht nur etwas zu hoch für einen Prinzen von 4 Jahren und 8 Monaten.

„Ehrfurcht und zärtliche Liebe gegen die Mutter, gleiches Wohlwollen gegen alle, die ihn umgeben und unter ihm stehen, deren Wohl zu fördern die höchste Aufgabe sein muß, erklärte er als höchstes Ziel, das nur mit wahrem religiösen Sinn, der sich in der Wirklichkeit an jeder Stelle offenbaren müsse, zu

---

[1] Ebd. S. 403.

erstreben sei. Der Prinz müsse zunächst in Demuth inne werden, daß die Vorzüge seiner Stellung dem Glück und der göttlichen Vorsehung zu verdanken und daß vor Allem das Gefühl
für das Recht wach zu halten, Schmeichelei, Ohrenbläserei als
das schädlichste Gift und als die Pest der Fürsten fern zu halten sei."

Hohe Gedanken für den Kleinen, der bald roth und weiß,
bald blau und lila gekleidet, mit seinen polnischen Orden, seiner
grünen ungarischen Weste, seinen dreifach mit Silber bordirten
Beinkleidern, mit Säbel und Säbeltasche, Dolman und Quasten-
mütze im Hof von Belvedere herumstolzirte!

Tracht, Einrichtung und Sitten des Hofes entsprachen sonst
bis dahin dem von Paris aus dictirten Modegeschmack der Zeit.
Die Hofsprache war noch vorzugsweise das Französische. Anna
Amalia selbst schrieb besser französisch als deutsch. Bei Hofver-
sammlungen war Karl August als Prinz noch ausstaffirt, wie
die Prinzen am Hofe Ludwigs XV. Die Kleidung bestand aus
einem starr gestickten Rocke mit langen Schößen und Aufschlägen,
in einer ebenso gestickten langen Weste, in einem Degen mit
einer Menge Bandschleifen, in einem großen Federhut unter dem
Arme und in seidenen Strümpfen mit abgestumpften Schuhen
und großen silbernen Schnallen; der Kopf war dabei mit einem
hohen wohlgekräuselten Toupet und zwei dicken Locken, beide mit
Pomade und Puder reichlich durchknetet, geschmückt und den
ganzen Putz vollendete ein großer Haarbeutel, der in zwei breiten
schwarzen Bändern, einem sog. Postillon d'amour, vorn über
die Brust weglief.

Karl August entwickelte sich rasch und war bald seinem Bruder weit voraus. Er konnte mit fünf Jahren schon gut lesen,
las viel und bunt durcheinander, und schloß sich lieber an Aeltere
und Erwachsene an, als an Altersgenossen. Bei der noch obwal-
tenden Herrschaft des Französischen lernte er auch diese Sprache
früher schreiben, als die deutsche.

Die Prinzen hatten ihre eigene Hofhaltung in einem Pavillon
des Schlosses Belvedere. Nur Abends 6—7½ Uhr hatten sie

frei, um die Mutter zu besuchen. 400 Thaler waren jährlich
dem Erbprinzen zugetheilt, um davon Almosen zu geben. So
gut es Graf Görtz meinen mochte und so strenge er die Prinzen
hielt, so fehlte doch im Unterricht eine richtige gleichmäßige Methode, und seine Erziehungskunst ging nicht weiter, als die verschwommenen Sentimentalitäts- und Humanitätsideen Basedows,
die damals zwar Epoche machten, aber eine gesunde Grundlage
nicht darboten. Ovid wurde vor Eutrop gelesen, Genealogie
und Heraldik der Geschichte vorausgeschickt. Vom 7. Jahre an
wurde Karl August so wild und unfügsam, daß Görtz fast seiner
Aufgabe zu erliegen glaubte. Mit dem 9. Jahre wurde es indeß
wieder etwas besser. Karl August übersetzte mit Leichtigkeit die
schwersten Stellen aus Livius, machte in Mathematik und Physik
gute Fortschritte und trieb vor Allem mit Eifer Ernestinische
Geschichte. Musik liebte er nicht, mit dem Französischen ging es
langsam, doch las er mit 12 Jahren Voltaire und Molière mit
ziemlicher Geläufigkeit. Während er sich noch an Robinsonaden
freute, fielen ihm Wielands Schriften in die Hände und machten
großen Eindruck auf ihn. Gerne hätte er den Aufenthalt gewech-
selt, um fremde Städte und Länder zu sehen; doch die Mutter
ging auf diese jugendlichen Wünsche nicht ein.

Nachdem der Prinz indeß 1771 nach vorhergehender Prüfung
die Confirmation erhalten hatte, entsprach sie dem dringenden
Vorschlag des Grafen Görtz, das Studium der Philosophie in
Angriff nehmen zu lassen. Man dachte an Mayr in Jena und
an den Geheimrath Schmidt. Anna Amalia wollte den Abt
Jerusalem in Braunschweig als Lehrer für ihren Sohn gewinnen,
doch dieser lehnte ab. Nach einigen Unterhandlungen wurde
statt seiner Christoph Martin Wieland angeworben und traf am
28. August 1772 in Weimar ein. Sein fürstlicher Schüler
Karl August zählte 15 Jahre. Ein großer Philosoph war Wieland nicht, aber mit seinem Eintritt begann Weimars sogenannte
classische Periode.

2. Wieland und der junge Herzog Karl August.

1772—1775.

> „Die schöne Lili glaubte, ein Mann, der die
> Gabe hat, ihr besser als irgend ein Anderer die
> Zeit zu vertreiben, und überdieß die niedlichsten
> kleinen Verse machte, müsse nothwendig auch die
> Gabe haben, einen König zu bilden. Der Prinz
> bekam also einen schönen Geist zum Hofmeister."
>
> Wieland. Der goldene Spiegel der
> Könige von Scheschian.

> „Die Hofmeister junger Fürsten, die ich kenne,
> vergleiche ich Leuten, denen der Lauf eines Baches
> in ein Thal anvertraut wäre; es ist ihnen nur
> darum zu thun, daß in dem Raum, den sie zu ver-
> antworten haben, alles fein stille zugehe;.... wird
> der Knabe majorenn erklärt, so gibt's einen Durch-
> bruch und das Wasser schießt mit Gewalt und
> Schaden seinen Weg weiter und führt Steine und
> Schlamm mit fort."   Göthe.

Der Pfarrerssohn Christoph Martin Wieland von Biberach
(geb. 5. Sept. 1733) war Göthe um 16 Lebensjahre voraus
und repräsentirte schon ein ansehnliches Kapital deutscher Literaturgeschichte, als er in Weimar einzog. Seine durchaus pietistische
Erziehung in Klosterbergen und Erfurt wurde schon frühe durch
eine bunte Allerlei-Lectüre durchkreuzt. Der Mysticismus siegte
anfänglich über die Versuchungen zur Freidenkerei, zu heidnischer
Philosophie und lockerer Lebensanschauung. Die Liebschaft, welche
der 17jährige Gymnasiast mit Sophie von Gutermann, der späteren La Roche, anfing, hielt sich in platonischen Gefühlen. In
Tübingen, wo er dann unter dem Titel juristischer Studien
poetisirte, schrieb er ein Lehrgedicht über die „Natur der Dinge",
einen „Anti-Ovid" und „Moralische Erzählungen". Von Bod-

mer in Zürich 1752 mit Liebe aufgenommen, schloß er sich ganz
dessen ernster Richtung an, dichtete die „Prüfung Abrahams“,
schwelgte in süßlich-frommen Empfindungen und Betrachtungen,
verurtheilte Ovid, Gleim und Petrarca, und brachte es in der
ästhetischen Entsagung so weit, zu sagen: „wer in der Gleichgiltigkeit gegen die Religion keine Ehre suche, müsse das schlechteste
Kirchenlied dem reizendsten Lied eines Uz unendlich vorziehen“.
Dieser übertriebene Rigorismus hatte jedoch keinen Rückhalt,
weder in klaren, festen Grundsätzen, noch in einem kräftigen,
energischen Charakter. Wieland war eine weiche, empfindsame,
sinnliche Natur. Seine Frömmigkeit war ein unklarer Gefühlsdusel, seine poetische Tugendstrenge jugendliche Schwärmerei. Je
kühner er in seraphischen Welten geschwärmt hatte, desto schroffer
wendete sich das Blatt, als ihm das Auge für die Schönheiten
des lachenden Diesseits aufging und er von seinen Jugendsym-
pathieen und aus den Träumen „unschuldiger Menschen“ erwachte.
Nun schüttete er das Kind mit dem Bade aus und ward ein
erotischer Dichter. Die Seraphim und Cherubim verwandelten
sich in Musen und Grazien, die tugendschwärmerischen Engels-
seelen in griechische Kupplerinnen und Hetären, er vertauschte
Sokrates und Plato mit Lucian und Epikur und wurde nicht
müde, das Glück seiner „Bekehrung“ in Versen und Prosa,
kleinen Dramen und langgesponnenen Romanen, mit altgriechischer,
orientalischer, spanischer und deutscher Staffage, weich, lüstern,
geil, verführerisch, in allen Tonarten, aber immer mit demselben
Refrain zu beschreiben. Dieser Refrain ist das Lob der richtigen
altheidnischen Göttin Venus, die mit ihren Musen und Grazien
das eigentliche Glück dieses Lebens ausmachen soll. In den verschiedensten Balletfiguren wird sie immer und immer wieder auf-
gespielt; nur gegen den Schluß hin übergibt der Dichter gewöhnlich seinen Rosa-Farbentopf dem Tizian und läßt den Vorhang
fallen. Eine Fülle sprudelnder Phantasie, geistreichen Witzes,
trefflichen Erzählertalents und poetischer Eingebung wurde fürder
an das unsauberste Geschäft verschwendet, was es gibt.

Wieland soll nicht ganz so schlecht gewesen sein, als seine

erotischen Dichtungen ihn erscheinen lassen[1]. Allerdings spricht er davon, daß er sich in Zürich „ein Serail gehalten", dann liebelte er in Bern mit der Pfarrerstochter Julie Bondeli, der späteren Freundin Rousseau's, machte in Biberach der unterdessen verheiratheten Sophie La Roche den Hof, heirathete indeß schließlich im Herbst 1765 eine Augsburger Kaufmannstochter, Dorothea Hillenbrand, eine ganz schlichte Person ohne romantisch-literarische Vorzüge, und lebte mit ihr in langer, ungetrübter Ehe, ohne galante Abenteuer, als würdiges Haupt eines sehr zahlreichen Familienkreises. Nach 20 Jahren hatten sie schon 14 Kinder, und der Patriarch plagte sich redlich, um durch rastlose Thätigkeit für Aller Erziehung und Zukunft zu sorgen. Ein Gemälde auf der Bibliothek in Weimar hat das Andenken dieses respectabeln und gemüthlichen Familienkreises in lebendigen Zügen erhalten. Wer sollte in dem soliden Familienvater den frivolsten der deutschen Classiker vermuthen? Und doch war es so.

Während der gutherzige Schwabe alle Pflichten eines braven Ehegatten und Familienvaters erfüllte, kramte er als Gelehrter und Literat mit unermüdlichem Fleiße nicht nur in den wahren Schätzen des classischen Alterthums, sondern auch in allem Schmutz der antiken Mythologie, Poesie, Geschichte und Philosophie, in allem Quark französischer Freidenkerei und Romanliteratur herum, holte sich auch bei Engländern, Spaniern und Italienern mehr das Schlechte und Unsaubere, als das Gute und Schöne zum literarischen Gebrauch zusammen und destillirte aus dem bunten Mischmasch seiner Belesenheit eine Lebensphilosophie des heitern

---

[1] So urtheilte Friedr. Leopold zu Stolberg, der in einem Briefe vom 27. Nov. 1775 an „Puletchen" sagt: „Glaube nicht, daß ich Wielands vertrauter Freund sein möchte, dazu werde ich immer zu viele griefs gegen ihn haben, aber für einen ebenso interessanten als angenehmen Mann, und für einen Mann, dessen Herz viele gute Seiten hat, muß ich ihn halten." Janssen, Stolberg. I. 62. Doch bezeugt Wielands Privatcorrespondenz deutlich genug, daß er an allem Gemeinen und Schmutzigen die herzlichste Freude hatte und im Sinnengenuß das höchste Glück des Lebens sah.

Genusses, die weder recht hellenisch, noch ganz modern französisch, weder grundbleibnisch, noch auch christlich, weder stoisch, noch ganz epikuräisch, einen bequemen, heitern Mittelweg sucht, um hier auf Erden möglichst wenig zu leiden und möglichst viel zu genießen. Die Sinnlichkeit muß im Zaum gehalten werden, damit sie nicht durch Ausschreitungen sich selbst und den Genuß des Lebens zerstört, Geist und Gemüth muß gepflegt werden, um die Sinnlichkeit zu heben und zu veredeln, Leib und Geist müssen sich nicht ascetisch bekämpfen, sondern ein gemüthliches Compromiß schließen, bei dem jeder seinen Antheil bekommt, und dieses Compromiß bietet die sinnlich-geistige „Liebe", die Verschmelzung des Schönen mit dem Guten, die harmonische Verbindung des Genusses und der Pflicht. Aus all den langen Philosophiekapiteln seiner Romane schaut übrigens schließlich immer der lächelnde Epikuräer heraus, der in seiner Jugend die Stoiker so gut wie die überirdische Schönheit der Venus Urania satt bekommen und sich nun spottend an ihnen rächt. In manchen Probukten seiner Muse aber, wie in der Musarion, in der Geschichte des Agathon, in den Abenteuern des Don Sylvio, in Idris und Zenide, dem neuen Amadis, den Grazien, dem verklagten Amor, tritt der schlüpfrige Kern seiner Lebensweisheit so unverschleiert hervor, daß man sich schon billig verwundern könnte, wie Anna Amalia einem solchen „Christen" und „Philosophen" die philosophische Bildung ihres Erbprinzen anvertrauen mochte. Der jungen Herzogin ist dieß indeß eher nachzusehen, als dem greisen Erzbischof-Kurfürsten Joseph Emmerich, daß er ein paar Jahre zuvor (1769) den „bekehrten" Wieland zum Professor primarius der Philosophie und zum Kurmainzischen Regierungsrath in Erfurt ernannt hatte. Das war auch ein Zeichen der Zeit.

In Erfurt schrieb Wieland den „Nachlaß des Diogenes von Sinope", das berüchtigte Gedicht Kombabus, die Reisen und Bekenntnisse des Priesters Abulfanaris, den kleinen Roman Koxkox und Kikequetzel, und stellte dann in seinem „Goldenen Spiegel der Könige von Scheschian" den Regenten Deutschlands

sein Fürstenideal auf. Diese von Fürstentugend und Menschen=
wohl überströmende Schrift scheint die Herzogin Amalia zunächst
für die Berufung Wielands entschieden zu haben. Wieland hatte
unterdessen Gelegenheit gehabt, den Prinzen in Erfurt näher
kennen zu lernen, und schrieb am 22. März 1772 an die
Mutter:

„Der Prinz wird nicht leicht gerührt; die Eindrücke, die er
empfängt, zeigen sich wenig nach außen, und es ist nicht sehr
leicht, seine Seele zu erschüttern. Es ist dieß keineswegs etwa
die Sucht, sich über die andern Sterblichen zu erheben; es ist
wohl mehr ein Fehler seines Temperaments; aber dieser Fehler
hängt mit großen Tugenden zusammen; — — es ist dieser hohe
Grad von gesunder Vernunft, diese natürliche Richtigkeit des
Verstandes, diese Begierde, sich zu unterrichten, diese Liebe zur
Wahrheit, dieser Widerwille gegen die Schmeichelei, die der Prinz
ohne alle Frage im höchsten Maße besitzt. — — Das sind lauter
vortreffliche Anlagen. Man mache aus ihm einen aufgeklärten
Fürsten, und ich stehe für sein Herz ein.“ [1]

Anna Amalia war ganz entzückt über den herzenskundigen
Philosophen, that die nöthigen Schritte beim Kurfürsten, um
Wielands Entlassung zu erlangen, und empfing ihn am 1. Juni
(1772) huldreichst in Weimar. Es wurde ihm für jetzt ein
Jahresgehalt von 1000 Thalern, für später eine lebenslängliche
Pension von 600 Thalern zugesichert. Görtz, der schon früher
für Wieland operirt hatte, war bald dessen innigster Freund.
Wieland suchte sich in seinem pädagogischen Wirken freien Spiel=
raum zu bewahren. „Ueber die Art und Weise meines Unter=
richts,“ sagt er in seinem Exposé vom 28. August, „werde ich
mich nicht näher erklären können. Alles wird sich nach den be=
sonderen Fähigkeiten und Bedürfnissen des Lernenden richten,
und ich kenne mehr als einen Weg zum Tempel der Weisheit.“

Zu diesen Wegen gehörte am wenigsten die Religion, aber
vor Allem das Theater. Indem er seiner sonstigen Tugendlehre

---

[1] Beaulieu-Marconnay, Anna Amalia. S. 41.

eine officiell-frömmere Wendung gab, bearbeitete der unermüdlich schreibselige Literat **nach** Xenophon **die** „Wahl des Herkules" für die Weimarer Bühne **und** ließ sie durch seinen Freund, den **Kapellmeister Anton** Schweitzer, **in Musik setzen. Die** beiden **Frauenzimmer, Arete, die** Tugend, **und Kakia, die** wollüstige **Unthätigkeit, stritten sich in** rührendem **Duett um den** jungen **Prinzen Herkules:**

> K a k i a: In meinen Armen
>> Winkt dir der Liebe Glück,
>> Und du entfliehest?
> A r e t e: Dir winket Götterglück,
>> Und du verziehest?

Nur mit **Mühe entschließt** sich **der** Götterjüngling, die Sirene Kakia **zu entlassen,** worauf ihm Arete eine lange Tugendarie singt **und zuletzt ihre** Sopranstimme mit seinem Tenor vereint:

> B e i d e: Dich hab' ich mir erkoren,
>> Du bist⎱
>> Ich bin⎰ dazu geboren,
>> Den Göttern gleich⎱
>> Auf ewig dein   ⎰ zu sein[1].

Das tugendhafte Festspiel, **am** Geburtstag des Prinzen mit Gesang und Musik aufgeführt, **kam dem** Geschmack sowohl als **der Tugend und** Lebensphilosophie **der Mutter-Herzogin** sehr an muthig entgegen. **Aber** schon nach Jahresfrist war sie über die **Pädagogik ihres Haus-,** Hof- **und** Staatsphilosophen vollständig **ernüchtert.**

„**Ich komme jetzt auf Wieland,"** schreibt sie am 9. Dec. 1773 **an den Minister v. Fritsch; „er ist ein Mann** von gefühlvollem **Herzen und ehrenwerther Gesinnung; aber** ein schwacher En **thusiast, viel Eitelkeit und Eigenliebe; ich** erkenne leider zu spät, **daß er nicht gemacht ist für die Stellung,** in der er sich befindet.

---

[1] **Wielands Werke (Hempel). XXIX. 145—160.**

er ist zu schwärmerisch für die jungen Leute, zu schwach, um ihnen die Spitze zu bieten, und zu unvorsichtig, in seiner Lebhaftigkeit hat er das Herz auf der Zunge; wenn er sich verfehlt, so ist das mehr aus Schwachheit als aus bösem Willen; so sehr er durch seine Schriften gezeigt hat, daß er das menschliche Herz im Allgemeinen kennt, so wenig kennt er das einzelne Herz und die Individuen; er hört zu sehr auf die Schmeichler und überläßt sich ihnen; daher stammt die große Freundschaft zwischen ihm und dem Grafen Görtz, der ihm in der unerhörtesten Weise schmeichelt: Wieland von seiner Seite schmeichelt wieder dem Grafen, und beide vereinigt schmeicheln meinem Sohne, — so daß nichts als Schmeichelei oben bei meinen Kindern herrscht."[1]

Gern hätte die Herzogin die beiden Erzieher entfernt, sie fürchtete aber allzugroßen Eclat zu machen. Niedergedrückt und des Lebens müde, welches sie zu führen gezwungen wurde, dachte sie daran, die Regentschaft niederzulegen, sobald Karl August das 17. Jahr erreicht hätte. Fritsch hielt sie davon ab, bestimmte sie aber, den Prinzen durch Eintritt in's Conseil allmählich in die Regierungs=Angelegenheiten einzuweihen und ihm zugleich eine besondere militärische Erziehung zu Theil werden zu lassen.

Als militärischer Erzieher wurde noch im selben Jahre Karl Ludwig von Knebel (geb. 1744) angeworben, ein geistreicher, sehr allseitig gebildeter Offizier, der zehn Jahre zu Potsdam in preußischen Diensten gestanden[2], nunmehr aber seinen Abschied genommen hatte. Der Prinz von Preußen hatte ihn an die Herzogin empfohlen. Bei einem 14tägigen Aufenthalt gefiel er dieser so gut, daß sie ihn einlud, die weitere Erziehung des Prinzen Constantin zu übernehmen. Knebel kam im Juli des folgenden Jahres (1774), zu spät indeß, um dem einmal verpfuschten Erziehungswerk eine bessere Wendung zu geben. Weimar

---

[1] Beaulieu-Marconnay, Anna Amalia. S. 67.

[2] Als „blauer Sklave", wie Dünter bemerkt. Aus Karl Ludwig von Knebels Briefwechsel mit seiner Schwester Henriette. Jena 1858. S. 1.

war inzwischen von einem harten Unglück betroffen worden. Am 5. und 6. Mai wurde das ganze herzogliche Residenzschloß ein Raub der Flammen. Bibliothek und Theater verbrannten, das Archiv wurde nur theilweise gerettet. Ein Theil der herzoglichen Gelder wurde wieder aufgefunden, aber das Silber war in den Holztruhen geschmolzen. Den ganzen Verlust schlug man auf 300 000 Thaler an[1].

Die Herzogin bezog vorläufig ein stattliches Wohnhaus an der Esplanade, welches der Minister von Fritsch, erst kürzlich verheirathet, für sich selbst eingerichtet hatte, das er aber alsbald der wohnungslosen Fürstin anbot. Diese Wohnung behielt sie später, das Haus heißt noch heute das Witthums-Palais. Um für den Erbprinzen eine passende Wohnung zu finden, gab sich Anna Amalia selbst alle erdentliche Mühe, da es mit dem Bau eines neuen Schlosses voraussichtlich lange dauern konnte. Sie lief mit ihrem Oberhofmarschall von Witzleben in der ganzen Stadt herum, sah sich alle denkbaren Häuser an, aber umsonst — — der Prinz hatte sich in den Kopf gesetzt, die Frage selbst zu entscheiden, und entschied sie auch.

Seine Wahl war die thörichteste, die er treffen konnte. Er wählte das noch nicht fertig ausgebaute Landschaftshaus (später Fürstenhaus), das für die Bureaur der Landesregierung, aber ganz und gar nicht zu einem fürstlichen Wohnhaus eingerichtet war und seinen hohen Einwohnern selbst später die größten Unannehmlichkeiten verursachte[2]. Aber es sah nun einmal etwas

---

[1] Springer, Anna Amalia. I. 9.

[2] „Endlich,“ schrieb Karl August den 9. Juli 1781 an Merck, „sind auch vor der Hand die Reparaturen im Hause, das wir bewohnen, fertig geworden. Das Haus steht ungefähr 12 Jahre, und schon zwei Jahre hintereinander haben wir die Köpfe der Hauptbalken ausschneiden müssen, die verfault waren. Dieses Jahr fiel eine Decke ein, und der große Saal mußte erst jetzt berohrt werden, da er vordem bloß mit geweißtem Lehm bedeckt war. In dem Zimmer, wo die Decke einfiel, fanden sich alle Balken gesenkt und gebogen; der eine war von einem Kamin, das auf ihm ohne weitern

vornehmer aus, der Prinz bestand auf seinem Willen — und
Mama mußte nachgeben. Ein solches Resultat hatte sie von so
vielen Erziehungsexperimenten und Tugendprogrammen nicht erwartet. Aber den Erziehern lag mehr an der Huld der „auf-
gehenden herzoglichen Sonne" als an der Gunst der nun bald
abtretenden Vormünderin. Sie hatten Karl August sogar bei-
zubringen gewußt, daß er von Rechtswegen nicht als „Erbprinz",
sondern schon formell als „Herzog" zum Conseil hätte beigezogen
werden müssen und daß er folglich ganz unverdienter Weise
zurückgesetzt worden sei. Der 17jährige Prinz merkte sich das
und spielte den Verletzten. Die Mutter fühlte sich darob tief
gekränkt und beobachtete die Erzieher mit Verdruß und Mißtrauen.
Der Herr von Fritsch, der den Grafen Görtz selbst nicht gerne
sah, hatte die größte Mühe, das so bitterlich gestörte Verhältniß
von Mutter und Sohn wieder in's Geleise zu bringen.

Eine Diversion brachte die schon lange geplante Reise der
beiden Prinzen, welche dieselben zugleich in die Welt einführen
und ihre Erziehung vollenden sollte. Karl August sollte dabei
zugleich die für ihn erkorene Braut, Prinzessin Luise von Hessen-
Darmstadt, die damals am Hofe zu Karlsruhe verweilte, kennen
lernen. Anfangs December traten die Prinzen unter Leitung
des Grafen Görtz und des Hauptmanns Knebel die Reise an,
und machten auf Knebels Veranlassung ihre erste Bekanntschaft
mit Göthe zu Frankfurt, am 10. December. In den nächsten
Tagen trafen sie in Karlsruhe ein. Noch vor Weihnachten wurde
die Vermählung des Erbprinzen mit der Prinzeß Luise eine ausgemachte Sache. Nachdem der wichtigste Reisezweck erledigt, ging
es rasch weiter nach Straßburg und Paris [1], wo die beiden

---

halt stand, 9 Zoll gesenkt worden." — K. Wagner, Briefe an
J. H. Merck. 1835. S. 297.

[1] Die Herzogin hatte eigentlich nur beabsichtigt, sie in Deutschland reisen zu lassen, allein der von ihr zu Rathe gezogene Statthalter Dalberg in Erfurt empfahl lebhaft die Reise nach Paris,
und sein Rath gab den Ausschlag. Er folgte deßhalb der Reise
mit regem Interesse und konnte am 31. Mai der Herzogin berich-

Prinzen sich alle Merkwürdigkeiten, Anstalten und Kunstsamm=
lungen ansahen, auch bei Hofe vorgestellt wurden und in den
Salons der Weltstadt die hervorragendsten Berühmtheiten Frank=
reichs kennen lernten. Erst gegen Ende Juni kehrten sie wieder
nach Weimar zurück, nachdem sie in Karlsruhe nochmals mit
Göthe zusammengetroffen waren.

Bald darauf, Anfangs Juli, wurde ihr Erzieher, Graf Görtz,
mit einer Pension von 1500 Thalern seines Amtes enthoben.
Die Herzogin=Mutter faßte ihr Urtheil über sein nun vollendetes
Erziehungswerk in die Worte zusammen: „Ich bin überzeugt,
daß er meinen Sohn verzogen hat, und zwar gründlich.“ [1] In
der That hatte der junge Herzog zwar einen bunten Vorrath von
encyklopädischen Kenntnissen erworben, aber keine gründliche,
methodische Schule durchgemacht. Viel zu früh brachte man ihm
das Bewußtsein bei, daß er der Herzog sei; die Schmeichelei
seiner Erzieher entfremdete ihn für lange seiner wohlmeinenden
Mutter; köpfisch machte er gegen diese knabenhafte Prätensionen
geltend, bevor er zur Mitregierung die nöthige Reife hatte. Statt
gründlicher religiöser Kenntnisse brachte er nur eine flaue, be=
kenntnißlose Aufklärung, statt klarer, philosophischer Anschauungen
nur die seichte Lebensweisheit Wielands mit in's Leben. Doch
war er militärisch abgehärtet, und seine derbe, kräftige Natur
milderte zum Theil die Nachtheile seiner Erziehung.

Als der junge Herzog am 3. September 1775 majorenn
erklärt werden sollte, gab ihm Graf Görtz noch sehr schöne
Mahnungen auf den Weg, die für seinen eigenen guten Willen
sprechen und die recht fruchtbar hätten sein mögen, wenn er ihnen

---

ten: „Briefe aus Paris melden mir, daß man dort entzückt ist von
den weimarischen Prinzen“; am 8. Juli aber: „Ueberall, wo die
Prinzen gewesen, und besonders in Paris, wo sie einen längeren
Aufenthalt nahmen, gewannen sie alle Herzen und die achtungsvollste
Theilnahme solcher Kenner, die mehr dem persönlichen Verdienste
als dem höchsten Range huldigen.“ Beaulieu=Marconnay,
Karl v. Dalberg und seine Zeit. Weimar 1879. I. 44.

[1] Beaulieu=Marconnay, Anna Amalia. S. 98.

zum Voraus einen soliden Rückhalt durch die Erziehung selbst verliehen hätte.

„Morgen also, geliebter Prinz, werden Sie das erhabene Amt, wozu Sie die Vorsehung bestimmt hat, antreten und anfangen, der Vater von vielen Tausenden Ihresgleichen und das Bild jenes Gottes zu sein, der einst über dieselben und über Sie richten wird. Mögen Sie sich stets dieser ernsten und wichtigen Stunde erinnern.

„Lassen Sie keinen Tag vorübergehen, ohne von der Glückseligkeit, der Sie Ihr Beruf empfänglich macht, durchdrungen zu sein! Die meisten Fürsten machen sich unglücklich, weil sie die hohe Stufe, auf der sie stehen, für eine Last ansehen; sie suchen sich deßhalb durch frivole Lustbarkeiten Zerstreuung zu verschaffen und vergessen auf der Jagd oder im Schauspielhaus ihre Pflicht. Vergeblich suchen sie dort Befriedigung für ihr Herz, diesen empfindsamen Theil ihres Wesens, und unglücklich sind sie, wenn sie dessen Regungen ersticken. Gewöhnen Sie sich, Prinz, Ihren hohen Beruf aus einem andern Gesichtspunkte zu betrachten, und freuen Sie sich, daß Sie die Vorsehung in den Stand gesetzt hat, zu jeder Stunde Ihresgleichen glücklich zu machen. Wenn Sie ein gutes Beispiel geben, wenn Sie das Laster unterdrücken, wenn Sie die Tugend belohnen, so werden Sie sich am leichtesten das höchste Glück verschaffen; mit jeder Morgenröthe nehmen Sie sich vor, Gutes zu thun, und am Abend mag Ihnen Ihr Herz sagen, ob Sie diesen Vorsatz erfüllt haben."[1]

Am folgenden Tag brach für Weimar eine neue Aera an. Der 18jährige Prinz bestieg unter dem lauten Jubel und den herzlichsten Segenswünschen des ganzen Landes den herzoglichen Thron von Sachsen-Weimar-Eisenach. Bald sollte das Land auch eine junge Herzogin erhalten, obwohl die „alte" Herzogin erst 35 Jahre zählte.

Die erwählte Braut war, wie bereits erwähnt, Luise, Prinzessin von Hessen-Darmstadt, Tochter der Landgräfin Karoline,

---

[1] Burkhardt in Westermanns Monatsheften l. c.

mit welcher Mercks schöngeistiger Kreis in einiger Beziehung stand. Karoline war eine begeisterte Verehrerin Klopstocks, so auch die Tochter Luise, ein stilles, ernstes, religiöses Fräulein. Görtz mußte „die schöne, erhabene Seele, den wohlthätigen, menschenfreundlichen Sinn, die festen Grundsätze, den Geschmack für Wissenschaft und Kunst und ganz vorzüglich die unerschütterliche Wahrhaftigkeit" der jungen Prinzessin nicht genug zu rühmen. Unter allen Gestalten des berühmten Weimarer Kreises steht sie am tadellosesten da, und bewährte in der Stunde der Noth jenen Muth, der all den gefeierten Heroen abging und Napoleon selbst Bewunderung einflößte.

Rasch nach seinem Regierungsantritt reiste Herzog Karl August nach Karlsruhe, um von dort seine Braut heimzuholen. Abermals unter dem freudigsten Jubel der Bevölkerung zog das jugendliche Ehepaar am 17. October (1775) in Weimar ein. An der fürstlichen Festtafel fand sich auch der noch jugendliche Statthalter von Erfurt ein, Karl von Dalberg.

Weimar hatte jetzt einen doppelten Hof, den der verwittweten Herzogin-Mutter und den des jungen Fürstenpaars. Anna Amalia residirte in ihrem kleinen Palais an der Esplanade, Karl August in dem nothdürftig als Residenz eingerichteten Landschaftshaus. Um sich von den beiden Hofhaltungen ein Bild zu machen, mögen einige statistische Notizen nicht undienlich sein[1].

Die Schatullen-Rechnung der Herzogin-Mutter von Michaelis 1775 bis Michaelis 1776 notirt 30 783 Thlr. 16 Gr. Einnahmen, 28 982 Thlr. 21 Gr. Ausgaben. Von diesen Ausgaben fielen 5263 Thlr. auf die fürstliche Garderobe, 4869 auf Besoldung des Hofstaats, 479 auf die Livree, 128 auf die Silberkammer, 3853 auf die fürstliche Küche, 822 auf die Conditorei, 2263 auf die fürstliche Kellerei, 1183 auf die Lichtkammer, 907

---

[1] Nach den im Großherzoglich Sächsischen Hausarchiv befindlichen Rechnungen (A. 922 und A. 1231), welche ich selbst in genanntem Archiv zu Weimar einzusehen Gelegenheit hatte. Nur vereinzelte Posten daraus fand ich in einigen Monographieen mitgetheilt.

auf Heizung 2c., 387 auf Anschaffung von Möbeln, 766 auf die fürstliche Bibliothek, 116 auf die Musik, 223 auf Reise- und Postspesen. Dem Arzt gab die kerngesunde Herzogin nur 69 Thlr. zu verdienen, dagegen spendete sie an „Praesenten und Verehrungen" 2017 Thlr. 15 Gr.

Der ganze Hofstaat der Herzogin bestand aus 22 Personen. Die Gehälter waren ebenso bescheiden als das Personal. Die Oberhofmeisterin, Frau zu Putbus, bezog 1200 Thlr., die beiden Hofdamen, Luitgarde von Nostiz und Charlotte von Stein, je 330 Thlr., der Hofsecretär Lubecus 466, die beiden Kammerfrauen, v. Kotzebue und v. Venda, je 80 Thlr., der Bibliothekar Christian Joseph Jagemann 243 Thlr.

Der Kammerdiener und Leibschneider Christian Berner erhielt mehr als der Bibliothekar, nämlich 260 Thlr., der Kammerdiener und Friseur Johann Ernst Burkmann 246 Thlr., der Mundkoch Karl Weibel 150 Thlr.

Auch die übrigen Bediensteten mögen erwähnt werden; sie haben in ihrer Weise auch zur Blütheperiode der classischen Literatur mitgewirkt. Die Hofjungfern Karoline Piererin und Philippine Franzenbergerin erhielten je 20 Thlr., der Kammerlakai Siegrott 120, der Silberdiener Schrötter 165, der Hofconditor Justus Debus 140, der Tafeldecker Christian Bickschmitt 140 Thlr.

Dazu kamen noch zwei Lakaien mit je 96, einer mit 88, ein Laufer mit 96, ein Küchenbursch mit 34 und ein Garderobemädchen mit 24 Thlr. Besoldung.

Die von Bertuch geführte Privatrechnung des Herzogs Karl August vom 10. September 1775 bis 1. October 1776 notirt 25 434 Thlr. 9 Gr. 4 Pf. Einnahmen, 24 151 Thlr. 11 Gr. 8 Pf. Ausgaben. Von letzteren seien nur einige charakteristische hervorgehoben.

Am 2. December (1775) zahlte der Herzog an den Hofmarschall Stein 600 Thlr. Spielverlust, am 14. December verspielte er abermals 69 Thlr. Zwei Paar lederne Beinkleider für Serenissimus kosteten 19 Thlr. 16 Gr., sechs Paar Damen-

handſchuhe, welche er der Hofdame Frl. v. Waldner kaufte,
3 Thlr. 18 Gr. Den Gebrüdern Ferraris zahlte er für Gips-
ſtatuen 122 Thlr. 14 Gr. Zwei Pfund Canaster für Sereniſ-
simus koſteten 5 Thlr. 8 Gr.

Ein Beſuch in Rudolſtadt kam auf 203 Thlr., eine Reiſe
des Hofes nach Gotha (4. Jan.) auf 412 Thlr.

Sämmtliche Koſten des herzoglichen Privattheaters betrugen
in dieſer Jahresfriſt 631 Thlr. 2 Gr. 3 Pf.; für landwirth-
ſchaftliche Zwecke wurden in derſelben Zeit 639 Thlr. verausgabt.
Für Licht und Heizung bei den Komödienproben erhielt der Profeſſor Muſäus 4 Thlr. 4 Gr. Wieland erhielt (vom Herzog)
eine Jahrespenſion von 400 Thlrn. (von der Herzogin-Mutter
600 Thlr.).

Die Ausgaben beider Hofhaltungen zuſammen beliefen ſich
auf 53 133 Thaler, 4000 Thaler weniger, als der Finanzminiſter
15 Jahre zuvor für eine unerſchwingliche Laſt des Landes hielt.

Während Graf Görtz bei der Herzogin Anna Amalia völlig
in Ungnade fiel, ſöhnte ſie ſich mit Wieland, trotz ſeiner unbefriedigenden Pädagogik, bald wieder aus, blieb ihm zeitlebens
gewogen und unterſtützte die literariſche Thätigkeit, welche er in
Weimar wie in Erfurt mit unermüdlichem Fleiße fortſetzte. Zum
Geburtstage des Prinzen brachte er, wie ſchon erwähnt, 1773 „die
Wahl des Herkules“ auf die Bühne. Im ſelben Jahr ſchrieb
er die „Geſchichte des weiſen Daniſchmend“ und die „Geſchichte
der Abderiten“, dichtete das erſte deutſche Original-Singſpiel
„Alceſte“ und unternahm die Gründung einer literariſchen Mo-
natsſchrift, des „Teutſchen Merkur“. Die erſte Auflage dieſer
Zeitſchrift, 2000 Exemplare ſtark, war ſchon in kurzer Zeit ver-
griſſen[1]. Mit dem Eintritt in Weimar war ein wahrer Muſen-
frühling über ihn gekommen. Auch als bald darauf die Redaction des Teutſchen Merkur ihn in unerquickliche Fehde verſtrickte,
Göthe ſeine Alceſte dem Geſpötte von ganz Deutſchland preisgab, der Hainbund ſein Bildniß und ſeine komiſchen Erzählungen

---

[1] Döring, Wielands Biographie. Jena 1853. S. 64.

verbrannte und (im Göttinger Almanach 1775) gegen seine „Buhlerromane und ländervergiftende Schandgesänge" zu Felde zog, blieb die Herzogin ihm treu gewogen; sie und Karl August sicherten seine Existenz und zahlten ihm zusammen sein volles früheres Gehalt (1000 Thaler) als Pension aus. Er war und blieb mit seinen Verdiensten um deutsche Literatur und Sprache, aber auch mit seiner griechisch-französischen Lebensphilosophie, mit seinem amüsanten Erzählertalent, aber auch mit seiner Liebe zum Frivolen und Obscönen, mit seiner schwäbischen Gemüthlichkeit, aber auch mit seinem epikuräischen Sensualismus, der eigentliche Patriarch und Grundstein des classischen Musenhofes von Weimar.

Außer Wieland, der damals 42 Jahre zählte, besaß der Hof bis dahin keine berühmtere oder bedeutendere Persönlichkeit. Ihren Planetenglanz dankten seine sogenannten „Berühmtheiten" erst den nun allmählich auftauchenden Gestirnen. An sich waren es mittelmäßige Hofleute, die an einem größeren Hofe höchst wahrscheinlich ziemlich unbemerkt geblieben wären. Der mit den Preußen malcontente Hauptmann Knebel hatte bis anhin mit der Prinzenerziehung genug zu thun gehabt, zu literarischen Leistungen war ihm keine Zeit geblieben. Der Regierungsassessor Hildebrand von Einsiedel machte als „lustige Person" Knittelverse und närrische Streiche, die an sich weder in die Welt- noch in die Literaturgeschichte gehören. Daß er z. B. die Gassenjugend dadurch erfreute, daß er bei hellem Tag in theatralischem Costüm über die Straße ging, oder daß er über Violoncellübungen die Abfahrtszeit der Post vergaß, waren jedenfalls keine heroischen Thaten. Von dem Kammerherrn von Webel wird gerühmt, daß er „ein bloßer Sohn der Natur" war und dieser seiner Mutter Ehre machte: das thun auf dem Lande viele Leute. Der Stallmeister Friedrich von Stein war wie viele andere Stallmeister eine „stattliche Erscheinung", ein guter Oekonom und Pferdekenner, aber so wenig literarisch gebildet, daß er seiner eigenen schöngeistigen Frau Charlotte nach wenigen Jahren sehr langweilig wurde. Der Kammerherr von Kalb zeichnete sich nur durch „frohen Uebermuth" aus. Um sich von den Plagen der

Schulmeisterei zu erholen, ließ sich der fidele Gymnasialprofessor Musäus, ein mißglückter Theologe, von alten und jungen Weibern Volksmärchen erzählen und redigirte sie dann, nachdem er sich zuvor durch seinen „Deutschen Grandison" (erst Grandison II.) in Verspottung der sentimentalen Romane einigen literarischen Ruf verschafft. Der Legationsrath und Bibliothekar Gottl. Ephr. Heermann schrieb Operetten, die auch außer Weimar aufgeführt wurden; der Kapellmeister E. W. Wolff componirte für Hoffeste und Hofconcerte. Zu den talentvolleren und gebildeteren Leuten bei Hofe gehörte Sigmund Leo Freiherr von Seckendorf, früher Offizier in kaiserlichen und dann in königlich sardinischen Diensten. Letztere quittirte er mit dem Rang eines Obristlieutenant, um in Weimar Kammerherr und wo möglich noch etwas mehr zu werden. Er war erst 31 Jahre alt, als er im December 1775 nach Weimar kam, in alten und neuen Literaturen wohl bewandert, hatte Göthe's Werther in's Französische übersetzt und konnte auch als Musiker seinen Mann stellen. Denn mit italienischer Opernmusik war er wohl bekannt. Einen weiteren Repräsentanten fand das italienische Element an Christian Joseph Jagemann, einem abenteuerlichen Eichsfelder, der mit 17 Jahren ohne Beruf in den Augustinerorden getreten, aber schon als Noviz daraus entlaufen war. Als Hauslehrer trieb er sich dann in Dänemark herum, reiste nach Rom, um Absolution zu erhalten, ward, nachdem er diese erhalten, in Florenz Priester und Beichtvater für die Deutschen daselbst, kehrte nach Deutschland zurück und wurde Director des katholischen Gymnasiums in Erfurt. Von hier berief ihn Anna Amalia 1775 als ihren Privatbibliothekar nach Weimar, wo er, schon über 40 Jahre alt, sich sacrilegischer Weise noch beweibte. Ein Sohn von ihm ward später Hofmaler, eine Tochter die erste Schauspielerin der Weimarer Bühne und als „Freundin" des Herzogs „Frau von Heygendorff". Jagemann verfaßte das bekannte vielverbreitete italienische Wörterbuch und eine Uebersetzung von Tiraboschi's italienischer Literaturgeschichte. Das spanische Element fand seinen Vertreter an Friedrich Justin Bertuch, einem geborenen Weimaraner, der es erst mit Theologie, dann mit Juristerei versucht hatte, darauf wie die meisten „Genies“ jener Zeit Hofmeister ward und bei seinem Herrn, Baron Bachof von Echt (früher dänischem Gesandten in Spanien), spanisch gelernt hatte. Er übersetzte den Don Quijote mit der Fortsetzung des Avellaneda in sechs Bänden (1775 und 1776), wurde 1775 von dem jungen Herzog zu seinem Cabinetssecretär und Rechnungsführer ernannt und besorgte, obwohl sonst ein ziemlich prosaisches Factotum, zugleich auch die bringlichste Gelegenheitspoesie. Durch den Grafen und die Gräfin Werthern, eine geborene Baronin von Stein aus Nassau, war der Frankfurter Maler Georg Melchior Kraus schon 1774 nach ihrem Schloß Neunheiligen in Thüringen berufen worden, kam von hier aus nach Weimar und ließ sich als Zeichenlehrer daselbst nieder. Er hatte sich in Paris nach Boucher, dem ersten Maler Ludwigs XV., und Greuze, dem Genremaler der untergehenden Roccocozeit, gebildet. Obwohl er kein Künstler höheren Ranges war, so machten seine Portefeuilles in Weimar doch das größte Aufsehen, und er blieb für geraume Zeit daselbst der Repräsentant der Malerei. Bei einem Besuche zu Frankfurt hatte er Göthe in seiner Liebe zum Zeichnen bestärkt, ihn über die Verhältnisse zu Weimar unterrichtet und nicht wenig dazu beigetragen, daß sein Landsmann an demselben Hofe sein Glück zu versuchen beschloß[1].

Als einen sehr wichtigen Freund und Zugehörigen des Hofes muß man endlich den schon erwähnten Karl Theodor Anton Maria Freiherrn von Dalberg betrachten. Den 8. Februar 1744 zu Mannheim geboren, wurde derselbe schon als 10jähriger Gymnasiast „Domicellar zu Würzburg“ und „Domicellar zu Mainz“, mit 18 Jahren Doctor juris utriusque zu Heidelberg, mit 24 Jahren Domcapitular zu Mainz und bald darauf (1770) Domherr zu Worms und (1771) Statthalter zu Erfurt. Obwohl er bei einem Besuch in Rom auf Papst Clemens XIII. durch den äußeren Glanz seiner wissenschaftlichen und hofmänni-

---

[1] Göthe's Werke (Hempel). XXIII. 97 ff. 217 ff.

schen Weltbildung einen sehr vortheilhaften Eindruck gemacht
hatte, war er doch weit mehr ein geistlicher Hofmann, als ein
juristisch gebildeter Geistlicher, wartete mit dem Empfang der
höheren Weihen noch viele Jahre, bis die Bischofsweihe dieselben
unumgänglich nothwendig machen würde[1], und begnügte sich
damit, in geistlicher Tracht der höchste weltliche Beamte des Kurfürsten von Mainz in Erfurt zu sein. Je weniger er durch
seine Erziehung mit der Kirche und der eigentlich kirchlichen
Wissenschaft bekannt geworden war, desto mehr schwärmte sein
lebhafter, wohlwollender Geist für alle Ideale, welche die damalige
Aufklärungsperiode beschäftigten, für Licht und Freiheit, reine
Menschlichkeit und sogenannte bürgerliche Tugend, für nationalökonomische Fortschritte, für Förderung der Naturwissenschaft
und der sogenannten nützlichen Kenntnisse, für Verbesserung aller
polizeilichen und mercantilen Einrichtungen, für Hebung der
Armenpflege, der Bodencultur, des Handels, der Industrie, für
Abschaffung der Tortur, für allgemeine Volksbildung, für schöne
Literatur und Theater[2]. Dieses mehr auf die irdischen als die
ewigen Ziele der Menschheit gerichtete Streben führte ihn der
längst kirchlich verpönten Freimaurerei in die Arme, und statt
ein segensreicher Reformator im Sinn und Geiste der katholischen
Kirche zu werden, sank er zu einem humanitären Reformer, zu
einem schwachen, gefügigen Werkzeug jener destructiven Geheim-

-----

[1] Erst am 3. Febr. 1788 empfing er die heilige Priesterweihe,
um sich am 31. Aug. zu Bamberg als Erzbischof von Tarsus i. p.
consecriren zu lassen. Hergenröther, Kirchengesch. II. 830.

[2] Er beschäftigte sich mit den verschiedensten Studien: Jurisprudenz, Ethik, Philosophie, Chemie, Poesie, Archäologie, Pädagogik,
Geschichte. Siehe August Krämer, Gedächtnißschrift. Gotha 1817.
Beaulieu-Marconnay, Dalberg. I. 298 ff. Von seiner ersten
größern, 1777 erschienenen Schrift: „Betrachtungen über das Universum", schreibt ein anonymer Freimaurer 1787, „daß selbst die
achtungswürdigsten Schriftsteller, z. B. ein Herder, sie benützt und
weiter ausgeführt haben". Durch zwei Chemiker ließ er 1783 nach-
weisen, daß das Wasser sich nicht in Erde verwandeln lasse.

bünde herab, und half jener Bildung die Wege bereiten, die sich
nach und nach völlig vom positiven Christenthum emancipirte.

Aus den Reihen des weiblichen Hofpersonals ragte keine
Einzige durch schriftstellerische Bedeutung, wie etwa Madame de
Staël, oder durch Gelehrsamkeit, wie etwa die Fürstin von
Gallizin, über das Niveau des Gewöhnlichen und Mittelmäßigen
empor. Die gefühlvolle Charlotte von Stein dichtete ein wenig,
aber nur im Verborgenen. Das verwachsene Fräulein Luise
von Göchhausen (Thusnelde genannt [1]), selbst heiter und humoristisch, gab zu lustigen Streichen Anlaß, hinterließ der Nachwelt
aber nichts als ein paar fröhliche Briefe. Die beiden Fräulein
von Ilten, das Fräulein von Waldner, die kleine Schardt u. s. w.
gehörten sämmtlich zur gewöhnlichen Schaar leichtsinniger Hoffräulein, und von der schönen Gräfin Werthern weiß man nichts
Bedeutenderes, als daß Herzog Karl August sich in sie verliebt
und daß Göthe die Gräfin im Wilhelm Meister nach ihr gezeichnet habe, was nicht viel sagen will. Für das Himmelreich
und für die Wissenschaft plagte sich diese ganze Damenwelt wenig,
um so mehr für Kleidung, Putz und Verkleidung, Ball, Theater
und Maskengehen, Hoffeierlichkeit und Hofvergnügen. Romane
von allen Sorten hatten sie sämmtlich gelesen, und wußten von
„Liebe", Literatur, Musik und Theater genug, um das literarische
Durcheinander der sogenannten Genieperiode mitzugenießen und
als hilfreiche Musen und Grazien, Nymphen und Dreaden weiter mitentwickeln zu helfen. Tiefes Wissen und durchbringenden
Geist brauchte es hierzu nicht, sondern nur heitere Genußfähig-
keit und Lebenslust. Das Losungswort war noch immer „Natur";
die Kunst sollte sich erst aus der Natur allmählich entpuppen.
Große Züchtigkeit aber konnte kaum herrschen, wo Wieland der
angesehenste Schriftsteller war [2].

---

[1] Wie „Frau Aja" in Frankfurt, dankte sie diesen Namen den
beiden Grafen Stolberg.

[2] Mochte es mit der Sittlichkeit auch besser stehen als an andern
kleinen Höfen, so kamen doch wunderliche Dinge vor. So heirathete

Während die Herzogin-Mutter sofort nach Niederlegung der Regentschaft ihren vollständigen kleinen Hofstaat constituirte, machte Karl August nur vorläufig die nothwendigsten Ernennungen. Noch im Januar 1776 waren die Kammerherrenwürden nicht firirt. Seckendorf, der zum Wenigsten Geheimer Legationsrath zu werden gehofft hatte, mußte sich mit einem Kammerherrntitel und 600 Thaler Gehalt begnügen, zu welchen er erst nach vielen Klagen noch eine Zulage von 500 Thalern aus des Herzogs Privatschatulle erhielt. Der junge Herzog trug sich eben mit keinem geringeren Plan, als das ganze bisherige Regiment auf den Kopf zu stellen, die alten Beamten zu verabschieden und sich mit neuen frischen Gesellen zu umgeben. An Intriguen und Kabalen in den Hofkreisen konnte es da natürlich nicht fehlen. Der über seine Entlassung unzufriedene Graf Görtz rieth dem Herzog die weitgehendsten Veränderungen in der Organisation und im Beamtenpersonal an. Sein Freund Wieland berichtete Alles confidentiell an den Statthalter Dalberg. Auf Umwegen kamen die Projecte wieder zu den Ohren der Herzogin-Mutter, die sich natürlich durch diesen Mangel an Vertrauen von Seite ihres Sohnes gekränkt fühlen mußte. Sie ging flehentlich Dalberg um Hilfe an. Dalberg mahnte Görtz von seinen liberalen Neuerungsrathschlägen ab; aber Görtz intriguirte ruhig weiter. Dalberg beurtheilte das Gefährliche einer stillen Palastrevolution sehr richtig. „Ich bin auf's Innigste überzeugt," schrieb er an die Herzogin-Mutter, „daß ein Fürst beim Antritt seiner Regierung damit beginnen muß, die Geschäfte und das Beamtenpersonal kennen zu lernen. Wenn er schon handeln will, bevor er gründlich überlegt hat, können daraus nur sehr große Verdrießlichkeiten entstehen." An Görtz schrieb er in gleichem

z. B. eine jüngere Schwester der Frau von Stein, Luise, den Major Imhoff, der seine erste Frau Marianne (eine Feldwebelstochter) für ein ungeheures Geld an den englischen General-Gouverneur von Indien, den berüchtigten Warren-Hastings, verkauft hatte, und mit zwei Knaben der verkauften Frau als „Nabob" nach Weimar kam. Düntzer, Charlotte von Stein. Stuttgart 1874. I. 21. 22.

Sinn. Da er indeß mit diesem befreundet war, suchte er mit guter Manier aus den Händeln des Weimarer Hofes herauszukommen. Erst auf bringende Bitten der Herzogin kam er, im September 1775, selbst nach Weimar und machte bei Karl August persönlich den Einfluß geltend, den sie ihm auf ihren Sohn und Nachfolger zuschrieb[1]. In der That war nach seinem Besuch von tiefergehenden Reformplänen nicht mehr die Rede. Die bisherigen Beamten führten im gewohnten Schritte die Verwaltung weiter. Anna Amalia beruhigte sich. Doch vergaß der junge Fürst seine Neuerungsideen keineswegs und unterhandelte bereits mit Dalberg über Personalveränderungen im Ministerium, als der erwartete „Doctor“ Göthe aus Frankfurt endlich in Weimar erschien. Er kam sehr gelegen.

Der junge Herzog Karl August war ein talentvoller, lebendiger, feuriger, lebenslustiger Jüngling — gradaus, gutmüthig, etwas wild, nicht ohne Selbstbewußtsein und Eigensinn, aber doch wieder empfänglich für Anderer Rath und Leitung. Eine tiefere religiöse Bildung hatte er nicht genossen, doch ein schroffer Ungläubiger war er nicht. Er dachte noch nicht viel über diese Fragen. Aber froh war er, auf eigenen Füßen zu stehen. Pädagogische Obhut und Beaufsichtigung, ängstliches Ceremoniell und steife Philisterei waren ihm verhaßt geworden. Er hoffte, frei endlich ein wenig des Lebens zu genießen und der „Natur“, wie man damals sagte. Denn Rousseau's Einwirkung war noch groß. Die ältern, ledernen Beamten seiner Mutter sagten ihm nicht zu, sie schienen sich wenig um den Fortschritt der Zeit zu

[1] Vgl. Beaulieu-Marconnay, Anna Amalia. 101—103, und von demselben: Karl v. Dalberg und seine Zeit. Weimar 1879. I. 44—50. An Fritsch schrieb die Herzogin: „Wenn der Statthalter sich nicht mit dem Arrangement befaßt, befürchte ich ernstlich, daß der ganze Plan von Görtz zur Ausführung kommt, und dann wird Niemand den Muth haben, meinem Sohn in's Gesicht zu sagen, daß er eine Dummheit macht; der Statthalter ist der Einzige, der das Vertrauen meines Sohnes hat und der ihm offen die Wahrheit sagen darf.“

kümmern. Sie arbeiteten nach uralt hergebrachter Methode un
endlich lange Referate aus; er hätte es vorgezogen, die Sachen
kurz und mündlich abzumachen. Da gefiel ihm Dalberg besser,
obwohl ein römischer Geistlicher, war er ein noch junger, feiner
Mann, schwärmte für Aufklärung, Besserung aller Zustände,
Menschenbeglückung, bessere Feuerwehr, Theater, confessionelle
Ausgleichung und Findelhäuser.

So stand es, als Karl August mit 18 Jahren an's Regiment
kam. Ein paar Wochen darauf war Hochzeit. Seine Frau war
eine stille, fromme Seele, die mit seinem brausenden Jugend
muth seltsam contrastirte. Was man ihm von Tugend gesagt,
war an ihr in sehr liebenswürdiger Weise verkörpert. Alle Welt,
die Frommen wie die Leichtsinnigen, waren voll ihres Lobes. Sie
heißt allgemein: der „Engel Luise“. Karl August liebte sie.
Das ganze Volk jauchzte dem jungen Paare zu. Aber schon in
den ersten Wochen machte sich der allzuschroffe Gegensatz geltend.
Das stille, häusliche Glück, für das die junge Fürstin gemacht
war, befriedigte ihren lebhaften Gemahl nicht. Er hatte nicht
die Gelegenheit gehabt, seine stürmische Jugendkraft, sein lebhaftes
Temperament mit anderen Altersgenossen in freierem Leben aus
zutoben. Aus der Vormundschaft seiner Pädagogen trat er über
gangslos in den Vollgenuß fürstlicher Selbständigkeit und Macht
ein: nur eine zarte Frau nahm mild und freundlich die Zügel
des Einflusses auf, den die mütterliche Autorität, die Leitung
seiner Erzieher, die bisherige Ueberlieferung des Hofes bis dahin
auf ihn ausgeübt. Er war durchaus nicht dazu angethan, noch
gesonnen, sich diese Zügel gefallen zu lassen.

In diesem wichtigen Augenblick erschien nun der „amüsante“
Göthe an seiner Seite, acht Jahre älter, aber noch so jugendlich
lebenslustig, wild und munter, wie er, blitzend von Geist und
Heiterkeit, ein köstlicher Erzähler, ein fröhlicher Kumpan, ein
Poet voll der drolligsten Einfälle, ein Natursohn, der mit der
eisernen Hand des Götz der ganzen höfischen Convenienz und
Literatur die Fenster eingeschlagen hatte, und frisch, bombensicher
natürlich von der Leber weg redete — wie der alte Götz. Er

hatte schon zehn Liebesromane durchgemacht — Gretchen, Friede=
rike Oeser, Käthchen Schönkopf, Friederike Brion, Lotte Buff,
Maximiliane La Roche, Anna Gerock, Sibylle Münch, Lili
Schönemann, Auguste von Stolberg, und dazu noch verschiedene
„unbekannte“ Mägdlichkeiten entzückt und gefesselt, mit der einen
getändelt, mit der andern geschmollt, mit der dritten geeifer=
süchtelt, die vierte sitzen lassen, die fünfte verzweifelt aufgegeben,
an der sechsten sich wieder getröstet, mit der siebenten Mariage
gespielt, er war mit allen „himmelhochjauchzend, zum Tode be=
trübt“ gewesen und hatte seine Erfahrungen in dem gelesensten
Liebesroman „Werther“ stürmisch in die Welt geschleudert —
und doch, obwohl er alle Leiden Werthers durchgelitten, die herz=
zerreißenden Klagen Ossians dem ganzen deutschen Volke vor=
getrauert und die Wertherpistolen schon in der Hand gehabt, —
war er erst 26 Jahre alt, noch ledig, ganz Student, „das fidelste
aller Häuser“ — ein Götterjüngling, dessen schmachtender Blick
alle Mädchen und Damen entzückte, ein Bursch, der mit seinen
Kraftausbrüchen das Zwerchfell eines Stallknechts zu erschüttern
wußte. Ganz im Gegensatz zu den Scholarchen, die alle Wissen=
schaft schon zu besitzen glaubten, gab er auf sein eigenes Wissen
wie auf das aller vier Facultäten nichts, wollte erst lernen, sehen,
erfahren, beobachten, leben, die unerschöpfliche Natur in allen
ihren bunten Erscheinungen durchdringen und spielend genießen.
Das Studium sollte zugleich Leben und das Leben frohes Spiel
sein. Nichts schloß er davon aus, weder alte Folianten noch
schäkernde Mädchen, weder juristische Akten noch muthige Pferde.
Bibel, Homer, Ossian, Volkslied, Komödie, Tragödie, Bergbau,
Jagd, Schlittschuhfahren, Liebesgeschichten, Oekonomie, Militär,
Musik, Gartenbau, Romane, Recensionen, Malerei, Sculptur,
Bienenzucht, schöne Sängerinnen, bedeutende Literaten, Forstwesen,
Obstcultur, Alles, Alles interessirte ihn. Ueber Alles wußte er
geistreich zu reden — wie ein „Genie“. Allen Leuten wußte er
sich anzupassen und in ihrer Sprache zu sprechen. Tag und
Nacht war er zu allen Strapazen und Abenteuern bereit, ebenso
bereit, das neueste Buch im Bett zu lesen und rasch ein paar

Verse oder ein Theaterstückchen hinzuschreiben. Immer zerstreut,
hatte er doch auf Alles ein Auge und vergab sich nichts. Er
wußte, wie weit er gehen konnte, und gewöhnte die Leute allmählich, ihm Manches nachzusehen. Von Convenienz und Etikette
beobachtete er, so viel ihm gut schien, verstattete sich aber als
„Genie" auch gelegentlich die schreiendsten Extravaganzen. Eine
eiserne Gesundheit erlaubte ihm die tollsten Streiche und die
härtesten Strapazen. Als Schwimmer, Reiter, Jäger nahm er's
mit Jedem auf. Wenn es ihm einfiel, badete er Nachts im
Flusse — auch bei winterlicher Kälte. Beim wüthendsten Sturm
und Regen tobte er in Feld und Wald herum. Für eine durchschwärmte Nacht hatte er sich bald wieder entschädigt. Den
Comfort des Lebens wußte er zu genießen, brauchte ihn aber
nicht; denn er war abgehärtet wie ein Militär oder Förster. Die
Gelehrten erstaunten über seine Belesenheit, Gärtner, Bergleute,
Köhler über sein Interesse und Verständniß für ihre praktischen
Manipulationen. Während er Wielands Oberon mit dem Scharfblick eines Kenners kritisirte, fand ihn dieser „amusabel wie ein
Mädchen von 16 Jahren"[1]. Kurz, Göthe war ein Genie —
und wenn Minerva selbst des Herzogs Mentor hätte werden
wollen, sie hätte wohl kaum eine anziehendere, gewinnendere Gestalt annehmen können.

---

[1] Brief an Merck, 1. Aug. 1779. Wagner, Briefe an J. H.
Merck. 1835. S. 169.

3. Eine sanfte Palastrevolution.

1775.

„Wie ein schöner Stern," so melden die Verehrer des Dichters,
„ging Göthe in Weimar auf." Nach Lewes erschien er „im
vollen Glanze der Jugend, der Schönheit und des Ruhmes:
der Jugend, die nach dem Ausdrucke der Griechen ‚der Herold
der Venus' ist; der Schönheit, die die Griechen als das Abbild
der Wahrheit vergötterten; des Ruhmes, der die Augen der
Sterblichen zu allen Zeiten wie ein überirdischer Glanz geblendet hat" [1].

Nach Göthe's eigenem Bericht war die Uebersiedelung weniger
astronomisch und mythologisch glänzend. Es war eine Hedschra,
deren Möglichkeit längst in Aussicht genommen und deren Ausführung diplomatisch eingefädelt war. Nach dem fatalen Ende
seines Lili-Romans war ihm Frankfurt gründlich verleidet. An
Vaterhaus und Vaterstadt hing er nicht, an seinem Vater noch
weniger. Also fort! Die von Knebel vorbereitete Einladung
nach Weimar war ihm deßhalb sehr erwünscht. Was er sich

[1] Lewes (Frese). I. 361. — K. Göbeke, Grundriß. Hannover
1859. II. 874.

von dem Maler Kraus über Stadt, Land, Herzog, Herzogin-Mutter, Hof und Hofleben erzählen ließ, erweckte die Aussicht auf eine freiere, glänzendere Stellung[1]. Welche Verabredungen zwischen ihm und dem jungen Herzog bei ihrem wiederholten Zusammentreffen gepflogen wurden, hat er allerdings nicht genau aufgezeichnet. Das einzige Hinderniß, welches seitens des Hofes im Wege stand, scheint sein Zerwürfniß mit Wieland gewesen zu sein. Herzog und Herzogin-Mutter hingen an dem Verfasser der „Alceste", der Hof hatte Freude an dieser Oper gehabt, und man scheute sich ein wenig vor dem rücksichtslosen Spötter, der sie so ganz ohne Erbarmen in Grund gebohrt. Diese Scheu mehrte sich, als im März Wagners Farce „Prometheus, Deukalion und Recensenten" erschien und ziemlich allgemein Göthe zugeschrieben wurde. Doch Göthe lehnte feierlich in den „Frankfurter gelehrten Anzeigen" die Autorschaft von sich ab, nannte Wagner als Verfasser, schrieb freundlich an Wieland, bat Knebel, ihm viel von sich und vom „theuern Herzog" zu schreiben und „diesen in Liebe seiner zu erinnern", und Knebel wirkte eifrig in Göthe's Sinn[2]. Ein förmlicher Ruf nach Weimar mit firen Bedingungen erfolgte nun freilich nicht, aber schon am 22. September lud ihn Karl August nach Weimar ein; als der Herzog mit seiner jungen Gemahlin am 12. October wieder durch Frankfurt reiste, wurde die Einladung auf's Freundlichste wiederholt — und Göthe kam. Er stieg bei der Familie seines Reisebegleiters, des Kammerherrn von Kalb, ab, dessen Vater, der Kammerpräsident Karl Alexander, zu den einflußreicheren Leuten gehörte. Man rechnete es sich zur Ehre, einen jungen Dichter aufzunehmen, der durch seinen Götz und Werther in ganz Teutschland Aufsehen gemacht, den noch jüngern Herzog gleich bei der ersten Begegnung völlig für sich gewonnen hatte, und der, falls er in Weimar blieb, noch etwas zu werden versprach. An der artigen Tochter des Hauses, die später den Herrn von Seckendorf

[1] Göthe's Werke (Hempel). XXIII. 97—100.
[2] Dünßer, Göthe und Karl August. 1861. I. 7

heirathete, fand er einigen Trost für sein noch Lili-träumendes, obwohl keineswegs gebrochenes Herz [1]. Zum Mittagessen wurden einige Notabilitäten, darunter Wieland, eingeladen. Abends war eine Freireboute, wo Göthe den ganzen Hof beisammen traf. Am folgenden Tag speiste er schon bei Hofe, mußte sich aber als Bürgerlicher mit einem Platz an der Marschallstafel begnügen. Festlicher Empfang wurde ihm nicht zu Theil. Auch die folgende Zeit hinburch mußte er sich der Etikette unterwerfen, gemäß welcher kein Bürgerlicher an die Fürstentafel gezogen wurde.

Wer ihn am begeistertsten, ja mit jugendlichem, fast kindischem Enthusiasmus willkommen hieß, war der Mann, von dem er es am wenigsten verdient hatte: der von ihm verspottete, zerrupfte, mit satirischer Lauge übergossene Wieland. Angesichts des schönen, lebhaften, geistreichen Dichterbruders vergaß der gutmüthige Schwabe aller Unbill, die ihm widerfahren war, und begrüßte seinen herkulischen Zuchtmeister wie einen Engel des Himmels, ja, er dankte förmlich seinen bisherigen literarischen Primat bei Hofe ab, um ihn dem neuen Ankömmling zu Füßen zu legen. Das Gefühl, daß ein Stärkerer über ihn gekommen, mag zu dieser Demuth auch beigetragen haben. Göthe's einnehmende Jugendlichkeit, studentische Genialität und joviales Wesen erleichterte die freiwillige und doch nicht ganz freiwillige Thronentsagung.

---

[1] Böttiger (Literarische Zustände und Zeitgenossen. Leipzig, Brockhaus. 1838. I. 52) erzählt, es sei gleich zu Liebeleien gekommen, der alte Herr habe aber die Tochter rechtzeitig gewarnt: „Mädchen, mit Rath!" und so sei sie vor einem intimeren Verhältniß bewahrt geblieben. Zu Göthe's bisherigem Leben steht diese Nachricht nicht im mindesten Widerspruch, sie ist mehr als wahrscheinlich. Da indeß Böttiger bei den Literaturhistorikern einen sehr übeln Ruf genießt (er gilt nur als Chronist der Weimarer Klatschereien), so mag sie dahingestellt bleiben, und ich werde auch für das Folgende auf Böttigers Zeugnisse verzichten, obwohl seine angeblichen „Klatschereien" psychologisch meist sehr gut zu dem stimmen, was aus den Correspondenzen feststeht und was selbst Dünter als Wahrheit anerkennt.

„O mein bestes Brüderchen," schrieb Wieland schon am
10. November an Fritz Jacobi, „was soll ich Dir sagen! Wie
ganz der Mensch beim ersten Anblick nach meinem Herzen war!
Wie verliebt ich in ihn wurde, da ich beim Geh. Rath K., wo
er wohnt, am nämlichen Tage an der Seite des herrlichen Jüng=
lings zu Tische saß!"[1] Doch behauptete sich diese erste Liebes=
begeisterung nicht ohne kritische Reflexion. „Alles, was ich
Ihnen," so fährt Wieland fort, „nach mehr als Einer Krisis,
die dieser Tage in mir vorging, sagen kann, ist dieß: Seit dem
heutigen Morgen ist meine Seele so voll von Göthe, wie ein
Thautropfen von der Morgensonne .... Sie können sich völlig
darauf verlassen, daß es zwischen ihm und mir schon so weit ge=
kommen ist, daß Welt, Sünde, Tod, Teufel und Hölle nichts
mehr dagegen ausrichten können."[2]

Für den bürgerlichen Platz an der Marschallstafel wurde
Göthe dadurch entschädigt, daß ihn der Herzog mitunter bei sich
auf seinem Zimmer speisen ließ. Auch bei der Herzogin=Mutter,
bei Knebel und andern Hofleuten wurde er zu Gast geladen.
Von dem vergnügungslustigen Herzog zu allen Partieen, Aus=
flügen, Unterhaltungen beigezogen, war er bald mit allen Hof=
herren, Hofdamen und Hoffräulein wohlbekannt, bei allen wohl=
gelitten, ein fröhlicher Genosse der allgemeinen Heiterkeit. Nur
die höhern Staatsbeamten, namentlich der bis dahin ziemlich all=
vermögende Thomas von Fritsch, blieben zugeknöpft, und die
ernstere Herzogin Luise sah es nicht gerne, daß das studentische
Wesen und Treiben ihres Gemahls einen neuen Förderer erhielt.
Karl August stand mit Göthe gleich auf „Du", und dieser
brauchte nicht bemüht zu sein, dem „Sie" oder wohl auch dem
„Du" viele Titel anzuhängen. Der Stil, in dem sie miteinander
verkehrten, entsprach mehr dem „Du" als dem „Sie". Karl

---

[1] F. W. Riemer, Mittheilungen über Göthe. Berlin 1841.
II. 18.

[2] H. Viehoff, Göthe's Leben, Geistesentwickelung und Werke.
4. Auflage. Stuttgart, Conradi, 1877. II. 130.

August war bald in alle Herzensgeheimnisse des älteren Freundes eingeweiht und sprach sich bei ihm flott und rückhaltslos aus, wie ein lustiger Corpsbruder beim andern. Göthe war mit seiner vita nuova wohl zufrieden. Er schrieb an Tante Fahlmer:

„Gott weiß, wozu ich noch bestimmt bin, daß ich solche Schulen durchgeführt werde. Diese gibt meinem Leben neuen Schwung, und es wird Alles gut werden. Ich kann nichts von meiner Wirthschaft sagen: sie ist zu verwickelt, aber Alles geht erwünscht. Wunderlich Aufsehen macht's hier, wie natürlich. Wieland ist gar lieb, wir stecken immer zusammen, und gar zu gerne bin ich unter seinen Kindern. Sein Weib ist herze=brav." [1]

Auch dem Bedienten Göthe's, Philipp Seidel, gefiel die ver=wickelte Wirthschaft ganz gut, doch nicht in jeder Beziehung. Er schrieb an seinen Freund J. Adam Wolf in Frankfurt den 23. Nov. 1775, 11 Uhr Nachts:

„Nein, in dieser seligen Lage muß ich dir schreiben, guter Bruder, da copire ich einen Roman, von welchem mein Herr der Verfasser ist. Ich bin an einer Stelle, die mich wahrhaft himmlisch entzückte, und in dieser Lage will ich dir schreiben, ob ich gleich sehr getrieben werde, es fertig zu machen. Ich habe Alles, Arbeit genug, Essen, Trinken und Geld 2c. — nur keine Liebe, keine Seele, der ich mich mittheilen könnte. Es ist ein müßiges, steifes üppiges Volk, das einem oft unleidlich wird." Dagegen rühmt er „die große fürstliche aise" an der verwitt=weten Herzogin und den „gütigen, jugendlichen Blick" des Her=zogs, und wie das Volk voll Lobes über sie sei und mit „thränen=dem Auge Gott für sie danke". — „Den 17. huj. waren wir auf der Redoute, da gefiel mir's. Es gab allerlei artig Zeug", besonders freute ihn ein alter deutscher Tanz [2].

---

[1] M. Bernays, Der junge Göthe. Leipzig 1875. III. 121. — Düntzer, Göthe's Leben. 1880. S. 265. Er mahnte die Tante auch noch, ein Schneider=Conto zu zahlen, wahrscheinlich für den schönen Frack, in welchem er sich den Hoheiten vorgestellt.

[2] S. Grenzboten 1874. I. 376.

Bei Jagd, Tanz, Ausfahrten und Maskerade blieb wenig Zeit zum Schreiben. Für Auguste von Stolberg, die Vertraute seines Lili-Romans, wühlte Göthe am 22. nur einige Zeilen hin, wohl nur, um geschrieben zu haben:

„Ich erwarte deine Brüder, o Gustchen! was ist die Zeit Alles mit mir vorgegangen. Schon fast 14 Tage[1] hier im Treiben und Weben des Hofes. Adieu! bald mehr! Vereint mit unsern Brüdern! Dieß Blättel sollst indeß haben."[2] Auch dieser Zettel blieb übrigens liegen, so daß Christian etliche Tage nachher auf der Rückseite desselben der Schwester die Ankunft der beiden Brüder vermelden konnte: „Hier wird's uns recht wohl! Wir leben mit lauter guten Leuten, mit unserm Wolf und den hiesigen Fürstlichkeiten, die sehr gut sind, gehen auf die Jagd, reiten und fahren aus, und gehen auf die Maskerade."

Als Friedrich Leopold und Christian zu Stolberg am Abend des 26. November in Weimar ankamen, war Wolf-Göthe eben mit dem Herzog zur Jagd ausgeritten. Er blieb mit diesem bei dem Statthalter Dalberg in Erfurt übernacht, der schon ein mal nach Weimar gekommen war, um ihn kennen zu lernen, ihn aber noch nicht getroffen hatte. Die beiden Grafen holten nun mit dem Hofe den Herzog und Göthe in Erfurt ab und verweilten dann bis zum 3. December in Weimar.

Die Skizze, welche Friedrich Leopold in einem Briefe an seine Schwester „Puletchen" von dem Hofe und seinem Leben gibt, kennzeichnet die Hauptpersonen sehr anschaulich, obwohl nicht ohne einen gewissen enthusiastischen Anhauch. Am meisten sympathisch scheint ihm die junge Herzogin gewesen zu sein.

„Es ist eine gar vortreffliche junge Frau! Verstand wie ein Engel und durch ihre anscheinende, nach und nach sich entnebelnde Kälte leuchtet das liebenswürdigste Herz hervor. Sie gab uns

---

[1] Die 14 Tage waren längst voll, am 22. November.

[2] Dünzer, Frauenbilder. Stuttgart 1852. S. 368. Riemer l. c. II. 18. W. Arndt, Göthe's Briefe an die Gräfin Auguste zu Stolberg. Leipzig, Brockhaus. 1881. S. 41. 125 ff.

einen Brief von Lavater an uns, den er an sie eingeschlossen hatte . . . . Mit der Herzogin von Lavater zu sprechen, war mir inniger Genuß. Sie hat ihn in Zürich besucht und liebt ihn, wie man ihn lieben muß."

Am 6. December faßte Friedrich Leopold seine Weimarer Eindrücke also zusammen:

„Auf dieser ganzen Reise hat mir, außer der Schweiz, und freilich auch Hamburg ausgenommen, kein Ort so gefallen, wie Weimar. Ich will Dir die Hauptpersonen beschreiben. Der Herzog ist ein herrlicher achtzehnjähriger Junge, voll Herzens=feuer, voll deutschen Geistes, gut, treuherzig, dabei viel Verstand. Engel Luischen ist Engel Luischen. Die verwittwete Herzogin, eine noch schöne Frau von 36 Jahren, hat viel Verstand, viel Würde, eine in die Augen fallende Güte, so ganz ungleich den fürstlichen Personen, die im Steifsein Würde suchen; sie ist charmant im Umgang, spricht sehr gut, scherzt fein und weiß auf die schönste Art Einem etwas Angenehmes zu sagen. Prinz Constantin ist ein herziges, feines Bübchen. Eine Frau von Stein, Oberstallmeisterin, ist ein allerliebstes, schönes Weibchen. Wir waren gleich auf dem angenehmsten Fuß dort; es ward uns sehr wohl und ihnen ward auch wohl bei uns. Den Vor=mittag waren wir entweder bei Göthe oder Wieland, oder ritten mit dem Herzog auf die Jagd oder spazieren. Von zwei bis fünf Uhr waren wir bei Hofe. Nach Tisch wurden kleine Spiele gespielt, blinde Kuh und Plumpsack. Von sieben bis neun Uhr war Concert oder ward vingt-un gespielt. Einmal war Mas=kerade. Einen Nachmittag las Göthe seinen halbfertigen Faust vor. Es ist ein herrliches Stück. Die Herzoginnen waren ge=waltig gerührt bei einigen Scenen. Den vorletzten Abend (den 2.) waren wir bei Prinz Constantin; der Herzog, der Statt=halter von Erfurt, ein trefflicher Mann von Verstand, und viele Cavaliere vom Hofe aßen mit uns. Da wir bald abgegessen hatten und recht guter Dinge waren, öffnete sich plötzlich die Thüre, und siehe, die Herzogin=Mutter mit der schönen Frau von Stein traten feierlich in die Stube, jede ein drei Ellen langes Schwert aus dem Zeughause in der Hand, um uns zu Rittern zu schlagen. Wir setzten uns nieder, und die beiden Damen gingen vertraut um den Tisch herum, von Einem zum Andern. Nach Tisch wurde lange blinde Kuh gespielt. Einigen steifen Hofleuten waren wir, glaub' ich, ein Dorn im Auge, aber alle guten waren uns herzlich gut. Den letzten Abend, nachdem wir uns schon bei Hofe beurlaubt hatten, aßen wir mit Göthe und Wieland allein. Unterdessen hatte Jemand dem Herzog bei Tisch ein Exemplar des Freiheitsgesangs gezeigt, welcher ihm sehr gefiel. Er schickte mir das Exemplar und ließ mich fragen, ob ich's nicht dem ‚großen Friedrich‘ dediciren wollte. Ich schrieb auf der einen Seite des Titelblattes eine ziemlich bittere Dedication an ‚den großen Friedrich‘ in Knittelversen, welche gut soll aufgenommen worden sein, obgleich die Herzogin-Mutter leibliche Nichte des ‚großen Friedrich‘ ist. Wieland haben wir versprechen müssen, zuweilen Gedichte in den Merkur zu geben, dagegen versprach er, künftig kein schlechtes Zeug in den Merkur zu nehmen. Göthe hab ich dießmal noch lieber gekriegt.“ [1]

Gerne hätten die beiden Stolberg den Freund mit sich nach Dessau und Hamburg genommen; doch wollte der Herzog ihn nicht gehen lassen. Er blieb also, nahm indeß die Einladung des Herzogs nicht an, mit ihm den Hof Rudolstadt zu besuchen, sondern pilgerte nach Kochberg, dem Landsitz der „schönen“ Frau von Stein, mit der er bereits nähere Bekanntschaft angeknüpft

---

[1] Joh. Janssen, Friedrich Leopold Graf zu Stolberg. Freiburg, Herder. 1877. I. 62 64. Vgl. den gleichzeitigen Brief Christians von Stolberg, bei Düntzer, Göthe's Leben. Leipzig 1880. S. 266. Ueber studentische Tollheiten und Excesse, welche die jungen Poeten zusammen getrieben haben sollen, enthält ihre Correspondenz keine Anhaltspunkte. Wohl richtig nimmt Düntzer an (Göthe und Karl August. Leipzig 1861. I. 11), daß den hierüber circulirenden Gerüchten dieser oder jener Scherz zu Grunde lag, denen sich dann aber Entstellungen und Uebertreibungen ankrusteten. Vgl. Arndt, Göthe's Briefe an Auguste zu Stolberg. S. 131.

hatte. Am 6. December schrieb er seinen Namen auf die innere Platte ihres Schreibtisches — eine „unsterbliche" Reliquie, die heute noch, zu Nutz und Frommen aller verliebten Touristen, in Kochberg gezeigt wird.

Während dieß neue Verhältniß ihn mächtig beschäftigte und fesselte, zog ihn der Herzog immer mehr in sein Vertrauen und befestigte dadurch die Freundschaftsbeziehung, die den vorüber=gehenden Besuch in eine bleibende Stellung verwandeln sollte. Für den Posten eines Superintendenten, für welchen Karl August einen freundlichen, humanen Geistlichen suchte, schlug Göthe schon Anfangs December Herder vor und empfahl ihn auf's Beste, während er anderseits auch Alles aufbot, Herder für die Annahme dieser Stelle zu gewinnen. Der Statthalter Dalberg unterstützte ihn hierbei. Bei Hofe und namentlich bei der orthodoxen Klerisei erhob sich aber entschiedener Widerstand. Der letzteren war Herder zu freisinnig und aufgeklärt; der Hof hingegen fühlte sich verletzt, daß ein fremder, bürgerlicher Besucher in so wich=tigen Dingen maßgebende Vorschläge machen sollte. Während man von der einen Seite mit Eingaben und Protesten arbeitete, von der andern mit diplomatischen Künsten, nahmen sich der Herzog und Göthe die Ernennung ihres künftigen Bischofs oder Papstes nicht allzusehr zu Herzen, ritten lustig über Land, er=freuten sich am Eislauf und an der Jagd, und trieben allerhand wilde, muntere Streiche.

Auf Weihnachten ging der Herzog nach Gotha und wollte auch Göthe mitnehmen. Dieser lehnte indeß ab; denn in Gotha commandirte der französisirende Gotter, einst in Wetzlar sein Freund, Literatur und Theater, und das war ihm nicht gemüth=lich. Er zog es vor, mit Einsiedel, Kalb und Bertuch nach Walbeck zu reiten, einem einsamen Dorf hinter Jena. Da wohnte der Förster Slevoigt mit zwei artigen Töchtern, deren eine Bertuch, die andere der Zeichenlehrer Kraus sich zur Frau aus=ersehen[1]. Noch am Abend schrieb Göthe an den Herzog einen

---

[1] Viehoff, Göthe's Leben. Stuttgart 1877. II. 131.

kleinen Brief, der mit dem Zigeunerlied im Götz von Berlichingen
anhebt und dann fortfährt:

„Daß mir in diesem Winkel der Welt, Nachts, in dieser
Jahreszeit, mein alt Zigeunerlied wieder einfällt, ist ebenso natürlich, lieber, gnädiger Herr, als daß ich mich gleich hinsetze, es
Ihnen aufzuschreiben und hintendrein einen Brief zu sudeln;
denn ich vermisse Sie wahrlich schon, ob wir gleich nicht zwölf
Stunden auseinander sind. Drunten sitzen sie noch nach auf-
gehobenem Tisch und schmauchen und schwatzen, daß ich's durch
den Boden höre. Ich bin heraufgegangen, es ist halb neun.
Wind und Wetter hat uns hergetrieben, auch Regen und was
daran hängt. Die Kluft nach Jena hinein hat mich im glücklichen Abendsonnenblick mit all ihrer dürren Herrlichkeit ange-
lächelt, die Lage von Jena selbst mich erfreut, der Ort mich
gedrückt. Zwischen da und hier war nicht viel Gaffens; es kam
ein Regen aus Italien, wie uns ein Alter versicherte, der mit
dem Schubkarren an uns vorbeifuhr. — Hier liegen wir recht
in den Fichten drin bei natürlich guten Menschen. Unterwegs
haben wir in den Schenken den gedruckten Karl August gegrüßt,
und haben gefühlt, wie lieb wir Sie haben, daß uns Ihr
Name auch neben dem L. S. Freude machte. Einsiedel ist zu
Bett. Sein Magen liegt schief; Kaffee und Branntwein wollen's
nicht bessern. Ich will auch gehen. Gute, herzliche Nacht! —
Noch ein Wort, ehe ich schlafen gehe. Wie ich so in der Nacht
gegen das Fichtengebirge ritt, kam das Gefühl der Vergangenheit, meines Schicksals und meiner Liebe über mich und ich sang
so bei mir selber:

Holde Lili, warst so lang
Alle meine Lust und all mein Sang;
Bist ach! nun all mein Schmerz, und doch
All mein Sang bist du noch."

Am andern Morgen kamen die alten Straßburger Liebhabereien
über ihn. Er ließ sich bei dem Rector in Bürgel die Odyssee
holen, um in der patriarchalischen Waldwohnung Homer zu lesen.

Bis diese eintraf, las er poetische Stellen in der Bibel. Dann wurde wieder Schlittschuh gelaufen. Der heilige Abend ward „mit Würfeln und Karten vervagabundet". Am ersten Christ= tag ritten sie nach Bürgel, nicht in die Kirche, sondern um das dortige Amtshaus anzusehen. Nachdem sie wacker gegessen und getrunken, verkleideten sie sich, so gut es ging, indem sie gegen= seitig die Kleider wechselten.

„Kraus war auch gekommen und sah in Bertuchs weißem Tressenrock und einer alten Perrücke des Wildmeisters wie ein verdorbener Landschreiber, Einsiedel in meinem Frack mit blauem Krägelchen wie ein verspielt Bübchen, und ich in Kalb's blauem Rock mit gelben Knöpfen, rothem Kragen und vertrotteltem Kreuz und Schnurrbart wie ein Kapitalspitzbube aus."[1]

Der Herzog war ganz gerührt, als er diesen Bericht erhielt. Er fühlte gleich, daß die „Genies" bei ihrer Art Weihnachts= feier den bessern Theil erwählt.

„Lieber Göthe," antwortete er, „ich haben Deinen Brief er= halten, er freut mich unendlich. Wie sehr wünschte ich, mit freierer Brust und Herzen die liebe Sonne in den Jenaischen Felsen auf= und untergehen zu sehen und das zwar mit Dir. Ich sehe sie hier alle Tage, aber das Schloß ist so hoch und in einer so unangenehmen Ebene, von so vielen dienstbaren Geistern erfüllt, welche ihr leichtes luftiges Wesen in Sammet und Seide gehüllt haben, daß mir's ganz schwindlich und übel ward. Ich komme erst den Freitag wieder. Mache doch, daß Du hierher kommst, die Leute sind gar zu neugierig auf Dich."[2]

Göthe folgte diesem Rufe nicht, traf aber am 29. wieder mit dem herzoglichen Freund in Weimar zusammen, wo inzwischen eine neue Größe erschienen war, der bereits erwähnte Freiherr Siegmund Leo von Seckendorf, der nichts Geringeres erwartet

---

[1] S. Morgenblatt 1846. Nr. 123. Diezmann, Weimar= Album. S. 10. M. Bernays, Der junge Göthe. III. 124 ff.

[2] Riemer II. 19. Briefwechsel des Großherzogs Karl August mit Göthe. Weimarer Landesindustrie=Comptoir. 1863. I. 1.

hatte, als selbst der vertraute Rathgeber und Günstling Karl
Augusts zu werden. Er war etwas verblüfft, als er diesen
Ehrenplatz schon vergeben fand[1].

Die zwei letzten Tage des Jahres 1775 brachte Göthe mit
dem Herzog bei Dalberg in Erfurt zu, der an der neuen Litera-
tur das größte Interesse nahm, des Herzogs Freundschaft für
Göthe theilte und förderte, und auch Herders Berufung auf's
Nachdrücklichste anempfahl. Das neue Jahr wurde in Weimar
begonnen, ganz im selben Stil, wie das alte begraben worden.
„Ich lerne täglich mehr steuern auf der Woge der Menschheit.
Bin tief in der See."[2] So schloß ein kurzer Neujahrsgruß an
Lavater.

„Ist mir auch sauwohl geworden," schrieb er am 5. Januar
an Merck, „Dich in dem freiweg Humor zu sehen. Ihr werdet
wohl zusammenfahren, und so auch was singen, daß der König
und die Königin ꝛc. — Ich treib's hier freilich toll genug, und
denk' oft an Dich, will Dir auch nun Deine Bücher schicken,
und bitte Dich, Vater und Mutter ein Bißel zu laben. Habe
Dich auch herzlich lieb. — Wirst hoffentlich auch bald vernehmen,
daß ich auf dem Theatro mundi was zu tragiren weiß, und
mich in allen tragikomischen Farcen leidlich betrage. Addio."[3]

Das lustige Leben der zwei ersten Monate hatte indeß schon
fast alles Geld verschlungen, das Göthe von Frankfurt mit-
gebracht. Er mußte noch am selben Tag (5. Januar) Tante
Fahlmer angehen, doch mit der Mutter Rath zu halten, ob der
Vater „Sinn und Gefühl ob all der abglänzenden Herrlichkeit
seines Sohnes habe"[4], d. h. ihn um etwas Geld „anzupumpen",
wie die Studenten sagen. Wollte der Vater ihm nicht 200 Gulden oder auch weniger zugestehen, so sollten sie bei Merck an-

<hr>

[1] Ueber seine Unzufriedenheit berichtet ausführlich Dünzer,
Göthe und Karl August. I. 15 ff.

[2] Briefe an Lavater. Leipzig 1833. S. 18.

[3] Briefe an Joh. Heinr. Merck. Hrsg. von Dr. Karl Wagner.
Darmstadt 1835. S. 81.

[4] Bernays, Der junge Göthe. III. 132.

klopfen. Die klugen Frauen scheinen es nicht für gut erachtet zu haben, bei dem gestrengen Herrn Rath für ihren lieben Wolfgang zu pumpen. Das Geld wurde bei Freund Merck aufgenommen. Göthe meldete diesem die Ankunft am 22. Januar[1].

„Ich hab' das Geld, lieber Bruder, erst den 19. Januar kriegt! Was Du mir länger als März lassen kannst, das thu'; was Du aber wieder brauchst, sollst Du haben. Hier hast Du einen Schein.

Ich bin nun ganz in alle Hof- und politischen Händel verwickelt und werde fast nicht wieder weg können. Meine Lage ist vortheilhaft genug, und die Herzogthümer Weimar und Eisenach immer ein Schauplatz, um zu versuchen, wie einem die Weltrolle zu Gesichte stünde. Ich übereile mich drum nicht, und Freiheit und Gnüge werden die Hauptconditionen der neuen Einrichtung seyn, ob ich gleich mehr als jemals am Platz bin, das durchaus Sche..ige dieser zeitlichen Herrlichkeit zu erkennen."

„Wir machen des Teufels Zeug," meldet er dem Freund zwei Monate später, „doch ich weniger als der Bursche, der nun ein herrlich Dram' auf unsern Leib schreibt. Es geht mit uns allen gut, denn was schlimm geht, laß' ich mich nicht anfechten. Ten Hof hab ich nun probirt, nun will ich auch das Regiment probiren, und so immer fort. Ich bin gesund bis auf 'n Einfluß des fatalen Wetters, streiche was ehrlichs in Thüringen herum und kenne schon ein brav Fleck davon. Das macht mir auch Spaß, ein Land so auswendig zu lernen."[2]

Auch auf dem Gebiete des Regiments hatte Göthe übrigens den ersten Schachzug schon gewonnen. Gegen die gesammte Klerisei und den Hof setzte er Herders Berufung durch. Noch am 31. December 1775 hatte er diesen zu muthigem Ausharren in der Prüfung auffordern müssen. Doch schon am 2. Januar konnte er ihm schreiben:

---

[1] Wagner l. c. S. 122. Ter Brief ist aber hier falsch datirt: 1778 statt 1776. Vgl. Riemer II. 10.

[2] Wagner. 1835. S. 93.

„Heut kann ich Dir schon Hoffnung geben, was ich vorgestern nicht konnte. Und das thu' ich gleich nicht um Dein, sondern der Frau willen. Ich bin mit Wieland hier bei liebenden Menschen. Du mußt ihm auch helfen seinen ,Merkur' stärken, davon sein Auskommen und seiner Kinder Glück abhängt. Er wünscht Dich her, hatte eh' die Idee als ich. Weiß aber nicht, was jetzt vorgeht. Ich hoffe, Du sollts allein durch mich und aus freier Wahl des Herzogs haben. Der Statthalter von Erfurt hat das Beste von Dir gesagt, und bestätigt dem jungen Fürsten Deinen Geist und Kraft; ich habe für Deine politische Klugheit in geistlichen Dingen gut gesagt; denn der Herzog will absolut keine Pfaffentracasserien über Orthodoxie und den Teufel, und da haben die . . . . gemacht. — Ich wünsche Dich meinem Herzog und ihn Dir. Es wird Euch beiden wohl thun, und — — ja, lieber Bruder, ich muß das stiften, eh' ich scheide. Leb wohl! wie die Sache rückt, sollst Du Nachricht haben. Zerreiß meine Zettel, wie ich gewissenhaft die Deinigen."[1]

Bald darauf wünscht er doch, daß Herder von dem Abt Jerusalem in Wolfenbüttel empfohlen würde:

„Ein guter Brief von ihm würde viel thun. Lieber Bruder, wir haben's von jeher mit den Sch . . . kerlen verdorben, und die Sch . . . kerle sitzen überall auf dem Fasse. Der Herzog will und wünscht Dich, aber alles ist hier gegen Dich. Indeß ist hier die Rede von Einrichtung auf ein gut Leben und 2000 Reichsthaler Einkünfte."[2]

[1] Aus Herders Nachlaß. Frankfurt a. M. 1957. I. 55 ff. Bernays, Der junge Göthe. III. 120 ff.

[2] So wurde die Stelle geschätzt, doch trug sie nur etwa 1200 Thaler ein. — Man verzeihe die Mittheilung der salonswidrigen Kraftausbrücke, an welchen die größten deutschen Classiker sich in dieser Periode erfreuten. Aber es ist absolut nöthig, um die sogen. Genieperiode quellenmäßig zu charakterisiren, wie sie war, und der Schönfärberei gegenüberzutreten, durch welche sich manche wohlmeinende Leute darüber täuschen lassen, indem sie meinen, in Wei

Wie es scheint, wünschte der Herzog die Ernennung dennoch auf irgend ein günstiges Zeugniß stützen zu können. Wenigstens mahnt Göthe:

„Lieber Bruder, nenne mir nur einen einzigen Theologen, der rechtgläubigen Namen hat und gut für Dich ist ... der, wenn man ihn fragte, Guts von Dir sagte.“

Auch dieß eine Zeugniß wurde indeß überflüssig gemacht. Der Herzog wies die Herren vom Consistorium schließlich an Göthe, und dieser konnte nun schreiben:

„Bruder, sei ruhig, ich brauch der Zeugnisse nicht, habe mit trefflichen Hetzpeitschen die Kerls zusammengetrieben, und es kann nicht lang mehr stocken, so hast Du den Ruf. ... Vielleicht blieb' ich auch eine Zeit lang da ... Unser Herzog ist ein goldener Junge. Die Herzoginnen wünschen Dich auch.“

Am 19. Februar verkündete Wieland seinem Freunde Merck, „der Messias Herder werde am Palmarum auf 150 Eseln (d. h. auf der ihm untergeordneten Geistlichkeit) in Weimar einreiten“. Göthe aber meldete dem künftigen Generalsuperinten=denten von Weimar seine Ernennung, mit Beibehaltung desselben Bildes, in folgenden Knittelversen:

> „Hochwürdiger!
> 's ist eine alte Schrift,
> Daß die Ehen werden im Himmel gestift'.
> Sind also vielmehr zu Eurem Orden
> Vom Himmel grad 'rab gestiftet worden.
> Es uns auch allen herzlich frommt,
> Daß Ihr bald mit der Peitsche kommt —
> Und wie dann unser Herr und Christ
> Auf einem Esel geritten ist,
> So werdet Ihr in diesen Zeiten
> Auf hundert und funfzig Esel reiten,
> Die in euer Herrlichkeit Diöces
> Erlauern sich die Rippenstöß'.“

mar hätte man allezeit so fein gesprochen, wie Tasso mit den beiden Leonoren.

Zum Schluß noch die tröstliche Versicherung:

„Und im Grunde weder Luther noch Christ
Im mindesten hier gemeinet ist,
Sondern was in dem Schöpfengeist
Eben lutherisch und christlich heißt.“

Das Resultat des burschikosen canonischen Processes zeigte der Herzog am 23. Februar 1776 kurz und gut dem Ober= consistorium an, indem er ihm bedeutete, daß Herder ihm „wegen seiner Gelehrsamkeit und Stärke in der geistlichen Beredtsamkeit, auch sonstigen guten Eigenschaften (der Orthodoxie wurde nicht gedacht) ganz besonders angerühmet und empfohlen worden“[1], es sei ihm also die Stelle als Oberhofprediger, Oberconsistorial= rath und Kirchenrath, auch Generalsuperintendent anzutragen. Punktum! Streusand! Das betreffende Document ging zwei Tage darauf an Herder ab. Da dessen Annahme schon sicher stand, so war damit Göthe's erste Regierungsmaßregel siegreich durchgefochten. Er bekam nun auch Lust, selbst in Weimar zu bleiben.

„Herder hat den Ruf als Generalsuperintendent angenommen,“ so schreibt er am 14. Februar an Tante Fahlmer. „Ich werd' wohl auch da bleiben und meine Rolle so gut spielen, als ich kann, und so lang, als mir's und dem Schicksal beliebt. Wär's auch nur auf ein paar Jahre, ist doch immer besser, als das unthätige Leben zu Hause, wo ich mit der größten Lust nichts thun kann. Hier hab' ich doch ein paar Herzogthümer vor mir. Jetzt bin ich dran, das Land nur kennen zu lernen; das macht mir schon viel Spaß. Und der Herzog kriegt auch dadurch Liebe zur Arbeit, und weil ich ihn ganz kenne, bin ich über viele Sachen ganz und gar ruhig. Mit Wieland führ' ich ein liebes häusliches Leben, esse Mittags und Abends mit ihm, wenn ich nicht bei Hofe bin. Die Mägdlein sind hier gar hübsch und artig; ich bin gut mit allen. Eine herrliche Seele ist die Frau

---

[1] Dünzer, Göthe und Karl August. I. 16.

von Stein, an die ich so, was man sagen möchte, geheftet und
genistelt bin. Luise und ich leben nur in Blicken und Silben
zusammen; sie ist und bleibt ein Engel. Mit der Herzogin=
Mutter hab' ich sehr gute Zeiten, treiben auch wohl allerlei
Schwänk' und Schabernack. Sie sollten nicht glauben, wie viel
gute Jungens und gute Köpfe beisammen sind; wir halten zu=
sammen, sind herzlich unters (unter uns) und dramatisiren
einander und halten den Hof uns vom Leibe."[1]

So war nach kaum einem Vierteljahr Göthe's Bleiben eine
ziemlich ausgemachte Sache. Das Hofleben gefiel ihm, ein neuer
Lebensroman war angesponnen. Was für eine Stellung er ein=
nehmen sollte, das war ihm freilich nicht recht klar. Dichter?
Schriftsteller? Hofmann? Beamter? Alles das zugleich? Das
Hofleben kam ihm wie ein Schauspiel vor, in diesem Schauspiel
glaubte er aber immer als Wirkungskreis „ein paar Herzog=
thümer" vor sich zu haben. Der junge Herzog faßte die Frage
praktischer und bestimmter auf.

Schon einen Monat nach Göthe's Ankunft (den 9. December)
hatte der bisherige Minister von Fritsch den Herzog gebeten,
ihn seiner Stelle als Minister zu entheben und ihm dafür die=
jenige eines Regierungspräsidenten zu übertragen, und sein Gesuch
sehr charakteristisch also motivirt:

„Ich finde immer mehr Eigenschaften an mir, welche mich
in meinen eigenen Augen als zu diesem Platz untüchtig dar=
stellen. Der erste Mann in Ew. D. Ministerio sollte viel um
Ihro Person, viel an Ihrem Hofe sein, um zu aller Zeit Ihre
Befehle vernehmen und vollziehen zu können. Wie könnte aber
ich, der ich viel Rauhes in meinen Sitten, zu viel öfters an
das Mürrische gränzende Ernsthaftigkeit, zu viel Unbiegsamkeit
und zu wenig Nachsicht gegen das, was herrschender Geschmack
ist, an mir habe, am Hofe gefallen oder eine günstige Aufnahme
mir versprechen können ꝛc.?"

Fritsch traf hier unzweifelhaft den Kernpunkt, der den früheren

_____

[1] Bernays, Der junge Göthe. III. 135.

Reformplänen des Herzogs zu Grunde lag und auch seine Freundschaft für Göthe inspirirte. War der lustige, feine, gesellige,
biegsame und schmiegsame Minister, der dem herrschenden Geschmack Rechnung zu tragen wußte, nicht schon da?

Der Herzog ließ indeß Fritsch auf Antwort warten. Erst
Mitte Februar eröffnete er ihm vertraulich, daß er ihn als
ersten Minister in seinem Conseil behalten wolle. Der bisherige
Geheimrath Schmid solle Regierungspräsident werden, an seine
Stelle im Conseil der Herr von Tabor treten, das Präsidium
des Kammercollegs solle der Herr von Kalb übernehmen. Endlich sei seine Intention: „den sich dermahlen allhier aufhal-
tenden D. Göthe unter dem ihm beizulegenden Character
eines Geheimen Assistenz-Rathes in das Geh. Conseil zu
placiren und ihm die 4te und letzte Stelle in selbigem zu übertragen".

Fritsch nahm sich die „Freiheit, ad 3) gegen die Anstellung
des Dr. Göthe beim Geheimen Consilio geziemende Vorstellung
zu thun und theils auf deßen Untauglichkeit zu einem dergleichen
beträchtlichen Posten, theils aber darauf appuyirt, daß die
intendirende Placirung dieses Mannes vor eine Menge recht-
schaffener langgedienter Diener, welche auf einen Platz dieser
Art Anspruch machen könnten und sich also zurückgesetzt sehen
würden, niederschlagend seyn müßte" [1].

Der Herzog blieb auf seiner Meinung und führte für Göthe
eine Menge Gründe in's Feld, die Fritsch vergeblich zu widerlegen suchte. Doch kam es vorläufig zu keinem Entscheide. Ausflüge und Spritzfahrten, Jagden und Ritte, häusliche Unterhaltungen und Hofbelustigungen dauerten fort. Ein kleines Theater,
das man schon im November herzurichten begonnen hatte, war
auf Neujahr fertig geworden. Nach langer Unterbrechung wurden im Januar die drei ersten Vorstellungen gegeben. Statt
Schauspieler kommen zu laßen, spielte der Hof selbst. Dazwischen
fanden Bälle und Concerte statt. Des Verkleidens und Probirens

<hr>

[1] **Beaulieu-Marconnay, Anna Amalia.** 143—146.

Spielens und Tanzens war kein Ende. In Cumberlands „West:
indier", der im März wiederholt gegeben wurde, spielte Göthe
die Hauptrolle, der Herzog übernahm die Rolle des Major
O'Flaherty, ein Theil des Hofes spielte mit. Ein kleineres
Stück, das am 1. März zur Aufführung kam, hat Göthe's
Kammerdiener, Philipp Seidel, naiv beschrieben[1]:

„Es war sehenswerth. Die Verwünschungen (!!) des heiligen
Antonius stellte es vor, der in einer Höhle vor Buch und Todten:
kopf saß; dann kam ein Teufel nach dem andern und ängstete
ihn und suchte ihn zu quälen und irre zu machen; jeder Teufel
stellte ein Laster vor, von dem er Teufel war; mein Doctor
war der Hochmuthsteufel, kam mit Pfauenschwanzflügeln und
aufgeblasen auf Stelzen herein. Das letzte war die Wollust, die
zwischen den Bocksfüssigen Teufeln hertrat und ihn mit Bitten
und Kniefallen zu bewegen suchten. Umsonst. Sie warfen ihn
mit Feuer, umzingelten ihn, und tanzten mit großen Gebärden
um ihn herum, der vergeblich zu entfliehen suchte, sie aber doch
zuletzt durch Darzeichung eines Spruches wegscheuchte. Alles
war natürlich und schauerlich, nicht leichtfertig. So gut wie
zwei Komödien."

Der Spaß, den Göthe selbst nach einem alten Antoniusbilde
arrangirt hatte, kostete 150 Thaler. Die starkgewürzte, ascetische
Burleske bot eine angenehme Abwechslung zwischen Glashütten:
ballet und Blumenballet und wie die gewohnten Ballete alle
hießen. Weiter bemühte man sich aber nicht, die Väter der
Wüste zu studiren.

Während der lustigen Faschingssaison, welche bei den heitern
Hofkreisen seine Beliebtheit erhöhte, traf Göthe die ersten Schritte,
sich bleibend in Weimar niederzulassen, indem er die Gastfreund:
schaft derer von Kalb nicht länger in Anspruch nahm, sondern
sich eigene Wohnung miethete. Es war das burgartige sogenannte
kleine Jägerhaus, damals das letzte Haus vor dem Frauenthor

---

[1] Grenzboten 1874. I. 376. — Brief Philipp Seidels vom
1. März.

— in dem Gebäude, das jetzt dort steht, tagt das Stadtgericht. Welche öffentliche Stelle Göthe bekleiden sollte, war im April noch nicht bekannt; doch vermuthete Wieland, daß er wohl Geheimer Legationsrath werden würde [1]. Göthe selbst schrieb Anfangs März an Lavater:

„Verlaß dich — ich bin nun ganz eingeschifft auf der Woge der Welt — voll entschlossen: zu entdecken, gewinnen, streiten, scheitern, oder mich mit aller Ladung in die Luft zu sprengen." [2]

Für seine Entdeckungsreisen wollte er aber auch Geld haben. Er wandte sich darum wieder an die liebe Tante, die für ihn „pumpen" sollte (6. März):

„Ich bleibe hier, hab' ein schönes Logis gemieth, aber der Vater ist mir Ausstattung und Mitgift schuldig. Das mag die Mutter nach ihrer Art einleiten; sie soll nur kein Kind sein, da ich Bruder und Alles eines Fürsten bin. Der Herzog hat mir wieder hundert Dukaten geschenkt — gegeben, wie ihr wollt. Ich bin ihm, was ich sein kann, er mir, was er sein kann. Das mag nun fortgehen wie und so lang das kann."

Daß der Herzog ihm das nöthige Mobiliar selbst besorgte, verschwieg er, um eher von Papa Geld zu bekommen. Allein Papa hatte es noch nicht verschmerzt, daß der Herr Sohn alle seine Advocatur- und Magistratsträume vernichtet hatte, dazu mußte er für denselben noch Schulden zahlen und blieb darum taub für seine Bitten. Dagegen erlöste der Herzog seinen Freund endlich von der Marschallstafel, an der er nicht gern saß, weßhalb er auch nicht oft bei Hofe speisen wollte, und zog ihn während einer Abwesenheit der Herzogin an die Fürstentafel.

Die nächste Sorge des herzoglichen Freundes ging dahin, dem Dichter ein poetisches Nest zu verschaffen, wo er als echter Anhänger Rousseau's in einsam freier Natur Sonnenschein und

---

[1] Brief an Merck vom 12. April 1776. Wagner. 1835. S. 64.

[2] H. Hirzel, Briefe von Göthe an Lavater. Leipzig 1833. S. 10. Bernays, Der junge Göthe. III. 138. 139.

Regen, Wolken und Nebel, Waldeshauch und Blumenduft,
Mondenschein und Sternefunkeln ohne Störung genießen könnte.
Am Abhang der Höhe, auf der heute die große Kaserne steht,
an dem sogenannten „Rosenberg", unweit der Ilm, lag zwischen
verworrenem Gestrüpp ein kleines einsames Haus mit einem
Garten. Dieses ließ der Herzog durch Bertuch ankaufen und
übergab es dann Göthe als Geschenk. Der Kauf des Grund=
stückes fand am 22. April statt. 600 Thaler wurden gleich
ausbezahlt, der übrige Kaufpreis einstweilen verzinst. Da Alles
sehr verwahrlost war, ließ der Herzog auf seine Kosten die nöthi=
gen Reparaturen vornehmen, die Zimmer malen und möbliren.
Ankauf und Ausstattung kamen zusammen auf 1294 Thaler
16 Groschen. Obwohl Göthe nicht gleich einziehen konnte, so war
das Haus ihm doch eine willkommene Puppe. Fast jeden Tag lief
er hin, um Alles anzusehen und die Reparaturen zu beaufsich=
tigen. Herzog, Herzogin und der ganze Hof wandelten auch
hinaus, um die Neuigkeit zu schauen. Von Ende April bis
Ende Juli waren zahlreiche Arbeiter (mitunter 25) mit der
Beurbarung und Verschönerung des Gartens beschäftigt. Es
mußte viel Erde, Rasen, Steine zugefahren werden. Ohne die
Vollendung abzuwarten, zog Göthe am 20. Mai in sein neues
Königreich ein und leitete mit dem Hofgärtner Reichardt die
Anlage des Gartens. Da träumte er des Abends, bald allein,
bald mit Lenz oder Klinger. Da schlief er auch wohl, wenn
ihn nicht der Herzog oder andere Freunde einluden oder er nicht
im Land herum vagabundisirte. Schon Anfangs Juni speiste
der Herzog bei ihm im Garten, etwas später kam auch die
Herzogin mit Frau von Stein zum Frühstück dahin.

Die Ausstattung war nicht glänzend, doch nach damaligen
Verhältnissen comfortabel genug. Nur vier Zimmer waren in
Farbe gesetzt, das Uebrige bloß mit Leimfarbe ausgeweißt, die
Thürschlösser hatten keinen Anstrich. Der beste Möbelschreiner
der Residenz, Miebing, der zugleich auch „Director der
Natur", d. h. Obermaschinist des Theaters war, verfertigte die
Möbel „nach antiker Form", wie er in seiner Rechnung

sagt, gut, solid, schön und so viele, als das kleine Gartenhaus faſſen konnte [1].

Am 22. April (1776) wurde das Gartenhaus gekauft; am 23. eröffnete der Herzog seinem Miniſter, Herrn von Fritſch, ſchriftlich, daß er auf ſeinem früheren Vorhaben beharre: er (Fritſch) ſolle die erſte Stelle im Conſeil behalten, Schmid Regierungspräſident und Kanzler, Kalb Kammerpräſident werden, Dr. Göthe „den letzten Platz im Conſeil, mit dem titul eines Geheimden Legations Rath" erhalten. Dann ſetzte der Herzog für die Conſeilsſitzungen einen Tag mehr an, als bisher, ſo daß fürder wöchentlich drei Sitzungen gehalten werden ſollten, eine für Juſtiz- und Criminalweſen, eine für die Finanzen, eine für ſämmtliche übrige Geſchäfte.

Fritſch fühlte ſich verdonnert. Er war ein Mann von 44 Jahren und ein Herr von, ein ſehr allſeitig gebildeter Herr, hatte

---

[1] Das Meiſte iſt noch vorhanden, aber wegen der devoten „Raubſucht" der Göthe-Verehrer, die auf Reliquien ausgehen, hinter Schloß und Riegel gelegt. Vgl. Kritiſche Bemerkungen zu Göthe's Biographie. I. Die Erwerbung des Gartens, von C. A. H. Burkhardt, Grenzboten 1873. II. 142 ff. „Da ſteht noch der alte ſchöne Schreibtiſch nach Wiener Art, dort in regelloſer Ordnung die 6 Tafelſtühle, das dreiſitzige Kanapee, die beiden niedlichen Fauteuils, das urſprüngliche Bettgeſtell." — „Außer dem Erwähnten beſtand das Ameublement in 1 Kleiderſchrank, 1 Kanapee von Kienbaum, 1 Aktenſchrank braun gebeizt, 1 ſpaniſchen Wand, 6 Stühlen mit Rücklehnen von Rohr mit rothen Leinwandkiſſen, 2 von Nußbaumholz fournirten Tiſchen, Nachtſtuhl mit Nachtgeſchirr, 1 großen Poſtament für 1 Gipsfigur, weiß angeſtrichen, 2 leeren Bänken im Hauſe, 2 Strohſtühlen und 1 Bettgeſtell, 2 Tiſchen und 6 alten Stühlen mit rother Leinwand überzogen. Letztere wurden nur alt gekauft." Karl Auguſt ſtiftete ein großes Tafelmeſſer mit Futteral, der Hof von Gotha ſchenkte ein vollſtändiges Tafelſervice für 12 Perſonen mit 8 Fruchtkörben, der von Weimar das nöthige Silberzeug. Die Küche wurde natürlich auch nicht vergeſſen — und zum Schießen waren zwei Scheiben da. Die Anſchaffungen im Hauſe koſteten 364 Thlr. 4 Gr. 11 Pf.

schon die Universität bezogen, ehe Göthe geboren war, stand seit 1754, mehr als 20 Jahre, in weimar'schen Diensten, kannte Land, Leute, Gesetze und Verwaltung von A bis Z, hatte 20 Jahre Alles mitverwaltet und mit gewissenhaftester Sorgfalt mit= regiert. Seit vier Jahren war er Vorsitzender des Conseil, d. i. erster Minister. Und nun sollte er sich als Minister neben den 27jährigen Frankfurter Advocaten setzen, der von ungefähr im November in's Land geschneit kam, noch nicht einmal ein eigenes Haus zu verwalten gehabt hatte, nur Verse und Romane machte und sich noch aufführte wie ein loser Student. Das war zu viel für den soliden Mann vom alten Regime. Er reichte am 24. dem Herzog seine Entlassung ein und sprach den Grund seines Verdrusses klar und deutlich aus:

„So bleibt mir nichts mehr übrig, als gegen Jhro mit aller Jhnen schuldigen Ehrerbietung, zugleich aber auch mit aller Ent= schlossenheit eines von dem, was Ew. H. D. anderen und sich selbst schuldig ist, tief durchdrungenen Mannes zu doclariren, daß ich in einem Collegio, dessen Mitglied gedachter D. Göthe anjetzt werden soll, länger nicht sitzen kann."

Der Protest kam jedoch zu spät. Nachdem Karl August sich mit Göthe auf „Du" gestellt, mit ihm Theater gespielt, ihn ein halb Jahr fast nicht von seiner Seite gelassen, konnte er ihn Fritsch zu lieb nicht fallen lassen. Er ließ den grämlichen Herrn zwei Wochen warten; dann schrieb er ihm:

„Ich habe Ihren Brief, Herr Geheimer Rath, vom 24. April richtig erhalten. Sie sagen mir in demselben Ihre Meinung mit aller der Aufrichtigkeit, welche ich von einem so rechtschaffenen Manne, wie Sie sind, erwartete. Sie fordern in eben demselben Ihre Dienstentlaßung, weil, sagen Sie, Sie nicht länger in einem Collegio, wovon der D. Göthe ein Mitglied ist, sitzen können. Dieser Grund sollte eigentlich nicht hinlänglich seyn, Ihnen diesen Entschluß fassen zu machen: Wäre der D. Göthe ein Mann eines zweydeutigen Charakters, würde ein jeder Ihren Entschluß billigen, Göthe aber ist rechtschaffen, von einem außerordentl. guten und fühlbaren Hertzen; nicht alleine ich, sondern einsichtsvolle Männer, wünschen mir Glück diesen Mann zu besitzen. Sein Kopf und Genie ist bekannt. Sie werden selbst einsehen, daß ein Mann wie dieser nicht würde die langweilige und Mechanische Arbeit, in einem Landes Collegio von untenauf zu dienen aushalten. Einem Mann von Genie nicht an den Ort gebrauchen, wo er seine außerordentl. Talente nicht (sie) gebrauchen kann, heißt denselben mißbrauchen, ich hoffe, Sie sind von dieser Wahrheit, so wie ich überzeugt. Was den Punkt daß dadurch vielen verdienten Leuten, welche auf diesen Posten Ansprüche machten anbetrift, so kenne ich niemanden in meiner Dienerschaft, der meines wißens darauf hofte; zweitens werde ich nie einen Platz welcher in so genauer Verbindung mit mir, mit dem wol und weh meiner Unterthanen stehet, nach anciennetät, sondern nach vertraun vergeben. Was das Urtheil der Welt betrift, welche mißbilligen würde, daß ich den D. Göthe in mein wichtigstes Collegium setzte, ohne daß er zuvor weder Amtmann, Professor, Cammer- oder Regierungs Rath war, dieses verändert gar nichts, die Welt urtheilt nach vorurtheilen, ich aber, und jeder, der seine Pflicht thun will, arbeitet nicht um Ruhm zu erlangen, sondern um sich vor Gott und seinem eigenen Gewissen rechtfertigen zu können, und suchet auch ohne den Beyfall der Welt zu handeln." [1]

Auch alle übrigen Remonstrationen des Herrn von Fritsch wies der Herzog rund von sich, blieb auf der Ernennung des Herrn von Kalb für das Kammerpräsidium und auf der Veränderung der Geschäftsordnung bestehen und forderte von Fritsch, daß er dennoch bleiben sollte. Die Pille war bitter. Doch Anna Amalia trat jetzt für den Herzog ein, beschwor ihren lieben alten Fritsch (den 13. Mai), zu bleiben; suchte ihm seine Abneigung gegen Göthe auszureden und versicherte ihn, daß er der neuen Stellung gewachsen und werth sei:

„Ich will Ihnen nicht von seinen Talenten, von seinem Genie sprechen: ich rede nur von seiner Moral, seine Religion ist die eines wahren und guten Christen, die ihn lehrt, seinen

---

[1] Beaulieu-Marconnay, Anna Amalia. S. 159. 160.

Nächsten zu lieben und es zu versuchen, ihn glücklich zu machen; das ist doch der erste hauptsächlichste Wille unseres Schöpfers."[1]

Nachdem es Fritsch nun klar geworden, daß Göthe nicht mehr wegzubrücken sei, ergab auch er sich in die herzoglichen Schöpfungszwecke, zog seine Entlassung zurück und blieb.

Der Hof, der in seinen traditionellen Formen, Gevatterschaften, Gunstbeziehungen befangen war, konnte sich indeß an der Mentorwahl des Herzogs und an der Bevorzugung Göthe's unmöglich erbauen. Das Treiben der beiden Freunde sah nicht anders denn wie eine tolle Stubentenwirthschaft aus, die alle bisherigen Verhältnisse umzustürzen drohte. Man klagte, murrte, intriguirte. Der Herr von Seckendorf und die Hofleute jammerten, daß die Stellung des Adels bedroht sei. Der Herr von Fritsch und die verdientesten, würdigsten Beamten bedauerten die unverdiente Zurücksetzung ihres Standes. Ungünstige Berichte gingen nach allen Seiten aus. Zimmermann erhielt folgende Schilderung über die traurigen Folgen der stattgefundenen Veränderungen:

„Goethe cause ici un grand bouleversement; s'il sait y remettre ordre, tant mieux pour son génie. Il est sûr, qu'il y va de bonne intention: cependant trop de jeunesse et peu d'expérience — mais attendons la fin. Tout notre bonheur a disparu ici: notre cour n'est plus ce qu'elle était. Un seigneur, mécontent de soi et de tout le monde, hazardant tous les jours sa vie avec peu de santé pour la soutenir, son frère encore plus fluet, une mère chagrine, une épouse mécontente, tous ensemble de bonnes gens, et rien qui s'accorde dans cette malheureuse famille."[2]

---

[1] Sie schrieb, wie immer, französisch: „Sa religion est d'un vrai et bon Chrétien, qui lui fait aimer Son prochain et tache à le rendre heureux, voilà bien le point principal de la volonté de notre Créateur." Theater, Oper, Operette, Plaisir, seinen Nächsten gut amüsiren — das war die Hauptsache bei diesem Christenthum! Beaulieu-Marconnay das. 170. 254.

[2] Dünzer, Göthe und Karl August. I. 27 (nach Höfer,

Alle älteren, zahmeren, ruhigeren Leute, alle Anhänger des alten Regime waren vor den Kopf gestoßen, sahen die Mißstände, welche eine solche Stubentenwirthschaft mit sich brachte, im ungünstigsten Licht und befürchteten das Schlimmste, wenn die frühere Ordnung nicht wieder zurückkehrte. Auf solche Berichte hin fühlte sich Klopstock verpflichtet, dem jüngern Bruder in Apollo folgenden Mahnbrief zu schreiben [1]:

„Hier ein Beweis von Freundschaft, liebster Göthe! Er wird zwar ein wenig schwer, aber er muß gegeben werden. Lassen Sie mich nicht damit anfangen, daß ich es glaubwürdig weiß: denn ohne Glaubwürdigkeit würde ich ja schweigen. Denken Sie auch nicht, daß ich Ihnen, wenn es auf Ihr Thun und Lassen ankommt, einreden werde; auch nicht, daß ich Sie deßwegen, weil Sie vielleicht in Diesem oder Jenem andere Grundsätze haben, als ich, strenge beurtheile. Aber Grundsätze, Ihre und meine, beiseite, was wird denn der Erfolg sein, wenn es fortwährt? Der Herzog wird, wenn er sich ferner bis zum Krankwerden betrinkt, anstatt, wie er sagt, seinen Körper dadurch zu stärken, erliegen und nicht lange leben. Es haben sich wohl stark geborene Jünglinge, und das ist denn doch der Herzog gewiß nicht, auf diese Art frühe hingeopfert. Die Deutschen haben sich bisher mit Recht über ihre Fürsten beschwert, daß diese mit ihren Gelehrten nichts zu schaffen haben wollten. Sie nehmen jetzo den Herzog von Weimar mit Vergnügen aus. Aber was werden andere Fürsten, wenn Sie in dem alten Ton fortfahren, nicht zu ihrer Rechtfertigung anzuführen haben? Wenn es nun wird geschehen, was ich fühle, daß es geschehen wird! Die Herzogin wird vielleicht ihren Schmerz jetzo noch niederhalten können; denn sie denkt männlich. Aber dieser Schmerz wird Gram werden,

---

Göthe und Charlotte v. Stein. Stuttgart 1878. S. 35, schrieb dieß wahrscheinlich Frau v. Stein).

[1] Dr. Döring, Klopstocks Biographie. Jena 1853. S. 97. 98. Viehoff, Göthe's Leben. II. 149. — J. Janssen, Stolberg. 1883. S. 18. 19.

und läßt sich der auch etwa niederhalten? Louisens Gram,
Göthe! Nein, rühmen Sie sich nur nicht, daß Sie lieben, wie
ich! — Ich muß noch ein Wort von meinem Stolberg sagen.
Er kommt aus Freundschaft zum Herzog. Er soll also doch wohl
mit ihm leben? Wie aber das? Auf seine Weise? Nein, er
geht, wenn er sich nicht ändert, wieder weg. Und was ist dann
sein Schicksal? Nicht in Kopenhagen, nicht in Weimar. Ich
muß Stolberg schreiben; was soll ich ihm schreiben? — Es
kommt auf Sie an, ob Sie dem Herzog diesen Brief zeigen wollen
oder nicht. Ich für mich habe nichts dawider; im Gegentheil;
denn da ist er gewiß noch nicht, wo man die Wahrheit, die ein
treuer Freund sagt, nicht hören will."

Um Göthe gegen diesen Brief und zugleich Klopstocks Ehre
zu retten, hat man den Grafen Görtz als Sündenbock hingestellt,
dessen „Verleumdungen und Uebertreibungen" Klopstock als baare
Münze genommen haben soll, um aus irriger Vorstellung dann
so zu schreiben. Richtig ist schon, daß Görtz als abgedankter
Erzieher und eklipsirter Edelmann mit zu den Mißvergnügten
zählte. Doch ist es mit den Uebertreibungen, welche Klopstocks
Brief voraussetzen soll, so weit nicht her.

Das Treiben der beiden Freunde war eine vollständige
Burschenwirthschaft [1], wie aus Göthe's Tagebüchern und den
gleichzeitigen Briefen ganz unzweideutig erhellt. Neben Jagden
durch Dünn und Dick, halsbrecherischen Kletterpartieen, Kirmessen
und Bauerntänzen, drolligen Picknicks und romantischen Mond=
scheinfahrten, durchpolterten Nächten und abenteuerlichen Parforce=
Ritten figuriren in diesen Annalen auch Rheumatismus und

------

[1] Vgl. die Schilderung, welche Lewes (Frese) I. 361 ff. von
diesen ersten „wilden Wochen" gibt und welche meist auf sehr genauer Information beruht. Göbeke (Göthe's Leben und Schriften.
Stuttgart 1877) sucht die Sache damit zu beschönigen, daß er Göthe
mit einem „Löwenbändiger" vergleicht (S. 156), „der so lange gut
bändigen hat, wie der Löwe will". Göthe selbst fand später die
Gegend von Ilmenau durch „unangenehme Erinnerungen befleckt".

Magenpein, Zahnweh, Morgendusel und Rhabarber. Göthe, der
noch den Wertherfrack trug und darin viele Nachahmer fand,
hieß Wolf oder Hätschelhans, auch die übrigen heitern Gesellen
hatten ihre Spitznamen. Wie die Studenten hatten sie ihre
eigene Terminologie. „Wüthig" war ein Hauptadjectiv für ihr
wildes Treiben. Poetisch-träumerische Stimmung hieß „Dumpfigkeit", toller Ulk „Genie". Liebe, Herz, Sehnsucht, auch die
Würste waren „unendlich". Statt einer Kneipzeitung hielten die
Genies jeden Samstag eine humoristische Sitzung, worin sie
einander in Knittelversen — Matinées genannt — aufzogen.
Da wurden Göthe und der Herzog folgendermaßen durch Einsiedel besungen:

> „Dem Ausbund Aller dort von Weiten
> Möcht' ich auch ein Süpplein zubereiten,
> Fürcht' nur sein ungeschliff'nes Reiten.
> Denn sein verfluchter Galgenwitz
> Fährt aus ihm wie Geschoß und Blitz.
> 's ist ein Genie von Geist und Kraft
> (Wie eben unser Herrgott Kurzweil schafft),
> Meint, er könnt' uns all' übersehen,
> Thäten für ihn 'rum auf Vieren gehen
> Wenn der Fratz so mit einem spricht,
> Schaut er einem stier in's Angesicht,
> Glaubt, er könnt's sein riechen an,
> Was wäre hinter Jedermann.
> Mit seinen Schriften unsinnsvoll
> Macht er die halbe Welt itzt toll,
> Schreibt 'n Buch von ein'm albern Tropf,
> Der mit heiler Haut sich schießt vor'n Kopf:
> Meint Wunder, was er ausgedacht,
> Wenn er einem Mädel Herzweh macht.
> Parodirt sich b'rauf als Doctor Faust,
> Daß 'm Teufel selber vor ihm graust.
> Mir könnt' er all gut sein im Ganzen
> (Thät' mich hinter meinen Damm verschanzen);
> Aber wär' ich der Herr im Land,
> Würd' er und all sein Zeugs verbannt. —

Nun denk' man sich 'nen Fürstensohn,
Der so vergißt Geburt und Thron,
Und lebt mit solchen lockern Gesellen,
Die dem lieben Gott die Zeit abprellen,
Die thun, als wär'n sie seines Gleichen,
Die ihm nicht einmal den Fuchsschwanz streichen.
Die des Bruders Respect so ganz verkennen,
Tout court ihn Bruder Herz thun nennen,
Glaub'n, es wohne der Menschenverstand,
Wo man alle Etikette verbannt [1].

Wenn die fröhlichen Herren auf ihren Excursionen die Betten stehen ließen und sich auf die Streu legten, wenn Göthe mit dem Herzog und Dalberg zusammen auf Stroh kampirte, so ist es auch nicht unwahrscheinlich, daß sie sich im Nothfall brüderlich mit Wäsche und Kleidern aushalfen. Ob sie ihren Humor mit einigen Gläsern mehr oder weniger auffrischten, das hat Niemand gezählt; doch an Durst konnte es bei ihren tollen Wanderfahrten nicht fehlen und gegen die gewöhnlichen Gesundheitsregeln sündigten sie tapfer. Selbst auf's Leben gaben sie nicht sehr ängstlich acht. Bei einer Eberjagd kam Göthe in die größte Gefahr, bei einem der vielen Vogelschießen fiel beim fünfzigsten Schuß ein Bursche todt darnieder. „Und," sagt Göthe ganz lustig, „hätte nach den Umständen jeder von uns können todt schießen und todt geschossen werden", und unmittelbar weiter: „Morgen habe ich Misels (Mädchen) herausgebeten. Sie versichern mich alle, daß sie mich lieb haben und ich versichere sie, sie seien charmant. Eigentlich aber möchte jede so einen von uns, wer er auch sei, haben, und dadrüber werden sie keinen kriegen." [2]

---

[1] Viehoff, Göthe's Leben. II. 186.

[2] R. Keil, Göthe's Tagebuch aus den Jahren 1776—1772. Leipzig, Veit, 1875. S. 147 und S. 123. A. Schöll, Göthe's Briefe an Frau v. Stein. Weimar 1848. I. 118. — Herbst, J. H. Voß. Leipzig 1872. I. 301. — Göthe selbst hörte später nicht gerne von diesen Zeiten reden. Knebels Briefe aus dieser Zeit

Klopstock war also im Wesentlichen recht berichtet, wenn ihm diese Wirthschaft als eine arg liederliche geschildert worden war. Die sanitären Folgen faßte er etwas zu ängstlich auf, die moralischen nahm er dagegen eher zu leicht. Eine ernstere religiöse Lebensauffassung konnte bei solchem Treiben nicht aufkommen, das Familienleben des Fürsten erlitt bedauerliche Störung. Zucht und Sitte verlor dabei, und für das Volk war es kein heilsames Beispiel, wenn der Herzog seine junge Gemahlin schon in den ersten Monaten zu Hause sitzen ließ, um mit Bauernmädels zu tanzen.

Am 20. Mai (1776) wohnte Göthe dem Einzug des Prinzen Constantin in das Schlößchen Tiefurt bei, der von den Bauern mit Musik, Böllern, ländlichen Ehrenpforten, Kränzlein, Kuchen, Tanz, Feuerwerkspuffen, Serenaden u. s. w. gefeiert wurde. Tags darauf schrieb er an Klopstock vom hohen Roß herab:

„Verschonen Sie uns künftig mit solchen Briefen, lieber Klopstock! Sie helfen uns nichts und machen uns immer ein paar böse Stunden. Sie fühlen selbst, daß ich darauf nichts zu antworten habe. Entweder ich müßt als ein Schulknab ein Pater peccavi anstimmen, oder mich sophistisch entschuldigen, oder als ein ehrlicher Kerl vertheidigen, und käme vielleicht in der Wahrheit ein Gemisch von allen Dreien heraus, und wozu? Also kein Wort mehr zwischen uns über die Sache. Glauben Sie mir, daß mir kein Augenblick meiner Existenz überbliebe, wenn ich auf alle solche Anmahnungen antworten sollte. — Dem Herzog that's einen Augenblick weh, daß es ein Klopstock wäre. Er liebt und ehrt Sie; von mir wissen und fühlen Sie eben das. Stolberg soll immer kommen. Wir sind nicht schlimmer, und will's Gott besser, als er uns gesehen hat.

Göthe."

---

verbrannte er. Die Götheverehrer suchten alle Excesse bestmöglichst zu verschleiern, und wo das nicht ausreicht, muß Göthe's eigenes Trostwort aushelfen:

> „Wenn sich der Most auch ganz absurd gebärdet,
> Es gibt zuletzt doch noch 'nen Wein."

Ueber Bertuchs Mißhandlung f. Göthe-Jahrb. IV. 201.

Klopstock antwortete nicht sogleich; er wird sich wohl noch=
mals nach dem Weimarer „Genieleben“ erkundigt haben. Erst
den 29. August 1776 kündigte er Göthe entschieden seine Freund=
schaft auf:

„Sie haben den Beweis meiner Freundschaft so sehr verkannt,
als er groß war, besonders deßwegen, weil ich unaufgefordert
mich höchst ungern in das mische, was Andere thun. Und da
Sie sogar unter all solche Briefe und all solche Anmahnungen
(denn so stark drücken Sie sich aus) den Brief werfen, welcher
diesen Beweis enthielt, so erkläre ich Ihnen hiermit, daß Sie
nicht werth sind, daß ich ihn gegeben habe. — Stolberg soll
nicht kommen, wenn er mich hört, wenn er sich selbst hört.

Klopstock.“ [1]

Hiermit waren Göthe und Klopstock für immer geschiedene
Leute. Friedrich Leopold zu Stolberg, der schon bereit war, sich
ebenfalls in Weimar niederzulassen, kam nicht.

Göthe hatte unterdessen am 11. Juni seine definitive Er=
nennung erhalten [2]:

„Von Gottes Gnaden, Wir Karl August, Herzog zu Sach=
sen ꝛc. ꝛc. Urkunden hiermit: Nachdem Wir den Doctorem juris [3]
Johann Wolfgang Göthe wegen seiner Uns genug bekannten
Eigenschaften, seines wahren Attachements zu Uns und Unsers
daher fließenden Zutrauens und Gewißheit, daß Uns und Unserm
fürstlichen Hause er, bei dem von Uns ihm vertrauten Posten
Treue und nützliche Dienste zu leisten, eifrigst beflissen seyn werde,
zu Unserm Geheimden Legationsrath, mit Sitz und Stimme in
Unserm geheimden Consilio zu ernennen, auch ihm einen jähr=
lichen, mit Johannis a. c. seinen Anfang nehmenden Gehalt
von 1200 Thalern auszusetzen, die Entschließung gefaßt haben:

---

[1] Dr. H. Döring, Klopstocks Biographie. Jena 1853. S. 90.

[2] S. Vogel, Göthe in amtlichen Verhältnissen. Jena, Fromann.
1834. S. 2. 3.

[3] Er war gar nicht Doctor, sondern bloß Licentiat, ließ sich
indeß gern den selbstverliehenen Titel gefallen.

Als ist demselben hierüber gegenwärtiges Decret, welches Wir eigenhändig vollzogen und mit Unserm fürstlichen Insiegel bedrucken lassen, ausgefertigt und zugestellt worden.

So geschehen und geben Weimar den 11. Juni 1776.

Karl August."

Wie die Haruspices im alten Rom, wußten sich die beiden jovialen Freunde nach all ihren Studentenstreichen officiell ganz feierlich zu gebärden. Um Göthe's übelbestellter Börse aufzuhelfen, zahlte der Herzog ihm aus seiner Privatchatouille noch die Besoldung für das verflossene Halbjahr nach. Am 19. Juli erhielt Göthe sein Anstellungsdecret, am 25. wurde er in's Conseil eingeführt und als Minister vereidet. Mittags speiste er bei Hof — und so war die kleine Palastrevolution, welche der Herzog im Schilde geführt, wenigstens theilweise vollzogen.

4. Charlotte von Stein, die Erbin aller Geliebten.

1775—1778.

„Die Frau des Oberstallmeisters des Herzogs
Karl August von Weimar war jedenfalls dasjenige
weibliche Wesen, mit dem Göthe in dem innigsten,
zartesten und am längsten dauernden Verhältnisse
stand, und das auf ihn einen tiefergehenden und
nachhaltigeren Einfluß ausübte, als irgend ein
anderes."   August Diezmann.

„Es ist ein endloses Spiel des Zürnens und
Verzeihens, des Verbannens und Begnadigens, der
prüdesten Zurückhaltung und der rückhaltlosesten
Hingebung, endlich und vor Allem der unausgesetz-
ten Dämpfung und der sich stets wiederholenden
Aufregung."   Edmund Höfer.

Herzensromane waren es bis dahin gewesen, welche in Göthe's
Leben als leitendes Element hervortraten und seinem bunten
Literatentreiben eine gewisse Einheit gaben. Schon als Kind
schloß er sich inniger an Mutter und Schwester an, als an
Vater und Bruder. Nicht bedeutende Männer, nicht interessante
Freunde, nicht Rousseau, nicht Spinoza waren die Leitsterne
seines Entwicklungsganges, sondern das Frankfurter Gretchen,
Friederike Oeser, Käthchen Schönkopf, Fräulein von Klettenberg,
Friederike Brion, Anna Gerock, Sibylle Münch, Maximiliane
La Roche, Lili Schönemann, Auguste zu Stolberg und andere
Mädchen, deren Namen die Götheforschung noch nicht aufgefun-
den hat. Liebe war der stete Traum seiner jungen Jahre, das
Gemüthsleben der Frauen seine Lieblingsatmosphäre, Mädchen
zugleich die Musen und der Lieblingsgegenstand seines Dichtens.
Zu ihnen flüchtete er aus dem Wirrwarr seines fragmentarischen
Studiums, wie aus dem unbefriedigenden Gewühl tollen Stu-

dententreibens. Seine Lyrik war fast lauter Liebespoesie, sein Werther die Klagen seiner eigenen Liebesqual, die Ritterthaten eines Göz liefen bei ihm in Liebesgeschichten aus, Faust stockte, als die Gretchentragödie zum Abschluß gelangt war, Clavigo, Stella und die kleinen Singspiele waren nur der Wiederhall neuer Liebesphantasieen. Das war der eigentliche Quell seiner Poesie[1].

Wie die große Grundkraft seiner Seele, die Phantasie, so waren auch seine Neigungen lebhaft, mannigfaltig, leicht beweglich, aber nicht ernst und tief. Löste sich ein Verhältniß, so spann er wohlgemuth ein anderes an, verwerthete das erste poetisch, und theilte sein Herz auch wohl großmüthig an zwei oder mehrere Geliebte. Als er darum, durch die unglückliche Liebe zu Lili aus Frankfurt gescheucht, nach Weimar floh, wäre es ein wahres Wunder gewesen, wenn er sich nicht nach einem neuen Roman umgesehen hätte. Wie Knebel erzählt, hingen sich die Damen gleich an ihn, der wie ein Stern in Weimar auf ging, und Schiller berichtet von Weimar: „Die hiesigen Damen sind ganz erstaunlich empfindsam; da ist beinahe keine, die nicht eine Geschichte hätte oder gehabt hätte; erobern möchten sie gern alle. Da ist zum Beispiel eine Frau von Scharbt, die Du in jeder andern Gesellschaft für eine ausgelernte fille de joie er klären würdest .... Man kann hier sehr leicht zu einer An gelegenheit des Herzens kommen, welche aber freilich bald genug ihren ersten Wohnplatz verändert."[2] An Auswahl konnte es also nicht fehlen.

---

[1] W. Scherer, Ueber die Anordnung Göthe'scher Schriften. Göthe-Jahrb. IV. 64—68. — Unter dem Titel „Göthe's Liebschaften und Liebesbriefe" hat Dr. Aug. Diezmann, Leipzig 1868, versucht, „eine Geschichte seines Herzens (!) zu geben, die — nach des Verfassers Ansicht — ebenso unterhaltend für den gewöhnlichen Leser, als belehrend für denjenigen sein muß, welcher sein Wesen und Sein gründlich kennen lernen will". S. 4.

[2] K. Göbeke, Schillers Briefwechsel mit Körner. Leipzig 1874. I. 112.

Die Wahl, welche Göthe dießmal traf, war bereits auf der Schweizerreise vorbereitet worden. In Straßburg hatte ihm nämlich der großbritannische Leibarzt und Silhouettensammler Dr. Zimmermann unter hundert andern Silhouetten diejenige einer Weimarer Hofdame, Charlotte von Stein, gezeigt, deren Anblick den Dichter für drei Nächte schlaflos machte. Er schrieb unter das Bild: „Es wäre ein herrliches Schauspiel, zu sehen, wie die Welt sich in dieser Seele spiegelt. Sie sieht die Welt, wie sie ist, und doch durch's Medium der Liebe. So ist auch Sanftmuth der allgemeine Eindruck." Während Zimmermann sich beeilte, das Alles an Frau von Stein zu berichten, lieferte Göthe die Silhouette an Freund Lavater für die große Physiognomik ein und leistete zu derselben folgenden Text:

„Festigkeit. Gefälliges, unverändertes Wohnen des Gegenstandes. Behagen in sich selbst. Liebevolle Gefälligkeit. Naivetät und Güte, selbstfließende Rede. Nachgiebige Festigkeit. Wohlwollen. Treu bleibend. Siegt mit Netzen."

Das Alles erkannte er aus dem Profil einer bloßen Silhouette, nachdem ihm natürlich Zimmermann zuvor das Nöthige gesagt. Die Damen nahmen solche Orakel für baare Münze. Der Frau von Stein setzte Göthe eine vielberühmte Schönheit, die Marquise Branconi („Freundin" des Herzogs von Braunschweig), gegenüber mit dem Schlußsatz: „Siegt mit Pfeilen." Wieder ein elegantes Compliment. Die Bekanntschaft war damit eingeleitet.

Charlotte Albertine Ernestine von Stein war am 25. December 1742 zu Weimar geboren, also sieben Jahre älter als Göthe[1].

____

[1] Hauptquelle für diese Episode und für Göthe's Leben während dieses Zeitraumes überhaupt sind die von A. Schöll herausgegebenen „Briefe Göthe's an Frau v. Stein". Weimar 1848. — Düntzers Charlotte von Stein. Ein Lebensbild. Stuttgart, Cotta, 1874, 2 Bde., ist hauptsächlich aus diesen Briefen geschöpft, enthält aber manche biographische Ergänzungen. Doch ist der Stoff nur nach Jahren aneinander gereiht, mehr unverarbeitetes Excerpt, als Biographie. Vgl. darüber die Recension des P. Diel, Stimmen

Ihr Vater, der Hofmarschall von Scharbt, stammte aus Schlesien, die Mutter aus dem schottischen Geschlecht der Irving et Drum. Sanften und milden Charakters, sehr streng erzogen, trat sie schon mit fünfzehn Jahren als Hofdame in den Dienst der Herzogin Amalie und heirathete sieben Jahre später (1764) den herzoglichen Stallmeister Gottlob Ernst Josias Friedrich Freiherrn von Stein, der von seinem Vater, einem kaiserlichen Reichshofrath, das ansehnliche Rittergut Großkochberg ererbt hatte. Als Göthe nach Weimar kam, war sie schon Mutter von sieben Kindern, von denen aber vier Töchter bereits im Grabe ruhten. Neben diesen Verlusten hatten mannigfache andere Leiden das Jugendliche ihrer Schönheit bedeutend vermindert. Sie machte indeß auf Göthe den Eindruck eines Engels, die Grafen Christian und Leopold Stolberg fanden sie „schön“, in allen Schilderungen des Hofes tritt sie neben den beiden Herzoginnen als die hervorragendste Frau auf. Schiller, der sie erst zehn Jahre später kennen lernte, kam die adelige Gesellschaft von Weimar langweilig vor, nur sie bevorzugt er vor den vielen

aus Maria-Laach, 1875. IX. 220. Die sehr maßvolle Besprechung hat den reizbaren Sammler so in Harnisch gebracht, daß er allen Anstand über Bord warf und die Zeitschrift einen „Unkenteich“ schalt (Charlotte von Stein und Corona Schröter. Eine Vertheidigung. Stuttgart, Cotta, 1876. S. 33). Das soll uns wohl von seiner Bildung überzeugen. Das neue Buch, 300 Seiten stark, ist übrigens nur ein Auszug aus den fast 1000 Seiten des früheren Werkes und noch ungenießbarer als dieses, im breiten Stile jener „Weisen“, von welchen Cervantes erzählt, daß jeder der „irrenden Ritter“ einen oder zwei in Bereitschaft gehabt hätten, „die nicht nur seine Thaten beschrieben, sondern auch seine kleinsten Gedanken und Kindereien ausmalten, wenn sie auch noch so verborgen gewesen wären“ (Don Quijote. II. Buch. 1. Kap.). Außer den „Stimmen“ wird darin auch Lewes, Stahr, Keil, Zarncke's Centralblatt, kurz Jedermann angefallen, der Frau von Stein nicht als einen „Engel“ kindlich verehren will. Ich habe nichts dagegen, wenn Dünker sich auch an mir jetzt wieder ein Honorar verdienen kann.

„flachen Creaturen". „Die beste unter allen," sagt er, „war Frau von Stein, eine wahrhaftig eigene, interessante Person, und von der ich begreife, daß Göthe sich so ganz an sie attachirt hat. Schön kann sie nie gewesen sein, aber ihr Gesicht hat einen sanften Ernst und eine ganz eigene Offenheit. Ein gesunder Verstand, Gefühl und Wahrheit liegen in ihrem Wesen."[1]

Ihre Ehe mit dem Freiherrn von Stein war nicht gerade eine unglückliche. Sie war eine gute, sorgliche Hausfrau, eine liebevolle Mutter und kam auch mit ihrem Gatten erträglich aus; doch herrschte nicht jene Seelenharmonie und vollendete Gleichheit unter ihnen, von denen romantische Gefühlsmenschen das eheliche Glück abhängig machen. Er gehörte als schöner, stattlicher Cavalier ganz der äußern Hofwelt an, sie beschäftigte sich viel mit Poesie, innerlicher Gefühlsschwärmerei und sogar Träumen. Er trieb Landwirthschaft, verstand sich auf Ochsen, Kühe, Kälber; sie interessirte sich mehr für zarte Angelegenheiten, für Romane, dramatische und lyrische Gedichte. Er war ein derber Landjunker, sie eine ätherische „schöne Seele". Sie hatte früher viel und gut Theater gespielt, auch Verse gemacht; der Ernst des Lebens hatte diese schöngeistigen Anlagen nicht zerstört, aber mit einer zarten, ideellen Beschaulichkeit verbunden. Sie hatte einen gewissen religiösen Zug, ging zur Kirche, beschäftigte sich mit frommen Träumereien, konnte aber auch die kräftigsten Religionsspöttereien ertragen und las mit Andacht Rousseau, Voltaire, Diderot, und was die Zeit der Aufklärung an buntem Ideenwirrwarr hervorbrachte. Rauschende Vergnügungen liebte sie nicht.

Das war die Frau Baronin, zu der Göthe jetzt seine Blicke erhob. Es war ein durchaus neues Abenteuer. Er hatte bis jetzt nur junge Mädchen geliebt, die an Geist und Bildung weit unter ihm standen — Gänslein, Backfischlein, die mit Gretchen bewundernd zu ihm aufstaunten:

> „Du lieber Gott, was so ein Mann
> Nicht alles, alles denken kann!

---

[1] Gödeke, Schillers Briefwechsel mit Körner. I. 88.

> Beschämt nur steh' ich vor ihm da
> Und sag' zu allen Sachen ja.
> Bin doch ein arm, unwissend Kind,
> Begreife nicht, was er an mir find't."

Göthe selbst mag des bloßen Liebesgeflüsters dieser Pfarrers-, Bürgers- und Wirthstöchterlein überdrüssig geworden sein, zumal nachdem sein Genius aus Lili's Salon nicht als Sieger hervorgegangen. Er suchte mehr — einen ihm ebenbürtigen, geistigen Verkehr, den die Liebe poetisch verklären sollte — oder eine Liebe, die ihn auch geistig bereicherte. Dazu hatte er einen merkwürdigen Drang, zu beichten, d. h. all seine Erlebnisse, Gemüthsstimmungen, Pläne, Arbeiten mitzutheilen und sich darüber trösten, ermuthigen, belehren zu lassen. Mit Freunden hatte er aber hierin fatale Erfahrungen gemacht. Manche benützten seine Mittheilungen zu eigenem Profit, pumpten ihn aus und verwertheten seine Geständnisse literarisch. Die zwar wohlmeinende, aber scharfe Kritik Mercks hielt er nicht aus. Er war so an Mama gewöhnt, daß er unwillkürlich wieder eine Mama suchte — — eine Geliebte, die etwas Mütterliches, Schwesterliches hätte, die ihn ganz verstände, ihn leitete, tröstete, ihm wie ein Schutzgeist zur Seite stände. Zu diesem weichlichen Charakterzuge gesellte sich auch öfter unverkennbar die Sehnsucht nach einem idealeren Geistesleben, das Verlangen nach religiösem Trost, der Drang seines besseren Ich nach jenem inneren Frieden, den er selbst in unruhiger Schattenleidenschaft täglich untergrub, ja vollends unmöglich machte, indem er bei der Geliebten suchte, was nur Gott gewähren kann.

Ob sich in diesen ideellen Zug seines Herzens auch realistisch praktische Motive mischten, kann man dahingestellt lassen. Die Intimität mit der ersten Dame bei Hof versprach sicherlich ähnliche Vortheile, wie des Herzogs Familiarität, obwohl letztere für Göthe's Stellung an sich genügenden Halt bot[1].

Genug, das Verhältniß entspann sich diesmal nicht so rasch

---

[1] S. Höfer, Göthe und Charlotte v. Stein. S. 35.

wie die bisherigen Romane. Nachdem der Herzog seinen Freund selbst der Frau Stallmeisterin vorgeführt, sahen sie sich nur in öffentlicher Gesellschaft. Erst nach einem Monat ging er nach Kochberg und zeichnete seinen Namen auf Charlotte's Schreibtisch ein. Dann erfolgte wieder eine monatliche Pause, bis am 29. December Zimmermann seinen Freund der Frau Baronin in der eindringlichsten Weise zum Geliebten anempfahl.

„Ich bin durchaus nicht erstaunt," schrieb er, „daß Göthe in Weimar allgemein gefallen hat. Bei einem so glänzenden und allgemein anerkannten Erfolge wie der seinige, bei seinem im ersten Anblicke aus seinen Augen leuchtenden Blitze, mußte er alle Herzen durch seine liebenswürdige Gutherzigkeit und seine Biederkeit treffen, die gleichen Schritt mit seinem hohen und erhabenen Genie hält. Ach, wenn Sie gesehen hätten, wie dieser große Mann seinem Vater und seiner Mutter gegenüber der beste und liebenswürdigste Sohn ist, so würde es Ihnen schwer halten, um ihn nicht durch das Medium der Liebe zu sehen. Tadeln wir die großen Männer nicht! Fehlte dem, was sie gethan haben, nur ein Zug, so würde zugleich alles Große fehlen, was wir an ihnen bewundern."

Der prophetische Schweizer verkündete ihr sogar Weimar's künftige Größe:

„Herrn Göthe wünsche ich alles Zutrauen an Ihrem Hofe. Höflinge (verzeihen Sie den unedeln Ausdruck!) von dieser Art können unter einem so weisen, verständigen und aufgeklärten Fürsten, wie der Herzog ist, ein neues Goldenes Zeitalter bei Ihnen hervorrufen, das in der Geschichte Epoche machen und bei der Nachwelt die sogenannten Großthaten der großen Höfe und großen Völker auslöschen wird."

Sobald das „Medium der Liebe" ihm diese Empfehlung ausgestellt, eröffnete Göthe im Januar einen Liebesbriefwechsel mit Frau von Stein, der von nun an zehn volle Jahre fortdauerte. Die Brieflein folgten einander oft Tag auf Tag, ja sogar mehrere unter demselben Datum. Als Schiller 1787 nach Weimar kam, war es dort öffentliches Geheimniß, daß sie über

1000 Briefe von Göthe besäße und daß er ihr noch immer von Italien aus schriebe. Diese Liebesbillets, die sich zeitweilig, namentlich wenn Göthe auf Reisen war, zu Tagebuchabschnitten erweiterten, füllen drei Octavbände von je etwa 400 Seiten. Sie bilden die biographische Hauptquelle für seine ersten zehn Jahre in Weimar.

Die romantische Billetsammlung beginnt schon am 3. Januar 1776, kaum ein paar Tage nachdem in Walbeck die letzten Seufzer nach Lili verklungen. Zu einem Gruß an Herzogin Louise gesellt sich bereits im ersten dieser verliebten Zettel die Versicherung: „Ich weiß doch allein, wie ich euch lieb habe."[1] Darauf gleich der Wunsch, Frau von Stein zu sehen und zu treffen: „Gehen Sie in die Comödie? Ich bitte nur um ein Wort. Besänftigerin! Ich komme wahrscheinlich heute noch." Da Frau von Stein, sei es aus moralischen Bedenken, sei es aus Rücksicht auf die vornehme Gesellschaft, den neuen Anbeter etwas kurz hielt, ihn sichtlich mied, wurde er ganz unglücklich. Am 27. Januar fehlte sie auf der Redoute. Da schrieb er ihr:

„Liebe Frau, ich war heut Nacht von einem Teufels Humor zu Anfange. Es drückte mich und die Herzogin, daß Sie fehlten. Die Keller und die niedliche Vechtolsheim konnten mich nicht in Schwung bringen. Karl gab mir das Zettelchen, das machte die Sache ärger, mich brannte es unter den Sohlen, zu Ihnen zu laufen. Endlich fing ich an zu miseln, und da gings besser. Die Liebelei ist doch das probateste Palliativ in solchen Umständen. Ich log und trog mich bei allen hübschen Gesichtern herum, und hatte den Vortheil, immer im Augenblick zu glauben, was ich sagte. Das Milchmädchen gefiel mir wohl, mit etwas mehr Jugend und Gesundheit wäre sie mir gefährlich . . . . . . Die Herzogin-Mutter war lieb und gut, Herzogin Luise ein Engel, ich hätte mich ihr etlichemal zu Füßen werfen müssen! aber ich blieb in Fassung und kramte läppisches Zeug aus. Sie widersprach über eine Kleinigkeit dem Herzog heftig, doch machte

[1] Schöll I. 4.

ich sie nachher lachen, wir dachten an Dich, liebe, liebe Frau! Du kommst doch heut Abend."[1]

Den folgenden Tag schrieb er:

„Lieber Engel, ich komme nicht ins Concert. Denn ich bin so wohl, daß ich nicht sehen kann das Volk! Lieber Engel, ich ließ meine Briefe holen und es verdroß mich, daß kein Wort drin war von Dir, kein Wort mit Bleistift, kein guter Abend.

Liebe Frau, leide, daß ich Dich so lieb habe. Wenn ich jemand lieber haben kann, will ich Dir's sagen. Will ich Dich ungeplagt lassen. Adieu Gold. Du begreifst nicht, wie ich Dich lieb habe."[2]

Am 29. schickte er ihr seine „Stella", die eben gedruckt ange= kommen war und die Liebe zu Dreien poetisch anempfahl, dazu die Bitte: „Sollst mich auch ein Bischen lieb haben. Es geht mir verflucht durch Kopf und Herz, ob ich bleibe oder gehe."

Es war ihm aber doch mehr um's Bleiben. Er erzählte Wieland seine letzte Jahresgeschichte und versprach sie auch seiner Baronin:

„Wenn ihr mich warm haltet, so schrieb ichs wohl für euch ganz allein. Denn es ist mehr als Beichte, wenn man auch das bekennt, worüber man nicht Absolution bedarf. Adieu Engel, ich werde eben nie klüger und muß Gott danken dafür. Adieu, und mich verdrießts doch auch, daß ich Dich so lieb habe und just Dich!"[3]

Als der Herzog ihn vorläufig als Hospitanten mit in's Conseil nahm, versprach der würdige Staatsmann, ihrer auch bei seinen Geschäften zu gedenken, schickte ihr Blumen, besuchte sie während der Sitzung, schrieb ihr Zettel und befürchtete schon jetzt eine Billetkrankheit. Noch im Februar und März wurden die Liebes= versicherungen heftiger und zudringlicher. Am 23. Februar schrieb er:

„Das erstemal seit 14 Tagen mit freiem Herzen und wie voll Danks gegen Dich Engel des Himmels, dem ich das schuldig

---

[1] Schöll I. 5. [2] Daf. I. 6. [3] Daf. I. 9.

bin. Ich muß Dir's sagen, Du Einzige unter den Weibern, die mir eine Liebe ins Herz gab, die mich glücklich macht. Nicht eher als auf der Redoute seh ich Dich wieder. Wenn ich meinem Herzen gefolgt hätte — Nein will brav seyn — — Ich lieg zu deinen Füßen und küsse deine Hände." [1]

In der folgenden Nacht fuhr er fort:

„Du Einzige die ich so lieben kann, ohne daß mich's plagt — und doch leb ich immer halb in Furcht — Nun mag's. All mein Vertrauen hast Du und sollst so Gott will auch nach und nach all meine Vertraulichkeit haben. O hätte meine Schwester einen Bruder irgend wie ich an Dir eine Schwester habe. Denk an mich und drücke Deine Hand an die Lippen, denn Du wirst Gusteln seine Ungezogenheiten nicht abgewöhnen, Sie werden nur mit seiner Unruhe und Liebe im Grab enden. Gute Nacht. Ich habe nun wieder auf der ganzen Redoute nur Ihre Augen gesehen — und da ist mir die Mücke ums Licht eingefallen." [2]

Von Erfurt aus bat er sie, nach Ettersburg zu kommen und ihm dort mit einem Ring in's Fenster oder mit Bleistift an die Wand ein Zeichen zu machen, daß sie dagewesen:

„Du einziges Weibliches, was ich noch in der Gegend liebe und Du einziges das mir Glück wünschen würde wenn ich was lieber haben könnte als Dich. — — Wie glücklich müßt' ich da seyn! — — oder wie unglücklich! Abieu! — Komm! und laß nur niemand meine Briefe sehen. — Nur — NB. das NB. — will ich Dir mündlich sagen, weils zu sagen eigentlich unnöthig ist — Ade Engel." [3]

Anstatt solche Billets und ihren Verfasser rundweg abzuweisen, wie es die Pflicht einer reblichen Gattin gewesen wäre, nahm der „Engel" dieselben holdseligst auf, hielt sie sorgfältig geheim, erwiederte sie mit Antworten, die mehr lockten, als ob wehrten, und begnügte sich, den Flug der lieben Mücke etwas

---

[1] Schöll 11.   [2] Daf. 12.
[3] Daf. 13.

dämpfen und zu mäßigen [1]. Sie sah sie gern so um sich herum-
fliegen, mahnte aber vor „Aergerniß". Darauf die Antwort
(20. März):

„Sie irrten sich Engel, unter allem was mir auf Erden
schädlich und tödtlich seyn könnte, ist Aergerniß das letzte. An
Stoff dazu fehlts freilich niemals, nur verarbeit' ich ihn nicht......
Lassen Sies gut seyn, weil ich doch nun einmal die Schwachheit
für die Weiber haben muß, will ich sie lieber für Sie haben,
als für eine andere. Abieu Engel." [2]

Er nahm keinen Anstand, auch noch den Segen Gottes auf
seine Schwachheit herabzurufen und Frau von Stein fürder mit
dem astronomischen Zeichen der Sonne ⊙ in sein Tagebuch zu
verzeichnen.

Die „Liebe" hat indeß ihre eigene Logik. Ueber den Begriff
der „Einzigen" war Göthe längst hinaus; er hatte schon zu Viele
„geliebt", nicht nur Mehrere nacheinander, sondern auch Mehrere
gleichzeitig. Bereits in Leipzig hatte das angefangen. Bei den
Gerocks erzählte er von der „einzigen" Lotte, bei Sibylle Münch
träumte er von Friederike, auf Lili's Zimmer schrieb er an Auguste
zu Stolberg. Mit seiner zärtlichen Bruderliebe zu Cornelia
fädelte er gewöhnlich die Mädchen ein, den neuen Schwesterchen
erzählte er dann von seinen unschuldigen, früheren Bräutchen und
wußte Liebeslust und Liebesleid so zart zu wenden, daß aus
Sympathie und Mitleid ihm bald neue Liebe entgegenklang.

Als das „Novitiat der Liebe" sich bei der Baronin von Stein
allzusehr in die Länge zog, säumte Göthe nicht, den Roman zu
erweitern und eine zweite Schöne darin aufmarschiren zu lassen.
Nachdem er dem Hof an Herder einen galanten und „menschlichen" Oberhofprediger verschrieben hatte, beburfte man auch noch
einer weiblichen Nachtigall, d. i. ersten Hofsängerin. Göthe

[1] Dünzer, Charlotte von Stein (I. 48), findet das nicht nur
in Ordnung, sondern bricht darüber in enthusiastische Bewunderung aus.

[2] Schöll I. 17.

brachte eine seiner Leipziger Göttinnen in Vorschlag: das war
Corona Schröter, die berühmte Sängerin und Schauspielerin,
der er schon als Student in Versen gehuldigt hatte. Und da
der Herzog und die Herzoginnen einverstanden waren, so reiste
er selbst Ende März nach Leipzig, um sie für Weimarische Dienste
zu gewinnen.

In Leipzig, wo er den 25. März ankam, suchte er sein „erstes
Mädchen" (d. h. sein erstes Leipziger Mädchen) auf; Käthchen
Schönkopf war aber Frau Kanne geworden — „Ce n'est plus
Julie", meinte er. Auch sonst wurde ihm „sonderbar".

„Kann nicht genug sagen," schrieb er dem Herzog, „wie sich
mein Erbgeruch und Erbgefühl gegen die schwarz, grau, steif-
röckigen, krummbeinigen, perrückengeklebten, degenschwänzlichen
Magisters, gegen die Feiertagsberockte, altmodische, schlankliche,
vielbüntliche Studenten-Buben, gegen die zuckende, kriesende,
schnäbelnde und schwämelnde Mägdlein und gegen die .... hafte,
strotzliche, schwänzliche und finzliche Junge-Mägde ausnimmt,
welcher Gräuel mir alle heut um die Thore als am Marien-
tagsfeste entgegnet sind. Dagegen präservirt mein Aeußeres und
Inneres der Engel die Schrötern, von der mich Gott bewahre
was zu sagen." [1]

Er fühlte sich seit 24 Stunden nicht bei Sinnen, d. h. „bei
zu vielen Sinnen, über- und unsinnlich" [2]. An Frau von Stein
berichtete er noch am selben Abend:

„Die Schröter ist ein Engel — wenn mir doch Gott so ein
Weib bescheeren wollte, daß ich euch könnt im Frieden lassen —
doch sie sieht Dir nicht ähnlich genug."

---

[1] Briefwechsel Karl Augusts mit Göthe. I. 2.

[2] Wenn nicht eine Reminiscenz aus Don Quijote (I. Buch
1. Kap.), so doch eine ebenbürtige Perle von Unsinn, wie sie den
fahrenden Ritter bei Feliciano de Silva entzückte: „Das Tiefsinnige
des Unsinnlichen, das meinen Sinnen sich darbeut, erschüttert also
meinen Sinn, daß ich über Euere Schönheit eine vielsinnige Klage
führe."

Am andern Tage (26.) meinte er, Erziehung könnte noch nachhelfen:

„Ich bin bei der Schrötern — ein edel Geschöpf in seiner Art — ach wenn die nur ein halb Jahr um Sie wäre! Beste Frau was sollte aus der werden!"[1]

Während Göthe alle Schritte that, um Corona Schröter diesen Vortheil zu verschaffen, d. h. indem er sie als Kammersängerin der Herzogin Anna Amalia anwarb, wurde Frau von Stein nun doch etwas unruhig und eifersüchtig. Um sie zu beschwichtigen, schrieb er ihr den 31.:

„Liebe Frau, Ihr Brief hat mich doch ein wenig gedrückt. Wenn ich nur den tiefen Unglauben Ihrer Seele an sich selbst begreifen könnte, Ihrer Seele an die Tausende glauben sollten um selig zu werden. — Man soll eben in der Welt nichts begreifen, seh ich je länger je mehr. — Ihr Traum Liebste! und Ihre Thränen! — Es ist nun so! Das Wirkliche kann ich so ziemlich meist tragen; Träume können mich weich machen, wenns ihnen beliebt. — Ich habe mein erstes Mädchen wieder gesehen. — Was das Schicksal (!) mit mir vorhaben mag! Wie viel Dinge ließ es mich nicht auf dieser Reise in bestimmtester Klarheit sehen! Es ist als wenn diese Reise sollt mit meinem vergangenen Leben salbiren. Und gleich knüpfts wieder neu an. Hab ich euch doch alle. Bald komm' ich. Noch kann ich nicht von der Schrötern weg."[2]

Als Göthe aus dem gefährlichen Leipzig wieder nach Weimar zurückgekehrt war (schon den 5. April), nahm das Zettelschreiben wieder seinen gewöhnlichen Lauf. Göthe seufzte nach Liebe und Liebe und mehr Liebe. Frau von Stein konnte es nicht über's Herz bringen, einen so merkwürdigen, hervorragenden Anbeter fahren zu lassen. Schwankend zwischen Pflicht und Neigung, entzog sie dem Liebenden die Gunst ihrer Augen nicht ganz prebigte ihm aber Entsagung und Mäßigung und suchte ein platonisches Verhältniß herbeizuführen, das äußerlich ihre Stellung

[1] Schöll I. 20.   [2] Ebd. I. 20. 21.

13*

als Gattin intact erhielt, im Stillen aber sie zur Herzenskönigin des Dichters machen sollte. Es war derselbe Platonismus, den Göthe an Wieland verspottet hatte und den dieser in einer ganzen Series von Werken als verrückte und ungesunde Seelenquälerei zu verurtheilen bemüht war. Ersatz für eine Ehe oder auch nur für ein realistisches Liebesverhältniß konnte eine solche Seelengeschwisterschaft, Mondscheinsehnsucht und Billetpost unmöglich gewähren, einem so leidenschaftlichen Charakter wie Göthe am wenigsten. Er konnte den „Engel" oft Tage, ja Wochen und Monate lang nicht sehen; war er in Weimar anwesend, so mußten im Verkehr hundert kleine Vorsichten angewandt werden, um den Herzensaustausch zu maskiren und zu beschränken. Die Pädagogik des „Engels" war im Anfang sehr streng und verstattete auch in literarischer Hinsicht nur einen eng begrenzten Austausch der Ansichten und Empfindungen. Der Mann, der „titanisch" das christliche Sittengesetz abgeschüttelt hatte, mußte es sich gefallen lassen, wieder wie der Bär in Lili's Menagerie abwechselnd geschmeichelt und gerupft, am Seil herumgerissen und zum Tanzen beordert zu werden. Die Gegenwart der Frau Baronin machte ihn selig, ihre Abwesenheit riß in einem Augenblick den ganzen Himmel ein:

> „Ach wie bist Du mir,
> Wie bin ich Dir geblieben!
> Nein an der Wahrheit
> Verzweifle ich nicht mehr.
> Ach wenn Du da bist,
> Fühl' ich, ich soll Dich nicht lieben.
> Ach wenn Du fern bist,
> Fühl' ich, ich lieb' Dich so sehr'.

Dieß ewige Hin- und Herschaukeln zwischen leerem Phantasieglück und ebenso thörichter Herzensqual macht seine Liebesbillets, abgesehen von ihrem sonst meistens schalen Inhalt, zu einer trost-

---

¹ Schöll I. 51.

loſen, widerlichen Lectüre[1]. Den ganzen Mai, Juni, Juli 1776 enthalten ſie faſt nichts als ein ewiges Gejammer über unnütze Selbſtqual, vergebliches Ringen nach Reſignation, Ueberdruß an längerem Herztheilen, Unmöglichkeit, ſeine Liebe aufzugeben, Sehnſucht nach der Gegenwart, die allein „wirkt, tröſtet und erbaut".

„Warum ſoll ich Dich plagen, liebſtes Geſchöpf! — Warum mich betrügen und Dich plagen und ſo fort. — Wir können einander nichts ſein und ſind einander zu viel.

„Alſo auch das Verhältniß, das reinſte, ſchönſte, wahrſte, das ich außer meiner Schweſter je zu einem Weibe gehabt, auch das geſtört! — Ich war drauf vorbereitet; ich litt nur unendlich für das Vergangene und das Zukünftige . . . . . Ich will Sie nicht ſehen, Ihre Gegenwart würde mich traurig machen. Wenn ich mit Ihnen nicht leben ſoll, ſo hilft mir Ihre Liebe ſo wenig, als die Liebe meiner Abweſenden, an der ich ſo reich bin. Die Gegenwart im Augenblick des Bedürfniſſes entſcheidet alles, lindert alles, kräftiget alles. Der Abweſende kommt mit ſeiner Spritze, wenn das Feuer nieder iſt — — und das Alles um der Welt willen! Die Welt, die mir nichts ſein kann, will auch nicht, daß Du mir was ſein ſollſt."[2]

> „Hier bildend in der reinen ſtillen
> Natur, iſt ach mein Herz der alten Schmerzen voll.
> Leb' ich doch ſtets um derentwillen,
> Um derentwillen ich nicht leben ſoll."

So lebte er denn wieder in der vollendetſten Wertherei, ſelbſtgemachter Herzensqual und nutzloſer Empfindelei, nur daß das bunte, luſtige Hofleben dieſelbe auf ſehr geringe Zeit zurück-

---

[1] Auch Edmund Höfer, Göthe und Charlotte v. Stein. Stuttgart 1878, S. 41, findet, daß dieſelbe ein „im Ganzen ziemlich einförmiger, ja durch zahlloſe Wiederholungen ermüdender Weg iſt", und: „man könnte im ‚ſüßen Einerlei' des Daſeins zuweilen wirklich ein wenig ungeduldig werden."

[2] Schöll I. 23. 33. Vgl. S. 20. 30. 44. 48. 40.

drängte und halb und halb wie eine Komödie erscheinen läßt.
Der so namenlos unglückliche Liebhaber jagte mit dem Herzog
im ganzen Land herum, spielte Theater, trieb alle erdenklichen
Possen, zeichnete, dichtete, baute den Garten, welchen ihm der
Herzog geschenkt, wohnte als Legationsrath dem Conseil bei,
machte allen jungen Frauenzimmern den Hof und führte jenes
tolle Studentenleben, das als „Geniewirthschaft“ so oft schon
gepriesen und geschildert worden ist. In den Stunden des Rück-
schlags, den das tolle Treiben natürlich zur Folge haben mußte,
in katzenjämmerlicher Ermüdung und Abspannung blickte er dann
wieder zum Mond und zu den Sternen auf, sah Charlottens
Bild über die nebelduftenden Wiesen gleiten oder gar als Madonna
in den Himmel schweben:

„Sie kommen mir eine Zeit her vor wie Madonna die gen
Himmel fährt, vergebens daß ein rückbleibender seine Arme nach
ihr ausstreckt, vergebens daß sein scheidender thränenvoller Blick
den ihrigen noch einmal niederwünscht, sie ist nur in den Glanz
versunken, der sie umgibt, nur voll Sehnsucht nach der Krone
(!!) die ihr überm Haupt schwebt. Abieu doch Liebe!“ [1]

Der Frau von Stein war es gar nicht so himmlisch zu Muth.
Sie war sich's immer noch bewußt, daß sie Frau von Stein
hieße und daß dieser Name schwere Pflichten gegen Gemahl und
Kinder in sich schlöße. Vor einer Scheidung bebte sie zurück und
von der einmal genährten Leidenschaft vermochte sie sich ebenso
wenig loszureißen. Auf die Rückseite des Blattes, worauf sie in
elender Profanation mit der gen Himmel fahrenden Madonna
verglichen wurde, schrieb sie die zweifelsvollen Verse:

„Ob's Unrecht ist, was ich empfinde,
Und ob ich büßen muß die mir so liebe Sünde,
Will mein Gewissen mir nicht sagen;
Vernicht' es Himmel du, wenn mich's je könnt' anklagen.‘

Der Doctor Göthe nahm es mit der Gewissensfrage weniger
genau. Für ihn war „Liebe“ und Poesie das höchste Gesetz:

---

[1] Schöll I. 65.

„Die Liebe giebt mir alles, und wo die nicht iſt, dreſch' ich Stroh. Das mahleriſchte Fleck geräth mir nicht, und ein ganz gemeines wird freundlich und lieblich.“[1] Alſo geliebt! Als Künſtler und Poet glaubte er ſich blindlings dem Scepter der Leidenſchaft unterwerfen zu müſſen, ſchickte der Geliebten Verſe, Bücher, Roſen, andere Blumen — auch Spargel, Spargel aus ſeinem Garten, die erſten Spargel aus ſeinem Garten — auch ein Stück Nachtiſch von der Tafel Dalbergs zu Erfurt — dazu Billets ohne Ende, dankend, lockend, ſchmollend, neckend, klagend, hoffend, ſehnend, himmelhoch jauchzend — zum Tode betrübt — — in allen Tonarten das Gedudel einer krankhaften, ſenti= mentalen Liebelei. Wahre Klagen einer unbefriedigten Sehn= ſucht miſchen ſich darin mit dem Jammer literariſcher Phan= taſterei, mit wohlgezielten Seufzern und dem ſchalſten Liebes= girren. Zur „rechten Zeit“ kam am 9. Juli 1776 die Nachricht, daß Lili Braut geworden ſei. „Uebrigens,“ ſo fügt er bei, „geht's ſo entſetzlich durch einander mit mir, daß es eine Freude iſt!“

Wurde ihm die melancholiſche Seufzerkoſt bei Frau von Stein zu langweilig, ſo waren noch genug andere Geſichter da, um ſich zu tröſten. Jetzt mußte er ſeine Augen vor der Herzogin Louiſe bewahren, die „ein unendlicher Engel“ iſt, jetzt fand er „die Waldner recht lieb“ und ſchäkerte mit ihr herum[2], jetzt führte er Fräulein von Jlten, „das holde Geſchöpf“, in ſeinem Garten herum; auf den Streifzügen über Land aber war Gelegenheit genug, auch mit weniger ätheriſchen Geſtal= ten, d. h. mit brallen Bauerndirnen, zu „miſeln“[3]. Er drohte der ſtrengen Erzieherin ſogar mit dieſer für ſie wenig ſchmeichel= haften Rivalität:

„Sie fehlen mir an allen Ecken und Enden und wenn Sie nicht bald wieder kommen mach ich dumme Streiche. Geſtern

---

[1] Ebd. I. 49.   [2] Ebd. I. 59.

[3] Jn der „Genie“=Sprache ſo viel als „liebeln“, von „Miſel“ (Demoiſelle).

auf dem Vogelschießen **von Apolda hab' ich mich** in die Christel **von** Artern verliebt **ꝛc."** [1]

Den weiteren Commentar gibt das Gedicht „Christel":

„Hab' oft einen dummen, düstern Sinn,
Ein gar zu schweres Blut:
Wenn ich bei meiner Christel bin,
Ist Alles wieder gut." [2]

Dann folgen alle weiteren Affecte eines leichtfertigen Bauerntanzes **mit dem richtigen** Schluß, **der die Gemeinden mit** liederlichen **Subjecten, deflorirten** Mädchen **und unehelichen** Kindern **zu beschenken pflegt.**

Die „Christel von Artern" war aber nicht die einzige ländliche **Dulcinea, welche in das „unendliche"** Herz **des** allumfassenden **Dichters Zutritt fand und sich mit Herzogin,** Gräfinnen und **Baroninnen darein theilte. Die Tagebücher** erwähnen **dieser** „Volkspoesie" **mehr als einmal, neben den** Miseleien, **zu denen bei Hof Gelegenheit war, und Tanzbelustigungen,** welche die **ganze Nacht hindurch dauerten. Um sich von solchem** Leichtsinn **dann zu „läutern", kehrte er im Mondschein wieder** zur Frau **von Stein zurück, kaperte ihr ein Armband weg,** klagte sich **weinerlich des Diebstahles an, schickte wieder eine Rose,** zeichnete **für sie in der Hermannstädter Höhle, grub ein S dort ein,** küßte **es und erinnerte die** ätherische **Geliebte in familiärster** Weise, **daß ohne Basia und was sonst dazu gehört, die „Liebe" eigentlich ein trostloses** Geschäft **sei. Er konnte kaum deutlicher und leidenschaftlicher darum betteln, als in einem** Gedichte: „An den **Geist des Johannes Secundus, des lieben,** heiligen, großen **Küssers", das er der verheiratheten Dame als** Beiblatt zu einem

---

[1] Ebb. I. 47.

[2] Göthe's Werke (Hempel). I. 17. R. Keil, Tagebuch. S. 72. Das Gedicht **ist zwar schon** früher, spätestens 1774 verfaßt; aber wie Daniel Jacoby **bemerkt:** „die Farbe des Erlebten trägt dieß Bild glühender Sinnlichkeit **an** sich." Göthe-Jahrb. V. 327.

seiner Zettel beizulegen wagte. Die Dichtung des Jan Nicolai
Everard, auf welche Göthe darin anspielte und von welcher er
so begeistert war, daß er den Dichter „groß, lieb und heilig"
nannte, gehört, „ihres Schmutzes wegen kaum ihres Gleichen
suchend", der gemeinsten, schamlosesten und verworfensten Erotik
an[1]. In solchem Schmutz wühlte Göthe mit behaglichem Wohlgefallen herum und bot ihn auch der Frau von Stein an. Der
Inhalt und Charakter der Dichtung, ihre verfängliche Anwendung,
Göthe's Temperament und sein ganzes Treiben lassen keinen
Zweifel darüber, daß es ihm nicht um ein platonisches Verhältniß zu thun war, daß er vielmehr die volle Wahrheit sprach,
wenn er einige Wochen später gestand:

„Ach, die acht Wochen haben doch viel verschüttet in mir,
und ich bleibe immer der ganz sinnliche Mensch."[2]

Schon der alte Cicero hat gewußt, daß sich mit den Leidenschaften nicht ungestraft spielen läßt, daß ein „gemäßigter Epikuräismus" sie nur scheinbar, aber nicht wirksam zu bändigen
im Stande ist. „Wer das Laster innerhalb gewisser Grenzen dulden will, der urtheilt ähnlich, wie wenn er glaubte,
daß Einer sich vom Vorgebirge Leucate stürzen und im Fall
aufhalten kann, wann er will. Denn wie das unmöglich ist,
so kann der von der Leidenschaft aufgeregte und getriebene
Mensch nicht innehalten und Fuß fassen, wo er will, und überhaupt, was im Wachsthum verderblich wird, das ist Laster schon
im Keime."[3]

---

[1] So urtheilt Gräffe (Literärgeschichte, II. Bd. III. Abth.
II. Hälfte. Dresden und Leipzig 1843. S. 737), den wohl Niemand
der Prüderie beschuldigen wird.

[2] Schöll I. 60.

[3] Tusc. disp. l. 4, 18, 41. Qui modum vitio quaerit, simi-
liter facit, ut si posse putet eum, qui se e Leucata praecipitaverit,
sustinere se, quum velit. Ut enim id non potest, sic animus per-
turbatus et incitatus, nec cohibere se potest, nec quo loco vult
insistere: omninoque, quae crescentia perniciosa sunt, eadem
vitiosa sunt nascentia.

Weil die böse That in der freiwilligen bösen Begierde wur-
zelt und diese, an sich schon der Norm und Sittlichkeit wider-
sprechend, naturnothwendig zur That hindrängt, verbietet das
Naturgesetz beide unter derselben schweren Sanction. Die zehn
Gebote sprechen in dieser Hinsicht nur das ewige Gesetz aus,
das der Schöpfer selbst mit unauslöschlichen Zügen in die Menschenseele eingegraben hat, das die Leidenschaft zeitweilig über-
täuben, aber nie beseitigen kann. Der göttliche Gesetzgeber des
Neuen Bundes aber hat die Axt noch tiefer an die Wurzel gelegt:
„Ich aber sage euch, daß Jeder, der ein Weib ansieht, um es
zu begehren, in seinem Herzen schon die Ehe mit ihr gebrochen
hat" (Matth. 5, 28).

Nur mit Widerwillen und Abscheu kann ein Christ deßhalb
dieses Verhältniß betrachten, das nicht nur allen christlichen
Moralbegriffen, der Würde und Heiligkeit der Ehe, jedem sittlichen Zartgefühl, sondern auch den unabweisbaren Forderungen
des Naturgesetzes in's Gesicht schlägt. Denn mit nüchternen
Augen betrachtet, ist das Verhältniß Göthe's zu Frau von Stein
doch weiter nichts als eine Fortsetzung seiner unlautern Liebe zur
Wetzlarer Lotte, eine Fortsetzung jenes Romanlebens, das er im
„Werther" und in der „Stella" gefeiert hat und das folgerichtig
zur Bigamie und zur unbeschränkten Sittenlosigkeit führen muß.
Genußsucht und die schnödeste Autoreneitelkeit vereinten sich abermal zu der elenden Begier, neue Romane zu erleben, um neue
Romane schreiben zu können. Und so ist auch der Briefwechsel
Göthe's mit Frau von Stein nur eine Fortsetzung jener Charlatanerie, welche nach Lessings Ausdruck den thierischen Trieb „so
schön in eine geistige Vollkommenheit zu verwandeln weiß". Auch
das „cynische Kapitelchen zum Schluß", das Lessing von dem
lieben Göthe verlangte, fehlt nicht, obgleich es Göthe im Anfang
sorgfältig bemäntelte. In Wilhelm Meisters Lehrjahren ist es
deutlich genug geschrieben. Wer die unreinsten Verhältnisse als
menschliches Bildungsmittel so liebevoll beschreiben kann, der hat
sich selbst gerichtet — und diese Beschreibung ist im Verkehr mit
Frau von Stein entstanden, wurde mit ihr besprochen, von ihr

revidirt und gutgeheißen. Aber auch in seinem Briefwechsel bricht das unreine Feuer in so deutlichen Flammen durch die Lavadecke, daß man alles sittliche Zartgefühl, allen psychologischen Blick verloren haben muß, um dieses schimpfliche Verhältniß als „vollen Blüthenbaum eines reichen, schönen Gemüthslebens" feiern zu können[1].

In Weimar freilich hatte diese „freiere Moral" nichts auf sich. Die Gebote Gottes waren hier bereits mit der Lebens-philosophie Wielands in Einklang gebracht. Was nicht polizei-lich strafbar war, das konnte man den Musen und Grazien schon vergönnen. Wie sollte man an demjenigen Anstoß nehmen, was den Romanen, die man las, gerade die pikanteste Würze gab? Der junge Herzog, der sich alle früheren Liebschaften Göthe's hatte erzählen lassen, fand die neue ganz wunderschön. Baron Stein mischte sich nicht in die Sache, sondern ließ seine Frau poetisiren. Der ganze Hof war an solche Dinge längst gewöhnt. Vor Aller Augen liefen die beiden Knaben Huban und Lauf herum, deren Mutter der Major Imhoff an Warren Hastings verkauft hatte. Jeder war froh, wenn man ihn in seinen eigenen Liebeshändeln nicht störte. Anna Amalia nickte vergnügt zu all dieser „schönen" Liebe. Als der Generalsuperintendent Herder erschien, gab auch er seinen Segen dazu; er hatte schon die „Stella" so entzückend gefunden. Herzogin Luise aber, die nicht tiefer in die Karte schaute, faßte das Verhältniß wahrscheinlich als ein platonisches auf. Hätte sie übrigens auch der Sache mehr auf den Grund geblickt, so würde sie doch kaum die Macht besessen haben, die ältere, ihr geistig überlegene Freundin dem Netze eines Romans zu entreißen, in welches diese sich freiwillig verstrickt hatte, oder den verhängnißvollen Zauber zu brechen, welchen Göthe's Persönlichkeit nicht bloß auf die gefühlvolle Frau,

---

[1] Dünßer, Charlotte v. Stein. I. 48, wo auf eine ganze Predigt über die „seelenhafte Innigkeit herzlicher Neigung" (!!) im selben Athemzug die Nachricht folgt, daß Göthe auch Corona Schröter zum Weibe begehrte.

sondern ebenso sehr auf den Herzog ausübte. Was den Herzog betraf, fühlte sie recht wohl, daß Göthe nicht dessen guter Genius wäre. Sie leistete geraume Zeit passiven Widerstand gegen seinen Einfluß. Doch mit des Herzogs lebenslustiger Genußsucht verbündet, schlug der kecke Emporkömmling die sanfte, schüchterne Fürstin bald aus dem Felde.

5. Genieleben.

1776. 1777.

„Göthe lebt und regiert und wüthet, und gibt
Regenwetter und Sonnenschein, tour à tour, comme
vous sçavez, und macht uns glücklich, er mache,
was er will." Wieland an Merck, 27. Mai 1776.

„Göthe ist bald da, bald dort, und wollte Gott,
er könnte wie Gott allenthalben sein!"
Wieland an Merck, 7. Oct. 1776.

In dem Briefwechsel mit Frau von Stein findet Göthe's
Leben für die nächsten zehn Jahre einigermaßen die Einheit eines
Liebesromans; sonst aber geht es in krausester Buntheit nach
allen Seiten auseinander: so bunt, daß es keinem der Biographen
gelungen ist, es zugleich allseitig und übersichtlich darzustellen.
Die Annalisten kommen an kein Ende, sie ertrinken in Einzelheiten; jeder Versuch künstlerischer Gruppirung aber weicht nothwendig von dem eigentlichen Charakter der Wirklichkeit ab. Göthe
selbst hat aus naheliegenden Gründen die sogenannte „Genieperiode" nicht zu schildern versucht. Er durfte es nicht wagen,
Herzog und Herzoginnen, wie Gretchen und Lavater, als Deu-
teragonisten und Statisten um sich gruppirt, in seiner Biographie
aufmarschiren zu lassen und all die Kindereien zu erzählen, die
er jahrelang mit ihnen trieb. Doch hat er sehr deutlich formulirt, was man damals unter „Genie" verstand:

„Es war noch lange hin bis zu der Zeit, wo ausgesprochen
werden konnte, daß Genie diejenige Kraft des Menschen sei, welche
durch Handeln und Thun Gesetz und Regel gibt[1]. Damals

---

[1] Man sollte ordentlich glauben, vor ihm hätte es kein Genie

manifestirte sich's nur, indem es die vorhandenen Gesetze über-
schritt, die eingeführten Regeln umwarf und sich für grenzenlos
erklärte. Daher war es leicht genialisch zu sein und nichts
natürlicher, als daß der Mißbrauch in Wort und That alle
geregelten Menschen aufrief, sich einem solchen Unwesen zu widersetzen. — Wenn Einer zu Fuße, ohne recht zu wissen, warum
und wohin, in die Welt lief, so hieß dies eine Geniereise, und
wenn Einer etwas Verkehrtes, ohne Zweck und Nutzen unternahm, ein Geniestreich." — „Die Schilderung jener Zustände,"
so meinte er, „und dessen, was darin geschehen, würde mährchenhaft und unglaublich erscheinen."[1]

Um aus dem bunten Rausche wenigstens etwas für die
eigene Erinnerung zu retten, hielt er es selbst für nöthig, ein
gedrängtes, aphoristisches Tagebuch zu führen, das durch Abschriften sehr spät erst in die Oeffentlichkeit gelangt ist[2]. Es

gegeben und die Welt hätte auf ihn warten müssen, um durch sein
Handeln und Thun Gesetz und Regel zu erhalten. „Ich habe niemals einen präsumtuösern Menschen gekannt, als mich selbst", hat
er nicht umsonst von sich gestanden. Göthe's Werke (Hempel).
XXVII. 298.

[1] Göthe's Werke (Hempel). XXIII. 86. — Keil, Tagebuch.
S. 39.

[2] Die Originalschrift selbst wird noch heute im Göthe-Archiv
unter Schloß und Riegel gehalten. Riemer konnte sie für seine
„Mittheilungen über Göthe", Berlin 1841, 2 Bde., benützen, hat
sich aber, wie Dr. C. A. H. Burkhardt, Oberarchivar zu Weimar
und bei Weitem der objectivste, wahrheitsliebendste und gründlichste
der lebenden Göthe-Forscher (Grenzboten 1874. I. 382), bemerkt,
bloß an's Aeußerliche gehalten und das Tagebuch sorgfältig „un-
benützt" gelassen, „wo das Göthe'sche Leben sich in seiner Ausgelassenheit zeigte". Erst 1874 veröffentlichte Burkhardt dasselbe
nach einer abgekürzten Abschrift in den „Grenzboten" (1874. I.
378 ff. II. 331 ff. 254 ff. III. 18 ff. IV. 121 ff.). Nach zwei
anderen bedeutend vollständigeren Copieen gab R. Keil Göthe's
Tagebuch aus den Jahren 1776—1782, Leipzig 1875, heraus. Die
beiden Lesarten sind unter sich und mit dem Texte Burkhardts sorg-

ergänzt in sehr bedeutendem Umfang die Correspondenz mit Frau von Stein. Es zeigt Göthe nach einer ganz andern Seite hin. Dort waltet die weiche Gefühlsüberschwenglichkeit, hier das studentische Wesen der Genieperiode vor, aber bereits von einem berechnenden, diplomatischen Geist gedämpft, der weiß, daß er „Geniestreiche" macht und warum er sie macht. Zeugt es auch von einer „genialen" Urwüchsigkeit, Indigestionen und Katzenjammer neben herzoglichen Audienzen und verliebten Damenvisiten zu notiren, so tritt das Verhältniß des Dichters zum Hofe doch von Jahr zu Jahr deutlicher als das Hauptelement des bunten Lebens und Treibens hervor. Wie in seiner Correspondenz, so verräth er auch hier Lust am „Regiment". In den späteren Jahren kommen immer häufigere und längere politische Betrachtungen; im Anfang waltet entschieden der Student oder das „Genie" vor.

Die erhaltenen Abschriften dieser Tagebücher beginnen erst mit dem 11. März 1776. Alles ist sehr lakonisch. Der Herzog Karl August wird kürzehalber mit dem Planetenzeichen des Jupiter ♃, Anna Amalia mit dem des Mondes, Frau von Stein mit dem Zeichen der Sonne bezeichnet. Die Freimaurerloge Anna Amalia in Weimar hat das bekannte Viereck ☐. Ein

---

fältig collationirt, der so festgesetzte Text mit biographischen Anmerkungen aus Göthe's Correspondenz u. s. w. begleitet. Das Tagebuch fließt während der ersten fünf Jahre ziemlich reichhaltig, dann magerer und lückenhafter und versiegt im Sommer 1782 vollständig, gibt aber ungeachtet seiner zeitweiligen Unterbrechungen eine viel genauere Vorstellung von Göthe's verworrenem Treiben, seiner Zeitvergeudung, seiner Ausgelassenheit, seinen melancholischen Träumereien, seinem mühsamen Uebergang in ein ernsteres Geschäftsleben, als irgend ein anderes Document. Obwohl Göthe auch hier sich manchmal recht eitel selbst bespiegelt, schminkt er sich doch nicht, wie in gar vielen seiner Briefe, auch in denen an Frau v. Stein. Anstatt der traumhaften Phantasieen seiner Biographen hat man die leibhaftige Kleinkrämerei vor sich, an deren Sandbänken sein großer Dichtergeist zehn Jahre lang fast unthätig vor Anker lag.

Sternchen * bedeutet wahrscheinlich Herzogin Luise, das Zeichen der Venus ♀ die „schöne" Gräfin Werthern auf Neunheiligen.

Und nun wenigstens ein oder das andere Bruchstück aus diesen Tagebüchern, die, wenn auch nur andeutungsweise, doch lebhafter als alle anderen Berichte das bunte Durcheinander dieser Tage vergegenwärtigen. Das wichtigste Ereigniß des Jahres 1776, Göthe's Einführung in's Ministerium am 25. Juni, ist sehr kurz skizzirt:

„25. Einführung. Schwur. Bey Hof gessen. Abends Wieland, Kalb, Lenz, Klinger[1]. Morgens ⊙ weg[2].

27. Nachts bey ♃ geschlafen[3].

28. Session[4]. Bey Herzog. Abends Belvedere mit der Herzogin M. und Imhoff[5]. Bei der Herzogin zu Nacht gegessen.

----

[1] Auf die Kunde, daß es ihrem Freunde Wolfgang in Weimar so gut gehe, waren auch zwei andere Genies, die excentrischen Poeten und Hungerleider Reinhold Lenz (geb. 1750) und der noch jüngere Frankfurter Max Klinger (geb. 1752) zu ihm gekommen und phantasirten, so lang es ging, in Thüringen herum. Abends hatte sie Göthe mit Wieland und dem neuen Finanzminister Kalb beisammen. Klinger war wie betrunken von Wonne. Am 26. Juni schrieb er an Kayser: „Hier bin ich seit zwey Tagen unter den großen Himmels-Göttern (!) .... Am Montag kam ich hier an, lag an Göthe's Hals, und er umfaßte mich mit inniger, mit aller Liebe. Närrischer Junge! und kriegte Küsse von ihm. Toller Junge! und immer mehr Liebe. O was von Göthe ist zu sagen! ich wollte eher Sonne und Meer verschlingen! Gestern brachte ich den ganzen Tag mit Wielanden zu. Er ist der größte Mensch, den ich nach Göthe gesehen habe! ꝛc. ... Hier sind die Götter! Hier ist der Sitz der Großen!" Es war keine Kleinigkeit — so ein Vereidigungsschmaus!

[2] Frau v. Stein machte eine kleine Badereise, ließ ihm eine Tuschzeichnung zurück. Schöll I. 43.

[3] Auf dem Kanapee.

[4] Vor der Session schrieben Göthe und der Herzog ein Blättchen an Frau v. Stein.

[5] Wahrscheinlich die Schwester der Frau v. Stein, Gattin des Majors, der seine erste Frau verkauft hatte.

29. Wieland und Sie Morgens im Garten. Dazu Bechtolsheim. Mittag allein. Die Gothaiſche Herrſchaft war ſeit 10 Uhr da. Abends bei Hof. Harfenſpieler. Nachts Klinger[1].

30. Morgens Acten[2]. Mittag Tiefurt. Den ganzen Nachmittag dort. Nachts hereingefahren mit den Damen.

Den 1. Juli. Apollonius. Allein Mittags zu Hauß. Herzogin Mutter. Bechtolsheims Erklärung, in Wielands Garten. Nach Hauſe[3].

11. Erſter Tag des Vogelſchießens. Auffſpannung über K.

12. Zweyter Tag des Vogelſchießens. Geſſen mit den Schützen ꝛc.

13. Früh Eröffnung der Commiſſion. Mittag Denſtädt. Einſiedels Igelheit. Nachts zurück.

14. Gemalt bei Kr.[4] Bei ♀ geſſen. Gemalt im Garten. Früh zu Bett.

15. Vogelſchießen zu Apolda[5]. Criſtel ꝛc. Beim ♃ geſchlafen.

16. Bei Käſtner und ♃ gegeſſen. Nachmittags Oberſtallmeiſter. Künſte. Nachts gebadet.

17. Conſeil. Im Garten gegeſſen. Abends nach Berka. Lenz Einſamkeit. Schweigen.

----

[1] Nach dem Harfenſpiel waren wohl beide wieder poetiſch ver--zückt.

[2] Erſte Spur von einem Geſchäftsleben, hielt aber nur bis Mittag; der ganze Mittag verbummelt.

[3] Vom 2. bis 10. ſtockt das Tagebuch, wird aber durch Briefe an Frau v. Stein ergänzt. Am 2. ſenfzte er nach ihr, hatte aber mit Wieland „göttlich reine" Stunden. Am 5. amüſirte er ſich an den beiden indiſchen Söhnen, Lauf und Huban, der verkauften Frau Imhoff und ſchrieb der Frau v. Stein von ihrem Zimmer und ihrem Kanapee aus. Am 9. tanzte er im welſchen Garten und bekam die Nachricht von Lili's Verheirathung.

[4] Ließ ſich von Maler Kraus malen.

[5] Schon der dritte Tag Vogelſchießen nach kaum zehn Tagen Regierung. „Chriſtel" iſt wohl Anſpielung auf das Bauernmädchen, mit deſſen Rivalität er der Frau v. Stein drohte. S. oben S. 206.

18. Nach Stadt Ilm. gefüttert, gefrühstückt, in Bügelo hohlten Staff u. Trebra ein. gegen 1 Uhr in Ilmenau. Gegessen, mit Einsiedel spazieren. Diarroeh die Nacht durch.

19. Rhabarber! Dummheit! Nach Tisch auf Manebach. Hermannstein zurück.

20. Früh in tr. Fr. Schacht[1] mit dem Herzog. Prinz von Darmstadt. Trebra. Nach Tisch mit Fritsch spazieren. Abends unterschrieben.

21. Früh gezeichnet an der Aussicht nach der Frohnseite Nach Tische Herzog, Staff. geschossen. Tanz des leidigen Geschlechts[2]. Nachts Staffen Serenade.

22. Früh nach Cammerberg. gezeichnet mit und ohne Liebe. Betrachtung darüber. Gegen Mittag auf den Herrmannstein[3]. Der ⊙ in der Höhle geschrieben. Auf dem Gickelhahn gezeichnet. zurück. Mit Einsiedel und dem Comm. R. in der Fülle mahlerischer Empfindung geschwätzt. Mit Einsiedel auf dem Berg vor der Stadt zum Abendessen. Zu Bette.

23. Den Morgen das Gebirgsstück ausgezeichnet. Abends nach dem Gabelbach. mich verirrt[4].

----

[1] In dem vernachlässigten Bergwerk zu Ilmenau, das der Herzog wieder in Gang bringen wollte. Der kursächsische Beamte Trebra war als Experte berufen worden.

[2] Schießen und Tanzen gehörten zu den Hauptübungen im Regieren und Bergfach.

[3] Bei Ilmenau. Unter dem Fels war eine kleine Höhle, in welcher Göthe zum Andenken an Frau v. Stein ein S eingrub. Noch jetzt zu sehen.

[4] Die ganze Episode vom 18. Juli bis 14. August spielt in der Gegend von Ilmenau, einer südlichen Enclave des Herzogthums Die Zeit ist, wie man sieht, zwischen Jagd und anderer Unterhaltung getheilt. Nebenher laufen einige Unterhandlungen und Geschäfte wegen des Bergwerks, das man wieder in Betrieb setzen wollte. Da aber weder Karl August noch Göthe etwas davon verstand, so wurde eben darüber „geschwatzt", im Bergwerk herumgekrochen, mit Glasschleifen und Silberprobe getändelt, in der Henne

24. Politische Abhandlung. Aufs Treiben. Nichts geschossen und nichts gezeichnet. mit Pr. auf der Neuhofer H.

25. Früh der Herzog nach Frauenw. und Schleusingen. Ich Nachmittags nach Stützerbach mit Einsiedel. Nachts bey Gunblach.

26. Gezeichnet früh. Der Herzog kam. Die Gesellschaft auch. Wirthschaft bei Glasern.

27. Treiben im Sächsischen. Hesselbarths Revier. Hirsch geschossen. Gehetzt. In der Eil gessen. Geschossen. Glas geschliffen. Zurück nach Ilmenau.

28. Früh gebadet. Abends Pirschen aufm Gabelbach. Nachts bey den Köhlern.

29. Ueber Manebach. Abends gebadet.

30. Gebadet. Zum Vogelschießen. Abends im Teiche gebadet. Forellen gebacken.

31. Bey Löfflern auf dem Hammer. Gebadet. Bergmusik. Stabthalter ¹ Nachts.

Den 1. August. Mit dem Herzog, Dalberg, Trebra, Linker nach dem Cammerberger-Kohlenwerke eingefahren. Dann oben nach dem C. A. Schacht, der etwa anderthalb Lachter abgetäuft war. Gefrühstückt hinten. Zu Tische. Viel von Bergwerksach geschwatzt. Nach Tisch Scheibenschießen. Viel Guts mit Dalberg. Abends ins Eisenwerk. Nachts bis halb eilf mit Dalberg von Zeichnungsgefühl, Anfärbung, Dichtkunst, Composition.

b. 2. Silberprobe bei Heckern. Trebras Abschied. Abends

---

berg'schen Bergordnung herumgeblättert und dann wieder gezeichnet, gegessen, gebadet, geschossen und getanzt. Ein vornehmes Schlaraffenleben auf dem Lande, wie es sich jeder reichere Landjunker verschaffen kann.

¹ Dalberg. — Wie sich von selbst versteht, ist es mir hier nicht darum zu thun, einen Commentar zu allen Kleinigkeiten des Tagebuchs zu schreiben, sondern bloß dem Leser, der es nicht kennt, eine Vorstellung von der zerfahrenen Inhaltslosigkeit dieses Lebens zu geben, das Heine treffend mit dem Aufenthalt Apollo's unter den Schafen Admets vergleicht.

mit Dalberg **und** ♃ nach Stützerbach. gezeichnet. Nachts Dalberg noch weg **von** Stützerbach.

d. 3. Früh auf dem **Schloßberg** gezeichnet. Gesang des dumpfen Lebens[1]. **Der** Herzog **auf der** Jagd. 3 Uhr erst zurück. Geheim. **Canz. Expedition.** Herzog **fort. ich** gezeichnet.

d. 4. Früh die Hennebergsche Bergordnung. **Zu Tische nach** Ilmenau. Silberprobe bei Heckern selbst gemacht.

d. 5. Zu Hause. An Fritsch geschrieben. Obermarschall kam. Verbisdorf **aß mit.** Der Habicht **kam. Auf** der Wiese versucht. Abends **die Stein.**

d. 6. Früh **nach Cammerberg in den Stollen** zum letzten Schacht. **nach dem Herrn. In der Höhle. Zurück** auf die Mühle. **in die Stadt. nach Unterporlitz zu Tische.** Zeichnen. **Tanz, Gansehaxxe. Nach Hause gegangen. Abends** zu Staff. **Ins Amthaus. Illumination. Musik.** Trennung.

d. 7. Früh Regnen. **gegen 10 auf** Elgersburg gessen. Mu **Miseln gekittert. Nach Tisch hohen Felsweg!** Allein. Dann **Kraus, dann der Herzog. Unser Klettern** durch die Schlucht. **Gespräch und Bemerkung, daß wir, die wir** von Ostentation gegen uns selbst und andere nicht frey **wären,** doch nie gegen einander uns ihrer schuldig gemacht hätten[2]. Abends auf dem Rückweg ♃ **mit Geistern, ich mit Husaren.**

---

[1] Dieser Dusel-Gesang ist „dem Schicksal" gewidmet:

 „Mein **Karl und ich** vergessen hier,
 Wie seltsam uns ein tiefes Schicksal leitet,
 Und ach, ich fühl's, im Stillen werden wir
 Zu neuen Scenen vorbereitet.

 . . . .

 Du hast für uns das rechte Maß getroffen,
 In reine Dumpfheit uns eingehüllt,
 Daß wir, von Lebenskraft erfüllt,
 In holber Gegenwart der lieben Zukunft hoffen."

[2] Hiermit beginnen **die — wie soll man** sagen? — ascetisch moralisch-politischen Bemerkungen, welche erst in **den** folgenden Jahren häufiger werden. Ihre Weisheit beschränkt **sich** meist auf

d. 8. Aufm Hermannstein. Die Höhle gezeichnet. Aufm Gabelbach wo gegessen wurde erst gegen 3 Uhr. Gegen Abend auf Stützerbach, ich zeichnete noch ein wenig.

d. 9. Des Herzogs Bein ward schlimmer die Nacht. Verbuselter, verzeichneter, verwarteter, verschlafener Morgen. Gegen 1 gebadet. gegessen gegen 2 Uhr. Abends hereingefahren.

d. 10. Meist zu Hause. Chymie [1] gelesen. Einsiedel. vom Falken erzählt. Abend Büchse probirt.

d. 11. Zu Hause. Den Vortrag des Falken erfunden, gleich zur Probe geschrieben. Mittags der Obr. Wachtmeister des Prinzen Joseph. Nach Tisch im Pharo verlohren. Abends mit Wedel auf die Sturmheide und den Schwalbenstein.

d. 12. Den ganzen Tag zu Hause am Falken geschrieben. Nachts mit Einsiedel eine gute Stunde.

d. 13. Früh des Herzogs Wunde immer gleich. resolvirt nach Tische den Aufbruch. Gepackt.

d. 14. Den Tag über gefahren. Abends angelangt.

d. 20. mit ☉ und der Werthern.

d. 21. Session. Des Herzogs Fuß viel besser. in ☉ Stube. Abends ☽+.

d. 22. Belvedere. Tiefurt. Mit ♃ und ☽. Abend ☉

d. 23. Belvedere Prinz C. zum erstenmal hier. Abends im Garten.

d. 24. Früh im Garten. Bei ☉ gegessen. Die Silhouette der Gräfin gemacht. bey der Imhof. beym Herzog. Mit Wieland zu Nacht gegessen.

---

ein kurzes zeitweiliges Erwachen des gewöhnlichsten Hausmannsverstandes und auf die selbstverständlichsten Ideen, die im Taumel des Vergnügens und der Zerstreuung abhanden gekommen waren.

[1] Göthe begriff, daß er für das Bergfach Mineralogie und Chemie verstehen müßte; aber da fiel ihm auch wieder ein, daß er Dichter wäre, und so versuchte er denn eine Episode aus Boccaccio in Verse zu bringen. Der „Vortrag" blieb Fragment und ging verloren.

b. 25. Früh im Garten. mit dem ♃ gegessen. Nachmittag und Abend bei ☉ Englisch gelehrt. Grammaticalischer Spaß.

b. 26. Mit Kalb und Einsiedel bey Kalb. Lebenslinie. Abends bei der Imhof. Postzug.

b. 27. Akten. Session. Mit ♃ allein gegessen. Vor Tisch der St. Im Garten Enten geschossen. ☉ mit Gesellschaft im Garten. Oberweimar. Zurück. Mond.

b. 28. Nach Enten. Alte Kalb. Lichtenbergs Dejeuné Nach Enten mit Herzog und gegessen. ☉ Zimmer!¹ Abends Garten. Wielands Frau und Kinder. Nachts Lenz.

b. 29. Jagd mit Prinz Joseph entschl. im Haus. bey ☉ gegessen. Abends im Garten. NB. Vollmond.

b. 30. Morgens beym Herzog und zu Tische. Nachmittag in Tiefurt.

b. 31. Session. Mit ♃ gespeißt. zu ☉ mit ihr und der Imhof zu Nacht gegessen. Nacht noch zum Herzog. Ueber Seebachs Affaire.

So verliefen die ersten zwei Amtsmonate des neuen Geh. Legationsrathes und Ministers. Vom 2. bis 6. September war er wieder in Ilmenau, am 7. war Conseil, am 8. September trieb er sich mit der Flinte in Oberweimar herum, am 10. war wieder Session. Am selben Tag hatte er großen Verdruß mit dem Poeten Lenz, welcher, nachdem er Göthe's Liebschaft mit Friederike zu Sessenheim nachgemacht hatte, nun auch den Roman mit Frau von Stein nachspielen und sie deßhalb in Kochberg besuchen wollte. Am 11. erholte sich Göthe von dieser „reinen

---

¹ Am andern Tag schrieb er ihr: „Mir wars schon genug, Beste, in ihrer Stube zu sein gestern. Ich fühlte ganz, wie lieb ich Sie hatte, und ging wieder." Schöll I. 55.

² „Reinheit" und „Dumpfigkeit" sind die beiden großen Haupt register an der Gefühlsorgel; die beiden Prädicate kehren jeden Augenblick wieder. Weder das eine noch das andere bezeichnet eine christliche Tugend, sondern bloß einen Gefühlszustand: die „Dumpfig keit" jene Art von Trunkenheit, welche dieses enthusiastische Denken Reden und Treiben nothwendig hervorbringen mußte, „Reinheit" die lucida intervalla des geistigen Rausches.

Trauer des Lebens" in Belvedere und Tiefurt, den 12. zeichnete
er glücklich in der Frühe und bekam Abends einen Brief von
Corona Schröter.

„d. 13. Morgens kam ♃ rein und lieb. Dann Wieland.
Abhandlung über den Brief. mit ♃ gegessen. Nach Tische
gefürstenkindert¹. Jetzt im Garten. Nachts Vall. War un=
fähig die Natur zu fühlen ut —

d. 14. Früh der ♃. Rein. Durch den Stern. Tantalus
gelesen. Session bis 1. Bey Herzogin Mutter gessen. Nach
Tisch all in meinem Garten die Sternscheibe abzuschießen. Dazu
Imhof und Ilten. Abends mit Kalb. Diskur."

Am 15. schrieb er an Corona Schröter; am 16. bekam der
Herzog die Gelbsucht; es wurde aber doch Husaren=Parade ge=
halten und Abends „Die heimliche Heirath" aufgeführt. Am
17. war Erntefest in Tiefurt, vom 18.—21. war der Prinz von
Darmstadt auf Besuch da, am 24. kam Dalberg wieder und
Göthe hatte eine herrliche Nacht mit Kaufmann. Am 27. und
28. war der nimmermüde Minister zweimal in Belvedere, am
29. war er in Röthen wegen einer ausgebrochenen Viehseuche,
am 30. bummelte er mit Lichtenberg und Kaufmann nach Schwan=
see und von da über Umpferstädt, Harsleben, Kindleben, Gebsee,
Tennstädt und Riethnortsen zurück nach Schwansee. Den 1. Oc=
tober besuchte er mit dem Herzog den Statthalter in Erfurt.
Abends 9 Uhr an diesem Tage traf der neue Hofprediger und
Generalsuperintendent Herder mit seiner Frau und zwei Kindern
in Weimar ein, was aber an dem lustigen Leben des jungen
Ministers gar nichts änderte. Er machte seinen Besuch, Herder
wurde dem Herzog vorgestellt, dann war wieder Pirsch, Conseil,
Wieland im Garten, commissarische Session, Wedel, Einsiedel
und Abends Clarinette. Am 12. früh verkehrte Göthe mit
Reichart, Griesheim und Herder. Dieser besah seinen Garten,
dann speiste Göthe unter seltsamen Discursen bei Wieland zu

---

¹ Die andere Lesart: „gebürstenbindert! Jagd im Garten"
(Grenzboten 1874. I. 378).

Mittag und besuchte den Herzog. Abends wurde bei Musik „getanzt und gemiselt bis 7 Uhr Morgens". Darauf natürlich „d. 13. Lange geschlafen. Signirt. Zu ♃. Neues Tiger kleid. Seit Tagen so rein wahr in allem[1]. Zu Wedel. zu v. Werther. Nach Belvedere. Janitsch. Viel über Concertm... — Hoffnungsgefühl — Hof — Nachts wider den Schlagbaum gerannt und gestürzt."

Tags darauf wurde im Garten die Sternscheibe völlig ab geschossen und Abends geschwätzt, den 15. war Feuerwerk, den 16. ging's nach Dornburg, Camburg, Naumburg, den 17. über Apolda zurück. Am 18. gelangten dumme Briefe nach Belvedere und wurden Depeschen an Dalberg expedirt, am 19. wurde in Weimar Conseil gehalten und für Herder gesorgt. Am 20. hielt der neue Hofprediger seinen ersten Sermon, der bei Hof und Stadt größten Anklang fand. An den darauf folgenden herr lichen Herbsttagen genoß Göthe mit Herder seinen Garten, am 24. begleitete er die Herzogin nach Jena. Den 25. und 26. war Jagd. Auf der Rückkehr erfand der Minister ein kleines Drama: „Die Geschwister". Den 27. predigte Herder zum zweiten Mal. Am 29. vollendete Göthe schon in seinem Garten:

[1] Das viele Geschwätz Göthe's von seiner eigenen „Reinheit" und „Wahrheit" und „reinen Wahrheit" und „wahren Reinheit" muß anfänglich fast Jedermann berücken, da man ja immer geneigt ist, von seinem Nächsten das Beste zu denken; aber wenn die „Rein heit" die ganze Nacht durch bis 7 Uhr Morgens tanzt und miselt und die „Wahrheit" schon in der nächsten Nacht wider den Schlag baum rennt, was soll man da von all diesen schönen Worten den ken? — Es muß ihm „kannibalisch wohl" gewesen sein. Denn was Lewes (Frese) I. 329 von gänzlichem Mangel an Straßenbeleuch tung berichtet, ist durch Burkhardt (Grenzboten 1871. II. 646) widerlegt. Heiter ist es, neben diesem Studenten-Tagebuch das feierliche Decret zu lesen, womit Göthe den 16. Januar 1821 zwei Studenten von der Zeichenschule relegirte, weil sie etwas geschwätzt hatten. Vgl. Vogel, Göthe in amtlichen Verhältnissen S. 331.

hause „Die Geschwister"; am 30. dictirte er sie und am 31. war
die Abschrift vollendet.

Den Monat November fing er in seinem Garten an; die
junge Herzogin besuchte ihn da, während die alte mit „Thusnelda"
auf der Wiese spazieren ging. Mit Lenz speiste er im Garten,
am Abend ging er noch nach Tiefurt hinaus. Am Allerseelen-
tag war Conseil und Diner beim Herzog. Dann machte Göthe
in seinem Garten das Gedicht auf Johannes Secundus. Darauf
ging er zu Herder, dann zur Herzogin-Mutter, wo Punsch getrunken, gelesen und gesungen wurde. Nachts badete er noch;
es mag schön kühl gewesen sein. Bei andauernd schönem Wetter
ging er den 3. nach Erfurt, kam am 4. zurück, hielt am 5.
Conseil, ging nach Tiefurt und begleitete die Damen zurück.

„d. 7. Mit den Bienen beschäftigt und sie zur Winterruhe
gebracht. Mit ☉ gegessen. — „Was ist der Mensch daß Du
sein gedenkst und das Menschenkind daß du dich sein annimmst."
Abends Bau Grillen im Garten und Feldzug gegen die Jahreszeit."[1]

Während er sein Gartenhaus auf den Winter einrichtete,
schickte ihm Dalberg einen Homer. Am 12. zeichnete er, am
13. war Zeichnen, Conseil, Theaterprobe. Nachts besuchte er
noch die Herzogin und las den „Barbier von Sevilla". Am
15. war wieder Conseil, Theaterprobe (der „Mitschuldigen"),
Feuerlärm und hinterher noch Tanz bis Mitternacht. Am 16.
heißt es: „Bei Wieland gegessen. Zu Schmidt. Probe. Zum
Misel. Probe. Nachts Corona! — — —"

Das Ausrufungszeichen und die drei Gedankenstriche bezeichnen
das wichtigste Ereigniß, das seit Herders Ankunft das gewöhnliche Leben unterbrach. Die langerwartete und vielgefeierte
Sängerin Corona Elisabeth Wilhelmine Schröter kam endlich,
in Begleitung ihrer Freundin Wilhelmine Probst, in Weimar
an. Sie eroberte alsbald alle Herzen, Alles war entzückt: Herzog,
Herzoginnen, Hofleute, Hofdamen — nicht am wenigsten der

---

[1] Robert Keil, Corona Schröter. Leipzig 1875. S. 107.

Geheime Legationsrath Göthe, der ihre Berufung nach Weimar vermittelt hatte[1].

Und so geht es weiter, von Monat zu Monat, von Jahr zu Jahr — ein rastloses Durcheinander nichtssagender Bagatellen, nicht so „mährchenhaft und unglaublich", wie Göthe meinte, daß eine Schilderung dieser Periode ausfallen müßte, sondern entsetzlich fade, langweilig und inhaltlos. Kein größeres literarisches Unternehmen, keine bedeutsame Aufgabe, kein klar erfaßtes, einheitliches Streben erhebt sich leitend über das unerquickliche Gewirre. Die Launen eines jungen, verzogenen Fürsten mischen sich mit den Einfällen eines grillenhaften Poeten und mit den seichten Vergnügungen eines kleinen Hofes zu einem schließlich trostlosen Potpourri. Wenn ein Spatz sein Tagebuch nieder schreiben könnte, würde es ungefähr ähnlich lauten: hier gegessen, dort genippt, hier gepfiffen, dort gerauft, hier geschnäbelt, dort gehetzt, hierhin geflogen und dorthin geflogen, für ein paar Augenblicke in's Nest zurück, dann wieder ausgeflattert und herumgetollt in Wiesen, Wald und Feldern, über Hecken und Hügel. Die Aufmerksamkeit ist nach hundert Seiten zersplittert, die Thätigkeit auf tausend Kleinigkeiten zerstreut. Zarte Liebesaffairen wechseln mit rauhen Parforce=Touren, kurze Anläufe zum Studium mit Gesang= und Schauspielproben, literarische Projecte mit sentimentaler Naturbetrachtung, stärkende Leibesübung, Reiten und Schwimmen mit Schlafen, Duseln und weiblichen Tändeleien, Besuche und kleine Geschäftchen mit mondscheinstrunkener Träumerei, Zeichnen und Malen mit Schießübung und Jagd, unruhiges Hoftreiben mit ländlicher Garteneinsamkeit, toller Rausch mit dem unausbleiblichen Katzenjammer. Es ist im Grunde dasselbe Durcheinander, das schon die Jugend Göthe's beherrscht, nur auf etwas andere Verhältnisse übertragen.

Um dieses Durcheinander nun denn doch etwas schmackhafter zu machen, haben die Göthe=Biographen verschiedene Künste angewendet. Ihr Patriarch, der biedere Dr. Friedrich Wilhelm

____

[1] Ebd. S. 98.

Riemer, Großherzoglich Sächsischer Hofrath und Oberbibliothekar, dem das biographische Material in reichster Fülle zur Verfügung stand, hielt es für das Beste, all den Unsinn, der bei Hofe getrieben wurde, alle Züge des Leichtsinns, der Genußsucht, der Ausgelassenheit und all die Bagatellen, welche den größern Theil dieses Zeitraumes ausfüllen, mit beherzter „historischer Objectivität" bei Seite zu lassen, und aus den lichten Augenblicken der närrischen Zeit und der darauffolgenden Uebergangsperiode, aus ernsteren und liebenswürdigeren Lebensäußerungen Göthe's und seiner Correspondenten zwei Bände zusammenzustellen, von denen der eine philosophisch, der andere chronologisch geordnet ist. Im ersten Band findet man nach den Schablonen einer unendlichen Lobrede Alles beisammen, was man braucht, um Göthe kindlich bewundern und gegen alle bösen Zungen vertheidigen zu können. Nach zwei zürnenden Seitenblick-Kapiteln gegen Johannes Falk und Bettina Brentano marschirt die ewige Ruhmesassecuranz mit steifem Hemdkragen aus der guten alten Zeit in folgenden Kapiteln auf:

IV. Persönlichkeit. V. Gesundheit. VI. Charakter. VII. Gesinnung (a. Sensibilität, b. Ruhe, c. Uneigennützigkeit, d. Dankbarkeit, e. Wohlthätigkeit, f. Aberglaube, g. Religiosität, h. Aristokratismus, i. Teutschheit). VIII. Thätigkeit (a. Gegenständlichkeit des Denkens, b. Benutzung zufälliger Ereignisse, c. Benutzung Anderer, d. Nachahmer). IX. Totalität. X. Eigenheiten (a. Incognito, b. Discretion, c. Laune, d. Witz, e. Humor, f. Ironie, g. Unmuth). XI. Fehler (a. Eitelkeit, b. Selbsturtheil, c. Parteilichkeit für, d. Parteilichkeit wider, e. Neidsucht, f. Bequemlichkeit). XII. Häuslicher Zustand (a. Besitz, b. Oekonomisches, c. Erwerb). XIII. Reisen. XIV. Fremde. XV. Juden. XVI. Freunde (Göthe und Schiller). XVII. Umgebung (Verehrer). XVIII. Ruhm. XIX. Publikum.

Man hat hier Göthe ächt pedantisch in neunzehn gut numerirten Schubladen beisammen; aus allen, sogar aus Nr. XI, dampft dem sie Oeffnenden lieblicher Weihrauchduft entgegen, und Niemand möchte ahnen, daß dieser würdevolle, systematisch eingerichtete Halbgott eine ganze Reihe von Jahren im tollsten Durcheinander vergeudet hätte. In einem zweiten Band ist der große Minister-Dichter dann nach Jahren auseinandergelegt, alle Schublaben wieder schön numerirt und in Nr. 1775—1780 alles hinausgeworfen, was an durchschwärmte Nächte, tolle Studenten-streiche, nichtswürdige Lectüre, vornehme Tagebieberei, bei den folgenden Nummern aber, was an das trostlose Durcheinander erinnern könnte. Wer sich an Riemer hält, der kann getrost zu Göthe wie zu einem seligen Halbgott emporblicken; er ist hier für solide Professoren und für Studiosen, welche alle belegten Fächer hören, trefflich präparirt.

Da aber seit dem Jahre 1848 die Welt nicht mehr recht solid ist, so hat der Engländer Lewes einen andern Weg ein-geschlagen, um das „Genieleben" zu Ehren zu bringen. Fein artistisch gebildet, ein Meister der Charakteristik und Beschreibung, auch kein übler Kunstkritiker, hat er aus dem bunten Knäuel mit großer Mühe eine Anzahl Fäden herausgewickelt und sie zu artigen Miniaturbildchen verwoben: „Die ersten wilden Wochen. Das Gartenhaus. Liebhabertheater. Bunte Fäden. Der wahre Menschenfreund." Man bekommt durch diese Miniaturen ein viel wahreres und anschaulicheres Bild, als durch Riemer. Allein wie Lewes nicht in allen Einzelheiten verläßlich ist, so hat er in einzelnen Punkten ganz willkürlich idealisirt und aus dem Stu-denten-Minister, der mit Schulden und einem sog. „Korb" be-haftet in Weimar ankam und sich dort auf Staatskosten jahre-lang auf's Beste amüsirte, einen „wahren Menschenfreund" herausgezaubert, wie man ihn heutzutage liebt, wie er aber leider nie existirt hat. Von dem tollen Wirrwarr, den die Tagebücher und Correspondenzen Göthe's constatiren, erhält man nur eine ganz ungenügende Vorstellung.

Die folgenden Biographen Viehoff, Schäfer, Düntzer haben die feinen Miniaturen Lewes' theils durch langweilige Kritik, theils durch matteres Colorit, theils durch geschmacklose Erweite-rungen verdorben, ohne dadurch die Gesammt-Darstellung der Wirklichkeit näher zu bringen. M. Bernays hat über Göthe's

sämmtliche Thorheiten den Mantel „grenzenloser Uneigennützig=
keit" geworfen, H. Grimm aber das Gedicht „Ilmenau" und
den „Tasso" als Zauberspiegel angewendet, um das ganze thörichte
Hoftreiben im Glanze idealer Verklärung erstrahlen zu lassen.
Göbeke hat, trotz der zunehmenden Göthe=Verehrung, den an=
erkennenswerthen Muth gehabt, die „lustigen Tage" nicht bengalisch
zu beleuchten, sondern ziemlich nüchtern das in den Vordergrund
zu stellen, was die Wirklichkeit charakterisirt: tolle Ungebunden=
heit und unruhige Zerfahrenheit; aber anstatt dem „Löwen=
bändiger" Göthe schreibt er nun Alles dem „Löwen" Karl
August zu.

In der That gibt es keinen Mittelpunkt, der das ganze zer=
fahrene Treiben Göthe's in dieser Zeit zusammenfaßte, als seine
Person und sein Name. Ein großer Theil seines Lebens ist
geradezu so nichtig, daß er eigentlich gar kein Interesse verdient,
und daß er bei jedem Andern der Vergessenheit überantwortet
werden würde. Essen, Trinken, Schlafen, Spazieren, Reiten,
Baden, unnützes Gerede, lächerliche Träumereien, zwecklose Besuche,
schale Liebeleien, unnöthige Geschäfte, kindische Experimente, platte
Alltäglichkeit und lächerliche Spielerei nehmen in dem Leben und
in der Zeit des großen Mannes eine so bevorzugte Stellung ein,
daß man fast an seinem Genius irre werden könnte. Trotz aller
Stubentenstreiche ist er im Grunde fast ebenso sehr Philister als
Student, hat für alle Bedürfnisse und Kleinigkeiten dieses armen
leiblichen Daseins die Sorgfalt und zärtliche Aufmerksamkeit einer
alten Mamsell, und huldigt in seinen Experimenten „praktisch=
industriellen Richtungen der nüchternsten und geistig unfruchtbar=
sten Art"[1]. Das ist eines der Geheimnisse, weßhalb Göthe
allen Philistern und blasirten Lebemenschen unseres neunzehnten
Jahrhunderts so gut gefällt. Sie fühlen's, er ist einer von ihnen.
Aber wahrhaft poetische Völker und Zeiten legten auf diesen

---

[1] v. Radowitz, Gesammelte Schriften V. 321, fühlte diesen
Zug Göthe's aus den Wanderjahren und aus Faust II. heraus; der
Keim desselben zeigt sich aber schon in den ersten Weimarer Jahren.

prosaischen Alltagströdel so wenig Gewicht, daß wir von Homer, Sophokles, Dante, Shakespeare, Calderon, zum großen Verdruß aller Philologen, fast nichts Genaueres über ihr vegetatives, animalisches, bürgerliches und häusliches Leben wissen. Horaz und andere Römer benützten solchen Kleinigkeitskram wohl in geistreicher Weise zu heitern Episteln und Satiren; aber die Speisezettel, Wäsche, Kleidung und alle sonstige Prosa des All=tagslebens feierlich als Poesie zu verehren, war dem Jahrhundert vorbehalten, in welchem Louis Philipp der „größte König" und Göthe der „größte Dichter" war.

Wie eine Art Heiligthum wird heute das „Gartenhaus" Göthe's verehrt. Lewes und Andere haben eine rührende Idylle daraus gemacht. Schade nur, daß schon die Ankaufsgeschichte, wie sie dieselbe erzählen, auf einer Fabel beruht. In dieser Cabine findet man die Keime ganzer Dichtungen, die Anfänge seiner meteorologischen, mineralogischen, osteologischen, botanischen Entdeckungen, Vers so und so im Faust, Vers so und so in der Iphigenie, und „wahrscheinlich" oder „offenbar" oder „vielleicht", wie Dünzer sagt, hat er am so und so vielten hier diesen und diesen großen Gedanken gehabt und Keil hat sich im Datum geirrt u. s. w. Hier soll er im innigsten Contact mit der Natur gelebt und jene Naturerkenntniß erlangt haben, die man heute über Alles preist. Aber du lieber Himmel! Wann hat denn Göthe je nur einen ganzen Monat als poetischer Einsiedler ungestört in diesem Gartenhaus zugebracht? Er hätte viel lieber in einem vornehmen Palais gelebt, als in diesem armseligen Cottage! Kaum hatte er es zwei Monate, da strich er schon mit dem Herzog in Ilmenau herum, nachher drängte eine Spritzpartie die andere, im December fuhr er nach Leipzig, ritt mit dem Herzog Courier zurück — und so ging es Jahr für Jahr weiter. Das Garten=haus war bloß das Nest, wo er von Jagden und Strapazen ausschlief, wo er sich von durchtanzten und durchschwärmten Nächten erholte; der Schmollwinkel, wohin er sich bei Verdrieß=lichkeiten zurückzog; ein Laboratorium für seine plötzlich auftauchen=den und ebenso rasch besänftigten naturhistorischen Grillen; ein

Frühstückspavillon, um sich in der schönen Jahreszeit dem Hof und vor Allem den Damen interessant zu machen; ein Plätzchen für seine Rendezvous und für ästhetische Theevisiten. Da pflanzte und pfropfte er Bäume, züchtete Bienen und trieb etwas Gartenkunst, wenn er nicht gerade gelaunt war, die Zeit anders todtzuschlagen. Unten floß die Ilm vorbei, ein artiger Bach. Aber sonst bot die ganze Gegend eigentlich nichts Interessantes, weder großartige Naturschönheiten, noch historische Erinnerungen und Merkwürdigkeiten.

Man muß schon ein recht spießbürgerlicher, ungereister Michel oder ein vom Eisenbahnreisen übersättigter Commis Voyageur sein, um in dem heutigen Weimarer Park, der damals noch in seinen Anfängen lag, das non plus ultra eines poetischen Plätzchens zu finden. Da sind Abbotsford[1] und Newstead Abbey andere Gegenden! In der That machte sich Göthe selbst jedes Jahr ein paar Mal auf und davon, nur um anderswo wieder Ideen zu schöpfen. Kein größeres Werk gedieh in dem prosaischen Nest. Er wurde darob zuletzt ganz Philister und zog in die Stadt, um näher bei Mama Charlotte und ihrem Theekessel zu sein. Erst in Italien ging ihm wieder ein wenig Welt auf.

Ein ähnlicher Humbug, wie mit dem Gartenhaus, ist mit den sogen. Sturm und Drangpoeten getrieben worden, die sich in den ersten Monaten daselbst einfanden, um mit Göthe den Mond anzuschmachten und sentimentalen Unsinn zu entwickeln. Aus dem trunkenen Enthusiasmus, der sich in ihren Briefen[2]

---

[1] So arm Weimar an poetischen Erinnerungen war, so reich wäre Thüringen gewesen, wenn Göthe gleich W. Scott die Geschichte der katholischen Vergangenheit an sich zu reißen verstanden hätte. Vgl. Stimmen aus Maria-Laach. XI. 516.

[2] S. Robert Keil, Frau Rath. Leipzig. 1871. S. 50 ff. Vgl. Briefe aus der Sturm- und Drangperiode. Aus den Papieren des Kanzlers von Müller, herausgeg. von Dr. C. A. H. Burkhardt (Grenzboten. 1870. IV. 421. 454. 498). Die „Genies" selbst knüpften an einander die glänzendsten Hoffnungen. „Claudius, Göthe, Wieland, Lenz, Stolberg, Herder in Einer Person, sollten

kundgibt, hat man ganze Romankapitelchen ausgesponnen. Da
sitzen um den Götterjüngling Göthe Lenz, Klinger, Kaufmann,
gelegentlich auch Herder und Wieland, von Ferne hört man ein
Waldhorn und der Mond hat nichts zu thun, als das phantasie-
bedudelte Conciliabulum anzuscheinen. „Sehen Sie, meine Herren!
hier haben wir die Anfänge unserer unsterblichen deutschen Nationalliteratur, welche alle bisherigen Literaturen und Culturen eminent
in sich begreift, wie der erwachsene Mann alle frühern Stadien
des Lebens!!" Favete linguis!

Aber leider ist das Uebertreibung. Der Schweizer A. Kaufmann zunächst war gar kein Poet, sondern einer jener halb-
studirten Glücksritter und Streber, an denen das Zeitalter der
Aufklärung so reich war, die an allen Höfen herum eine noch
undefinirbare Naturphilosophie, Skandalgeschichten, Silhouetten
und Revolutionsideen colportirten und so zu guten Soupers,
Diners und Liebesabenteuern gelangten. Er und Seinesgleichen
hatten auf die deutsche Literatur nur insofern Einfluß, als sie
die damalige höhere Gesellschaft bei ihrem schwachen Punkt:
Gefühlsseligkeit, Neigung zum Aberglauben und zu nebelhafter
Speculation, faßten, ihre Ideen verwirrten und sie verhinderten,
ihren gesunden Menschenverstand nützlicher anzuwenden[1]. Der

die nicht Großes thun, nicht uns verirrte Schäflein auf Naturweide
zusammentreiben können? Der Teutsche läßt alles mit sich machen;
nur Nasenstüber verträgt er nicht." So schrieb Schubert an Kayser
im Mai 1776.

[1] Ueber den Schwindler Kaufmann schrieb Miller in Ulm an
den Musiker Kayser: „Kaufmann hat alle meine Erwartungen, so
hochgespannt auch diese waren, übertroffen.... Ich habe noch
keinen Menschen gefunden, den ich gleich vom ersten Augenblick an
so ganz verstanden hätte... Er ist Abgesandter Gottes an die
Menschen; bevollmächtigter Erforscher des Guten, Schönen, Großen,
an jedem Ort und in jedem Stand. So viel Wahrheit ohne Affek-
tation, tiefer Seherblick, der auf einmal den ganzen Menschen durch-
schaut und versteht, so viel Güte, Liebe, kurz alles, was ich mir
aus einem Engel, der nicht fern vom Throne Gottes steht, denke,

Livländer Reinhold Lenz war zwar ein reichbegabter junger Mensch, aber ein armer Teufel, ohne Vermögen und Stellung, über tollem Phantasieleben halb verrückt geworden. Der Frankfurter Mar Klinger schrieb noch tollere und wüthendere Schauerstücke als er: „Die Zwillinge", „Otto", „Das leidende Weib". Beide wollten, wie Göthe, deutsche Shakespeares werden. Es fehlte ihnen nichts, als der Verstand, der Shakespeare's Phantasie regierte, und das großartige öffentliche Leben, an dem sich der Geist des britischen Dramatikers einst entfaltet hat, d. h. ungefähr Alles. Da man sie beßwegen in Frankfurt, Straßburg und anderswo schlecht bezahlte und wenig ehrte, kamen sie nach Weimar, um gleich Göthe das Schicksal zu probiren und allenfalls auch Geh. Legationsräthe zu werden [1]. Es glückte aber nicht. Weimar hatte nicht Platz für so viele Shakespeares, und die beiden Stürmer hatten nicht die diplomatischen Anlagen Göthe's. Nachdem sie ein paar Monate bei Göthe, Wieland und am Hof herumgelungert, gedichtet und sich amüsirt hatten, machte Lenz Thorheiten, die der Hof nicht mehr ertrug. Er erhielt die Vergün-

---

hab' ich noch in keinem Menschenbild vereint gefunden .... Der Zuruf eines solchen Menschen muntert auf wie ein unmittelbarer göttlicher Beruf. Gesegnet sei ewig der Tag, da er in meine Arme sank und mein ward! ...." Grenzboten 1870. IV. 502. „Vergnügter Abend durch Kaufmann πανουργεια", heißt es in Göthe's Tagebuch 25. Dec. 1776 (Keil S. 94). Drei Jahre später widmete ihm Göthe das Epigramm (Göthe's Werke [Hempel]. III. 208):

„Ich hab' als Gottes Spürhund frei
Mein Schelmenleben stets getrieben.
Die Gottesspur ist nun vorbei
Und nur der Hund ist übrig blieben."

[1] Lenz besuchte unterwegs Klinger in Frankfurt. Dieser ritt ihm in Werther-Uniform entgegen und begleitete dann den Wagen feierlich in die Stadt, so daß es allgemeines Aufsehen machte. „Jeder Kerl blieb stehen und gaffte sie an." So erzählt Agnes, Klingers Schwester. Daß es mit Klingers Finanzen „dumm" stand, s. Keil, Frau Rath. S. 58.

ſtigung, ſchleunigſt abziehen zu dürfen[1]. Göthe erwirkte ihm
noch einigen Aufſchub. Aber fort mußte er, und brachte nichts
mehr zu Stande als ein ſchmutziges Drama, „Die Soldaten“,
in welchem er das verkommene Leben in den Garniſonen dar=
ſtellte. Zwei Jahre ſpäter (1778) wurde er vollſtändig verrückt.
Als Klinger aber ſah, daß man ihn in Weimar nicht zum
Miniſter haben wollte, ging er nach Leipzig und ward dort
Theaterdichter.

Da die Poeſie der beiden Sturm= und Drangpoeten ſich
hauptſächlich in der Analyſe der gemeinſten und wüthendſten
Leidenſchaften, toller Liebe, Eiferſucht, Unzucht, Kindsmord und
anderer ſchauerlichen Greuel bewegte und da ſie in Sprache und
Ausdruck keine Grenzen kannten, ſo läßt ſich denken, was ſie in
halben und ganzen Nächten in Göthe's Gartenhaus verhandelt
haben mögen. Gevatter Wieland hatte an ſolchen Kapiteln auch
ſeinen Spaß.

Mit Wieland dauerte übrigens Göthe's erſte Familiarität
nur ein Jahr. Dann knöpfte der Miniſter ſich allmählich zu,
verlor ſich ganz in's Hofleben und überließ den geplagten Redac=
teur des Deutſchen Merkur ſeinem Schickſal. Von nachhaltiger
Unterſtützung der Zeitſchrift war keine Rede. Göthe nannte ſie
wiederholt den „Sau=Merkur“, eine Kloake u. dgl., und ſchimpfte
darüber, daß Wieland die erzählenden Feuilletons zerhacke, was
ſich doch bei einer Zeitſchrift entſchuldigen ließ[2]. An Wielands

---

[1] Schöll I. 70. Keil, Tagebuch 92. Vgl. Dorer-Egloff,
J. M. R. Lenz und ſeine Schriften. 1857. O. F. Gruppe,
R. Lenz, Leben und Werke. Berlin 1861. Blätter für lit. Unter-
haltung 1862. S. 481 ff. Morgenblatt 1838. S. 37. 38. Lenzens
„Eſeleien“, wie Göthe ſich ausdrückt, hier zu erzählen, würde zu
weit führen; im Weſentlichen ſcheinen ſie darin beſtanden zu haben,
daß er Göthe ziemlich frei und frech nachahmte und dabei auch der
Frau von Stein zu nahe trat.

[2] Wagner, Briefe an H. J. Merck. 1835. S. 137. Freilich
bat Wieland ſeinerſeits auch Merck um etwas „philoſophiſchen
Teufelsdr...“, das ſei gut genug. Ebd. 285.

Werken hat er so gut wie keinen Antheil. Auf den „Oberon“, das formvollendetste Werk Wielands, sah er sehr vornehm und hochnäsig herab, obgleich er, außer der ersten Skizze der Iphigenie, um diese Zeit selbst nichts hervorbrachte, was sich irgendwie damit messen konnte. „Er ist ein schätzbares Werk für Kinder und Kenner, so was macht ihm Niemand nach. Es ist große Kunst in dem Ganzen, soweit ich's gehört habe, und im Einzelnen. Es setzt eine unsägliche Uebung voraus, und ist mit einem großen Dichterverstand, Wahrheit der Charaktere, der Empfindung, der Beschreibung, der Folge der Dinge, und Lügen der Formen, Begebenheiten, Mährchen, Fratzen und Plattheiten zusammengewoben, daß es an ihm nicht liegt, wenn er nicht unterhält und vergnügt. Nur wehe dem Stück, wenn's einer außer Laune und Lage, oder einer, der für dieß Wesen taub ist, hört, so einer der fragt à quoi bon.“ [1]

Für Herder, dem Göthe, nicht ohne politische Gründe, die Stelle eines Generalsuperintendenten verschafft hatte, mußte er schon anstandshalber ein wenig sorgen. Er richtete ihm die Wohnung ein, ließ für seine Ankunft sogar die Kirche ein wenig scheuern und repariren, was nicht ohne Schwierigkeit abging — denn der Gotteskasten hatte kein Geld und die Verwalter wollten anfänglich keine neuen Fenster machen lassen; er gab ihm auch gute Räthe für die erste Predigt, nämlich recht einfach und verständlich zu sein, und witzelte über das „junge Faunchen“, d. h. über Herders drittes Kind, dessen Geburt nahe bevorstand [2]. Der Witz ist, wenn man ihn mit Göthe's „Satyros“ zusammenhält, nichts weniger als anständig [3]. Als indeß nach Herders

---

[1] Keil, Tageb. S. 104. Da wird man denn doch beinahe an Sebastian Brunners Verse erinnert:

> „Ihr großen deutschen Geister,
> Ihr kritisirt nicht schlecht,
> Ihr nennt einander Lumpen
> Und jeder von euch hat Recht.“

[2] Aus Herders Nachlaß. I. 60 ff.
[3] W. Scherer, Aus Göthe's Frühzeit. Straßb. 1879. S. 43 ff.

Ankunft das Oberconsistorium die Erklärung erließ, der Hof= gemeinde, d. h. der ersten Klasse der Einwohner, stehe es frei, bei Herder zu beichten oder nicht, stand Göthe beim Herzog für ihn ein und erwirkte eine Verfügung, daß die Hofgemeinde wie bisher bei dem Hofprediger und Generalsuperintendenten Herder zu beichten habe. So wurde die Kirche von Weimar mit der Reitpeitsche unter die Seelenführung des aufgeklärten „Satyros" gebracht, und Wieland rief aus: „So oft ich ihn ansehe, möcht' ich ihn zum Statthalter Christi und Oberhaupt der ganzen Ecclesia Catholica machen können!... Und wenn Göthens Idee stattfindet, so wird doch Weimar noch der Berg Ararat, wo die guten Menschen Fuß fassen können, während daß all= gemeine Sündfluth die übrige Welt bedeckt."

Pius VI. dankte indeß nicht ab, Rom unterwarf sich nicht. Göthe ließ die Weimarer Damen in Herders Predigten gehen; er selbst aber ging nicht hinein und ließ die Kirche Kirche sein. Auch Herder ließ er nach den ersten Wochen des Wiedersehens ziemlich links liegen. Herder seinerseits machte bei Hofe und beim Volk einen günstigen Eindruck, erkrankte aber schon um Weihnachten am Gallenfieber. Im Frühjahr hatte er schon wieder mit seiner Galle zu schaffen und mußte in's Bad, während Göthe bei Hofe herumtollte und sein Talent in den Eitelkeiten des Hoflebens begrub.

Das geistige Leben des Dichters sank dabei immer mehr zur flachen Unbedeutendheit herab. Kein Gebet, kein Gottesdienst, keine religiösen Anregungen lenkten ihn auf die tieferen Ideen zurück, mit denen er sich früher wenigstens dann und wann be= schäftigt hatte. An ein eigentliches Studium nie gewöhnt, hatte er nur Zeit zur flüchtigsten Lectüre und verschleuderte diese noch an schmutzige und nichtswürdige Bücher, wie an Cardans Selbst= biographie, an Jan Nicolai Everard, an Voltaire's schändliche Pucelle[1]. Wie Spott klingt es, wenn er dazwischen einmal in

[1] Vgl. über seine Lectüre Keil, Tagebuch S. 71. 78. 79. 89. 100. 109. 115. 117. 118. 129. 150. 157. 168.

seinem Tagebuch einen Bibelspruch bringt, oder das Schicksal, zu
dem er aufseufzt, gelegentlich Gott nennt. Die einzigen bedeutenden Gedichte aus den drei Jahren 1776 bis 1778 sind:
„Wanderers Nachtlied" (dessen Werth unendlich übertrieben worden ist), die „Seefahrt" und die „Harzreise im Winter" (letztere
leider so schwer verständlich, daß sie fast nur einen Scholiasten
erfreuen kann), und das sentimentale Lied „An den Mond".
Alles Uebrige ist nichtssagende Tändelei[1].

Göthe gehörte nicht mehr sich und der Poesie, sondern dem
Hof, dem Herzog und den Damen.

---

[1] Siehe Ges. Werke (Hempel). — 1776: Muth. I. 41. Jägers
Abendlied. I. 63. Einschränkung. I. 65. Liebesbedürfniß. I. 172
(V. 307). Monolog des Liebhabers. II. 191. Warum gabst du
uns die tiefen Blicke? III. 86. Beim Zeichnen ꝛc. III. 88. An Lili.
III. 101. An Herber. III. 142. — 1777: An Auguste Stolberg.
III. 85. An Frau von Stein. III. 89. Was ist der Himmel ꝛc.
III. 199. An Herzogin Luise. III. 322. Warnung. II. 256. Mit
einer Hyacinthe. III. 90. Grabschrift für sich selbst. III. 200. Auf
Himburg. III. 200. Paulo post futuri. III. 201. Mamsell N. N.
III. 201. An Herzog Karl August. III. 317.

6. Die lustigen Tage von Weimar und das Liebhabertheater.

1776 · 1778.

„Weimar war gerade nur dadurch interessant, daß nirgends ein Centrum war. Es lebten bedeutende Menschen hier, die sich nicht mit einander vertrugen; das war das Belebendste aller Verhältnisse, regte an und erhielt jedem seine Freiheit."

Göthe. Unterhaltungen mit dem Kanzler v. Müller. S. 141.

„Göthe verlor die Zeit über jenen Jahrmarktsfeiten und kleinen Spielen, die im großen Zusammenhang unserer Literatur nichts bedeuten; er vergrabte sein Dichtungsvermögen an Redoutenpläne und Prologe." Gervinus.

So klein auch der Hof von Weimar war, es war ein Hof, verwandt mit den andern kleinen sächsischen Höfen, verschwägert mit den Höfen von Berlin, Darmstadt und Braunschweig, nicht ganz unbekannt mit denjenigen von Wien und Paris. Es thronte hier eine der hundert kleinen Souveränitäten, aus denen die Maschinerie des alten deutschen Reiches bestand, umgeben von Titeln und Ordenssternen, Grafen, Gräfinnen, Baronen, Baroninnen, Herren und Frauen „von", Hofherren, Hofdamen, Kammerdienern, Dienern, Zofen, Läufern, Leibhusaren, Pagen und Lakaien — wenigstens ein Miniaturstück aus der großen Welt — vom theatrum mundi. Das auswärtige Amt hatte freilich wenig Einfluß auf die Weltpolitik. Die Reichscorrespondenz war bloß für die Papierfabrikanten von entscheidender Bedeutung. Die innere Politik des kleinen Ländchens gab ebenfalls nicht viel zu thun: eine Schaar von achthundert Beamten erledigten sie nach

ben althergebrachten Formeln. Von Maitressenwirthschaft und
Soldatenherrschaft war das Ländchen bis dahin verschont ge=
blieben. Die Klatschereien der Weimarer Damen und die rohe
Jagdlust der Weimarer Herren, über welche sich die Gräfin
Egloffstein beklagt, erscheinen als sehr geringe Uebel gegen die
Mißstände, die damals an anderen Höfen herrschten. Daß aber
in Weimar mitten im Sittenverderben des 18. Jahrhunderts die
reinste paradiesische Unschuld gewaltet haben soll, das muß ziem=
lich unwahrscheinlich vorkommen, wenn man an Wieland, Heinse
und die anderen beliebtesten Schriftsteller jener Zeit denkt und
mit in Rechnung zieht, daß sie auf ihr Publikum achteten und
ihm gefallen wollten.

Genug, je weniger der Hof von Weimar zu thun hatte, desto
mehr mußte die Aufmerksamkeit auf fröhliche Unterhaltung, heitern
Lebensgenuß, angenehme Zerstreuung gerichtet sein. Geistreich
oder fade, ausgelassen lustig oder still vergnügt, man suchte sich
und Seinesgleichen so gut zu amüsiren, als Zeit und Gelegen=
heit es mit sich brachten. Die wichtigsten Tage im Kalender waren
die Geburtstage der hohen Herrschaften und Freunde, große Hof=
feste und Galatage, Besuche fremder Herrschaften, Fürsten,
Fürstinnen, Prinzen und Prinzessinnen von Geblüte. Die wich=
tigste Zeit war die Faschingszeit, die in lustigen Präludien und
fröhlichen Nachklängen das ganze Jahr erheiterte. Spazierfahr=
ten und Ausflüge, Schlittenpartieen und Eislauf, improvisirte Mas=
keraden und Tanzbelustigungen, Jagden und ländliche Abenteuer
kürzten je nach der Jahreszeit die immer wohlfeile und vor Lange=
weile zu behütende Zeit. Die Herren ritten, jagten, fochten,
politisirten, lasen Romane, trieben eine oder die andere schöne
Kunst, auch wohl Pferde= und Hundezucht, Parkkultur und
Oekonomie. Die Damen beschäftigten sich neben dem Haupt=
sache der Toilette mit Romanlesen, Briefschreiben, Zeichnen,
Malen, Silhouettiren, Singen, Musik, Vögeln, Blumen und all
dem kleinen Schnickschnack der Mode. Eine Art schöngeistigen
Salon hatte Herzogin Anna Amalia eingeführt. Wieland, Göthe,
auch die minderen Poeten, lasen in elegantem Kreise ihre älteren

ober auch neuesten Dichtungen vor. Das Hauptinstitut zum
Schutz gegen Langeweile, das herzogliche Hoftheater, war leider
mit dem Schloß verbrannt. Während der **Prinzenreise** und des
Regierungswechsels konnte noch nicht an den **Bau eines** neuen
Theaters gedacht werden. Doch sorgte die Regentin mütterlich
für Fortsetzung der Redouten, und kaum war der junge Herzog auf dem Thron, da erstand auch das Theater in neuer,
noch lustigerer und unterhaltenderer Form als bisher — als
Liebhabertheater [1].

Mit Hilfe des Malers Schumann und des Schreiners Mieding
fing der Hofjäger Hauptmann im November 1775 an, in seinem
Hause an der Esplanade, wo die Redouten gehalten wurden,
eine kleine Bühne aufzuschlagen. Sie war nur 11 Fuß breit,
die Coulissen hatten 6½ Fuß Höhe, 2½ Fuß Breite. Anna
Amalia steuerte 80 Thaler bei, die andern Herrschaften spendeten
ähnliche Beiträge, das ganze Institut kam auf 350 Thaler zu
stehen. Im Januar wurden schon drei Stücke gegeben: den 21.
„Adelaide“, den 25. „Der Postzug oder die nobeln Passionen“
von Ayrenhoff und dazu das „Milchmädchen“ von Duni. Im
Februar gab man das „Glashüttenballet“, „**Minna** von Barnhelm“, „Die kleine Noblesse“ und „Nanine“. Im provisorischen

---

[1] Die Vorgeschichte desselben gibt **Ernst Pasqué**, Göthe's
Theaterleitung in Weimar. Leipzig 1863. I. 3—30. Die verläß-
lichste und anschaulichste Darstellung des Liebhabertheaters selbst
schrieb Dr. C. A. H. Burkhardt, „Das herzogliche Liebhabertheater“, Grenzboten 1873. III. 1 ff. Vgl. dazu: Ab. Schöll,
Göthe's Verhältniß zum Theater (Weimarische Beiträge zur Literatur
und Kunst). Weimar 1865. C. W. Weber, Zur Geschichte des
Weimarischen Theaters. Weimar 1865. „Göthe's Theaterintendantur“
in Unsere Zeit. 1866. II. S. 561—582. Robert Keil, Corona
Schröter. Leipzig 1875. Dünzer, Charlotte von Stein und Corona
Schröter. Stuttgart 1876. R. Gottschall, Frauenbilder aus
unserer classischen Zeit. Unsere Zeit. 1875. II. 880 ff. R. Keil,
Frau Rath. Leipzig 1871. passim. Wagner, Briefe an Merck
1835 u. 1838 u. s. w.

Palais des Herzogs leitete gleichzeitig der Oberhofmarſchall Graf
von Putbus die Aufführung franzöſiſcher Converſationsſtücke und
Operetten, bei welchen ſich bald der Conſiſtorialrath von Lyncker
und der Oberſtallmeiſter von Stein durch ihr gewandtes Spiel
und ihre feine franzöſiſche Ausſprache Lorbeeren verdienten.

Die herzogliche Familie begnügte ſich anfangs, im Zuſchauer=
raum zu erſcheinen; doch bald wich das fürſtliche Selbſtbewußt=
ſein vor der Luſt, ſich mitzuverkleiden und mitzuſpielen. Schon
im März erſchien der junge Herzog als Major O'Flaherty an
Göthe=Belcours Seite, und damit war das Eis gebrochen. Der
Hof ſpielte nun herzhaft mit und fand an Proben und Auf=
führung unendliches Vergnügen. Vom Herzog herab bis auf
Gärtner und Lakaien, Alles mußte mithelfen Theater ſpielen.
Auch aus der Stadt zog man die Leute herbei. Das erſte Jahr
mußte Jeder ſelbſt für ſeine Garderobe ſorgen, dann übernahm
der Herzog die Ausſtattung. Aus den Sälen der kleinen Reſi=
denz rollte der Thespiskarren hinaus auf's Land, Gartenhecken
und Büſche wurden in Naturſcenerien verwandelt, das Leben
ſelbſt wurde zur luſtigen Komödie.

> „Donnerſtag nach Belvedere,
> Freitag geht's nach Jena fort:
> Denn das iſt, bei meiner Ehre,
> Doch ein allerliebſter Ort!
> Samſtag iſt's, worauf wir zielen,
> Sonntag rutſcht man auf das Land;
> Zwäzen, Burgau, Schneidemühlen
> Sind uns alle wohlbekannt.
>
> „Montag reizet uns die Bühne,
> Dienſtag ſchleicht dann auch herbei;
> Doch er bringt zu ſtiller Sühne
> Ein Rapuſchchen frank und frei.
> Mittwoch fehlt es nicht an Rührung:
> Denn es gibt ein gutes Stück;
> Donnerſtag lenkt die Verführung
> Uns nach Belveder' zurück.

> „Und es schlingt ununterbrochen
> Immer sich der Freudenkreis
> Durch die zweiundfünfzig Wochen,
> Wenn man's recht zu führen weiß.
> Spiel und Tanz, Gespräch, Theater,
> Sie erfrischen unser Blut;
> Laßt den Wienern ihren Prater:
> Weimar, Jena, da ist's gut!"[1]

Pecuniär war es eine gewisse Ersparniß, daß der Hof keine Schauspieler und Schauspielerinnen zu bezahlen brauchte, sondern sich mit seinen eigenen Kräften bestens unterhielt[2]. Für die Hofleute selbst hätten die dramatischen Uebungen, bei Wahl bedeutender Stücke, eine sehr bildende Unterhaltung werden können. Auch bei Wahl geringfügigerer Stücke boten sie immerhin noch mehr geistigen Bildungsstoff, als sonstige Zerstreuungen, dazu eine reiche Fülle von Anregung für anderweitige Unterhaltung, Witz, Humor, persönliche Anspielungen. Die Theaternamen traten als lustige Spitznamen in's Leben hinüber, die Theaterrolle gab dem Spieler eine romantische oder humoristische Färbung, die Stücke wurden in scherzhafter Conversation, in neckischen Streichen und Abenteuern weitergespielt und liehen der prosaischen Wirklichkeit stets neue Würze. „Es ist bekannt," sagt Hermann Grimm, „daß es sich bei solchen Gelegenheiten meist mehr um die Proben als um die Aufführungen selber handelt. Jeder, der einmal dabei war, weiß, daß nichts die Menschen gesellig so durcheinander und in so intime Berührung bringt, als Theater-

---

[1] Göthe's Werke (Hempel). I. 95.

[2] Wie schon erwähnt wurde, erhielt Karl Theophil Döbbelin, der am 1. Nov. 1756 als Theaterdirector bestellt wurde, 6800 Rthlr. womit er für die ganze Schauspielergesellschaft aufkommen mußte (Pasqué. Göthe's Theaterleitung in Weimar. Leipzig 1863. I. 10). — Karl August gab für das Theater vom 1. Oct. 1776 bis 1. Oct. 1777 nur 1064 Thlr. 9 Ngr. aus, vom 1. Oct. 1778 bis 1. Oct. 1779 noch weniger: 611 Thlr. 16 Gr. (S. Burkhardt, Grenzboten 1873. III. 1 ff.) — Ein großer Unterschied!

proben von Dilettanten. Alles ist erlaubt und das Tollste natür=
lich, weil die Sache es so zu verlangen scheint."[1] Bei diesen
Proben löste sich aller Zwang der Etikette. Herzog und Her=
zoginnen, die adeligen Hofherren und die bürgerlichen Poeten,
die vornehmen Hofdamen und die Kammersängerinnen, der ganze
Hof verschmolz da zu einer lustigen Schauspielergesellschaft, die
in Bezug auf Humor und Schabernack al pari stand. Prinz
Constantin mußte auf Göthe's Schlagwort achten, Amalie Kotzebue
redete den Herzog dramatisch mit Du an, der Herr von Secken=
dorf vergaß auf seine Ahnenreihe, um den närrischen Professor
Musäus im Ulk zu übertreffen; selbst Göthe's Diener, Philipp
Seidel, und der Schreiner Miebing, der „Director der Natur",
durften hinter den Felsen von Pappe mit den fürstlichen Herr=
schaften etwas fraternisiren. Daß sich da auch galante Abenteuer
entwickeln mußten, versteht sich von selbst. Es gab kein Stück
ohne Liebschaft, und Göthe liebte entschieden verfängliche Situa=
tionen.

Was den literarischen Werth des „Ulkes" betrifft, der an
dem Liebhabertheater zu Weimar zu Tage gefördert wurde, so
hat Gervinus wohl nicht Unrecht, wenn er denselben ziemlich
niedrig anschlägt. Viele Proben davon haben sich noch erhalten.
Sie überragen nicht viel das Mittelmaß des „Ulkes", der seit
1775 bis heute auf hundert andern Liebhaberbühnen getrieben
worden ist. Man vergleiche die folgende Einladung, die sich in
Familienpapieren erhalten hat:

„Wir der thränenreichen Melpomene und der freudebringen=
den Thalia Söhne und Töchter vermelden unserm viel und hoch=
geehrten Compan und Mitgenossen, dem Geh. Rath von Lyncker
unsern freundlichen Gruß zum Voraus.

Nachdem wir Endesunterschriebene uns entschlossen haben,
unsern Ur=ur=ur= und Pflegemüttern obbenannten beyden Musen
göttlichen Andenkens ein schuldiges Opfer zu bringen und deren

[1] Göthe, Vorlesungen II. 12. 13. Man behalte diese Bemer=
kung im Auge für das Folgende.

zeithero leider ſo ſehr vernachläſſigtes Andenken auf eine ſtattliche
und geziemende Weiſe zu erneuern; zu dem Ende auch Einer
aus unſern Mitteln von uns beſehligt und ermuntert worden iſt
die Feder zu ergreifen und ein taugliches präſentables Theater=
ſtück an den Tag zu bringen, ſo hegen wir zu unſerm eingangs
erwähnten Compan und Mitgenoſſen das gegründete Vertrauen:
Er werde ſich rückerinnernd ſeines vormals bezeugten Eifers und
des ſo reichlich dafür empfangenen Dankes und Beyfalls gerne
und willigſt bewegen laſſen, an unſerem ſo löblichen Vorhaben
Theil zu nehmen, ſich in unſern Reihen anzuſchließen oder paſſen=
der uns auszudrücken dieſelben anführen zu wollen. Solches
hoffend und vorausſehend haben wir gegenwärtiges Schreiben
abgefaßt und perſönlich eigenhändig ſammt und ſonders unter=
ſchrieben.

Amelie, Herz. zu S.

Carl Auguſt, H. zu S. quâ tutor.

v. Coechhauſen.   Moritz Prühl Gaſtwirth.

Chriſtine Brühl.

C. J. M. v. Wedel.

v. Hendrich.   v. Staff.

von Einſiedel coll."[1]

Da das Entſtehen der Liebhaberbühne mit Göthe's Ankunft
in Weimar zuſammenfällt, ſo iſt nichts natürlicher, als daß man
ihn als den Urheber dieſer Liebhaberbühne betrachtet hat. Doch
iſt das nicht genau. Die eigentliche Patronin und Gründerin
des Weimarer Theaters iſt die Herzogin Anna Amalia. Unter
ihr waren Schauſpiel, Operette und Oper ſchon längſt aufge=
blüht, ehe Göthe nach Weimar kam. Als er erſchien, wich aller=
dings Wieland mit ſeinen Operntexten in den Schatten, aber
dafür trat auch gleichzeitig der muſikaliſch gebildete Herr von
Seckendorf auf, um mit Göthe als Regiſſeur, Theaterpoet, Muſiker

____

[1] Kritiſche Bemerkungen zu Göthe's Biographie. Das herzog=
liche Liebhabertheater 1775—1784, von C. A. H. Burkhardt
Grenzboten 1873. III. 3. 4.

und Schauspieler mitzuwirken, während die allgemeine Jovialität
der Hofgesellschaft und die Gunst der Herzogin-Mutter rasch alle
nur fähigen Kräfte in Bewegung rief. Mit seinem lebhaften
Humor, seiner reichen Dichterphantasie, seiner urwüchsigen Gemüthlichkeit war Göthe freilich ganz wie gemacht, eine hervorragende Rolle in dieser vornehmen Schauspielergesellschaft zu
spielen und allmählich ihr Hauptregisseur zu werden. Er spielte
zwar anfangs etwas ungestüm, und wenn er sich mäßigen wollte,
zu steif, memorirte auch nicht genau; doch in humoristischen
Rollen fand man ihn unübertrefflich, und wo das Gedächtniß
versagte, mußte er sich mit neuen Erfindungen aus der Klemme
zu reißen.

Als Theaterdichter hatte er weniger Glück. Denn in dem
Durcheinander der ersten Monate kam er nicht dazu, etwas Neues
zu produciren. Nach einem Vierteljahr nahm er deßhalb seine
Zuflucht zu seiner alten Mappe und zog daraus die „Mitschuldigen“ hervor, jene traurige, komisch sein sollende Ehe-
bruchsfarce, die er während seines „etwas wüsten“ Leipziger
Studententreibens geschrieben hatte [1]. Er übernahm selbst den
„Alcest“, Musäus den „Wirth zum schwarzen Bären“, Einsiedel sollte den „Söller“ spielen. Doch diesem scheint das
Stück nicht sonderlich gefallen zu haben; er wollte die Rolle
nicht übernehmen.

„Du mußt in einer verfl . . . . . . Hypochondrie stecken,“ schrieb
ihm Göthe. „Ich wollte schwören, Du wärest gut, wenn Du
Dich nur ein Bissel angriffst. Ich weiß nun nicht, was ich

---

[1] Vgl. oben S. 38. 39 und R. v. Gottschalls Bemerkung:
„Der junge Göthe ergab sich einem etwas wüsten Leben, das seinen
Körper auf lange Jahre hinaus zerrüttete.“ Unsere Zeit 1875.
II. 894. Der Aesthetiker Friedr. Vischer (Göthe-Jahrb. IV. 38)
sagt: „Mit achtzehn Jahren ‚die Mitschuldigen‘, ein so früher Blick
hinter die Koulissen des Familienlebens, solche Weltkenntniß, Komisches
mit solcher, mit so unkomischer Grundlage: das ist unheimlich.“
Und die unheimliche Frucht jener innern Zerrüttung war das Erste,
womit Göthe die Weimarer Bühne beglückte!!

mache. Die andern spielen brav und ich weiß absolut keinen Söller — und weiß, daß Du ihn gewiß gut spielen würdest. Vielleicht besuch ich Dich heut. G."

Einsiedel ließ sich nicht bereden. Bertuch übernahm nun die Rolle. Doch half es Göthe wenig, sein Stück durchgesetzt zu haben. Statt eines heiteren machte es einen bänglichen Eindruck und wurde vorläufig nicht wiederholt. Um die erlittene Blamage auszuwetzen, übte Göthe nun rasch das Singspiel „Erwin und Elmire" ein. Schon Mitte Mai waren die Arien dafür gedruckt, und der zierlich gereimte Klingklang der Liebe versöhnte am 24. Mai vollständig das Publikum.

Da die Hofleute keine Schauspieler von Fach waren, so konnte nicht jede Woche ein neues Stück gegeben werden. Das Einstudiren nahm viel Zeit und Mühe in Anspruch. Von Mitte Mai bis Mitte Juli wurde nur sechsmal gespielt, im August wiederholte man den „Postzug" und das „Milchmädchen", am 10. September „Erwin und Elmire"; erst am 16. September kam wieder ein neu einstudirtes, obwohl nicht neues Stück: „Die heimliche Heirath": leichte Waare, wie alles, was bis dahin gegeben worden war. Darauf wurde etwas pausirt.

Inzwischen Geh. Legationsrath geworden, brachte Göthe abermals die quasi durchgefallenen „Mitschuldigen" auf's Tapet, machte einige Veränderungen und ließ sie Mitte November im Hause des Professor Musäus wieder einüben. Dießmal setzte er sie mit Erfolg durch: sie wurden ein paar Mal wiederholt, was aber nicht eben von einer Besserung des Geschmacks zeugt. Erst jetzt, nachdem er über ein Jahr als dramatischer Dichter nichts Neues geleistet, fiel ihm auf einer Jagd in Waldeck ein, wieder einmal ein Stück zu schreiben[1]. In drei Tagen wühlte er „Die Geschwister"[2] auf's Papier, in zwei Tagen waren sie abgeschrieben.

---

[1] Der früher erwähnte Vortrag vom „Falken" erstickte im Gestrüpp von Ilmenau.

[2] Göthe's Werke (Hempel). VI. 185—199 — vierzehn Seiten Duodez. Göthe brachte also in einem Tage nicht einmal fünf

Das Stück ist darnach, ein weinerliches Lustspiel und ein lächerliches Thränenspiel, ein Anhang zu „Clavigo“ und „Stella“ und zugleich ein condensirter Abguß der Gefühlsschwärmerei, welche seine Liebesbillets an Frau von Stein durchathmet. Zwischen Vollendung und Aufführung des Stückes bekam sie seine Verse an den Geist „des lieben heiligen großen Küssers“ Johannes Secundus, ein Zusammentreffen, das wohl nicht ganz zufällig ist und den Göthe-Psychologen zu denken geben könnte [1].

Mag er es nun auch keineswegs beabsichtigt haben, sein Verhältniß zu ihr vor dem ganzen Hof auf die Bühne zu bringen, so ist das Stück doch unverkennbar aus dem trüben Gefühlsburcheinander desselben hervorgegangen, es ist ein Bekenntniß darüber. Er selbst hatte jenem Verhältniß anscheinend den Charakter eines brüderlich-schwesterlichen gegeben, er nannte es im Mai „das reinste, schönste, wahrste, das ich außer meiner Schwester je zu einem Weibe gehabt“ [2]. Unter diesem Titel hatte Frau von Stein es sich weiter gefallen lassen. Doch Göthe's langgenährte Leidenschaft verlangte mehr: er wollte nicht schwesterliche, sondern bräutliche Liebe, und nur darum interessirte er sich für das psychologische Problem, das der kleinen Comédie larmoyante zu Grunde liegt. Sie gehört als Anhängsel zu seiner ebenso lacrymablen Correspondenz und zu dem gemeinen Gedicht über Johannes Secundus. Die Handschrift gelangte auch gleich

---

Tuodezseitchen des allergewöhnlichsten und langweiligsten Liebesgeredes in Prosa zu Stande. Aber bei Göthe ist eben Alles — — classisch, göttlich. Dr. Strehlke hat zu den 14 Seiten 10 Seiten Einleitung geschrieben, wozu der „Alte“ wohl auch gelächelt haben würde; denn er gab nicht viel auf die Commentatoren.

[1] Schöll (I. S. XXXII), obwohl ein richtiger Göthe-Anbeter, gesteht von diesem Gefühlsdrama, daß „dessen naive Form auf unnaivem Grunde zu ruhen scheint und, in seiner delikaten Entwicklung am Unsittlichen um Haaresbreite vorbeigeführt, etwas Peinliches für ein gesundes Gefühl haben kann“.

[2] Schöll, Briefe an Frau von Stein. I. 33.

in die Hände der wirklichen Adressatin[1] und wurde ihr zum
Aufbewahren anvertraut, nachdem Göthe als „Wilhelm“ auf der
Bühne das Fräulein Amalie von Kotzebue[2] als „Marianne“
umarmt hatte. Dieses objectiv höchst jämmerliche und subjectiv
höchst unwürdige Stück ist das einzige Drama, das im ersten
der „lustigen Jahre“ zu Stande kam. Wenn man denkt, daß
ein so groß und herrlich begabter Geist wie derjenige Göthe’s
sich wochenlang in Theaterproben mit so elendem Quark wie
„Die Mitschuldigen“ und „Die Geschwister“ herumschlug, vor
den jungen Hofleuten eines zwanzigjährigen Fürsten den Ehebruch zum Gegenstand der Komik nahm, junge Damen stunden-
lang einübte, um ein „am Unsittlichen um Haaresbreite vorbei
streifendes“ Stück zu geben — nach den Proben aber die ganze
Nacht hindurch tanzte und „miselte“ bis in den hellen Morgen
hinein, da kann man sich des Ekels kaum erwehren. Ein solches
Komödiantenleben sieht nahezu wie Verführung aus.

Bald zeigten sich auch die naturgemäßen Früchte. Thörichte
Liebeleien, Eifersüchteleien, Unzufriedenheit und Verdruß durchkreuzten den geräuschvollen Taumel anscheinender Freude. Wie
Göthe trotz aller Versicherungen ungetheilter Liebe an Frau von
Stein fast tagtäglich den Miseln nachließ, bald in seinem Garten,
bald in Tanz- und Musikproben mit ihnen zusammenkam, fand
auch der junge Herzog diese Theatermoral ganz allerliebst und
ließ seine brave Gattin zu Hause sitzen. Wie Klopstock voraus-
gesehen, nahm die tieffühlende, edle Fürstin sich diese Vernach-
lässigung sehr zu Herzen. Sie zog sich trauernd zurück und hing
still ihrem Gram nach. Der Herzog hinwieder ärgerte sich über
ihre Stille und Eingezogenheit und suchte um so mehr geräusch-

---

[1] „Es muß uns bleiben“, schrieb er ihr am 2. Dec. Schöll
I. 73. Wenn sich das auch bloß auf die Handschrift bezieht, wie
Dünker meint (Charlotte von Stein. I. 70), so ist das genug, um
die gegebene psychologische Erklärung zu bestätigen.

[2] Schwester des berüchtigten Dichters, dessen Komik principiell
eigentlich nicht viel niedriger steht, als die der „Mitschuldigen“.
Der Abstand ist nur „Haaresbreite“.

volle Freuden. Prinz Constantin, obwohl erst 17 Jahre alt, wollte hinter dem allgemeinen Fortschritt auch nicht zurückbleiben, sondern sofort heirathen, und zwar keine Andere als das Hoffräulein Karoline von Ilten, das aber nicht ebenbürtig befunden ward und sich nun ebenso unglücklich fühlte als er. Den ersten sonnigen und vielversprechenden Kapiteln des Romanlebens folgten nothwendig die Kapitel der Verwicklung, wo es trostlos durcheinander geht. Die „Mifel" wurden nicht nur becomplimentirt, sondern auch gekapellmeistert. Die Proben wurden auf die Dauer langweilig. Regisseur, Musikdirigent und Balletmeister mußten, wohl oder übel, schulmeistern und repetiren. Das Dämonium des Neides richtete bei den Rittern wie bei ihren Schönen mancherlei Verwirrung an. Göthe hatte schon nicht mehr die Kraft, sich und die Andern aus dem miserabeln Hof- und Alltagsleben zu höheren Ideen emporzuheben. Er ließ sich ganz zur kleinlichen Genußsucht seines Hofauditoriums herab und suchte seine Leute durch leichte satirische Standalpoesie bei Humor zu erhalten.

Um vor Allem Herzogin Luise mit dem Faschingstreiben des Hofes wo möglich auszusöhnen, sollte ihr Geburtstag, der 30. Januar 1777, recht feierlich begangen werden. Auf diesen Tag wurde das ganze Theater neu und besser eingerichtet, der Zuschauerraum gleichmäßig erhöht, Quergallerie und Saal mit schwarzen Tüchern ausgeschlagen, Alles bis herab auf die Theaterbillets vornehmer ausgestattet. Schreiner, Maler, Musiker, Copisten hatten den ganzen Monat Januar vollauf zu thun. Eine Probe drängte die andere. Sämmtliche Vorbereitungen kamen auf 516 Thaler zu stehen.

Charakteristisch für die Macht und den Einfluß Göthe's ist es, daß er in seinem sonst unbedeutenden Feststück nicht nur Anzüglichkeiten auf viele Persönlichkeiten losließ, sondern es sogar wagen durfte, die vermeintlichen „Skrupel", d. h. die wohlbegründete Abneigung der Herzogin gegen das ganze unwürdige Treiben, verkappt, in nur schwach verblümter Weise, theatralisch anzugreifen. In der jetzigen Fassung, die das Stück später in Italien erhielt, tritt diese Absicht deutlicher hervor.

Lila, die sanfte empfindsame Gattin des Barons Sternthal, ist völlig gemüthskrank geworden, zieht sich vom Leben ihrer Familie ganz zurück und verkehrt in einer einsamen Waldhütte mit Geistern, Feen und Gespenstern. Auf den Rath des Doctor Verazio geht die betrübte Familie auf die Ideen der Gemüthsleidenden ein, verkleidet sich in die ihr vorschwebenden Feen und Gespenster, tanzt ihr einige Ballets vor und heilt sie auf diese Weise vollständig von ihrer mystischen Innerlichkeit und Absonderung. Froh und lustig lebt sie wieder das heitere Leben ihrer Familie mit. Das ging auf Herzogin Luise, welche an dem wilden, muntern Treiben ihres jungen Gemahls keinen Geschmack fand und, freilich ohne jegliche Gemüthskrankheit, sich ihm und dem Hofleben entfremdet hatte[1].

Um nicht allzu deutlich zu sein, hatte Göthe bei der ersten Bearbeitung die Rollen Sternthals und Lila's getauscht. Die muntere, lebensfrohe Gattin curirt den an melancholischer Gespensterseherei leidenden Gemahl durch die entsprechende Feenkomödie mit reizenden Balletten. Das kleine Feenspiel besitzt übrigens weder den romantischen Zauber ächter Märchendichtung, noch die derb urwüchsige Volkskomik, die in Shakespeare's Sommernachtstraum so herrlich vereint sind. Die Hauptaufgabe fiel den Tänzern und Tänzerinnen des Ballets zu. Herzogin Luise aber, vereinsam und von Niemanden unterstützt, mußte sich den Unsinn des Frankfurter Götterjünglings gefallen lassen und fand es schließlich gerathen, um Lieb und Friedens willen die Waffen zu strecken. Der Hof sah dann natürlich ein, daß Göthe Recht gehabt und daß er Alles richtig geleitet habe und daß er ein göttlicher Mensch sei. Der Stärkere behält Recht.

Als Herzog und Herzogin wieder in gemüthlicher Stimmung zusammenlebten, jammerte Wieland, daß Göthe ihm nichts mehr sei.

„Von meinen hiesigen sogenannten oder auch wirklich guten Freunden ist auch nicht ein einziger, der mir nur so viel Licht

____
[1] Göthe's Werke (Hempel). IX. 101 ff.

und Wärme mittheilte, als vonnöthen ist, um ein paar Eier dabei lind zu sieden. Sogar Göthe und Herder sind für mich wenig besser, als ob sie gar nicht da wären. Mit jenem — was für herrliche Stunden und halbe Tage lebt' ich mit ihm im ersten Jahre! Nun ist's, als ob in den fatalen Verhält=nissen, worin er steckt, ihn sein Genius ganz verlassen hätte; seine Einbildungskraft scheint erloschen; statt der allbelebenden Wärme, die sonst von ihm ausging, ist politischer Frost um ihn her. Er ist immer gut und harmlos, — aber er theilt sich nicht mehr mit — und es ist Nichts mit ihm anzufangen."[1]

Göthe's Productivität war wirklich wie erloschen. Frühling, Sommer, Herbst gingen vorüber, ohne daß er etwas Neues geleistet hätte. Im März wiederholte man seine „Lila", im April etliche andere schon dagewesene Stücke. Dann zog der Hof nach Ettersburg, wo man sich mehr im Freien erging und das Theater mit ländlichen Erholungen vertauschte.

Dieses Jagdschloß liegt nur anderthalb Stunden nordwestlich von Weimar am waldigen Abhang des Ettersberges. Hier wur=ben nun Alleen hergestellt, Waldnischen ausgehauen, künstliche Balcone in die großen Bäume hinaufgezimmert, damit die poetische Gesellschaft gleich den Vögeln leben könnte. An der Hottelstädter Ecke, wo eine schöne Fernsicht war, legte man ein Lusthaus an, im Walde eine anmuthige Kaffee=Einsiedelei; dazu Rasenhütten, Kegelbahn, endlich auch ein kleines Naturtheater. Improvisationen, Schattenspiele und kleinere Scenen hielten das Dilettanten=Colle=gium in mimischer Uebung, bis im Winter wieder eine eigent=liche Theatersaison begann. Während Musäus sich Stücke von Gotha verschrieb, ließ Göthe seine „Mitschuldigen" wiederholen. Etwas Neues brachte er erst wieder auf der Herzogin Geburts=tag (1778) auf die Bühne. Das neue Stück hieß „Die geflickte Braut", ein vielversprechender Titel, der indeß nur wieder in anderer Form die Lection maskirte, die Göthe das Jahr zuvor der Herzogin wegen ihrer noch immer nicht überwundenen ernsteren

[1] Wagner, Briefe an J. H. Merck. 1835. S. 102.

Geistesrichtung gegeben hatte. In der spätern Ausgabe heißt das Stück: „Der Triumph der Empfindsamkeit."

Der gefühlskranke Prinz Oronaro führt einen vollständigen Apparat der empfindsamen Poesie mit sich im Land herum: Mondschein, Nachtigallengesang und sprudelnde Quellen, Alles in eigenen Kasten, dazu eine Laube und eine Puppe, welche in allen Stücken seiner Geliebten Mandandane, der Frau des Königs Andrason, gleicht. So kommt er an den Hof Andrasons, wo die neugierigen Hoffräulein alle Geheimnisse seiner Liebespoesie erspähen, die Puppe aufschneiden und darin den Kern seiner Liebe entdecken — es ist ein leinener Sack mit den sentimentalen Romanen der Zeit: Sterne's Sentimentale Reise durch Frankreich und Italien, Joh. Martin Millers Siegwart, Rousseau's Heloise, Göthe's Werther. — Nachdem die Mädchen ihre Neugier befriedigt, flicken sie die Puppe wieder: daher der Titel „Die geflickte Braut". Statt ihrer setzt sich aber die wirkliche Mandandane in die Laube. Der Prinz erscheint — und siehe da, seine empfindsame Liebe ist entflohen. Erst die Puppe, die nun hergebracht und der wirklichen Mandandane gegenübergestellt wird, erweckt wieder seinen überspannten Gefühlsreichthum. Zwischen Weib und Puppe, lebender Natur und Mechanismus wählend, zieht er begeistert seine Puppe vor, überläßt Andrason seine Mandandane und erfüllt so das Orakel, mit dem humoristisch geheimnißvoll die Farce beginnt:

„Wenn wird ein greislich Gespenst von schönen Händen entgeistert,
  Und der leinene Sack seine Geweide verleiht.
Wird die geflickte Braut mit dem Verliebten vereinet,
  Dann kommt Ruhe und Glück, Fragende, über dein Haus.'

Zum Hohn auf das „deutsche Theater", auf dem Alles angeht, bekommt das Stück zu den fünf Acten noch einen sechsten. Der Prinz singt an seine Puppe:

    „Was Menschen zu erfreuen
    Die Götter je gesandt,
    Das Leben zu erneuen,
    Fühl' ich an deiner Hand!"

König Andrason aber empfiehlt vor dem großen Schlußballet „von hundert Lehren, die wir daraus ziehen können", besonders diese, „daß ein Thor erst dann recht angeführt ist, wenn er sich einbildet, er folge gutem Rath und gehorche den Göttern".

Als Ballast in das leichte Schiffchen dieser Komödie legte Göthe an geeigneter Stelle das Monodrama „Proserpina" ein, eine ernste antikisirende Dichtung im Stile des Prometheus, deren hohes Pathos, vor- und nachher persiflirt, wunderlich von der carnevalistischen Einrahmung abstechen mußte. Göthe übernahm die Rolle des Andrason, Corona Schröter die der Mandandane.

Die Spitze des burlesken Unsinnes traf neben der Herzogin sowohl ihre Lieblingsdichter, Klopstock und die Seinigen, als auch den Verfasser selbst, soweit seine Poesie früher, trotz aller Verirrungen, noch einen höheren Aufflug genommen hatte. „Proserpina" ist nämlich ganz antik gedacht und ausgeführt, ein Seitenstück zum Prometheus und zu den erhabenen Oden, die er früher gedichtet, doch nicht mehr so wild, sondern hinüberleitend zur Iphigenie. Auch der Werther besitzt, ungeachtet seines unmoralischen Charakters, doch noch mehr idealen Gehalt und Werth, als der Faschingsquark, dem er in der „geflickten Braut" als Opfer geschlachtet wurde. Diese Selbstpersiflage erscheint um so widriger, wenn man auf die psychologischen Momente achtet, auf die er bei sich selbst und bei seinem Publikum speculirte. Als Bekenntniß seines eigenen innern Lebens sagt die Farce soviel, daß er die nebelhafte Herzensquälerei des Werther satt habe und nach einer wirklichen Mandandane verlange. Als Vortrag an's Publikum aber eröffnet sie demselben den erbärmlichen Humbug, den der Dichter im Werther getrieben hatte. Gerade die Verquickung der niedrigsten Leidenschaft mit idealer Träumerei und scheinbar religiösen Anwandlungen hatte die ganze sentimentale Damenwelt für den Werther eingenommen, den Enthusiasmus dafür bis zum halben Wahnsinn gesteigert und dadurch das größte Unheil angerichtet. Jetzt erschien der vergötterte Selbstmörder plötzlich wieder lebendig im lustigsten Maskenkostüm auf der Bühne und erklärte: „Ei was, meine Herren und Damen!

Das war nur dummes Zeug. Die Liebe ist etwas viel Realeres. Sehen Sie sich nach lebendigen Puppen um, und wenn ihnen die eine abhanden kommt, so nehmen Sie sich eine andere. Dafür hat man Concert, Theater, Ball, Redouten.“

So machte er es selber. Als „Andrason“ war er Tag für Tag um die lebendige Puppe Corona Schröter herum. Die Musikübungen für die „geflickte Braut“ nahmen 66, die Tanzübungen 83 Stunden in Anspruch. Weil es ihm aber doch nicht gelungen war, die Wertherei in sich selbst todtzuschlagen, so setzte er nebenher auch diese fort und correspondirte gleichzeitig in sentimentalster Weise mit der Frau von Stein. Sie allein erhielt einen Schlüssel zu dem Gartenthor an der Ilm, durch welches Göthe den nächsten Weg zu seinem Gartenhaus sonst für Jedermann abgesperrt hatte. Dazu schrieb er ihr (9. Jan. 1778):

„Nehmen Sie hier den Schlüssel zu meinen Gegenden, den andern Schlüssel haben Sie lange. Ich hab Launen, so scheints denn ich hab Unrecht und doch Pils und weiß daß ich unrecht habe. Aber es scheint ich soll wieder einmal fühlen, daß ich Sie sehr lieb habe, und was ich Sie gekostet habe u. s. w. Dem sei wie es wolle, ich mag und kann Sie· nicht sehen. Abbio Veste. G.“

Sonntags den 12. scheint sie ihm etwas Leckeres geschickt zu haben:

„Danke für die leibliche Nahrung. Der alte Eckhof ist bei mir. Wir scheinen unsere Empfindungen neuerdings auf Spitzen zu setzen. Adieu Gold. Es ist und bleibt doch immer beim Alten. G.“

Am selben Tag war noch Balletprobe, am 13. wurden die „Westindier“ gespielt, wobei der Herzog und Göthe wieder die frühern Rollen hatten; der berühmte Schauspieler Eckhof spielte mit. Den 14. und 15. war Conseil, den 16. Schweinehatze in der Reitbahn. „Mir brach,“ so notirt Göthe dazu, „ein Eisen in einem angehenden Schweine unter der Feder weg. Witzlebens Jäger ward geschlagen. Mittags mit der Herrschaft nach Tiefurt.

Das Thauwetter hatte eine große Schlittenfahrt gehindert. Abends Picknick. Bei ♃ geschlafen. Hatte traurig in mich gezogene Tage."

Am Abend dieses Tages wurde das junge Fräulein Christiane von Laßberg, Tochter des Obersten Laßberg, zur Theaterprobe erwartet. Sie kam nicht. Den andern Tag fanden Göthe's Leute ihren Leichnam in der Ilm, nahe bei Göthe's Gartenhaus. Ihr Geliebter, ein Herr von Wrangel, war ihr untreu geworden, vor Liebesgram hatte sie sich ertränkt. Man fand „Werthers Leiden" in ihrer Tasche. Nicht Jedermann wußte eben so schimpflich frivol mit Liebe zu spielen wie Göthe. Hätte die Unglückliche mehr Göthe als Werther nachgeahmt, d. h. zu ihrem Geliebten noch einen zweiten oder dritten gehabt, wie Göthe zu seiner Frau von Stein noch Corona Schröter ꝛc., so hätte sie wohl dem „Triumph der Empfindsamkeit" nicht dieß schaurige Vorspiel vorausgeschickt.

Einem ernsten, tieffühlenden, wahrhaft menschenliebenden Charakter wäre es unmöglich gewesen, nach einem solchen Ereigniß ein Stück weiter einzuüben, in welchem eben jene Wertherei als Scherz behandelt wurde, die dieses unglückliche junge Wesen zum Selbstmord geführt. Selbst in Göthe regte sich dieß einzig richtige Gefühl, aber es wurde schließlich der Genußsucht des Hofes und der eigenen Poeterei zum Opfer gebracht. Sein Tagebuch darüber lautet:

„d. 17. Ward Christel von Laßberg in der Ilm vor der Floßbrücke unter dem Wehr von meinen Leuten gefunden. Sie war Abends vorher ertrunken. Ich war mit ♃ auf dem Eis. Nachmittags beschäftigt mit der Todten, die sie herauf zu ☉ gebracht hatten. Abends zu den Eltern. Zu Cronen aus der Probe.

d. 18. Mit ♃ ausgeritten, ein Stündchen aufs Eis. An Hof zu Tische. Nachmittags zu ☉. einen Augenblick im Stern. ins Concert. Nachts mit ♃. Knebeln herüber. Knebel blieb bey mir die Nacht. Viel über der Christel Tod. Das ganze Wesen dabey ihre letzten Pfade ꝛc.

In stiller Trauer einige Tage beschäftigt um die Scene des Todes, nachher wieder gezwungen zu theatralischem Leichtsinn.

b. 30. Zur Herzogin Geburtstag das neue Stück."

Was unter der stillen Trauer zu verstehen ist, das besagt ein Liebesbrief an Frau von Stein vom 19.:

„Statt meiner kommt ein Blättchen. Da ich von Ihnen wegging, konnt ich nicht zeichnen. Es waren Arbeiter unten und ich erfand ein seltsam Plätzchen, wo das Andenken der armen Christel verborgen stehen wird. Das war, was mir heut noch an meiner Idee mißfiel, daß es so am Weg wäre, wo man weder hintreten und beten, noch lieben soll. Ich hab mit Jentschen ein gut Stück Felsen ausgehöhlt, man übersieht von da in höchster Abgeschiedenheit ihre letzten Pfade und den Ort ihres Todes. Wir haben bis in die Nacht gearbeitet, zuletzt noch ich allein bis in ihre Todesstunde, es war eben so ein Abend. Orion stand so schön am Himmel, als wir von Tiefurt herauf ritten. Ich habe an Erinnerungen und Gedanken just genug und kann nicht wieder aus meinem Hause. Gute Nacht Engel, schonen Sie sich und gehen Sie nicht hinunter. Diese einladende Trauer hat etwas gefährlich Anziehendes wie das Wasser selbst, und der Abglanz der Sterne des Himmels, der aus beiden leuchtet, lockt uns."

Die Moral, welche Göthe aus dem düstern Ereigniß zog, ist in seinem Mondgedicht für Frau von Stein ausgedrückt, das ursprünglich ganz deutlich auf die unglückliche Selbstmörderin anspielte:

<blockquote>

„Selig wer sich vor der Welt

Ohne Haß verschließt,

Einen Mann am Busen hält

Und mit dem genießt,

Was dem Menschen unbewußt

Oder wohl veracht

Durch das Labyrinth der Brust

Wandelt in der Nacht."

</blockquote>

Nachdem der Selbstmörderin ein romantisches Denkmal ge=
setzt war, so nah am Wege, daß man daran nicht beten und
lieben konnte, ging's wieder in die Probe und dann auf's fröh=
liche Theater. Göthe's Zeit war so in Anspruch genommen, daß
das Tagebuch stockte, die Correspondenz mit Frau von Stein nur
dürftig sickerte. Die Aufführung der „geflickten Braut“ war
glänzend. Corona Schröter war herrlich als Mandandane. Unter
ungeheurer Heiterkeit schnitten ihre Fräulein: Sophie von Raschau,
Minna von Kalb, Karoline von Ilten, Amalie von Ilten, die
geliebte Puppe auf und verkündigten den Werther als Grundbuch
verrückter schwärmerischer Liebe. Schon am 10. Februar mußte
das Stück wiederholt werden. Göthe tummelte sich unterdessen
wacker auf dem Eise herum; am 1. Februar schickte ihm die
Frau von Stein eingemachte Früchte, am 10. ärgerte er sich, daß
sein Stück dumm ausgelegt wurde, am 12. fühlte er sich den
Menschen fortdauernd entfremdet, hatte aber viel fröhliche, bunte
Imagination, am 13. war er früh auf dem Eis, speiste bei ☉,
ging Nachmittags mit ihr spazieren, war Abends im Garten,
ging Nachts wieder zu ☉ und mit ihr im Mondschein spazieren.
Am 14. speiste er mit Corona — der schönen Mandandane,
am 15. bei der einzig geliebten Frau von Stein, von der er sich
am 11. zu Erbsen und Wurst noch etwas Nachtisch erbeten hatte.
Den 20. schickte er ihr ein Frühstück, den 22. und 23. zeichnete
er das Fräulein von Waldner ab und speiste bei ☉. Am 24.
kam Corona mit der Zither in seinen Garten, am 25. erbat er
sich von Frau von Stein Schwartenmagen [1] und eine Bratwurst.

[1] Schöll I. 160. „Schicken Sie mir durch Ueberbringern meinen
Schwarten Magen und eine Bratwurst.“ — „Gewisse empfindsame
Leser,“ bemerkt Lewes (Frese I. 390) über die Correspondenz
Göthe's mit Frau von Stein, „werden sich vielleicht entsetzen, daß
so viel von Essen und Trinken die Rede ist; indessen wenn sie an
Lotte benken, die den Kindern Butterbrod gibt, so werden sie sich
nicht wundern, wenn der Verfasser seine Weimar'sche Geliebte bittet,
ihm eine Bratwurst zu schicken.“ Göthe's Mittheilungen über eß=
bare Gegenstände sind so zahlreich, daß man ganze Bücher darüber

Den 27. wurde „Erwin und Elmire" wieder gegeben, den 28. zeichnete er an der „Waldnern" weiter. Im März wurde wacker Theater gespielt, im April am Park weiter gearbeitet. Um Mitte April ritt er nach Stützerbach zu den „leichtfertigen Mädels"; zurückgekehrt hielt er den Kindern das Eierfest. Frau von Stein erhielt ein paar Billets, während ein drohendes Regenwetter zu seiner nicht geringen Freude Corona und ihre Freundin Wilhel-

schreiben könnte: „Göthe's Küche", oder „Göthe, Bratwurst und Schwartenmagen", oder „Einfluß der Frankfurter- und Weimarer Küche auf die Entwicklung des Faust". — Ich empfehle diese Themata vorläufig den Vorständen höherer Töchterschulen und Dr. Ludwig Geiger für das nächste Göthe-Jahrbuch. Denn für gute Küche interessirte sich Göthe viel mehr, als für alle platonische Logos- und Liebesphilosophie der etwas enthusiastischen Fürstin Gallitzin (Göthe-Jahrbuch III. 287). Die Passion Göthe's für „Schwartenmagen" läßt sich sowohl mit der Descendenztheorie als mit nationalen Momenten in Verbindung bringen; denn es ist eine von Mama ererbte Neigung. „Wegen der Metzger Knecht," schreibt sie an Ph. Seidel, „dient zur Nachricht, daß unsere hiesige Metzger keinen einzigen die rechte Kunst Schwartemägen zu verfertigen lehren. Das hat mir mein eigener Metzger ganz aufrichtig gesagt — und es ist auch ganz natürlich, denn aus der halben Welt kommen Knechte hieher, und wenns die nun gelernt hätten, so könnten die Schwartemagen überall verfertigt werden, welches nun doch nicht ist. Also das Ende vom Lied ist, daß Frankfurth allein die Ehre behalten will, rechte Schwartemägen zu machen. — Ihro Durchlaucht (Anna Amalia) können sie aber alle Wochen mit dem Postwagen bekommen und von der besten Fabrik, das verspreche ich." Siehe Göthe's Mutter an Philipp Seidel, mitgetheilt von Dr. C. A. H. Burkhardt, Grenzboten 1870. II. 113. Vgl. Keil, Frau Rath. S. 78. v. Raumers historisches Taschenbuch. Neue Folge. 5. 1844. S. 435. — Ueber Weimarer Durst und Frankfurter Weinsendungen vgl. Keil, Frau Rath. S. 102. — Noch culinarisch wichtiger und interessanter für höhere Töchterschulen sind „Freundschaftliche Briefe von Göthe u. s. w. an Nicolaus Meyer". Leipzig, Hartung, 1856.

mine in sein Gartenhaus trieb. Den 23. besuchte er ☉ und speiste bei Corona, den 30. April war er bei Crone und Mine, und der schöne Mai fängt wieder mit Crone und Mine an. Am 2. Mai reiste er mit dem Herzog nach Leipzig, Berlin und Dessau und kam erst am 1. Juni zurück.

Den seltsamen Contrast, in welchem sich Göthe's Leben nach dieser Reise mit demjenigen Wielands befand, hat der Letztere in einem Briefe an Merck sehr anschaulich beschrieben:

„Seitdem die Herzogin Mutter auf etliche Wochen nach Jlmenau gegangen, und Kalb mit seiner jungen Frau nach Anspach, wo sie ihre Erbgüter hat, von denen er Besitz nehmen will — leb ich nun so in Abgeschiedenheit von aller Welt, mit und unter meinen Kindern und Hausgenossen, in meinem eigenen kleinen Microcosmus eingeschlossen, und wenn die Furcht vor dem Kriege und das Merkurialische Fuhrwesen mich nicht in meiner Ruhe störten, so weiß ich nicht, was mich hindern sollte, binnen 2 bis 3 Jahren ein so ausgemachter Philister zu seyn, als einer in Weimar, und mich kaum mehr besinnen zu können, daß der illo ego qui quondam und Jch qui nunc ein und derselbe Mensch sey. Auch der große Respect für die 4 Groschenstücke ist ein tertium, worinn wir einander ähnlichen, l. Br. Es ist eben noch nicht lange, daß ich, um mein Geld ein wenig beysammen halten zu können, genöthigt war, es in lauter schöne neue Ducaten und brennend neue braunschweigische Louisd'or umzusetzen. Da fieng ich an das Geld lieb zu gewinnen, weil es so schön war. Nun hab ich's schon dahin gebracht, daß ich's liebe, weils Interessen trägt, und, wie eine Folgerung immer aus der andern herausfällt, wenn es nur erst einmal mit den Principien seine Richtigkeit hat, so bin ich gar bald dazu gekommen, daß ich nun auch für kleine Thaler und sogar für Viergroschenstücke eine Hochachtung habe, die ich mir vor 10 Jahren, da ich noch nicht wußte, was es ist, 6 Kinder und überhaupt 14 Mäuler zu ernähren zu haben, noch gar nicht vorstellen konnte.

Von Göthen, l. Br., kann ich Dir nicht viel mehr sagen, als was Du in den Zeitungen von ihm wirst gelesen haben. Vorgestern kamen sie Vormittags von ihrer Wanderung nach Leipzig, Dessau und Berlin zurück. Abends ging ich mit meiner Frau und beyden ältesten Mädchen über den (nach Göthes Plan und Ideen, seinem Garten gegenüber) neuangelegten Exercier Plaz, um von da nach dem sogenannten Stern zu gehen, und meiner Frau die neuen Poëmata zu zeigen, die der Herzog nach Göthens Invention und Zeichnung dort am Wasser anlegen lassen, und die eine wunderbar künstliche, anmuthig milde, einsieblerische und doch nicht abgeschiedene Art von Felsen und Grottenwerk vorstellen, wo Göthe, der Herzog und Wedel oft selb drey zu Mittag essen, oder in Gesellschaft einer oder der andern Göttin oder Halbgöttin den Abend passieren. Wie wir den Exercierplaz heraufgehen begegnet uns der Herzog. Er erblickt uns von fern, bleibt stehen, und sobald er uns erkennt, geht er uns wohl zwanzig bis 30 Schritte entgegen, und empfängt mich und die Meinigen so liebreich, daß es uns im Herzen wohl thut. Sein Anschauen war mir eine wahre Herzstärkung, so gesund und kräftig sah er aus, und so edel, gut, bieder und fürstlich zugleich fand ich ihn im Ganzen seines Wesens. Ich werde je länger, je mehr überzeugt, daß Göthe ihn recht geführt und daß er am Ende vor Gott und der Welt Ehre von seiner sogenannten Favoritenschaft haben wird. Der Herzog verließ uns wieder und eilte seines Weges, wir verfolgten den unsrigen; weil wir aber einerley terminum ad quem hatten, so kamen wir bey dem Grottenwesen (wie ichs izt aus Mangel eines geschickten Nahmens nennen will) wieder zusammen, und da traffen wir Göthen in Gesellschaft der schönen Schröterin an, die in der unendlich eblen attischen Eleganz ihrer ganzen Gestalt und in ihrem ganz simpeln und doch unendlich raffinierten und insidiosen Anzug wie die Nymfe dieser anmuthigen Felsengegend aussah[1]. Wir hießen

---

[1] Diezmann hörte von einem alten Weimaraner erzählen, „die Schröter habe eines Tages, in fleischfarbenen Tricot gekleidet, eine Guitarre im Arm, an einem der lieblichsten Punkte des Parkes sitzend, gesungen, während Karl August und Göthe auf- und ab-

einander also auch willkommen, und Göthe war zwar simpel und gut, aber äußerst trocken; und verschlossen, wie er's schon lange, sonderlich seit meiner Zurückkunft von der Reise in Eure Gegenden ist. Ich glaube indessen gerne und am liebsten, daß der wahre Grund davon doch bloß in der Entfernung liegt, worin wir durch die Umstände von einander gehalten werden. Vor 2 Jahren lebten wir noch miteinander; dies ist itzt nicht mehr und kann nicht mehr seyn, da er Geschäfte, liaisons, Freuden und Leiden hat, an denen er mich nicht theil nehmen lassen kann, und an denen ich meines Orts ex parte auch nicht theil nehmen könnte noch möchte. Zudem werden sie nun auch diesen Sommer und Herbst über selten 8 Tage hintereinander hier seyn, und so wird er mir eben immer inaccessibler und da seine Spirallinie immer weiter und die meine immer enger wird, so ists natürlich, daß wir immer weiter auseinander kommen. Indessen ist und bleibt er mir einer der herrlichsten und liebsten Menschen auf Gottes Erdboden und damit punctum."[1]

Im Juli arbeitete Göthe an dem sog. Kloster, einer künstlichen Einsiedelei am linken Ufer der Ilm, wo am 9., dem Namenstag der Herzogin, ein poetisches Gartenfest gegeben wurde. Die Hofherren kleideten sich dießmal zur Abwechslung in weiße, höchst reinliche Kutten, Kappen und Ueberwürfe ... Der Hof war zur gesetzlichen Tagesstunde eingeladen; die Herrschaften kamen jenen untern Weg vom Wasser her; die „Mönche" gingen ihnen bis an den erweiterten Felsenraum entgegen. Da wurde als Begrüßung ein von Seckendorf verfaßtes Dramolet vorgetragen, worin Göthe als Pater Decorator den Herrschaften vorgestellt wurde:

---

gegangen, worüber die unvermuthet dazu kommende Herzogin sich tief verletzt gefühlt hätte". Düntzer bezweifelt das (Göthe und Karl August I. 61); seltsam ist es aber immerhin, daß in Weimar solche und ähnliche Gerüchte circulirten.

[1] Wagner, Briefe an und von Merck 1838. S. 148 ff.

„Und dieser hier Pater Decorator,
Der all unsern Gärten und Buschwerk steht vor.
Der hat nun beinahe drei Nacht nicht geschlafen,
Um uns hier im Thal ein Paradies zu verschaffen.
Denn wenn der was angreift, so hat er nicht Ruh,
Stopft Tag und Nacht die Löcher mit Heckenwerk zu,
Macht Wiesen zu Felsen und Felsen zu Gänge,
Bald gradaus, bald zickzack, die Breit und die Länge.
Sogar auch den Ort, den sonst Niemand ornirt,
Hat er mit Lavendel und Rosen verziert." [1]

Die Herzogin-Mutter war während dieses Festes eben auf einer Reise in Frankfurt, wo sie mit Göthe's Mutter, „Frau Rath" oder „Frau Aja", Bekanntschaft machte. Als sie wieder zurückkehrte, gab ihr Göthe ein Souper in der neuen Park-Einsiedelei. Zum Schluß wurden die Anlagen „ganz in Rembrandts Geschmack" beleuchtet. Anna Amalia war entzückt und Wieland hätte Göthe vor Liebe fressen mögen. Während des Septembers besuchte Göthe Eisenach, die Wartburg, Wilhelmsthal, Ilmenau, Jena. Im October fingen zu Ettersburg die Proben für den „Jahrmarkt von Plundersweilen" an, der erst am 26. aufgeführt wurde. Drei Wochen lang war des Hämmerns, Lärmens und Malens kein Ende. Wie Fräulein von Göchhausen an Frau Aja berichtet, „purzelten die Herzogin, Göthe, Kraus u. s. w. über einander her ob der großen Arbeit und Fleißes" [2]. Wieland aber schrieb an Merck:

„Ich hab Dir letzthin schon gemeldet, daß sich unsere Herzogin (Anna Amalia) izt eine große fête mit Göthens Puppenspiel macht. Kranz als Orchestermeister und Kraus als Decorateur haben seit 14 Tagen alle Hände voll zu thun und sind fast immer zu Ettersburg. Göthe kommt dann und wann, darnach zu sehen und das Werk in Gang zu bringen, und die Herzogin lebt und webt und ist in dem Allen von ganzer Seele, von ganzem Ge-

---

[1] Göthe's Werke (Hempel). XXVII. 303.
[2] Keil, Frau Rath. S. 110 ff.

müth und von allen Kräften. Ich darf nichts davon sehen, bis
alles fertig ist; das ist bei dergleichen Anlässen immer ein eigener
Spaß, den sie sich macht, und wozu ich mich, wie Du denken
kannst, de la meilleure grace du monde pretire. Der halbe
Hof und ein guter Theil der Stadt spielt mit, z. Er. die Hof=
dame v. Wöllwarth ist Pfefferkuchenmädchen, ein junger Leyser
Marmottenbub, die Schröderin die Tyrolerin, Mad. Wolf Königin
Esther u. s. w. Ich gäbe Geld darum, daß Du den Spaß mit
uns theilen könntest. Aber ohne Zweifel wirst Du damit rega=
lirt werden, wenn Du kommst, wiewohl Göthe haben will, daß
Du erst kommen sollst, wenn die Nachtigallen wieder singen —
und das muß auch seyn, wenn Du an allen den Poesien Freude
haben sollst, die er dies= und jenseits der Ilm geschaffen hat,
und die der hochlöbl. Kammer zwar ein tüchtiges Geld kosten,
dafür aber auch diese Seite von Weimar zu einem Tempel und
Elysium machen. Dii immortales — homo homini quid
praestat! Stulto intellegens."[1]

Das Stück, womit der „weise" Mann die „Dummen" er=
heiterte, war übrigens nichts weiter, als eben ein „Jahrmarkt"
und zwar von „Plundersweilen", mit einer eingelegten kindischen
Travestie auf Racine's Esther, die französische Tragödie und die
Bibel selbst. In der Jahrmarktsscene stellte Göthe den „Markt=
schreier" vor, in der faden Travestie zugleich den Marbochai und
den Haman — des Königs Günstling und den zweiten Mann
im Reich.

[1] Wagner, Briefe an Merck 1835. S. 148. 149.

7. Der zweite Mann im Herzogthum.

1776 — 1779.

> „Du kommst mir vor wie Saul, der Sohn Kis',
> der ausging, seines Vaters Eselinnen zu suchen, und
> ein Königreich fand."
>
> Göthe im Wilhelm Meister.
>
> „Göthe kann nur eine Stellung haben – die
> meines Freundes. Alle andern sind unter seinem
> Werth."
>
> Karl August, Herzog von Sachsen-Weimar.

Während das sogen. „Genieleben" oder die „lustigen Tage von Weimar" schon von allen irgendwie poetischen Seiten bis in's Kleinste, nahezu erschöpfend beschrieben worden sind, hat der Politiker und Diplomat Göthe noch durchaus keinen entsprechenden Biographen gefunden. Die herzoglich sächsisch-weimarischen Conseilsprotocolle, die Acten, über die Göthe oft genug in seinen Tagebüchern seufzt, die langweiligen Referate, die er neben seinen Theaterrollen studiren mußte, ruhen noch in den Archiven. Von der breitspurigen kleinstaatlichen Bureaukratie, welche den Dichter mehr oder weniger täglich beschäftigte, ist nur verhältnißmäßig Weniges in die Oeffentlichkeit gedrungen¹. Das Wenige genügt

---

¹ Der „Briefwechsel Karl Augusts mit Göthe" (Weimar 1863) fließt in den ersten Jahren sehr mager: von 1775 bis zur ital. Reise I. 1 -57; von da ab ist mehr von der „Liebeskanzlei" und von „Kunst" die Rede, als vom Regieren. Auch die andern Briefwechsel Göthe's, Herders, Wielands, Merck's, Knebels u. s. w. bieten nur vereinzelte Notizen. Die erste Biographie Karl Augusts von P. C. Weyland (ergänzt von Faselius. Weimar 1857) ist

indeß, um zu zeigen, daß die Rolle des Politikers die des Dich=
ters vollständig zurückdrängte und alle übrigen Rollen, die zu
spielen waren, in ihre Dienste nahm. Göthe wollte etwas werden,

eine Lobrede, deren Verleger wünschte, daß durch dieselbe 5—10000
Fünfgroschenstücke für ein Karl-August-Denkmal einkommen möchten.
Sind auch eingekommen. — Noch serviler ist die lateinische Trauer=
rede des Gymnasialdirectors G. Gernhard. Jena 1828, und die
Lobrede des Predigers Wilh. Schröter: „Karl August. Was Er
geistig war und wie Er es geworden". Leipzig, Hinrich 1820. —
Diese und manch andere indirect einschlägige Monographieen benützte
A. Schöll, Karl-August-Büchlein. (Weimar, Böhlau, 1857; wohl
auch mit Rücksicht auf das Denkmal geschrieben.) Darnach schrieb
E. Humbert (Prof. in Genf): Charles Auguste et les fêtes de
Weimar en 1857. Genève, Ramboz & Schuchardt, 1858, — ein
eleganter französischer Panegyricus. — Werthvoller ist Aug. Diez=
mann, Göthe und die lustige Zeit in Weimar. Leipzig 1857. —
Dr. Franz X. Wegele, Karl August, ist vorwiegend Panegyriker,
enthält aber werthvolle Notizen. — E. v. Heyne, Geschichte des
Thüringischen Infanterieregiments Nr. 94. Weimar, Böhlau, orien=
tirt über die Militaria. — H. Düntzer, Karl August und Göthe
(I. Bd. 1861. II. Band 1865. Leipzig, Dyk), ist ein mit vielem
Fleiß und sorgfältigster Kleinkritik zusammengebrachtes Collectaneum
von Briefnotizen, Göthe-Bewunderung und Göthe-Conjecturen, das
aber wohl kaum Jemand ganz lesen wird, der nicht, seiner Studien
halber, zu einer solchen Marter gezwungen wird. In Bezug auf
Politik und sociale Verhältnisse bietet es nur den allerunzureichend=
sten Aufschluß. — Sehr lehrreich ist dagegen in letzterer Hinsicht
der schon citirte Aufsatz von Dr. C. A. H. Burkhardt: Aus
Weimars Culturgeschichte. 1750—1800. (Grenzboten 1871. II.
643—706.) Eine tüchtige Biographie Karl Augusts gibt es eigent=
lich noch nicht. Wie ich in Weimar hörte, hat ein Prof. Z. die
Archive dafür benützt und einen riesigen Stoß Excerpte gesammelt;
es gelang ihm aber nicht, das Material zu bewältigen. Ich hätte
es gerne eingesehen; allein da ich mich an den Minister des Innern
hätte wenden müssen, so verzichtete ich darauf. Mein Gesuch wäre,
in Folge des Jesuitengesetzes, muthmaßlich weder ihm noch mir von
Nutzen gewesen.

und er ist es geworden: der zweite, ja vorübergehend der erste
Mann im Herzogthum.

Es ist eine irrige Vorstellung, wenn man meint, Göthe habe
sich dabei wie ein „von den Göttern" begünstigtes Glückskind
verhalten, dem der Apfel gerade in der richtigen Stunde reif in
den Schooß fiel, ohne daß es zu denken brauchte; wie ein Erden-
gott, ein Apoll, dem Musen und Grazien singend und spielend
das Scepter der Herrschaft entgegenbrachten, um es nach frohem
Genuß wieder mit der Lyra der Sterblichen und Unsterblichen
zu vertauschen. „Faust" II. Theil legt allerdings eine solche
Auffassung nahe, und sie hat ihre Anhaltspunkte. Glück hatte
Göthe, aber auch Verstand, er wußte zu rechnen.

Ueber die Weimarer Verhältnisse war er vollständig wohl
unterrichtet, als er nach Weimar kam; er stieß Niemand durch
unzeitiges Vordrängen, sondern lebte sich als Gast gemüthlich
in die ihm nicht fremden Verhältnisse hinein, gewann Herren
und Damen, indem er sich ihren Liebhabereien anpaßte, ging
aber ohne langes Tasten auf jene intimeren Beziehungen los,
welche bei Hof entscheidend waren: Wieland, Frau von Stein,
Dalberg. Wieland führte ihn in den Kreis der Herzogin Mutter
ein, Frau von Stein patrocinirte ihn bei Herzogin Luise. Das
Entscheidendste indeß war vielleicht Dalbergs Freundschaft. Weit
mehr wie ein Deus ex machina, als Göthe, war dieser schöngeistige Prälat in Weimars Nachbarschaft gerathen, als hier in
Folge aufgeklärter Erziehung der Kampf zwischen altem und
neuem Regime auszubrechen drohte. Er gab in den letzten
Erziehungsmaßregeln den Ausschlag, er legte den drohenden
Zwist bei, er übernahm es, den hitzigen jungen Herzog, dessen
volles Vertrauen er allein besaß, auf die Bahn eines gemäßigten
Fortschritts zu lenken. Mit ihm unterhandelte Karl August, als
er sein Cabinet umzugestalten dachte. Ihm galt der erste Besuch,
den Göthe von Weimar aus mit dem Herzog auswärts abstattete.
Die Besuche erneuerten sich. Dalberg half die Anstellung Herders durchsetzen; höchst wahrscheinlich hatte er auch die Hand im
Spiel, als der Herzog Göthe in's Cabinet berief. Nun trat

Göthe an Dalbergs Stelle und übernahm mit einer Art Mentor=
schaft bei dem jungen Herzog zugleich die gemäßigte Reform=
politik, die der Statthalter angebahnt hatte[1].

Von Zeit zu Zeit erscheint dieser noch als Freund und Con=
sulent in wichtigen Angelegenheiten[2]; doch des Herzogs eigentlicher
Vertrauter ist vom Frühjahr an der neue Geheime Legations=
rath. Einen speciellen Minister des herzoglichen Hauses gab es
officiell nicht, aber das war die erste Stelle, die Göthe thatsäch=
lich bekleidete.

Inwiefern Göthe nun der richtige Mentor für einen jungen
Fürsten war, mag man theilweise schon nach den gegebenen An=
haltspunkten beurtheilen.

Wie er selbst in buntester Zerstreuung und endloser Tändelei
spielend, scherzend, herumblätternd und herumspazierend, in Wald
und Feld, in Bibliotheken und Archiven, in Kneipen und vor=
nehmen Gesellschaften, im Verkehr mit alten Gelehrten, jungen
Poeten, schäkernden Mädchen und wunderlichen Abenteurern,
frommen Damen und leichtsinnigen Junggesellen sich eine Fülle
von Menschenkenntniß, Lebenserfahrung, mannigfaltigem, aber
ungeordnetem Wissen, eine vage, naturalistische Weltanschauung
und eine ebenso lockere, wenn auch weltkluge Moral erworben
hatte, so lebte er jetzt mit dem jungen Herzog weiter und bildete
ihn nach seiner eigenen, freien Manier — Alles praktisch, em=
pirisch, sprungweise, ohne Methode und System. Gelernt wurde
genau so viel, als man bei beständigem Plaisir, Jagden, Aus=
flügen, Theaterproben, Liebesabenteuern, Bauernkirmessen, Lieder=
lichkeiten aller Art so nebenher noch lernen mochte. Der Herzog
wurde dabei ein flotter Herr, ein geriebener junger Mann.

„Gar lustig und fidelige" lernten die Beiden zunächst auf
ihren Ritten und Ausflügen das ganze Land kennen, Städte und
Städtchen, Dörfer und Schlösser, einsame Gehöfte und Wald=

<hr>

[1] Vgl. oben S. 307 und die Werke Beaulieu=Marconnay's
über Dalberg und Anna Amalia.

[2] Keil, Tagebuch. 75 ff.

einsamkeiten, Fluß, Thal und Berg, — die Universitätsstadt
Jena und ihre Professoren, die Bergschluchten von Ilmenau und
deren Bergleute und Köhler, die Waldeshügel um die Wartburg
und deren Förster und Jäger, Eisenach, Berka, und wie die
Ortschaften alle heißen. Göthe liebte es, eine Gegend auswendig
zu lernen, und der junge Fürst mochte allenfalls auch noch etwas
mit lernen. Denn das Meiste kannte er schon längst. Von
allem aber, was ein Regent wissen und lernen muß, von Geschichte und Politik, Staatshaushalt und innerer Verwaltung,
verstand Göthe fast ebenso wenig, als sein fürstlicher Schüler,
und wo sollte er bei diesem unruhigen Nomadenleben die Zeit
hernehmen, ein einziges Buch über diese Materien ordentlich zu
studiren? Ich denke dabei nicht an die ehrwürdigen Folianten
älterer Staatsweisheit und Jurisprudenz, die Göthe längst als
eine Erbkrankheit des Menschengeschlechtes, als die Mutter aller
Pedanterie und Bauernschinderei verachtete, sondern nur an die
revolutionären Bücher und Pamphlete, die allenfalls so einem
politischen Springinsfeld und Reformminister hätten gefallen können.
Auch diese hat er erst nach und nach ein wenig angenippt; denn
nur die allerspärlichsten Notizen im Tagebuch deuten so etwas
an. Das bahnbrechende nationalökonomische Werk von Adam
Smith, 1776 erschienen, 1777 schon deutsch übersetzt, wird darin
nicht erwähnt. Vielleicht hat Göthe 1778 die Dialoge des Abbate
Galiani gelesen. Das nicht unbedeutende Werk war aber schon
1764 erschienen, also für einen jungen Reformminister zu alt.
Eher las er allenfalls das „aus den Dichtungen des Horaz (!)
gezogene Natur- und Völkerrecht" dieses italienischen Anhängsels
der Encyklopädisten — genug, in seinem Tagebuch steht bloß
Gagliani¹, und nichts zwingt uns zu dem Glauben, daß Göthe
auch nur diesen einen, damals ziemlich berühmten Publicisten
gründlich gekannt hat. Und so ist es mit den paar andern
Büchern und Pamphleten, die in den Tagebüchern der ersten
vier Jahre figuriren. Der junge Reformminister fand sich auch

---

¹ Keil, Tagebuch. S. 168.

nur allzubald genöthigt, über die wichtigsten Dinge sich bei
Freund Merck in Darmstadt nach Rath und Aufklärung um=
zusehen. Der war ein tüchtiger, geschäftskundiger Mann, Kriegs=
zahlmeister — und half auch dem Freunde aus der Patsche, ver=
schaffte ihm für seine ökonomischen Nöthen einen zuverlässigen
Vertrauensmann, den Engländer Baty, und kam auch selbst
wiederholt nach Thüringen, um Göthe und dem Herzog prak=
tische Freundesdienste zu erweisen. Als der Herzog ihn aber so
lieb gewann, daß er ihn in Weimar behalten wollte, warf sich
Göthe dazwischen und vereitelte diesen Plan. Man darf wohl
als ziemlich sicher annehmen, daß Merck mit seinen Kenntnissen
und seiner Geschäftsroutine ihn bald aus dem Sattel gehoben
und vom Ministertisch auf's Theater zurückgedrängt haben würde.
Göthe mochte das fühlen und kam einem solchen Staatsstreich
zuvor.

Wie der Statthalter Dalberg sich die Gunst der Erfurter
im Sturm dadurch erworben hatte, daß er sich bei einem Brand
in die Reihen der Wassertragenden stellte und den Kübel munter
weiter gab, so waren der Herzog und Göthe auf jeden Feuer=
lärm bereit und arbeiteten wie professionelle Feuerwehrleute.
Ueberhaupt war Karl August ein wenig Bürgerkönig, liebte das
Incognito und den Humor, den dasselbe für hohe Herren mit
sich bringt. Auf seinen Jagden machte er wenig Gepränge, da
ging es sehr natürlich zu; doch bei Hofe liebte er fürstlichen
Prunk und hielt mit seiner Handvoll Soldaten fleißig Paraden
und Revuen [1].

______

[1] Mit dem Anekdotenkram, der einerseits sein burschiloses Trei=
ben andeutet, andererseits wieder zur Verherrlichung des Humanitäts=
ideals von Schöll u. A. beigebracht wurde, will ich den Leser ver=
schonen. Er war eine im Ganzen gutmüthige, aber sehr derbe
Jäger= und Soldatennatur, wußte Säbel und Peitsche gut zu führen.
Es sieht ihm ganz gleich, wenn erzählt wird, daß er bei einer
Feuersbrunst die säumenden Zuschauer mit der Peitsche zum Löschen
angetrieben habe; aber daß er ganze Stunden mit seinem Minister
sich das Vergnügen gemacht haben soll, auf der Straße mit der

Einen gewissen bildenden Einfluß auf den jungen Herrscher hatte natürlich Göthe's poetischer und künstlerischer Geist. Er hörte nicht nur alle seine bisherigen Werke, viele wiederholt an, vernahm deren Entstehungsgeschichte und weitere Bezüge: er war fortan der Vertraute des Dichters, wie dieser es dem Regenten war. Er wurde Mäcenas in umfassendstem Sinn. Wenn auch nicht selbst poetisch begabt, so hatte er doch nicht nur Sinn und Verständniß für die leichte Theaterwaare, an der sich durchweg der Hof erheiterte, sondern auch für die ernsteren und bedeutenderen Leistungen des Dichters. Doch hat man diesen bildenden Einfluß sehr übertrieben. Karl August blieb bis in's höhere Alter derb, grob, soldatisch. Er liebte schmutzige Zoten, Ruditäten, Obscönitäten. Seine Briefe erinnern da und dort an Wielands Schule; Voltaire's niederträchtige Pucelle hatte er so inne, daß er gar nicht glauben wollte, daß Schiller die Jungfrau von Orleans je wieder zu Ehren bringen könnte; er wollte sie anfänglich gar nicht aufführen lassen. Nur sehr launenhaft betheiligte er sich zeitweilig an Göthe's Naturdilettantereien. Dagegen hatte er Freude an Statuen und Gemälden, gab viel Geld dafür aus und unterstützte seine Poeten und Künstler mit freigebiger Huld.

In der ersten Weimarer Zeit begleitete er selbst schwärmerische Briefe an die Frau von Stein mit eigenhändigen Zeilen. „Guten Morgen, liebe Frau," schreibt er ihr, „Alle Geister der Berge, der Schlösser, der Morgen- und Abenddämmerung seien Ihre Begleiter. Denken Sie an mich" u. s. w. Ein paar Monate später: „Alleweil reisen wir, der Mond ist jetzt noch unser Begleiter, er scheint himmlisch schön." Er verfaßte sogar Verse an sie [1]:

Peitsche zu knallen, das kommt mir fast etwas zu kindisch vor. Unmöglich ist es indeß nicht, da man halbe und ganze Tage Komödie einübte und spielte, und zwar vielfach die unbedeutendsten Hanswurstiaden, also auch zu solchen Kindereien fähig war.

[1] Schöll, Karl-August-Büchlein. S. 20.

„Ich schlafe, ich schlafe von heute bis Morgen,
Ich träume die Wahrheit ohne Sorgen,
Habe heute gemacht den Kammer-Etat,
Bin heute göttlich in meinem Selbst gebadet.
Die Geister der Wesen durchschweben mich heut',
Geben mir dumpfes, doch süßes Geleit.
Wohl Dir, Gute, wenn Du lebest auf Erden,
Ohne Andrer Existenz gewahr zu werden.
Tauche Dich ganz in Gefühle hinein,
Um liebvollen Geistern Gefährtin zu sein.
Sauge den Erbsaft, sauge Leben Dir ein,
Um liebvoller Geister Gefährtin zu sein."

Aehnlich ergeht er sich in einem Briefe an Knebel in jener sentimentalen Naturschwärmerei, die damals mit dem derbsten Humor genau so abwechselte, wie die Damen- und Türkenscenen in Körners Zriny.

„Es hat neun Uhr geschlagen und ich sitze hier in meinem Kloster mit einem Licht am Fenster und schreibe Dir. Der Tag war ganz außerordentlich schön, und der erste Abend der Freiheit (denn heute früh verließen uns die Gothaner) ließ sich mir sehr genießen. Ich bin in den Eingängen der kalten Küche herumgeschlichen und ich war so ganz in der Schöpfung und so weit von dem Erdentreiben. Der Mensch ist doch nicht zu der elenden Philisterei des Geschäftslebens bestimmt; es ist einem ja nicht größer zu Muthe, als wenn man doch die Sonne so untergehen, die Sterne aufgehen, es kühl werden sieht und fühlt, und das alles so für sich, so wenig der Menschen halber, und doch genießen sie's, und so hoch, daß sie glauben, es sei für sie. Ich will mich baden mit dem Abendstern und neu Leben schöpfen" u. s. w.

Eingeweiht in Göthe's Herzensgeheimnisse mit Frau von Stein, ahmte er seinen Minister auch hierin nach und fing ein Liebesverhältniß mit der „schönen" Gräfin Werthern an. Doch liebte er sie nicht so „schön", wie Göthe der Frau von Stein äußerte. Er schrieb auch keine tausend Liebesbriefe an sie.

Die erste größere Staatsangelegenheit, an der Göthe sich betheiligte, war nationalökonomischer Natur. In Ilmenau (der südlichsten Enclave des aus lauter zerrissenen Stücken bestehenden Herzogthums) waren Kupfer- und Silberbergwerke, deren Betrieb in die mittelalterliche Zeit hinaufreicht. Noch 1717 beschäftigten dieselben etwa 500 Bergleute, 1739 jedoch ersäufte der Durchbruch der Manebacher Wasserdämme die meisten Gruben. Noch bevor Göthe kam, hatte Karl August schon den Plan gefaßt, den Bergbau hier wieder aufzunehmen, und sich zu diesem Zweck mit dem kursächsischen Berghauptmann von Trebra in Verbindung gesetzt. Silber! Silber! Das war ein nicht minder lockendes Losungswort, als Poesie und Natur. Göthe, der noch 1776 in Frankfurt Geld pumpen mußte, wußte solche Hoffnungen zu schätzen. Dazu war um Ilmenau herum auch viel „Natur", schöne Berge, Thäler, Schluchten, Aussichten, auch lustige Landleute und fröhliche Mädchen. Mit Begeisterung ging der lustige Rath auf die Ideen seines herzoglichen Freundes ein, streifte Tage und Wochen lang mit ihm in der Gegend herum, kroch in die Gruben, untersuchte Boden und Gesteine, ließ sich von den Bergleuten Alles erklären, und lernte bei den Conferenzen mit Trebra und andern Experten so viel, um auch sein Wörtchen in der Bergwerkfrage mitzureden. Dabei wurde gezeichnet und gejagt. „Wir sind hier," schreibt er (24. Juli von Ilmenau an Merck), „und wollen sehen, ob wir das alte Bergwerk wieder in Bewegung setzen. Du kannst denken, wie ich mich auf dem Thüringerwald herumzeichne; der Herzog geht auf Hirsche, ich auf Landschaften aus und selbst zur Jagd führ ich mein Portefeuille mit."[1] Den 14. Nov. 1777 wurde eine Commission niedergesetzt, um die Bergbaugeschäfte zu leiten. Sie bestand aus dem Kammerpräsidenten von Kalb, Göthe und dem Regierungsrath Dr. Eckardt. Als Kalb der Sache müde war, erhielt Göthe (8. April 1780) den Vorsitz in der Commission und die Oberleitung der ganzen Bergwerksangelegenheit.

---

[1] Wagner, Briefe an Merck. 1838. S. 94.

Das Unternehmen nahm einen sehr kläglichen Verlauf. Da Göthe und die übrigen Commissionsmitglieder anfänglich nichts, später nicht viel von der Sache verstanden, auch sich nicht die Zeit nahmen, das Fach gründlich zu studiren, so wurde nicht nur kein Silber gewonnen, sondern sehr viel Silber vergeudet; es mußten, wie im Anfang, immer und immer wieder fremde Fach= männer und Beamte als gute Räthe beigezogen werden, nach deren Abgang man jeweilen wieder umsonst grub. Nach jahre= langen Mühen und großen Geldopfern kam Göthe zu dem Schlußurtheil:

„Eine so wichtige Unternehmung isolirt zu wagen, war nur einem jugendlichen, thätig=frohen Uebermuth zu verzeihen."

Das heißt ohne ministerielle Verblümung: Der Bergbau in Ilmenau war ein mißglückter Schwindel. Wie sich der Dichter noch mit diplomatischem Anstand aus der Patsche zog, erzählt er selbst in den Zeit= und Jahresheften [1]:

„Ein ausgeschriebener Gewerkentag ward nicht ohne Sorge von mir und selbst von meinem Kollegen, dem geschäftsgewandteren Geheimen Rath Voigt, mit einiger Bedenklichkeit bezogen; aber uns kam ein Succurs, von woher wir ihn niemals erwartet hätten. Der Zeitgeist, dem man so viel Gutes und so viel Böses nachzusagen hat, zeigte sich als unser Alliirter; einige der Ab= geordneten fanden gerade gelegen, eine Art von Konvent zu bilden und sich der Führung und Leitung der Sache zu unterziehen. Anstatt daß wir Kommissarien also nöthig gehabt hätten, die Litanei von Uebeln, zu der wir uns schon vorbereitet hatten, demüthig abzubeten, ward sogleich beschlossen, daß die Repräsen= tanten selbst sich Punkt für Punkt an Ort und Stelle aufzu= klären und ohne Vorurtheil in die Natur der Sache zu sehen sich bemühen sollten.

Wir traten gern in den Hintergrund, und von jener Seite war man nachsichtiger gegen die Mängel, die man selbst entdeckt hatte, zutraulicher auf die Hilfsmittel, die man selbst erfand, so

[1] Göthe's Werke (Hempel). XXVII. 23.

daß zuletzt Alles, wie wir es nur wünschen konnten, beschlossen wurde; und da es denn endlich an Geld nicht fehlen durfte, um diese weisen Rathschläge in's Werk zu setzen, so wurden auch die nöthigen Summen verwilligt, und alles ging mit Wohlgefallen auseinander."

Wieder in einfacherem Deutsch: Als der Schwindel, den der Herzog und sein Freund in jugendlichem Uebermuth begangen hatten, zu Tage trat, überließen sie die versalzene Suppe den Mandataren des Volkes, und dieses hatte die Ehre, den Schwindel zu bezahlen, während „unsterbliche Verse" noch jetzt den kühnen Unternehmer von Ilmenau verherrlichen.

Selbst das vielgefeierte Gedicht „Ilmenau" (1783) erinnert übrigens noch daran, wie der Uebermuth der beiden lustigen Gesellen bei ihren Ilmenauer Bergfahrten keine Grenzen kannte, und wie der Herzog mit zerschundenem Bein oder Fuß mehr als einmal wochenlang für ein paar nicht eigentlich frohe, sondern bloß thöricht ausgelassene Stunden büßen mußte.

> „Gewiß, ihm geben auch die Jahre
> Die rechte Richtung seiner Kraft.
> Noch ist bei tiefer Neigung für das Wahre
> Ihm Irrthum eine Leidenschaft.
> Der Vorwitz lockt ihn in die Weite,
> Kein Fels ist ihm zu schroff, kein Steg zu schmal;
> Der Unfall lauert an der Seite
> Und stürzt ihn in den Arm der Qual.
> Dann treibt die schmerzlich überspannte Regung
> Gewaltsam ihn bald da, bald dort hinaus,
> Und von unmuthiger Bewegung
> Ruht er unmuthig wieder aus.
> Und düster wild an heitern Tagen,
> Unbändig, ohne froh zu sein,
> Schläft er, an Seel und Leib verwundet und zerschlagen,
> Auf einem harten Lager ein,
> Indessen ich hier still und athmend kaum
> Die Augen zu den freien Sternen kehre,

> Und halb erwacht und halb im schweren Traum
> Mich kaum des schweren Traums erwehre." [1]

Göthe hatte den richtigen Tact, die Erinnerung an solche „Freuden" [2] erst nach mehr als 30 Jahren unter seinen Gedichten zu publiciren, als Niemand mehr unter dem unmittelbaren ängstlichen Eindruck stand, daß der Herzog bei denselben so leicht hätte Gesundheit und Leben einbüßen können. Nachdem Alles gut gegangen und Niemand den Hals gebrochen hatte, wiegten sich die alten Herren gar feierlich in ihren Lehnstühlen und thaten, als ob sie bei dem Unsinn sehr viele und wichtige Lebenserfahrungen gemacht hätten. Ich begreife nicht, weßhalb M. Bernays gerade in dieser Periode so sehr Göthe's Uneigennützigkeit [3] hervorhebt. Er hat sich bei der ganzen Bergbaugeschichte trefflich amüsirt, weit besser als der Herzog, er hat sich dem Herzog unentbehrlich zu machen gewußt und schließlich das Volk für die vielen tollen Wochen und Monate bezahlen lassen. Ganz genau wie unsere modernen Gründer und Unternehmer. O dieser schönen Uneigennützigkeit!

Das Kapitel von Göthe's Uneigennützigkeit und Menschenliebe wird bei Lewes [4] u. A. noch durch Herbeiziehung eines unglücklichen „Unbekannten" verstärkt, der von Göthe, ohne alle Aussicht auf irdischen Vortheil, in der schonendsten, zartesten, liebevollsten Weise jahrelang im Verborgenen unterstützt worden sei. Nach Göthe's eigenem Geständniß war dieser Unglückliche, der unter dem Namen Kraft verkappt in Ilmenau lebte, nur ein confidentieller Experte, den sich Göthe für ein kleines Jahrgeld hielt, um sich zuverlässig über Sachen orientiren zu lassen, die er selbst nicht verstand.

„Ein wundersamer, durch verwickelte Schicksale nicht ohne

---

[1] Göthe's Werke (Hempel). I. 112.

[2] Sie sind durch das Tagebuch und die Briefe Göthe's genugsam verbürgt.

[3] Deutsche Biographie IX. 444.

[4] Lewes (Frese). I. 420 ff.

seine Schuld verarmter Mann hielt sich durch meine Unterstützung in Ilmenau unter fremdem Namen auf. Er war mir sehr nützlich, da er mir in Bergwerks- und Steuersachen durch unmittelbare Anschauung, als gewandter, obgleich hypochondrischer Geschäftsmann Mehreres überlieferte, was ich selbst nicht hätte bis auf den Grund einsehen und mir zu eigen machen können."[1]

So sorgte der arme Hypochonder, daß der lustige Rath fröhlich Theater spielen, mit den Damen liebeln und tausend andere Dinge treiben konnte — und doch über Bergwerks- und Steuersachen so gut auf dem Laufenden war, als die übrigen maßgebenden Herren. Wenn der hl. Vincenz von Paul Nothleidenden nur solche Wohlthaten erwiesen hätte, so weiß ich nicht, ob ihm die katholische Kirche als einen uneigennützigen Wohlthäter der Menschheit verehrte!

Mehr Glück hatte Göthe mit einem andern Unternehmen, für das er eben auch mehr Geschick und Anlage hatte, das aber dem Herzogthum Sachsen-Weimar-Eisenach nur Geld kostete, ohne etwas einzubringen. Das war die Anlage des großen Parks, der noch heute Göthe's Andenken verewigt[2]. Dieß Geschäft

---

[1] Göthe's Werke (Hempel). XVII. 23.

[2] Während die Stadt Weimar ganz am linken Ufer der Ilm liegt, dehnt sich der Park oberhalb der Stadt zu beiden Seiten des zwar nicht sehr wasserreichen, aber freundlichen, anmuthigen Flusses aus. Der Haupttheil der von Göthe entworfenen Anlagen entwickelt sich vom Schloß aus am linken Ufer bis an die prächtige Allee, welche nach dem Lustschloß Belvedere führt. Da steht zwischen den herrlichsten Baumgruppen, Laubgängen, Grotten und Blumenbeeten das von Schlingpflanzen umrankte Tempelherrenhaus, das in der „klassischen" Zeit als Theesalon diente, das winzige, aber sehr romantische Borkenhäuschen oder die „Klause", wo Karl August ganze Tage und Nächte zubrachte, das sogen. Kloster, eine künstliche Ruine, und endlich weiter oben das „Römische Haus", das erst später gebaut wurde. Ueber die Ilm führen vier Brücken, darunter eine unmittelbar vom Schloß in den sogenannten Stern. Etwas weiter oben liegt Göthe's Gartenhaus, am Fuß des Rosenbergs, durch prächtige Wiesen von der Ilm getrennt.

konnte ohne viel Studium, auf Spaziergängen erledigt werden.
Der Herzog gab das Geld, Göthe die ſchönen Ideen. Da
ſpazierten ſie denn ſelbander, kommandirten die Arbeiter, reisten
zur Abwechslung nach Gotha oder Berlin und kamen dann wie=
der ſehen, wie Alles geworden und gewachſen war. Während
Wieland ſich zu Hauſe die Finger müde ſchrieb, um ſich und die
Seinigen zu ernähren, kamen ihm Göthe und der Herzog wie
ſelige Götter vor, welche in vergnügtem dolce far niente mit
ihrem Winke das Land regierten.

Von Reformen in der Verwaltung und innern Politik des
Herzogthums war in den erſten Amtsjahren des poetiſchen Reform=
miniſters nicht viel zu ſpüren. Zwar hatte er, wie Dalberg,
Herz und Kopf voll menſchenbeglückender Ideen, Fortſchritt und
Humanität; allein es war der zerſtreuenden Unthätigkeit und des
Plaiſirs zu viel, um nur eine derſelben auszuführen. „War es
ja doch,“ erzählt Burkhardt[1], „in den erſten Zeiten Karl Auguſts
den Bauern bis 1787 nicht einmal geſtattet, die hinter dem
warmen Oſen geſtrickten Strümpfe zu verkaufen, oder andere
Leinwand als grobe zu eigenem Bedarfe anzufertigen (1783).
Ganz langſam und unvermerkt arbeitete man auf Beseitigung
dieſer Uebelſtände, und das Jahr 1783 überhaupt bezeichnet den
Wendepunkt im Leben unſeres Bauernſtandes, der von da all=
mählich ſich zu einem politiſchen Factor emporarbeitete.“ In den
erſten ſieben Jahren von Göthe's Regiment blieb das Volk von
Sachſen-Weimar alſo noch unter der harten Bevormundung und
dem Druck, den Plackereien und Polizeiverordnungen der früheren
Zeit[2]. Erſt in den letzten drei Jahren fingen langſam und
unvermerkt durchgreifendere Reformen an, ſo daß man ihm gar

----

[1] Grenzboten 1871. II. 656.

[2] Häuſſer (Deutſche Geſchichte. Berlin 1869) ſieht wohl
Sachſen-Weimar allzuſehr im Strahlenlicht belletriſtiſcher Verklä=
rung, wenn er Karl Auguſt uneingeſchränkt den größten Fürſten
jener Zeit beizählt (I. 95). Er war gewiß beſſer als viele der
andern kleinen Reichsfürſten, und gewann ſichtlich, als er unab=
hängiger von Göthe regierte. Aber ein Ideal iſt er denn doch nicht.

kein Unrecht thut, wenn man ihn nach seinem eigenen Ausdruck mehr als „Großmeister der Affen bei Hofe", denn als ernsten, praktischen Volksmann betrachtet.

Er war indeß durchaus keiner von den ehernen, tyrannischen Charakteren, sondern bei seinem sanguinisch=sinnlichen Treiben eine milde, gemüthliche, gutherzige Natur, freundlich gegen den gemeinen Mann, mitleidig gegen Unglückliche und durchschnittlich Jedermanns Freund, so lang man ihm nicht in die Quere kam. Aus seinen ersten Ministerjahren datiren mehrere Verfügungen, die Interesse und Wohlwollen gegen die ländliche Bevölkerung bekunden. So wurden durch ein Mandat von 1776 Prämien für Obstcultur, später ähnliche Prämien für die Anpflanzung von Kartoffeln, Klee, Luzerne, für Flachsrösten, für Baumpflanzungen u. s. w. ausgesetzt. Ein Decret vom 7. November 1778 hob die Besteuerung des Rindviehs und der Schafe auf, besteuerte dagegen jedes Pferd mit 8 Gr. (doch wurde 1799 auch die Vieh= steuer wieder eingeführt). Ebenfalls 1778 wurde die Besteuerung von Grund und Boden gemildert, dagegen die Personalsteuer vermehrt. Denn der Hof brauchte doch schließlich Geld für seine vielen Vergnügungen, Poeten und Angestellten. Mit seinem Kammerdiener Philipp Seidel gründete Göthe Strick=, Näh= und Spinnstuben für arme Soldatenkinder, ließ auch ein Spinn= büchlein schreiben, das aber seinen Zweck verfehlte[1]. Schon 1778 taucht auch eine Lese= und Leihbibliothek in Weimar auf. In= wiefern indeß Göthe an diesen und anderen „Fortschritten" be= theiligt war, ist noch nicht genugsam aufgehellt. Außer ihm wirthschafteten noch 800 andere Beamte, und die eigentliche Avant= garde des „materiellen Fortschritts" bildete der Freimaurer Bertuch.

Neben Bergwerk und Parkanlagen betrieben der Herzog und sein Freund auch Obstbau, Bienenzucht, Wiesenverbesserung, Forst= cultur, ungefähr alle Zweige des ökonomischen Faches in ihrer dilettantischen Weise. Göthe las Bücher, die von solchen Dingen handelten, fragte die Fachleute aus, experimentirte im Kleinen

[1] Burkhardt a. a. O. S. 702.

in seinem Gartenhaus, hielt dem Herzog vertraulichen Vortrag bald hier, bald dort, bei Tisch oder zu Pferde, wie es sich gab, und dann wirthschafteten sie Beide in solchen Dingen herum, bis sie's müde waren und wieder ein anderes Steckenpferd suchten. Da es sich darum handelte, ein neues Schloß zu bauen, warf sich Göthe sofort auf Architektur, ließ große und kleine Fachwerke kommen, zeichnete alle Säulenordnungen ab und wußte nach ein paar Wochen so viel von Baukunst zu schwefeln, als wäre er ein studirter Architekt. Das war so seine Art. Es gab kein Fach, das er nicht in fröhlichem Vertrauen auf sein Genie in ein paar Monaten zu beherrschen sich getraut hätte. Der Herzog wurde natürlich gleich ihm ein vielwissender Dilettant und pfuschte, wie sein Mentor, in allen möglichen Dingen herum. Doch war er im Ganzen von härterem Metall als Göthe, und trotz der Bemühung des gewandten Freundes, ihn mehr für die Künste des Friedens, für innere Verwaltung und Nationalökonomie zu gewinnen, blieb er seiner Vorliebe für die Jagd treu, aus der sich allmählich immer mehr die verwandte Vorliebe für das Militär entwickelte. Während Göthe nur einen fürstlichen Mäcenas, einen weisen Salomon an ihm erziehen wollte, träumte der junge ehrgeizige Fürst von Pferden, Hunden, Hirschen, Hasen, Soldaten, Ordonnanzen, Krieg, äußerer Politik, kriegerischem Ruhme. Was nun thun?

„Niemand als wer sich ganz verläugnet," so rief sich Göthe in seinem Tagebuch zu, „ist werth zu herrschen und kann herrschen."

Wie er, oft innerlich murrend, Schlaf und Ruhe dahinopferte, um mit dem Herzog Hasen — ja nur Hasen! — zu jagen, so verläugnete er auch seine entschieden künstlerischen und deßhalb friedlichen Neigungen, seinen Dichterberuf, und übernahm als Reformminister die Kriegscommission. Himmel und Erde hatte der Titane poetisch stürmen wollen, die großartigsten Stoffe hatten seinen Geist beschäftigt, Faust lag unvollendet in der Mappe — — und nun ward der große Göthe Kriegsminister über ein Heer von 600 Soldaten und 60 herzoglichen Leibhusaren!! — und Oberwegebau=Inspector für Sachsen=Weimar=Eisenach —

d. h. für etwa 20 ☐Meilen Landes. Das Tagebuch über dieſe
Epiſode muß auf jeden denkenden und vorurtheilsfreien Menſchen
einen mehr komiſchen als rührenden Eindruck hervorbringen:

„den 13. (Januar 1779). Die Kriegs-Commiſſion übernommen. erſte Seſſion. Feſt und ruhig in meinen Sinnen,
und ſcharf. Allein dies Geſchäft dieſe Tage her. Mich drin
gebadet und gute Hoffnung des Ausharrens. Der Druck der
Geſchäfte iſt ſehr ſchön der Seele, wenn ſie entladen iſt ſpielt ſie
freyer und genießt des Lebens. Fleuder iſt nichts als der behag-
liche Menſch ohne Arbeit, das ſchönſte der Gaben wird ihm elel.
Schwierigkeiten irdiſche Maſchinen in Gang zu ſetzen, auch zu
erhalten. Lehrbuch und Geſchichte ſind gleich lächerlich dem Handelnden. Aber auch kein ſtolzer Gebet als um Weisheit, denn
dieſe haben die Götter ein für allemal den Menſchen verſagt.
Klugheit theilen ſie aus, dem Stier nach ſeinen Hörnern und
der Katze nach ihren Klauen, ſie haben alle Geſchöpfe bewaffnet.

Daß ich nur die Hälfte Wein trinke, iſt mir ſehr nützlich,
ſeit ich den Kaffee gelaſſen, die heilſamſte Diät.

Vom 14. bis 25. Januar. In Acten gekramt, die unorden-
liche Repoſitur durchgeſtört, es fängt an drin heller zu werden.
Das Geſchäft mir ganz allein angelegen. Wenig auf dem Eis!
Beunruhigt das Amt Groß Rudſtädt durch die Preußen. Wieder-
kunſt Reinbabens, fatale Propoſition, zwiſchen zwei Uebeln ein
wehrloſer Zuſtand. Wir haben noch einige Steine zu ziehen,
dann ſind wir matt. Den Courier an den König. in deſſen
Erwartung Friſt. Meiſt mit der Kriegs-Commiſſion beſchäftigt.
wenig auf dem Eis. geritten."[1]

Kaum hatte der neue Kriegsminiſter dieſe erhabenen Betrachtungen angeſtellt und etliche Tage in den Acten herumgeſtöbert,
da ſtand er auch ſchon dem größten Kriegsherrn ſeiner Zeit, dem
preußiſchen König Friedrich II., gegenüber. Dieſer hatte verlangt, Truppen für ſeine Armee gegen Oeſterreich zu werben.
Was machen? Ihm die Werbung unbeſchränkt erlauben? Eine

---

[1] **Keil,** Tagebuch. S. 177.

beschränkte Werbung ausbedingen? Selbst freiwillig ein Contingent stellen? Sich dem König widersetzen? Göthe setzte dem Herzog alle diese Fragen auseinander, wagte aber keine mit positiven Vorschlägen zu beantworten; nur hielt er es für das Gefährlichste, mit den Preußen anzubinden[1]. Schon Ende Januar war indessen die Sorge glücklich wieder vorüber; am 1. Februar hatte er wieder freie Zeit, mit frieblichem Behagen über die Wichtigkeit seiner Stellung nachzubrüten:

„d. 1. Febr. Conseil. Dumme Luft brin. Fataler Humor von Fr. ♃ zu viel gesprochen. Das Thauwetter war mir in den Gliedern und die Stube warm. Mit ♃ gessen. Nach Tisch einige Erklärung über zu viel reden fallen lassen, sich vergeben, seine Ausbrücke mäßigen, Sachen in der Hitze zur Sprache bringen, die nicht geredt werden sollten. Auch über die militärischen Macaronis. ♃ steht noch immer an der Form stille. Falsche Anwendung auf seinen Zustand, was man bey andern gut und groß findet. Verblendung am äußerlichen Uebertünchen. Ich habe eben die Fehler beym Bauwesen gemacht. Die Kriegs-Commission werd ich gut versehen, weil ich beim Geschäft gar keine Imagination habe, gar nichts hervorbringen will, nur was da ist recht kennen und orbentlich haben will. So auch mit dem Wegebau.“[2]

Schon am 2. Februar jedoch kamen Frühlingsahnungen über ihn, am 14. ritt er mit dem Artillerie-Hauptmann Jean Antoine de Castrop aus, um als Oberstraßenaufseher oder Pontifex maximus, wie Herber ihn nannte, die Wege des Herzogthums zu inspiciren, als Kriegsminister in allen Städten und Städtchen die Aushebung der Jungmannschaft persönlich vorzunehmen und — als Dichter die „Iphigenie auf Tauris“ niederzuschreiben. Es kam ihm zum Bewußtsein, daß er mit seinem Talent eigentlich etwas Besseres leisten könnte, als Repositorien orbnen und

---

[1] S. das lange Exposé. Briefwechsel Karl Augusts mit Göthe. I. 4—10.

[2] Keil, Tagebuch. S. 178.

Protokolle studiren. Von dem Rathhaus in Buttstedt aus schrieb er dem Herzog:

„Indeß die Pursche gemessen und besichtigt werden, will ich Ihnen ein paar Worte schreiben. Es kommt mir närrisch vor, da ich sonst Alles in der Welt einzeln zu nehmen und zu besehen pflege, ich nun nach der Physiognomik des Rheinischen Strichmaaßes alle junge Pursche des Landes klassificire. Doch muß ich sagen, daß Nichts vortheilhafter ist, als in solchem Zeug zu kramen. Von vorn herein sieht man Alles falsch und die Dinge gehen so menschlich, daß man, um was zu nützen, sich nicht genug im menschlichen Gesichtskreis halten kann.

„Uebrigens laß ich mir von allerlei erzählen und alsdann steig ich in meine alte Burg der Poesie und koche an meinem Töchterchen. Bei dieser Gelegenheit seh ich doch auch, daß ich diese gute Gabe der Himmlischen ein wenig zu kavalier behandle und ich habe wirklich Zeit, wieder häuslicher mit meinem Talent zu werden, wenn ich je noch was hervorbringen will."[1]

Vom 14. Februar bis 28. März, beständig im Land herum, durch „Castrops Litaney vom alten Saukram" mehr als einmal in die tiefste Prosa schlechter Straßen herabgezogen, vollendete er die erste Prosafassung der Iphigenie. Doch kaum war diese bei Hofe vorgelesen und aufgeführt, so vergaß der Dichter wieder seiner höheren Aufgabe, der Kriegsminister kramte wieder in seinen Reposituren herum, der Finanzminister trug sich mit nationalökonomischen Verbesserungen und der Haus- und Hofminister glich Streitigkeiten zwischen dem Herzog und seinem Bruder Constantin aus, der allumfassende Beamte zersplitterte sich im Gewirre der buntesten Kleinigkeitskrämerei. Fast gleichzeitig plante er eine Revision des ganzen Steuerwesens, Reducirung des Militärs, einen Steuererlaß, bekämpfte ein neues Tuchmanufactur-Reglement, ließ sich durch den Engländer Baty, den erwähnten Subalternbeamten, welchen er sich durch Merck für das ökonomische Fach verschrieben hatte, den Zustand der

<hr>

[1] Briefwechsel Karl Augusts mit Göthe. I. 10. 11.

Kammergüter auseinandersetzen und bekam zuletzt Lust, auch noch Bauer zu werden.

„Wills Gott daß mir Acker und Wiese noch werden und ich für diesen simpelsten Erwerb des Menschen Sinn kriege!" [1]

Der Herzog erscheint in seinen lakonischen Aufzeichnungen weniger als Fürst, denn als ein Zögling, dem sein Mentor noch auf die Finger sieht, oder als Freund, für den er Partei ergreift. Er hofft, daß der junge Mann bald glücklich eine große Krisis bestehen werde; er freut sich an ihm, daß er noch stets am Werden ist, während die andern gleich Drechslerpuppen schon fertig sind und bloß noch des Anstrichs harren; er ergrimmt, daß der Minister Fritsch in leibiger Undankbarkeit ihn so scheuß= lich verkenne. Er nimmt sich vor, den Herzog noch unter dem Daumen zu behalten; „daß er nur nichts für sich thut, denn er ist noch sehr unerfahren, besonders mit Fremden, und hat wenig Gefühl zu Anfangs wie neue Menschen zu ihm stehen". Er hält ihm Lectionen: „warum ihm dieß und das so schwer würde und warum er nicht im Kleinen umgreifen sollte". Remon= strationen des fürstlichen Schülers führen zu großen interessanten Unterredungen. Doch schreibt sich der Mentor gelegentlich auch eine „neue Conduite fürs Künftige vor", mahnt sich zur „Vor= sicht mit dem Herzog" und beschließt, „von einem gewissen Gang nicht abzuweichen und im Anfang nichts zu rühren".

Man sieht aus dem Ganzen schon, daß die dreijährige Genie= wirthschaft die diplomatische Klugheit des Fürsten noch wenig gefördert hatte und daß der poetische Mentor im Strudel seiner allseitigen Oberflächlichkeit noch immer am Tasten und Experi= mentiren war. Am 7. August 1779 hielt er einen Rückblick auf sein bisheriges Leben, eine Art Generalbeicht:

„Zu Hause aufgeräumt, meine Papiere durchgesehen und alle alte Schaalen verbrannt. Andre Zeiten andre Sorgen. Stiller Rückblick aufs Leben, auf die Verworrenheit, Betriebsamkeit, Wißbegierde der Jugend, wie sie überall herumschweift, um

---

[1] Keil, Tagebuch. S. 191.

etwas befriedigendes zu finden. Wie ich besonders in Geheimnissen, dunklen imaginativen Verhältnissen eine Wollust gefunden habe. Wie ich alles Wissenschaftliche nur halb angegriffen und bald wieder habe fahren lassen, wie eine Art von demüthiger Selbstgefälligkeit durch alles geht, was ich damals schrieb. Wie kurzsinnig in menschlichen und göttlichen Dingen ich mich umgedreht habe. Wie des Thuns, auch des zweckmäßigen Tenkens und Tichtens so wenig, wie in zeitverderbender Empfindung und Schattenleidenschaft gar viele Tage verthan, wie wenig mir davon zu Nutzen kommen und da die Hälfte des Lebens vorüber ist, wie nun kein Weg zurückgelegt, sondern vielmehr ich nur dastehe, wie einer der sich aus dem Wasser rettet und den die Sonne anfängt wohlthätig abzutrocknen. Tie Zeit daß ich im Treiben der Welt bin seit 75 October getrau ich noch nicht zu übersehen. Gott helfe weiter und gebe Lichter, daß wir uns nicht selbst so viel im Wege stehen, lasse uns vom Morgen zum Abend das Gehörige thun und gebe uns klare Begriffe von den Folgen der Tinge, daß man nicht sey wie Menschen, die den ganzen Tag über Kopfweh klagen und gegen Kopfweh brauchen und alle Abend zu viel Wein zu sich nehmen. Möge die Idee des Reinen, die sich bis auf den Bissen erstreckt den ich in den Mund nehme, immer lichter in mir werden."[1]

Nach diesem lichten Intervall fing das bunte Treiben von vorne an. Schon die nächsten Tage waren nicht mehr „rein gleich den vorigen", die nächste Woche glaubte er mehr zu waten als zu schwimmen, und sein ökonomischer Finanzrath Batty machte ihm „mancherlei Sauereien lebendig, denen nicht gleich abzuhelfen ist". An Frau von Stein schrieb er den 18. (August 1779):

„Ich sehne mich gar nach Ihnen, und sobald es möglich ist werde ich kommen, seit Sie weg sind bin ich überall herum gezogen, war einen Tag in Ettersburg, in Tiefurt, auf der Jagd in Troistädt, es ist wie mit einer Erbschaft die nach dem Abgang des einigen Besitzers an viele zerfällt. Mir wirds nicht wohl

---

[1] Keil, Tagebuch. S. 197.

dabei, denn ich habe keinen Ort woher ich komme und wohin ich gehe.

„Die Weste sitzt gar schön, es ist die erste die so paßt zu meiner großen Freude. Sie sieht gar lieblich und ich hoffe drinn mit Ihnen einen Englischen durchzuführen." [1]

In Abwesenheit seiner Geliebten, die auf ihr Gut in Kochberg gezogen war, tröstete er sich an der Gegenwart des Hoffräuleins Karoline von Ilten, deren Geliebten, den Prinzen Constantin, man diplomatisch vom Hofe wegprakticirt hatte, um die gefürchtete ungleiche Heirath zwischen Beiden zu hintertreiben.

„In mein Haus kommt nun gar kein Mensch, außer dem schönen Misel, wir sind gar artig zusammen, denn wir sind im gleichen Falle, mir ist mein Liebstes verreist und ihr fürstlicher Freund hat andere Wege gefunden." [2]

Gleichzeitig wurde für's Theater ein neuester Humor vorbereitet. Die Aera der „zeitraubenden Empfindung und Schattenleidenschaft" war noch nicht vorüber.

---

[1] Schöll, Briefe I. 232.
[2] Schöll, Briefe I. 234.

8. Die lebendigen Vorbilder der Iphigenie.

1776—1779.

„Corona Schröter stellte Iphigenie nicht dar, sie war Iphigenie.“   Rob. Keil.

„Iphigenie sollte zur dichterischen Verklärung der Beruhigung werden, welche Charlotte (von Stein) über den leidenschaftlichen Stürmer gebracht hatte.“   Heinrich Düntzer.

Niemand in Europa hat so viel über Göthe's Liebschaften geschrieben, als Herr Heinrich Düntzer in Köln. Er sing damit schon 1836 an, trocken und gelehrt, wie ein junger Professor, erklärte den Faust und Göthe als Dramatiker[1] und bemühte sich, unter Aufwand von viel ästhetischer Erudition, nachzuweisen, daß Göthe auch als Dramatiker Teutschlands Ruhm sei. Das wollte die böse Welt damals noch nicht glauben. Anstatt aber sein nüchtern bei den Bühnenfiguren des Dichters zu verweilen, ging der Forscher alsbald auch ihren concreten, biographischen Vorbildern nach, und anstatt diese Vorbilder ruhig und kühl, wie ein gesetzter Historiker zu betrachten, verliebte er sich in seiner blinden Begeisterung für Göthe auch in sie, schob das unbequeme christliche Moralgesetz bei Seite und weihte, ohne alle fernere Rücksicht auf erlaubte und unerlaubte Liebe, sein Idol „zum Priester der tiefsten Geheimnisse der Menschenbrust“[2].

---

[1] Düntzer, Göthe's Faust. Köln **1836**. — **Göthe als** Dramatiker. Leipzig 1837.

[2] Frauenbilder aus Göthe's **Jugendzeit**. Stuttgart 1852. S. VIII. IX.

„Wie strahlt Göthe's Name im Brillantfeuer seiner Liebes=flammen zu Friederike, Lotte, Lili, in dem feurig glühen Gefühle für Auguste von Stolberg, Maximiliane von La Roche, Frau von Stein, Korona Schröter, in der innigen Verehrung der geistvoll heitern Herzogin=Mutter, der hehren, edel würdigen Herzogin Louise und in so vielen andern zärtlichen Verhältnissen, aus denen er heilige Dichtergluth in sich sog!“ So rief er aus, man sollte fast glauben, in einem Anfall geistiger Trunkenheit. „Frei=lich,“ fügte er, durch die Aussicht auf Widerspruch ein wenig ernüchtert, hinzu, „müssen wir ihm jene Treue völlig absprechen, welche sich für das ganze Leben einem einzigen weiblichen Wesen in ewiger Liebe hingibt, dessen Verlust sie nicht ertragen kann, jene Beharrlichkeit, welche sich an Eine Liebe fest anklammert und verblutet, wenn der Gegenstand derselben ihr entrissen wird: aber daraus folgt keineswegs, daß seine Liebe weniger innig und wahr gewesen, vielmehr ergriff sie ihn um so feuriger, je rascher sie sich in ihm austobte, um ihn bald in neue leidenschaftliche Verwicklungen zu stürzen und dem glühen Wettersturm den gol=denen Regenbogen der Dichtung entsteigen zu lassen.“

Dem Koran mag ein solcher Begriff von „Liebe“ entsprechen. Wie er sich mit den sittlichen Anschauungen des Christenthums vereinbaren läßt, begreife, wer kann. Es ist schwer, Düntzer zu entschuldigen, da er bereits ein gereifter Mann war, als er diese bacchantischen Zeilen schrieb. Anstatt sich aber im Laufe der Jahre allmählich einer ruhigern Betrachtung menschlicher Dinge zuzuwenden, stürzte sich der durch mühsame Detailkrämerei ab=geflachte Geist immer mehr in die verhängnißvolle Manie, die ihn seines katholischen Glaubens und dessen Sittenforderungen hatte vergessen lassen. Mit wachsender Zuversicht auf die eigene Unfehlbarkeit und auf die zunehmende Begriffsverwirrung in Teutschland, warf er sich zum Vertheidiger des Göthe=Cultus gegen jedwede besonnenere Aeußerung auf und erhob gleich den Gänsen des Capitols ein müthendes Zetergeschrei, sobald irgend ein Schrift=steller sich weigerte, vor dem großen Buddha des 19. Jahrhunderts seine Kniee zu beugen. An der Schwelle des Greisenalters an=

gelangt, kam er in seiner Göthe-Manie endlich so weit, Göthe nicht nur in Bezug auf seine sämmtlichen unmoralischen Liebes-händel zu verherrlichen, sondern ihn sogar feierlich darüber zu entschuldigen, daß er nicht noch mehr Frauen und Mädchen mit seiner unsittlichen Zudringlichkeit belästigt habe.

„Charlottens Liebe war," so schrieb er 1880 von Göthe, „der Faden, an den sich alle seine übrigen kleinen Leidenschaften, Zeit-vertreibe und Miseleien (Liebeleien) hingen; denn er bedurfte immer vieler weiblicher Herzen, in denen er sich spiegelte, an denen er nähern oder fernern Antheil nahm. Wir gedachten schon der witzigen und spitzigen Göchhausen, der liebenswürdigen Amalia Kotzebue und der so verführerischen wie geistreichen Frau von Werthern. Näher stand ihm die Hofdame der Herzogin, Louise Adelaide von Walbner-Freundstein, deren gefälliges und gemüthliches, aber nicht tiefes Wesen ihn ansprach und häufig nach Belvedere zog, doch schien sie ihm später immer koketter zu werden. Auch Charlottens Schwägerin, Fräulein von Stein, Hofdame bei der Herzogin-Mutter, die von ernstem und tiefem, aber verschlossenem Sinn war, schätzte er sehr. Diese und viele andere Damen des Hofes überstrahlte weit an Schönheit, Würde und Kunstsinn Corona Schröter, zu der eine schmeichelnde Nei-gung in seiner Brust sich regte, die ihn wohl beunruhigen und leidenschaftlich aufregen konnte, doch mußte er sie um so leichter zu überwinden, als sie nichts weniger als ihm entgegenkam und der Herzog selbst für sie entbrannt war; denn mußte er dessen Neigung zurückzuhalten suchen, so durfte er sie um so weniger sich zueignen, wie er auch mit der zu ihm hinneigenden Karoline von Ilten schon deßhalb kein näheres Verhältniß eingehen konnte, weil er ihrer Verbindung mit dem Prinzen Constantin hatte ent-gegentreten müssen." [1]

Weit entfernt, über Düntzers persönliche Schuld oder Un-schuld richten zu wollen — darüber mag er Gott Rede stehen —, fühle ich mich doch verpflichtet, über die Grundsätze, die diesen

---

[1] Düntzer, Göthe's Leben. 1880. S. 307. 308.

Aeußerungen und dem ganzen modernen Göthe-Cultus zu Grunde liegen, unnachsichtlich und unerschrocken den Stab zu brechen. Ja es scheint mir eine Schmach, daß man dergleichen Grundsätze frei und ohne Widerspruch in Deutschland äußern darf — Grundsätze, die naturnothwendig die öffentliche Moral, das sittliche Zartgefühl, die Heiligkeit der Ehe untergraben.

Denn welcher Jüngling ist so prosaisch, so talentlos, daß er sich, Angesichts eines solchen Vorbildes, nicht schmeicheln könnte, der leidenschaftlichen Verwicklung eines Liebesverhältnisses „den goldenen Regenbogen der Dichtung entsteigen zu lassen"? Und dann? — Dann ist nach Düntzer Alles erlaubt — — dann darf man sich blinblings der Leidenschaft überlassen, jedes beliebige Liebesverhältniß anspinnen, jede Blume pflücken und knicken, nacheinander oder gleichzeitig mehrere Liebschaften unterhalten; auch die Pflichten der ehelichen Treue sind kein Hinderniß mehr. Ob Gott verbietet oder nicht verbietet, das hat nichts zu sagen. Nur wenn ein hoher Herr im Wege steht, dann muß man aus Weltklugheit auf die „Zueignung" verzichten. Eine unsittlichere Vorstellung von Liebe kann es nicht geben. Sobald die Poesie gleich einer blinden Naturgewalt so willkürlich über das Sittengesetz gestellt wird, hört dieses auf; man kann Niemanden hindern, Dichter sein zu wollen; auch die Häuser der Schande können sich dann als „Schulen der Liebe, der Dichtkunst" proclamiren!

Es thut mir leid, daß man Göthe's Leben nicht schreiben kann, ohne auf solche Punkte zu stoßen und sich gegen einen solchen Cultus unreiner Liebe als Ankläger erheben zu müssen. Das ist aber nicht meine Schuld. Es ist die Schuld derjenigen, welche, aus einem falschen Nationalgefühl, Göthe zum größten aller neueren Dichter, ja zu einem Idealmenschen aufbauschen wollten, allen Geheimnissen seines Privatlebens nachspürten, alle verlorenen Fetzen seiner Papierkörbe zu Markte trugen, und, anstatt nun wenigstens das Gute vom Schlechten zu sondern, eine ganz neue Moral erfanden, um auch seine Fehler und Schwächen, seine unsauberen Liebeshändel und die rücksichtsloseste Verletzung des Sittengesetzes mit dem Glorienschein der Verklärung zu umgeben.

Ungenirt erzählen sie, daß Göthe in den nächsten Jahren seines Weimarer Aufenthalts bis zur italienischen Reise sich nicht begnügte, den Damen von Weimar gegenüber die Pflichten eines feingebildeten Cavaliers und Gesellschafters zu erfüllen¹, sondern daß er ihrer „Herzen bedurfte“, wie Düntzer sagt, „um sich darin zu spiegeln“, d. h. in mehr oder weniger ungebührlicher Vertraulichkeit mit ihnen herumzuliebeln. Düntzers Zeugniß ist klar genug², Göthe's Tagebücher und Briefe bezeugen dasselbe, und sollte das Alles nicht hinreichen, so haben wir in Wilhelm Meisters Lehrjahren ein ganzes Album jener „Spiegelungen“. Unter allen Frauenbildern dieses Romans ist kein einziges, das es mit der Liebe nicht höchst leicht nimmt. Die anständigste darunter, die sog. „schöne Seele“, aus Reminiscenzen an Fräulein von Klettenberg zusammengestoppelt, ist eine schiffbrüchige

---

¹ Honneur aux dames! Das hätte ihm Jedermann zur Ehre anrechnen können. Wenn aber Düntzer (Frankf. Zeitung 9. Jan. 1880) meinte, ich müßte mit der weißblauen Jacke der Wetzlarer Lotte auch die Ritterdichtung des Mittelalters verurtheilen, so irrt er sehr. Den hohen religiösen Geist des Ritterthums hat der Ritter Ignatius von Loyola mit hinübergenommen in den von ihm gestifteten Orden. Der religiös-poetische Geist des Ritterthums hat weitergelebt in der katholischen Dichtung von Lope und Calderon bis auf den Dichter von Dreizehnlinden. Die Auswüchse des Ritterthums hat Cervantes in einer Satire gegeißelt, wie sie noch kein Deutscher zu Stande gebracht. Die Erbschaft Don Quijote's aber hat Göthe angetreten, denn die Christel von Artern gleicht der Dulcinea von Toboso wie eine Gans der andern, und die Weimarer Mummereien waren noch gehaltloser als diejenigen Ulrichs von Lichtenstein.

² Freilich sucht er Alles „mystisch“ auszulegen. Wenn Göthe eine Mädchengesellschaft auf der Wartburg hält u. s. w., so ist das Herzensgüte; wenn Frau von Stein eifersüchtig ist, sind Blutwallungen und Kaffee an ihren Aufregungen schuld. S. Ch. v. Stein und C. Schröter. S. 120. 121.

Romanhelbin, die den abgethanen sichtbaren Geliebten nothdürftig mit einem „unsichtbaren Freund" zu ersetzen sucht. Daß die „schöne Gräfin", die mit ehebrecherischer Freundschaft Scherz treibt, ein Abbild der Gräfin Werthern ist, das ist allgemein anerkannt. An der äußersten Linken steht Philine — um Schillers Wort zu gebrauchen, „eine ausgelernte fille de joie". Schon die erste Liebe Wilhelm Meisters ist so „mystisch", daß die Hebamme geholt werden muß; seine ästhetisch-„sittlichen" Theater-studien laufen in ein unsittliches nächtliches Abenteuer aus, seine ganze Bildung gipfelt in der verschwommensten Freidenkerei — — da wird es denn doch schwer, sehr schwer, an die plato-nische Unschuld des Dichters und seiner Spiegelungen zu glauben.

Wie weit es mit all diesen Liebesverhältnissen und sog. „Miseleien" im Einzelnen kam, braucht hier nicht untersucht zu werden. Nur zwei sind für Göthe's weitere Entwicklung und dichterische Thätigkeit von entscheidender Bedeutung: jenes mit der Schauspielerin Corona Schröter und jenes mit Frau von Stein. Daß diese beiden Verhältnisse sich zu einem hohen Grade familiärer Vertraulichkeit entwickelten, hat Niemand in Abrede gestellt, das gibt auch Düntzer zu. Dagegen hat sich in den letzten Jahren unter den Göthe-Forschern selbst eine höchst wider-wärtige Controverse darüber entsponnen, wie weit es in jedem der beiden Verhältnisse gekommen sei und in welcher Beziehung sie zu einander gestanden hätten. Ich habe ebenso wenig als H. Grimm [1] die Absicht, in diesen Kampf einzutreten, in welchem Düntzer jeden Widerspruch gegen Göthe's Unschuld und Char-lottens Heiligkeit niederzupoltern versucht hat [2]. Ich gehe noch viel weiter als Grimm, indem ich sage, daß man die Briefe Göthe's an Frau von Stein nie hätte veröffentlichen sollen, aus dem einfachen Grunde, weil sie nicht für die Oeffentlichkeit be-stimmt waren, die Dichtungen Göthe's nur verderben und weiter

[1] Göthe. Vorlesungen. I. 200.
[2] Vor Allem in seiner Schrift: Charlotte von Stein und Corona Schröter. Stuttgart 1876.

nichts als ein Skandal sind. Ueberhaupt wird mit Veröffentlichung von Familien- und Privatpapieren ein Unfug getrieben, der auf die öffentliche Moral nur verhängnißvoll wirken kann. Die Leben der Heiligen und wahrhaft edler, großer Männer bleiben ungelesen, dagegen kramt das Publikum mit schnöder Neugier in allem menschlichen Elend herum, das die Correspondenzen moderner Weltbeglücker zu Tage fördern, um endlich mit Göthe an allem idealen Streben, an aller Tugend, Seelengröße und Heiligkeit zu verzweifeln. Denn hochmüthiger und pessimistischer zugleich konnte er diese Verzweiflung wohl kaum ausdrücken, als wenn er seinem Freunde, dem Kanzler von Müller, gestand:

„Seit die Menschen einsehen lernen, wie viel dummes Zeug man ihnen aufgeheftet, und seit sie anfangen zu glauben, daß die Apostel und Heiligen auch nicht bessere Kerls als solche Bursche wie Klopstock, Lessing und wir andern armen Hundsfötter gewesen, muß es natürlich wunderlich in den Köpfen sich kreuzen."[1]

Es hat sich in der That in den Köpfen gekreuzt. David Strauß, Hartmann u. A. haben die weitern Folgerungen gezogen, und warum sollte ein Zola bei den „armen Hundsföttern" nicht auch Freunde gefunden haben? Deutschland hat aber dabei nicht gewonnen. Mit der öffentlichen Sittlichkeit ist es bergab gegangen, und allüberall wird über Verwilderung, Genußsucht, Mangel an Treu und Glauben, Irreligiosität und Sittenlosigkeit geklagt, während man pessimistisch daran verzweifelt, zu den christlichen Idealen zurückzukehren.

Auch nachdem „die deutsche Wissenschaft, nein die deutsche Buchschreiberei"[2] mit den Victualien- und Kleiderrechnungen,

---

[1] Burkhardt, Göthe's Unterhaltungen mit dem Kanzler von Müller. Stuttgart 1870. S. 143.

[2] Diesen Ausdruck gebraucht ganz unverfroren Dünzer (Charl. von Stein und Corona Schröter. S. 5), der doch in Bezug auf „Buchschreiberei" fast Uebermenschliches geleistet hat. Mit vollem Recht bemerkt Gottschall (Unsere Zeit. 1875. II. 881), daß dieser

Liebesbriefen und Buchhändlercontracten der sog. Classiker ihre kleinen und größeren Skandale zu Tage gefördert, wäre es vielleicht besser, sie tobtzuschweigen, als mit diesen nichtssagenden, zum Theil skandalösen Herzensbekenntnissen sich weiter zu beschäftigen. Doch da man so weit gekommen ist, auch dieses Privatelend zu beschönigen, ja auf den Leuchter zu erheben und feierlich zu verherrlichen, da ist Schweigen unmöglich; man muß diesem unwürdigen Cult entschieden entgegentreten.

Was Göthe selbst betrifft, ist nun allerdings, merkwürdiger Weise, seine sittliche Größe in jenem Verhältniß zu Frau von Stein nie in Zweifel gezogen worden. Ob das Verhältniß platonisch oder mehr als platonisch war, jedenfalls muß er — wie jeder Halbgott — Recht gehabt haben; nöthigenfalls wird das Moralgesetz einfach für diesen Fall beseitigt. Das „Genie" hat alle Privilegien einer blinden Naturgewalt, die nothwendig handelt und durch Liebeshändel, oder was es sonst sei, eine Blüthe deutscher Literatur herbeiführt. In Bezug auf Frau von Stein und Corona dagegen sind verschiedene Ansichten laut geworden.

Der Engländer Lewes, ein entschiedener, in seiner Art ehrlicher Realist, der sich nichts daraus machte, das spätere Verhältniß Göthe's zu Christiane Vulpius nachzuahmen, d. h. ohne die „überflüssigen Formalitäten der Ehe" mit der Schriftstellerin George Eliot zusammenzuleben, faßte in seinem „Leben Göthe's" (angefangen 1845, vollendet 1855) das Verhältniß Göthe's zu Frau von Stein ganz realistisch auf, ließ ihn ein „Novitiat der Liebe" bestehen, dann „endlich glücklich werden"[1] und hinterher ebenso sinnlich-realistisch zu einer andern Liebe übersiedeln, nachdem Frau von Stein zu alt geworden, um liebenswürdig zu sein.

———————————

Reliquiencult ein entschiedenes Hemmniß der deutschen Literaturentwicklung geworden ist.

[1] Lewes (Frese). II. 41. Er verweist auf das Gedicht „Der Becher". Schöll II. 8. Göthe's Werke (Hempel). I. 179. Das Gedicht, das deutlich genug spricht, wurde am 20. Sept. 1781 an Frau v. Stein geschickt.

Daß sie dabei objectiv als Ehebrecherin dastand, genirte ihn nicht, er redete nicht davon, sondern verherrlichte den literarischen und pädagogischen Einfluß ihres zarten Wesens auf den noch wilden, ungestümen Dichter. Adolph Stahr, der bekannte Literat, fühlte sich noch weniger von dem Charakter Charlottens eingenommen, fand das ganze Verhältniß Göthe's zu ihr „ungesund und unnatürlich" und pries den Augenblick, wo ein realistischeres denselben ein Ende machte[1]. Noch entschiedener wandte sich der Weimaraner Robert Keil[2] von dem unerquicklichen Verhältniß ab, und man kann seinem Widerwillen dagegen nur beipflichten. Nach ihm hätte ein Mann wie Göthe sobald als möglich heirathen und damit allen Skandalverhältnissen ein Ende machen sollen — und darin hat er vollkommen Recht. Die richtige Braut war da, jung, schön, edel, fein gebildet, eine reich begabte Künstlerin, die Göthe Neigung einflößte und sie wahrscheinlich erwiederte: Corona Schröter. Auch hierin mag Keil noch Recht gehabt haben. Allein anstatt nun Göthe's eigenen Charakter und seine bisherige Geschichte mit in Rechnung zu ziehen, wälzte er alle Schuld auf Frau von Stein und ließ einzig an ihr die vielversprechende Ehe scheitern, durch die Göthe seinem Romanleben hätte entrissen werden können. Keil erblickt, ebenfalls durchaus richtig, eine gerechte Strafe darin, daß Göthe schließlich die Frau verließ, die ihm für zehn Jahre sein Lebensglück zerstört hatte; doch irrt er unzweifelhaft, wenn er der unglücklichen Frau von Stein allein die Schuld zuschreibt.

Während Keil mit sichtlicher Vorliebe für Corona Schröter in die Schranken trat, um in Frau von Stein nur den bösen Dämon Göthe's zu erblicken, ließ der beliebte Damenschriftsteller Edmund Höfer[3] die berühmte Sängerin fast ganz aus dem Spiel,

---

[1] Weimar und Jena. Ein Tagebuch. Oldenburg 1852. Vgl. Bl. f. lit. Unt. 1852. S. 794. — Aus dem alten Weimar. Nationalzeitung 1874.

[2] Corona Schröter. Leipzig 1875.

[3] Göthe und Charlotte von Stein. Stuttgart 1878.

analysirte dagegen das Verhältniß Göthe's zu Frau von Stein
mit der psychologischen Genauigkeit eines Untersuchungsrichters
und langte, indem er das von Dünzer breitgetretene Material
auf ein kurzes juristisches Gutachten von 78 Seiten zusammen=
drängte, bei dem nicht eben erbaulichen Ergebniß[1] an, daß es
zwischen den Beiden zum Aeußersten gekommen sein müsse. Um
Göthe's Ehre nothdürftig zu retten, betont er dessen leidenschaft=
liches Temperament, Charlottens verhängnißvolle Pädagogik, welche
seine Leidenschaft, anstatt sie zu mäßigen, nur verstärkte; dann
hebt er den großen ästhetischen Einfluß Charlottens auf Göthe's
Charakter hervor: Iphigenie und Tasso müssen das deutsche Volk
dafür entschädigen, daß sein größter Dichter Gottes Gebote, die
Gesetze der Sittlichkeit, die Heiligkeit der Ehe zehn Jahre lang
mißachtete. Denn Höfer steht nicht an, Charlottens wirkliche Ehe
mit dem Baron von Stein für eine bloße Conventions= und
Scheinehe und die Frau von Stein aller ehelichen Pflichten gegen
ihren Gemahl los und ledig zu erklären.

Gegen Lewes' Auffassung erhob sich 1857 zuerst F. G. Kühne[2],
suchte Göthe aus den verfänglichsten Situationen herauszureißen
und Frau von Stein aus einer koketten Egoistin zu einem hin=
gebenden Engel rein geistiger Liebe zu verklären. Ihm stellte
sich 1863 Dünzer[3] zur Seite und glaubte aus den Sitten der
Sturm= und Drangperiode darzuthun, daß Göthe's Liebe eine
rein platonische gewesen und nie eine sinnliche geworden sei. Er
blieb von da ab mit einer verzweifelten Zähigkeit auf dem Kampf=
platz, um fast allein gegen Alle (H. Grimm und Andere haben
nur sehr schwach secundirt[4]) Charlottens Ehre in Büchern groß

---

[1] Meyers Conversationslexikon XVIII. 443 erklärt, daß Höfers
Heft „besser hätte ungeschrieben bleiben können". Jedenfalls macht
es Göthe nicht viel Ehre.

[2] Göthe in der Schule der Frauen. Europa. 1857.

[3] Westermanns illustrirte Monatshefte. 1863. Bd. XIV.

[4] Eine sehr wohlfeile Mittelstellung hat sich in der für Göthe's
Ruhm allerdings delicaten Frage Dr. Max Remy in Berlin
(Göthe's Eintritt in Weimar. Berlin, Habel, 1877. S. 18) zu

und klein und in fast allen gelehrten und ungelehrten Zeitschriften Deutschlands zu vertheidigen[1]. Aus den Tausenden von Seiten, die er direct oder indirect über den unsaubern Handel zusammen geschrieben, sei hier nur ein Satz erwähnt, der seine Anschauungsweise zugleich vollständig charakterisirt und in ihrer ganzen Schwäche verurtheilt.

„Das mystische Verhältniß Göthe's zu Frau von Stein streifte freilich an die äußerste Grenze des Erlaubten, aber es als sittenlos verdächtigen vermag der allein, welcher es nur von ferne kennt."[1]

Für jeden gläubigen Katholiken, ich glaube auch für jeden verschaffen gesucht, indem er von Göthe sagt: „Ein völlig wahres und klares Bild seines Verhältnisses zu der merkwürdigen Frau wird wohl schwerlich jemals gewonnen werden, weil wir nur die Briefe Göthe's an Frau v. Stein besitzen, die ihrigen aber gänzlich fehlen. Nachdem der Bruch des Verhältnisses eingetreten, hat sie ihre von Göthe zurückgeforderten Briefe sämmtlich vernichtet und wird dieß nicht ohne triftige Gründe gethan haben." Die erhaltenen Briefe Göthe's an sie weisen aber genugsam aus, daß zu diesen triftigen Gründen unzweifelhaft das Gefühl der Schuld gehört hat und daß sie durch Vernichtung der Documente sich nicht nur der Erinnerung, sondern auch der Schmach der „lieben Sünde" zu entziehen suchte.

[1] Dido, Trauerspiel in 5 Aufz. Im Auftr. d. N. Fr. D. Hochstifts. Frankfurt 1867. (Vgl. dazu Otto Volgers Rede am 28. Aug. 1867.) — Göthe's Eintritt in Weimar. Deutsche Vierteljahrsschr. Nr. 131. 1870. — Zwei Bekehrte. 1873. — Charlotte v. Stein. 1874. I. Bd. 386 S. 8°. II. Bd. 355 S. 8°. Charlotte v. Stein und Corona Schröter. 1876. 301 S. 8°. Dazu siehe Göthe und Karl August, in welchem die Stein beständig figurirt. I. u. II. 873 S. — Göthe's Leben. 657 S. — Frauenbilder. 592 S. u. s. w. lauter breite Compilationen, oft kaum gruppirt. Nach meinem Eindruck, wie nach Meyers Convers.-Lexikon XVIII. 443, „ermüden" sie „und fordern zum Widerspruch heraus". Sein Leben Göthe's wird ebendaselbst mit Recht „geschmacklos, regestenartig" genannt, „mit vielen, noch geschmackloseren Illustrationen ausgestattet".

[2] Blätter f. lit. Unterh. 1862. S. 488.

denkenden Protestanten, ist der Prozeß hiermit geschlichtet. Ein
heftiger, sanguinischer[1], ausgeprägt sinnlicher Mensch von 27 Jahren, der, nachdem er seine ganze Jugend in Liebschaften vertändelt,
in Leipzig einem „wüsten" Studententreiben gehuldigt, in aller
Schmutzliteratur herumgewühlt, fast nichts als Liebespoesie hervorgebracht, im Werther den Selbstmord, in Faust alle Phasen der
Verführung bis zum Kindsmord, in Stella die Bigamie mit der
innigsten Begeisterung verherrlicht hat: der soll jetzt an einem
Hofe wie Weimar in tollster Ungebundenheit, die Alles erlaubte,
ganze Tage mit „Miseln" herumschäkern, ganze Nächte mit „Miseln" vertanzen, den Ehebruch in den „Mitschuldigen" als Scherz
aufspielen, in den „Geschwistern" um Haaresbreite am Unsittlichen
vorbeischleichen, die halbe Zeit in genußsüchtigem Plaisirleben
vertändeln, im sentimentalsten Moll den Mond ansingen, in
schwärmerischem Phantasierausch seine Geliebten bei Nacht spazieren führen, die häßlichsten Zoten zum Besten geben und anhören, für die „Christel von Artern" schwärmen, Voltaire's Pucelle
und den Johannes Secundus lesen, mit des Letzteren schmutziger
Erotik eine Frau um Küsse bitten und sie Tag für Tag mit
Liebesbillets bestürmen — — — kurz, nach Düntzer zehn Jahre
lang „an den äußersten Grenzen des Erlaubten" herumschmachten,
nach den Begriffen jedes anständigen Menschen aber die Forderungen des Sittengesetzes und des geselligen Anstandes gänzlich
bei Seite setzen — — — und dabei ohne Gebet, ohne Religion,
ohne Rückkehr zu Gott, ja mit dem frechsten Titanentrotz gegen
Gott, wie Friedr. Leop. Stolberg ausdrücklich bezeugt[2], — eine
Reinheit und Heiligkeit des Herzens bewahren, wie sie die Heiligen
bei der ernstesten Wachsamkeit über sich selbst, bei stetem Kampf
gegen die Leidenschaft, bei oft heroischen Opfern von ihrer Seite,
als eine große Gnade von Gott erflehten. Denn die feste Ueberzeugung jedes vernünftigen Menschen ist, daß vor der Gefahr

---

[1] Jürgen Bona Meyer, Philosophische Zeitfragen. Bonn 1870.
S. 189.
[2] Janssen, Stolberg II. 337—342.

unreiner Liebe nur die Flucht der Gelegenheit retten kann. Großer Himmel! Ist das eine „Mystik"! Sie übersteigt alle bisher dagewesenen Wunder. Hier hört die bekannte Welt auf — nicht weil wir das Verhältniß nicht kennen, sondern weil es nur zu unverschleiert, als eine unwürdige, schimpfliche Liebschaft vor uns steht, die man bei jedem Andern ehebrecherisch nennen würde.

„Heinrich Dünzer! Mir graut's vor Dir!"

Ueber die moralische Seite des Verhältnisses mag dieß genügen. In religiöser Hinsicht übte dasselbe auf Göthe natürlich keinen sittigenden Einfluß aus. Nichts befängt so den Sinn gegen alles Höhere und Religiöse, als unreine Liebe, so sehr die „Liebenden" auch ihre Augen verbrehen und fromme Sprüchlein im Munde führen mögen. Außer in den „Bekenntnissen einer schönen Seele" hat sich Göthe übrigens nur selten solcher nichtsnutziger Tartuffe-Frömmelei schuldig gemacht.

Auch auf seine Charakterentwicklung und seine literarische Thätigkeit hatte Charlottens Einfluß im Ganzen wohl eher nachtheilig als vortheilhaft gewirkt. Sie liebte ihn, aber mehr sein weiches Gemüth, seine Naturempfindsamkeit, sein Interesse für alle kleinen, weiblichen Kunstdilettanterieen, als seine großen Geistesanlagen, seinen Titanentrotz und die wilde Ausgelassenheit der Sturm- und Drangperiode. Ihr Interesse für Lavater bekundet einen zarten Anflug religiöser Empfindelei; doch ernst religiös war sie nicht[1]. Die sog. „Genies" waren ihr zu leidenschaftlich, zu wild. Auch die rohe Kraftsprache, in der sie Shake-

____

[1] Als sie Göthe für seine Reise im Frühjahr 1779 ein „Westchen" als Talisman ihrer Liebe mitgab, schrieb er ihr: „Wenn Sie ein Mßfel wären, hätt' ich Sie gebeten, das Westchen erst einmal eine Nacht anzuziehen und es so zu transsubstantiiren; wie Sie aber eine weise Frau sind, muß ich mit dem Calvinischen Sacrament vorlieb nehmen" (Schöll I. 214). Eine wirklich religiöse, gläubige Protestantin hätte sich solche blasphemische Gemeinheiten nie und nimmer gefallen lassen können. Doch das nennt Herr Dünzer „Mystik".

speare's Derbheiten zu überbieten suchten, sagte ihr wenig zu. Sie war mehr französisch als deutsch gebildet. Ihr Liebling war der schwärmerische, träumerische Rousseau. Wie hundert andere Damen jener Zeit, weinte sie dem verkannten, nach Liebe und Freiheit dürstenden Natursohn an ihrem Theekessel gar manche stille Thräne nach. Werther entsprach ganz diesem Geschmack, und der Verfasser des Werther konnte so rührend von Natur und Liebe sprechen, wie der uneheliche Genosse der Therese Levasseur. Nur dann und wann ließ er sich einen allzuderben Cavallerie-Ausdruck entschlüpfen, wie sie der Herzog gerne hatte und frei-gebig ausstreute. Sonst schmiegte er sich demüthig an die Schürze seiner neuen Herrin und ließ sich von ihr erziehen.

In den Briefen an sie wiegt ein weicher, sehnsüchtiger Ton vor. Er nennt sie seine Besänftigerin, seine Beichtigerin, seine Seelenführerin. Seine Schwester mußte an Frau von Stein schreiben. Diese mußte antworten und sich so gewöhnen, eben-falls ihm Schwester zu sein. Die Gedichte an sie sind meist schwach, schwindsüchtig, tändelnd. Er fühlt sich aber bei ihr be-ruhigt. Wie ein Kind schreit er schmerzlich auf, wenn sie für einige Tage fortgeht, lächelt aber wieder still, wenn sie da ist. Bei ihr ruht er von dem tollen Faschingstreiben des Hofes aus; ihr klagt er seine Sorgen und Schmerzen und fühlt sich nur dann recht vergnügt, wenn sie seine Freude theilt. Sie verwahrt seine Manuscripte, sie erhält zuerst die Kleinigkeiten, die er dichtet. Da sie ihn mahnt, ruhiger, gemessener zu sein, auf sich zu achten, schlägt er einen ernsteren Ton an, beobachtet sich selbst. Seine Sprache wird, vorübergehende Ausbrüche abgerechnet, ruhiger, weicher, mehr dem Tone eines Salons entsprechend.

Schmollt sie, so ist er namenlos unglücklich, kommt sich wie ein von den Furien gepeitschter Mensch vor, schreibt ganze Seiten, die in den Werther gehören. Dann folgt gewöhnlich reuige Ab-bitte, Versprechen, es besser zu machen, die neue Versicherung ewiger Liebe und ein Gefühl „unendlicher Läuterung" — d. h. eine Pause im wilden Durcheinander der unruhigsten Zer-fahrenheit.

17*

Was sie im Anfang öfter zum Schmollen veranlaßt zu haben
scheint, war, außer den Freiheiten und Frechheiten der Sturm-
und Drangperiode, vor Allem die Theilbarkeit der Göthe'schen
Liebe und die viele Aufmerksamkeit, die er der schönen Primadonna Corona Schröter schenkte.

Dieses zweite Verhältniß hat bis jetzt noch keine solche Literatur
hervorgerufen, als das mit Frau von Stein. Außer Keil hat
ihr noch Niemand ein Buch gewidmet. Nach ihm wäre das Verhältniß ein zwar inniges, aber harmloses und würdiges, das zu
einer glücklichen Ehe führen könnte und sollte. Düntzer rechnet
es zu den platonischen Spiegelungen, die sich nach seiner Moral
in indefinitum vermehren lassen.

R. von Gottschall aber, der an der andern Controverse sich
kaum betheiligte, faßt dasselbe als eine sehr ernste und weit-
gehende Leidenschaft auf.

„Die Doppelliebe Göthe's in jener Zeit," so sagt er in einer
Besprechung der Bücher Keils[1], „ist ganz geeignet, eines Dichters
Eigenart in's Licht zu stellen, der wie sein feuriger Flaschengeist
Homunculus die Schönen ein für allemal im Plural sich dachte.
Daß sein Verhältniß zu Corona ein leidenschaftliches war, hat
ja Riemer in seinen ‚Mittheilungen über Göthe‘ bereits ausgesprochen. Daß das leidenschaftliche Verhältniß eines jungen
Dichters zu einer jungen Sängerin in der Zeit einer wilden und
wüsten Geniepoche irgendwelche Schranken gekannt habe, ist zwar
eine wohlwollende Annahme des Herausgebers, der seiner Heldin
überdieß das Sittenzeugniß des Herzogs Karl August, das vielleicht nach den eigenen Erfahrungen des Herzogs wahrheitsgetreu
ausgestellt war, als Schutzbrief mit auf den Weg gibt; doch

---

[1] So Herr Rudolph v. Gottschall selbst (Unsere Zeit. 1875.
Neue Folge. XI. Jahrg. II. Hälfte. S. 896), also kein ultramon-
taner „Biedermann". Herr Rudolph Buchner, der schon 1880 dem
traurigen Loos entgegenseufzte, mich abermal recensiren zu müssen,
möge das beachten, damit er mit seinem Principal nicht uneins
wird. Siehe Bl. f. lit. Unterh. 1880. S. 308 ff.

man verfolge das Tagebuch und die betreffenden Kapitel der
Keil'schen Biographie — Göthe und Corona sieht man fast alle
Tage beisammen; schon in der Frühe des Morgens, bei den
Mittag= und Abendessen, bei den Abendproben, oft im Garten,
wo sich Göthe sein trautes Nest gebaut hatte, bis in die Mond=
scheinnächte hinein, und dieß ging mit Pausen Jahre hindurch —
und da sollte eine Neigung, die selbst von einem philiströsen
Chronikschreiber wie Riemer als eine leidenschaftliche bezeichnet
wird, sich in jenen Grenzen gehalten haben, welche Fernando
und Miranda beim Schachspiel auf der Zauberinsel des ‚Sturm'
innehielten?"

Diese Auffassung beruht, wie mir scheint, auf den zuverlässig=
sten innern wie äußern Anhaltspunkten, und ist von Düntzer
nicht widerlegt, sondern nur mit Gratis=Unschuldsversicherungen
befehdet worden. Indem ich ihr beipflichte, glaube ich aber, daß
Corona eher als Göthe eine milde Beurtheilung verdient.

Corona war eines jener keineswegs beneidenswerthen Wesen,
die sich durch Schönheit, künstlerische Anlage und Bildung, Her=
kunft und Stand in früher Jugend, ohne alle ihre Schuld, den
größten sittlichen Gefahren bloßgestellt sehen. Ihr Vater war
ein armer Musikus in der Niederlausitz. Als Hautboist zog er
nach Warschau, wo Corona ihre Kinderjahre verlebte, dann nach
Leipzig, wo sie mit 14 Jahren als Sängerin auftreten mußte.
Mit 17 Jahren war sie schon eine gefeierte, vielumworbene Kö=
nigin des Theaters. Einen Rathsherrn der Stadt, Dr. K. W.
Müller, dessen Hand sie der reichsten und angesehensten Bürger=
schaft zugeführt hätte, wies sie zurück, weil er ihr schon zu alt
war und sie ihn nicht liebte. Einem Grafen, der sie durch ein
Eheversprechen nach Dresden lockte, entging sie glücklich, ehe es
zu spät war. So berichtet wenigstens Keil. Daß sie in Weimar
den Herzog Karl August von sich gewiesen, das beruht auf ver=
läßlichem Zeugniß, das anerkennt auch Gottschall. Es liegt von
ihr kein Briefwechsel mit Göthe vor, keine vertraulichen, zärtlichen
Gedichte Göthe's sind an sie gerichtet, nur in dem prologartigen
Trauergedicht auf Miebing wird sie lobend erwähnt. In Göthe's

Tagebuch erscheint sie selten allein, sondern meist in Begleitung ihrer Freundin **Wilhelmine Probst**. Die gravirendsten Momente sind einige **Mondscheinspaziergänge** mit Göthe **und ihre** vielen Theaterproben mit ihm. Im Uebrigen scheint es kaum, daß sie Göthe aufgesucht, ihm geschmeichelt, mit ihm kokettirt hätte, **wie** die in den Dichter sterbensverliebte Frau von Stein. Gegen diese tritt sie in der ausgebreiteten Specialliteratur vollständig in den Schatten; nicht einmal die Erwähnung eines einzigen Briefes von Göthe an sie; das ist doch seltsam, da doch Göthe sonst nichts bei sich behalten konnte, Alles in Poesie oder Versen, offen oder versteckt zu „beichten" gewohnt war. Die anspruchslose Künstlerin scheint mir auf Ehre und guten Namen **weit** höhern Anspruch zu haben, als die vielgefeierte Baronin, deren Sentimentalität und böses Gewissen die tausend Billets Göthe's documentiren. Auch daß Göthe sie im Alter ganz vernachlässigte[1], spricht sehr zu ihren Gunsten. Dagegen kann **man mit** Keil und Gottschall getrost annehmen, daß Göthe seinerseits **im Anfang** der Weimarer Periode leidenschaftlich in sie verliebt **war**.

Seine kurzen Tagebuchnotizen befassen sich zeitweilig sehr häufig mit ihr.

„Probe. Corona. - Sang Corona zum ersten Mal. — Redoute. Corona sehr schön. — Mit Corona gegessen. — Abends Probe von Lila. Zu Corona. — Ging zu Corona. Kriegte Pids und ging nach Hause. — Bei Corona gegessen. Besuchte mich im Regen. Ich begleitete sie wieder und blieb Abends. — Kirchweih zu Mellingen. Corona Abends. — Abends Corona **und**

---

[1] Schon 1789 — 41 Jahre alt — zog sie sich mehr und mehr in's Privatleben zurück, nahm dann noch einige Zeit an der Erziehung anderer Schauspielerinnen Antheil, siedelte gegen Ende des Jahrhunderts nach Ilmenau über und starb dort, vom Hofe ziemlich vernachlässigt und vergessen, den 23. Aug. 1802. Von den Weimarischen Größen war Niemand an ihrem Grab, als Knebel Göthe „fühlte sich nicht in der Verfassung, ihr ein wohlverdientes Denkmal zu widmen". Keil 201. Er sah sich nach neuen „Blumen" und „Idealen" um.

Neuhauß, auch Seckendorf im Garten. Ausgelassen lustig. — Corona den ganzen Tag im Garten — war Corona früh und zu Tisch da."[1]

So lauten die Notizen vom Herbst 1776 bis in's Frühjahr 1777.

Während Corona im Herbst 1777 zurücktritt, bringt Göthe schon den Nachmittag des 1. Januar 1778 wieder bei ihr zu, am 17. Januar ging er zu ihr aus der Probe, am 15. Februar speist sie bei ihm, am 13. April begleitet sie ihn zu Pferde nach Kleinhettstedt.

Nun verschwindet sie wieder aus den Notizen, aber aus Göthe's Umgang verschwand sie nicht. Als Primadonna spielte sie in dem Damenkreise des Liebhabertheaters dieselbe hervorragende Rolle, wie Göthe unter den Herren. Alle seine Ballet- und Singspiele, alle seine Jugendstücke mußte sie der Reihe nach einüben und sich so ganz in seine Dichtung hineinleben, während er in seiner Gelegenheitspoesie auf sie liebevolle Rücksicht nahm und sie gelegentlich als Krone der ganzen Theatergesellschaft verherrlichte:

> „Ihr Freunde, Platz! Weicht einen kleinen Schritt!
> Seht, wer da kommt und festlich näher tritt!
> Sie ist es selbst, die Gute fehlt uns nie;
> Wir sind erhört, die Musen senden sie.
> Ihr kennt sie wohl; sie ist's, die stets gefällt;
> Als eine Blume zeigt sie sich der Welt:
> Zum Muster wuchs das schöne Bild empor,
> Vollendet nun, sie ist's und stellt es vor.
> Es gönnten ihr die Musen jede Gunst,
> Und die Natur erschuf in ihr die Kunst.
> So häuft sie willig jeden Reiz auf sich,
> Und selbst dein Name ziert, Corona, dich!
>
> Sie tritt herbei. Seht sie gefällig steh'n!
> Nur absichtslos, doch wie mit Absicht schön.

---

[1] Grenzboten 1874. I. 378 ff.

Und hocherstaunt seht ihr in ihr vereint
Ein Ideal, das Künstlern nur erscheint." [1]

Spielte er den Andrason, so spielte sie seine Mandandane; machte er den Marktschreier, so kam sie als schöne Tirolerin. — Tage-, wochenlang übten sie mit einander im traulichsten, ungebundensten Verkehr diese und andere Rollen ein. In allen war sie eine einnehmende, gewinnende Gestalt; doch war das Komische ihre Sache nicht, sie wirkte in dem Possentreiben nur wie eine mildernde Figur, die an Schöneres und Besseres erinnerte. Die Heldenrolle der Proserpina stand ihr weit besser als der Tirolerrock von Plundersweilen. Dem scharf beobachtenden Theaterdirector konnte das nicht entgehen; im Dichter erwachte der Gedanke, etwas zu schreiben, das noch mehr ihrem ganzen Wesen entspräche.

Mit dieser Anregung, welche im ganzen Wesen Corona's begründet war, trat eine andere zusammen. Wieland wurde im Sommer 1776 von dem Componisten Gluck angegangen, ein Trauergedicht auf den Tod einer Nichte zu verfassen, die er wie sein eigenes Kind geliebt und mit der er gleichsam Alles verloren. Wieland hielt sich nicht für den rechten Mann hierzu, sondern wies das Gesuch an Göthe. Dieser ging gleich begeistert darauf ein und begann eine Cantate zu schreiben. Die Cantate ist verloren; man kennt den Inhalt nicht; man weiß nur, daß sie Göthe sehr am Herzen lag. Doch vermuthet H. Grimm [2], gewiß nicht mit Unrecht, daß dieselbe den Dichter auf das Thema der Iphigenie geführt hat. Gluck hatte eine Oper „Iphigenie auf Aulis" componirt, die rasch in Deutschland und Italien zur Berühmtheit gelangte. Was lag näher, als an dieses poetische Motiv anzuknüpfen? Mit dem ganzen Sagenkreise der Iphigenie war Göthe längst bekannt. Auf der Suche nach Stoffen hatte er das Alterthum eifrig durchwühlt, nicht in langwierigem Studium, wie ein pedantischer Philologe, wohl aber spielend,

---

[1] Göthe's Werke (Hempel). I. 123.
[2] Göthe. Vorlesungen II. 28 ff.

blätternd, träumend, wie ein Dichter. Die Iphigenie in Aulis führte zu der Iphigenie auf Tauris hinüber, und hier fand er bald, was ihm zur dichterischen Production immer unerläßlich war: eine symbolische Verwandtschaft des Stoffes mit seinem eigenen Ich, mit dem augenblicklichen Gemüthszustand, der ihn beherrschte, mit allen den Ideen und Gefühlen, von denen er zehrte.

Er mag in vereinzelten ruhigeren Stunden in seinem Gartenhaus den neuen Stoff meditirt haben; vielleicht hat er auch die Ausführung versucht. Doch war er dafür weder richtig gestimmt, noch hatte er die erforderliche Muße. Das bunte Treiben gefiel ihm im Grund.

„In meinem iezigen Leben," schrieb er Anfangs 1777 an Lavater[1], „weichen alle entfernten Freunde in Nebel, es mag so lang währen, als es will, so hab ich doch ein Musterstückgen des bunten Treibens der Welt recht herzlich mitgenossen. Verdruß, Hoffnung, Liebe, Arbeit, Noth, Abentheuer, Langeweile, Haß, Albernheiten, Thorheit, Freude, Erwartetes und Unerwartetes, Flaches und Tiefes, wie die Würffel fallen, mit Festen, Tänzen, Schellen, Seide und Flitter ausstaffirt; es ist eine treffliche Wirthschaft. Und bei dem allem, l. Br., Gott sei Dank, in mir und meinen wahren Endzwecken ganz glücklich."

So geht's weiter in den nächsten Jahren, nur in den Briefen an Charlotte klingen dann und wann etwas melancholische Accorde an. Um sich in eine Orestes-Stimmung hineinzuträumen, war in dem Gewirre ebenso wenig Zeit, als zu ruhiger Arbeit. Erst nachdem er im Januar 1779 die Kriegs-Commission übernommen und zur Rekrutenaushebung über Land ritt, da taucht urplötzlich eine „Iphigenie" auf, da heißt es plötzlich in seinem Tagebuch: „14. Febr. Früh Iphigenia angefangen zu dictiren. Spazieren in dem Thal. Nach Tische im Garten Bäume und Sträucher durchstört.

Diese Zeit hab ich meist gesucht, mich in Ge-

---

[1] H. Hirzel, Briefe an Lavater. 1883. S. 27.

schäften aufrecht zu erhalten und bei allen Vorfällen fest zu seyn und ruhig.

12. März. Von Allstedt ab mit Castrop nach Weimar. Steinbruch, unterwegs gedacht.

13. März. Alles durchgesehen, leiblich gefunden. Abends vorgelesen, die drei ersten Acte von Iphigenie. Der Herzog und Knebel bleiben da, essen.

28. März. Früh Denstädt. Abends Iphigenie geendigt.

29. März. ein toller Tag, aus einem ins andere, von früh fünfen. Lichtb. mit Kl. in Tiefurt. Iphigenie vorgelesen u. s. w. aus dem Kleinen ins Große, aus dem Großen ins Kleine. War diese Zeit her wie das Wetter klar, rein, fröhlich.

1. April. Eierfest den Kindern im Garten.

6. April. Iphigenie gespielt. Gar gute Wirkung davon, besonders auf den reinen Menschen.

8. April. Bey Herzogin Amalie gegessen. Nachklänge des Stücks. Man thut Unrecht, an dem Empfindungs- und Erkennungsvermögen des Menschen zu zweifeln; da kann man ihnen viel zutrauen, nur auf ihre Handlungen muß man nicht hoffen."

Das ist die Entstehungsgeschichte der Iphigenie, wie Göthe selbst sie summarisch notirt hat[1]. In weniger als acht Wochen war das Stück entworfen, geschrieben, eingeübt, aufgeführt. Man sieht, was Göthe hätte leisten können, wenn er seine Zeit, anstatt dem Hofe, dem Herzog und den Damen, ernstlich dem Studium und der Poesie gewidmet hätte. Er mußte von dem Hofe fliehen, er mußte die Einsamkeit suchen und in die alte Burg der Poesie sich zurückziehen, um dieses Stück zu Stande zu bringen. Er fing an, selber einzusehen, daß er in dem zerstreuten Hofleben seine eigentlichen Talente vergeude[2].

---

[1] Nach der abgekürzten Copie der Tagebücher. Grenzboten 1874. II. 18 ff.

[2] Briefwechsel Karl Augusts mit Göthe. I. 11. Während Wie-

Seinen eigentlichen Lebensodem, seine ruhige Größe und Erhabenheit, dankt das Drama der tiefergreifenden Tantalussage, seinen Fortschritt in Composition und Sprache dem Einfluß der Alten. Göthe's Geist erweiterte sich, erstarkte und lebte auf, sobald er sich mit ganzem Herzen großen Eindrücken, würdigen Idealen hingab. Er fühlte sich verwandt mit den erhabensten der griechischen Dichter; denn die Iphigenie ist nicht aus Euripides allein geschöpft. Göthe drang in ihre Geisteswelt ein und machte sie zu seinem lebendigen fruchtbaren Eigenthum. Prometheus stiehlt das himmlische Feuer nicht mehr, um den Feuerbrand der Empörung daran anzuzünden, er nimmt die heilige Gluth aus Jupiters Hand an, um als Künstler friedlich damit zu wirken.

Daß Göthe aber auch in diesem Stück von der Anschauungsweise der Alten abgewichen ist, das hat seinen Hauptgrund in den Liebesverhältnissen, denen er sich nun einmal hingegeben hatte und von denen er sich, zum entschiedenen Nachtheil der Kunst, nicht mehr loszureißen wußte.

Als weniger nachtheilig mag dabei seine Neigung zu Corona Schröter betrachtet werden. Sie war nach Keils enthusiastischer Beschreibung[1] von hohem, junonischem Wuchse und edlem Ebenmaße, mit einem fast südländischen, etwas dunkeln, aber außerordentlich frischen Teint, seelenvollen, leuchtenden Augen, mit eigenthümlichem Adel der Haltung, mit Grazie in jeder Bewegung, in ihrer geschmackvollen Kleidung — eine reizend schöne, ideale Erscheinung. Dem Eindruck, den schon ihre äußere Gestalt machte, mag man die zarte Profilirung, die plastische Ruhe, das Hohe und Würdige der ganzen Haltung zuschreiben, zu der Göthe

land das lustige Komödien- und Jahrmarktswesen mit dem guten Humor eines Poeten auffaßte, schüttelten Herder und Merck ihren Kopf darüber. „Was Teufel fällt dem Wolfgang ein," sagte der Letztere, „hier am Hof herumzuschranzen und zu scharwenzen, Andere zu hudeln oder sich von ihnen hudeln zu lassen? Gibt es nichts Besseres für ihn zu thun?"

[1] Corona Schröter. S. 98.

die Iphigenie des Euripides verfeinert hat. Sollte sie auch nicht
ganz so tadellos gewesen sein, wie Keil sie schildert[1], so weist
Alles darauf hin, daß sie dem schon von Euripides gebotenen
Ideal einer jungfräulichen Priesterin weit mehr entsprach, als
Frau von Stein mit ihren sieben Kindern, ihrem Gemahl Oberstallmeister und ihrem Geliebten Göthe. Während der ganze
Charakter Corona's den Theaterdichter darauf hinwies, sich an
Euripides zu halten, brachte das zweite lebendige Vorbild nothwendig ein modern-sentimentales Element, das weiche Stimmungs-
colorit der Wertherperiode in den Charakter der Iphigenie hinein.
Aus der schlichten Priesterin und Schwester des Euripides ward
die empfindsame, als Schwester maskirte Geliebte des modern-
subjectiven Dichters, sie war seine Beichtigerin, seine Besänftigerin,
sein Engel, sein Schutzgeist — die Vertraute, der er (doch mit
einigem wohlweislichen Vorbehalt) alle seine Herzensgeheimnisse
ausschüttet, — die stille, seelenvolle Priesterin, welche die wilden
Stürme seiner Gemüthsbewegungen und seine selbstverschuldeten
Seelenleiden beschwichtigt und zur Ruhe bringt.

Dem Hofe gereicht es sicher zur Ehre, daß Göthe's Zweifel
an der Empfindungsfähigkeit der Menschen sich nicht rechtfertigten,
das Stück vielmehr sich Jedermanns Gunst erwarb. Doch würde
es voreilig sein, auf diesen Erfolg die glänzendsten Vorstellungen
von dem sittlichen Ernste Göthe's und des damaligen Weimarer
Hofes gründen zu wollen. Wie oft muß die „Unschuld" nicht
heute noch in Schauspiel und Oper paradiren, um die „schöne
Leidenschaft" und das Laster hinterher wieder pikant zu machen!
Nach all den Possen der zwei vorausgegangenen Jahre war Iphigenie
eine reizende Abwechslung, die auch den Blasirten fesseln mußte.
Der frömmere, ernster gesinnte Zuschauer mochte sich freuen, den
tollen Scherz einmal mit ehrwürdigem Ernst vertauscht zu sehen;
der ungläubige Weltling konnte sich getrösten, daß die antike
Priesterin keine andern Forderungen stellte, als diejenigen eines
angenehmen ästhetischen Genusses. Der Hof war übrigens un-

---

[1] Ich mag ihre Sittenzeugnisse hier nicht weiter untersuchen.

gefähr wie Göthe — und Göthe wollte weder ganz gut, noch
ganz böse sein, sondern in der Mitte — wie die liebe Mutter
Natur. An eine Christianisirung der alten Sage aber, wie
Manche sich träumen, hat er gar nicht gedacht. Denn während
er die Iphigenie dichtete, trug er das erwähnte Camisol der Frau
von Stein.

Die Dichtung hat nicht einmal auf ihn selbst einen religiösen
oder sittigenden Einfluß ausgeübt. Aesthetisch lenkte sie ihn
allerdings auf eine andere Bahn. Die Zeit des „Götz von
Berlichingen" ist damit abgeschlossen. Aber seinen Roman mit
Frau von Stein und seine übrigen Miseleien setzte er ruhig fort.
Während er die eine der beiden Iphigenien durch Gesang- und
Theaterproben dauernd mit sich beschäftigte, hielt er die andere
durch zahllose Besuche, vertrauliche Unterredungen und Liebesbriefe fest. Bei der einen ein gewandter fröhlicher Schauspieler,
Künstler, Dramaturg, war er bei der andern der sanftklagende
Herzensdichter und Liebespostulant — dort lichter, munterer
Sonnenschein, hier Mondlicht zwischen zerrissenem Gewölke. Mit
großer Kunst wußte er die eine vor Eifersucht zu bewahren, mit
nicht geringerer Kunst beruhigte er die aufwallende Eifersucht der
andern. Wie Fernando in der „Stella", vermißte er bei der
einen, was die andere besaß. Als praktischer Mann speiste er
mit der einen zu Mittag, bei der andern zu Abend, führte bald
die eine, bald die andere beim Mondschein spazieren, suchte Begegnung beider zu vermeiden, scheute es aber auch nicht, in der
Mitte von beiden glücklich und vergnügt zu sein. Nach manchen
Kämpfen nahm es die romantische Herzensdame seiner Gefühls-
welt auch endlich ruhig hin, daß die gefeierte Sängerin seine
äußere Theaterwelt mit ihrem Glanze verschönernd beherrschte.

Es läuft Alles auf dieselbe „Mystik" hinaus.

9. Iphigenie auf Tauris.

1779.

> „There is, no doubt, a poetry which embodies
> only the simple and tranquil, but it is never
> the highest kind. Poetry is not sculpture,
> sculpture alone of all arts is highest, where
> the thought it embodies, is the most tranquil.'
>
> Bulwer.

> „Iphigenie auf Tauris ist zwar dem griechischen
> Geiste verwandter als vielleicht irgend ein vor ihr
> gedichtetes Werk der Neueren, aber es ist nicht
> sowohl eine antike Tragödie als Wiederschein der-
> selben, Nachgesang: die gewaltsamen Katastrophen
> ener stehen hier nur in der Ferne der Erinnerung,
> und Alles löst sich leise im Innern der Gemüther
> auf.“
>
> A. W. von Schlegel.

Die ächt alexandrinische Scholiastenforschung unserer Tage
hat alles nur erreichbare Material aus den Papierkörben des
vorigen Jahrhunderts zusammengeschleppt, um jedes einzelne Werk
Göthe's wieder mit dem ganzen biographisch-psychologischen Apparat seiner Entwicklungsgeschichte zu überkrusten. Dem Pedanten
ist das die Hauptsache. Was geht ihn Hekuba an? Für den
Genuß des Kunstwerks aber ist es entschieden kein Vortheil,
wenn man das ganze Gerüste, das Pumpen- und Räderwerk
und den nicht ganz saubern Bach vor sich hat, welcher das Räderwerk trieb. Bei der „Iphigenie“ ist der Nachtheil sehr groß.
An sich betrachtet, ist sie eines der schönsten und formvollendetsten
Gedichte, das die deutsche Literatur besitzt, eine der werthvollsten
Schöpfungen Göthe's. Sie kann zwar auf der Bühne nie jene
gewaltigen Eindrücke hervorrufen, die Shakespeare's große Dramen,
nur einigermaßen leidlich aufgeführt, durch die unwiderstehliche

Kraft ihres innersten Wesens hervorbringen müssen[1]. Aber wie schon 1779 in Weimar, ist sie eine liebenswürdige, beruhigende Erscheinung zwischen all den furchtbaren Katastrophen, Morden und Todtschlägen der Sensationsbühne und dem wilden Sinnenrausch moderner Opernmusik. Jedem, dem es nicht bloß um feineren Sinnentaumel zu thun ist, muß schon die zarte Seelenmalerei, die Eleganz der Sprache, die Würde und Hoheit der Gedanken einiges Vergnügen bereiten. Sie entspricht dem Ideal des Schönen, das Göthe sich unter Oesers Anleitung gebildet hatte, das er aber nicht ganz richtig von der Plastik auf die Dramatik übertrug. Für den pädagogischen Werth des Dramas ist dieser Fehler von untergeordneter Bedeutung. „Ruhe und Einfachheit" ist es ja, was zumeist der Jugend fehlt; und wo man den Geschmack der Jugend am „Götz von Berlichingen" schon verbildet hat, da kann die Iphigenie als nützliches Gegengewicht dienen, um endlich von den Extremen der Kunst zu jener goldenen Mitte zu gelangen, welche die altgriechische Tragödie darstellt.

Das war nun aber einem kleinlichen Schulmeisterthum nicht genug. Das schöne Bild mußte in Stroh gewickelt, der Zauber desselben möglichst zerstört werden. Zwischen die Iphigenie und den Leser ist nun glücklich die Frau von Stein mit ihren sieben Kindern, die schöne Corona als zweite Dulcinea, der Herzog Karl August, der Artilleriehauptmann Castrop und der Berliner Literat Moritz gerückt. Wir wissen, daß die Iphigenie nicht in Einem Guß entstanden, sondern das Werk langer, mühsamer, fragmentarischer Arbeit war: ein rechtes Schulstück, an welchem der Professor Freude haben, an welchem er sein ganzes Leben lang erklären kann. Es gibt eine Iphigenie I., eine Iphigenie II., eine Iphigenie III., eine Iphigenie IV., eine Iphigenie V., eine Iphigenie in Prosa und eine Iphigenie in Versen, eine Lesart J,

---

[1] Vgl. G. Rümelin, Shakespeare-Studien. Stuttgart 1866, und den Aufsatz: „Shakespeare und Göthe". Unsere Zeit. 1860. S. 753 ff.

eine Lesart J_2, eine Lesart J_3, eine Lesart Ju[1], und die Aussicht, daß sich diese Gelehrsamkeit noch jährlich vermehren wird.
Vielleicht wird es Dünßer noch gelingen, zu ermitteln, was Göthe
an jedem Tag gegessen hat, und dann wird es möglich sein, die
Iphigenie auf „biologische" Ursachen zurückzuführen[2].

Von wirklichem Interesse ist unterdessen von all diesem
„wissenschaftlichen" Apparat höchstens die Beziehung der Göthe-
schen Iphigenie zu jener des Euripides und dann der Unterschied
der ersten Iphigenie in Prosa von dem versificirten Drama, wie
es in seiner classischen Vollendung vor uns liegt. Auch diese
beiden Fragen beeinträchtigen im Grunde nur den Genuß der
Dichtung. Doch nachdem die kindlichen Verehrer des großen
Baumeisters das ganze Gerüste wieder aufgerichtet haben, das
er nach Vollendung seines Werkes hinweggeräumt, kann man es
nicht besichtigen, ohne an der Lehmgrube vorbeizukommen, an der
er seine Steine gebacken, und an dem Rohbau, an welchem noch
der Verputz fehlt.

Zur Iphigenie des Euripides verhält sich diejenige Göthe's
ähnlich wie sein „Göß" zur der urwüchsigen Selbstbiographie des
schwäbischen Ritters. In beiden Fällen suchte Göthe einen Stoff,
an welchem er seiner Grundstimmung, seinen Grundanschauungen,
dem, was ihn am lebhaftesten beschäftigte, Luft machen könnte.
Damals war es der Druck seiner eigenen Lage und sein Verrath
an Friederike: das zeichnete er an Göß und Marie. Dießmal
war es wiederum ein gedrückter, unbefriedigter Gemüthszustand,
dazu aber seine „brüderliche" Liebe zu Frau von Stein. Sie
war ihm „Mutter, Schwester, Frau", sie erzog ihn, sie erlöste ihn wenigstens zeitweilig von den Furien seines zerstreuten

[1] Göthe's Werke (Hempel). VII. 290 ff.; 95 ff.; XI. 213 ff.
Vgl. Dünßer, Die drei ältesten Bearbeitungen von Göthe's
Iphigenie. Stuttgart 1854.

[2] Nach der materialistischen Theorie Taine's (History of
English Literature, übers. von Van Laun. Edinburgh 1873. I.
1—36).

Hof= und Geschäftslebens und den damit zusammenhängenden
Phantasieleiden. Wie beim Götz, so fand er auch bei Iphigenie
ein nicht nur reiches, sondern auch schon vorbereitetes Material:
eine fruchtbare Verwicklung, Charaktere, die sich leicht etwas
nüanciren ließen, einen großartigen Sagenkreis zu weiterer Aus=
stattung, eine reiche, dem Gegenstand angemessene Sprache. So
unmoralisch es von ihm war, die „Geliebte“ als Schwester auf=
zufassen und ein an sich unerlaubtes Verhältniß mit dem schönen
Schleier der reinsten Geschwisterliebe zu umkleiden, so war die
Dichtung selbst durch diese Fiction wenigstens scheinbar einmal
dem Kreise entrückt, in welchem Göthe's Poesie sich bis dahin
bewegt hatte. Statt „christlicher“ Verliebter und Ehebrecher,
Revolutionäre und Titanen bot ihm der alte Heide Euri=
pides zur Abwechslung Bruder und Schwester, Freund und
Freund, und eine Verwicklung, die auf edeln, religiösen Motiven
beruhte[1].

Die religiöse Würde und Hoheit der Iphigenie, welche dem
ganzen Stück seinen Charakter verleiht, ist nicht von Göthe's
Erfindung; er fand sie schon bei Euripides vor. Der Grieche
ließ zwar seine Iphigenie nicht in einem schönen Park auftreten,
sondern an einem blutbefleckten Opferaltar, den die Waffen und
Kleider unglücklicher Menschenopfer zierten. Das Heidenthum
zeigt sich, wie es war, grausam, dämonisch; aber immerhin re=
ligiös. Iphigenie ist Priesterin, Jungfrau, ein bevorzugter
Schützling der Artemis. Die Göttin hat sie vom Tode gerettet

---

[1] Zur Beurtheilung der beiden Dichtungen ist die Einleitung
G. Hermanns zu der des Euripides (Leipzig 1833) noch heute
interessant. Es würde indeß zu weit führen, diese und andere
ästhetisch=philologische Untersuchungen der beiden Iphigenien hier zu
würdigen. Ich erlaube mir deßhalb, selbständig voranzugehen und
nur ganz kurz zu untersuchen, was Göthe bei Euripides vorfand
und wie er unter den psychologischen Einflüssen seines eigenen Lebens
das Gegebene künstlerisch umgestaltete. Denn um eine selbständige
Neudichtung handelt es sich nun einmal nicht, und es ist gar keine
Schande für Göthe, das offen zu sagen.

und zu ihrem Dienste ausersehen. Dankbarkeit fesselt sie an den traurigen Opferdienst im Lande der Verbannung und macht den Traum doppelt schrecklich, in dem sie den völligen Zusammensturz ihrer Familie zu schauen glaubt. Doch wie ihr Loos, so steht auch das ihres Bruders unter der Führung der Götter. Phöbus, der Bruder der Artemis, bringt Orest und Pylades an das unwirthliche Gestade; sie haben göttlichen Auftrag, das Bild der Artemis durch List oder Gewalt nach ihrer Heimath zu entführen. Zwei anscheinend entgegengesetzte Pläne der zwei verschwisterten Götter stehen sich entgegen und begründen den tragischen Conflict, der durch und durch religiös gedacht ist:

„Uns muß des Gottes Wille hoch und heilig sein!" [1]

Orest und Pylades verstecken sich in einer Grotte am Ufer, werden aber von Hirten entdeckt. Im selben Augenblick wird Orest von der schrecklichen Qual der Furien befallen, bringt in seiner Wuth tobend auf die Rinderheerden ein und wird mit leichter Mühe von den Hirten gefangen. Das geschieht natürlich außerhalb der Scene, während Iphigenie mit der Schaar ihrer Jungfrauen dem Altare naht, um für den, wie sie glaubt, gestorbenen Orest ein Todtenopfer zu bringen. Der Chor der Opferweihe ist von bezaubernder Majestät. Er wird durch den Boten unterbrochen, der die Gefangennahme der beiden Fremdlinge meldet. Mächtiger als je wird Iphigenie sich jetzt ihres düsteren Looses bewußt. Weil sie Orest todt, die Hoffnung ihres Hauses für immer vernichtet glaubt, wandelt sich ihr bisheriges Mitleid gegen Fremde in Gefühle des Hasses und der Rache. Helena, des Unheils Urheberin, wünscht sie am blutigen Opferaltar zu schauen. Aber auch in diesem leidenschaftlichen Schmerz gewinnt Liebe und Sehnsucht nach der Heimath wieder die Uebermacht, und der Chor stimmt ein in ihre Klage:

------

[1] V. 102. Da mir die trefflichen Uebersetzungen von Donner und Droysen augenblicklich nicht zu Gebote stehen, benütze ich die von J. Minckwitz. Stuttgart, Hoffmann.

> „Wieder gen Haus sehn' ich mich, ach,
> Selbst auf bloßer Schwinge des Traums,
> Wieder heim in der Väter Stadt,
> Um des Glückes Krone, die Luft
> Froher Lieder, zu schmecken!" [1]

Wer selbst einmal Verbannter gewesen, der muß es fühlen, daß Euripides diese patriotische Sehnsucht nach der Heimath viel tiefer aufgefaßt, viel lebendiger ausgedrückt hat, als der liebes kranke Göthe, der von seinen Ritten über Land sich nur nach den Blumen und Spargeltellern Charlottens zurücksehnte.

Nun werden die zwei Gefangenen vorgeführt. Ein langes, spannendes Interrogatorium führt Iphigenie so weit, daß sie Orestes retten und als Ueberbringer eines Briefes in die Heimath senden will. Pylades aber soll als Opfer fallen. Das duldet Orest nicht; er verlangt, daß Pylades als Bote von bannen ziehe, er als Opfer geschlachtet werde. Iphigenie geht darauf ein und verspricht, ihm selbst die letzten Ehren zu erweisen. Während sie weggeht, den Brief zu schreiben, gerathen die beiden Freunde in einen edeln Wettstreit der Freundschaft. Jeder will für den andern sterben. Nur schweren Herzens entschließt Pylades sich endlich, Orest nachzugeben und sich um seinetwillen dem Tode zu entziehen.

Iphigenie kehrt mit dem Brief zurück. Doch wenn der Brief verloren ginge? Sie beschließt, Pylades den Inhalt mitzutheilen. Das führt zur Erkennung. Orest ruht in der Schwester Armen:

> „O meine liebe Schwester, steh' ich auch erstaunt,
> So schließ' ich doch den zweifelvollen Arm um dich
> Und jauchze wonnetrunken ob der Wundermär'." [2]

Iphigenie kann es kaum glauben. Orest überzeugt sie mit unzweifelhaftem Zeugniß. Da erhebt sich ihr Seelenjubel zu herrlichem Dankgebet. Doch kaum ist es verklungen, da werden sie sich des schrecklichen Looses bewußt, das noch über Beiden

----

[1] V. 437. [2] V. 784.

schwebt. Wie wenig fehlte, und der Bruder wäre durch der Schwester Hand dem Opfertod gewidmet worden. Und jetzt! Wer soll sie aus Taurien nach Argos bringen?

> „Wo erscheint mir ein Retter, ein himmlischer,
> Oder ein Sterblicher,
> Welcher das Dunkel erhelle mit Rath,
> Wodurch Atreus' alleinzigem Enkelpaar
> Der Noth Ende tagt?" [1]

Mitten in diesem Schwanken zwischen der Freude des Wiedersehens und der Angst vor neuen Schicksalsschlägen vernimmt Iphigenie die weiteren Schicksale ihres Hauses, die Vermählung des Pylades mit Elektra, die Qualen Orests und den Befehl Apolls. Sie will die Hand zur Rettung bieten, aber nicht durch Gewalt, sondern durch List. Unter dem Vorwand einer Sühnung will sie selbst das Bild der Artemis und die beiden Gefangenen an's Meeresgestade bringen, um mit ihnen zu entfliehen. Sie selbst ergreift die Initiative, plant die List und führt sie aus, so fest und schlau, daß König Thoas sich vollständig berücken läßt. Erst da es fast zu spät ist, meldet ein Bote die Flucht. Der König will die Fliehenden verfolgen; aber in diesem Augenblick erscheint die Göttin Athene, enthüllt ihm die Absichten des Schicksals und hält ihn so von weiterer Verfolgung ab. Dem fliehenden Orest gebietet sie, im fernen Attika der Artemis einen Tempel zu bauen und sie fürder Tauropolos zu nennen: Iphigenie soll dort ihre Priesterin sein, der Chor sie dahin begleiten, und „vor Gericht soll künftig jeder Sieger sein, der gleiche Stimmenzahl erhält". So schließt das Stück religiös-patriotisch, mit Verherrlichung eines Nationalheiligthums, in dessen Opferdienst und heiligen Gebräuchen die alte Sage fortlebt. Die Rettung durch Frauenlist, welche scheinbar den hohen, edlen Charakter der Priesterin in den niedern Bereich der Intrigue herabzieht und bloß ästhetisch betrachtet ein schwaches Motiv wäre, ist durch die

---

[1] B. 860.

Dazwischenkunft der Göttin in den Kreis des Geheiligten er=
hoben, in den Rathschluß der Götter mit aufgenommen. Was
in unseren Augen den Charakter der Iphigenie entweiht und
entstellt, war in den Augen des Griechen keine Makel. Freudig
über die gutgelungene List, stimmte er in das Schlußgebet des
Chores ein:

> „Zieht glücklichen Wegs, ihr Geretteten, hin,
> Von dem Segen der Götter geleitet!
> Doch die hoch ehrt der Unsterblichen Chor,
> Wie der Sterblichen Chor, Schutzgöttin Athens,
> Wir erfüllen getreu dein himmlisches Wort!
> Denn erfreuliche Mär', wie ich nimmer gehofft,
> Ist heut mir zu Ohren erklungen.
> O Göttin des Siegs, hochheilige, nimm
> Mein Leben in Schutz
> Und laß nicht ab, es zu kränzen!“ [1]

Während Göthe den Gesammtinhalt der Fabel an sich zog,
ihn da und dort noch durch andere Züge der Atridensage er=
weiterte und sich scheinbar ganz in die Zeit der Griechen zurück=
versetzte, räumte er zunächst völlig hinweg, was das antike Drama
eigentlich charakterisirt: die concrete patriotisch=religiöse Beziehung
der Sage zu einem bestimmten Heiligthum [2], die hellenische Auf=
fassung der Götter und ihre gegebene, wunderbare Intervention,
die kräftige Leidenschaft, welche alle Charaktere, sogar den der
Iphigenie belebt, den Chor, die eigentliche Seele der antiken
Tragödie, mit seinem religiösen Charakter, seinen lyrischen Schön=
heiten und seiner ethischen Wirksamkeit — endlich selbst die Versi=

---

[1] V. 1460.

[2] Dafür scheinen freilich unsere modernen Interpreten wenig
Sinn zu haben. Da wird phantasirt vom „Allerheiligsten des
Frauenherzens“, von „weiblichem Familiengefühl als Grundlage
der menschlichen Gesittung“ u. s. w. Man sollte meinen, schon die
Alten hätten am Kaffee= und Theetopf gesessen. Vgl. Dr. F. C.
Müller, Göthe's Iphigenie. 1882. S. 10.

fication, welche bei den Griechen auf's Innigste mit der Dichtung verbunden war. Die Griechen kannten keine „Poesie in Prosa". Dieß wunderliche Zwitterding war der modernen Welt vorbehalten, allenfalls ein leibliches Rettungsmittel gegen Verzopfung und Ueberkünstelung, aber nie die Form, welche ächte dichterische Inspiration von selbst sucht. Göthe's „Iphigenie in Prosa" ist eben nichts weiter, als ein Entwurf, ein erster Sbozzo, wie ihn der Grieche im Kopf machte, bevor er sein Drama schrieb. Man lese Euripides' Iphigenie und unmittelbar darauf Göthe's Iphigenie in Prosa — und man wird finden, wie tief, künstlerisch betrachtet, dieser deutsche Hellenismus unter dem griechischen steht. Er ist bloß Wiederschein, Nachhall, ein künstliches Gewächs, ohne Luft und Licht eines religiösen Nationallebens, im Treibhaus künstlerischen Studiums gezogen [1].

Den blutbefleckten Opferaltar räumte Göthe hinweg, den

---

[1] A. W. v. Schlegel, Ueber dramatische Kunst. Heidelberg 1817. II. 405. — O. Gruppe, der bekanntlich ein trefflicher Kenner antiker Kunst war (Ariadne. Die tragische Kunst der Griechen. Berlin. 1834), schließt sich vollständig dem gediegenen Urtheil Schlegels an: „Ich kann bei aller Liebe für den Deutschen doch nicht aussprechen, daß Göthe ein Werk von ähnlicher Vollendung geschaffen hat, als die sophokleischen an sich oder vielmehr in sich tragen. Es fehlt doch eigentlich dem ganzen Stoff an poetischem Inhalt und poetischer Wahrheit; er ist nicht aus der Volkspoesie hervorgegangen, sondern steht auf der Grenze kalter Klügelei, deren Durchschimmern nur mit Kunst fernegehalten werden konnte: getriebene Arbeit, nicht gegossen." — Ueber die falsche Anwendung des plastischen Schönheitsideals auf die dramatische Kunst hat Bulwer sich ebenso gerecht als schonend ausgesprochen (Tauchnitz. Vol. 693. p. 232 ff.). Vgl. dazu das herbere Urtheil von Lewes (Jrse). II. 10—20. Die ästhetischen Schwächen des Stücks hat Göthe im Grunde selbst zugestanden (Edermann III. 95—99). — Wenn Klopstock es (in einem Briefe an Böttiger vom 24. Febr. 1800) als „eine steife Nachahmung der Griechen" erklärt und selbst den Versbau tadelt, geht er entschieden zu weit. S. Schnorr v. Carolsfeld. Archiv. Leipzig 1874. III. 201 ff.

göttlichen Traum, mit welchem Euripides sein Stück beginnt,
ebenfalls. Das Heimweh, welches der Grieche zum Vorwurf der
herrlichsten Chorlieder nahm, drängte er, träumerisch abgeschwächt,
in seinen ersten Monolog und knüpfte daran ganz unhellenische
Betrachtungen über das Loos des „Weibes". Aus dem „Weibe",
das bei Euripides hinter der Schwester und der Priesterin zurück=
tritt, wird sofort die Hauptsache. Iphigenie ist das herrliche
Griechenweib, wie es sich der deutsche Dichter bei flüchtigem
Studium geträumt: ernst, jungfräulich, erhaben und doch voll
Liebreiz, viel schöner als alle Frankfurterinnen, als alle Leip=
zigerinnen, als alle Damen von Weimar, das schöne Bild, das
er im Zauberspiegel der antiken Literatur geschaut und in das
er sich modern verliebt hat[1]. Schon in der zweiten Scene kommt
ein Freiersbote und in der dritten wirbt ein König um ihre
Hand. Es fehlt nur Rivalin und Ballet — und statt einer
antiken Tragödie ist die Oper fertig. Doch jetzt erinnert sich der
Dichter an seinen Euripides. Statt eines Chorliedes läßt er die
„schöne Spröde" wenigstens zu den Himmlischen beten, er führt
Orest und Pylades herbei und macht große Anstrengungen, sie
griechisch reden zu lassen. Aber es sind keine rechten Hellenen,
es sind Deutsche in altgriechischem Costüm. Sie glauben weder
fest an ihre Orakel, noch rebelliren sie kühn dawider. Es ist
ihnen nicht Ernst mit Schicksal, Göttern, Tempeln und Altären.
Sie haben weit mehr Phantasie und Herz, als Verstand und
Willen. Unter ihren classischen Schulreminiscenzen bricht überall
das deutsche Gemüth hervor: sie reden wie Romantiker von
schönen Jugendtagen, bunten Schmetterlingen, dunklen Blumen,
Muth und Lust, von Lust und Liebe, großen Thaten, unendlichen

---

[1] Das ist das eigentliche Bild, das er später im „Zauberspiegel"
den Faust schauen läßt:

> „Du siehst, mit diesem Trank im Leibe,
> Bald Helenen in jedem Weibe."

Die Frage, ob Gretchen? ob Helena? (Göthe-Jahrbuch I. 44—78)
ist darum eine recht herzlich müßige.

Werken, stillen Abendschatten und goldenen Harfen. Ueber dem Thatendurst der Sturm- und Drangperiode, der Alles unendlich machte, lastet, nur künstlich herbeigezogen, der Druck des alten Schicksals, der Fluch des Atridenhauses. Das ermöglicht eine Anzahl Scenen von mehr antikem Gepräge. Die ganze Tantalidensage wird nach und nach in die Darstellung gezogen und vereinigt sich im Traum-Monolog des Orestes zu einem grandiosen Gesammtbild. Aber die langsame, fein berechnete Erkennungsscene zwischen Bruder und Schwester ist unterdessen verloren gegangen. Nach ungenügender Vorbereitung, welche das schöne Motiv der Geschwisterliebe nur kurz und oberflächlich zur Entwicklung bringt, heißt es gleich: „Ich bin Orest!" Der Enthusiasmus des Bruders wird auf die Schwester übertragen. Sie fliegt Orest in die Arme und dieser weist sie mit Ausdrücken zurück, die mehr an Weimar als an Athen erinnern: „Schöne Nymphe, ich traue dir nicht! Spotte nicht der Unglücklichen und wende deine Liebe irgend einem Gott zu. Diana rächt ein Vergehen hart. Wie sie der Männer Liebkosen verachtet, fordern sie strenge Nymphen" u. s. w.

Gleich der Liebe der beiden Geschwister hat Euripides auch die Liebe der beiden Freunde viel einfacher, natürlicher und ergreifender gezeichnet, als Göthe. Während jener die Furienqual des Orestes nur durch einen Boten erzählen ließ und überaus natürlich mit der Gefangennahme verband, zog Göthe dieses gewagte Motiv auf die Bühne, schwächte es dabei so ab, daß es seinen gewaltigen dämonischen Charakter fast völlig einbüßte, übertrug die Heilung des Gequälten von der Macht der Götter auf den persönlichen Einfluß der schönen Schwester-Priesterin und beschloß den sentimental gedachten Heilungsproceß mit jenen durchaus ungriechischen Expectorationen, die theils der meteorologisch-poetischen Altane des Gartenhauses von Weimar, theils dem sentimentalen Verhältniß mit Frau von Stein entstammen und in den Briefen an sie ihren Wiederhall gefunden haben.

„Laß mich zum erstenmale seit meinen Kinderjahren in deinen Armen ganz reine Freude haben. Ihr Götter, die ihr mit ent-

ſezlichen Flammen die ſchweren Gewitterwolken aufzehrt und eure
Gnadengaben, euern fruchtbaren Regen mit fürchterlichen Donner=
ſchlägen auf die Erde ſchmettert und ſo die grauſende Erwartung
des Menſchen ſich in heilſamen Seegen auflöst, wenn die Sonne
mit den Blättertropfen ſpielt und in dem grauen Reſt getrennter
Wolken mit bunter Freundlichkeit die leichte Iris forttreibt —
laßt mich auch ſo in euern Armen danken! — Mich dünckt ich
höre der Erinnen fliehend Chor die Thore des Tartarus hinter
ſich fern ab donnernd zu ſchlagen. Mich dünckt die Erde dampft
mir wieder erquickenden Geruch, und läb't mich ein, auf ihren
Flächen nach Lebensfreude und großer That zu jagen."

Dieſen ſelben Erdgeruch fand Göthe in der Hermannſtädter
Höhle, an dem S, das er ſo oft geküßt. Solche und ähnliche
Erinnerungen verderben ſehr das Bild der jungfräulichen Prieſterin,
wie man es ſich nach bloßer Leſung des Dramas zu denken ge=
wohnt iſt. Im Sinne des Dichters war es nicht die Macht der
Religion, ſondern die ſanfte Macht des „Weiblichen", was Oreſt
von der Qual der Furien befreite. Dieſelbe Macht führt nun
auch die Löſung herbei.

Zwar hat Göthe auch die Liſt verwerthet, durch welche Euri=
pides den Knoten ſchürzt; aber der Gedanke und der erſte Schritt
zum Vollzug iſt nicht der Iphigenie, ſondern Pylades zugetheilt.
Wohl geht Iphigenie raſch darauf ein; aber kaum ſind Oreſt
und Pylades fort, ſo fühlt ſie ſich unruhig darüber — die Ent=
führung des Bildes erſcheint ihr als Lüge und undankbarer Ver=
rath. Ihr Schwanken füllt den ganzen vierten Act und gibt
Thoas Zeit, Verdacht zu ſchöpfen. Da es zu ſpät geworden,
geſteht ſie dem König freiwillig den ganzen Plan ein und iſt
ſchon auf dem Punkt, ſein Herz zu rühren, als Oreſt mit ge=
zücktem Schwert hereinſtürmt, um ſie gewaltſam zu befreien.
Ihrem Ernſte und ihrer Milde gelingt es indeß, ſowohl die
Kampfluſt des Bruders als den Grimm des Königs zu befänf=
tigen. Sie überzeugt Thoas, daß Oreſt wirklich Oreſt, ihr Bruder
iſt, und nun findet auch der Auftrag Glauben, auf den Oreſt
die Entführung des Bildes gründet. Thoas entläßt die Ge=

schwister mit dem Götterbild im Frieden. Mit dieser Wendung hat nun Göthe wohl den Deus ex machina beseitigt und durch eine aus den Charakteren hervorgehende Lösung ersetzt, er hat den Charakter der Iphigenie durch ihre Wahrheitsliebe, ihre Dankbarkeit, ihre Sanftmuth und ihren Edelmuth herrlich verklärt, er hat durch diesen Zug die heidnische Fabel in den Kreis christlicher Anschauungen emporgerückt; aber eben dadurch ist auch, wie Tieck bemerkt[1], „die Handlung zu sehr vereinfacht und verfeinert, im vierten Act steht sie ganz still“; anstatt der Handlung tritt die Gesinnung der Heldin in den Vordergrund, und „so treten wir überall aus dem Ideenkreise des Alterthums heraus“[2]. „Niemals hätte sich das exclusive Hellenenthum den Barbaren so gegenüber gestellt, wie hier; vielmehr ist auch das wieder ächt Deutsch.“ Die edle Iphigenie ist eine Schwester der edlen Minna von Barnhelm, der edle Thoas ein Stammverwandter des edlen Majors von Tellheim. Wenn das Stück opernartig mit einer Liebeswerbung anfängt, um dann eine antike Sage mit deutschem Gefühl zu behandeln, so läuft es endlich in die Gesinnungstüchtigkeit des bürgerlichen Schauspiels aus. Die ganze Tantalidensage, alles Heroische und Tragische, Taurien und Griechenland, Athen und Attika, Phöbus und Artemis, der ganze Olymp und das allgewaltige Schicksal, Alles, Alles tritt zurück gegen den zarten Edelmuth eines weiblichen Herzens, das einem Fürsten zwar die Gunst der Ehe verweigert, aber ihn als Wohlthäter durch eine List zu verletzen sich scheut.

„Vollends die Klage über das Frauenschicksal,“ sagt Gervinus, „der finstere Blick auf den leidigen Trost der Ehe, der ganz zur ächten Weiblichkeit entwickelte und zum höchsten Frauenadel gesteigerte Charakter an sich liegt in dieser Selbstbewußtheit außerhalb der Sphäre des Alterthums.“ Aber das ist es gerade hinwieder, was dem Stücke seinen eigenthümlichen Reiz gibt,

[1] R. Köpke, Ludwig Tieck. Leipzig 1855. II. 190.
[2] Gervinus, Geschichte der poet. National-Literatur. Leipzig 1844. V. 97. 98.

„daß der Dichter die reinste Blüthe der modernen Sittigung mit den reinsten Formen des unbewußt schaffenden Alterthums in einer so harmonischen Mischung zu verbinden wußte"[1].

Wenn man das Alterthum nur nach seiner künstlerischen Lichtseite in's Auge faßt, so hat diese Mischung etwas Berückendes. Die ruhige Schönheit der Antike scheint von dem sanften Ethos eines deutschen Gemüths beseelt, die maßvolle Kunst der Alten mit christlichem Gehalt durchdrungen. Und doch ist diese Mischung eine bloß künstliche, eine reine Fiction. Die hellenische Welt hat keine Iphigenie von diesem Gepräge hervorgebracht. Im Christenthum hat sich das weibliche Ideal allerdings zu noch viel höherer Vollendung erhoben. Doch die Heiligen des Christenthums rufen nicht zu den schönen Götterbildern der Griechen, sondern zu dem Gekreuzigten auf Golgatha. Nicht eine holdselige, harmonische Weiblichkeit hat die Schrecken der antiken Erynnien von der Menschheit genommen, sondern ein leidender, sterbender Erlöser, Gott und Mensch zugleich, eine Gottesthat, zu der Menschenkräfte nicht hinreichten[2].

<hr>

[1] A. a. O. 98.

[2] Ich begreife nicht, wie sich Dr. H. F. Müller (Göthe's Iphigenie 1882), der doch ein gläubiger Protestant zu sein scheint (wenigstens ist sein Schriftchen unter den Zeitfragen des christlichen Volkslebens erschienen), diese Substitution einer Erlöserin für einen Erlöser gefallen lassen kann, um (S. 58) aus Göthe sogar „einen Propheten, einen Herold christlicher Wahrheit und Freiheit" zu machen. Uns Katholiken wird schon der Glaube an eine bloße Fürbitte der Gottesmutter als „Götzendienst" verübelt; aber aus Göthe's Hand nimmt man ruhig das „Weib" schlechthin als „Erlöserin" entgegen. Mir scheint, daß in dieser Hinsicht Dr. Heinrich Gelzer (Die deutsche poetische Literatur. Leipzig 1841) als gläubiger Protestant viel besser gethan hat, die Iphigenie, mit Rücksicht auf ihre allzubedenkliche Genesis, wohlwollend zu übergehen, gegen Göthe's Heidenthum aber mannhaft zu protestiren: „Wer es mit sich dahin gebracht hat, den sittlichen Menschen vom ästhetischen zu trennen, dem überlassen wir es, auch hierin Göthe's Zauber zu

Zwischen der altheidnischen und der christlichen Weltanschauung liegt deßhalb ein innerer Zwiespalt, der sich nicht überwinden läßt. Indem Göthe das versuchte, hat er ebenso wohl die antike als die christliche gefälscht. Das Amalgam ist weder antik noch christlich mehr. Ganz richtig hat Gervinus deßhalb die Iphigenie als „die reinste Blüthe moderner Sittigung“ bezeichnet. Sie ist wirklich das schönste Frauenbild, in welchem sich das Humanitäts-Christenthum Göthe's und Herders verkörpert hat. Sie erschien ihm aber selbst später „verteufelt human“, und erst als er gegen Ende seines Lebens wieder frömmere Anwandlungen verspürte, schrieb er dem Schauspieler Krüger in einen Prachtband der Iphigenie:

> „Was der Dichter diesem Bande
> Glaubend, hoffend anvertraut,
> Ward im Kreise deutscher Lande
> Durch des Künstlers Wirken laut.
>
> „So im Handeln, so im Sprechen
> Liebevoll verkünd' es weit:
> Alle menschlichen Gebrechen
> Sühnet reine Menschlichkeit.“ [1]

Während die Iphigenie des Euripides sich gleich andern Sagen des Alterthums als ahnungsvoller Typus erst später geoffenbarter christlicher Wahrheiten darstellt, umdüstert die Iphigenie Göthe's den hellen Glanz dieser Wahrheit mit antiken Reminiscenzen und zieht Erlösung, Sühnung, Heiligung des Menschen aus dem Bereich des Göttlichen in's rein Menschliche hinab. Je größer

bewundern; und die Zahl dieser Bewunderer heißt bekanntlich Legion. Wir aber können uns nur laut erheben gegen den Wahn, welcher dem Höherbegabten sittliche Willkür zugesteht“ (S. 280). Leider schmilzt die Zahl der Protestanten, die so ehrenhaft denken und offen zu ihrer ehrenhaften Gesinnung stehen, immer mehr zusammen.

[1] Weimar, 31. März 1827. Göthe's Werke (Hempel). III. 355.

der Zauber der höheren Ideen ist, die Göthe dem Christenthum
entlehnte, je größer der Reiz der abgerundeten Form, die er dem
Studium der Alten abgewann, desto bedenklicher ist es, daß die
gesammte Dichtung, im Sinne des Dichters, auf einer durchaus
falschen Grundidee ruht. Diese Idee, das Erlösungswerk Christi
durch „reine Menschlichkeit“ zu ersetzen, führt consequent zum
Heidenthum zurück[1]. Der Dichter selbst ist dieser Consequenz
nicht entgangen. Nachdem er der keuschen Diana ihren Altar
neu aufgebaut, erhielt auch Aphrodite wieder ihren Tempel,
Amor kam als Landschaftsmaler, und an die Iphigenie reihten
sich durchaus naturgemäß, ohne innere Kämpfe, in sanftester
Weiterentwicklung, die Römischen Elegien.

Und nun noch ein Wörtchen. Mit seiner glänzenden Dar-
stellungsgabe hat der Dichter die Entstehungsgeschichte des Dramas
so wunderschön verschleiert, daß die Jugend aus dem Stücke selbst
nichts davon ahnen könnte. Durch seine Ruhe und Einfachheit,
seine feine Eleganz und überherrliche Sprache kann es an und
für sich nur eine höchst bildende Lectüre sein. Und dennoch,
glaube ich, wirkt es vielfach verhängnißvoll. Es erweckt den
Glauben, als ob Göthe ein ganz unverfänglicher, ungefährlicher
Autor sei. In den meisten Ausgaben steht das Drama aber
mit Egmont, Clavigo und anderen Stücken Göthe's beisammen,
Stücken, von denen ein einziges genügt, um den Frieden eines
jugendlichen Gemüths für immer zu stören. Denn die Neugier
drängt weiter, und heute tritt noch die öffentliche Empfehlung
hinzu. In den Einleitungen und Commentaren werden Göthe's
Liebeshändel nicht etwa warnend und tadelnd erwähnt, sondern
feierlich gelobt und verherrlicht. Die Jugend braucht sich deßhalb nicht zu scheuen, auch die schlüpfrigsten Stellen Göthe's zu
lesen. Dann legt sie gleich Francesca da Rimini das Buch bei

----

[1] In einer sonst etwas sonderbaren Parallele sagt Dr. P. Klei-
nert (Augustin und Göthe's Faust. Berlin, Wiegandt und Griebe.
1866. S. 37) vom „Faust“ sehr richtig: „Es gibt nur eine Sühne:
die vom Gekreuzigten ausgeht; und die findet er nicht mehr.“

Seite und will auch fühlen und genießen, was der Dichter ihr im sinnenschmeichelnden Zauberspiegel der Dichtung gezeigt hat:

> Quando leggemmo il disiato riso
> Esser baciato da cotanto amante;
> Questi, che mai da me non fia diviso.

> La bocca mi baciò tutto tremante.
> Galeotto fu il libro e chi lo scrisse:
> Quel giorno più non vi leggemmo avante[1].

Da aber Göthe nicht, wie Dante, daran mahnt, daß die Sünde dem ewigen Untergang entgegenführt, vielmehr in seinen Werken allen positiven Offenbarungsglauben skeptisch untergräbt und verwischt, so bahnt seine Iphigenie nur zu oft auch Andern den Weg zu den „Römischen Elegien“, d. h. zu jener Poesie, welche der wackere Protestant Gelzer[2] mit gerechter Entrüstung als einen „Keim des sittlichen Verderbens“, ja als einen „Fluch der Literatur“ verurtheilt hat.

---

[1] Dante, Inferno V. 105 ff. — Hettinger, Die Göttliche Komödie. Freiburg 1880. S. 151.

[2] A. a. O. S. 281.

10. Die zweite Schweizerreise.

1779.

„Mit den auswärtigen Freunden waren die
Verhältnisse getrübt, nicht ohne Göthe's Schuld."
Göbele.

„Aufmerksamkeit auf äußere Gegenstände, Anordnung und Leitung unserer geselligen Irrfahrt
ließen wenig Productivität aufkommen."
Göthe, Zeit- und Jahreshefte.

Auf die erste Aufführung der Iphigenie folgte schon nach
sechs Tagen eine zweite. Dann übte Göthe zur Abwechslung
wieder ein anderes seiner Leipziger Studentenstücke ein: „Die
Laune des Verliebten". Die zwei Paare des Stücks spielten er
und Corona, Einsiedel und Fräulein von Wöllwarth. Im Juni
wurde „Der Jahrmarkt von Plundersweilen" wieder gegeben,
dann folgte „Le Médecin malgré lui", Iphigenie (abermals),
Bode's „Gouvernante" und im September „Der verlorene Sohn" [1].
Wie in der Frankfurter Geniezeit die erhabensten Pläne und
Entwürfe mit närrischen Possen, „Götz" und „Werther" mit
„Satyros" und dem „Jahrmarkt" durcheinander wirbelten, so
folgten der „Iphigenie" nach wenigen Monaten einige der tollsten
Faschingsstreiche, die Göthe je begangen hat. Von seinen Erfolgen
bei Hofe schwoll ihm der Kamm ganz ungebührlich und er ließ
nun seinen überquellenden Humor an zwei Männern aus, die er
beide ein paar Jahre zuvor noch als Herzensfreunde behandelt
hatte, die ihn liebevoll verehrten und von seiner Seite nichts
weniger verdient hatten, als herabgehudelt zu werden.

---

[1] Siehe „Das herzogliche Liebhabertheater" von Burkhardt.
Grenzboten 1873. III. 1 ff.

Der eine war Friedrich Jacobi, der in seinem Genierausch über Göthe's Freundschaft noch immer munter weiterdichtete, und unter dem deutlichsten Einflusse von Göthe's Poesie soeben einen frischen Roman „Woldemar" vom Stapel gelassen hatte. Eine Analyse dieses Romans gehört nicht hierher. Doch mag man mit Recht auf eine Stelle darin aufmerksam machen, welche des Loos Jacobi's einigermaßen als ein verdientes erscheinen läßt. Um zu zeigen, „was ein Grab mehr oder weniger von Aufklärung" vermag, hatte der hochmüthige Enthusiast in seinem Buche folgende Parallele gezogen:

„Und haben wir nicht an den Katholiken und Protestanten in Deutschland ein Beispiel in der Nähe? Wo liegt die Ursache, daß sich unter diesen so bald, in jedem Fache die tüchtigeren Männer fanden? Daß sie nicht nur in allen Wissenschaften entschieden sich hervorthaten, sondern auch die besten Geschäftsmänner, die größten Aerzte, Künstler und Erfinder lieferten? Daß sittenerhaltender Fleiß, blühendes Gewerbe und Völker verbindende Betriebsamkeit gleichsam ihr Eigenthum wurden? Schon in's dritte Jahrhundert dauert diese Erscheinung fort; denn noch sind die Protestanten überall, bis zur niedrigsten Klasse herab, und Zahl gegen Zahl, die Geschickteren, Sittlicheren, Emsigeren und Klügeren. Der Unterschied ist auffallend, wo beide Parteyen nebeneinander wohnen. — Wie erklären wir dieses? Doch wohl nicht aus der Verschiedenheit des theologischen Lehrbegriffs! — Wie denn Frankreich? das ganz katholisch ist, und doch keineswegs auf die angeführte Weise contrastiren könnte. Also nicht in der Religion, sondern in etwas Zufälligem, wenigstens mit ihr nicht wesentlich Verknüpftem, muß jene merkwürdige, Deutschland eigenthümliche Erscheinung ihren Grund haben. Mir däucht, es bedarf keines ungewöhnlichen Scharfsinnes, um diesen Grund im Ganzen der Erziehung und Anführung (!), in der Materie und Form des Unterrichts, wie er vom lallenden Kinde an bis zum Lehrer der Beredsamkeit auf hohen Schulen, an beiden Seiten ist und nicht ist, zu entdecken. Die ersten Beförderer der Reformation waren Humanisten und so wurden die Humaniora bis zum ABC-Buche herab bei der Gegenpartei verdächtig. Das Wort sollte nicht weiter Fleisch werden! . . . . . Genug an diesem Winke, da es an sich schon klar ist, und keiner Ausführung an Beispielen bedarf, daß mit fantastischen oder abergläubischen Vorstellungen verschonte Köpfe besto mehr Raum für wahre und fruchtbare Begriffe behalten, und eigentliche Grundsätze nur in ihnen recht gedeihen können; daß Verständigung des Gewissens (!) das Herz nothwendig läutert, seine Bewegungen richtiger und zuverlässiger macht; daß wahre Erleuchtung den Menschen unter allen Umständen auch bessert, und darum selbst die geringste wirkliche Verbesserung der Erziehung und des Unterrichts von unendlich guten Folgen sein muß."[1]

Legte der Roman schon an sich kein besonderes Zeugniß für den Werth dieses anmaßenden Selbstlobs ab (Dalberg und andere Katholiken haben, leider Gottes! ebenso verschrobenes Zeug geschrieben und dadurch wieder Herber und Andere zu „selbständigem Nachdenken", d. h. Nachschreiben angeregt[2]), so mochte Jacobi doch wohl kaum befürchten, daß ihm der zärtlich fühlende Geh. Legationsrath Göthe sein Buch noch im selben Jahre 1779, unter allgemeinem Jubel des Weimarer Hofes, an einen Baum nageln würde. So sollte es aber geschehen in diesen lustigen Zeiten.

Nachdem Göthe am 7. August eingesehen, daß er seine ganze

---

[1] Kurz fand diesen Passus des „Woldemar" für so unterrichtend, daß er von allen Romanen Jacobi's in seiner Literaturgeschichte, Leipzig 1873. III. 584, diesen einen ausschließlich auserkor, um zu beweisen, daß sie „schön und selbst genialisch, geistreich, kühn und dabei seelenvoll und zart" seien und zu „selbständigem Nachdenken" anregen!! Ich habe mir dabei auch meine Gedanken gemacht.

[2] „Sein (Dalbergs) Buch über das Universum zeichnete Ideen, die nach meiner Meinung selbst die achtungswürdigsten Schriftsteller, z. B. ein Herder, benutzt und weiter ausgeführt haben." Logenrede in Erfurt bei der Erhebung Dalbergs zum Coadjutor: I. d. ☐ C. z. d. d. R. I., den 19. Juni 1787 vom Bruder Redner. Vgl. Herders Werke (Hempel). XVII. 457 ff.

Jugend bis 1775 vergeudet hätte, nahm er sich zwar vor, in
Zukunft vernünftiger zu leben. Allein der Vorsatz hielt nicht.
Er betete zu Göttern, die Niemanden erhören. Zwischen dem
15. und 20. September (den genauen Tag mag Düntzer bestimmen, die Sache selbst steht fest)[1] nahm er ein sein einge-
bundenes Exemplar von Jacobi's „Woldemar" mit nach Ettersburg, wo der Hof sich damals erlustigte, versammelte die ganze
fröhliche Gesellschaft unter einer deutschen Eiche, las, mit allerlei
malitiösen Zuthaten und Verdrehungen, einige Partieen des Buches
vor und ließ den Helden schließlich vom Teufel holen. Danach
stieg er auf den Baum selber hinauf, hielt von dort herab eine
komische Standrede über das verdammliche Buch und nagelte es,
Andern zum abschreckenden Beispiel, an beiden Enden des Ein-
bandbeckels an den Baum, so daß die Blätter, zur Ergötzung des
klatschenden Publikums, lustig im Winde hin- und herflatterten.
Man hat das hinterher bei der für alles Religiöse ehrfurchtlosen
Spottsucht „Jacobi's Kreuzigung oder Kreuzerhöhung" genannt.
Genug, so weit kam man mit der Herzensläuterung und Veredlung, welche nach Jacobi's Ansicht die protestantische Aufklärung
bewirken sollte.

Weßhalb Göthe gerade Fritz Jacobi, der als sein Freund
galt[2], dem allgemeinen Gespötte preisgab (denn die Historie ging
gleich in alle Welt hinaus), ist nicht völlig klargestellt. Jacobi
selbst erhielt von Göthe auf eine sehr schmerzliche Freundesklage
keine Antwort. Der Tante Fahlmer wußte er nichts Entschul-

---

[1] Düntzer, Göthe's Leben. 1880. S. 298. 299.

[2] Deßhalb schreibt Frau von La Roche (12. Sept. 1779) an
Wieland: „Sehen Sie, mein Freund, darüber möchte ich wissen,
was wahr ist, weil mich würklich die Idee des Ganzen für unsern
Jacobi schmerzt, und ich gewiß aus Gerechtigkeitsliebe wegen der
Briefe meiner Rosalie mir nicht so viel daraus machte, weil es nur
Weiberbriefe sind, und niemals so viel Erwartung und Hoffnung
auf Achtung von Euch Männern haben können, als ein Mann, der
Euer Freund ist." — Wagner, Briefe an H. J. Merck. 1835.
S. 130. 131.

bigendes zu sagen, als daß er, „was man den Geruch dieses Buches nennen möchte", nicht leiden könne[1]. Lavater wurde darüber mit der Bemerkung begütigt:

„Der leichtsinnige, trunkene Grimm, die muthwillige Herbigkeit, die das Halbgute verfolgen und besonders gegen den Geruch von Prätension wüthen, sind Dir an mir zu wohl bekannt. Und die nicht schonenden launigen Momente voriger Zeiten weißt Du auch. Vieles von diesem Allem wird verschlungen in thätiger Liebe."[2]

Die Entschuldigung heißt nicht viel, da Göthe selbst, wenn man von der Iphigenie absieht, in dieser ganzen Zeit höchstens Halbgutes zu Tage förderte und dazu keine geringeren Prätensionen machte, als irgend ein Anderer[3].

Wieland wurde, wenn auch nicht so unmittelbar von Göthe selbst, doch vom Hofe in noch liebloserer und unwürdigerer Weise mißhandelt. Dieser fleißige Schriftsteller hatte eigentlich das Verdienst, die erste deutsche Oper geschrieben zu haben und zwar zwei Jahre vor Göthe's Ankunft in Weimar. Wie aus einem Aufsatz in seinem Deutschen Merkur „Ueber das deutsche Singspiel Alceste" hervorgeht, hatte er selbst die Aufgabe als keine geringe betrachtet. Der Text fiel nun allerdings nicht sehr glänzend aus; die antike Sage mußte es sich, wie in Voltaire's Götterballetten, gefallen lassen, in den modernen Salon herabzusteigen, und die Wertherzeit drückte ihr den Stempel der Empfindsamkeit auf. Der Unsinn, der sich hieraus ergab, war übrigens nicht

____

[1] Viehoff, Göthe's Leben. II. 209.

[2] Hirzel, Briefe an Lavater. 1833. S. 126. „Daß Göthe das Herzenswerk eines Freundes dem Gelächter einer hochadeligen Gesellschaft preisgeben konnte," sagt Göbele (Göthe's Leben. S. 170), „war freilich mit nichts zu entschuldigen."

[3] „Ich habe niemals einen präsumtiöseren Menschen gekannt, als mich selbst. Niemals glaubte ich, daß etwas zu erreichen wäre, immer dacht ich, ich hätt' es schon. Man hätte mir eine Krone aufsetzen können, und ich hätte gedacht, das verstehe sich von selbst." Göthe's Werke (Hempel). XXVII. 298.

einmal so üppig blühend, wie in den Textbüchern vieler gefeierter
moderner Opern[1]. Der Componist Schweitzer, der eben aus
Italien zurückgekehrt, fand den Text Wielands sehr brauchbar
und verwandte alle seine Kunst darauf. Der Erfolg war günstig.
Als die Oper am 28. Mai 1773 zum ersten Mal gegeben wurde,
waren Fremde vom ersten Rang und von zuverlässigem Urtheil
(die in Frankreich, Italien, England gewesen) außer sich vor
Verwunderung, so etwas in Weimar zu hören[2]. Auch ander-
wärts fand das Opus große Anerkennung. Durch dasselbe wurde
eigentlich einer selbständigen deutschen Oper Bahn gebrochen.
Aber weil das Wieland gethan, war das „Halbgute" natürlich
wieder unausstehlich — eine Prätension. Also drauf los! Ein-
siebel travestirte die Alceste in einer Posse „Orpheus und Eury-
dice" und Göthe ließ sie in Ettersburg aufführen.

„Der Darstellung geht ein Vorspiel voraus, worin der Autor
der Travestie den Plan zu dem Stück entwirft und mit einer
großen Feder, welche sich vom Hintergrunde des Theaters aus
an die Soffiten herüberwölbte, den Text aufsetzt. Mit einem
kleinen Pinsel, welcher an der Spitze der Feder befestigt war,
beschrieb der Schriftsteller mächtig große Bogen und sprach dabei
manches Lächerliche über den Inhalt mit seinem Diener, der ihm
fortwährende Entgegnungen über die Composition machte und
die großen Bogen mit Anspielungen auf die ungeheure Productivität Wielands über den vordern Lampen-trocknete."[3]

Bei der Farce selbst spielte die Herzogin als „Alceste", Wedel

---

[1] Man denke nur an den Text der noch so allgemein beliebten
„Afrikanerin" von Meyerbeer, wo die Bassisten den armen Vasco
de Gama als „Bischöfe" anbrüllen und Selika „unter dem Boom,
Sie jloben et koom", stirbt.

[2] Pasqué, Göthe's Theaterleitung. Leipzig 1863. I. 21
II. 363—390.

[3] Grenzboten 1873. III. 14. Burkhardt, Liebhabertheater.
Dünzer meint, Burkhardt menge hier zwei verschiedene Stücke;
das ändert aber an der Substanz nichts, daß Wieland elendiglich
verspottet wurde. Vgl. Keil, Tagebuch. 202.

trat als Orpheus auf und Göthe als Herkules. Seckendorf, der
die Musik arrangirt hatte, gab ebenfalls eine Hauptrolle. Ein
muthwilliger Spaß drängte den andern. Einer der Hauptcoups
bestand darin, daß die rührend componirte Arie des eigentlichen
Stückes, in welcher Alceste von ihrem Gatten Abschied nimmt[1]:
„Weine nicht, du meines Herzens Abgott", mit dem Posthorn
begleitet wurde. Dann stieg Alceste mit ihrem Gefolge in einen
bereitstehenden Postwagen und fuhr nach dem Orkus. Hier em=
pfing sie Pluto und sein Hofstaat unter den drolligsten Kratz=
füßen und Ceremonien. Dann kam Göthe als Riesen=Herkules,
befreite die Alceste aus den Schrecken der Unterwelt und brachte
sie ihrem Gemahl zurück, der an der Oberwelt sich noch in Weh=
muthskrämpfen herumwälzte.

Wieland mußte das Alles selbst mitansehen und mitanhören.
Nachdem er schon bei der Begleitung der Abschiedsarie durch das
Posthorn seinen Unwillen kaum mehr zurückhalten konnte, schrie
er endlich laut auf und verließ wuthschnaubend den Saal. Er
ließ sich nachher so weit begütigen, daß er wieder beim Souper
erschien; aber weh that ihm der grausame Scherz doch, und er
konnte ihn lange nicht verwinden.

„So sind wir nun hier!" schrieb er noch 14 Tage später an
Merck[2]. „Der unsaubere Geist der Polissonnerie und der Fratze,
der in unsere Obern gefahren ist, verdrängt nachgerade alles
Gefühl des Anständigen, alle Rücksicht auf Verhältnisse, alle
Delicatesse, alle Zucht und Schaam. Ich gestehe Dir, Br., daß
ich's müde bin, und bald muß ich glauben, die Absicht sei, daß
ich's müde werden und die Sottise machen soll, bloß davon zu
fliehen. Lebe wohl, l. Br., und schreib mir bald was Tröstliches,
wenn Du kannst."

Wieland fortzutreiben, kann Göthe's Absicht kaum gewesen
sein. Eher könnte es seine Absicht gewesen sein, Wieland wie
Jacobi in den Augen des Hofes unsterblich lächerlich zu machen,

---

[1] Wielands Werke (Hempel). XXIX. 10.
[2] Wagner, Briefe an H. J. Merck. 1835. S. 180.

da beide am Hofe noch sehr in Ehre und Ansehen standen. Gesetzt, daß Alles auch nur ein absichtsloser Streich war, edel und
schön war derselbe nicht. Zwei wohlwollende Freunde in so
possenhafter Weise vor dem Weimarer Publikum und vor ganz
Teutschland zu verhöhnen, geht über den Scherz hinaus, den
man einem Mann von 30 Jahren, dem Geheimrath eines Fürsten, der ersten Persönlichkeit eines ganzen Hofes zu Gute halten
kann. Denn nur drei Tage später wurde Göthe durch herzog-
liches Decret zum Geheimrath promovirt.

Sind Travestie und Parodie überhaupt nicht Zeichen des
vollendetsten Geschmackes, so gehört die scharfgepfefferte persönliche
Satire schon zu den gewaltsameren Reizmitteln, mit welchen man
die Lachlust kitzelt. In dem Kreis der Liebhaberbühne herrschte
trotz allen Uebermuthes doch schon eine gewisse Uebersättigung.
Das ist auch begreiflich. Dann und wann etwas Theater ist
eine schöne Erholung. Aber vier Jahre lang Proben und Aufführungen, nur mit kleinen Unterbrechungen, fast stetig fortgesetzt,
war schon ein Stück Arbeit. Die Sache wurde nothwendig etwas
Metier, und für den Schauspieler von Profession ist das Theater
kein solcher Himmel der Kunstseligkeit, wie ein poetisches Student-
lein oder eine Blume aus höheren Töchterschulen es sich träumen
mag. Gleich hinter den Coulissen fängt schon wieder die Prosa
des Lebens an, langweiliges Memoriren, noch langweiligere
Uebungen, Correctur, Dressur und was es sonst noch weiter
braucht, um die schöne Kunstfigur in's Ganze einzuschulen, Eifersucht, Aerger, Haber, Verdruß und der unzertrennliche Gefährte
aller Liebeleien, der moralische Katzenjammer. Das Liebhabertheater von Weimar entging diesem allgemeinen Bühnenloose
nicht. Allerlei Intriguen spielten hinter der Natur- und Kunst-
scenerie. Als Göthe zum Geheimrath befördert wurde, entbrannte
gegen ihn ein wahres Odium Vatinianum, wie Wieland es
nennt [1]. Viel Aerger und Verdruß motteten im Stillen, während
Feuerwerke einen allgemeinen Jubel verkündeten. Wie Göthe,

----

[1] Wagner, Briefe an H. J. Merck. 1835. S. 179.

hatte sich auch der junge Herzog in die Hof= und Kammersängerin
Corona Schröter verliebt, und Göthe glaubte nun dieser Liebe
entgegentreten zu müssen. Herzogin Luise war der ungetheilten
Liebe ihres Gemahls nicht sicher; der schwächliche und kränkliche
Prinz Constantin trauerte seiner Karoline von Ilten nach, die er
aus Staatsraison nicht heirathen durfte. Herder lebte ziemlich
vereinsamt in ungemüthlicher Stellung, da er als Literat seinem
Kirchenamt nicht recht entsprach und dieses ihn wieder hinderte,
ganz Poet und Literat zu sein. Wieland mußte mit Schreiben
seine zahlreiche Familie ernähren und war dafür vor dem ganzen
Hofe unsterblich verhöhnt. Ein literarisches Zusammenleben Beider
mit Göthe hatte schon nach den ersten Honigmonaten aufgehört.
Sie plagten sich wie hundert andere geplagte Adamssöhne, wäh=
rend Göthe selbst diesem Loose auch nicht ganz entging. Es war
eben eine wunderliche Lage, gleichzeitig alle literarischen Früchte
seiner früheren Liebesabenteuer mit den jungen Herren und Damen
einzuüben, selbst einen verwickelten Roman weiterzuspielen und
dann bei den jungen Leutchen, wenn sie sich wirklich verliebten,
als Geheimrath und weiser Mentor die Rolle des störenden
Onkels und Vormunds auszuführen, dazu in allen Verwaltungs=
zweigen eines kleinen Landes herumzustöbern und als „lustiger
Rath" sich mit den prosaischen Staatsbeamten zu zanken.

> „Wer der Menschen thöricht Treiben
> Täglich sieht und täglich schilt,
> Und, wenn Andre Narren bleiben,
> Selbst für einen Narren gilt,
> Der trägt schwerer als zur Mühle
> Irgend ein beladen Thier,
> Und wie ich im Busen fühle,
> Wahrlich so ergeht es mir." [1]

Das ist ein durchaus biographisches Stimmungsbild. Jedes
Jahr nahm „der lustige Rath" ein= oder anderesmal Reißaus

---

[1] Göthe's Werke (Hempel). I. 28.

vom Hofe, um in frischer Berg- und Waldluft sich von der mühsamen Erholung zu erholen.

So reiste er z. B., nachdem er einen großen Theil des Herbstes auf der malerischen Wartburg zugebracht, am 29. November 1777 plötzlich incognito in den Harz, besah sich die Bergwerke daselbst, bestieg am 10. December, mitten unter Schnee und Eis, den Brocken und kam erst den 15. wieder nach Eisenach zurück[1]. Von mehr Bedeutung ist seine zweite Schweizerreise im Jahre 1779.

Der Sommer war schon weit vorgerückt, als er mit dem Herzog ganz geheim diese Reise verabredete. Was er damit beabsichtigte, ist schwer zu sagen. Für eine Vergnügungsreise war es spät. Sollte sie eine neue Etappe in des Herzogs Bildung sein? Wollte er mit dem fürstlichen Freund bloß dem kleinlichen Zwang des Hoflebens entrinnen? Wollte er seiner Triumphe in der Vaterstadt genießen? Oder galt es eine „Geniereise"?

Genug, schon am 9. August 1779 kündigte er seiner Mutter unter strengem Geheimniß an, daß er nächstens mit dem Herzog auf Mitte September nach Frankfurt kommen würde. Der Brief ist lustig-fromm gehalten, ganz der Anschauungsweise der Frau Rath gemäß.

„Wenn sie dieses prosaisch oder poetisch nimmt so ist dieses (der Besuch in Frankfurt) eigentlich das Tüpfgen aufs i, eures vergangnen Lebens, und ich käme das erstemal ganz wohl und vergnügt und so ehrenvoll als möglich in mein Vaterland zurück. Weil ich aber auch möchte daß, da an den Bergen Samaria der Wein so schön gediehen ist auch dazu gepfiffen würde, so wollt ich nichts als daß Sie und der Vater offene und seine Herzen hätten uns zu empfangen, und Gott zu dancken der Euch euern Sohn im dreißigsten Jahr auf solche Weise wiedersehen läßt. Da ich aller Versuchung widerstanden habe von hier wegzuwitschen und Euch zu überraschen, so wollt ich auch diese Reise recht nach

---

[1] Siehe Keil, Tagebuch S. 140 und das Gedicht „Harzreise im Winter". Göthe's Werke (Hempel). I. 145.

Herzenslust geniessen. Das unmögliche erwart ich nicht. Gott hat nicht gewollt daß der Vater die so sehnlich gewünschten Früchte die nun reif sind, geniessen solle, er hat ihm den Apetit verdorben und so seys. ich will gerne von der Seite nichts fordern als was ihm der Humor des Augenblicks für ein Betragen eingiebt. Aber Sie mögt ich recht fröhlich sehen, und ihr einen guten Tag bieten wie noch keinen. ich habe alles was ein Mensch verlangen kan, ein Leben in dem ich mich täglich übe und täglich wachse, und komme diesmal gesund, ohne Leidenschafft, ohne Verworrenheit, ohne dumpfes Treiben, sondern wie ein von Gott geliebter, der die Hälfte seines Lebens hingebracht hat, und aus vergangnem Leiden manches Gute für die Zukunft hofft, und auch für künftiges Leiden die Brust bewährt hat, wenn ich euch vergnügt finde, werd ich mit Lust zurückkehren an die Arbeit und die Mühe des Tags, die mich erwartet." [1]

In einem andern Brief bestellte Göthe dann förmlich Quartier:

„Für den Herzog wird im kleinen Stübgen ein Bette gemacht, und die Orgel wenn sie noch dastünde hinausgeschafft. Das grose Zimmer bleibt für Zuspruch, und das Entrée zu seiner Wohnung. Er schlafft auf einem saubern Strohsacke, worüber ein schön Leintuch gebreitet ist unter einer leichten Decke ... Das Caminstübgen wird für seine Bedienung zurecht gemacht ein Matraze Bette hineingestellt. Für Hr. von Wedel wird das hintere Graue Zimmer bereitet auch ein Matrazzen Bette 2c. Für mich oben in meiner alten Wohnung auch ein Strohsack 2c. wie dem Herzog. Essen macht ihr Mittags vier Essen nicht mehr noch weniger, kein Geköch, sondern eure bürgerlichen Kunststück aufs beste, was ihr frühmorgens von Obst schaffen könnt wird gut seyn ...... In des Herzogs Zimmer thu sie alle Lüstres heraus, es würde ihm lächerlich vorkommen. Die Wandleuchter mag sie lassen. Sonst alles sauber wie gewohnlich und ie weniger anscheinende Umstände ie besser. Es muß ihr seyn als wenn wir 10 Jahre so bey ihr wohnten. Für Bedienten oben im

[1] Keil, Frau Rath. 1871. S. 144—146.

Gebrochenen Dach bey unsern Leuten sorgt sie für ein oder ein Paar Lager. Ihre Silbersachen stellt sie dem Herzog zum Gebrauch hin Lavor, Leuchter ꝛc. Keinen Kaffee u. dgl. trinkt er nicht. Webel wird ihr sehr behagen, der ist noch besser als alles was sie von uns Mannsvolck gesehen hat."[1]

So bereitete der glückliche Parvenu[2] seinen kleinen Triumph im bürgerlichen Vaterhause vor. Recht froh konnte er demselben kaum entgegensehen. Seinem greisen Vater hatte er bis jetzt wenig Freude gemacht. Von Leipzig war er krank, von Straßburg und Wetzlar verworren und unzufrieden wiedergekehrt. Sein Eintritt in Weimar machte alle Pläne des Vaters zu nichte. Während er mit dem jungen Herzog in Saus und Braus lebte, mußte der Vater noch Schulden für ihn zahlen und wurde abermals, wenn auch vorsichtig, um Geld angegangen. Zum Zahlen war er gut genug, über alles Andere hatte er nichts zu sagen. Hunderte von Briefen und Billets hat Göthe in den ersten Weimarer Jahren geschrieben, keines ist an seinen Vater gerichtet[3]. Tag und Nacht quälte er sich, den Hof zu amüsiren: für seinen Vater hatte er kein freundliches Wort. Von Mutter und Schwester wurde viel geredet: die Hofdamen von Weimar interessirten sich für beide. Aber der „alte Philister" war zu nichts gut auf der Welt. Er war mit seinem Sohne unzufrieden,

---

[1] Keil, Frau Rath. S. 147—149.

[2] Er fühlte sich ordentlich als Aristokraten; als ein gewisser „Cameralischer Ckulist" gleich ihm mit dem Herzog fraternisiren wollte, schrieb er an Lavater (Hirzel, Briefe S. 42): „Es ist nur, seitdem man den Katzen weiß gemacht hat, die Löwen gehören in ihr Geschlecht, daß sich jeder ehrliche Hauskater zutraut, er könne und dürfe Löwen und Pardeln die Tatze reichen und sich brüderlich mit ihnen herumsielen, die doch ein vor allemal von Gott zu einer andern Art Thiere gebildet sind." Und doch war auch er ein „bürgerlicher Kater"! Der Brief ist von der Reise aus: 17. October 1779. — Vgl. A. Diezmann, Aus Weimars Glanzzeit S. 43. 54.

[3] Er ließ ihn höchstens etwa durch Merck grüßen.

er hatte guten Grund dazu; er hatte durch sein Scheiden die letzte
Freude auf Erden verloren. Nun schloß er sich in ein trau=
riges Stillleben ein, wurde apathisch gegen Alles, trübselig, kränk=
lich, halb stumpfsinnig — — und drei Jahre lang schenkte ihm
der Sohn=Minister kein freundliches Wort der Abbitte, des Dankes,
der Liebe. Das ist eine sehr merkwürdige Lücke in der Göthe=
Literatur. Frau von Stein überschüttete er mit Liebesbillets,
seinem Bergwerksreferenten Kraft, einem zugelaufenen Abenteurer,
widmete er die rührendsten Briefe[1], seinen Bedienten Philipp
Seidel behandelte er fast so brüderlich wie den Herzog Karl
August von Sachsen=Weimar[2]. Aber sein Vater — wozu ihm
ein Zeichen der Liebe widmen? Er hatte ihm ja das Leben ge=
geben und seine Schulden bezahlt — jetzt konnte „der Alte“ ihm
nicht weiter dienen[3]. Im Freundeskreise des Dichters wurde er

---

[1] Lewes (Frese). I. 431 ff.

[2] „Im neuen Reich“, red. v. Dove. 1871. Göthe's Verhält=
niß zu Philipp Seidel von C. A. H. Burkhardt. Nr. 8. Göthe's
Briefe an Philipp Seidel. Nr. 9. 12. 17. Er sah Philipp als einen
seiner „Schutzgeister“ an. S. Hirzel, Verzeichniß einer Göthe=
Bibliothek. S. 107.

[3] Der unternehmende Dr. Otto Volger, der erst Frankfurt a. M.
mit Wasser zu versehen bemüht war, dann zur Trockenlegung der
deutschen Nationalliteratur das Neue Freie Deutsche Hochstift grün=
dete und viele Jahre leitete, hat, durch den Undank der Welt seiner
Vorsteherschaft entsetzt, sich eine dritte Herkulesarbeit vorgenommen:
nämlich jene fatale Lücke in der Göthe-Literatur mit einem „histo=
rischen“ Mantel zu bedecken. Ein Müsterchen von dem hierzu zu
verwendenden Tuch hat er jüngst in der Augsb. Allgem. Zeitung
Beil. Nr. 145, zum hundertsten Todestag des Herrn Rath, 25. Mai
1882, vor's Publikum gebracht. Nach dem Muster zu urtheilen,
dürfte das Tuch indeß kaum ausreichen, um den dunkeln Punkt in
Göthe's Leben gründlich zu bemänteln. Denn so viel Herr Volger
auch von dem Leben des Herrn Rath vor 1775 zu erzählen weiß,
so bringt er über 1775—1782 nur die folgenden Sätze: „Die Un=
billigkeit des Sohnes gegen den Vater hatte wesentlich ihren Grund
darin, daß der Sohn seinen Lebensgang nicht zu erfüllen vermochte

nur als ein höchst überflüssiger Philister betrachtet. Als er drei Jahre später (den 25. Mai) starb, schrieb Göthe's Freund und Bruder, der Herzog, an Merck:

„Göthens Vater ist ja nun abgestrichen und die Mutter kann nun endlich Luft schöpfen. Die bösen Zungen geben Ihnen Schuld, daß Sie wohl gar bey diesem Unglück im Stande wären zu behaupten, daß dieser Abmarsch wohl der einzige gescheute Streich wäre, den der Alte je gemacht hat."[1]

Bei dem Besuche selbst blieb die Pietät, wenigstens äußerlich, gewahrt. Am 12. September waren die Reisenden in Weimar aufgebrochen, noch am selben Tag trafen sie in Kassel ein und besuchten dort die Gemäldegallerie und den Südseereisenden Forster. Frankfurt erreichten sie den 19. Abends spät und wurden von den Freunden mit Feuerzeichen empfangen. Ueber den Vater, dem er vier Jahre lang nie geschrieben, meldete Göthe am 20. an Frau von Stein: „Meinen Vater hab ich verändert ange-

---

nach des Vaters Vorgedanken und Lieblingsträumen. Dieser Umstand war die Quelle des größten Kummers für den Herrn Rath. Ja, als der Sohn alle Zukunftshoffnungen desselben zerstört zu haben schien, indem er sich anschickte, sein Leben, fern der Vaterstadt, dem vom Vater stets mit vorurtheilsvollem Mißtrauen angesehenen Fürstenhofe zu widmen, war des Biedermanns Leben geknickt. Er begann rasch zu altern. Aber nicht um sich, sondern um den geliebten Sohn grämte es ihn (sic!). Und als am 19. Sept. 1779 der letztere den jungen Herzog Karl August als seinen Freund und Gast in der Eltern Haus einführte, da übernahm das Gefühl der Freude und des Glückes den in das siebzigste Jahr getretenen Vater; sein Geist verwirrte sich, und fand sich nicht mehr wieder, bis der müde Leib nach mehrjährigem Traumzustande am 25. Mai 1782 für immer die Augen schloß. — ‚Liebe um Liebe!'" — Eine solche Pietät wird nun wieder prahlerisch der öffentlichen Verehrung ausgesetzt. Pfui! Kein wackerer edelbenkender Sohn möchte es auf dem Gewissen haben, alle Lieblingsträume eines treuen Vaters zerstört, ihm Jahre lang nie geschrieben und sein Leben durch Kummer geknickt zu haben.

[1] Wagner, Briefe an Merck. 1838. S. 200.

troffen, er ist stiller und sein Gedächtniß nimmt ab, meine Mutter ist noch in ihrer alten Kraft und Liebe. Adieu Veste! Heut erwart ich ein Briefchen von Ihnen. Bald rücken wir weiter von Ihnen weg, doch nicht mit Herzen." [1] Das ist Alles, was er seiner Geliebten von dem Vater zu sagen weiß.

Der Herzog reiste unter dem Titel eines Oberforstmeisters von Webel, der Herr von Webel als Kammerherr desselben Namens, Göthe anonym; doch war das Incognito ziemlich durchsichtig und hatte wahrscheinlich nur die Wohlfeilheit zum Zweck. Von Basel aus dankte der Herzog der „lieben Mutter Aja" für die „Stärkung ihres alten Weins und besonders die ganz vortrefl. einfließe Ihres unvergeßlichen Wildpretsbraten", ließ auch dem Herrn Rath danken und sich ihm empfehlen[2]. Göthe selbst hat das Familienwiedersehen nicht näher beschrieben. Dagegen scheint Merck darüber an Fräulein von Göchhausen berichtet zu haben. Wenigstens antwortete diese am 22. October: „Des Alten seine Gestalt, die sie mit ein paar Zügen so meisterhaft darstellten, hat mich hoch gefreut. Es mag ihn freilich mächtiglich ergötzt haben, daß der Geh. Rath, sein Sohn, den Herzog in Frankfurt sehen ließ." [3]

In Frankfurt mußte es natürlich Aufsehen machen, als der junge, poetische Advocat, der vor vier Jahren als unglücklicher Freier verduftet war und von dem unterdessen kein neues Werk Rumor gemacht hatte, so plötzlich als Minister und Geheimrath einen Herzog in sein Vaterhaus brachte; Frau Rath war überglücklich, und das Haus „zu den drei Leyern" ward fürder ein Wallfahrtsort.

Nachdem der eigenen Eitelkeit und in etwa auch der Pietät diese Huldigung entrichtet war, führte Göthe seinen Herzog weiter nach Speyer. Da sahen sie den Dom und den Domschatz, „wo alte Meßgewänder sind, wo jeder Künstler sein ganz Talent

---

[1] Schöll, Briefe an Frau von Stein. I. 240.
[2] Keil, Frau Rath. S. 150. 151.
[3] Ebd. S. 157.

dem Priester auf den Rücken gehängt hat"[1]. Sonst gefiel es Göthe am Rhein viel besser als in Weimar. „Himmelsluft weich, warm, feuchtlich, man wird auch wie die Trauben reif und süß in der Seele. Wollte Gott, wir wohnten hier zusammen, mancher würde nicht so schnell im Winter einfrieren und im Sommer austrocknen." Von Selz aus besuchte er am 25. seine frühere Geliebte Friederike Brion, die Pfarrerstochter in Sessenheim, in Straßburg seine frühere Geliebte Lili Schönemann, und schrieb dann am 28. an seine jetzige Geliebte Charlotte von Stein einen lebhaften Bericht über diese verspäteten Kapitel seiner abgethanen Romane. Die Situation ist so widerlich, als sie sein kann. Friederike hatte er in der unwürdigsten Weise sitzen lassen[1], und nun erzählt er der fünften oder sechsten Geliebten, die er seitdem am Seile hatte, sein sentimentales Wiedersehen:

„Die zweite Tochter vom Hause hatte mich ehmals geliebt schöner als ichs verdiente und mehr als andere an die ich viel Leidenschaft und Treue verwendet habe (sic!), ich mußte (sic!) sie in einem Augenblick verlassen, wo es ihr fast das Leben kostete, sie ging leise brüber weg mir zu sagen was ihr von einer Krankheit jener Zeit noch überbliebe, betrug sich allerliebst mit so viel herzlicher Freundschaft vom ersten Augenblick da ich ihr unerwartet auf der Schwelle ins Gesicht trat und wir mit den Nasen aneinanderstießen daß mirs ganz wohl wurde ... Sie führte mich in jede Laube und da mußt ich sitzen und so wars gut. Wir hatten den schönsten Vollmond; ich erkundigte mich nach allem ... Die Alten waren treuherzig, man fand ich war jünger geworden. Ich blieb die Nacht und schied den andern Morgen bei Sonnenaufgang von freundlichen Gesichtern verabschiedet, daß ich nun auch mit Zufriedenheit an das Eckchen der Welt hindenken, und in Friede mit den Geistern dieser ausgesöhnten in mir leben kann."[3]

---

[1] Schöll, Briefe I. 242.

[2] Siehe oben S. 57—60.

[3] Schöll, Briefe I. 244. 245.

Gutgemacht war thatsächlich nichts; doch ließ sich die Pfarrers=
familie natürlich durch den Besuch Sand in die Augen streuen.
Ein sächsisch=weimarischer Geheimrath liebte sie um Friederikens
willen! Welche Ehre! Sie vergaßen ganz, daß Friederike dabei
nach wie vor verschmäht blieb. Aber was ließen sich diese Mäd=
chen und Frauen nicht gefallen? Er durfte das Alles wieder
einer neuen Geliebten erzählen — und sie glaubte doch an seine
„ewige“ Liebe.

Bei Lili hatte der Besuch ein anderes Colorit. Sie hatte
den jungen Poeten und Advocaten verschmäht oder wenigstens
verschmähen müssen, um einem Herrn „von“ die Hand zu reichen.
Nun kam der Verschmähte mit einem Herzog in's Land, Geheim=
rath und Minister; sie mußte einsehen, daß sie nicht wohl gethan.
Zugleich aber mußte er sie doch als Dichter in seiner Lieder=
sammlung behalten und so erhielt auch diese Schaustellung ihren
romantischen Beigeschmack.

„Ich ging zu Lili und fand den schönen Grasaffen mit einer
Puppe von sieben Wochen spielen, und ihre Mutter bei ihr.
Auch da wurde ich mit Verwunderung und Freude empfangen.
Erkundigte mich nach allem und sah in alle Ecken.“ [1]

Er speiste bei ihr, Mittags und Abends, und ging dann in
schönem Mondschein weg. Die Frucht seines Besuches drückt er
in folgenden Worten aus:

„Die schöne Empfindung die mich begleitet, kann ich nicht
sagen. So prosaisch als ich nun mit diesen Menschen bin, so
ist doch in dem Gefühl von durchgehendem reinen Wohlwollen,
und wie ich diesen Weg her gleichsam einen Rosenkranz der
treuesten (!), bewährtesten (!), unauslöschlichsten Freundschaft ab=
gebetet habe, eine recht ätherische Wollust.“ [2]

In Emmendingen besuchte er den 27. und 28. seinen Schwager
Schlosser und das Grab seiner Schwester Cornelia. Schlosser
hatte unterdessen wieder geheirathet und zwar „Tante Fahlmer“,
die Vertraute Göthe's während seiner Lili=Periode.

---

[1] Schöll, Briefe I. 240.　　[2] Ebd.

Ueber die weitere Reise führte Göthe mit Bleistift Tagebuchnotizen, aus denen er dann seinem Kammerdiener Philipp Seidel
Berichte für Frau von Stein dictirte. Reichte die Zeit nicht, so
ließ er einfach die Notizen ausschreiben und setzte noch ein Post-
scriptum hinzu. Frau von Stein hatte so die Ehre, über die
Reise der „Herrschaften" auf dem Laufenden zu sein, und die
Herzoginnen und den Hof mit Nachrichten zu bedienen; als verliebte Archivarin hob sie gleichzeitig die Berichte sorgfältig auf
und ermöglichte es Göthe, seine „Schweizerreise" daraus zu
redigiren, wobei indeß nicht viel mehr geändert wurde [1].

Am 2. October schrieb der Herzog von Basel aus an „Frau
Rath". Am 3. waren sie im Jurassischen Münster, am 5. in
Biel, von wo aus sie die Rousseau-Insel besuchten. Sie fanden
daselbst noch die Wirthsleute, die Rousseau selbst bedient hatten.
Ueber Murten und Bern ritten sie dann in's Berner Oberland.
Viel Interesse für die Geschichte und die Zustände der Schweiz
verräth der Bericht nicht. In Murten wurde immerhin eine
Beschreibung der berühmten Schlacht vorgelesen, und in Bern
freute den Bürger-Minister die bürgerliche Egalität und Rein-
lichkeit der Gebäude. Die Stadt imponirte ihm; sie war viel stattlicher als Weimar, und dabei berührte es ihn angenehm, „daß
nichts leere Decoration oder Durchschnitt des Despotismus ist" [2].

Bei weitem wog indeß das Interesse für die Natur vor.
Das war von Anfang seine Idee gewesen: „Die Schweiz liegt
vor uns und wir hoffen mit Beistand des Himmels in den
großen Gestalten der Welt uns umherzutreiben und unsere Geister
im Erhabenen der Natur zu baden." Der Dichter führte auch
seinen Homer bei sich und las der Reisegesellschaft auf dem
Weg zur Beatushöhle den Gesang über die Sirenen.

---

[1] Bei Schöll, Briefe I. 248—285.

[2] Anspielung auf Berlin, wo es Göthe 1778 gar nicht gefallen.
Wagner, Briefe an Merck. 1835. S. 139. Ueber das Treiben
der Reisenden geben einige spätere Aeußerungen des Herzogs und
Göthe's sehr trübe Andeutungen. Dünzer, Karl August. I. 100.

Die Fahrt ging über Thun und den Thunersee nach Unter=
seen, dann theils zu Wagen, theils zu Fuß nach Lauterbrunnen.
Am Staubbach philosophirte Göthe über das Erhabene; denn
eine Beschreibung ließ sich nicht gestalten. „Gegen das Ueber=
große ist und bleibt man zu klein.“ Doch gedieh unter dem
gewaltigen Eindruck der „Gesang der Geister über den Wassern“[1].
Am 11. October zog man weiter über Grindelwald nach dem
untern und obern Gletscher, der am 12. erreicht ward, dann die
Scheidegg hinauf, in's Haslithal, über Hof nach Guttannen.
Am 13. waren sie schon wieder auf dem Rückweg über Meiringen
nach Brienz. Dann ging's über den See nach Interlaken, Unter=
seen und Thun. Am 15. schrieb Göthe wieder in Bern.

Eine Woche ist nicht viel, um das Berner Oberland zu ge=
nießen. Doch war es wenigstens etwas. Die Phantasie des
Dichters lebte neu auf in der Herrlichkeit des Hochgebirgs,
zwischen Felsen, Klüften, Alpen, Seen, riesigen Felshörnern
und Gletschereis. Faust erwachte, wie in der ersten Scene
des zweiten Theils. Doch kein Ariel leistete ihm Gesell=
schaft[2]. Der junge Herzog hatte zwar „eine gute Art von Auf=
passen, Theilnehmen und Neugier“, regte durch Fragen manch=
mal seinen Begleiter an, wenn er vergessen oder gleichgiltig
war; doch scheint er ihn auch manchmal verdrießlich gemacht
zu haben.

„Wär ich allein gewesen ich wäre höher und tiefer gegangen,
aber mit dem Herzog muß ich thun was mäßig ist! Doch könnt
ich uns mehr erlauben, wenn er die böse Art nicht hätte, den
Speck zu spicken und wenn man auf dem Gipfel des Bergs mit
Müh und Gefahr ist noch ein Stiegelchen ohne Zweck und Noth
mit Müh und Gefahr suchte. Ich bin auch einigemal unmuthig
in mir drüber geworden, daß ich heut Nacht geträumt habe ich
hätte mich drüber mit ihm überworfen, wäre von ihm gegangen,

---

[1] Göthe's Werke (Hempel). I. 141.

[2] Göthe's Werke (Hempel). XIII. 3. Vgl. H. Düntzer, Göthe's
Faust. II. 11.

und hätte die Leute, die er mir nachschickte, mit allerlei Listen hintergangen."[1]

Wie bisher, siegte jedoch die kluge Berechnung des Hofmanns über die verdrießlichen Anwandlungen und Träume des Dichters. Auf ungefährlichen Wegen führte er seinen Herzog über Payerne und Moudon nach Lausanne, dann nach Vevay und nach Lausanne zurück. Hier waren keine Abgründe und Gletscherspalten mehr zu fürchten; hier wohnte, umgeben von allem französischen Comfort, die schöne Marquise Branconi, die heimlich angetraute „Frau" des Herzogs von Braunschweig. Göthe speiste bei ihr am 23. October und meldete an Frau von Stein:

„Am Ende ist von ihr zu sagen, was Ulyß von dem Felsen der Scylla erzählt, ‚unverletzt die Flügel streicht kein Vogel vorbei, auch die schnelle Taube nicht, die dem Jovi Ambrosia bringt, er muß sich für jedesmal andrer bedienen'. Pour la colombe du jour elle a échappé belle doch mag er sich für das nächstemal andrer bedienen."[2]

Vom Genfersee war eigentlich die ganze Naturwuth, Sentimentalität und Wertherei ausgegangen, welche noch immer stark die Literatur beherrschte. Göthe war selbst noch nicht frei davon.

„Wir fuhren nach Vevay," schreibt er, „ich konnte mich der Thränen nicht enthalten wenn ich nach Meillerie hinübersah, und den dent de Chamant und die ganzen Plätze vor mir hatte, die der ewig einsame Rousseau mit empfindenden Wesen bevölkerte."[3]

Von Rolle aus wurde auf den Rath Mercks, der in der Gegend Verwandte hatte, das Jourthal besucht und am 26. der höchste Gipfel des Jura, la Dôle, erstiegen[4]. Die herrliche Aussicht auf die Savoyer und Walliser Berge erweckte den

---

[1] Schöll, Briefe I. 253.
[2] Schöll, Briefe I. 265.
[3] Schöll, Briefe I. 264.
[4] Göthe's Werke (Hempel). XVI. 243 ff.

Wunsch, auch in diese höchsten Regionen der Alpenkette einzubringen. In Genf, wo sie vom 27. October bis 2. November
verweilten, gefiel es Göthe schlecht[1]; er nennt die Stadt ein
Loch. Der Herzog machte viele Besuche und ließ sich von Juel
malen. Auch nach Fernay wurde die damals beliebte Wallfahrt
gemacht. Die schöne Zeit zum Reisen war längst vorüber, der
Herzog indeß, militärisch abgehärtet wie er war, schreckte nicht
vor einer Fortsetzung der Alpentour zurück. Als sie in Genf
davon abgemahnt wurden, besuchten sie den berühmten Naturforscher Saussure und erholten sich seinen Rath. Dieser meinte,
sie könnten die Geniereise wagen, Chamouny besuchen und über
Vallorcine und Trient nach Martinach wandern. „Es liege auf
den mittlern Bergen noch kein Schnee, und wenn wir in der
Folge auf's Wetter und auf den guten Rath der Landleute achten
wollten, der niemals fehlschlage, so könnten wir mit aller Sicherheit diese Reise unternehmen."

Vom glücklichsten Wetter begünstigt, brachen sie am 3. Nov.
von Genf auf, gelangten am 4. nach Chamouny, am 6. über
den Col de Balme nach Martinach. Am 8. waren sie in
Sitten, am 9. in Leukerbad, am 10. in Brieg, am 12. überstiegen sie von Münster aus den Furkapaß, am 13. waren sie
auf dem Gipfel des Gotthard bei den Kapuzinern.

Englische und andere Touristen haben seit dieser Zeit an
allen Punkten der Alpenkette so viel Merkwürdiges geleistet, daß
Göthe's Abenteuer heute wohl niemand in Staunen setzen kann.
Col de Balme bot keine besondern Gefahren dar. Auf der Furka
hätten sie allenfalls vom schlechten Wetter überrascht und von
einer Lawine verschüttet werden können. Die Anbeter Göthe's
werden nicht ohne Schrecken an diese Möglichkeit denken; aber
gewiß ist, daß er ohne alle Noth, ohne alle Annehmlichkeit, ohne
allen Nutzen für Wissenschaft und Kunst diesen Genie-Streich
unternahm. Ob ihn die Weimaraner dann auch in der Fürsten-
gruft begraben hätten? Genug, er hatte Glück und Genie —

____

[1] A. Schöll, Briefe an Frau von Stein. I. 271.

und das reicht aus, daß Viele selbst seine Thorheiten andächtig
verehren [1].

Auf dem Gotthard, von wo ihn vier Jahre zuvor das goldene
Herzchen Lili's nach Frankfurt zurückgeführt, erwachte die alte
Sehnsucht nach Italien. Dießmal stand indeß der Herzog im
Weg. Göthe glaubte, daß er für eine italienische Reise noch
nicht genug vorbereitet wäre und daß eine längere Abwesenheit
von Hause überhaupt nicht taugte.

Während sich die beiden deutschen Wanderer im Gotthard-
hospiz, unter liebevoller Pflege der dortigen Kapuziner, von den
Strapazen ihres Alpenübergangs erholten, kam einer der sämtlichen
Ordensleute, nach mancherlei Geschichten von Unglücksfällen und
Abenteuern, auch auf die Religion zu sprechen und suchte ihnen,
„ohne bigotte Bekehrungssucht", wie Göthe anerkennt, in herz-
licher Schweizergemüthlichkeit die großen Vorzüge der katholischen
Religion auseinanderzusetzen.

„Eine Regel des Glaubens müssen wir haben," sagte er,
„und daß diese so fest und unveränderlich als möglich sei, ist ihr
größter Vorzug. Die Schrift haben wir zum Fundamente unseres
Glaubens; allein dieß ist nicht hinreichend. Dem gemeinen
Manne dürfen wir sie nicht in die Hände geben; denn so heilig
sie ist, und von dem Geiste Gottes auf allen Blättern zeugt, so
kann doch der irdisch gesinnte Mensch dieses nicht begreifen, sondern findet überall leicht Verwirrung und Anstoß. Was soll

<hr>

[1] „Diese Schweizerreise," urtheilte Wieland (17. Jan. 1780),
„nach dem Wenigen aber Hinlänglichen, was ich aus der Quelle
selbst vernommen habe, zu urtheilen, gehört unter Göthens meister-
hafteste Dramata. Man muß aber auch gestehen, daß er das wahre
enfant gaté der Natur und aller Schicksals-, Glücks- und Zufalls-
Götter ist, denn am Ende hätt' er doch mit all seiner dramatischen
Panurgie seine einzige fatale Wolke vom Himmel wegblasen können,
und ein einziger unglücklicher Zufall, für den ihn nur ein Narr
responsabel machen könnte, und für den ihn doch die ganze Welt
responsabel gemacht hätte, war hinlänglich, das ganze Drama zu
ruiniren." Wagner, Briefe an Merck. 1835. S. 208.

ein Laie Gutes aus den schändlichen Geschichten, die darin vorkommen, und die doch zur Stärkung des Glaubens für geprüfte
und erfahrene Kinder Gottes von dem heiligen Geiste aufgezeichnet
werden, was soll ein gemeiner Mann daraus Gutes ziehen, der
die Sachen nicht in ihrem Zusammenhang betrachtet? Wie soll
er sich aus den hier und da anscheinenden Widersprüchen, aus
der Unordnung der Bücher, aus der mannigfaltigen Schreibart
herauswickeln, da es den Gelehrten selbst so schwer wird und die
Gläubigen über so viele Stellen ihre Vernunft gefangen nehmen
müssen? Was sollen wir also lehren? Eine auf die Schrift
gegründete, mit der besten Schriftauslegung bewiesene Regel!"[1]

Nachdem der Kapuziner dann den beiden Protestanten die
kirchliche Autorität, welche diese Regel festsetzt, dadurch ehrwürdiger zu machen gesucht hatte, daß er daran erinnerte, wie die
großen Concilien, rein menschlich betrachtet, die Blüthe der Heiligkeit, Gelehrsamkeit und Erfahrung aller Zeiten verkörperten und
so dem Glauben eine großartige menschliche Bürgschaft verliehen,
fuhr er fort:

„Wir haben die Vulgata, wir haben eine approbirte Uebersetzung der Vulgata und zu jedem Spruche eine Auslegung,
welche von der Kirche gebilligt ist. Daher kommt diese Uebereinstimmung, die einen Jeden erstaunen muß. Ob sie mich hier
reden hören an diesem entfernten Winkel der Welt oder in der
größten Hauptstadt in einem entferntesten Lande, den Ungeschicktesten oder den Fähigsten, Alle werden Eine Sprache führen, ein
katholischer Christ wird immer dasselbige hören, überall auf dieselbe Weise unterrichtet und erbauet werden; und das ist's, was
die Gewißheit unseres Glaubens macht, was uns die süße Zufriedenheit und Versicherung gibt, in der wir einer mit dem Andern fest verbunden leben und in der Gewißheit, uns glücklicher
wiederzufinden, von einander scheiden können."

Sicherlich hat Göthe einige Ausführungen des Kapuziners
nicht ganz genau gefaßt und wiedergegeben. Dennoch hätte seine

---

[1] Göthe's Werke (Hempel). XVI. 285.

Auseinandersetzung einen wirklich ernsten und tiefen Kopf zu einer
Prüfung seiner eigenen religiösen Anschauungen veranlassen müssen.
Doch Göthe war im Fortschritt schon zu weit gediehen.

Gleich dem schofelsten Geschäftsreisenden wischte er sich den
Mund und versicherte dann die deutsche Nation, daß der Kapuziner, der ihn so freundlich aufgenommen und verpflegt, einen
Bauch und eine Nase, ja sogar eine Schnupftabaksdose gehabt,
daß man also von seiner Religion nicht weiter Act zu nehmen
brauche.

Auf der Weiterreise in Zürich erfolgte eine Annäherung an
Lavater, den Züricher Propheten.

Er hatte aber von Genf aus mit ihm stipulirt, keine Re-
ligionsgespräche zu halten.

„Für ein paar Leute, die Gott auf so unterschiedene Art
dienen sind wir vielleicht die einzigen, und denke wir wollen
mehr zusammen überlegen und ausmachen, als ein ganz Con-
cilium mit seinen Pfaffen, H . . . . und Mauleseln. Eins werden
wir aber doch wohl thun daß wir einander unsere Partikular-
Religionen ungehudelt lassen. Du bist gut darinne aber ich bin
manchmal hart und unhold, da bitt ich Dich im Voraus um
Geduld. Denn z. E. hat mir Tobler deine Offenb. Joh. gegeben,
an der ist mir nun nichts noch als deine Handschrift, darüber
habe ich sie auch zu lesen angefangen. Es hilft aber nicht, ich
kann das göttliche nirgends und das poetische nur hie und da
finden, das Ganze ist mir fatal, mir ists als röch ich überall
einen Menschen durch der gar keinen Geruch von dem gehabt
hat, der da ist A und O. Siehst du l. Br. wenn nun deine
Vorerinnerung gerade das Gegentheil besagt und unterm 24. September 1779!! da werden wir wohl thun, wenn wir irgend
ein sittsam Wort zusammen sprechen, ich bin ein sehr irdischer
Mensch, mir ist das Gleichniß vom ungerechten Haushalter, vom
verlohrnen Sohn, vom Säemann, von der Perle, vom Groschen ꝛc. ꝛc. göttlicher (wenn je was Göttlichs da sein soll) als
die sieben Botschafter, Leuchter, Hörner, Siegel, Sterne und
Wehe. Ich denke auch aus der Wahrheit zu sein, aber aus

der Wahrheit der fünf Sinne und Gott habe Geduld mit mir wie bisher."[1]

Das freundliche Familienleben, das dieser gefühlvolle Prophet unter dem Joche der christlichen Ehe nach altfränkischen Begriffen führte, die stille Häuslichkeit, Zufriedenheit, Liebe und Güte, die da waltete, muthete indeß den ewig unbefriedigten Liebesvaganten überaus anziehend an; er bekam Lust, sich selbst so hampelmännisch einzuspinnen.

„Wir sind," schrieb er von Zürich aus an Frau von Stein, „in und mit Lavater glücklich, es ist uns allen eine Kur, um einen Menschen zu sein, der in der Häuslichkeit der Liebe lebt und strebt, der an dem was er wirkt Genuß im Wirken hat, und seine Freunde mit unglaublicher Aufmerksamkeit trägt, nährt, leitet und erfreut. Wie gern möchte ich ein Vierteljahr neben ihm zubringen, freilich nicht müßig wie jetzt. Etwas zu arbeiten haben, und Abends wieder zusammenlaufen. Die Wahrheit ist einem doch immer neu, und wenn man wiedereinmal so einen ganz wahren Menschen sieht, meint man, man käme erst auf die Welt. Aber auch ists im Moralischen, wie mit einer Brunnen= kur; alle Uebel im Menschen, tiefe und flache kommen in Be= wegung und das ganze Eingeweide arbeitet durcheinander. Erst hier geht mir recht klar auf, in was für einem sittlichen Tode wir gewöhnlich zusammenleben, und woher das Eintrocknen und Einfrieren eines Herzens kommt, das in sich nie dürr und nie kalt ist.... Könnt ich Euch malen, wie leer die Welt ist, man würde sich an einander klammern und nicht von einander lassen. Indeß bin ich auch schon wieder bereit, daß uns der Sirocco von Unzufriedenheit, Widerwillen, Undank, Lässigkeit und Prätension entgegendampfe."[2]

Lavater war jetzt so herrlich und neu, wie der Rheinfall, „die Blüthe der Menschheit, das Beste vom Besten". Da aber an ein Bleiben nicht zu denken war, so wäre Göthe am liebsten

<hr>

[1] Hirzel, Briefe an Lavater. 1833. S. 45.
[2] Schöll, Briefe an Frau von Stein. I. 277.

nach Weimar zurückgekehrt; allein der Herzog wollte noch die
Höfe in Stuttgart, Karlsruhe, Darmstadt, Homburg, Hanau,
Zwingenberg besuchen. Wohl oder übel, Göthe mußte mit und
büßte vor Verdruß und Langeweile fast allen Trost wieder ein,
den er in der Schweiz geschöpft hatte. Bei einer Preisvertheilung
der Militärakademie in Stuttgart, der sie am 11. December 1779
beiwohnten, erhielt einer der Schüler, Namens Friedrich Schiller,
drei Preise. Erst am 7. Januar 1780 trafen sie wieder in
Weimar ein.

11. Die Pyramide des Daseins und die Göttin Phantasie.

1780.

> „Daß sich doch die Zustände des Lebens wie
> Wachen und Traum gegen einander verhalten
> können!" Göthe. 10. Oct. 1780.

> „Il pose son moi en face de l'univers et en
> même temps il le place dans un acte qui lui
> échappe." Émile Montégut (über Göthe).

Für Weimar war die Rückkehr der beiden Reisenden ein
Ereigniß. Als sie abgezogen waren, ging auch die alte Herzogin
nach Ilmenau und Onkel Wieland fand nichts mehr zu thun,
als „sich in seine Tugend einzuhüllen, zu Hause zu bleiben, seine
Kinder umzutragen und Stanzen zu machen"[1]. Mit Göthe kehrte
wieder Leben in's Land. Für Wochen lang war Neues zu erzählen, von Lili und Friederike, Rousseau und Lavater, Seen und
Gletschern, Kapuzinern und Hofdamen, Gemälden und Steinen,
Physiognomik und Wolkenbildungen, furchtbaren Gefahren an
schwindelnden Bergeshöhen, Diners und Toiletten an deutschen
Höfen, von Menschen, Thieren, Pflanzen und Operetten. Dazu
war jedermann entzückt über den glücklichen Ausgang der Reise,
über des Herzogs herrliches Wohlbefinden und ungemein gute
Stimmung und herzgewinnendes Betragen gegen alle seine Leute
cujuscunque generis, ordinis, furfuris et farinae[2]. Das
Sonnenlicht von alledem fiel wieder auf Göthe zurück, und zwar,
wie Wieland sagt, „um so mehr, da auch er multum mutatus

---

[1] Wagner, Briefe an Merck. 1835. S. 183.
[2] Ebb. S. 208.

19 **

ab illo zurückgekommen und in einem Ton zu musiciren angefangen hat, in den wir übrigen mit Freuden und jeder so gut als sein Instrument und seine Lungenflügel verstatten, harmonisch einzustimmen nicht ermangeln werden". Der Herzog fühlte sich bei der Rückkehr von einer „gewissen honneteté angerochen"; seine Gemahlin war zwar etwas niedergeschlagen, aber der übrige Hof machte ihm einen guten Eindruck, selbst „die langnäsichte Oberhofmeisterin (Gräfin Gianini) war ihm 17 Minuten nicht tödtlich zuwider". Herzogin Amalia erfreute sich an einem „Gänselebergedicht" von Merck, dem Fräulein von Göchhausen wurde der große Orden angehängt, Professor Oeser hatte den neuen Redoutensaal fertig ausgemalt, und der gute Wein der Frau Rath Göthe in Frankfurt rettete den Herzog sogar von den Unannehmlichkeiten eines Schnupfens, der gegen Ende Januar den ganzen Hof befiel. Das alles hat der Herzog selbst in einem burschikos-lustigen Brief an Merck[1] beschrieben, worin er sich zum Schluß allerlei Kunstsachen, Silhouetten, einen Everdingen, einen Rembrandt, ein Referat über die neumodische Zerschlagung der Güter, die Beschreibung einer Krappfabrik und eine Anzahl „Wiedertäufer" bestellt, die, mit Garantirung freier Religionsübung, ein Gut in Eisenach pachtweise übernehmen sollten. Einen Monat später ließ er sich trotz Schnupfen, Husten, Kopfweh und Fieber die Haare kurz scheeren und setzte durch seinen „Schwedenkopf" — eine unerwartete Revolution auf dem Gebiete der damaligen Toilette — den ganzen Hof in Verwunderung[2]. Und so regierte er fröhlich weiter, nicht ganz Student, nicht ganz Soldat, auch nicht ganz Fürst, daneben Gemälbeliebhaber, Kupferstichsammler, Oekonom, Nationalökonom, Jäger, Parkdirector, Bauherr, Schauspieler am Liebhabertheater und Liebhaber der schönen Gräfin Werthern und was sonst noch Laune und Zufall ihm eingab. Von Kupfern, die er sich bei Merck bestellt, heißt es in einem Brief an diesen: „Göthe sagt, die impudica wären

---

[1] Ebd. S. 210.
[2] Ebd. S. 216.

vortrefflich. Auch will er sie schon nachmachen, id est, nach=
zeichnen."[1]

Für Göthe war die Rückkehr nach Weimar weniger angenehm.
Schon von Darmstadt aus jammerte er an Frau von Stein:
„Es ist unglaublich, was der Umgang mit Menschen, die nicht
unser sind, den armen Reisenden abzehrt, ich spüre jetzt manch=
mal kaum, daß ich in der Schweiz war."[2] Von Homburg aus
klagte er: „So ziehen wir an den Höfen herum, frieren und
langeweilen, essen schlecht und trinken noch schlechter. Hier jam=
mern einen die Leute. Sie fühlen, wie es bei ihnen aussieht,
und ein Fremder macht ihnen bang. Sie sind schlecht eingerichtet
und haben meist Schöpse und Lumpen um sich."[3] Er dachte
sogar daran, das Hofleben überhaupt in einem komischen Drama
zu persifliren. Die Personenliste schickte er an Frau von Stein[4].
Und doch, kaum war er nach Weimar zurückgekehrt, da schmiegte er
sich wieder unter das Joch des Hofes und spielte all die bunten
Rollen weiter, die er sich aufgehalst und an denen sein groß=
artiges Talent sich in unfruchtbarem und ebenso unbefriedigendem
Wirrwarr zersplitterte.

„Gewiß ist," schrieb er an Lavater, „daß an so einem kleinen
Orte, wo eine Anzahl wunderbarer moralischer Existenzen sich
an einander reiben, eine Art von Gährung entstehen müsse, die
einen lieblich säuerlichen Geruch hat, nur gehts uns manchmal,
wie einem, der den Sauerteig selbst essen sollte. Es ist eine böse
Kost. Aber wenn es in kleiner Portion zu anderem Maal ge=
bracht wird, gar schmackhaft und heilsam."

In seinem Autodidaktenthum befangen, glaubte er noch immer
die verschiedensten Rollen neben einander spielen und in einer
noch nie dagewesenen Allseitigkeit den höchsten Triumph des
Genies feiern zu können. Seine Phantasie beherrschte dabei seinen
für das Kleine lichten und hellen Verstand, und der unbändige

---

[1] Ebd. S. 271.
[2] Schöll, Briefe an Frau v. Stein. I. 283.
[3] Ebd.   [4] Ebd. S. 284. 285.

Stolz des Emporkömmlings führte die reiche, lebendige Phantasie in die Irre.

„Das Tagewerk, das mir aufgetragen ist," so schreibt er im August 1780 an Lavater, „das mir täglich leichter und schwerer wird, erfordert wachend und träumend meine Gegenwart, diese Pflicht wird mir täglich theurer, und darinn wünsch ich's den größten Menschen gleich zu thun, und in nichts größerm. Diese Begierde, die Pyramide meines Daseins, deren Basis mir engegeben und gegründet ist, so hoch als möglich in die Luft zu spizzen, überwigt alles andere, und läßt kaum augenblickliches Vergessen zu. Ich darf mich nicht säumen, ich bin schon weit in Jahren vor, und vielleicht bricht mich das Schicksaal in der Mitte, und der Babylonische Thurm bleibt stumpf unvollendet. Wenigstens soll man sagen es war kühn entworfen, und wenn ich lebe, sollen wills Gott die Kräfte bis hinaufreichen."

„Auch thut der Talismann einer schönen Liebe, womit die St. mein Leben würzt sehr viel. Sie hat meine Mutter, Schwester und Geliebten nach und nach geerbt, und es hat sich ein Band geflochten wie die Bande der Natur sind." [1]

Mit solchen Aspirationen setzte sich Göthe den 17. Januar 1780 wieder auf das Bureau der Kriegscommission und fand die „Sachen sehr prosaisch" [2]. Die Basis der Pyramide war schmal — sie reichte wohl zu einer babylonischen Verwirrung, aber nicht zu einem babylonischen Thurm, ja nicht einmal zu einem Obelisken. Wenn heute etwa ein Premierminister von Großbritannien mit seinen 240 Millionen Unterthanen in allen fünf Welttheilen, oder wenn Fürst Bismarck mit seiner Reichsarmee von anderthalb Millionen Mann von einer Pyramide seines Daseins spräche, so möchte man das allenfalls begreifen. Aber was hatte denn der Geh. Legationsrath Wolfgang Göthe, drittes Mitglied im Conseil des Herzogs von Sachsen-Weimar-Eisenach, zu regieren?

----

[1] S. Hirzel, Briefe an Lavater. S. 101.
[2] Keil, Tagebuch. S. 207.

Sein Rath erstreckte sich über eine Bevölkerung von 93 000 Menschen, weniger als heute der Bürgermeister einer der größeren Städte Deutschlands, wie etwa Danzig oder Straßburg, zu berathen hat. Was würde man sagen, wenn nicht der Bürgermeister, sondern der Dritte im Rath einer dieser Städte von Pyramiden seines Daseins spräche? Die Armee aber, über welche die Kriegscommission zu verfügen hatte, betrug bloß 650[1], von 1783 an, die Besatzung von Jena miteingerechnet, nur 310 Mann[2]. Das ist etwas wenig, um Pyramiden zu bauen.

Die äußere Politik des Herzogthums hatte bis zum Jahre 1784 rein gar nichts zu bedeuten, die innere beschränkte sich darauf, das Land so zu verwalten, daß der Hof gemüthlich weiter Theater spielen und der Herzog sich ein neues Schloß bauen konnte. Silber zeigte sich in Ilmenau noch immer nicht, aber Wasser[3].

Die eigentliche Basis der Göthe-Pyramide hat noch keiner der Göthe-Forscher genau in's Detail zu beschreiben gewagt. Es würde sich doch gar zu drollig ausnehmen, den begabtesten Dichtergenius des Jahrhunderts mit dem kleinlichsten Bureau-Quark beschäftigt zu sehen, den Hunderte der gewöhnlichsten Prosaiker besser hätten besorgen können als er. Wenn sein Geheimexperte Kraft in Ilmenau ihm etwas über die Bergwerkverlegenheiten

---

[1] „Freilich," sagt Düntzer (Göthe's Leben S. 290), „stellte Weimar nur 600 Soldaten, woneben 50 Husaren den Dienst beim Herzog versahen." Letztere dienten auch als Staffetten für Göthe's Liebesbriefe. S. Schöll, Briefe an Frau v. Stein. II. 48.

[2] Büsching, Erdbeschreibung. VIII. 602. Genaueres darüber bei E. von Heyne, Geschichte des 5. Thüringischen Infanterieregiments Nr. 94. Weimar, Böhlau. S. 19. Vom Jahre 1779 hat man noch „die Stamm- und Nationallisten, welche das ganze Nationale jedes einzelnen Mannes und Pferdes enthalten". Vgl. das. Anl. 4.

[3] Das hat den Freiherrn W. von Biedermann nicht abgehalten, ein ganzes Werk darüber zu schreiben; „Göthe und das sächsische Erzgebirge." Stuttg., Cotta. 1877. — Der II. Abschn. handelt nur von den Ilmenauer Bergen.

daselbst vorlamentirte, so war das in seinen Annalen schon einer
Aufzeichnung werth, ja er verglich sich sogar mit diesem hypo-
chondrischen Vagabunden.

„Für Krafft ist es schade, er sieht die Mängel gut und weiß
selbst nicht eine Warze wegzunehmen. Wenn er ein Amt hätte,
würf er alles mit dem besten Vorsatz durcheinander, daher auch
sein Schicksal. Ich will ihn auch nicht verlassen, er nützt mir
doch und ist wirklich ein edler Mensch. In der Nähe ist's un
angenehm so einen Nagwurm zu haben, der, unthätig, einem
immer vorjammert was nicht ist, wie es seyn sollte. Bey Gott
es ist kein Canzelist der nicht in einer Viertelstunde mehr ge
scheidts reden kann, als ich in einem Vierteljahr Gott weiß in
zehn Jahren thun kann. Dafür weiß ich auch was sie alle nicht
wissen oder auch wissen. Ich fühle nach und nach ein allgemeines
Zutrauen und gebe Gott daß ich's verdienen möge, nicht wie es
leicht ist, sondern wie ich's wünsche. Was ich trage an mir und
andern, sieht kein Mensch. Das beste ist die tiefe Stille in der
ich gegen die Welt lebe und wachse, und gewinne, was sie mir
mit Feuer und Schwert nicht nehmen können." [1]

So tröstete sich der geplagte Bureauchef: die Basis der Pyramide war wenigstens etwas breiter als diejenige „so eines Nage
wurms" und der herzoglichen Kanzlisten. Wie der kleinlichste
Pedant notirte sich der Herr Geheimrath, der vor vier Jahren
noch Erde und Himmel mit Titanentrotz zum Kampf heraus
gefordert hatte, den schönen Tag, wo er sein Bureau in Ordnung
fand: „Auf die Kriegs-Commission. Gute Ordnung gefunden.
Captatio benevolentiae. Wenn sie wüßten, daß mich Staub
und Moder erfreute, sie schafften ihn auch." [2]

Ueber den eigentlichen Inhalt der Geschäfte, welche ihn fast
täglich ein paar Stunden an sein Kriegscommissionsbureau oder
in das Conseil des Herzogs bannten, geben Göthe's Tagebücher
und Briefe nur selten genauern Aufschluß. Meist notirt er bloß:

---

[1] Keil, Tagebuch. S. 224.
[2] Ebd. S. 208.

Conſeil. Kriegscommiſſion. Doch geben ausführlichere Notizen dann und wann genugſam zu verſtehen, daß es eine rechte Kleinwirthſchaft war, daß Göthe ſich an eine beharrliche und conſequente Geſchäftsführung nicht gewöhnen konnte, daß ſeine Adminiſtration beſtändig unter poetiſchen Anwandlungen und hunderterlei anderen Zerſtreuungen litt und daß ſie andererſeits den Dichter beſtändig hinderte, ſein eigentliches Talent zu entfalten.

Obwohl es ihm ſchon bei Uebernahme der Kriegscommiſſion klar war, daß eine geordnete Geſchäftsführung vor Allem eine genaue Ordnung des ganzen Bureau, Kenntniß aller erledigten und noch zu erledigenden Acten und Papiere vorausſetze, ohne ſolche unmöglich ſei, ſo waren die Repoſituren ſeines Amtszimmers doch nach anderthalbjähriger Verwaltung noch immer nicht bereinigt; er mußte auf Gerathewohl fiſchen und ſuchte ſich in dem ungemüthlichen Durcheinander mit folgender Tagebuch-Betrachtung zu tröſten:

„May 14. Verzogen ſich einige hypochondriſche Geſpenſter. Es offenbaren ſich mir neue Geheimniſſe. Es wird mit mir noch bunt gehen. Ich übe mich und bereite das Möglichſte. In meinem jetzigen Kreiſe habe ich wenige, faſt keine Hinderung außer mir. In mir noch viele. Die menſchlichen Gebrechen ſind rechte Bandwürmer, man reißt wohl einmal ein Stück los und der Stock bleibt immer ſitzen. Ich will doch Herr werden. Niemand als wer ſich ganz verläugnet, iſt werth zu herrſchen und kann herrſchen. Ruckte wieder an der Kriegskommiſſions-Repoſitur, hab ich das doch in anderthalb Jahren nicht können zu Stande bringen! Es wird doch! Und ich wills ſo ſauber ſchaffen, als wenns die Tauben geleſen hätten. Freilich iſt es des Zeuges ſo viel von allen Seiten und der Gehülfen ſo wenig.“ [1]

Das tönt ſehr feierlich; aber wenn man unmittelbar vor dieſer Selbſt-Gardinenprebigt lieſt, wie der Kriegsminiſter gleichzeitig das Theater fertig ſtellen, zwei Stücke: „Kalliſto“ und „Bätely“ einüben, Händels „Meſſias“ probiren, ſich vom Tanz-

_____

[1] Keil, Tagebuch. S. 224. Vgl. Grenzboten 1874. IV. 121 ff.

meister Aulhorn die Tanzterminologie erklären und dem Prinzen
für's nächste Jahr das Jägerhaus einrichten ließ, mit seinem
Subalternen Volgstett zu schaffen hatte, mit Frau von Stein
über Spargel, Chokolade, Kuchen und Liebe correspondirte, Corona
Schröter besuchte, Theater spielte und auf den Tanz ging. Gedichte zum Abschreiben gab und Pinsel und Landschaften zurück-
bestellte, nach Tiefurt hinaus und zurückritt u. s. w., Alles in
denselben paar Tagen: so begreift man, daß trotz der projectirten
Selbstverläugnung die Repositorien des Kriegsministeriums noch
nicht völlig gelichtet waren [1].

Ein ächter Staatsmann ist bald orientirt, weiß, wo er hinaus
will, handelt, greift ein, macht seine Combinationen, gibt seine
Ordres, hat für jeden Schachzug der Andern einen oder mehrere
Schachzüge bereit, läßt sich auch durch Fehler der Berechnung
nicht aus der Fassung bringen, macht sie rasch gut, wenn sie gut
zu machen sind, maskirt sie, wenn nicht mehr zu helfen ist, gibt
den Dingen eine neue Wendung — — kurz und gut, er handelt
und weiß, was er will. Nun lese man einmal, wie der weimarische Staatsmann vom 26. März 1780 mit sich daran war:

„Mannigfaltige Gedanken und Ueberlegungen. Das Leben
ist so geknüpft und die Schicksale so unvermeidlich. Wundersam
ich habe so manches gethan, was ich nicht möchte gethan haben
und doch wenns nicht geschehen wäre, würde unentbehrliches Gute
nicht entstanden seyn. Es ist, als ob ein Genius oft unser
ἡγεμονικόν verdunkelte, damit wir zu unserer und anderer Vortheil Fehler machen. War eingehüllt den ganzen Tag und konnte
denen vielen Sachen, die auf mich drücken, weniger widerstehen.
Ich muß den Cirkel, der sich in mir umdreht, von guten und
bösen Tagen näher bemerken, Leidenschaften, Anhänglichkeit, Trieb
dies oder jenes zu thun, Erfindung, Ausführung, Ordnung, alles
wechselt und hält immer regelmäßigen Kreis. Heiterkeit, Trübe,
Stärke, Elasticität, Schwäche, Gelassenheit, Begier ebenso. Da

[1] Vgl. hierzu Reil a a. O. und Schöll, Briefe an Frau
von Stein. I. 303 ff.

ich sehr diät lebe, wird der Gang nicht gestört und ich muß noch
herausbringen, in welcher Zeit und Ordnung ich mich um mich
selbst bewege."[1]

Seine wechselnde Seelenstimmung astronomisch berechnen zu
wollen, darauf kann wohl höchstens ein Poet verfallen, und zwar
kein Staatsmann-Dichter, wie Dante, sondern nur ein sentimentaler Dichter der Wertherzeit, der ascetische Zögling der Frau
von Stein. Den richtigen Commentar zu diesen empfindsamen
Selbstbespiegelungen hat er selbst in den Versen gegeben:

> „Ach, man sparte viel!
> Seltner wäre verruckt das Ziel,
> Wär' weniger Dumpfheit, vergebnes Sehnen,
> Ich könnte viel glücklicher sein —
> Gäb's nur keinen Wein
> Und keine Weiberthränen!"[2]

Ueber Weingenuß finden sich wiederholt Notizen in seinen
Tiarien[3]. An Frau von Stein schrieb er dabei fast alle Tage
und legte ihr mit verliebten Seufzern seine Selbstbetrachtungen
vor. Sehr charakteristisch sind seine Briefe an sie von einer

---

[1] Keil, Tagebuch. 216. 217. Ueberall guckt der Poet heraus
Am 26. Febr. heißt es: „Auch hier sehe ich, daß ich mir vergebens
Mühe gebe, vom Detail ins Ganze zu lernen (das geht doch nicht
anders auf einem Bureau), ich habe immer nur mich aus dem
Ganzen ins Detail herausarbeiten und entwickeln können. Durch
Aggregation begreife ich nichts, aber wenn ich recht lang Holz und
Stroh zusammengeschleppt habe und immer mich vergebens zu wär-
men suche, auch schon Kohlen drunter liegen, und es überall raucht,
so schlägt denn doch endlich die Flamme in einem Wind übers
Ganze zusammen" (Grenzboten a. a. O.). Das ist denn doch die
hellste Phantasterei.

[2] Göthe's Werke (Hempel). II. 251.

[3] Keil, Tagebuch. S. 219. „Seit drey Tagen keinen Wein."
S. 226. „Man könnte noch mehr, ja das unglaubliche thun, wenn
man mäßiger wäre!!!"

gouvernementalen Inspectionsreise, die er im Herbst 1780 mit
dem Herzog machte, von der aber, wie immer, schwer zu sagen
ist, ob es eigentlich eine wirkliche Geschäftsreise oder eine Vergnügungsreise war. „Um dem Wuste des Städtchens (Ilmenau),
den Klagen, den Verlangen, der unverbesserlichen Verworrenheit
der Menschen auszuweichen", ging der Minister vor Allem auf
den Gickelhahn, den höchsten Berg des Reviers, und schrieb seiner
Erzieherin die folgende phantastisch-sentimentale Liebesversicherung:

„Meine Beste, ich bin in die Hermannsteiner Höhle gestiegen,
an den Platz, wo Sie mit mir waren, und habe das S, das so
frisch noch wie von gestern eingezeichnet steht, geküßt, daß der
Porphyr seinen ganzen Erdgeruch ausathmete, um mir auf seine
Art wenigstens zu antworten. Ich bat den hundertköpfigen Gott,
der mich so viel vorgerückt und verändert und mir doch Ihre
Liebe und diese Felsen erhalten hat, noch weiter fortzufahren und
mich werther zu machen seiner Liebe und der Ihrigen."[1]

Den armen Ilmenauern, welche den Herzog mit Illumina-
tionen empfingen, wußte er nur gute Wünsche, aber nichts Reelles
entgegenzubringen.

„Die Menschen sind vom Fluch gedrückt, der auf die Schlange
fallen sollte (sie!) die kriechen auf dem Bauche und fressen Staub.
Dann las ich zur Abwaschung und Reinigung einiges Griechische."[2]

Trotz der Diätschwierigkeiten, welche das Befinden des Herzogs
machte, vagirten sie dann wieder auf allen Bergen herum und
klopften Steine; dazwischen übersetzte der Minister griechische
Epigramme und machte Verse:

> „Ein jeder hat sein Ungemach,
> Stein zieht den alten Ochsen nach,
> Der Herzog jungen Hasen.
> Der Prinz ist gut gesinnt für's Bett,
> Und ach, wenn ich ein Mifel hätt,
> So schwätzt' ich nicht mit Basen.

---

[1] Schöll, Briefe an Frau v. Stein. I. 332.
[2] Ebd. 333.

„Es fähret die poet'sche Wuth
In unsrer Freunde junges Blut,
Es siedet über und über.
Apollo laß es ja dabei
Und mache sie dagegen frei
Von jedem andern Fieber.
Vor Erschaffung der Welt im 300 33 000 Jahr." [1]

Eine Gefängnißvisitation am folgenden Tag wird der „Freundin" also beschrieben:

„9. Sept. Heut hab ich mich leidend verhalten, das macht nichts Ganzes, also meine Beste ist mirs auch nicht wohl. Des Herzogs Gedärme richten sich noch nicht ein, er schont sich und betrügt sich und schont sich nicht und so vertröbelt man das Leben und die schönen Tage.

„Heute früh haben wir alle Mörder, Diebe und Hehler vorführen lassen und sie alle gefragt und konfrontirt. Ich wollte Anfangs nicht mit, denn ich fliehe das Unreine — es ist ein groß Studium der Menschheit und der Physiognomik, wo man gern die Hand auf den Mund legt und Gott die Ehre gibt, dem allein ist die Kraft und der Verstand ꝛc. in Ewigkeit, Amen.

„. . . . . Hernach bin ich wieder auf die Berge gegangen, wir haben gegessen, mit Raubvögeln gespielt, und hab immer schreiben wollen, bald an Sie, bald an meinem Roman und bin immer nicht dazu gekommen. Doch wollt ich, daß ein langes Gespräch mit dem Herzog für Sie aufgeschrieben wäre, bei Veranlassung der Delinquenten, über den Werth und Unwerth menschlicher Thaten. Abends setzte Stein sich zu mir und unterhielt mich hübsch von alten Geschichten, von der Hofmiseria, von Kindern und Frauen ꝛc. Gute Nacht, Liebste. Dieser Tag dauert mich. Er hätte können besser angewendet werden, doch haben mir auch die Trümmer genützt." [2]

So poetisch wurde das Land visitirt und regiert. Während der Herr von Stein sich nach Ochsen umsah, schrieb Göthe an

---

[1] Ebb. 337.   [2] Ebb. 338.

seine Frau. Während der Herzog Flinten und Pistolen probirte,
las sein Freund im Euripides und würzte sich damit unschmack-
hafte Viertelstunden.

„Dann ist die größte Gabe," schreibt er seiner Freundin,
„für die ich den Göttern danke, daß ich durch die Schnelligkeit
und Mannigfaltigkeit der Gedanken einen solchen heitern Tag
in Millionen Theile spalten und eine kleine Ewigkeit daraus
bilden kann.

„Gleich einem angenehmen Mirza reis ich auf die berühmte
Messe von Kabul, nichts ist zu groß oder zu klein, wonach ich
mich nicht umsehe, drum buhle oder handle, und wenn ich mein
Geld ausgegeben habe, mich in die Princeß von Kaschmir ver-
liebe und erst noch die Hauptreisen bevorstehen durch Wüsten,
Wälder, Bergzinnen und von dannen in den Mond. Liebes
Gold, wenn ich zuletzt aus meinem Traum erwache, find' ich
noch immer, daß ich Sie lieb habe und mich nach Ihnen sehne." [1]

Auf solche Phantasieen folgen dann wieder Betrachtungen
über Wiesenbewässerung, Nationalökonomie, pfiffige Weltkinder
und böse Prozesse. In des Dichters oder Ministers Kopf ist's
wie in einer Mühle mit vielen Gängen, „wo zugleich geschroten,
gemalen und Oel gestoßen wird".

„O thou sweet Poetry rufe ich manchmal und preise den
Marc Antonin glücklich, wie er auch selbst den Göttern dafür
dankt, daß er sich in die Dichtkunst und Beredsamkeit nicht ein-
gelassen. Ich entziehe diesen Springwerken und Kaskaden so viel
möglich die Wasser und schlage sie auf Mühlen und in die
Wässerungen, aber ehe ichs mich versehe, zieht ein böser Genius
den Zapfen und alles springt und sprudelt. Und wenn ich
denke, ich sitze auf meinem Klepper und reite meine pflichtmäßige
Station ab, auf einmal kriegt die Mähre unter mir eine herrliche Gestalt, unbezwingliche Lust und Flügel und geht mit mir
davon." [2]

Zum Glück für das Land hatte er auf diesen poetischen Ritten

<hr>

[1] Ebd. I. 341.   [2] Ebd. I. 343.

seinen Engländer Baty bei sich, der für die Wiesenbewässerung
sorgte und auf den Göthe so viel hielt, daß er bereit gewesen
wäre, sein Gartenhaus dafür zu geben, um ihn in seinen Diensten
zu erhalten. Ein solcher Mann, dem nicht erst die Flossen zum
Schwimmen in oeconomicis zu wachsen brauchten, war ihm
unentbehrlich. Das sah er selbst ein[1]. Denn nur einen Tag,
nachdem er die „süße Poesie" angerufen und versprochen hatte,
ihren Springwerken das Wasser zu entziehen, ward sein „mikro-
skopisch-metaphysisch-politisches Diarium" selbst zum Gedicht und
zwar zum Lobgedicht auf eine Göttin, welche weder die Staatsmänner des Alterthums noch die der Neuzeit als ihre Schutz-
göttin zu betrachten pflegten[2]:

> „Welcher Unsterblichen
> Soll der höchste Preis sein?
> Mit keinem streit' ich;
> Aber ich geb' ihn
> Der ewig beweglichen
> Immer neuen
> Seltsamen Tochter Jovis,
> Seinem Schooßkinde,
> Der Phantasie.
>
> Denn ihr hat er
> Alle Launen,
> Die er sonst nur allein
> Sich vorbehält,
> Zugestanden
> Und hat seine Freude
> An der Thörin.

[1] Doch hatte der Mann, der die Arbeit thun mußte, als „Land-
commissarius" nur 300 Thlr., der Mann, der die Betrachtungen
und Verse dazu machte, 1200 Thlr. Jahrgehalt. Düntzer, Göthe's
Leben. S. 291.

[2] Göthe's Werke (Hempel). I. 142. Vgl. über Fürst Bismarcks
„Poesie" Bruno Bauer, Disraeli's und Bismarcks Imperialismus.
Chemnitz 1882. S. 9.

Sie mag rosenbekränzt
Mit dem Lilienstengel
Bluthenthäler betreten,
Sommervögeln gebieten,
Und leichtnährenden Thau
Mit Bienen-Lippen
Von Bluthen saugen;

Oder sie mag
Mit fliegendem Haar
Und düsterem Blicke
Im Winde sausen
Um Felsenwände,
Und tausendfarbig
Wie Morgen und Abend,
Immer wechselnd
Wie Mondesblicke,
Den Sterblichen scheinen

Laß't uns alle
Den Vater preisen,
Den alten, hohen,
Der solch eine schöne,
Unverwelkliche Gattin
Den sterblichen Menschen
Gesellen mögen.

Denn uns allein
Hat er sie verbunden
Mit Himmelsband
Und ihr geboten,
In Freud' und Elend
Als treue Gattin
Nicht zu entweichen.

Alle die andern
Armen Geschlechter
Der kinderreichen,
Lebendigen Erde

Wandeln und weiden
In dunklem Genuß
Und trüben Schmerzen
Des augenblicklichen
Beschränkten Lebens,
Gebeugt vom Joche
Der Nothdurft.

Uns aber hat er
Seine gewandteste
Verzärtelte Tochter,
Freut euch! gegönnt.
Begegnet ihr lieblich
Wie einer Geliebten!
Laßt ihr die Würde
Der Frauen im Haus!
Und daß die alte
Schwiegermutter Weisheit
Das zarte Seelchen
Ja nicht beleid'ge!

Doch kenn' ich ihre Schwester,
Die ältere, gesetztere,
Meine stille Freundin:
O daß die erst
Mit dem Lichte des Lebens
Sich von mir wende,
Die edle Treiberin,
Trösterin, Hoffnung."

Unter der Leitung dieser Göttin „Phantasie" war es schwierig, wenn nicht unmöglich, auch nur irgend einen Zweig prosaischer Geschäftsthätigkeit mit der erforderlichen Ruhe, Besonnenheit und Regelmäßigkeit zu besorgen. Jeder Tag brachte etwas Neues und trieb den Dichter in den verschiedensten Revieren herum, so daß sich nach keiner Richtung hin ein bedeutendes Wirken entfalten konnte. Laune, Zufall und Wetter dominirten Alles. Die Schwiegermutter Weisheit durfte das liebe Seelchen Phantasie

nicht beleidigen und kam darum selten zum Wort. Mit dem
Herzog war Göthe bald höchlich zufrieden, bald herzlich mißvergnügt. Mit Merck hatte er frohe Tage und Nächte, und doch
machte ihm „der Drache wieder bös Blut", weil er ihm selbst
so ähnlich sah. Mit Frau von Stein liebelte und eifersüchtelte
er je nach Laune. Im October (1780) überwarf er sich sogar
völlig mit ihr, um bei veränderter Stimmung sich ihr nur um
so dienstbarer zu Füßen zu legen:

„Ja, es ist eine Wuth gegen sein eigen Fleisch, wenn der
Unglückliche sich Luft zu machen sucht, dadurch, daß er sein
Liebstes beleidigt, und wenns nur noch in Anfällen von Laune
wäre und ich mirs bewußt sein könnte; aber so bin ich bei meinen
tausend Gedanken wieder zum Kinde herabgesetzt, unbekannt mit
dem Augenblick, dunkel über mich selbst, indem ich die Zustände
des andern wie mit einem hellfressenden Feuer verzehre.

„. . . . . Mir kommts entsetzlich vor, die besten Stunden
des Lebens, die Augenblicke des Zusammenseins verderben zu
müssen, mit Ihnen, da ich mir gern jedes Haar einzeln vom
Kopf zöge, wenn ichs in eine Gefälligkeit verwandeln könnte,
und dann so blind, so verstockt zu sein. Haben Sie Mitleiden
mit mir. Das Alles kam zu dem Zustand meiner Seele, darin
es aussah wie in einem Pandämonium von unsichtbaren Geistern
angefüllt, das dem Zuschauer, so bang es ihm drinn würde, doch
nur ein unendlich leeres Gewölbe darstellte."[1]

Mit der „Pyramide des Daseins" war es deßhalb übel bestellt. Von außen war sie eine phantastische Pagode, von innen
ein leeres Gewölbe und Pandämonium, um das die Göttin Phantasie abwechselnd mit enthusiastischen Jubelaccorden, lockenden
Schmeicheltönen und traurigem Miauen herumgeisterte. Da ihm
nun aber ein solcher Bau doch nicht genügte, so sah er sich nach
„Brüdern" um und bewarb sich für die Weiterführung seiner
Pyramide um das „Schurzfell".

---

[1] Schöll, Briefe an Frau v. Stein. I. 357. 358.

12. Eintritt in die Loge und in's Finanz-
ministerium.

1780—1782.

„Göthe, J. W., der universellste unter den deutschen Dichtern, classisch in der Prosa, wie in fast allen Gattungen der Poesie, zugleich eifriges Mitglied der Freimaurerei."

Allgem. Handbuch der Freimaurerei. I. 542.

Sages que l'univers contemple,
Philosophes qui l'éclairez,
Demi-dieux, entrez dans ce temple etc.
Sur les emblèmes de la Maçonnerie.
(Altes Freimaurerlied.)

Den ganzen Wust von Kleinigkeiten zu beschreiben, aus welchen sich Göthe's Leben in den Jahren 1780 bis 1784 zusammensetzt, ist eine sehr undankbare Arbeit. Düntzer hat es wiederholt in ein- und zweibändigen Werken, sowie in jenen „end- und trostlosen Einleitungen" versucht, „durch die seine Feder die Göthe-Literatur in ziemlich periodischen Ueberschwemmungen unter Wasser setzt"[1]. Das Durcheinander der verschiedensten Launen, Dilettanterieen und Geschäftchen bietet aber ein geradezu ungenießbares Bild, und Göthe ist selbst mit Schuld daran, daß Düntzers Bücher so

---

[1] So sagt Frese in seiner Uebers. von Lewes II. 574. — Als Düntzer sein Buch „Aus L. von Knebels Nachlaß", Jena 1858, herausgab, fand auch der tüchtige Kritiker H. Marggraff, „daß es nicht Jedermanns Sache sei, ein Werk von 652 enggedruckten Seiten oder eine ununterbrochene Reihe von 806 Briefen durchzulesen, d. h. ein ganzes Brachfeld umzuwühlen, um daraus so und so viel Unzen reines Gold zu gewinnen". Und wär' es nur Gold! Vgl. Bl. für lit. Unterh. 1860. S. 781 ff.

unsterblich langweilig sind. „Ereignisse" sind eben rar, und die Bagatellen vereinigen sich zu keinem bedeutenderen Ziele.

Was noch am ehesten einem Ereigniß gleichsieht, ist Göthe's Eintritt in den Orden der Freimaurer, dessen ergebenes Mitglied er fürder bis an's Ende seines Lebens blieb und dessen Einfluß er vielleicht später zu gutem Theile seine Macht, seinen Ruhm und seine einflußreiche literarische Weltstellung verdankte. Die große Bedeutung der halb unsichtbaren Brüderschaft für die ganze damalige Zeit, ihre Verdienste um die religiöse Zersetzung Teutschlands, um die französische Revolution, um die Vernichtung des deutschen Reiches sind bekannt. Alle wichtigern Nachbaren des Weimarer Musenhofes gehörten der Loge an. Der Herzog Ferdinand von Braunschweig war eines der Bundeshäupter, er präsidirte dem berühmten Congreß zu Wilhelmsbad (1782). Der Statthalter Dalberg, Br. „Crescens", war eines der rührigsten Werkzeuge ihrer Pläne. Der Herzog Ernst von Gotha, Br. „Timoleon", war ebenfalls Illuminat und Weishaupts thatkräftigster Gönner, als dieser 1785 aus Bayern fliehen mußte. Weishaupt selbst ließ sich 1785 in Gotha nieder und erhielt daselbst ein Gnadengehalt [1].

In Weimar regten sich die ersten freimaurerischen Bestrebungen schon 1742. Eine Johannisloge L'Amitié wurde 1767 gestiftet, ging aber nach kurzem Bestand wieder ein. Dagegen erhielt sich die Loge zu den drei Rosen in Jena (welche von der Großloge zu den drei Weltkugeln constituirt war) 21 Jahre lang, von 1743—1764. Diese siedelte unter ihrem letzten Meister vom Stuhl, dem Geheimrath und Minister von Fritsch, nach Weimar über. Die neue Loge wurde am 24. October 1764, am Geburtstag der Herzogin Anna Amalia, eröffnet und ihr zu

---

[1] S. (Stark) Triumph der Philosophie. 1803. II. 225 ff. — Beaulieu-Marconnay, Dalberg. I. 40. — Theiner, Bildungsanstalten. S. 273. — Brück, Die rationalistischen Bestrebungen im kathol. Deutschland. S. 9. — Joh. Scherr, Göthe's Jugend. 171—170.

Ehren „Anna Amalia“ genannt. „Sie arbeitete in stetem Wachsthum und Gedeihen.“[1] 1775 traten ihr der Dichter Musäus
und der Universalmensch Bertuch[2] bei, 1779 der Professor Loder.
Herder war schon 1766 zu Riga dem Bunde beigetreten[3] und
dann 1769 in Hamburg mit einem der ersten Väter und Häupter
des Ordens näher bekannt geworden. Das war der Braun-
schweiger Joh. Heinrich Bode (geb. 1730), der Sohn eines armen
Soldaten. Er wurde erst Ziegelbrenner, dann Musikant, Militär-
hautboist und endlich Hautboist in Celle. Nachdem ihm seine
erste Frau mit drei Kindern gestorben war, heirathete er, 27 Jahre

[1] Allgemeines Handbuch der Freimaurerei. II. Aufl. von Len-
nings Encyclopädie. Leipzig 1863. III. 458 ff. I. 542 ff.

[2] Deutsche Biographie II. 552.

[3] „In Weimar hat sich Herder,“ wie seine Gattin bemerkt,
„aus wichtigen Gründen niemals als Freimaurer bekannt und sich
vielleicht dadurch von Mehreren Unwillen zugezogen.“ Der wichtigste
Grund unter diesen wichtigen Gründen war wohl der, daß er erster
Geistlicher des Herzogthums war; als weitere mitbestimmende Gründe
bezeichnet Küntzel „die babylonische Sprachverwirrung, welche im
Orden herrschte, und die vielen Mißbräuche und Betrügereien, welche
mit dem Ordenswesen getrieben wurden“. Herder wußte aber, wie
seine Gattin ihrer obigen Angabe hinzufügt, „alles Wichtige, was
in der Loge vorging! auch blieb er mit Männern wie Bode und
F. L. Schröder in beständigem Gedankenaustausch und half ihnen
bei ihren freimaurerischen Arbeiten mit seinem reichen Wissen“.
Seine Gattin bemerkt übrigens in ihren Erinnerungen: „Herder
habe sein eigenes System darüber gehabt, das er einst ausarbeiten
wollte, und er habe geglaubt, daß auch bei diesem Institute ein
neuer, unserer Zeit gemäßerer Geist geweckt und die veralteten Gebräuche neu belebt werden sollten.“ S. den Aufsatz „Göthe und
Herder als Freimaurer“ von H. Marggraff, Bl. für lit. Unterh.
1864. S. 92. — Vgl. Herders Auff. über die Tempelherren gegen
Nicolai. Werke (Hempel). XVII. 337 ff. Briefe zur Beförderung
der Humanität. XIII. u. s. w. Er war der eigentliche Theologe
der Loge und ihres Humanitätsideals. — Handbuch für Freimaurerei
I. 589 ff.

alt, zu Hamburg eine reiche Musikschülerin und avancirte 1762 zum Redacteur des Hamburger Unparteiischen Correspondenten und zu einer Stütze der aufgeklärten Partei. Alberti, Basedow, Klopstock, Gerstenberg traten in nähere Beziehung zu ihm. Besonders aber schloß sich Lessing an ihn an. Die Aufklärung betrieb er zugleich als humanitäres Unternehmen und als rentables Buchhändlergeschäft. „Er war," nach Hettner, „ein begeisterter Apostel des Freimaurerthums, und wie er einer der eifrigsten Führer des Maurerthums war, wurde er auch später (unter dem Namen Amelius) einer der mächtigsten Führer des von Weishaupt in Ingolstadt neugegründeten Illuminatenordens, da beide Orden immer weitere Verbreitung vernünftiger Aufklärung und sittlicher Werkthätigkeit zum gemeinsamen Zweck hatten und daher mit vollem Rechte einer allmählichen Vereinigung zustrebten."[1] Als Geschäftsführer der Gräfin Bernstorff, Wittwe des dänischen Ministers gleichen Namens, siedelte er 1778 nach Weimar über und ward hier bald die Seele der Loge. Göthe fand den Mann, der mit der Revolutionspropaganda von ganz Frankreich und Teutschland in Beziehung stand, sehr „redlich" und „ehrlich", fühlte sich aber noch nicht veranlaßt, in die Loge zu treten, deren Chef noch immer der Herr von Fritsch war. Erst nach der Schweizerreise kam er zu diesem Entschluß.

Am 17. Januar 1780 besuchte er Bode und hatte mit ihm eine „weitläufige Erklärung über ☐ ▽ (Loge Anna Amalia). Er ist ein sehr ehrlicher Mann"[2]. Im folgenden Monat wandte er sich um Aufnahme an den „Meister vom Stuhl":

„Ew. Excellenz

nehme ich mir die Freiheit mit einer Bitte zu behelligen. Schon lange hatte ich einige Veranlassung zu wünschen, daß ich mit zur

---

[1] Teutsche Biographie. II. 796. Ueber seine Beziehung zu den französischen Revolutionsmännern und Königsmördern vgl. „Triumph der Philosophie" II. 295. Er war unzweifelhaft einer der Frères Allemands, die Barruel erwähnt. IV. 361.

[2] Keil, Tagebuch. S. 208.

Gesellschaft der Freimaurer gehören möchte; dieses Verlangen ist auf unserer letzten Reise (durch die Schweiz) viel lebhafter geworden. Es hat mir nur an diesem Titel gefehlt, um mit Personen, die ich schätzen lernte, in nähere Verbindung zu treten, — und dieses gesellige Gefühl ist es allein, was mich um die Aufnahme nachsuchen läßt. Wem könnte ich dieses Anliegen besser empfehlen, als Ew. Excellenz? Ich erwarte, was Sie der Sache für eine gefällige Leitung zu geben geruhen werden, erwarte darüber gütige Winke und unterzeichne mich ehrfurchtsvoll

Weimar,   Ew. Excellenz
den 13. Febr. 1780.   gehorsamster Diener
                                                        Göthe." [1]

Herodes und Pilatus wurden nun Freunde. Obgleich Fritsch das Wesen und Treiben Göthe's nicht leiden konnte, drückte er jetzt darüber das Auge zu und reichte ihm brüderlich die Hand. Göthe aber vergaß, daß Fritsch nichts „Feines und Behagliches" in seinem Wesen habe, er sah jetzt viel Verstand und Willen in ihm. Am 23. Juni Abends war ☐ und am 24. Juni Abends war wieder ☐, wie es im Tagebuch heißt. Am ersten dieser Tage, am Vorabend des Johannisfestes, wurde Göthe aufgenommen. Bode führte den Hammer. Die Brüderschaft scheint Göthe gut gefallen zu haben; er bat sehr bald um Beförderung. Schon am 31. März 1781 schrieb er wieder an Fritsch:

„Darf ich Ew. Excellenz bey der nahen Aussicht auf die Zusammenkunft einer Loge, auch meine eigenen kleinen Angelegenheiten empfehlen? So sehr ich mich allen mir unbekannten Regeln des Ordens unterwerfe, so wünschte ich doch auch, wenn es den Gesezzen nicht zu wider wäre, weitere Schritte zu thun, um mich dem Wesentlichen mehr zu nähern. Ich wünsche es sowohl um mein selbst als um der Brüder willen, die manchmal in Verlegenheit kommen mich als einen Fremden traktiren zu müssen. Sollte es nützlich seyn mich gelegentlich bis zu dem Meistergrade hinauf zu führen, so würde ich's dankbarlichst an-

---

[1] Beaulieu-Marconnay, Anna Amalia. S. 210.

erkennen. Die Bemühungen die ich mir bisher in nützlichen Ordenskenntnissen gegeben, haben mich vielleicht nicht ganz eines solchen Grades unwürdig gemacht.

Der ich jedoch alles Ew. Exc. gefälligster Einleitung und besseren Einsicht lediglich überlasse und mich mit unwandelbarer Hochachtung unterzeichne

den 31. März 1781.   Ew. Exrcellenz
                                    ganz gehorsamster
                                    Göthe."[1]

Der blinde Gehorsam wurde dankbar anerkannt und belohnt. Den ersten Mann im Herzogthum konnte man bei so edler Gesinnung nicht unter den „Kameelen" belassen. Am 23. Juni 1781 ward Göthe schon zum Gesellen befördert. Am 14. Januar des folgenden Jahres verhandelte er mit Seckendorf und Kalb viel über ☐, am 5. Februar verkündet das Tagebuch: Aufnahme des Herzogs. Bis gegen 11 in der ☐. Am 2. März 1782 endlich wurde Göthe selbst zum Meister befördert und stand nun zum ersten Mal formell über „seinem" Herzog.

Die Loge Anna Amalia gewann nun solches Ansehen, daß der Herzog Ferdinand von Braunschweig in den Jahren 1781 und 1782 das Directorium dahin verlegen wollte; allein der Herzog Karl August von Weimar war dagegen, weil er kein Freund des schottischen Systems war, das sein College in Braunschweig patrocinirte. Bald riß darüber in der Loge zu Weimar selbst Uneinigkeit ein. Als Bertuch am 24. Juni 1782 den Gegenstand berührte, gerieth er mit dem „ehrlichen" Bode so in Wortstreit, daß der Meister vom Stuhl die weiteren Arbeiten suspendirte, bis der am 16. Juli 1782 in Wilhelmsbad eröffnete Convent über den Werth der einzelnen Systeme entschieden haben würde. Da eine Vereinigung nicht zu Stande kam, so blieb die Loge bis am 16. Juli 1808 geschlossen[2]. Doch arbeiteten die

---

[1] Ebd. S. 211.

[2] S. Handbuch für Freimaurer III. 458 ff. Vgl. Briefwechsel Karl Augusts mit Göthe. I. 19. „Mehr Böcke," sagt Göthe, „sind

Mitglieder unterdessen in der Haupttendenz des Bundes weiter.
Karl August selbst veranlaßte die Wiedereröffnung der Loge und
Göthe nahm in Wort, Schrift und That regen Antheil daran.
Neben Bertuch wirkte er hauptsächlich für ihre Reorganisation.
Bei der Beamtenwahl, bei welcher zwölf Meister zugegen waren,
erhielt er drei Stimmen zum Meister vom Stuhl, während neun
auf Bertuch fielen. Dagegen unterlagen die wichtigeren Reden,
Gesänge und Anordnungen meistens seiner vorausgehenden Prü=
fung und Billigung. Kräftig wirkte er namentlich mit zur Ein=
führung des Systems der Großloge zu Hamburg; denn die Anna=
Amalia=Loge hatte bisher nach dem System der stricten Observanz
gearbeitet. Göthe's Werke spiegeln nicht bloß in „Wilhelm
Meister" und noch mehr in den „Wanderjahren" in ganzen Par=
tieen freimaurerische Ideen wieder und zeigen sich von dem Geiste
maurerischen „Brudersinns" und maurerischer Symbolik erfüllt:
sie enthalten auch manche Erzeugnisse, welche für die Loge, der
er angehörte, gedichtet oder verfaßt waren. Dahin gehören nament=
lich die Freimaurer=Lieder, welche unter der Rubrik „Loge" einen
Bestandtheil seiner Gedichte bilden [1].

> „Heil uns! Wir verbundne Brüder
> Wissen doch, was Keiner weiß,
> Ja, sogar bekannte Lieder
> Hüllen sich in unsern Kreis.
> Niemand soll und wird es schauen,
> Was einander wir vertraut:
> Denn auf Schweigen und Vertrauen
> Ist der Tempel aufgebaut." [2]

Diese reizende „Verschwiegenheit" hat Göthe nicht erlaubt, die
eigentlichen Lebensgedanken der Loge so anschaulich zu besingen,

wohl überhaupt im Ritual und Formal an keinem Johannistage
vorgegangen."

[1] Göthe's Werke (Hempel). II. 423. Seine Freimaurerreden auf
Wieland, Riedel ꝛc. ebd. XXVII. 2. Abth. 54—84.

[2] Göthe's Werke (Hempel). II. 425.

wie das sonst seine Art ist. Seine „Logenlieder" sind fast das
Nebelhafteste, was er gedichtet. Etwas mehr lüftet sich der
Schleier in einem alten Logen=Lieberbuch, in welchem sich Göthe's
Name brüderlich neben demjenigen Voltaire's findet[1]. Das
folgende Lied aber wirft zugleich ein erklärendes Licht auf Göthe's
Philosophie, Poesie und Leben, wenn es darin heißt, daß „die
einfache Natur in einem ‚Maurer' den lächelnden Epikur mit
dem göttlichen Plato vereinigt" und daß „jeder gute Bruder,
sobald er aus der Loge kömmt, der zarten Liebe angehört".

> „La lanterne à la main
> En plein jour dans l'Athène (?),
> Tu cherchais un humain,
> Sévère Diogène;
> De tous taut que nous sommes
> Visite les maisons,
> Tu trouveras des hommes
> Chez tous les Franc-Maçons.
>
> L'heureuse liberté
> A nos banquets préside,
> L'aimable volupté
> A ses côtés réside.
> Et la simple nature
> Unit dans un Maçon
> Le riant Épicure
> Et le divin Platon.
>
> Pardonnez, tendre amour,
> Si dans nos assemblées
> Les nymphes de ta cour
> Ne sont point appelées!
> Veux-tu sur nos mystères
> Étendre aussi tes maux?

---

[1] Recueil de cantiques maçonniques. Cologue. Th. F. Thi-
riart. 5801.

Nous voulons être frères,
Tu nous rendrais rivaux.

Toutefois ne crois pas
Que des âmes si belles
A marcher sur tes pas
Soient constamment rebelles;
Nos soupirs font l'éloge
Des douceurs de ta loi,
Au sortir de la loge
Tout bon frère est à toi."

Ein sinniges Echo der letzten Strophen bildet Göthe's „Gegen= toast der Schwestern", welcher mit den Versen schließt:

„Und indem wir eure Lieder
Denken keineswegs zu stören,
Fragen alle sich die Brüder,
Was sie ohne Schwestern wären." [1]

Während Göthe in dem hier ausgedrückten Sinn der Loge diente, für sie dichtete und schrieb, ließen es die Brüder an Dank nicht fehlen; sie schlossen sich „liebend" den „Schwestern" an, um seine Werke über Alles zu loben und ihn endlich zu jenem Weltruf emporzurühmen, der die ganze neuere Literatur, zu deren unsäglichem Schaden, beherrscht [2]. Ohne sie wäre die „Pyramide" nie weiter gediehen.

Das Frühjahr und den Sommer 1780 brachte Göthe meist

---

[1] Göthe's Werke (Hempel). II. 426.

[2] Die ☐ „Zur Arbeit" in Budapest hat unter dem Schutze des Gr. Or. von Ungarn den 30. April 1878 eine „Freimaurerische Göthe=Chrestomathie mit Einleitung und Commentar" als Preis= ausgabe ausgeschrieben. S. Freimaurer=Zeitung, herausgegeben von Dr. O. Henne-Am Rhyn, vom 1. Juni 1878. Dieselbe sollte so abgefaßt sein, „daß das Ganze auch Nichtmaurern zugänglich ge= macht werden könnte". Das scheint nicht gelungen zu sein. Um so mehr darf ich hoffen, daß vorstehende Skizze wenigstens den Br. Br. in Budapest willkommen sein wird.

in Weimar zu[1]. Zur Abwechslung verfiel er auch auf den Gedanken, Historiker zu werden, fing an, Material zu einer „Geschichte des Herzogs Bernhard von Weimar" zu sammeln, und
beschäftigte, da er nicht Zeit genug fand, seinen Famulus Kraft
damit, weitere Excerpte dafür zu machen. Doch stockte das Unternehmen bald. Obwohl er seine Tage um diese Zeit in „ordnende"
und „erfindende" abtheilte, reichten jedoch weder die einen noch
die andern für all die Grillen und Einfälle hin, denen er, wie
ein Kind den Schmetterlingen, nachlief. Am wenigsten wollte
sich die Geschichte des Herzogs Bernhard so in einigen Stunden
mit dem Schmetterlingsnetz einfangen lassen. Er ließ sie also
wieder laufen, nachdem er einige Monate sich damit bei Hofe
interessant gemacht. Nebenher dictirte er seine Schweizerreise,
übte ein Singspiel „Jery und Bätely", das er auf der Rückreise aus der Schweiz verfaßt hatte, bearbeitete einen Theil der
„Vögel" des Aristophanes für's Liebhabertheater, stümperte am
Egmont herum, fing den Tasso an, blieb aber mit beiden stecken.
Den September verlor er ganz mit der erwähnten gouvernementalen Visitationsreise. Zu Hause wurde dann wieder „regiert",
was ihm und dem Herzog Kopfbrechens gemacht zu haben scheint.
„Was da auszustehen ist," schreibt er an Lavater[2], „spricht keine
Zunge aus. Herrschaft wird niemand angeboren, und der sie
ererbte, muß sie so bitter gewinnen, als der Eroberer, wenn er
sie haben will, und bitterer." Der Herzog selbst aber klagt im
December über die Berichte der von Moser eingesetzten sogenannten
Landcommission: „So ein Sammelsurium von Kindereien, Narrheiten, Dumpfheit, Cochonnerie und Hanswurstpossen ist nicht zu
glauben, wenn man es zusammen in einer Stadt, geschweige in
einem Heft Papier zusammenfände. Mir ist's so tröstlich wie
ein Kapitel in der Bibel zu lesen gewesen."[3] Göthe kam der

---

[1] Vgl. Keil, Tageb. S. 207 ff. Schöll, Briefe an Frau
von Stein. I. 285 ff.

[2] Hirzel, Briefe an Lavater. S. 110.

[3] Um den Fürsten, der mit der Bibel ebenso leichtsinnig um-

Monat December sehr „sauer" vor; er tröstete sich nur damit, daß es ihm endlich gelang, einen ihm widerwärtigen Beamten (Volgstedt) von der Kriegscommission zu entfernen[1].

Das Jahr 1781 fing ebenfalls wieder prosaisch an. Neben seinen friedlichen Kriegsgeschäften, welche sich meist im Actenstaub des Bureau erledigten, schrieb Göthe ein „Gespräch über deutsche Literatur" gegen Friedrich II. von Preußen. Dasselbe scheint verloren zu sein. Ueber die Faschingszeit mußte der Kriegsminister wieder Maskenzüge arrangiren; dann ging es für acht Tage nach Neunheiligen zur schönen Gräfin Werthern. Im März setzte ihm das Klima etwas zu. „Wenn wir in einem bessern Klima wären, so wäre viel anders; ich bin das decidirteste Barometer, das existirt."[2] Ende April aber lehnte er es entschieden ab, den Herzog abermals auf einer Reise zu begleiten, vertauschte von da ab das familiäre „Du", mit dem er bisher das ebenso familiäre des Herzogs erwiedert hatte, mit feineren Formen. Lavater schrieb er:

„In mir reinigt sich's unendlich, und doch gesteh' ich gerne, Gott und Satan, Höll und Himmel, die du so schön bezeichnest in mir einem. Oder vielmehr möcht ich das Element, woraus des Menschen Seele gebildet ist, und worin sie lebt, ein Fegfeuer nennen, worin alle höllischen und himmlischen Kräfte durcheinander gehen und wirken."[3]

─────────

sprang, wie mit katholischen Reliquien (f. Dünzer, Karl August I 230), dennoch als guten Christen loben zu können, stellte der Prediger Wilh. Schröter, Pfarrer in Großheringen, folgende Tefinition von Religion und Kirche auf: „Dieses Menschsein und Menschseinwollen, nach dem vollendeten Bilde der Menschheit, und redliche und eifrige Streben darnach, ist Religion"... „Die Kirche ist aber durchaus nichts für sich, weder über, noch neben, noch unter dem Staat, sondern der Staat selbst in seinen höchsten und geistigsten Bestrebungen." Karl August ꝛc. Was er geistig war und wie er es geworden. Leipzig 1820. S. 47.

[1] Keil, Tagebuch. S. 233 ff

[2] Schöll, Briefe an Frau von Stein. II. 56.

[3] Hirzel, Briefe an Lavater. S. 125.

Trotz dieser unendlichen Reinigung kam er mit keiner seiner
Arbeiten und Projecte voran. Geistige und leibliche Beschwerden
drückten ihn im Sommer so nieder, daß auch ein Ausflug nach
Ilmenau ihm keine rechte Erholung zu gewähren vermochte. Die
Tanzvergnügen, Mischeleien und Tollheiten, die er früher in diesen
Gegenden getrieben, erschienen ihm jetzt ganz ekelhaft.

„Ich sehne mich recht von hier weg,“ schrieb er an Frau von
Stein, „die Geister der alten Zeit lassen mir hier keine frohe
Stunde. Ich habe keinen Berg besteigen mögen, die unangenehmen Erinnerungen haben Alles befleckt. Wie gut ist's daß
der Mensch sterbe, um nur die Eindrücke auszulöschen und gebadet wieder zu kommen.“ [1]

Im Juli ward die Mißstimmung noch ärger. Am 8. schrieb
er ihr:

„Ich sehne mich heimlich nach Dir, ohne es mir zu sagen,
mein Geist wird kleinlich und hat an nichts Lust, einmal gewinnen Sorgen die Oberhand, einmal der Unmuth, und ein
böser Genius mißbraucht meiner Entfernung von Euch, schildert
mir die lästigste Seite meines Zustandes und räth mir, mich
mit der Flucht zu retten. bald aber fühle ich, daß ein Blick,
ein Wort von Dir alle diese Nebel verscheuchen kann.“ [2]

Nach seiner Rückkehr wehte indeß wieder bessere Luft und
Laune. Auf den 28. August, seinen Geburtstag, bereitete ihm
der Hof eine glänzende Ovation. Es wurde im Ettersburger
Waldtheater ein großes Schattenspiel gegeben: „Minerva's Geburt, Leben und Thaten“. Hinter dem großen weißen Tuch, das
den Olymp bedeutete, zeigte sich zuerst Maler Kraus mit einem
riesigen Jupiterkopf aus Pappe. Nachdem er die Metis verschlungen, bekam er gewaltiges Kopfweh. Vergeblich reichte ihm
Ganymed, auf einem Adler reitend, die Nektarschale. Nachdem
Aeskulap, von Ganymed herbeigeholt, ebenso vergeblich dem
Göttervater an der Nase zu Aber gelassen, erschien der Herzog

---

[1] Schöll a. a. O. II. 85.
[2] Ebd. II. 88.

Karl August selbst als Vulkan und spaltete den Riesenkopf und,
so erzählt R. von Gottschall weiter, „Corona Schröter stieg, nur
von leichtem Gazeflor umhüllt, aus dem Götterhaupte, so daß
Wieland die allergenaueste Uebereinstimmung mit dem griechischen
Göttercostüm mit Vergnügen zu bemerken fand. Die wunderbare
Schönheit der Corona Schröter in diesem Augenblick blieb den
Weimaranern noch lange in der Erinnerung"[1]. Von einem
Genius getragen, zeigte sich im dritten Act der Name Göthe's
in den Wolken. Dann trat Minerva-Corona hervor und über-
reichte ihm zum Geburtsfeste die Angebinde der Götter: Leier,
Kranz und den Gürtel der Schönheit; nur die Peitsche, auf deren
Riemen das Wort Aves (Vögel) stand, behielt sie zurück und
legte sie bei Seite. In den Wolken aber funkelten in hellen
Transparents die Namen „Iphigenie" und „Faust".

Vor- und nachher versicherte Göthe die Frau von Stein seiner
ewigen Liebe und Leibeigenschaft und bat sie, „wenn's möglich
ist", die Freuden „rein genießen zu lassen", die ihm das Wohlwollen der Leute bereitete[2]. Im September reiste er mit ihrem
Sohne Fritz nach Dessau und Leipzig, Anfangs October suchte
er den Deutsch-Franzosen Baron Grimm in Gotha auf, versöhnte
sich mit dem „Orang-Utang" Nicolai und schrieb ihm in's Stammbuch: Utile dulci. Doch kam das ganze Jahr wieder nichts
Literarisches von Bedeutung zu Stande. Ein angefangenes Fragment „Elpenor" stockte nach den ersten Scenen, Egmont wollte
nicht weiter. Unter mineralogischen und anatomischen Dilettanterieen kam die Weihnacht heran. Die Jagdliebe des Herzogs
machte Göthe recht ärgerlich[3]; mit Freuden dagegen gab er der
Herzogin-Mutter Ideen für ihren Garten in Tiefurt an und trat

---

[1] S. Frauenbilder unserer classischen Zeit. Unsere Zeit. 1875.
II. 897. Vgl. Keil, Corona Schröter S. 202. Burkhardt,
Liebhabertheater. Grenzboten 1873. III. 1 ff.

[2] Schöll, Briefe. II. 98.

[3] „Der Herzog hat seine Existenz im Hetzen und Jagen." Guhrauer, Briefwechsel zwischen Göthe und Knebel. Leipzig 1851.
I. 39.

zu ihrer Ehre gegen Ende des Jahres noch als „Marktschreier“ in einer selbstverfaßten kleinen Farce auf: „Das Neueste aus Plundersweilen“[1]. Klopstock wurde darin in geradezu gemeiner, widerlicher Komik dem allgemeinen Gespött preisgegeben.

Im Beginn des neuen Jahres 1782 ward Göthe sogar Ballet= meister, arrangirte das Zauberspiel „Karfunkel und Amor“ und die Maskerade „Aufzug des Winters“[2]; aber er war doch so recht von Herzen der alte Faschingsgeck nicht mehr. Die übeln Finanzen von Weimar gingen ihm zu Herzen, und er sehnte sich ordentlich nach dem Ende des Carnevals[3]. Als dieser vorüber war, machte er seine Rundreise zur Auslese der Rekruten und fand zu Hause noch mehr Prosa vor. Zu seinem Schrecken sah er jetzt, daß das Plaisirleben bei Hofe den Wohlstand des Landes und die ganze Finanzwirthschaft untergrabe.

„Du weißt aber,“ schrieb er Knebel, „wenn die Blattläuse auf den Rosenzweigen sitzen und sich hübsch dick und grün ge= sogen haben, dann kommen die Ameisen und saugen ihnen den filtrirten Saft aus den Leibern. Und so gehts weiter, und wir habens so weit gebracht, daß oben immer in einem Tage mehr verzehrt wird, als unten in einem organisirt beygebracht werden kann.“[4]

---

[1] Aus Knebels Nachlaß. Nürnberg 1858. S. 114. Göthe's Werke (Hempel). VIII. 201—215. Grenzboten 1870. II. 354, wo= selbst der Bericht des Tanzmeisters Aulhorn über das „Neueste“. „Die Kleidung des Gh. Götens war rothe Strümpfe, welche über die Knie gingen, eine große Bürgermeisterswefte, dergleichen Man= schetten, Schapeau und Halskrauße, Rock mit großen Aufschlägen und eine schwarze Perruque.“ So stand der Minister=„Marktschreier“ vor dem von Kraus angefertigten Jahrmarktsrahmen und persiflirte erst ziemlich schonend Nicolai, etwas herber die beiden Stolberg, Wieland, Gleim, die Sturm= und Drang=Genies, den wackern Klop= stock aber in unwürdigster, zotenhafter Weise.

[2] S. Burkhardt, Grenzboten. 1873 a. a. O.

[3] Schöll, Briefe an Frau von Stein. II. 150.

[4] Guhrauer, Briefwechsel zwischen Göthe und Knebel. I. 29.

Er wunderte sich jetzt, daß Hof und Herzog genau so geworden waren, wie er sie in den ersten Jahren erzogen hatte. Mit Sparen und nationalökonomischen Experimenten suchte er die Sache in's Geleise zu bringen. Er mahnte und moralisirte und spielte sich als weisen Mambres auf. Aber das zog nicht. Dazu war der Herzog wieder mit der Herzogin entzweit, die sich sehr unglücklich fühlte, daß ihr Gatte, ganz nach Göthe's Beispiel, der Gattin eines Andern, der erwähnten Gräfin Werthern, sein Herz schenkte.

„Auch diesem Uebel," jammerte Göthe, „seh ich keine Hülfe. Könnte sie einen Gegenstand finden, der ihr Herz zu sich lenkte, so wäre, wenn das Glück wollte, vielleicht eine Aussicht vor sie. Die Gräfin (Werthern) ist gewiß liebenswürdig und gemacht, einen Mann anzuziehen und zu erhalten. Die Herzogin ist's auch, nur daß es bei ihr, wenn ich so sagen darf, immer in der Knospe bleibt..... O meine Beste! Wer kann der Liebe vorschreiben? Dem einfachsten und grilligsten Dinge in der grillenhaften Zusammensetzung, die man Mensch nennt." [1]

Von einer sittlichen Ueberwindung der Grillen, von einer ernsten Auffassung der Ehe hatte dieser herzogliche Familienrath alle Vorstellung verloren. Während er dem Herzog obscöne Bilder und Statuen besorgte und ihn über Liebesaffairen aller Art unterhielt, klagte er dann über die „arme" Herzogin, daß sie ihrem Gemahl nicht üppig genug war. Das war so „Menschenliebe" und „reine Menschlichkeit".

Unterdessen zog Göthe gegen Ende Mai aus seinem Gartenhause in die Stadt, sowohl um näher beim Herzog und bei den Regierungsstuben, als auch um näher bei der Frau von Stein

---

In den Briefen an Knebel herrscht im Allgemeinen jener Junggesellenhumor vor, der mit seinen sentimentalen Stimmungen abwechselte. Da ist er oft ganz „glücklich", während er bei Frau von Stein „unglücklich" ist. Knebel hat das selbst theilweise erklärt, wenn er sagt, daß Göthe sowohl „Held" als „Komödiant" sei. Dazu ist auch der rasche Wechsel der Gefühle in Rechnung zu ziehen.

[1] Schöll, Briefe II. 102.

zu sein, welche ihm denn auch bei Einrichtung seiner neuen
Wohnung ganz wie eine „Hausfrau" behilflich war und ihm
ihren Sohn „Fritz" als Hausgenossen und Zögling übergab[1].
Am 1. Juni war der Umzug glücklich vollendet; zwei Tage
darauf erhielt Göthe das Adelsdiplom, das ihm der Herzog bei
Kaiser Joseph II. ausgewirkt hatte. Göthe that sich nicht besonders viel darauf zu gut[2]; er war Realist und darum war
ihm an der Macht und dem Einfluß, den er schon zuvor besaß,
mehr gelegen, als an dem Titel, der sie nunmehr decorirte.
Noch nach vielen Jahren hat er Weimar „sansculottisch" genannt[3], und in der That ist er, wie die meisten liberalen Par-
venüs, nie ein principienfester Aristokrat geworden. Je nach
Wetter, Vortheil und der herrschenden Stimmung des Augenblicks sprach er bald demokratisch-bürgerlich, bald höfisch-aristo-
kratisch, nahm im Aeußern vornehme Airs an, verachtete im
Grunde aber den Adel ebenso wie die Spießbürger und den
Pöbel, kroch vor Napoleon und blieb, wie dieser, ein hochmüthiges
Kind der Revolution.

Der Herr von Kalb, der 1775 mit ihm gleichzeitig zu einem
der höchsten Verwaltungsposten, der Kammerpräsidentschaft, erhoben worden war, hatte aber mittlerweile schlecht gewirthschaftet.
Die Finanzen gingen drunter und drüber. Kalb erhielt im Juni
1782 plötzlich seinen Abschied. „Als Geschäftsmann," so schrieb
Göthe, „hat er sich mittelmäßig, als politischer Mensch schlecht
und als Mensch abscheulich aufgeführt."[4] Anstatt sich nach einem
geschulten Finanzmann umzusehen, ernannte der Herzog seinen
Freund Göthe zum interimistischen Kammerpräsidenten, d. h.

[1] S. Ebers und Kahlert, Briefe von Göthe und dessen
Mutter an Fritz v. Stein. Breslau 1846.

[2] S. seine Verse „Der Dichter im Staatswagen" (Hempel).
III. 49, und Schöll II. 206, wo er den Wunsch ausspricht, das
höfische Sechsgespann für einen Pegasusritt hinzugeben.

[3] Burkhardt, Göthe's Unterh. mit dem Kanzler v. Müller.
S. 148.

[4] Guhrauer I. 34. — Dünzer, K. Aug. I. 150.

Finanzminister, und Göthe, der eben noch danach geseufzt hatte, sich ganz der Kunst zu widmen, nahm den Posten an. Darauf wurde er dem Finanzdepartement durch folgende „classische" Ordre zugleich als Chef und Lehrling vorgestellt:

„Die Geschäfte Eures Departements gehen vorerst in der zeitherigen Ordnung und in dem hergebrachten gewöhnlichen Gang unter der Leitung des jedesmal vorsitzenden Kammerraths fort. Ihr zusammen expedirt die kurrenten und ordinären, durch Etat und andere Vorschriften bestimmten Angelegenheiten. So viel hingegen alle etwas beträchtlicheren, aus der gewöhnlichen Bahn heraußschreitenden, eine Abweichung von dem, was ob=gedachtermaßen durch Etat und sonst festgesetzt ist, mit sich führenden Vorfallenheiten anbelanget, geht Unsere Intention da=hin, daß, da Wir Unserem geheimen Rath Göthe Gelegenheit, sich mit denen Kammerangelegenheiten näher bekannt zu machen und Uns in diesem Fach in der Folge nützliche Dienste zu leisten, verschaffen wollen, Ihr über alle dergleichen Vorfallenheiten mit demselben Rücksprache halten, ihm, wenn er, so oft es seine übrigen Dienstverrichtungen gestatten, denen Sessionen Eures Kollegii beiwohnen will, so wie außer denselbigen mit allen ihm nöthig scheinenden Informationen an Handen gehen, die von ihm verlangten Akten ihm verabfolgen und alle Auskunft geben lassen sollet." [1]

Der Minister=Lehrling war klug genug, für seine neuen Stu=dien keine Gehaltserhöhung zu verlangen. Das hätte Stadt und Land doch gar zu drollig vorkommen müssen.

[1] Vogel, Göthe in amtl. Verhältnissen. S. 4. 5.

13. Pegasus im Joch.

1780—1783.

„Gewiß, ich wäre schon so ferne,
So weit die Welt nur offen liegt, gegangen,
Bezwängen mich nicht übermächt'ge Sterne,
Die mein Geschick an deines angebangen."
Göthe an Frau von Stein. 1784.

„Das Vertrödeln der Zeit war ihm unangenehm,
erschien ihm aber nothwendig."
Göbecke.

Mit der Ernennung zum interimistischen Kammerpräsidenten hatte Göthe den Gipfel des „Weltregiments" erreicht. Hof, Theater, öffentliche Bauten, Wege, Straßen, Bergwerk, Industrie, Polizei, Militär, Schulwesen, Forstwesen, Finanzen — Alles war nunmehr ihm unterthan. „Es geht mir," scherzte er selbst, „wie dem Treufreund in meinen Vögeln, mir wird ein Stück des Reichs nach dem andern auf dem Spaziergang übertragen." Aber er fügte bei: „Dießmal muß mir's nun freilich Ernst und sehr Ernst sein, denn mein Herr Vorgänger hat saure Arbeit gemacht." Er glaubte wenigstens zwei volle Jahre aufopfern zu müssen, bis die Fäden nur so gesammelt wären, daß er mit Ehren bleiben oder abdanken könnte[1]. Allein als resoluter, sanguinischer Streber schrieb er auf die neue Expeditionsstube sein altes Motto: Hic est aut nusquam quod quaerimus[2], und beschloß, die Finanzen des Herzogthums auf einen bessern Fuß zu bringen — also möglichst viel Geld einzunehmen und möglichst wenig Geld auszugeben. Noch eben vor seiner Ernennung

---

[1] Schöll, Göthe in Hauptzügen seines Lebens. 1882. S. 109.
[2] Guhrauer, Briefe an Knebel. I. 35.

hatte er Merck gebeten, ein Kapital, das der Herzogin gehörte, flüssig zu machen, um eine Gemäldesammlung anzulegen. Der Kunstliebhaber opferte aber sofort dem Finanzminister seine Passion und beschloß, das Kapital nützlicher anzuwenden [1].

Wie alles Neue, so ergötzte auch das Finanzministerium den lebhaften Mann, der Alles selbst sehen, selbst erleben, selbst erfahren wollte. Je weniger es ihm darum zu thun war, irgend eine Wissenschaft, irgend einen Zweig praktischer Thätigkeit gründlich zu lernen, desto mehr Lust hatte er, immer wieder ein neues Fach anzugreifen, dilettantisch darin herumzufuhrwerken und etwas Charlatanerie damit zu treiben. Er hatte längst beobachtet, daß die Welt nun einmal betrogen sein will, und daß sie sich von „genialer“ Unverfrorenheit und kühnem Autodidaktenthum mehr imponiren läßt, als von bescheidenem, ernstem und gründlichem Wissen und Können. Hier wie in andern Geschäftszweigen hatte er wieder subalterne Kräfte zur Hand, welche die eigentliche mechanische Geschäftsarbeit besorgten, mit deren Hilfe er sich orientiren konnte, um sie dann vollständig in seinen Diensten und nach seinen Ideen arbeiten zu lassen. Im Ausbeuten Anderer hatte er schon eine große Gewandtheit erworben. In zwei Jahren hoffte er alle Rechnungen und Acten persönlich zu kennen, die ganze Beamtenschaft und alle Verhältnisse zu durchschauen und alle Fäden in seiner Hand zu sammeln. So wunderlich seine Poetenlaunen mit fast jedem Tage wechselten, so trocken und prosaisch ihm allmählich das neue Ressort auch vorkam, so ging es ein Jahr lang doch ziemlich gut; er konnte am Ostersonntag 1783 an Knebel schreiben: „Meine Finanzsachen gehen besser, als ich mir vor'm Jahr dachte. Ich habe Glück und Gedeihen bei meiner Administration, halte aber auch auf das Festeste über meinem Plane und über meinen Grundsätzen.“ [2]

Die Geburt eines Erbprinzen, am 3. Febr. 1783, hatte wieder eine Annäherung zwischen Herzog und Herzogin herbeigeführt,

---

[1] Wagner, Briefe an Merck. 1835. S. 337.
[2] Guhrauer I. 44.

Hof und Land mit Freude erfüllt. Herder hielt die Festrede, in der, sogar zu Göthe's Verwunderung, kein einziges christliches Motiv angeschlagen war[1]. Doch die frohen Tage zogen rasch vorüber, und wenn man ihre Zahl gegen all die Klagen hält, die er brieflich der Frau von Stein ausschüttet, so sieht man bald, daß der neue Finanzminister ein sehr geplagter Mann war und im Grunde wenig frohe Stunden hatte.

„Meine Geschäfte gehen stille hin," so schreibt er ihr am 11. September 1782[2], „Zerstreuung hab' ich nicht, meine Erholungen selbst sind absichtlich und gebunden." „Ich sehe fast niemand," schreibt er im November an Knebel, „außer wer mich in Geschäften zu sprechen hat; ich habe mein politisches und gesellschaftliches Leben ganz von meinem moralischen und poetischen (äußerlich versteht sich) getrennt und so befinde ich mich am besten. — Meine vielen Arbeiten, von denen ich dem Publilo noch einen größern Begriff erlaube (sic!) entschuldigen mich, daß ich zu niemand komme. Abends bin ich bei der Stein und habe nichts Verborgenes vor ihr. Der Herzog hat seine Existenz im Hetzen und Jagen. Der Schlendrian der Geschäfte geht ordentlich; er nimmt einen willigen und leiblichen Theil dran, und läßt sich hie und da ein Gutes angelegen sein. Die Herzogin ist stille, lebt das Hofleben; beide seh' ich selten."[3] Gar sehr vermißte er jetzt seine poetische Garteneinsamkeit. „Ich strich um mein verlassen Häuschen, wie Melusine um das ihrige...", so klagte er der Frau von Stein. „Wie viel habe ich verloren, da ich jenen stillen Aufenthalt verlassen mußte! Es war der zweite Faden der mich hielt, jetzt hänge ich ganz allein an Dir und Gott sei Dank ist dies der stärkste."[4]

So lamentirt er fast von Tag zu Tag. Die Briefe an Frau von Stein, sonst schon eine langweilige Tautologie der Liebe, gehen um diese Zeit in ein Moll über, das ganz unausstehlich

---

[1] Dünzer, Aus Herders Nachlaß. I. 73.

[2] Schöll, Briefe an Frau von Stein. II. 246.

[3] Guhrauer I. 38. 39.   [4] Schöll II. 264.

ist, zumal wenn man bedenkt, daß der Dichter sich selbst alle die Fesseln geschmiedet, unter denen er weibisch ächzt und seufzt. Auch nach der Geburt des Erbprinzen nahmen diese Seufzerkasten-Melodieen ihren fast ununterbrochenen Fortgang.

Am 7. April 1783 heißt es: „Es sind schon wieder allerlei Geister los, die mich umsumsen; am schlimmsten plagt mich der Teufel des Unverstands, des Unbegriffs und der Unanstelligkeit von manchen Menschen." Und noch in der Osterwoche, nachdem er eben triumphirend auf sein erstes Finanzjahr zurückgeblickt, sinkt er zu dem verzweifelten Geständniß herab: „Ich bin wohl. Nur ist es ein sauer Stück Brod, wenn man drauf angenommen ist, die Disharmonie der Welt in Harmonie zu bringen. Das ganze Jahr sucht mich kein angenehmes Geschäft auf, und man wird von Noth und Ungeschick der Menschen immer hin und wieder gezogen."[1]

Obwohl er mit seiner eigenen Geschäftsführung ganz zufrieden war, ja oft in größter Selbstgefälligkeit sich darin bespiegelte, so geht doch aus einem späteren Briefe (aus Italien) unzweifelhaft hervor, daß der Herzog unter seiner Finanzverwaltung nicht bloß viel Aerger und Verdruß erntete, sondern auch durch die auto-bibaktischen Finanzexperimente Göthe's materielle Verluste erlitt[2]. Wie hoch sich diese Verluste beliefen, haben die Göthe-Forscher bis jetzt nicht näher untersucht. Sie reden an dieser Stelle nur von seiner „Uneigennützigkeit", wozu er, wie zu allem seinem Lob, schon selbst den Ton angegeben hat.

„Einen Parvenu wie mich," so sagte er später, „konnte bloß die entschiedenste Uneigennützigkeit aufrecht erhalten. Ich hatte von vielen Seiten Anmahnungen zum Gegentheil; aber ich habe meinen schriftstellerischen Erwerb und zwei Drittel meines väter-lichen Vermögens hier zugesetzt und erst mit 1200 Thaler, dann mit 1800 Thaler bis 1815 gedient."[3]

---

[1] Schöll II. 305. 310.
[2] Briefwechsel Karl Augusts mit Göthe I. 117.
[3] Burkhardt, Unterh. mit Kanzler v. Müller. S. 53.

Das tönt sehr schön, ist aber bloße Schönfärberei. Bei nur einigem Fleiß hätte er aus seinem väterlichen Vermögen und dem Ertrag seiner Schriftstellerei bequem leben können. Beides kam auch jetzt ausschließlich ihm zu gut. Mit seinem Gehalt von erst 1200 und dann 1800 Thalern hatte er ein nicht bloß hinreichendes, sondern für Weimar glänzendes Auskommen. Er brauchte nicht zu sparen, um so weniger, als der Herzog ihm freie Wohnung verschaffte und er selbst keine Familie hatte, sondern fast das halbe Jahr bei Andern, meist noch bei Hof, zu Gaste war.

Jeden Tag hatte er mehrere Stunden für schriftstellerische Arbeiten und alle erdenklichen Dilettantereien frei; er trieb neben seinen Poetereien alle anderen Wissenschaften und Künste, war ganze Wochen und Monate gar nicht auf seinem Bureaux; ja es stand ganz in seiner Macht, wie früher, unabhängig der schönen Kunst zu leben. Als vernünftiger Mann mußte er dem Herzog nach Kalbs Demission entschieden rathen, die verlotterte Finanzwirthschaft in die Hände eines geschulten und erfahrenen Finanzbeamten zu legen, der Personen und Verhältnisse oder wenigstens das Fach kannte[1], nicht aber sich selbst in die erledigte Stelle drängen, für die ihm alle Fachkenntniß und Schulung abging, so daß er selbst zwei volle Jahre für nöthig hielt, um sich autodidaktisch in dieselbe hineinzuleben. So auf Gerathewohl die Finanzverwaltung eines ganzen Landes auf sich zu nehmen, das war ein eitler, ehrgeiziger, fast kindischer Autodidaktenschwindel — „grenzenlose Uneigennützigkeit" war es sicher nicht.

Das wahrhaft lächerliche Experiment rächte sich aber nicht nur an des Herzogs Kasse, sondern auch an des Dichters Genie, Lebensglück, Gesundheit und ebenso an des Hofes vielgerühmter Geselligkeit und literarischer Entwicklung. Fruchtlos quälte er sich ab, seine geniale Dichterphantasie zu unterdrücken, um ein nüchterner Finanzbeamter zu werden; ebenso erfolglos bemühte

---

[1] In dieser Hinsicht hätte der Herzog und das Land sicher weit mehr an H. Merck gehabt; doch den wollte Göthe nicht nach Weimar kommen lassen.

er sich, in andern Stunden sich aus dem Actenstaub seiner Bureaux in poetische Regionen zu erschwingen. Der Pegasus, dem er die Flügel über den Rücken gebunden, ward ein nur sehr mittelmäßiger Karrengaul. Wenn er ihn Abends ausschirrte und dichten wollte, dann waren die Flügel krumm und lahm. Das Fliegen ging nicht; wehmüthig schlich er sich zur Frau von Stein, um das arme Thier streicheln und ihm sagen zu lassen, daß es doch noch das geliebte Pferd der Musen sei. Aus dem unerquicklichen Gegensatz der zwei feindlichen Lebenssphären entwickelte sich nur dürftig ein trostloser Galgenhumor, der nicht mehr hinreichte, lebenslustige Farcen zu erfinden, noch viel weniger, einen ganzen Hof zu erheitern. Das mußte der Hof fühlen, und Göthe war zu feinfühlig, um es nicht doppelt schwer mitzuempfinden. Er zehrte nur von dem Ruhm früherer Lustigkeit und besserer Zeiten.

Das werthvollste Product dieser vier Jahre ist wohl noch die zweite Abtheilung der „Briefe aus der Schweiz“ [1], eine lebendige, anschauliche Reisebeschreibung, unter dem unmittelbaren Eindruck großartiger Naturschönheiten zu Papier gebracht, nachher mit Sorgfalt redigirt und abgerundet, zwar noch ein wenig beeinflußt von Rousseau's Naturschwärmerei, aber doch nicht von ihr beherrscht. Von der kleinen Schweiz lernt man daraus allerdings nur ein kleines Stück kennen, die Ufer des Genfersees, das Thal der Rhone und den Gotthard, und zwar nur nach der pittoresken Seite, ohne tieferes Eingehen auf Leben, Sitte und Geschichte der Bewohner; die eingeflochtene Legende des hl. Alexius und die Skizze des Gotthardhospizes ist durch lächerlich-seichte Touristenanmerkungen verfleckst. Doch ist die Naturschilderung eine glänzende, sie gehört zu den schönsten Beschreibungen des Hochgebirges, die es gibt, auch in Sprache und Stil ein Muster von Darstellung.

Fast läppisch dagegen ist das Singspiel „Jery und Bätely“, von dem Göthe später behauptete: „Die Gebirgsluft, die darinnen

---

[1] Göthe's Werke (Hempel). XVI. 439 ff.

weht, empfinde ich noch, wenn mir die Gestalten auf Bühnen-
brettern zwischen Leinwand und Pappenfelsen entgegentreten."[1]
Unmittelbar nach Erfindung des Stückes (1780) urtheilte er selbst
ganz anders: „Die Scene ist in der Schweiz, es sind aber Leute
aus meiner Fabrik"[2]; d. h. eine Spröde mit Milcheimern, ein
verliebter Poet im Sennenkostüm, ein väterlicher Philister, der
sich trotz Alpenluft nicht zu helfen weiß, ein närrischer Soldat,
der dem sehr dummen Liebhaber mit einer plumpen Kriegslist
zu Hilfe kommt, und dazu ein paar dumme Liebesliedchen —
das ist ungefähr Alles. „Es ist eingerichtet," sagt der Verfasser
selbst, „daß es sich in der Ferne bei Licht gut ausnimmt"[3], d. h.
auf etwas Singsang und Operetteneffect berechnet.

Als Göthe im Sommer 1780 wieder etwas Neues für die
Liebhaberbühne liefern sollte, war seine Erfindungskraft so erschöpft, daß er zu Aristophanes griff und einen Theil der „Vögel"
mit Anspielungen auf die Gegenwart zu verbeutschen suchte[4]. Es
ist schlimm, wenn man seinen Humor in Griechenland suchen
muß. Der Witz wurde so gelehrt, daß man heute einen doppelten
Commentar braucht, um ihn zu verstehen, einen für die griechischen, einen für die weimarischen Bestandtheile. Die Vergleichung
der beiden Elemente fällt, sowohl was Erfindung und Geist, als
was Form und Sprache betrifft, entschieden zu Gunsten des
griechischen Dichters aus. Für den Weimarer Hof aber lag der
Hauptwitz keineswegs in tiefer Kenntniß des Griechischen, sondern
in den närrischen Vogelmasken, die jedermann verstand, und in
Personalien, auf welche dieselben ergötzlich bezogen wurden[5].

---

[1] Ebd. IX. 143 ff. Der gute Philister Riemer glaubte ihm
das und witterte Alpenluft darin. Mittheilungen II. 111.

[2] Schöll, Briefe an Frau von Stein. I. 283. Strehlke
meint, Jery und Thomas zusammen seien = Göthe, Bätely Frau
von Stein und der alte Papa „Herder". Das Stück wird dadurch
kein Haar gescheiter.

[3] Schöll II. 283.

[4] Werke (Hempel). VIII. 371.

[5] S. Köpert, Ueber „Göthe's Vögel". Berlin 1874. Cal-

Im Jahr 1781 gedieh nicht einmal mehr eine solche Travestie, sondern bloß Texte zu ein paar Maskenzügen, die sich zur Ab= wechslung an den Nordpol verirrten: „Ein Zug Lappländer" und „Aufzug des Winters". Dieser hofdämlichen Maskenpoesie folgten 1782 „Die weiblichen Tugenden", der „Aufzug der vier Weltalter" [1] und das pantomimische Ballet „Die Entführung" [2]. Im Sommer schrieb Göthe rasch ein paar nichtssagende Scenen dahin, um an der Ilm von der schönen Corona Schröter seinen „Erlkönig" und ein paar Gedichte von Herder singen zu lassen. Man war höflich genug, dieß für ein Singspiel hinzunehmen, und so kam die sentimentale Hudelei denn auch glücklich als „Die Fischerin" [3] in die gesammelten Werke.

Während der Wintersaison 1783 sank der Geschmack und das dramatische Interesse am Hof, sowie die poetische Thätigkeit Göthe's noch tiefer herab. Anstatt Stücke zu schreiben, zu memoriren und einzuüben, fand man es vortheilhafter, sich artig zu maskiren und zu tanzen. Karl August eröffnete die bisher nur den Hof= kreisen zugänglichen Redouten für das große Publikum und über= nahm selbst die Kosten der Musik, während die Herzogin=Mutter die Kosten der Heizung mütterlich mit ihm theilte. Der gewöhn= lichsten Faschingsunterhaltung wurden noch großartige Titel bei= gelegt. So hieß eine Redoute am 14. Februar: „Das Opfer im Hayn der Geister", und wurde darin dem kürzlich geborenen

bary und Comp. — Daß Herzogin Anna Amalia die obscönen Derbheiten des Aristophanes im Original lesen wollte, verräth wenig weibliches Zartgefühl.

[1] S. die „Maskenzüge". Werke (Hempel) XI. 277 ff. „Was gebe ich Ihnen von hier Neues?" so heißt es in einem Brief vom 6. Febr. 1782, „Gelehrtes — wirklich nicht, denn daß uns Göthe neulich ein Schauspiel ohne Namen gab, mehr pantomimirt, mehr getanzt, gezaubert und maschinirt, als gesungen und gesprochen, . . . ist nichts Interessantes" u. s. w. Aug. Diezmann, Aus Weimars Glanzzeit. Leipzig 1855. S. 40.

[2] Burkhardt, Liebhaberbühne. Grenzboten 1873. III.

[3] Werke (Hempel). IX. 173 ff.

Erbprinzen von Göthe „das Horoskop der Elementargeister" gestellt. Doch Schneider und Putzmacherin verdrängten immer
mehr die neun Musen, und am 13. März vereinigten sich die
Väter der deutschen Literatur sogar dazu, ihre schönen Verkleidungen
unter freiem Himmel von allen Neugierigen in Stadt und Land
und vorab von der lieben Jugend bewundern zu lassen[1].

Den Zug eröffnete ein Trupp türkischer Reiter mit Roß-
schweif und Fahnen. Darauf erschien der Landesfürst Herzog
Karl August, an der Spitze seines Corps, mit einer Weste von
drap d'argent und mit einem mit Hermelin besetzten Dolman
von drap d'or. Die Pferde strahlten in reichstem Schmuck.
Fackelträger und Janitscharen begleiteten den Fürsten, ein Wagen
mit Trompetern und Paukern folgte ihm. In mittelalterlicher
Tracht zeigte sich dann der Herr von Schardt als „Carneval"
mit Pierrot (dem Herrn von Einsiedel), Scapin (dem Major
von Fritsch) und Polichinell (dem Herrn von Seckendorf), den
noch eine ganze Schaar von Polichinellen, weiß und roth, um-
gaben. Auf einem mit weißem Bärenfell behangenen Pferde
folgte sodann der Winter (Oberstallmeister von Stein) mit einem
Gefolge von Fackelträgern, Hermelinfängern, grönländischen
Bauern und Lappländern. Dann ließen sich zwei „Ritter" sehen,
der eine, Graf von Werthern[2], in niederländischer Tracht, der
andere, Göthe, in altdeutscher Tracht von weißem Atlas mit
rothem Purpurmantel, mit einem Gefolge von Knaben in weißem
und gelbem Costüm. Die nächsten im Zuge waren: ein ge-
harnischter Ritter (von Grote) mit Reisigen und Wappenträgern,
ein Bergmann (von Lichtenberg), ein Berggeist (Geheimrath von
Schardt), zwei polnische Pferdejuden (Baron von Werther und
Kammerjunker von Staff), dann eine ganze Bauernhochzeit mit

[1] S. die ausführliche Beschreibung bei Burkhardt a. a. O.
und das genaue Programm des Zuges bei Keil, Corona Schröter.
S. 244.

[2] Im Programm heißt es „Herr Preuß. Staats- und Kriegs-
Minister Graf und Herr von Werthern, und Herr Geheime-Rath
v. Goethe".

ihrem Hausrath und den Dorfmusikanten (ebenfalls durch lauter
Herren „von" repräsentirt), Sancho Pansa (Hofjunker von Lyncker),
Don Quijote (Kammerherr von Wedel) mit spanischen Bauern.
Auf den Ritter von der traurigen Gestalt folgte die „Zeit"
(Hauptmann von Castrop) mit den flüchtigen Horen, dann ein
Wagen mit der Stube des Malade imaginaire (Kammerjunker
von Hendrich). Um den Unglücklichen waren sein Arzt (Kammer-
herr von Staff), der Apotheker (von Stein), der Notar (von
Arnswalde), zwei Hanswurste (von Fritsch und von Lyncker) —
und zwei Mönche durften auch nicht fehlen: das waren die
Kammerherren von Witzleben und von Stubenvoll. Der halb
feierliche, halb närrische Geckenzug, 139 Mann stark, darunter
89 zu Pferde, defilirte durch alle Straßen der Stadt und kam
zuletzt zu dem Platz vor dem Fürstenhause zurück, wo Herzogin
Louise auf dem Balkon erschien. Karl August ließ seinen prächtigen Schimmel vor ihr leviren, und jeder der Anführer stellte
ihr dann der Reihe nach seine Leute vor.

Bei solchen kostspieligen Kindereien war man angelangt, als
Göthe Finanzminister wurde und für die dramatische Kunst
vollends den Athem verlor. Trotz aller guten Vorsätze, spar-
samer zu sein, entschloß sich der Hof nunmehr, auf die Leiden
und Freuden des Liebhabertheaters zu verzichten, und unterhandelte noch in diesem Jahr mit dem Schauspieler Bellomo und
dessen Truppe, welche dann auch an Stelle der Hoheiten und
Excellenzen das Weimarer Theater übernahm.

Damit fiel für Göthe noch die letzte Anregung zu dramatischen Dichtungen und zugleich die günstigste Gelegenheit weg,
sich humoristisch zu zerstreuen. Anstatt Scherze zu treiben und
Theaterproben zu halten, brütete er jetzt darüber nach, das Geld
wieder einzubringen, das man mit all der Faschingsherrlichkeit
verträdelt hatte, und neues Geld beizuschaffen, um fürder die
Schauspieler von Profession zu bezahlen. Hätte er, wie er immer
vorgab, seine Erlebnisse wirklich aufrichtig literarisch gedichtet,
so müßten wir aus dieser Zeit eine sehr drollige Komödie haben,
in welcher ein Poet Finanzminister wird, sich mit all seinen

frühern Komödianten überwirft, beinahe Bankerott macht und nur durch einen „Triumph der Empfindsamkeit“ abgehalten wird, durchzubrennen.

Doch seine komische Lage so klar und wahr zu erfassen, war der Finanzminister viel zu eitel und viel zu sentimental. Schon 1780 hatte er angefangen, seinen selbstverschuldeten Jammer mit den Leiden Tasso's zu vergleichen und sich selbst in dem Bilde dieses Dichters tragisch zu verherrlichen. Allein die Prosa des Lebens lastete zu schwer auf ihm und die Lage war objectiv zu närrisch, als daß er in eine fruchtbare tragische Stimmung hätte gelangen können. Ebenso vergeblich bemühte er sich, im Elpenor ein neues antikisirendes Drama zu gestalten. Auch der leicht füßige Egmont hielt das Bureauleben nicht aus. Einige Scenen erinnern zwar heute noch an die staatsmännisch sein wollende Wichtigthuerei und theatralische Geschäftsexpedition des weimarischen Ministers; aber die Klärchengeschichte wollte nicht voran, weil Klärchen zu alt geworden war, und der Aufstand der vereinigten Niederlande kam dem Bureau-Chef nicht mehr gelegen, der bei seinen Leuten auf Ruhe, Ordnung, Ernst und Subordination bringen mußte. Von „Faust“ und andern Projecten war gar nicht mehr die Rede. Sie quälten den Dichter nur als spöttische Erinnerung versiegter Kraft und entschwundenen Glücks. Er, der früher den „Werther“ in einigen Monaten dahingewühlt hatte, rechnete es sich jetzt schon zum Glück, wenn es ihm gelang, nach langen prosaischen Wochen wieder ein paar Kapitelchen an seinem „Wilhelm Meister“ auszubüsteln, von dem im November 1783 das IV. Buch mit Ach und Krach endlich fertig ward — um noch dreizehn Jahre auf die letzte Redaction zu warten[1]. Biographisch kann dieser Roman nur als ein höchst trauriges Document betrachtet werden. Denn um die elendesten Liebesgeschichten nicht etwa wie die alten Romanciers

---

[1] Erst im Juni 1796 ward er vollendet. Es ist deßhalb hier nicht der Ort, den Roman zu besprechen. Eine Menge von Zügen und Beobachtungen darin rühren indeß jedenfalls aus dieser Zeit her.

als Phantasiespiele, sondern als eine „ästhetisch-sittliche Bildungs-
schule" darzustellen, und dieses widerliche Thema in vertraulichem
tête-à-tête mit der Frau eines Andern durchzudebattiren, mußte
der Dichter alles sittliche Zartgefühl längst verloren haben. Die
schöne Sprache entschädigt nicht für den unwürdigen und ver-
derblichen Inhalt[1], und die einschläfernde Langweiligkeit ganzer
Partieen widerlegt an sich schon die vielverbreitete Ansicht, als
ob die sogen. Liebe Charlottens seinem Dichtertalent förderud zu
statten gekommen sei. Es war nur ein trauriges Scheinmittel
gegen seine innere, geistige Leere.

Selbst die Sammlung seiner kleineren Gedichte mehrte sich
kaum. „Meine Göttin", „Erlkönig", „Das Göttliche", „Auf
Miedings Tod", „Ilmenau" sind fast die einzigen aus den
Jahren 1780 bis 1784, die einen größeren Dichter verrathen. Die
andern sind höchstens unbedeutende Stimmungsbildchen, Gelegen-
heitsverse, kleine Complimente oder Seufzer an die Frau von Stein[2].

Vergeblich gründete die Herzogin Anna Amalia im Sommer
1781 das sogenannte Tiefurter Journal, eine belletristische Zeitung,
zu der sich alle Schöngeister des Musenhofes vereinigen sollten,
um das poetische Leben in neuen Schwung zu bringen. Schreibselige Herren und Damen von geringerem Talent waren gleich
bei der Hand, ihre Geistreichigkeit in diesem bloß durch Schrift
vervielfältigten Journal vor dem Hofe leuchten zu lassen. Doch
Göthe's Beiträge flossen nur kümmerlich. Es ist mehr sein Name
als seine eigentliche Thätigkeit, welche diesem höfischen Zeitvertreib
einige literarische Berühmtheit verschafft hat[3]. Da repräsentirte

---

[1] Abgesehen von den direct unsittlichen Situationen, die schon
Herder verurtheilte, hat der Roman schon dadurch äußerst verderblich gewirkt, daß er den Jüngling zu Frauen in die Schule schickt,
während der Charakter eines Jünglings, auch eines Künstlers, doch
nur unter dem Einfluß von Männern zu ächter Kraft und Tüchtig-
keit heranreifen kann. S. Raich, Dorothea von Schlegel. I. 141,
über die „Verziehung" A. W. von Schlegels.

[2] Göthe's Werke (Hempel). I. 109. 118. 142. 166. 231.

[3] S. „Das Tiefurter Journal", Aufs. von Dr. C. A. H. Burk-

die Einsiedler Zeitung der Romantiker ein ganz anderes Kapital
von Witz, Poesie und Laune!¹

Durch seinen Mangel an gutem Humor, Stimmung und
Schwung der Seele in aller Productivität gehemmt, unfähig,
das literarische Interesse des Hofes lebendig zu erhalten, zog sich
Göthe immer mehr in seinen sentimentalen Schmollwinkel zurück
und suchte seinen Trost und seine Freude fast ausschließlich bei
der Frau von Stein².

Unzweifelhaft ist es eines der gottgewollten Ziele der Ehe,
daß die Frau des Mannes Freundin und Trösterin sei, ihn be-
ruhige und erfreue in den Kämpfen und Mühen des Lebens,
seine Sorgen theile, seine Schmerzen lindere, an der Entwicklung
seines Geistes Antheil nehme, ihn nach allen Seiten hin in seiner
Lebensaufgabe unterstütze. Dieser schöne Beruf der Frau ist jedoch nicht an die Schönheit des Leibes, an Geistreichigkeit und
an andere zufällige Eigenschaften geknüpft, sondern an Pflicht
und Recht, an das heiligste und ehrwürdigste Bündniß, das der
menschlichen Gesellschaft und ihrer Erhaltung zu Grunde liegt.
Er läßt sich nicht erfüllen ohne jene unwandelbare Liebe und

hardt. Grenzboten 1871. III. 281 ff. Der Aufruf zur Bethei-
ligung an dem Journal ist vom 15. August 1781 datirt. Die
Redaction besorgte der Kammerherr Hildebrand von Einsiedel. Das
Journal wurde von sechs Copisten in 11 Exemplaren geschrieben
und dann wie eine Zeitung versandt, nicht erst vorgelesen. Das
Copiren kostete die Herzogin-Mutter 160 Thlr. 23 Gr. Von 1781
bis 1784 wurden 40 Nummern geschrieben, dann war auch diese
Spielerei wieder außer Mode. Göthe betheiligte sich mit einigen
Gedichten, die er schon in der Mappe hatte, theils mit neuen Kleinig-
keiten. Merck gab zu dem Unternehmen wohl die beste Kritik, in-
dem er einen Beitrag mit dem Titel lieferte: „Wie eine unoccupirte
Gesellschaft für Langeweile zu verwahren sei."

¹ Diel (Kreiten), Brentano. Freiburg 1877. I. 233.

² Vgl. Göbele, Göthe's Leben. 200 ff. Er allein von den
Biographen hat gewagt, diese „Unbefriedigung" deutlich und unverschleiert zu zeichnen.

Treue, jenes rückhaltlose Vertrauen, jene gegenseitige Zuversicht, welche nur eine ausschließliche und unauflösliche Lebensgemeinschaft begründen kann. Ein unlauteres Verhältniß, eine sentimentale Liebelei, eine Freundschaft, die sich jeden Augenblick lösen kann, vermag nie und nimmer jene gottgewollte Aufgabe zu erfüllen. Nur wie ein Bettler oder Dieb kann sich der Buhler eine Liebe erschleichen, auf die er nach göttlichen wie menschlichen Gesetzen kein Recht hat. Die so erschlichene Liebe aber bietet kein wahres Vertrauen, keine Garantie, keine Sicherheit. Das böse Gewissen hat stets die Eifersucht als rächenden Quälgeist bei sich, und keine Liebesversicherung, auch täglich und stündlich wiederholt, kann das ruhige Glück gewähren, womit Gott nur die Treue des christlichen Ehebundes gesegnet hat.

Es ist deßhalb leicht begreiflich, daß Göthe in seinem unerlaubten Verhältniß zu Frau von Stein weder wahren Trost, noch innere Befriedigung, noch wahren Muth und Stärke in seinen Seelenleiden fand, ja diese nur verschärfte und unerträglicher machte. Wie von einem unruhigen Dämon gehetzt, seiner Liebe nie sicher, glaubte er täglich sie derselben auf's Neue versichern zu müssen, schickte ihr täglich Geschenke zum Ansehen, Riechen, Betasten und Essen, schlich fast täglich zu ihr, um ihr alle Lappalien seines äußern und innern Lebens auszukramen, erklärte sie zu seiner Schwester, Mutter und Frau, krümmte sich wie „ein dummer Junge" zu ihren Füßen, seufzte wie ein unglücklicher Liebhaber zu ihr empor und rang der angeblichen „Schwester" jene Familiarität ab, welche sie als mütterliche Erzieherin oder als spröde Geliebte versagte. Alle diese heiligsten und schönsten Verhältnisse, das des Kindes zur Mutter, des Bruders zur Schwester und des Geliebten zur rechtmäßigen Braut, hat Göthe in den oft halb wahnwitzigen Stilübungen seines Liebesromanes auf's Schmählichste entwürdigt, die ehrwürdigsten Erinnerungen darin mißhandelt.

„Sie sind wie die eherne Schlange, zu der ich mich aus meinen Sünd' und Fehlern aufrichte und gesund werde", so schreibt er ihr; aber bald darauf seufzt er: „Wir möchten fast die Knie zusammenbrechen so schwer wird das Kreuz, das man fast ganz allein trägt." — „Eine Liebe und Vertrauen ohne Gränzen ist mir zur Gewohnheit worden", versichert er sie in künstlichem Pathos, und drei Sätze später gesteht er: „Meine Seele ist wie ein ewiges Feuerwerk ohne Rast." „Daß Linchen (ihrer Tochter) neulich meine Trauben süß schmeckten," so sagt er tändelnd, „ist kein Wunder, sie sind durch dreier Verliebten Hände gegangen eh sie zu ihrem Munde kamen"; ein paar Tage drauf vergleicht er sich mit dem leidenden Erlöser am Kreuze: „Ich weiß nicht warum, aber mir scheint, Sie haben mir noch nicht verziehen. Ob ich Vergebung verdiene, weiß ich nicht. Mitleiden gewiß. So gehts aber dem, der still vor sich leidet, und durch Klagen weder die Seinigen ängstigen noch sich erweichen mag, wenn er endlich aus gedrängter Seele Eli, Eli, lama asabthani (!) ruft, spricht das Volk, Du hast andern geholfen, hilf dir selber und die Besten· übersetzens falsch und rufen dem Elias."[1]

Dann kommen wieder Pasteten und Braten, und Feldhuhn und Rehbraten, ein Strauß mit himmelfarbenem Band, und Frankfurter Marzipan und Schweinsköpfchen, und Schweinsrückchen und Spiegelkarpfen, und Brodtribut und ein Nachtwestchen und anderes, was die Liebe warm erhält. Erst nach sechs Jahren ließ sich Frau von Stein endlich permanent auf das vertrauliche „Du" ein.

„Meine Seele ist fest an die Deine angewachsen," versichert er sie jetzt[2], „ich mag keine Worte machen, Du weißt, daß ich von Dir unzertrennlich bin, und daß weder Hohes noch Liebes mich zu scheiden vermag. Ich wollte, daß es irgend ein Gelübde oder Sakrament gäbe, das mich Dir auch sichtbar und gesetzlich zu eigen machte, wie werth sollte es mir sein. Und mein Noviziat[3] war doch lange genug — um sich zu bedenken. Ich kann

<hr>

[1] Schöll, Briefe I. 308. 321. 363. 365.
[2] Ebd. II. 45.
[3] Dünzer (Ch. von Stein und C. Schröter S. 212) bezieht

nicht mehr Sie schreiben, wie ich eine ganze Zeit nicht Du sagen konnte. … Noch etwas von meiner Reiseandacht. — Die Juden haben Schnüre, mit denen sie die Arme beim Gebet umwickeln, so wickle ich Dein holdes Band um den Arm, wenn ich an Dich mein Gebet richte, und Deiner Güte, Weisheit, Mäßigkeit und Geduld theilhaft zu werden wünsche. Ich bitte Dich fußfällig, vollende Dein Werk, mache mich recht gut! Du kannst's, nicht nur wenn Du mich liebst, sondern Deine Gewalt wird unendlich vermehrt, wenn Du glaubst, daß ich Dich liebe!"

Ob diese „Gebete" je erhört worden sind, muß wohl selbst den glühendsten Verehrern Göthe's zweifelhaft erscheinen, da er dieselbe Frau, welche er jetzt um alle Cardinaltugenden anrief, nur wenige Jahre später als „Kaffeeschwester" von sich stieß.

Das steht indeß unanfechtbar fest, daß er von 1781 an mit der Frau von Stein so vertraulich wie mit einer Gattin verkehrte, in all ihre Herzens= und Familienverhältnisse eingeweiht war, und sie fast ausnahmslos an seinem ganzen innern und äußern Leben Antheil nehmen ließ. Sie hütete zu großem Theil seine Künstler= und Dichtermappe, kannte alle seine Gedichte, Zeich= nungen, Pläne, Entwürfe, Arbeiten aller Art; bei ihr sprach er sich so vertraulich wie bei einer Gattin über die herzogliche Familie und den ganzen Hof, über die geheimsten ihm anvertrauten Ge= schäfte und Sendungen aus, ihr gab er Rechenschaft über Appetit und Schlaf, über die kleinsten Eigenheiten, über die tägliche Stimmung, über die innersten Leiden und Freuden, an sie richtete er seine offensten Herzensergüsse: an allen seinen Studien und Arbeiten mußte sie Antheil nehmen. Mit ihr zeichnete und dichtete, modellirte und schnitzte er; mit ihr trieb er Mineralogie, Geologie, Botanik, Zoologie, Anatomie und Meteorologie. Mit ihr machte er mikroskopische Untersuchungen und physikalische Ex=

diesen Ausdruck auf ein „Gelübde" der Jungfräulichkeit!!! auf ein „Sacrament der Heiligung seiner Liebe"!!! Das paßt ganz zu seiner „Mystik" und zu der Agape mit „Schwartemagen und Bratwurst".

perimente. Ihr theilte er alle seine gelegentliche Lectüre mit. Spinoza und St. Martin, Lavater und Rousseau, Reisebeschreibungen und Tagesbrochüren — Alles was er las, mußte auch sie lesen. Ueber Theater, Literatur, Politik und Leben hatten sie ihr gemeinsames Forum: ganz Weimar mußte da Revue passiren. Die Beiden zusammen wußten mehr als Herzog und Herzogin, Herder und Karoline, Wieland und seine Frau — sie waren das „interessanteste" Paar in ganz Weimar. Eine förmliche Ehe hätte keine größere Intimität herbeiführen können.

Um das Verhältniß noch familiärer zu gestalten, nahm Göthe den einen Sohn Charlottens, Fritz, zu sich, unterrichtete und erzog ihn nach Rousseau's Grundsätzen, ward sogar sein Schreiblehrer, tummelte sich mit ihm und seinen Gespielen herum, führte ihn auf Reisen mit sich — früher hatte er ihn sogar als Modell benützen lassen[1]. Aus den verschiedensten Zügen dieser wunderlichen Liebschaft mit der Frau eines Andern und eines fast weiblichen Interesses für Kinder sieht man genugsam, wie ihn sein Naturell fast unwiderstehlich zur Gründung eines eigenen Familienlebens hindrängte und wie elend er sich fühlen mußte, nur das unberechtigte Anhängsel einer fremden Familie zu sein. Ist auch der Ton seiner Correspondenz von 1781 an etwas ruhiger als früher, so ist doch immer noch von „Unarten", „bösen Geistern" u. dgl. die Rede.

Die jugendliche Kraftfülle früherer Jahre erlosch fast gänzlich unter dem Pantoffel der schwachherzigen Sirene, an deren Theekessel „Glauben", Unglauben und Aberglauben sich zum empfindsamen Bunde vereinigten. Denn am Sonntage ging sie wohl in die Predigt und am Montag ließ sie sich Spinoza erklären. Sie und Göthe fabelten ewig von sittlicher Reinigung, und hatten nicht so viel sittliche Kraft, die einfachsten Gebote des natürlichen Sittengesetzes zu beobachten.

Durch ihren Einfluß schwächte sich Göthe's Titanentrotz zu jener seichten Allerweltsreligiosität ab, die mit religiösen Gefühl

---

[1] Keil, Tagebuch. S. 178.

chen wie mit Frauenempfindungen tändelt, jedes verbindliche
Dogma in unverbindliche Stimmungen verduften läßt, alle großen
Fragen der Menschheit theilnahmslos umgeht, über einem Kuß
die ganze Welt vergißt und die unwürdigsten Liebeleien mit den
Namen von Religion, Pflicht, Liebe, Dankbarkeit, Menschenliebe
bemäntelt.

Göthe ward vollständig der Sklave eines Weibes, und darum
auch kleinlich, launisch, weichlich, empfindlich — wie dieses Weib.
Es ist eine Schmach für das deutsche Volk, und ein unsäglicher
Schaden für die deutsche Jugend, daß dieses traurige Verhältniß
zu einem der Glanzmomente in der Mythologie des Göthe=Cultus
emporgedichtet worden ist. Welche Begriffe von geistiger Bildung
muß eine Jugend bekommen, der ein Grimm emphatisch versichert:

„In dieser Atmosphäre sehen wir unter Frau von Steins
Theilnahme die Dichtungen langsam wachsen, die als sicherer
Gewinn dieser zehn Jahre dastehen und die das Höchste sind,
was die deutsche Literatur an Dichtungen besitzt!"[1] Welche Be-
griffe von Liebe und Ehe muß eine Jugend erhalten, der ein
Düntzer diese unglückliche Frau mit dem Wunsche vorstellen darf:
„Möge sie in dem Andenken der Nachwelt unter den edeln Seelen
glänzen, deren Leben reine Liebe war und die, unter manchen
Leiden sich selbst treu, Andern zum Segen wurden!"[2]

Wie diese „freiern" Anschauungen von Ehe und Liebe in
Weimar selbst wirkten, sieht man an dem Beispiel des Prinzen
Constantin[3]. Um diesen armen Prinzen von seiner unglücklichen
Liebe zu Fräulein von Ilten zu curiren, schickten ihn Göthe und
der Herzog 1781 mit dem Hofrath Albrecht, einem Stiefsohn
Jerusalems, Mathematiker von Fach, auf Reisen. Allein wie
Göthe fand der 23jährige Prinz die Mathematik weniger inter-

---

[1] Göthe. Vorlesungen. 1877. I. 314.

[2] Charlotte von Stein. I. 5.

[3] Ziemlich ausführlich erzählt Düntzer diese „mystische" Ge-
schichte: Karl August. I. 168. 173 ff. In seinem andern Werk
Charlotte von Stein I. 200 nennt er sie eine „dumme" Geschichte.
Ja, dumm!

essant, als die Weiber, vertauschte in Paris seinen lehrreichen
Mentor mit einer französischen Concubine, Madame Tarsaincourt,
und ging mit dieser nach London durch. Als er ihrer hier nach
Jahresfrist überdrüssig wurde, schickte er sie nach Weimar. Hier
erklärte sie, daß sie vom Prinzen schwanger sei, und wurde nun,
unter Göthe's väterlicher Direction, zum Förster nach Tannroda
gebracht, um ihre Niederkunft abzuwarten. Ein paar Monate
später, im Mai, kam dann der Prinz mit einer neuen Geliebten,
einer Engländerin, auf den Continent zurück und wollte sie ganz
unverfroren mit nach Weimar bringen. Aber nun hatte der
ernstsittliche Göthe und sein Hof Bedenken; die Engländerin
mußte an der Grenze bleiben, der Prinz wurde in Wilhelmsthal
internirt, wohin dann Göthe selbst ging, um „die Knoten in
seinem Wesen" nach und nach zu lösen. Die Tarsaincourt ließ
er durch seinen eigenen Kammerdiener, der sich auf so zarte Angelegenheit auch verstanden zu haben scheint, nach Frankreich
schaffen. Der Prinz wurde in ein kursächsisches Regiment gesteckt.

„Man kann sich nichts armseligeres denken"[1], meinte Göthe
selbst, als er die traurige Geschichte gehört — und so ist es
wirklich mit diesen unsauberen Verhältnissen, die Dünzer „reine
Liebe" nennt.

---

[1] Schöll, Briefe an Frau von Stein. II. 321.

14. Der Fürstenbund. Trennung von Herzog und Minister.

1783—1785.

„Mir ist in allen Geschäften und Lebensverwickelungen das Absolute meines Charakters sehr zu statten gekommen; ich konnte Vierteljahre lang schweigen und dulden wie ein Hund, aber meinen Zweck immer festhalten; trat ich dann mit der Ausführung hervor, so drängte ich unbedingt mit aller Kraft zum Ziele, mochte fallen rechts und links was da wollte."

Göthe. Unterh. m. Kanzler v. Müller. S. 52.

„Mir thut's zuweilen im Herzen weh, zu sehen, wie er (Göthe) bei dem Allem Contenance hält, und den Gram gleich einem verborgenen Wurm an seinem Inwendigen nagen läßt."

Wieland. 8. Jan. 1784.

Während man in Weimar Theater spielte und Duodezpolitik trieb, hatte der große Oheim in Berlin wacker an der Weltgeschichte weiter gearbeitet. Sämmtliche Großmächte mußten mit dem kleinen Militärstaat Preußen rechnen, den er durch seine Annexionen von 2½ Millionen Einwohnern bereits auf 6 Millionen gebracht hatte. Als Joseph II. es versuchte, sich durch Ankauf eines Theils von Bayern für das verlorene Schlesien zu entschädigen, veranlaßte Friedrich den Prätendenten Herzog Karl von Pfalz-Zweibrücken zu entschiedenem Protest, trat als Anwalt der bedrohten Reichsverfassung an seine Seite und rückte mit 80 000 Mann in Böhmen ein. Maria Theresia hatte wenig Lust am Kriege. Freudig nahm sie die Vermittelung der Kaiserin Katharina von Rußland an, durch welche 1779 der Teschener

Friede zu Stande kam. Oesterreich bekam die 50 ☐ Meilen des sogenannten Innviertels und entsagte dafür all den Ansprüchen auf Bayern, welche die Juristen soeben noch haarscharf in's Lange und Breite bewiesen hatten. Im November des folgenden Jahres starb die Kaiserin und ihr Sohn Joseph sah endlich seinen heißesten Wunsch erfüllt, in die innere Politik seiner Erblande eingreifen und Oesterreich zu einem bureaukratischen Idealstaate umbilden zu können. Statt Preußen weiter zu bekämpfen, machte er Front gegen den Papst und bildete sich nichts Geringeres ein, als die katholische Kirche in Oesterreich gänzlich vom apostolischen Stuhle loszureißen und als untergeordnetes Cultusinstitut seinem Ministerium zu unterwerfen. Die religiösen Orden sollten beseitigt, die Bischöfe und der Säcularclerus in ein gefügiges Beamtenheer verwandelt werden. Eine unbegreifliche Verblendung hatte sich des sonst gutmüthigen, wohlmeinenden Kaisers bemächtigt. Hastig erließ er ein Decret um's andere, erst um das Ordensleben von allen Seiten einzuschnüren, dann es zu zerstören. Ebenso große Eile hatte er, den Säcularclerus im Sinn seines Polizeistaates zu „reformiren", und eine ansehnliche theologische Dienerschaft, Cardinal Herzan an der Spitze, bot Hand zum Werke.

Umsonst reiste Papst Pius VI. selbst nach Wien, um den jungen Monarchen in seinem verhängnißvollen Streben aufzuhalten und das katholische Oesterreich zu retten. Kaunitz und Herzan trugen über den wehrlosen Greis, den von allen irdischen Mächten verlassenen Hohenpriester, einen wohlfeilen Sieg davon. Jetzt erst ging die „Reform" im Sturmschritt weiter. Joseph verlangte eine neue Diöcesaneintheilung, nahm eigenmächtige Bischofsernennungen vor, hob Klöster auf, riß Kirchengut an sich, griff in die Ehegesetzgebung der Kirche ein, warf Gregor VII. und den hl. Benno aus dem Brevier, die Nachtmahlbulle und die Bulle Unigenitus aus den kirchenrechtlichen Sammlungen, verbot den Besuch des deutschen Collegs in Rom, normirte den Gottesdienst, maßregelte Pfarrer und Küster und eröffnete durch sein Toleranzedict dem Protestantismus Thür und

Thor[1]. So rücksichtslos mischte er sich in die innern Angelegen=
heiten der Kirche und in die Sachen des Gewissens, so revolu=
tionär vergriff er sich an der bestehenden Ordnung der Dinge,
daß seine Maßregeln selbst dem jungen Herzog Karl August
bedenklich erschienen.

„Die Handlungen des Kaisers," schrieb dieser an Merck[2],
„können aus vielerlei Augenpunkten angesehen werden. Sie
haben sehr viel Aehnliches von Meisterzügen, bezeugen eine große
Kenntniß — nicht der Menschen, aber doch der innern Staats=
umstände, und sind das Gegentheil von Furchtsamkeit. Ob es
aber nicht hie und da wie Ausführung allgemeiner Begriffe aus=
sieht und, quod probe notandum, ablaufen wird, das laß' ich
dahingestellt sein. Ein bischen brutal und vornehm scheint mir's
mit den Menschen und menschlichen Begriffen umgegangen zu
sein. Es lautet mir immer etwas wie ein Freicorpsbictum:
,Der Teufel hol die Pfaffen‘, oder wie ein philosophischer Begriff,
daß niemand Unnützes im Staate leben solle (Beides klingt an
table d'hôte nicht übel). Mit den sogenannten unnützen Mäulern
ist's aber ein besonder Ding. Man glaubt zwar von herrschafts=
wegen, daß alles unnütz sei, was nicht hacke und grabe und
nicht effektive die herrschaftlichen Einkünfte vermehre, und ich
habe auch für diese allgemeine Finanz=Uebersicht vielen Respect;
aber mich dünkt doch, daß, verführe der liebe Gott so finanzialisch
scharf mit uns, die großen Herren, welche eigentlich durch die
Umstände bloß genießen, faullenzen und Nichts einbringen sollen
und gewöhnlich bloß aus langer Weile thätig sind, übel dabei
wegkämen. Sie würden wahrscheinlich wie die Pfaffen behandelt
und wie diese jetzt von den Großen, so jene von Gott als Sachen

---

[1] J. von Huth, Versuch einer Kirchengeschichte des 18. Jahrh.
Augsburg 1809. II. 122 ff. 517 ff. — Seb. Brunner, Die theol.
Dienerschaft am Hofe Josephs II. Wien 1868. — Brück, Natio=
nalistische Bestrebungen. Mainz 1865. S. 11 ff. 110 ff. — Seb.
Brunner, Mysterien der Aufklärung. Mainz 1869, und Joseph II.
Freiburg 1874.

[2] Wagner, Briefe an Merck. 1838. S. 189. 190.

angesehen werden, welche eines Besitzthums und Existenz unfähig wären. Es möchte wohl alsdann etwas willkürlich mit ihnen verfahren, sie von allen weltlichen Bedienungen und Geschäften ausgeschlossen und bloß zum Beten angehalten werden. — Was die Berechnung der theuern Fastenspeisen anbetrifft, die gefällt mir nicht. Wenn ich Unterthan wäre, so zitterte ich, wenn meine Herrschaft so für mich sorgte. Denn ich würde fürchten, daß ich das Geld, was ich an der Reinheit meines Glaubens ersparte, wiederum zu der Reinheit der Flintenriemen und Montirungen der Armee, welche für meinen Glauben und Vaterland streiten soll, beitragen müsse."

Friedrich II. sah den Todtengräberarbeiten lächelnd zu, durch welche der aufgeklärte Kaiser die Beerbigung des alten Reiches vorbereitete. So frivol ungläubig er war, so herzlich verachtete er die übrigen Monarchen Europa's, unter deren Scepter die seichte Aufklärung der Zeit emporgeblüht war, die sämmtlich unter dem Pantoffel ihrer Minister standen, von denen keiner selbst zu regieren wußte.

„Großer Gott!" ruft er in einem Briefe aus, „von was für Wesen hängt das Loos der unglücklichen Sterblichen ab! Ein König von Frankreich, der keine Idee von den Interessen seines Reiches hat, ein König von Spanien verrückt, eine Königin von Portugal ihrem Beichtvater unterworfen, ein König von England, den Bute am Gängelband führt, ein König von Neapel, würdig des Narrenhauses, eine Czarin, ebenso hochmüthig gegen Europa, als gemein und niedrig gegen ihre Buhlen." [1]

Der Papst war in den Augen des kriegerischen Realpolitikers nur ein ohnmächtiger Priester; der Kampf des Kaisers gegen Rom kam ihm wie eine drollige Don-Quijoterie vor.

„Der Papst ist in Rom," sagt er in einem Schreiben an seinen Neffen in Braunschweig, „der Kaiser und der Fürst Kaunitz sind darüber außerordentlich in Verlegenheit; der heilige Vater will diesen widerspenstigen Sohn beugen und wenn es

---

[1] L. von Ranke, Sämmtliche Werke XXXI. XXXII. 460.

nicht gelingt, ihn durch den Arm eines ökumenischen Concils
nöthigen. Diese Mittel sind sehr schwach gegen einen Potentaten,
der 200 Tausend Menschen in Bewegung setzen kann; ich, in
meiner Eigenschaft als Excommunicirter, lasse Jedermann als
Schismatiker erklären, den der heilige Vater würdig befindet,
diesen Namen zu tragen, sicher an meinem Herde vor den Blitzen
des Vatican, vor dem Despotismus Kaunitzens und vor Josephs
Ungestüm."[1]

Nicht lange sah indeß der „philosophische" König der gewaltigen kirchenpolitischen Bewegung sarkastisch lächelnd zu. Der
Kampf gegen Rom war im Sinne Josephs nicht Selbstzweck,
sondern nur ein Mittel, um den absoluten Staat herzustellen
und durch dessen finanzielle, militärische und polizeiliche Centra-
lisation die Hegemonie Oesterreichs wieder zu erringen. Oesterreich sollte ein zweites Preußen werden, um Preußen zurückzu-
drängen. Mit der durchaus verfehlten und verhängnißvollen
Kirchenpolitik des Kaisers aber mischte sich der an sich nicht unberechtigte Plan, dem kaiserlichen Ansehen in Deutschland wieder
Geltung zu verschaffen und dadurch die alte Reichsverfassung vor
dem Untergang zu bewahren. Doch die Maßregeln, die er ergriff, um das kaiserliche Ansehen wieder zur Geltung zu bringen,
führten, bei seinem rücksichtslosen Ungestüm und bei der ängstlichen Eifersucht der Reichsstände auf ihre besondern Rechte, gerade
das Gegentheil herbei. Es wurden allüberall Klagen laut, daß
er die Rechte der Stände, die Reichsverfassung und mit ihr den
alten Stand der Dinge überhaupt bedrohe. Eifersüchtig bekämpfte
man sein Streben, die reichsten und einflußreichsten deutschen
Bisthümer, Köln, Münster, Paderborn, Hildesheim, Lüttich, an
seinen geistlichen Bruder Maximilian zu bringen. Bittere Klagen
wurden laut, als er österreichischen Invaliden sog. Panisbriefe
ausstellte und sie damit zur Verpflegung an deutsche Fürsten
überwies, welche ehemalige Stifte beerbt und säcularisirt hatten.
Die Markgrafschaft Burgau beklagte sich, daß ihr die „öster-

____

[1] Ebd. S. 464.

reichische uneingeschränkte Landeshoheit aufgenöthigt worden sei“; der schwäbische Kreis, daß man ihn mit unausgesetzten Eingriffen in seine Rechte quäle und ihm z. B. alles hilfsbedürftige, lieder= liche, heimathlose Gesindel, dessen die Wiener Polizei los sein wollte, zugeschickt habe. Ernsten Widerspruch rief es hervor, daß Joseph „gegen alles Vertragsrecht“ gewaltsam und tumultuarisch den österreichischen Bisthumsantheil des Sprengels Passau von dem dortigen Hochstift losriß. Ebenso erbitterten ähnliche Ver= suche an den Bisthümern Chur, Konstanz, Regensburg, Salz= burg und Lüttich. Am meisten aber fühlte sich Preußen und mit ihm viele der kleinern Reichsstände herausgefordert, als Kaiser Joseph den Plan wieder aufnahm, einen Theil von Bayern an Oesterreich zu bringen. Das Project wurde dießmal in die Form eines Tausches gebracht. Der Kurfürst Karl Theodor sollte für sein Bayern die österreichischen Niederlande und dazu anderthalb Millionen Gulden erhalten; seinem präsumtiven Erben, dem Herzog Karl von Pfalz=Zweibrücken, der wegen Maitressen= wirthschaft in steter Geldverlegenheit war, wurde eine Million, seinem ebenso lieberlichen Bruder Prinzen Maximilian eine halbe Million Gulden in Aussicht gestellt; in den Zeitungen war schon von einem Königreich Belgien die Rede[1].

Durch diese Maßregeln des Kaisers und die Mißstimmung der Fürsten und Stände sah sich Friedrich II. in die günstige Lage versetzt, sich als Vertheidiger „der deutschen Verfassung“ gegen den Kaiser aufspielen zu können.

„O ihr Götter!“ rief er aus, „mit was für einem infamen Kram haben wir zu schaffen! Wie werden wir, bloß von feigen und käuflichen Canaillen umgeben, allein die deutsche Verfassung aufrecht erhalten und uns der schamlosen Räuberei dieses ver= fluchten Wiener Tyrannen entgegensetzen können? All das bringt mich aus den Angeln. Denn in einer so allgemeinen Verwir=

---

[1] L. Häusser, Deutsche Geschichte. Berlin 1869. I. 157 ff. K. A. Menzel, Neuere Geschichte der Deutschen. Breslau 1855. VI. 145 ff.

rung wie diese hat man nicht einmal genug Anhaltspunkte, um Conjecturen zu bilden."[1]

Seinem Ruf um Hilfe war unterdessen eine Anzahl von Fürsten bereits zuvorgekommen: ob auf Anregung von Berlin aus, das kann hier unerörtert gelassen werden. Genug, an mehreren der kleinen Höfe waren all die eben erwähnten Klagen gegen Joseph bereits emsig besprochen worden und damit zugleich der Gedanke aufgetaucht, „zur Wahrung und gesetzlichen Reform der Reichsverfassung" eine reichsständische Union in's Leben zu rufen. Der Gedanke fand lebhaften Anklang und wurde erst von den Fürsten und ihren Räthen, dann von den Fürsten unter sich, unter strengem Geheimniß in vertraulichen Zusammenkünften debattirt. Der Markgraf von Baden und sein Minister Edelsheim entwarfen die Skizze einer solchen Vereinbarung. Edelsheim trat mit den Höfen von Dessau, Braunschweig, Gotha, Weimar und Zweibrücken in Verbindung und suchte auch die geistlichen Reichsfürsten für den Plan zu gewinnen. Das literarische und theatralische Plaisirleben an den kleinen Höfen ermöglichte es, die diplomatischen Unterhandlungen anfänglich völlig zu maskiren. Im Herbst 1783 erschienen erst der Markgraf und der Erbprinz von Baden in Weimar, dann der Fürst von Dessau, welcher die badische Denkschrift weiter nach Braunschweig und im Januar 1784 an den Hof von Berlin beförderte[2].

Durch diese Negociationen war der Herzog von Sachsen-Weimar und Göthe, sein Minister, zum ersten Mal in die günstige Gelegenheit versetzt, eine Rolle in der hohen Politik zu spielen und über die wichtigsten Interessen Deutschlands ihr Wort

---

[1] Ranke a. a. O. S. 468.

[2] Vgl. Ranke, Die deutschen Mächte und der Fürstenbund. Werke XXXI. und XXXII. 65 ff. 147 ff. und die interessanten Aktenstücke 468 ff. — Adolph Schmidt, Geschichte der preußisch-deutschen Unionsbestrebungen. Leipzig 1851; von dems. Preußens deutsche Politik. Ebb. 1850. — J. Müller, Darstellung des Fürstenbundes. Leipzig 1787. — Dohm, Ueber den deutschen Fürstenbund. Berlin 1785.

mitzusprechen. Karl August war erst 26 Jahre alt, aber voll fürstlichen Bewußtseins. Das bloße Theaterleben, Göthe's Wiesenbewässerungen und das Ilmenauer Bergwerk erschöpften seinen Trieb nach Regierungsthätigkeit nicht. Die Dilettanterie mit Gemälden, Stichen, Steinen, Pflanzen und Knochen interessirte ihn zeitweilig; doch zu einem Mann der Wissenschaft war er nicht geboren. Er griff mit beiden Händen zu, als sich die bedeutendere politische Thätigkeit nach Außen darbot, studirte das ganze Unionsproject, berieth es mit seinen Nachbarn zu Dessau und Gotha und übernahm im Jahre 1784 persönlich die wichtigsten Verhandlungen mit Braunschweig, Preußen, Mainz und Zweibrücken.

Kein Punkt in Göthe's Leben ist von den Forschern bis jetzt so vernachlässigt worden, als diese, man kann sagen, bedeutendste Epoche, wo er sein Genie als Staatsmann auf's Glänzendste hätte leuchten lassen können, wenn er wirklich eine hohe staatsmännische Begabung und das damit verbundene Interesse für die wichtigsten politischen Fragen besessen hätte. Rosig war die Lage allerdings keineswegs, und man darf sich schon die Frage stellen, ob Karl August klug und richtig gehandelt, sich mit so jugendlicher Begeisterung für „die deutsche Verfassung" und deren Reform der preußischen Politik in die Arme zu werfen. Immerhin standen die höchsten politischen und religiösen Interessen auf dem Spiel, Interessen von weittragendster Bedeutung für das Herzogthum, für ganz Deutschland, eventuell für die gesammte europäische Politik. Dem Staatsmann wie dem Patrioten war Gelegenheit zum Wirken gegeben. Zum wenigsten konnte man von einem Mann, der sich auf Kosten seiner schriftstellerischen Anlagen in die politische Laufbahn eines Reformministers gedrängt, erwarten, daß er jetzt wenigstens einmal den Jahrmarktströdel von Plundersweilen, Weiber und Theater liegen lassen und sich ernst und entschieden mit den wichtigsten Fragen seines Vaterlandes beschäftigen würde. Doch Göthe war weder Staatsmann noch Patriot.

Mehr Dichter als Diplomat, mehr ein Freund der Frauen

als der Männer, war er bis jetzt nur darauf bedacht gewesen, seinen Herzog zu einem friedlichen Landesfürsten und Dichter= gönner heranzubilden. Seinen Hang zur Jagd und Militaris= mus hatte er nach Möglichkeit zu dämpfen gesucht. Es interessirte ihn zwar, Berlin Anfangs 1778 gerade in dem Augenblicke zu sehen, als der König sich eben zum Kriege rüstete; aber das war für ihn ein Schauspiel wie ein anderes. Die hohe Politik inter= essirte ihn nicht, und der preußische Militärstaat am wenigsten. „Dem alten Fritz," schrieb er an Merck, „bin ich recht nah worden, da hab ich sein Wesen gesehen, sein Gold, Silber, Mar= mor, Affen, Papageien und zerrissene Vorhänge, und hab über den großen Menschen seine eigenen Lumpenhunde räsonniren hören."[1] In dem bunten Treiben der kriegerischen Königsstadt fand er schließlich nur ein sehr mechanisches Uhrwerk. „Von der Bewegung der Puppen kann man auf die verborgenen Räder, besonders auf die große alte Walze, F. R. gezeichnet, mit tau= send Stiften, schließen, die diese Melodien eine nach der andern hervorbringt."[2] Daran knüpft sich das Geständniß an Frau von Stein:

„So viel kann ich sagen, je größer die Welt, besto garstiger die Farce und ich schwöre, keine Zote und Eselei der Hanswur= stiaben ist so ekelhaft als das Wesen der Großen Mittleren und Kleinen durcheinander. Ich habe die Götter gebeten, daß sie mir meinen Muth und Grabsein erhalten wollen bis ans Ende, und lieber mögen das Ende vorrücken als mich den letzten Theil des Zieles lausig hinkriechen lassen. Aber den Werth, den wieder dieses Abenteuer für mich, für uns alle hat, nenne ich nicht mit Namen. Ich bete die Götter an und fühle mir doch Muth genug, ihnen ewigen Haß zu schwören, wenn sie sich gegen uns betragen wollen, wie ihr Bild, die Menschen."

Mochte sich auch die brausende Welt= und Preußenverachtung des Frankfurter Advocaten seither durch manche fürstliche Besuche,

---

[1] Wagner, Briefe an Merck. 1835. S. 138.

[2] Schöll, Briefe an Frau von Stein. I. 168. 169.

Bureauqualen und Ministersorgen ein wenig gedämpft haben, so
waren die Umstände jedoch wenig dazu angethan, ihn für die
Sache des Fürstenbundes zu begeistern. Seinen eigentlichen
Halt konnte der Bund nur in Preußen finden. Der „abgelebte
Löwe" in Berlin aber war und blieb ihm widerwärtig, nachdem
derselbe einmal seinen Götz von Berlichingen als eine „verab-
scheuungswürdige Nachahmung" englischer Dramatik zu Schanden
kritisirt hatte. Einer der einflußreichsten Diplomaten des alten
Königs, sein Gesandter in St. Petersburg, war derselbe Graf
Görtz, der in Weimar vor Göthe's Einfluß die Segel hatte
streichen müssen, der das „Genieleben" auf's Strengste verurtheilt
und nicht ohne Grund in weitesten Kreisen discreditirt hatte.
Aus der ansehnlichen Correspondenz Göthe's aber ist nirgends
ersichtlich, daß er großen Antheil an den deutschen Reichs-, Rechts-
und Verfassungsfragen genommen hätte.

Indessen ließ er es sich gefallen, dem Herzog als Geheimschreiber in den Verhandlungen zu dienen, welche dieser ganz
geheim mit Frankreich pflog, um den geplanten deutschen Bund
eventuell auf dessen Hilfe zu stützen. Im August 1784 begleitete
er dann, obgleich ziemlich widerwillig [1], seinen Herzog nach Braunschweig und half ihm hier sowohl seine geheimen Unterhandlungen
führen, als auch die nöthigen Acten schreiben und Beides mit
literarischem und anderem Gerede bei Hofe sorgfältig verschleiern.
Die Correspondenz mit Frau von Stein wird vom 18. August
an plötzlich französisch — das war die Sprache der Diplomatie.
Mitten in der diplomatischen Komödie der Unionsverhandlungen [2]
schrieb denn der größte deutsche Dichter an seine einundvierzig-
jährige Geliebte:

[1] „Ich werde wohl mit müssen," schreibt er an Charlotte.
Schöll III. 77.

[2] Ranke, Sämmtliche Werke. Berlin 1875. XXXI. 74. „Die
diese Verhandlungen betreffenden Correspondenzen und Briefe haben
die Ehre gehabt, daß sie von Göthe's Hand — denn eines zuverlässigen vertrauten Geheimschreibers bedurfte es — für den Herzog
Karl August abgeschrieben worden sind."

„Je ne sens mon existence que par toi, tu m'as appris
à aimer moi-meme, tu m'as donné une patrie, une langue,
un stile, et je finirois par t'ecrire des phrases. Mon amie
cela ne se peut pas. Cependant je poursuivrai car si
jamais je pourrai apprendre cette langue que tout le
monde croit scavoir, ce sera par toi et je serai bien aise
de te devoir aussi ce talent comme je te dois tant de
choses qui valent beaucoup mieux.“ [1]

Um sich im Französischen zu üben, fuhr er etliche Zeit fort,
ihr seine Liebe französisch zu erklären und ihr seine kleinen Tage=
buch=Neuigkeiten französisch zu geben. Ueber die Verhandlungen
selbst durfte er es nicht wagen, sich schriftlich zu äußern. Er
schrieb ihr nur im Allgemeinen, daß Alles gut ginge:

„D'ailleur tout va bien ici, ce qui etait le but serieux
de notre voyage a parfaitement bien reussi. C'est un
secret que je te confie, car tout le monde croit surement
que nous ne sommes venus que pour nous amuser.“ [2]

Hocherfreut über den glücklichen Gang der Geschäfte, beschloß
der Herzog, selbst nach Zweibrücken zu gehen, von welchem Hofe
an meisten für die projectirte Union abhing. Es galt, den Pfalz=
grafen von Oesterreich abzuziehen und dadurch die Pläne des
Fürsten Kaunitz auf Bayern zu vereiteln. Mehr als in Braun=
schweig wäre hier die Persönlichkeit Göthe's vortheilhaft gewesen,
den herzoglichen Besuch als eine Sache schöngeistiger Unterhaltung
erscheinen zu lassen. Der Herzog lud ihn auch ein; doch Göthe
nahm nicht an; er wollte, wie er der Frau von Stein schrieb,
seinen eigenen Geschäften nachgehen und im Uebrigen ganz für
sie leben [3]. Der Herzog reiste also Mitte September (1784)
ohne ihn ab, woraus schon genugsam erhellt, daß er in der
ganzen Angelegenheit sehr selbständig handelte und durchaus nicht
an Göthe's Hilfeleistung gebunden war. In Weimar verbreitete

---

[1] Schöll III. 85.   [2] Ebd. III. 98.

[3] Je ferai mes affaires et le reste du temps je n'existerai que
pour toi. Ebd. III. 106.

sich bald darauf das Gerücht, es sei zwischen Beiden ein Zerwürfniß eingetreten. Ganz unwahrscheinlich ist das nicht. Göthe mußte mit einigem Verdrusse wahrnehmen, daß der Herzog die hohe Politik benützte, um seiner bisherigen Leitung zu entschlüpfen. Doch war er schon zu seiner Hofmann, um sich einer sittlichen Entrüstung zu überlassen. Nur beantwortete er die Nachrichten des Fürsten über den Verlauf der Unterhandlungen mit kühler Reserve und gab ihm einen väterlichen Wink, aus der haute politique wieder in's Ministerium des Innern, der Landwirthschaft, des Cultus und Theaters zurückzukehren.

„Zuerst muß ich sagen, daß mich der Inhalt Ihres Briefes nicht befremdet hat. Denn obgleich das Schachspiel dieser Erde nicht genug zu kalkuliren ist, und ein fehlerhafter Zug manchmal Vortheil bringt, so schien es mir doch unmöglich, daß die Schritte des F. v. D.[1] zu etwas Gutem und Zweckmäßigem führen sollten. Besonders war seine letzte Reise ein hors d'oeuvre, wie die Unterredung des Prinzen mit Emilie Galotti im Kreuzgang, worüber sich Marinelli mit Recht zu beschweren hatte .... Es ist mir denn aber doch jetzt sehr lieb, daß Sie die Reise machen. Menschen und Verhältnisse selbst sehen und in der Folge sich entweder zurückziehen oder aus eigener Erfahrung, Trieb und Ueberzeugung handeln."[2]

Göthe glaubte also seinen Einfluß nicht durch des Herzogs eigene selbständige Entscheidung, sondern durch fremden Einfluß durchkreuzt. Der übrige Inhalt des Briefes zeichnet die bürgerliche Kleinthätigkeit, welcher Göthe selbst sich widmete und in welche er den Herzog sanft zurückzuführen wünschte. Umreißen eines Angers in Taasdorf und Verhandlungen wegen Entschädigungsgesuchen; Umbau eines alten Hauses in Weimar, des sog. Grimmenstein, in ein kleines Armenhaus; chemische Untersuchung des Gesundbrunnens in Ilmenau, kleine Wassercorrectionen in Jena und die Kammerrechnungen von Sachsen-Weimar

<hr>

[1] Fürsten von Dessau.
[2] Briefwechsel Karl Augusts mit Göthe I. 34 ff.

Eisenach — — das waren dem Minister viel wichtigere Sachen, als der Fürstenbund und all die großen politischen Probleme, die damit verknüpft waren.

„Das fünfte Buch von Wilhelm Meister habe ich indessen geendigt und muß nun abwarten, wie es aufgenommen wird. — Einen Brief an Sömmering über den famosen Knochen, dessen Mangel dem Menschen einen Vorzug vor dem Affen geben soll, habe ich auch geschrieben und werde ihn ehstens mit einigen Zeichnungen abgehen lassen. Waitz wird fast täglich besser, er hat den Casseler Elephantenschädel ganz trefflich gezeichnet."

In Darmstadt sollte Karl August bei dem dortigen Herzog 20 Louisb'or eintreiben, welche dieser dem Bergwerk in Ilmenau schuldete, in Zürich Lavater, in Emmendingen Schlosser grüßen. Von dem kleinen Fritz Stein, den er im Radiren unterrichtete, legte Göthe ein Probeblatt bei; von dessen Mutter klagte er, daß sie nach Kochberg gezogen und dort mit Haussorgen geplagt sei. Dann mahnte er den Herzog fast wie einen Knaben:

„Wie sich auch Ihr Geschäfte wendet, betragen Sie sich mäßig und ziehen Sie sich, wenn es nicht anders ist heraus, ohne Sich mit denen zu überwerfen, die Sie hineingeführt und compromitirt haben. Die Reise des V. fiel mir gleich auf. — Noch hat mir Bode einen Auftrag gegeben, auf den er sich balde Antwort erbittet. Sie haben ihm gewiß vor einiger Zeit gesagt, daß man Ihnen ein großes Kapital angeboten, das wahrscheinlich Jesuiten-Geld seye. Er habe für einen guten Freund die Summe von 40/m Thalern nöthig, ob Sie ihm nicht näher den Canal angeben könnten und wollten, durch den zu diesem Anlehn zu gelangen seye. — Einer Pariser Loge fällt es ein, einen neuen Congreß zusammen zu berufen, der das Schicksal des vorigen haben wird. Vielleicht hören Sie etwas in Straßburg davon. Bode ist auch eingeladen, es fehlt nur am feurigen Wagen zu dieser Prophetenreise."

Karl August ließ sich durch die Mahnungen seines bisherigen Mentors nicht beirren, sondern suchte sich seiner diplomatischen

Mission mit ebenso viel Eifer als Vorsicht zu entledigen[1]. Er unterhandelte nämlich nicht in eigenem Namen, sondern im Namen und Auftrag des Prinzen von Preußen. Das war der Einfluß, der sich zwischen die beiden Freunde gedrängt und von dem Göthe fürchtete, daß er leicht den Herzog compromittiren könnte. Der Herr B., von welchem in dem Briefe die Rede ist, war der preußische Major Bischofswerder, des Prinzen vertrautester Adjutant, der dem Herzog von Zweibrücken im Auftrag des Prinzen von Preußen 100 000 Ducaten anbieten und ihn so aus der Geldklemme reißen sollte, in welcher er sich in Folge liederlicher Hofhaltung befand. Die Noth war groß. An Frankreich schuldete der Herzog von Zweibrücken 2 000 000 Livres, an den Canton Bern 770 000 Livres, nach Antwerpen 200 000 fl., in die Pfalz 150 000 fl., an Juden im Elsaß 30 000 fl., an noch rückständigen Interessen und Pensionen eine weitere Million. Das preußische Angebot sollte den Herzog aus diesen Nöthen erlösen, und so verhindern, daß er sich auf die Anerbietungen Oesterreichs einließe. Aber es reichte bei weitem nicht hin und wurde deßhalb abgewiesen. Frankreich, dem daran gelegen war, weder Preußen noch Oesterreich zu begünstigen, streckte dem halb bankerotten Fürsten 4, nach Andern 6 Millionen Livres vor, um seine Schulden zu bezahlen. Herzog Karl August, der nun weiter mit Zweibrücken hätte verhandeln sollen, war in Verlegenheit; er bat den Prinzen von Preußen, ihn von seiner Sendung nach Zweibrücken zu dispensiren. Im Einverständniß mit Edelsheim ging er unterdessen nach Mainz, um den dortigen Kurfürsten und seinen Bruder, den Bischof von Bamberg (Würzburg), in die Union hineinzuziehen. Das Memoire, worin er dem Prinzen von Preußen Bericht darüber erstattete, ist ein merkwürdiges Gegenstück zu Göthe's ebenerwähntem Briefe. Preußen, Oesterreich, Frankreich, Holland, Rußland, England, Dänemark, ganz Europa marschirt darin auf, um den augenblicklichen Stand der complicirten Zweibrücker Angelegenheit zu

<hr>

[1] S. die Correspondenz darüber bei Ranke a. a. O. 468 ff.

beleuchten. Ueber den Finanzstand des bedrängten Herzogs, über die Geschichte des französischen Anlehens, über die diplomatischen Schachzüge der einzelnen Mächte, über Stimmung und Haltung der einzelnen kleinen Fürsten werden die eingehendsten, genauesten Angaben gemacht. Der Prinz wird ausführlich über die Berathschlagungen unterrichtet, welche Edelsheim mit den Mainzer Räthen zuvor gepflogen. Auch die künftige Königswahl und die großen kirchenpolitischen Fragen waren dabei zur Sprache gekommen. Die Mainzer erklärten sich bereit, den Prinzen von Preußen zum künftigen Haupte Teutschlands zu kiesen, „wenn Seine Königl. Hoheit sich entschließen könnte, die katholische Religion anzunehmen". Die Schwierigkeit der Verhandlung lag hauptsächlich darin, daß die geistlichen Kurfürsten, obwohl in kirchlichen Dingen schwach und nachgiebig an den Zeitgeist, doch in der vorgeschlagenen Union nur einen preußischen Kniff erblickten und den Preußen nicht trauten. Um dieß Mißtrauen zu beseitigen, bemühte sich Karl August zuerst, den Bischof von Bamberg zu gewinnen, was völlig gelang. Dann berieth er sich mit Edelsheim, wie er den Kurfürsten selbst einfädeln wollte, und kam mit diesem über folgenden Plan überein.

Er, Karl August, wollte dem Kurfürsten beibringen, daß noch gar keine förmliche Union bestehe, daß man aber sehr gespannt sei, wie die geistlichen Fürsten ihre verletzten und bedrohten Rechte vertheidigen wollten. Alle patriotischen Fürsten, Katholiken wie Protestanten, stimmten darin überein, daß die Verfassung der Römischen Kirche im hl. Reich ein wesentlicher Punkt sei, der aufrecht gehalten werden müßte. Was man in der letzten Zeit von einem Fürstenbund gesprochen, sei durchaus nicht von preußischen Intriguen ausgegangen, wie die geistlichen Fürsten befürchteten. Falls der Kurfürst sich ihm über diese Punkte eröffnete, wollte Karl August ihm dann vorschlagen, im Kriegsfall (!) eine Observationsarmee in's Feld zu stellen, doch ohne Zuzug von andern Fürsten, wohl aber im Einvernehmen mit Frankreich und Preußen; der Kurfürst sollte mit Frankreich, der Herzog mit Preußen darüber unterhandeln.

„Falls er 6. über die Wahl eines Römiſchen Königs ſpräche, würde ich ihm die Schwierigkeiten auseinanderſetzen, die es hätte, daß Ew. Königl. Hoheit die Religion veränderte und ihn durch die triftigſten Gründe zu überzeugen ſuchen, daß die Katholiken nicht risquirten, indem ſie ſich einen Proteſtantiſchen Kaiſer gäben, der von ſo edeln Geſinnungen beſeelt wäre, wie ſie Ew. K. H. auszeichneten und den Kurfürſten zu beſtimmen, den übrigen Wahlfürſten dieß vorzuſchlagen. Der 7. Punkt, auf den ich am meiſten bringen wollte, war, daß die Geiſtlichen Fürſten den Weltlichen Fürſten den Vorſchlag eines Bundes machen ſollten, falls die Dauer des Krieges Teutſchland dazu nöthigte; in An= betracht, daß ſie am meiſten dem Kaiſerlichen Hofe mißtrauen müßten, daß es ſomit ihnen zukäme mit uns zu unterhandeln, ein ſolides Project zu machen und uns durch annehmbare Vor= ſchläge zu einem Bunde einzuladen, um ihre Rechte zu vertheidigen. Ich würde ihn dann verſichern, daß, falls er dieſen erſten Schritt thun wollte, genug patriotiſche Fürſten vorhanden wären, die es auf ſich nähmen, ihre Mitſtände zu verſammeln, um ſich an un= ſern gemeinſamen Intereſſen zu betheiligen.“ [1]

Das „kleine Karlchen“, das Göthe noch pädagogiſch ſchul= meiſterte, arbeitete alſo, unter preußiſcher Direction, an nichts Geringerem, als an dem größten Problem der preußiſchen Politik, die geiſtlichen Kurfürſten und das katholiſche Teutſchland von dem bisher katholiſchen Kaiſerhauſe Oeſterreich loszureißen und ein proteſtantiſches Kaiſerthum mit preußiſcher Spitze zu gründen. So weit hatte es Joſephs II. erbärmliche Kirchenpolitik gebracht, daß ein kleiner proteſtantiſcher Fürſt dem Kurfürſten-Primas von Mainz den Vorſchlag machen durfte, das hl. Reich deutſcher Nation in Preußens Hände zu liefern.

Eine eingehendere Beurtheilung dieſer Verhältniſſe gehört nicht hierher [2]. Was Göthe gegen die politiſche Thätigkeit des Herzogs

---

[1] Memoire Karl Auguſts an den Prinzen von Preußen bei Ranke a. a. O. 473.

[2] S. Preußens Politik. Hiſt.-pol. Blätter. XXVI. 651 ff.

einnahm, waren durchaus keine politischen, religiösen, grundsätzlichen Motive. An Oesterreich war ihm ebenso wenig gelegen, als an Preußen; an einem katholischen Kaiserthum ebenso wenig als an einem protestantischen: das Wichtigste auf der Welt war ihm das Herzogthum Sachsen-Weimar-Eisenach und das Wichtigste in diesem Herzogthum war ihm die Frau Charlotte von Stein und die eigene Stellung. Seine Pyramide als weimarisches Factotum war nun allerdings gebrochen. Der Herzog war nicht mehr sein ergebener Zögling im Conseil und auf dem Theater, sondern selbständiger Herrscher und preußischer Diplomat aus eigenem Antrieb. Aber er saß doch immerhin in einem warmen Nest, dominirte noch das kleine Ländchen im Innern, hatte seinen „Schatz", seine Bibliothek, sein Theater, Kleinigkeiten genug, um sich alle größeren Ideen vom Leibe zu halten, und auch seine — Bequemlichkeit.

Als ihn der Herzog Anfangs December (1784) einlud, nach Frankfurt zu kommen und ihn auf der Rückreise zu begleiten, hatte er fast ein wenig Lust; aber er erinnerte sich an die Reise von 1779, wo er mit dem Herzog so viel gefroren, gehungert und sich gelangweilt hatte, da die Prinzessinnen nur zum Ansehen waren. „Ich bin wirklich in Verlegenheit," schrieb er seiner „Herrin', „was sagst Du dazu, liebe Lotte. Das Wetter, die Jahreszeit, mein Befinden und die bösen Erinnerungen von 79, Homburg, Darmstadt, Hanau, Zwingenberg machen mir Reißen in den Gliedern. Lebe wohl, Du Beste, die mich doch allein hält!"[1] Er blieb bei Charlotte.

„Ungern," so entschuldigte er sich beim Herzog[2], „schreibe ich diesen Brief, anstatt selbst zu kommen, da ich sehe, daß es Ihnen ein Vergnügen machen würde, mich in Frankfurt zu finden. So viele äußere und innere Ursachen halten mich ab, daß ich Ihrem Rufe nicht folgen kann. Möge es Ihnen recht wohl gehen, und diese Reise, der es nun bald an sauern Unbequemlichkeiten nicht

---

[1] Schöll III. 123.

[2] Dorow, Krieg, Literatur und Theater. Leipzig 1845.

fehlen kann, Ihnen von recht großem Nutzen werden. Mich heißt das Herz das Jahr in Sammlung zubringen; ich vollende mancherlei im Thun und Lernen, und bereite mir die Folge einer stillen Thätigkeit auf's nächste Jahr vor, und fürchte mich vor neuen Ideen, die außer dem Kreise meiner Bestimmung liegen. Ich habe deren so genug und zuviel, der Haushalt ist eng und die Seele unersättlich. Ich habe so oft bemerkt, daß, wenn man wieder nach Hause kommt, die Seele, statt sich nach dem Zustande, den man findet, einzuengen, lieber den Zustand zu der Weite, aus der man kommt, ausdehnen möchte, und wenn das nicht geht, so sucht man doch so viel als möglich von neuen Ideen hereinzubringen und zu pfropfen, ohne zu bemerken, ob sie auch hereingehen und passen oder nicht. Selbst in den letzten Zeiten, da ich doch selbst in der Fremde nur zu Hause bin, hab' ich mich vor diesem Uebel, oder wenn Sie wollen vor dieser natürlichen Folge nicht ganz sichern können. Es kostet mich mehr, mich zusammenzuhalten, als es scheint, und nur die Ueberzeugung der Nothwendigkeit und des unfehlbaren Nutzens hat mich zu der passiven Diät bringen können, an der ich jetzt so fest hange. Leben Sie recht wohl und kommen glücklich wieder zu uns."

Karl August nahm die Entschuldigung freundlich auf. Er war durchaus kein exclusiver Geist. Er überließ Göthe seinen administrativen und wissenschaftlichen Neigungen, ja in einem Brief an Knebel verbreitete er sich noch von der Reise aus sehr weitläufig über den Nutzen der Naturwissenschaften, welche augenblicklich Göthe am lebhaftesten beschäftigten. Göthe seinerseits war nicht weniger geschmeidig. Ob auch seufzend „am Rade Jrions" (so ist ein Brief an Herder datirt[1]), diente er doch neben allen seinen sonstigen Bureaugeschäften her dem Herzog noch als vertraulicher Copist für die weiteren Verhandlungen, die nun viel bedeutsamer wurden, da Friedrich II. aus der bisherigen Zurückhaltung heraustrat und sich selbst an die Spitze des geplanten Bundes stellte. Sigmund von Seckendorf, noch vor

---

[1] Aus Herders Nachlaß. I. 83.

wenigen Jahren Göthe's Rivale als Versifex am Liebhabertheater und bei den andern Hofbelustigungen, hielt am 23. Februar 1785 feierlich seine Auffahrt als „preußischer Gesandter" am Weimarer Hofe, während der Dichter seiner Geliebten schrieb:

„Je suis dans la necessité de copier un long discours français qui ne m'interesse pas beaucoup. Cela me met en train d'écrire et ma plume ne court jamais plus à son aise que quand il s'agit de te dire ce que tu aimes à entendre. Je te redis donc encore une fois ce soir que je t'aime exclusivement et que ta tendresse fait mon plus grand bonheur."[1]

Ueber die Conferenz, welche am 2. März zwischen den Herzogen von Weimar und Gotha, dem Gesandten Seckendorf und ihm in Sachen des Fürstenbundes stattfand, meldete er ihr des folgenden Tages:

„Ich habe es oft gesagt und werde es noch oft wiederholen, die causa finalis der Welt und Menschenhändel ist die dramatische Dichtkunst. Denn das Zeug ist sonst absolut zu nichts zu gebrauchen. Die Conferenz von gestern Abend ist mir wieder eine der besten Scenen werth."[2]

Zehn Tage später, während er noch immer mit dem preußischen Gesandten Seckendorf zu verhandeln hatte, gestand er ihr:

„Ich habe nur zwei Götter, Dich und den Schlaf. Ihr heilet alles an mir, was zu heilen ist und seid die wechselweisen Mittel gegen die bösen Geister. Ich gehe gern in die Komödie und finde Dich drinne."[3]

Was die dramatische Dichtkunst betrifft, so war er übrigens mit gar nichts Bedeutendem beschäftigt, er ciselirte noch immer an dem kleinen Singspiel: „Scherz, List und Rache" herum, das ihm selbst später als ein verfehltes Geschöpf erschien. Auch von einer Sammlung und Concentration seiner Thätigkeit, wie er so

---

[1] Schöll III. 144. Man sollte fast glauben, daß die Briefe an Frau von Stein bloß den Zweck von Stilübungen gehabt hätten. [2] Ebb. 145. [3] Ebb. 149.

salbungsreich an den Herzog geschrieben hatte, ist in seinen Villers nichts zu spüren. Er trieb außer Mineralogie, Geologie und Osteologie jetzt auch Botanik, nahm mikroskopische Untersuchungen vor, dichtete an seinen „Geheimnissen", blätterte in Hamanns Metakritik und Hemsterhuys' Alexis herum, untersuchte Wasserbauten in Jena, las seine Operettchen bei Hofe vor, naschte im Spinoza, correspondirte mit Merck über „Zerschlagung der Güter", mit Sömmering über „Backenknochen", machte einen Bericht über das Bergwerk in Ilmenau, das letztes Jahr wieder kein Silber geliefert, aber fast 3000 Thaler gekostet hatte, errichtete in Ilmenau ein Getreidemagazin, studirte Wolfs Theoria generationis, fungirte, wie Herder sagt, als „Pontifex maximus", zu Teutsch oberster Wegaufseher und Straßenkehrer, tröstete die Herzogin Luise über ihr todtgeborenes Kind, den Herzog von Gotha über den Tod seiner Maitresse Madame Schneider, wühlte in dem Naturaliencabinet von Jena herum, half Herder bei den Censurschwierigkeiten seiner Ideen, zerschnitt mit dem Gärtner Reichardt in Belvedere Cocosnüsse, um dem Geheimniß des Pflanzenlebens auf die Spur zu kommen, unterrichtete den Fritz von Stein und schickte seiner Mama das Räthsel:

> „Ich bleibe immer schön und bleibe immer blind,
> Und mein Gefährte ist die Traurigkeit und Schmerz;
> Ich bin ein junger Greis, ich bin ein altes Kind,
> Nun rathe Leser mich, ich wohne in dem Herz."

Immer deutlicher schieden sich jetzt die Wege. Der Herzog vertiefte sich in die diplomatischen Angelegenheiten der hohen Politik; Göthe sah unterdessen nach Pflanzensamen, Blumen, Knochen und Steinen.

15. Natur und Christenthum.

„Et quasi nihil nos de sempiternitate Crea-
toris, nihil de ordine creaturae lex sancta et
divinitus inspirata prophetia docuisset, in con-
tumeliam Dei et in omnium bene conditarum
iniuriam naturarum, compugnantia mendacio-
rum monstra contexuit.“

S. Leo (Sermo de Pentecoste II).

„Kein organisches Wesen ist ganz der Idee, die
zu Grunde liegt, entsprechend; hinter jedem steckt
die höhere Idee; das ist mein Gott, das ist der
Gott, den wir alle ewig suchen und zu erschauen
hoffen, aber wir können ihn nur ahnen, nicht schauen.“

Göthe. Unterhaltungen mit dem Kanzler
v. Müller. S. 141.

Eine große Lust, zu sammeln, zu ordnen und zu registriren,
hatte Göthe von seinem Vater ererbt und schon in früher Jugend
bethätigt. Als Student entwickelte er sie zwar nicht wissenschaftlich, doch dilettantisch an seinen Gedichten, Zeichnungen, Radi-
rungen. Eine rasche Beobachtungsgabe, ein feiner Sinn für das
Schöne in Natur und Kunst erhöhte den Genuß, dem er wie
ein Schmetterling nachjagte, und ersetzte in Manchem die eigentliche Geistesbildung, die ihm abging. Lust am Zeichnen ver-
feinerte diese Beobachtungsgabe, wenn er es auch in keinem Genre
des Zeichnens und der Malerei über bloße Dilettanterie hinaus-
brachte. Lavater lenkte diese Neigungen der Physiognomik zu:
Sammellust, Beobachtungsgabe und Zeichentalent fanden dabei
reiche Nahrung. Noch in Weimar schenkte er der wunderlichen
Modekunst, welche ihn mit Frau von Stein bekannt gemacht,
viel Zeit und Aufmerksamkeit, sie interessirte noch lange Damen

22**

und Herren [1]. Gleichzeitig ward weitergezeichnet an Portraits, Köpfen, Figuren, Landschaften; auch dieser Kunstzweig hing mit romantischen Neigungen zusammen. Mehrere Damen bei Hofe zeichneten, andere rechneten es sich zur Ehre, abgezeichnet zu werden. Ueber Kunst reden mußte Jedermann, wie über Musik, Theater und Literatur. Der Ankauf und das Sammeln von Kunstgegenständen war durch den Brand des alten Schlosses nöthig geworden: der Herzog so gut wie Göthe war lebhaft darauf aus, für billigen Preis möglichst schöne Gemälde, Stiche, Statuen zu erwerben [2]. Seit der Wiederaufnahme des Bergwerks in Ilmenau gesellte sich zu diesem theils künstlerischen, theils geschäftlichen Sammelfleiß auch das Sammeln und Untersuchen von Steinen.

Diese mineralogische Dilettanterie war wohl weniger bloße Spielerei, als das fortgesetzte Zeichnen an der Hermannstädter Höhle. Göthe hoffte wirklich, das Bergwerk wieder in Gang zu bringen, und studirte deßhalb nicht bloß die Bergordnungen, sondern sah sich auch Werke über Geologie, Mineralogie und Chemie an [3]. Er wollte der Sache auf den Grund gehen, aber nicht so schneckenmäßig, wie die Fachleute, sondern rasch, genial. Praktische Resultate konnte ein solches Studium nicht haben, doch der Sammelfleiß blieb. Er befriedigte Göthe's Beobachtungstrieb und gewährte Zerstreuung auf den vielen, schließlich monotonen Ausflügen und Jagden. Wo den Andern der Stoff zum Reden ausging, da eröffnete sich ihm in Gestein- und Gebirgsbetrachtungen eine neue Welt [4]. Was er in der ersten Zeit haupt-

<hr>

[1] Göthe correspondirte darüber noch mit Lavater bis in den Herbst 1782. S. Hirzel. S. 66—156.

[2] Darauf bezieht sich ein großer Theil der Correspondenz Karl Augusts und Göthe's mit Merck, während Wieland meistens von seinem „Merkur" zu reden hat.

[3] Keil, Tagebuch von 1776.

[4] Sein Vorbild war in dieser Naturbummelei, wie in vielem Andern, der Franzose Jean Jacques Rousseau, der unter beständigem Jammer über Gott, Cultur und Welt in „unendlicher Sehnsucht nach reiner Natur" sich im Val de Travers von schönen Damen

sächlich daran betrachtete, ist schwer zu sagen. An allen Bergen und sogar darüber schwebte das Bild der Frau von „Stein“, eine Vision, welche die Mineralogie nicht wesentlich fördern konnte. Für die Poesie aber konnte hinwieder die Kenntniß der einzelnen Mineralien und Steine nur von sehr untergeordnetem Nutzen sein. Es mußte ein anderes, bedeutenderes Element hinzutreten, um die Dilettanterie zehn Jahre lang aufrecht zu erhalten, ja zu einer Art Studium werden zu lassen. Dieses Element war die vage, halb poetische, halb philosophische Geistesrichtung, welche für Göthe gleichzeitig Philosophie und Religion vertrat. „Göthe den Pantheisten,“ sagt Heinrich Heine[1] sehr richtig, „mußte die Naturgeschichte endlich als ein Hauptstudium beschäftigen.“

Das positive Christenthum hatte Göthe schon abgethan[2], bevor er in Weimar eintraf. Die Kirche besuchte er nicht, an Epiphanie wußte er nicht einmal, daß Festtag war. Die Bibel las er noch als poetisch bedeutende und anregende Schrift; doch sie war ihm kein göttlich beglaubigtes Buch, keine positive Offenbarung. „Was ist der Mensch, daß Du sein gedenkst!“ ruft er wohl ein paar Mal in seinen Aufzeichnungen aus; aber mehren-

---

logiren, füttern und unterhalten ließ und — das war sicher Natur! in armenischem Costüm im Jura herumlungerte, um die Natur zu genießen, dumme Briefe zu schreiben und, von aller Welt vergöttert, doch noch über alle Welt zu lamentiren. -- S. Fritz Berthoud, J. J. Rousseau au Val de Travers. 1762—1765. Paris, Fischbacher, 1881.

[1] Die romantische Schule. Hamburg 1836. S. 83.

[2] Julian Schmidt (Göthe's Stellung zum Christenthum. Göthe-Jahrbuch 1882. S. 40 ff.) gibt sich erstaunliche Mühe, ihn zu einem „Christen“ zu machen; es läuft aber schließlich Alles darauf hinaus, daß Göthe glaubte, was er wollte, d. h. im Grunde nichts, im Sinne eines verbindlichen Offenbarungsglaubens. — Vgl. dazu den noch fast erleuchteteren J. Bayer, Göthe's Verhältniß zu religiösen Fragen. Prag 1869, und van Oosterzee, Göthe's Stellung zum Christenthum. Bielefeld 1858.

theils bedient er sich der Worte der Bibel nur ganz profan und
oft in frivoler Weise. Die orthodoxen Geistlichen von Sachsen-
Weimar waren ihm nicht bloß „Kerle", sondern „Esel". Herder
wollte er nur zum Superintendenten haben, weil man nun einmal einen solchen haben mußte und weil er aufgeklärter war als
die Andern. Zu dem Zeugniß eines orthodoxen Theologen für
ihn nahm er erst dann seine Zuflucht, als die Anstellung selbst
bedroht schien. Als Herder im Anzug war, schrieb er ihm: „Es
zerrt die Pfaffen verflucht, daß das, was so lange unter sie vertheilt war, einer allein haben soll . . . . . Die Geistlichen sind
alle verschrobene Kerls. Sind aber die jungen dir nicht ganz
gram." [1] Um für Herders Ankunft die Stadtkirche repariren zu
lassen, besuchte er zum ersten Mal nach halbjähriger Anwesenheit
dieses Gebäude; es war nicht viel darin zu sehen: die Gräber
einiger sächsischer Fürsten, „in der Sakristei Luther in drei Perioden von Cranach, immer ganz Luther und ein ganzer Kerl —
ganz Mönch, ganz Ritter und ganz Lehrer" [2]. Als Herder auf
die Geburtsfeier des Erbprinzen Karl Friedrich im März 1783
zwei Predigten halten sollte und dieselben vorher Göthe vorlegte,
sagte dieser u. A. in seiner Kritik:

„Daß du in beiden Predigten keinen Gebrauch von den
Motivs, die uns die christliche Religion anbietet, gemacht hast,
hat mich gewundert, wenn ichs auch nur nehme als die Melodie
eines bekannten Chorals, der unter anderer Musik den besten
Effekt thut, und durch allgemeine Reminiscenzen die ganze Gemeinde auf einen Punkt führt." [3]

War bei der Zerfahrenheit seines unruhigen Treibens, namentlich in den ersten Weimarer Jahren, an ein ernstes, gesammeltes
Studium nach keiner Richtung hin zu denken, so war für Philosophie und Theologie am wenigsten Raum. In der gelegentlichen,
flüchtigen Lectüre, die in seinen Briefen erwähnt wird, kommt
kein bedeutendes Werk christlicher Wissenschaft vor. Gleich tausend

---

[1] Aus Herders Nachlaß. I. 60.
[2] Ebd. I. 64.   [3] Ebd. I. 73.

andern oberflächlichen Geistern studirte er nie die Werke der Kirchenväter, der großen katholischen Theologen, der älteren katholischen Philosophen; das Hauptmittel eines „selbständigen" Urtheils war, dergleichen Dinge nie selbst kennen zu lernen, sondern die glänzendsten Genies der christlichen Vorzeit auf Luthers pöbelhafte Zoten hin auf ewig zu verachten. Zu diesem Grundzug „vorurtheilsloser Wissenschaft" gesellte sich der andere, die ganze Welt neu construiren zu wollen und zu diesem Zweck chaotisch in allen Zweigen menschlichen Wissens gleichzeitig herumzuwühlen. „Lehrbuch und Geschichte" waren ihm, „dem Handelnden, gleich lächerlich". Dafür kramte er in den Rêveries des Marschalls von Sachsen, in des Synesius Buch über die Träume, in dem geistigen Vagabundenleben Carbans, im Apollonius herum, amüsirte sich an den Basia des Jan Nicolai Everard und an Voltaire's schmutziger Pucelle, las im Bette die „Mönchsbriefe" von La Roche, schnoberte gelegentlich dieß und das über den aufgeklärten Isenbiehl zusammen, der damals die Tagespresse beschäftigte, entzückte sich über Diderots Jacques le fataliste, blätterte im Spinoza und im Journal de Paris, in den Wolfenbütteler Fragmenten und in Crébillon, in den „Briefen über das Studium der Theologie" und in Reineke Fuchs. Er ließ sich neben antiken Sagen, gnostischen Träumereien und französischer „Philosophie" auch allenfalls eine katholische Legende wie die des hl. Alexius gefallen, machte aber ein rührendes Märchen daraus für die Damen.

Nach der Schweizerreise correspondirte Göthe ein Jahr lang ziemlich lebhaft mit Lavater über Physiognomik, Gemälde, Stiche, Literarisches, Kunstbilettanterie. In begeisterte Freundschaftsversicherungen mischte sich auch dann und wann eine philosophisch sein sollende Andeutung, wie: „Habe ich dir das Wort Individuum est ineffabile, woraus ich eine Welt ableite, schon geschrieben?" In dem confusen Buche St. Martins Des erreurs et de la vérité, worin das Dogma der Menschwerdung mit gnostischer Schwärmerei verbraut war, fand er „die tiefsten Geheimnisse der wahrsten Menschheit mit Strohseilen des Wahns und der Beschränktheit zusammengehängt“[1]. Lavaters gedruckte Briefe befriedigten ihn, soweit sich die Menschlichkeit der besten Menschen darin offenbarte. Als aber Lavater in seinem Pontius Pilatus — allerdings in sehr schwärmerischer, überschwenglicher und ungenießbarer Form — Alles auf Erden, Kunst, Geschichte, Natur und Menschheit auf den historischen Christus bezog, da riß Göthe die Geduld, und er rückte einmal klarer mit seinem Glaubensbekenntniß heraus:

„Da ich zwar kein Widerkrist, kein Unkrist, aber doch ein decidirter Nichtkrist bin, so haben mir dein Pilatus und so weiter widrige Eindrücke gemacht, weil du dich gar zu ungebärdig gegen den alten Gott und seine Kinder stellst. Deinen Pilatus habe ich sogar zu parodiren angefangen, ich habe dich aber zu lieb um mich länger als eine Stunde damit amüsiren zu können. — Darum laß mich deine Menschenstimme hören, damit wir von der Seite verbunden bleiben, da es von der andern nicht geht.“[2]

In einem spätern Brief bekennt er sich dann zum seichtesten Indifferentismus:

„Daß du mir in deinem Briefe noch einmahl den innern Zusammenhang deiner Religion vorlegen wolltest, war mir sehr willkommen, wir werden ja nun wohl balde einmal einander über diesen Punkt kennen und in Ruhe lassen. Großen Dank verdient die Natur, daß sie in die Existenz eines ieden lebenden Wesens auch so viel Heilungskraft gelegt hat, daß es sich, wenn es an dem einen oder dem andern Ende zerrissen wird, selbst wieder zusammenflicken kann; und was sind die tausendfältigen Religionen anders als tausendfache Aeußerungen dieser Heilungskraft. Mein Pflaster schlägt bey dir nicht an, beines nicht bey mir, in unsers Vaters Apotheke sind viele Recepte. So hab ich auf deinen Brief nicht zu antworten, nichts zu widerlegen, aber dagegen zu stellen hab ich vieles. Wir sollten einmahl unsere Glaubensbekenntnisse in zwey Columnen neben einander sezen und darauf einen Friedens- und Toleranzbund errichten.“[3]

---

[1] Hirzel S. 122. [2] Ebb. S. 144. [3] Ebb. S. 152.

Der Toleranzbund wurde nicht errichtet. Glaube und Un=
glaube, Christ und Heide waren dießmal zu schroff auf einander
gestoßen. Göthe war wüthend auf Lavater, daß er mit Auf=
gebot aller seiner Kräfte Christus, den historischen Christus, als
Sohn Gottes wieder in Wissenschaft und Literatur einführen
wollte. Wiederholt und heftig spricht er seinen Grimm in dem
Briefe an Frau von Stein aus:

„Hier ist ein Bogen von Lavaters Pilatus," schreibt er
(6. April 1782). „Ich kann nichts drüber sagen. Die Geschichte
des guten Jesus hab ich nun so satt, daß ich sie von keinem als
allenfalls von ihm selbst hören möchte." [1]

„Noch ein Wort von Pilatus!" fährt er dann fort [2], „wenn
unser einer seine Eigenheiten und Albernheiten einem Helden
aufflickt, und nennt ihn Werther, Egmont, Tasso, wie Du willst,
gibt es aber am Ende für nichts als was es ist, so gehts hin,
und das Publikum nimmt insofern Anteil dran, als die Existenz
des Verfassers reich oder arm, merkwürdig oder schaal ist, und
das Mährchen bleibt auf sich beruhen. Nun findet Hans Caspar
diese Methode des Dramatisirens (wie sie's nennen) allerliebst
und flickt seinem Christus auch so einen Kittel zusammen und
knüpft aller Menschen Geburt und Grab, A und O, und Heil
und Seligkeit dran, da wirds abgeschmackt, dünkt mich und un=
erträglich.

„Wenn ein großer Mensch ein dunkel Eck hat, dann ist's
recht dunkel! Ihm hat die Geschichte Christi so den Kopf ver=
rückt, daß er eben nicht loskommen kann. Mich wunderts nicht,
freilich ist's Tausenden so gegangen. Aber auch wie? Wann?
Wo? Wem?

„Verzeih meine Invectiven, so oft er seine Anfälle auf unser
Reich erneuert, so müssen wir uns wenigstens protestando ver=
wahren."

Am 10. April hielt er sich schon wieder eine Philippika gegen
den Pilatus. Daß er dabei nicht bloß die geschmacklose Ueber=

---

[1] Schöll II. 182.   [2] Ebd. II. 183.

schwenglichkeit des Stils und der Phantasie meinte, welcher Lavater sich hingab, sondern seinen Glauben an die Gottheit Christi
und an das Uebernatürliche überhaupt [1], erhellt aus dem Vorausgehenden genügend [2], wird aber noch durch spätere Bemerkungen
über den dritten Theil des Werkes bestätigt, die sehr charakteristisch
mit Andeutungen über Rousseau und Voltaire zusammenstehen.

„Einige stille Augenblicke habe ich angewandt im Rousseau
zu lesen, der mir durch einen Zufall in die Hände kam. Wie
wunderbar ist es und angenehm die Seele eines Abgeschiedenen
und seine innersten Herzlichkeiten offen auf diesem oder jenem
Tische liegen zu finden. — Im dritten Theil des Pontius Pilatus
stehen ganz treffliche Sachen. Es ist weit weniger Capuzinade
als im ersten, man sieht wie Lavater die Menschheit nach und
nach immer offenbarer wird. Daß er von den albernsten Mährchen mit Anbetung spricht, daß er sich mit veralteten barbarischen
Terminologien herumschlägt und sie in und mit dem Menschenverstande verkörpern will, gehört so nothwendig zu seinem eigenen
als zu des Buches Dasein.“ [3]

Noch viel klarer drückt er sich einige Jahre später in einem
Briefe an Herder aus:

„Es bleibt wahr; das Mährchen von Christus ist Ursache,

---

[1] Wie alle richtigen „Naturfrommen“, konnte auch er das Läuten
nicht leiden. „Ich wohne gegen der Kirche über,“ schreibt er Char-
lotten von Meiningen aus, „das ist eine schreckliche Situation für
einen, der weder auf diesem noch auf jenem Berge betet (d. h. auf
gar keinem), noch vorgeschriebene Stunden hat, Gott zu ehren. Sie
läuten schon seit früh um Viere und orgeln, daß ich aufhören muß,
denn ich kann keinen Gedanken zusammenbringen.“ Schöll II. 203.

[2] Vgl. Göthe's Werke (Hempel). XXIII. 84 ff., wo Göthe ausdrücklich sagt, daß Lavater „Christum buchstäblich auffaßte, wie ihn
die Schrift, wie ihn manche Ausleger geben“, daß er deßhalb an
die Möglichkeit von Wundern und Gebetserhörungen geglaubt und
seine „Aussichten in die Ewigkeit“ ernstlich genommen habe. Das
war Göthe zuwider.

[3] Schöll III. 74.

daß die Welt noch 10/M. Jahre stehen kann und niemand recht
zu Verstand kommt, weil es eben so viel Kraft des Wissens, des
Verstandes, des Begriffes braucht, um es zu vertheidigen, als es
zu bestreiten. Nun gehen die Generationen durcheinander, das
Individuum ist ein armes Ding, es erkläre sich, für welche Partei
es wolle, das Ganze ist nie ein Ganzes, und so schwankt das
Menschengeschlecht in einer Lumperei hin und wieder, das alles
nichts zu sagen hätte, wenn es nur nicht auf Punkte, die dem
Menschen so wesentlich sind, so großen Einfluß hätte. Wir wollen
es gut seyn lassen. Sieh Du Dich nur in der Römischen Kirche
recht um, und ergötze Dich an dem, was in ihr ergötzlich ist." [1]

Gleich Pontius Pilatus begnügte er sich mit der Frage:
„Was ist Wahrheit?" Das angebliche „Mährchen", d. h. die
unumstößlich beglaubigten Thatsachen des Lebens Jesu Christi,
seines Erlösungstodes, seiner Auferstehung, seiner Gottheit einmal
ernst, wissenschaftlich zu prüfen, ist ihm sein ganzes Leben lang
nie eingefallen. Das Alles war „Mährchen" a priori; in un-
bedingtem Köhlerglauben folgte er da seinen würdigen Vorläufern
Rousseau, Voltaire, Diderot und Spinoza, von denen die erstern
seinen Geist und seine Thätigkeit weit mehr beeinflußten, als der
jüdische Pantheist. Die drei Franzosen erscheinen noch während
der Weimarer Jahre als seine vorzüglichsten Lieblingsschriftsteller.
Diderots Jacques le fataliste wurde gierig wie ein Leckerbissen,
in Einem Zuge verschlungen. Ueber die gemeinen „Bekenntnisse",
in denen Rousseau seine eigene Schamlosigkeit dem Publikum zu
Markte trug, schreibt er an Frau von Stein: „Mama hat mir
die neue Genfer Edition von Rousseau geschenkt, die Confessions
sind dabei. Nur ein paar Blätter, die ich drinnen gesehen habe,
sind wie leuchtende Sterne, denke Dir so einige Bände! Welch
ein Himmel voll! Welch ein Geschenk für die Menschheit ist ein
edler Mensch!" [2]

---

[1] Aus Herders Nachlaß. I. 94.

[2] Schöll II. 100. Der edle Mensch, der offen als Concubina-
rius lebte und die Kinder seiner Therese in's Findelhaus schickte!

Das Neueste aus Paris gelangte vielfach schon als Manuscript nach Weimar, wahrscheinlich durch den Deutsch=Franzosen Baron Grimm[1], den zeitweiligen Mitarbeiter Diderots. So erhielt Göthe von der Oberhofmeisterin das schimpfliche posthume Libell Voltaire's auf den König von Preußen[2], bevor es gedruckt wurde und während Karl August schon als Unterhändler des Prinzen von Preußen zu arbeiten begonnen hatte. Das Pasquill gefiel ihm über die Maßen.

„Es ist so vornehm und mit einem so köstlichen Humor ge= schrieben, als irgend etwas von ihm, er schreibt vom König in Preußen wie Sueton die Scandala der Weltbeherrscher, und wenn der Welt über Könige und Fürsten die Augen aufgehen könnten und sollten so wären diese Blätter wieder eine köstliche Salbe. Allein man wird sie lesen, wie eine Satire auf die Weiber, sie bei Seite legen und ihnen wieder zu Füßen fallen."[3]

[1] Friedr. Melchior Grimm, aus Regensburg gebürtig, war ein Vertrauter Diderots, correspondirte mit den Höfen von Gotha, Petersburg, Stockholm u. s. w. Seine Correspondance littéraire etc. (17 Bände 8°; Supplemente dazu erschienen Paris 1814) ist ein bedeutendes kritisches Werk, aber im Sinn und Geist der Encyklo= pädisten. Er wurde durch dieselbe zum bedeutendsten Colporteur der „französischen Bildung" des 18. Jahrhunderts an den Höfen des Auslandes. Göthe traf wiederholt mit ihm zusammen auf der Wartburg, dann in Gotha und Weimar. In Paris ganz französi= sirt, fand Grimm wenig Gefallen am „Werther" und hatte diese Geringschätzung auch geäußert. Vielleicht daß Göthe deßhalb an= fänglich dem Mann nichts zu sagen wußte, „der von Paris nach Petersburg" ging. Als sie wieder zusammentrafen, war die Werther= periode schon zum Theil überstanden. Die beiden Männer schlossen sich freundlicher an einander an, und Göthe mag durch ihn in seinem Interesse für Diderot und überhaupt für französische Publicationen bestärkt worden sein. Eine neue Ausgabe der Correspondance ver= öffentlicht seit einigen Jahren M. Tourneaux. Paris. Garnier Frères.

[2] Mémoires pour servir à l'histoire de Mr. de Voltaire écrits par lui-même.

[3] Schöll III. 41.

Man muß hierbei im Auge behalten, daß Göthe den franzö=
sischen Encyklopädisten noch ganz nahe stand. Ihr großes Werk
kam erst 1772 zum Abschluß — es war in den achtziger Jahren
noch durch kein ähnliches überholt, es war der große Haupt=
brunnen der „allgemeinen Bildung". Während Göthe im Februar
1778 die „geflickte Braut" einübte, feierte Voltaire seinen Triumph=
zug in Paris. Erst im Mai dieses Jahres starb er. D'Alembert
lebte noch bis 1783, Diderot bis Juli 1784. Mittlerweile hatten
die Wolfenbütteler Fragmente und Lessings Komödie mit den
Theologen auch in Deutschland an dem positiven Glauben ge=
rüttelt, Nicolai und Biester den seichtesten Rationalismus ver=
breitet. Aufgeklärte Theologen hatten die ganze Bibel ihres
göttlichen Charakters entkleidet, auch auf katholischer Seite waren
die Wasser der Aufklärung in vollem Fluß.

Was Göthe von den Encyklopädisten hauptsächlich an sich zog,
das war ihre leichtfüßige Behandlung alles Seins und Wissens,
ihre Verachtung für Philosophie und Theologie, ihre Rebellion
gegen die ganze historische Entwicklung der Wissenschaft, ihre
schöngeistige Frivolität in Denken und Sitte, ihre Lossagung von
allem Uebernatürlichen. Mit ihnen bewahrte er nur den Glauben
an die fünf Sinne und suchte in den Naturwissenschaften einen
Ersatz für die gestürzte Philosophie. Dagegen war er zu senti=
mental, zartherzig, um ihren furibunden Haß gegen die Infame
zu theilen[1]. Als Minister und Bourgeois durfte er sich auch

---

[1] Es würde zu weit führen, die innige Beziehung Göthe's zu
Diderot, Rousseau und Voltaire mehr in's Detail nachzuweisen.
Mit der schmutzigen Pucelle waren er und der Herzog wohl bekannt
(vgl. über diese Dichtung P. W. Kreiten, Voltaire. Freiburg 1885.
S. 129—133). Was diejenige zu Voltaire betrifft, habe ich früher
gezeigt, daß Göthe's Prometheus sich nicht an die Alten, sondern an
Voltaire's „Pandora" anschließt (s. oben S. 175). Auch die be=
rühmten „Harfner"-Verse aus dem „Meister", die durch ganz Deutsch=
land als deutsche Originalpoesie gesungen und bewundert werden,
obwohl fast Niemand an deren eigentlichen Sinn denkt, stehen in
innigster Verwandtschaft zu einer Voltaire'schen Blasphemie (Le

der Wuth gegen die Tyrannen nicht überlassen. Um so mehr
hatte er sich in Rousseau's Empfindsamkeit hineingearbeitet, seine
Landschaftsschwärmerei, seine Damenbotanik, seinen Anschluß an
die Natur als ein unbeschreibliches weibliches Urwesen, die Mutter
des Genie's, das Prototypon aller schönen Weiber, die Trösterin
der Einsamen, an deren Busen der gequälte Sterbliche von all
dem Jammer seiner Leidenschaften und dem Conflict mit der
Menschheit ausruht. Während er in seinem Literatenthum mehr
Diderot und Voltaire nachahmte, nahm er für sein Gefühlsleben
jene Frau Mutter Natur aus Rousseau herüber [1]. Wie Voltaire
und Rousseau, setzte er den von der Welt getrennten, einen,

pour et le contre. Oeuvres de Voltaire. Paris. Lefèvre. 1817.
Poésies II. 393).

> „Je veux aimer ce Dieu, je cherche en lui mon père;
> On me montre un tyran que nous devons haïr.
> Il créa des humains à lui-même semblables,
>
> > Afin de les mieux avilir;
> > Il nous donna des coeurs coupables,
> > Pour avoir droit de nous punir;
> > Il nous fit aimer le plaisir,
>
> Pour nous mieux tourmenter par des maux effroyables,
> Qu'un miracle éternel empêche de finir.

Es ist doch wohl nicht ganz zufällig, wenn Göthe singt:

> . . . . „Der kennt Euch nicht, Ihr himmlischen Mächte!
>
> > Ihr führt in's Leben uns hinein,
> > Ihr laßt den Armen schuldig werden,
> > Dann überlaßt Ihr ihn der Pein;
> > Denn alle Schuld rächt sich auf Erden.“

S. Werke (Hempel). I. 223.

Deutsche Gemüthlichkeit hat zwar die Frechheit der gallischen
Lästerung etwas gedämpft und die lästigen Höllenstrafen eliminirt,
doch der Grundgedanke ist Lästerung geblieben.

[1] S. W. Danzel, Göthe's Spinozismus. Hamburg 1843.
S. 13 ff. — Erich Schmidt, Richardson, Rousseau und Göthe.
Jena, Fromann. 1875.

einigen und unendlichen Gott der christlichen Weltanschauung
nicht ab, proclamirte keinen ausschließlichen herben Pantheismus,
aber warf die Distinction Spinoza's von natura naturans und
natura naturata in einen vagen Naturbegriff zusammen und
übertrug der Mutter Natur nach und nach ungefähr alles, was
nach christlicher Philosophie theils von Gott, theils von der un-
vernünftigen Creatur, theils von dem freien Willen des Menschen, theils von dem verstockten bösen Willen der Dämonen
ausging. Mama Natur war zugleich Gott, Welt und Teufel.
Die Individuen gingen aus ihr hervor und sanken in sie zurück.
Je nach Laune konnte der Dichter gegen ihre dunkle Schicksals-
macht die Faust ballen oder sie als gütige Allgebärerin besingen,
vor ihrem dämonischen Wirken zittern oder wie ein Kindlein sie
liebkosen, sich als ihrem erwählten Günstling schmeicheln oder
trotzig wie ein grollender Fatalist seines Weges gehen. Da er
alle stricte Logik gründlich verachtete, abstracte Begriffe und Definitionen wie einen Greuel von sich stieß, so konnte er die große
Urgöttin zu poetischem Gebrauch in den polytheistischen Gestalten
des antiken Olymps personificiren oder auch in einer frommen
Anwandlung christliche Jugenderinnerungen auffrischen und von
ihr wie vom „lieben Gott" reden.

Frau Natur war alles, was er wollte[1]. Das ist das Geheimniß seines „Christenthums", das zwar logisch analysirt auf
reinen Pantheismus hinausläuft, aber in seiner unbestimmten
Gefühlsauffassung sich je nach Laune und Stimmung, Zweck und
Umgebung christlich und heidnisch, polytheistisch, monotheistisch
und pantheistisch drehen ließ, ein Universal-Gummi-Elasticum,
das allen schroffen Definitionen und Meinungen nachgab, aber
unvermerkt sie alle wieder von sich schnellte, anscheinend unbesieg-
lich und über alle Philosophie und Religionen erhaben, aber
thatsächlich ein reiner Spielball von Weiberliebe und Weiberlaune,

---

[1] „Die Natur ist eine Gans," sagte er später, „man muß sie erst
zu etwas machen." Burkhardt, Unterhalt. mit dem Kanzler
v. Müller. Stuttgart 1870. S. 30.

eigener Eitelkeit und Sinnlichkeit. Für die Erklärung des Faust ist diese seine wirkliche Naturphilosophie viel zu sehr vernachlässigt und mysteriös verdunkelt worden. Der ganze Faust beruht auf diesem Gummi-Elasticum, seine scheinbare Tiefe wie seine thatsächliche Seichtheit und Verworrenheit. Das klarste Bekenntniß dieser „Naturreligion" oder dieses „Naturchristenthums" (wenn hier überhaupt von Klarheit die Rede sein kann) enthält ein aphoristischer Aufsatz, den er um 1780 im Tiefurter Journal zu Weimar circuliren ließ. Hundert verschiedene Aeußerungen in Briefen, Gedichten, Aufsätzen sind hier einigermaßen beisammen[1].

„Natur! Wir sind von ihr umgeben und umschlungen — unvermögend, aus ihr herauszutreten, und unvermögend, tiefer in sie hineinzukommen. Ungebeten und ungewarnt nimmt sie uns in den Kreislauf ihres Tanzes auf und treibt sich mit uns fort, bis wir ermüdet sind und ihrem Arme entfallen.

Sie schafft ewig neue Gestalten; was da ist, war noch nie, was war, kommt nicht wieder: Alles ist neu und doch immer das Alte.

Wir leben mitten in ihr und sind ihr fremde. Sie spricht unaufhörlich mit uns und verräth uns ihr Geheimniß nicht. Wir wirken beständig auf sie und haben doch keine Gewalt über sie.

Sie scheint Alles auf Individualität angelegt zu haben, und macht sich nichts aus den Individuen. Sie baut immer und zerstört immer, und ihre Werkstätte ist unzugänglich.

Sie lebt in lauter Kindern, und die Mutter wo ist sie? — Sie ist die einzige Künstlerin: aus dem simpelsten Stoff zu den größten Contrasten; ohne Schein der Anstrengung zu der größten Vollendung — zur genauesten Bestimmtheit, immer mit etwas Weichem überzogen. Jedes ihrer Werke hat ein eigenes Wesen,

---

[1] Göthe's Werke (Hempel). XXXIV. 71—74. Dieses „Credo" bildet so ziemlich den Contrabaß zu der Musik, von der C. G. Carus, Göthe. Leipzig 1843. S. 49 sagt: „Das neunzehnte Jahrhundert hat eine eigene Tonart auf dem großen Saitenspiele des Menschheitlebens angeschlagen."

jede ihrer Erscheinungen den isolirtesten Begriff und doch macht Alles Eins aus.

Sie spielt ein Schauspiel; ob sie es selbst sieht, wissen wir nicht, und doch spielt sie's für uns, die wir in der Ecke stehen.

Es ist ein ewiges Leben, Werden und Bewegen in ihr, und doch rückt sie nicht weiter. Sie verwandelt sich ewig, und ist kein Moment Stillestehen in ihr. Für's Bleiben hat sie keinen Begriff, und ihren Fluch hat sie an's Stillestehen gehängt. Sie ist fest. Ihr Tritt ist gemessen, ihre Ausnahmen selten, ihre Gesetze unwandelbar.

Gedacht hat sie und sinnt beständig; aber nicht als ein Mensch, sondern als Natur. Sie hat sich einen eigenen allumfassenden Sinn vorbehalten, den ihr Niemand abmerken kann.

Die Menschen sind alle in ihr und sie in allen. Mit allen treibt sie ein freundliches Spiel und freut sich, je mehr man ihr abgewinnt. Sie treibt's mit Vielen so im Verborgenen, daß sie's zu Ende spielt, ehe sie's merken.

Auch das Unnatürlichste ist Natur; auch die plumpste Philisterei hat etwas von ihrem Genie. Wer sie nicht allenthalben sieht, sieht sie nirgendwo recht.

Sie liebt sich selber und haftet ewig mit Augen und Herzen ohne Zahl an sich selbst. Sie hat sich auseinandergesetzt, um sich selbst zu genießen. Immer läßt sie neue Genießer erwachsen, unersättlich, sich mitzutheilen.

Sie freut sich der Illusion. Wer diese in sich und Andern zerstört, den straft sie als der strengste Tyrann. Wer ihr zutraulich folgt, den drückt sie wie ein Kind an ihr Herz.

Ihre Kinder sind ohne Zahl. Keinem ist sie überall karg, aber sie hat Lieblinge, an die sie viel verschwendet und denen sie viel aufopfert. An's Große hat sie ihren Schutz geknüpft.

Sie spritzt ihre Geschöpfe aus dem Nichts hervor und sagt ihnen nicht, woher sie kommen und wohin sie gehen. Sie sollen nur laufen, die Bahn kennt sie.

Sie hat wenige Triebfedern, aber nie abgenutzte, immer wirksam, immer mannigfaltig.

Ihr Schauspiel ist immer neu, weil sie immer neue Zuschauer schafft. Leben ist ihre schönste Erfindung, und der Tod ist ihr Kunstgriff, viel Leben zu haben.

Sie hüllt den Menschen in Dumpfheit ein und spornt ihn ewig zum Lichte. Sie macht ihn abhängig zur Erde, träg und schwer und schüttelt ihn immer wieder auf.

Sie gibt Bedürfnisse, weil sie Bewegung liebt. Wunder, daß sie alle diese Bewegung mit so Wenigem erreicht. Jedes Bedürfniß ist Wohlthat, schnell befriedigt, schnell wieder erwachsend. Gibt sie eins mehr, so ist's ein neuer Quell der Lust; aber sie kommt bald in's Gleichgewicht.

Sie setzt alle Augenblicke zum längsten Lauf an und ist alle Augenblicke am Ziele.

Sie ist die Eitelkeit selbst, aber nicht für uns, denen sie sich zur größten Wichtigkeit gemacht hat.

Sie läßt jedes Kind an sich künsteln, jeden Thoren über sich richten, Tausende stumpf über sich hingehen und nichts sehen, und hat an Allen ihre Freude und findet bei Allen ihre Rechnung.

Man gehorcht ihren Gesetzen, auch wenn man ihnen widerstrebt; man wirkt mit ihr, auch wenn man gegen sie wirken will.

Sie macht Alles, was sie gibt, zur Wohlthat; denn sie macht es erst unentbehrlich. Sie säumet, daß man sie verlange; sie eilet, daß man sie nicht satt werde.

Sie hat keine Sprache noch Rede; aber sie schafft Zungen und Herzen, durch die sie fühlt und spricht.

Ihre Krone ist die Liebe. Nur durch sie kommt man ihr nahe. Sie macht Klüfte zwischen allen Wesen, und Alles will sich verschlingen. Sie hat Alles isolirt, um Alles zusammenzuziehen. Durch ein paar Züge aus dem Becher der Liebe hält sie für ein Leben voll Mühe schadlos.

Sie ist Alles [1]. Sie belohnt sich selbst und bestraft sich selbst.

---

[1] Diese Grundidee des ganzen Aufsatzes und damit das ganze Glaubensbekenntniß Göthe's ist durch das Vaticanische Concil (Sess. III. can. 3 u. 4) längst feierlich verurtheilt: „Can. 3. Wenn

erfreut und quält sich selbst. Sie ist rauh und gelinde, lieblich und schrecklich, kraftlos und allgewaltig. Alles ist immer da in ihr. Vergangenheit und Zukunft kennt sie nicht. Gegenwart ist ihr Ewigkeit. Sie ist gütig. Ich preise sie mit allen ihren Werken. Sie ist weise und still. Man reißt ihr keine Erklärung vom Leibe, trutzt ihr kein Geschenk ab, das sie nicht freiwillig gibt. Sie ist listig, aber zu gutem Ziele, und am besten ist's, ihre List nicht zu merken.

Sie ist ganz und doch immer unvollendet. So wie sie's treibt, kann sie's immer treiben.

Jedem erscheint sie in einer eigenen Gestalt. Sie verbirgt sich in tausend Namen und Termen und ist immer dieselbe.

Sie hat mich hineingestellt, sie wird mich auch herausführen. Ich vertraue mich ihr. Sie mag mit mir schalten. Sie wird ihr Werk nicht hassen. Ich sprach nicht von ihr. Nein, was wahr ist und was falsch ist, Alles hat sie gesprochen. Alles ist ihre Schuld, Alles ist ihr Verdienst!"

Die Kraft der Sprache, den Spruchbüchern des Alten Testamentes nachgebildet, hat einen berückenden Zauber. Alle Gegensätze der Schöpfung sind scheinbar ausgeglichen. Das väterliche

---

Jemand sagt, die Substanz oder Wesenheit Gottes und aller Dinge sei eine und dieselbe: so sei er im Banne. Can. 4. Wenn Jemand sagt, die endlichen Dinge, die körperlichen sowohl als die geistigen, oder wenigstens die geistigen, seien ein Ausfluß der göttlichen Substanz; oder die göttliche Wesenheit werde durch Offenbarung oder Entwicklung ihrer selbst zu Allem; oder endlich, Gott sei das allgemeine oder unbestimmte Sein, welches dadurch, daß es sich selbst bestimme, die Gesammtheit aller Dinge mit ihren verschiedenen Gattungen, Arten und Einzelwesen bilde: so sei er im Banne." Katholischen Göthe-Freunden wäre auch zu empfehlen, die Schlußbemerkungen der Concils-Sitzung aufmerksam zu erwägen: es sei „nicht genug, die Verkehrtheit der Häresie zu vermeiden, wenn man nicht zugleich die Irrthümer sorgfältig flieht, welche mit jener in näherem oder entfernterem Zusammenhang stehen", also auch eine von häretischen Ideen durchsäuerte Poesie, wie z. B. den Faust.

Walten der göttlichen Vorsehung ist in manchen Zügen scheinbar
fromm, zart, andächtig aufgefaßt. Gerechtigkeit und Heiligkeit
verschwimmen vor dem Sonnenblick der Liebe und Seligkeit. Die
Natur zerfließt in dem ewigen, unendlichen Gott, der alles übrige
Sein umfängt und darüber hinausreicht, in unsterblicher Ruhe
alle Bewegungen verursacht und beherrscht, in unbesieglicher
Energie alle Thätigkeiten des Universums zum Ziele führt, in
stiller Weisheit alle Gegensätze des Creatürlichen vermittelt, in
grenzenloser Liebe alles Sein und Handeln zu Wohlthaten gestaltet, um alle Geschöpfe in wunderbarer Harmonie e i n e m Ziel
entgegenzulenken und, so weit sie dessen fähig sind, zu beseligen.
Die schönsten Züge der christlichen Gottesidee und Weltanschauung
hat Göthe zum Bilde seiner Natur herangezogen, aber sie auch
alle — alle pantheistisch entwerthet und vergiftet.

Gott und Natur, Natur und Mensch, Wesen und Erscheinung,
die Natur und ihre Werke, das Ewige und das Vergängliche,
das Unendliche und das Endliche, Geist und Materie, Leib und
Seele, die erhabenste Weisheit und die menschliche Thorheit, das
göttliche Genie und die plumpste Philisterei: Alles ist Eins —
ein ewiger Tanz in steter Gegenwart, ein Schauspiel für vernünftige Marionetten aufgeführt; doch ob der Herr dieses großen
Weltballets und dieser Weltkomödie selbst Vernunfterkenntniß besitzt — wissen wir nicht! Der freie Wille wird nicht ausdrücklich
geläugnet, aber äquivalent zum nothwendigen Triebe erklärt.
Wahrheit und Falschheit stehen sich gleich: Beides sind Worte
derselben ewigen, unwandelbaren Natur. Die ewige Seligkeit
wird weder ausdrücklich geläugnet, noch ausdrücklich anerkannt,
aber „ein paar Züge aus dem Becher der Liebe" entschädigen
„für ein Leben voll Mühe"; die Ehe ist ein frommer Wahn,
da es gleichgiltig ist, wer jenen Becher der Liebe reicht. Die
Heiligkeit und die Gerechtigkeit Gottes versinken im Abgrunde
eines ewigen Fatums; eine eiserne Nothwendigkeit zwingt den
Menschen, so zu sein, wie er ist; die ewige Wahrheit freut sich
an der Illusion, das Unnatürlichste ist Natur; auch der Dieb,
der Ehebrecher, der Mörder, der Straßenräuber kann wie der

Dichter getrost sich selbst absolviren, denn Alles thut die Natur: „Alles ist ihre Schuld, Alles ist ihr Verdienst!" Gott ist die Welt, und die Welt ist ein Weib, und dieses Weib hat als Künstlerin Alles mit „etwas Weichem" überzogen. Auf diesem latitudinarischen Kissen mag Jeder getrost ruhen, und wenn er schlecht liegt, sich das Leben nehmen.

Der innere Widerspruch, die grenzenlose Seichtheit, Unwürdigkeit und moralische Nichtswürdigkeit einer solchen Weltanschauung springt in die Augen. Den Pessimismus, zu dem sie nothwendig führt, nahm Göthe ganz ruhig mit in den Kauf. Als der Herzog von Gotha sehr trostlos über die Kränklichkeit seiner „Freundin" Madame Schneider war, schrieb Göthe an seine eigene „Freundin": „Ich habe es recht lebhaft gefühlt, daß ich im Stande wäre, in gleichem Falle meiner Geliebten Gift anzubieten und es mit ihr zu nehmen."[1]

Der „Becher der Liebe" aber reichte nur so knapp zum Schutze vor Selbstmord hin, daß Göthe am Ende seines Lebens kläglich aufseufzte:

„Im Grunde ist es nichts als Mühe und Arbeit gewesen, und ich kann wohl sagen, daß ich in meinen fünfundsiebzig Jahren keine vier Wochen eigentliches Behagen gehabt. Es war das ewige Wälzen eines Steines, der immer von Neuem gehoben sein wollte. Meine Annalen werden es deutlich machen, was hiermit gesagt ist. Der Ansprüche an meine Thätigkeit, sowohl von außen als innen, waren zu viele."[2]

Armer Tantalus, der den Ruf des Erlösers von sich stieß: „Kommt alle zu mir, die ihr mühselig und beladen seid. Ich will euch erquicken!"

---

[1] Schöll II. 43.   [2] Gespräche mit Eckermann. I. 70.

16. Geologische Phantasieen und osteologische Fatalitäten.

„O gewiß, es war eine süße Art der Naturforschung, wo Charlotte von Stein den Becher der Liebe kredenzte!"

Rudolf Virchow. Göthe als Naturforscher. S. 12

„Es hat keiner wie er (Göthe), indem er mit den scharfvernommenen Consonanten der Natur die kräftigsten Vokale der Menschenbrust vereinigte, den Ruf des achtzehnten Jahrhunderts in so vollem Klang austönen lassen: Retournons à la nature!"

Bratranek. Göthe's naturw. Bedeutung. LXXXIX.

Da Göthe für alle wissenschaftliche Theologie und Philosophie die entschiedenste Abneigung empfand, in historischen und Rechtsstudien kein Glück hatte, die große Politik nicht leiden mochte, so eröffnete sich neben seinen literarischen und künstlerischen Bestrebungen kein bedeutendes Feld geistiger Weiterbildung, als das der Naturwissenschaften. Dieses betrat er denn auch alsbald in der ersten Weimarer Zeit gleich Rousseau, Voltaire und Diderot, und er beschäftigte sich damit bis an's Ende seines langen Lebens, von 1776 an bis 1832. Wenn man Alles zusammenfaßt, was er in diesen 56 Jahren über Naturwissenschaft in Briefen und Aufsätzen geschrieben hat, so sollte man fast glauben, einen Naturforscher von Fach vor sich zu haben. Ja manche seiner Verehrer haben ihn sogar zu einem bahnbrechenden Entdecker gemacht, die Darwinisten sich darüber gezankt, ob er als einer der Vorläufer ihres großen Meisters zu betrachten sei, die Naturbelletristen ihn zu ihrem leuchtenden Vorbild, die Naturphilosophen zu einem strahlenden Gestirne des wahren Naturerkennens erhoben. Das ist indeß ein kleiner Unfug, da zwischen 1776 und 1832 die

Naturwissenschaften ganz unabhängig von Göthe in England, Frankreich, Deutschland und dem übrigen Europa die glänzendste Entwicklung genommen haben. Für uns kommt hier nur zunächst in Betracht, was er von 1776 bis zur italienischen Reise auf diesem Gebiete geleistet.

Bis 1780 war das so ziemlich Spielerei, Dilettanterie, Erholung. Er suchte sich bei Fachleuten über das Bergwerk in Ilmenau zu orientiren, die Metalle, Erdarten, Mineralien, Schichten u. s. w. kennen zu lernen, pflanzte in seinem Gärtchen Spargel, Rosen, pfropfte Bäume und pflegte Bienen, ließ Frau von Stein die verschiedenen Sorten von Moosen sammeln und interessirte sich um der Physiognomik willen auch um Menschen- und Thierschädel und deren Bestandtheile. Das Knochensystem hatte Lavater selbst schon vor ihm als Grundlage seiner beliebten Modewissenschaft erkannt [1].

Bedeutendere naturwissenschaftliche Werke werden anfänglich in seinen Aufzeichnungen nicht erwähnt. Es war auch kaum Zeit zum Lesen. Nachdem er fast fünf Jahre in den Bergen von Thüringen herumgestrichen, meldete er der Frau von Stein:

„Wir sind auf die hohen Gipfel gestiegen und in die Tiefe der Erde eingekrochen und möchten gar zu gerne der großen formenden Hand nächste Spuren entdecken. Es kommt noch gewiß ein Mensch, der darüber klar sieht. Wir haben recht schöne große Sachen entdeckt, die der Seele einen Schwung geben und sie in der Wahrheit ausweiten." [2]

Was er aber entdeckte, ist nicht zu ermitteln. Man darf die Entdeckung wohlgemuth als eine poetische oder naturphilosophische Grille betrachten. Er hatte indeß mit Hilfe der Freunde und Freundinnen (auch diese mußten Steine sammeln) eine erkleckliche Anzahl Steine und Stufen zusammengebracht, und glücklich fand sich endlich auch ein junger Mensch, der auf der Akademie zu Freiberg das Bergfach studirt hatte, die Namen wußte und die angelegte

[1] Virchow, Göthe als Naturforscher. Berlin 1861. S. 80 ff.
[2] Schöll I. 334.

Sammlung in Ordnung bringen konnte. Er hieß Johann Karl
Wilhelm Voigt [1]. Da er nicht, wie Göthe, seine Jugend verbummelt hatte, so besaß er „eine außerordentlich reine Nomenclatur“ und „eine ausgebreitete Kenntniß des Details“, die Göthe
von größtem Nutzen war. Nun konnte man sofort zur Bewunderung der Welt als naturwissenschaftlicher Schriftsteller auftreten.
Voigt wußte das Detail, Göthe das „Ganze“; jener hatte das
Wissen, er den Stil.

„Ich habe mich diesen Wissenschaften,“ so schrieb er an Merck
(11. October 1780), „da mich mein Amt dazu berechtigt, mit
einer völligen Leidenschaft ergeben und habe, da Du das An-
zügliche davon selbst kennst, eine sehr große Freude daran ...
Habe die meisten Stein- und Gebirgsarten von allen diesen Gegenden beisammen und finde in meiner Art zu sehen das Bißchen
Metallische, das den mühseligen Menschen in die Tiefen hinein-
lockt, immer das Geringste. Durch dieses Alles zusammen und
durch die Kramereien einiger Vorgänger bin ich im Stande einen
kleinen Aufsatz zu liefern, der gewiß interessant sein soll. Ich
habe jetzt die allgemeinsten Ideen und gewiß einen reinen Begriff, wie Alles aufeinander steht und liegt, ohne Prätension,
auszuführen, wie es auf einander gekommen ist. Da ich einmal
nichts aus Büchern lernen kann, so fang ich jetzt erst an, nachdem ich die meilenlangen Blätter unserer Gegenden umgeschlagen
habe, auch die Erfahrung Anderer zu studiren und zu nutzen.“ [2]

Hätte er etwas aus Büchern lernen können, so würde er bald
gewahr geworden sein, daß redliche, mühsame Forschung schon
längst mit ernster Gewissenhaftigkeit auf dem Gebiete arbeitete,
in das er sich kometenhaft hineinwarf, um neben Singspielchen
und Kriegscommissionsacten auch ein geognostisches Aufsätzchen

---

[1] Nicht zu verwechseln mit Christian Gottlob von Voigt, der
1777 als Regierungsrath nach Weimar berufen wurde und von da
an zu Göthe's Generalstab zählte. S. C. Jahn, Göthe's Briefe
an Voigt. Leipzig 1868. S. 18 ff.

[2] Wagner, Briefe an Merck. 1835. S. 267.

zu liefern. Schon 1756 hatte der preußische Bergrath Lehmann als Ergebniß langjähriger praktischer Untersuchungen seinen „Versuch einer Geschichte von Flötzgebirgen" in Berlin herausgegeben[1]. Der Versuch, „der großen formenden Hand nächste Spuren zu entdecken", war also schon vor zwanzig Jahren in der Nachbarschaft gemacht, allerdings nicht träumerisch genial und arrogant, sondern praktisch bescheiden von einem geduldigen Fachmann. Auch die Gebirge von Thüringen hatten längst ihren Geognosten gefunden, bevor Göthe den Namen der Frau von Stein an der Höhle von Hermannstädt eingrub. In Manebach, Ilmenau und dem ganzen Revier war bereits der Hofmedicus J. Chr. Füchsel zu Rudolstadt herumgestreift, hatte nach langen, umfangreichen und beschwerlichen Untersuchungen ein geognostisches System zu geben versucht und dasselbe in den Acten der Erfurter Akademie veröffentlicht[2]. Quenstedt findet in seinem systematischen Entwurf, in seinen Bemerkungen über Gesteinsbildung und in seinen praktischen, technologischen Seitenblicken auf Berg- und Ackerbau die „gesunden Anfänge einer neuen Wissenschaft". 1778 gab Wilh. von Charpentier eine mineralogische Geographie der kursächsischen Lande nebst einer geognostischen Karte heraus, welche es dem Dilettanten ermöglichte, sich auf seinen Spazierritten zu orientiren[3]. Fast gleichzeitig waren in Frankreich Buffons Epoques de la Nature[4] erschienen, ein grandioses System der gesammten kosmischen Entwicklung, das, auf die umfassendsten naturwissenschaftlichen Kenntnisse gestützt, der Geschichte unseres Planeten das Walten eines Centralfeuers zu Grunde legte. Im Gegensatz zu ihm betrachtete Abraham Gottlob Werner, fast in

---

[1] **Lehmann**, Versuch einer Geschichte von Flötzgebirgen. Berlin 1756.

[2] Actorum Acad. Elector. Mogunt. scient. util. quae Erfordiae est. Erfurt. 1761. Tom. II. p. 45—254.

[3] **Charpentier**, Mineralogische Geographie der Kursächsischen Lande. Leipzig 1778.

[4] **Buffon**, Les époques de la Nature. 2 Vol. Paris 1780. — Histoire des minéraux in seiner Histoire naturelle. Paris 1749—1788.

gleichem Alter mit Göthe und seit 1775 Lehrer an der Berg=
akademie zu Freiberg, den Ocean als den Quell der gesammten
Erdbildung. Er war indeß mehr Mineraloge als Geologe, leistete
Vorzügliches in der Beschreibung und Unterscheidungslehre der
Mineralien, trennte zuerst in seinen Vorträgen die Oryktognosie
oder Mineralogie von der Geognosie und docirte letztere als ge=
sonderten Wissenszweig[1]. Bei diesem Werner, dem „Vater der
Geognosie", hatte der junge Voigt Nomenclatur und Detail ge=
lernt; daher war es jetzt möglich, auch „ohne Bücher" Mineralogie
und Geognosie zu treiben.

Große Anerkennung verdient gewiß die allseitige Wißbegier
Göthe's, sowie, daß er die weitere Ausbildung und Thätigkeit
des jungen Voigt unterstützte, durch ihn eine mineralogische Be=
schreibung von Weimar, Eisenach und Jena machen ließ, die
Karte Charpentiers „vom Harz bis an den Fichtelberg, von dem
Riesengebirge bis an die Rhön" erweitern lassen wollte, ja sogar
eine mineralogische Karte von ganz Europa in Aussicht nahm.
Doch faßte er die Sache wohl etwas jugendlich=dilettantisch auf,
wenn er an Merck schrieb:

„Laß Dir doch etwa nur eine Homannische Charte durch=
zeichnen und trage mit Charpentiers Zeichen darauf die Gebirgs=
arten ein, wie du sie erfährst. Es ist das sicherste Mittel, bald
Begriffe von dem Ganzen zu kriegen. Ich habe große Lust, bald
eine mineralogische Charte von ganz Europa zu veranstalten, was
man mit weniger Arbeit (!) schon gegenwärtig im Allgemeinen
wird machen können. Man läßt nur eine Anzahl Exemplare
abdrucken und kann je mehr man erfährt und zusammenträgt,
auf der Platte nachstechen lassen."[2]

Wo er die zuverlässigen Detailbeobachtungen, auf die doch

---

[1] Werner, Abr. Gottl., Von den äußerlichen Kennzeichen der
Fossilien. Leipzig 1774. — Kurze Classification und Beschreibung
der Gebirgsarten. 4°. Dresden 1782. Uebersetzung von Cronstedts
Mineralogie. 1. Th. Freiberg 1780.

[2] Wagner. 1835. S. 308. 309.

Alles ankommt, mit ſo wenig Arbeit hernehmen wollte, ſagt er nicht. Er erwähnt zwar die Arbeiten des Abbé Soulavie [1], nach deſſen Angaben er vielleicht Südfrankreich in ſeine Karte ein= zuzeichnen beabſichtigte; aber da er ſofort an Soulavie und Buffon herumkritiſirt, rothen Porphyr aus Granit entſtehen läßt, ſo muß das Kartenproject als ein ziemlich kühnes erſcheinen, zumal Göthe noch beifügt:

„Ich habe zu wenig Zeit zu leſen, und weiß alſo nicht, was man über dieſe Sache ſchon gedruckt hat. Wenn ich aber hie und da in einem Journale ſehe, ſo ſcheint mir doch, als wenn man mit allgemeinen und treffenden Ideen noch ziemlich zurücke ſei." [2] Eine ſehr wohlfeile Anſicht!

Dieſe europäiſche Karte wird übrigens nicht weiter erwähnt. Ein geognoſtiſches Tagebuch von der dritten Harzreiſe (8. Auguſt bis 10. September 1784) zeigt, daß Göthe in den acht Jahren ſeines mineralogiſchen Dilettantenthums etwas beobachten und ſeine Beobachtungen ſo gut aufzuzeichnen gelernt hatte, als ein Schüler an einer Bergakademie das auch etwa in einem Jahr lernen könnte. Der wiſſenſchaftliche Werth iſt ein höchſt geringer; Göthe überließ es ſpätgebornen Epigonen, die wenigen Aufzeichnungen drucken zu laſſen, die von ſachmänniſcher Arbeit längſt überholt ſind. Daß er ſich aber dennoch immer noch einbildete, als Ent= decker aufzutreten, zeigt einer ſeiner franzöſiſchen Briefe an Frau von Stein, worin er ſagt:

„Die Ideen, welche ich über die Bildung unſeres Erdballs erfaßt hatte, ſind trefflich beſtätigt und berichtigt worden, und ich kann ſagen, daß ich Sachen geſehen habe, die, mein Syſtem

---

[1] Soulavie, Giraud (ſüdfranzöſiſcher Abbé und Jakobiner), Géographie de la nature. 8°. Paris 1780. — Histoire naturelle de la France méridionale. Pt. I.: Les minéraux. 7 vol. Ib. 1780. — Chronologie physique des éruptions des volcans éteints de la France méridionale. Ib. 1782. — Les classes naturelles des minéraux et les époques de la nature correspondantes à chaque classe. St. Pétersb. 1785.

[2] Wagner. 1835. S. 370.

bestätigend, mich durch ihre Neuheit und Größe überraschten. Ich bin nicht verwegen genug zu glauben, daß ich das Princip gefunden habe, durch welches diese Erscheinungen existiren. aber ich werde eine Uebereinstimmung der Wirkungen an den Tag bringen, welche eine gemeinschaftliche Ursache vermuthen (!) lassen. und es wird alsdann die Sache tüchtiger Köpfe sein, dieselbe näher erkennen zu lassen." [1]

Sein System bestand also in einer „geheimnißvollen Harmonie", die sich wissenschaftlich noch nicht bestimmen ließ. Als er versuchte, dasselbe niederzuschreiben, kam er über die Einleitung nicht hinaus. Dieselbe ist ein phantastischer Dithyrambus auf den Granit, der lebhaft an seine Geniepredigten auf das Straßburger Münster erinnert, ein in Geognosie verkommenes Gedicht, ein in poetischem Dusel mißrathener Aufsatz. Er ließ ihn beim gänzlichen Ausverkauf liegen. Erst Hr. von Loeper hat ihn 1861 herausgegeben [2]. Es ist ein deutlicher Nachklang der Genieperiode, in welcher Bibel, Shakespeare, Straßburger Münster, Alles — Genie, nur Genie war. Im Granit glaubt der poetische Geognost dem Urgenie jetzt am nächsten gekommen zu sein:

„So einsam, sage ich zu mir selber, indem ich diesen ganz nackten Felsen hinabsehe und kaum in der Ferne am Fuße ein gering wachsendes Moos erblicke, so einsam, sage ich, wird es dem Menschen zu Muthe, der nur den ältesten, ersten, tiefsten Gefühlen der Wahrheit seine Seele eröffnen will. Ja, er kann zu sich sagen: Hier auf dem ältesten, ewigen Altare, der unmittelbar auf die Tiefe der Schöpfung gebaut ist, bring' ich dem Wesen aller Wesen ein Opfer. Ich fühle die ersten, festesten Anfänge unseres Daseins, ich überschaue die Welt, ihre schrofferen und gelinderen Thäler und ihre fernen fruchtbaren Weiden, meine Seele wird über sich selbst und über Alles erhaben und sehnt sich nach dem näheren Himmel. Aber bald ruft die brennende Sonne Durst und Hunger seine menschlichen Bedürfnisse zurück.

<hr>

[1] Schöll III. 93.
[2] Verzeichniß von Göthe's Handschriften. Berlin 1861. S. 23.

Er sieht sich nach jenen Thälern um, über die sich sein Geist schon hinausschwang, er beneidet die Bewohner jener fruchtbaren, quellenreichen Ebenen die auf dem Schutte und Trümmern von Irrthümern und Meinungen ihre glücklichen Wohnungen aufgeschlagen haben, den Staub ihrer Vorfahren aufkratzen und das geringe Bedürfniß ihrer Tage in engem Kreise ruhig befriedigen."

Voll von solchem Naturdusel streifte Göthe in den Bergen von Thüringen herum und schrieb für seine Hermannstädter Höhle die Verse:

„Felsen sollten nicht Felsen und Wüsten Wüsten nicht bleiben,
    Drum stieg Amor herab, sieh und es lebte die Welt.
Auch belebte er mir die Höhle mit himmlischem Lichte,
    Zwar der Hoffnung nur, doch ward die Hoffnung erfüllt [1].

So viel ich von Mineralogie und Geologie verstehe, ist es für sie gerade kein Vortheil, wenn sie zu poetisiren beginnt und wenn die Welt darin lebendig wird. Um indeß in Göthe's Beurtheilung in diesem Punkt nicht irre zu gehen, habe ich alles in diesen Gegenstand einschlägige Material meinem Freund und Ordensbruder P. L. Dressel, früherem Professor der Chemie in Maria-Laach und Quito, dem Verfasser einer preisgekrönten Schrift über den „Basalt" [2] und Geologen von Fach, vorgelegt und von ihm folgendes Urtheil über Göthe als „Geologen" erhalten:

„Göthe's Wirksamkeit als Geologe kann auf den Fachmann nur einen unerquicklichen Eindruck machen. Auf der einen Seite erkennt er in ihm eine vortreffliche Beobachtungsgabe und einen genialen Blick, der mit Leichtigkeit die Einzelheiten zu umfassen und zu ordnen, sowie für weittragende Schlüsse zu benützen verstand; auf der anderen Seite dagegen eine seltene Flatterhaftigkeit und ein unstetes Abspringen von einem Gegenstand auf den

---

[1] Schöll III. 07.

[2] L. Dressel, S. J., Die Basaltbildung (Natuurkundige Verhandelingen. Deel. XXIV.). Haarlem 1888. — Seine Schrift: Geognostisch-geologische Skizze der Laacher Vulkangegend. Münster 1871, wird von bedeutenden Fachautoritäten sehr geschätzt.

anderen, ohne ihn auch nur kräftig zu berühren, gepaart mit einer ebenso großen Sucht, von Allem Etwas zu wissen, Alles zu sammeln, Alles zu untersuchen, als Scheu vor jedem ernsten und soliden Studium und vor jedem beharrlichen Eindringen in die Forschung. So kam es denn, daß er bei den ausgezeichneten Gelegenheiten zu einer tiefen und ausgedehnten Orientirung im Fache, die seine Stellung ihm gewissermaßen aufdrängte, und bei der ihm eigenen Kunst glänzender Darstellung, die jeder seiner Arbeiten gewiß einen besonderen Vorrang verschafft hätte, doch Nichts von wirklichem, bleibendem Werthe zu Stande brachte. Seit 1776 damit beauftragt, den Betrieb des Ilmenauer Berg-werkes zu heben, 1777 mit der Leitung desselben betraut und 1780 an die Spitze der Bergwerk-Commission gestellt, kam er in die vielfachste Berührung mit tüchtigen, praktisch und theoretisch geschulten, erfahrungsreichen Männern, ausgedehnte Stein-, Mi-neralien- und Petrefacten-Sammlungen und die ganze damalige Literatur standen ihm offen, Reisen in geologisch merkwürdige Gegenden forderten seine Beobachtung heraus. Indessen aus Mangel an gediegenen Vorkenntnissen, ohne System und über-sichtliche Ordnung, ohne Schärfe und Klarheit in den freilich zahlreichen mineralogisch-geognostisch-geologischen Kenntnissen, die er pêle-mêle im Verkehr mit Andern und beim Herumflattern in der Natur, in Büchern und Schriften spielend sich angeeignet, ohne festes, bestimmtes Ziel, das seine Ideen geeint und geleitet hätte, spricht und schreibt er über Alles und Nichts, ist er voll gelungener Einfälle und kühner Erklärungsversuche, die ebenso schnell hingeworfen als wieder verlassen werden; trägt er sich mit weittragenden Vorschlägen, Plänen und Projecten zur Reformation der Wissenschaft, ohne je einen ernstlich in Angriff zu nehmen; kritisirt er über Alles mit hoher Kennermiene, beschränkt sich aber wohlweislich auf kurze, allgemeine, oberflächliche Bemerkungen, sich wohl hütend, nach Kennerart die Sache scharf und gründlich, allseitig und im Detail zu fassen. Kein Wunder, wenn bei alle-dem hie und da neben den unnützen Gedankensplittern auch der eine oder andere gute Span abfiel, von dem es aber bei seinen

Zusammenarbeiten mit Anderen noch schwer zu ermitteln sein wird, ob er sein eigenes Product ist.

„Unter den Dilettanten der Geologie mag gewiß auch Göthe einen bevorzugten Platz einnehmen, unter die Fachleute gehört er nicht und noch weniger zu den Männern, die irgendwie bahnbrechend auf diesem Gebiete aufgetreten sind. Deßhalb war es auch kein Mangel an Gerechtigkeit, „wenn die Wissenschaft die Würdigung, die sie den auf ihrem Boden erwachsenen Männern spendet, dem Dichter vorenthalten hat‘.

„Im Obigen wurde nicht der Maßstab, nach dem wir heute messen, angelegt, sondern derjenige der Göthe'schen Zeit. Um das, was man schon damals für gute Methode, richtige Arbeit, erfolgreiches Wirken hielt, kennen zu lernen, sehe man nur auf seine Zeitgenossen, den Freiberger A. G. Werner (1750—1817), den Schweizer H. de Saussure (1740—1799), den Franzosen Dolomieu (1750—1801) oder auch nur auf die Vorgänger, einen J. G. Lehmann (gest. 1767), der 1756 schon zuerst mit Bestimmtheit die Ansicht vertheidigte, daß die Formationen sich überall in derselben Reihenfolge überlagerten, und auf einen Füchsel, der 1762 mit großer Genauigkeit die Erdschichten in Epochen und Formationen schied, Süßwasser- und Meeresformationen sehr gut auseinanderhielt, der auch die erste wirklich geologische Karte sammt Gebirgsdurchschnitten verfertigte und darauf die Grenzen der Formationen in dem Sinne angab, wie wir sie heute noch auffassen."[1]

Fast gleichzeitig wie auf Geognosie warf sich Göthe auch auf Osteologie. Freund Merck trieb diese Liebhaberei; warum sollte er sie nicht auch treiben können? Die Physiognomik drängte dazu, die Lust am Zeichnen auch. Die Gesichtszüge waren von den Muskeln, diese von den Knochen bedingt. Also ließ er sich von Lober, dem Professor der Anatomie in Jena, acht Tage lang (Ende October 1781) Knochen- und Muskellehre erklären. Nun

---

[1] Vgl. Karl Vogt, Lehrbuch der Geologie. 2. Aufl. II. Bd. S. 735, woselbst Lehmanns Werk irrig 1730 datirt ist.

wußte er schon genug, um selbst Anatomie zu dociren. Obwohl er um diese Zeit neben seinen Liebesromanen Latein, Italienisch, Mineralogie und Gemäldesammeln betrieb, sich mit Egmont plagte, in Erfurt, Eisenach, Wilhelmsthal und Gotha herumflankirte, ein Zauberspiel für's Liebhabertheater zurechtmachte, ein Kästchen malte, sich eine neue Wohnung miethete, die „dicke Haut mehrerer Personen durchbrach", über des Herzogs „kostspielige Ausschweifungen" Sorge und Kummer hatte [1], eröffnete er Mitte November für die Lehrer und Schüler der Weimarer Zeichenschule eine Reihe von Vorlesungen über den Knochenbau des menschlichen Körpers, um seine Zuhörer, wie er sagt, auf das Merkwürdige dieser einzigen Gestalt zu führen und sie dadurch auf die erste Stufe zu stellen, das Bedeutende in der Nachahmung sinnlicher Dinge zu erkennen zu suchen.

„Zugleich," fährt er fort, „behandle ich die Knochen als einen Text, woran sich alles Leben und alles Menschliche anhängen läßt, habe dabei den Vortheil, zweimal die Woche öffentlich zu reden und mich über Dinge, die mir werth sind, mit aufmerksamen Menschen zu unterhalten, ein Vergnügen, welchem man in unserm gewöhnlichen Welt-, Geschäfts- und Hofleben ganz entsagen muß." [2]

Alsbald fing er nun auch an, Knochen und Skelette zu sammeln, zu studiren, zu präpariren, zu zeichnen oder zeichnen zu lassen, die Terminologie zu lernen und Vergleichungen anzustellen. Der Herzog interessirte sich gleich für die Sache und half Knochen sammeln. Die hauptsächlichste Hülfe aber gewährte Merck, der selbst bereits eine ansehnliche Sammlung besaß und mit hervorragenden Naturforschern wie Sömmering, Camper und Forster in brieflichem Verkehr stand. Anstatt junger Hofdamen wurden jetzt Elephantenschädel und Mammuthsknochen abgezeichnet. Im Herbst 1782 war Göthe so weit, daß er die Knochen und Knöchelchen des menschlichen Skeletts an den Fingern hersagen und

---

[1] Keil, Tagebuch. S. 247.
[2] Hirzel, Briefe an Lavater. S. 136. 137. Virchow a. a. C.

analog dazu auch die Thierskelette zu erklären wußte; doch bat er Merck:

„Versäume ja nicht, mir von Deinen Untersuchungen und Entdeckungen zu schreiben; denn ich weiß immer nicht, wo mir der Kopf steht und kann nur Seitenblicke auf diese interessanten Gegenstände werfen.“ [1]

Der früher gegen Professoren so souverän hochmüthige Sprudelkopf hieß im April 1783 sehr freundlich den Naturforscher Blumenbach in Weimar willkommen, machte ihm eine Gegenvisite, wollte in Göttingen sogar alle Professoren der Reihe nach besuchen, suchte persönlich Forster und Sömmering in Kassel auf und wollte sogar Holländisch lernen, um mit dem Leydener Professor Camper in gelehrte Beziehung zu treten. Es war ihm entschieden darum zu thun, in das corpus doctum aufgenommen zu werden und sich durch eine „Entdeckung“ und deren wissenschaftliche Begründung als Gelehrter zu habilitiren. Die Entdeckung war im März 1784 bereits gemacht, er kündigte sie unter strengem Geheimniß der Frau von Stein und seinem Freunde Herder an, Merck aber ließ er vorläufig noch nichts davon gewahren. Noch im April schrieb er ihm: „Ich habe die Zeit über Verschiedenes in Anatomicis, wie es die Zeit erlauben wollte, gepfuscht, wovon ich vielleicht ehestens etwas werde produciren können.“ Er zog sich nach Jena zurück und wollte mit Lobers Hilfe rasch einen Aufsatz über die Entdeckung schreiben. Es ging aber nicht so schnell. Erst Mitte December konnte der kleine Aufsatz in doppelter Abschrift, deutsch und lateinisch, an Merck abgesandt werden, der ihn zur Begutachtung weiter an den Professor Camper befördern sollte [2]. Der Aufsatz ist überschrieben: „Dem Menschen wie den Thieren ist ein Zwischenknochen der obern Kinnlade zuzuschreiben.“ [3]

----

[1] Wagner, Briefe an Merck. 1835. S. 376.

[2] S. Wagner, Briefe an Merck. 1835. S. 421. 422. 426. 429. 430. 439. 444. 445. 448. — Schöll, Briefe an Frau v. Stein. II. 343. III. 31. — Aus Herders Nachlaß. I. 75.

[3] Göthe's Werke (Hempel). XXXIII. 221.

Längst vor Göthe hatten die Osteologen und Anatomen wahr-
genommen, daß der Oberkieferknochen bei den Vierfüßern nicht
aus Einem Stück besteht, sondern daß jener Theil desselben, in
welchem die Schneidezähne stecken, von dem übrigen durch deutliche
Nähte getrennt ist. Dieses Stück nannten sie Zwischenkieferknochen (os intermaxillare, oder incisivum, oder labiale). Am
Skelett des ausgewachsenen Menschen dagegen erscheint dieser
Knochen nicht isolirt. Nur eine „außergewöhnliche Nahtspur als
Ueberbleibsel embryonaler Bildungszustände des Knochens“ findet
sich nicht selten am Oberkiefer hinter den Schneidezähnen[1]. Für
die beschreibende Anatomie des Menschen ist der Zwischenkieferknochen deßhalb noch heute nur von untergeordnetster Bedeutung.
Noch lange nach Göthe's „Entdeckung“ erklärte Cuvier[2] gerade
heraus, daß er dem Menschen fehle, und legte auch für die vergleichende Anatomie wenig Gewicht darauf. „Diese Verschiedenheit zwischen den Menschen und den Säugethieren ist,“ sagt er,
„im Grunde nicht beträchtlich; denn die Naht, welche diesen
Knochen vom Oberkieferbeine trennt, findet sich beim menschlichen
Fötus und verschwindet bei manchen Vierfüßern ziemlich früh.“
Selbst die „Entwicklungsgeschichte“ hat das selbständige Auftreten
eines os intermaxillare noch nicht mit voller Sicherheit fest-
gestellt. Die theilweise Trennung desselben vom Oberkiefer bei
Embryonen von 10 Wochen spricht indeß „entschieden zu Gunsten
der Annahme einer selbständigen Entstehung des os intermaxillare“, so lautet das competente Resultat der heutigen Fachgelehrten[3]. Im Uebrigen kennt man heutzutage homologe Bil-
dungen dieser Art so manche, daß der Fall mit dem Zwischenkiefer
nur noch geschichtliche Bedeutung hat; hier wird er aber um so
wichtiger, weil er für Göthe zur Veranlassung wurde, den Men-

[1] J. Hyrtl, Lehrbuch der Anatomie des Menschen. Wien 1867.
S. 200.

[2] Cuvier, Vorlesungen über vergleichende Anatomie. Herausg.
von Duméril, übers. von J. F. Meckel. Leipzig 1809. I. 57.

[3] A. Kölliker, Entwicklungsgeschichte des Menschen und der
höheren Thiere. Leipzig 1879. S. 475.

schen in verwandtschaftliche Beziehung zu den Thieren zu setzen. In diesem Sinne ist er denn von manchen Darwinisten eifrig ausgebeutet worden, während die anatomische Wissenschaft im Uebrigen andauernd ziemlich kühl gegen seine „Entdeckung“ blieb [1].

Weßhalb er selbst der Entdeckung eine so ausnehmende Wichtigkeit beimaß, darüber deuten seine Briefe drei hauptsächliche Motive an. Als er Merck am 6. August um den Schädel seiner Myrmetophaga bat, fügte er erläuternd bei: „Ich brauche ihn zu meiner Inauguraldisputation, durch welche ich mich bei Eurem docto corpore zu legitimiren gesonnen bin.“ [2] Ein zweites Motiv enthält der Brief, in welchem er Herder seinen Fund mittheilt: „Es soll Dich auch recht herzlich freuen; denn er ist wie der Schlußstein zum Menschen, fehlt nicht, ist auch da! Aber wie? Ich habe mir's auch in Verbindung mit Deinem Ganzen gedacht, wie schön es da wird.“ [3] Näher erklärt er das in einem Briefe an Knebel, der zugleich ein drittes Motiv andeutet:

„Ich habe mich enthalten, das Resultat, worauf schon Herder in seinen Ideen deutet, schon jetzo merken zu lassen, daß man nämlich den Unterschied des Menschen vom Thier in nichts Einzelnem finden könne. Vielmehr ist der Mensch aufs Nächste mit den Thieren verwandt. Die Uebereinstimmung des Ganzen macht ein jedes Geschöpf zu dem, was es ist, und der Mensch ist Mensch so gut durch die Gestalt und Natur seiner obern Kinnlade als

---

[1] Vgl. Häckel, Anthropogenie. Leipzig 1877. S. 610 ff. — H. Helmholtz, Populär-wissenschaftliche Vorträge. Braunschweig 1876. I. Heft. S. 35. — Bratranek, Göthe's Naturwissenschaftl. Correspondenz. Leipzig 1874. Einleitung. — Otto Vogel, Häckel und die monistische Weltanschauung. Leipzig 1877. S. 24. — Wigand, Der Darwinismus. Braunschweig 1876. II. 432. 433. — Oskar Schmidt, War Göthe ein Darwinianer? Graz 1871. — Koßmann, War Göthe ein Mitbegründer der Descendenztheorie? Heidelberg 1877. Letztere Frage läßt sich mit ausschließlicher Rücksicht auf die erste Weimarer Periode nicht erledigen.

[2] Wagner, Briefe. 1835. S. 430.

[3] Aus Herders Nachlaß. I. 75.

durch Geſtalt und Natur des letzten Gliedes ſeiner kleinen Zehe
Menſch. Und ſo iſt wieder jede Kreatur nur ein Ton, eine
Schattirung einer großen Harmonie, die man auch im Ganzen
und Großen ſtudiren muß, ſonſt iſt jedes Einzelne ein todter
Buchſtabe."[1] Der Freude über die Erweiterung ſeiner geſammten
Naturanſchauung geſellt ſich hier der Widerſpruch gegen jene
Fachmänner, welche, wie Blumenbach und Sömmering, das an-
gebliche Fehlen des Zwiſchenkieferknochens beim Menſchen als
einen höchſt wichtigen Unterſchied des Menſchen vom Aſſen be-
tonten. Unter vielen Bücklingen und Höflichkeitsformen machte
Göthe hier entſchieden Revolution gegen die damalige Fachwiſſen-
ſchaft auf dieſem Gebiete.

Was den letzten Punkt betrifft, ſo hat Göthe einen durchaus
richtigen Griff gethan. Die Fachmänner, welche den erwähnten
Knochen in Abrede ſtellten, hatten nicht genug oder nicht mit
der nöthigen Genauigkeit beobachtet. Er war da, wenigſtens
beim menſchlichen Fötus. Göthe hat ihn zuerſt nachgewieſen
Die Priorität iſt ihm nicht beſtritten worden. Anders iſt es mit
dem zweiten Punkt. Auch hier gebührt ihm ein Verbienſt, daß
er von einer bloß äußerlichen Naturbetrachtung auf das Plan-
mäßige, Einheitliche in der Natur, auf eine Naturordnung und
zwar eine natürliche Anordnung der Natur hinlenkte; allein
hierin hat er durchaus nicht das Verbienſt der Priorität. Daß
der Unterſchied des Menſchen vom Thiere ſich nicht auf einige
Differenzen der organiſchen Entwicklung gründet, daß der Menſch
dem Leibe nach auf's Nächſte mit den Thieren verwandt iſt, daß
er inſofern ganz innerhalb der ſichtbaren Schöpfung ſteht und
ihr eingegliedert iſt, das hat ſchon Ariſtoteles[2] gewußt. In die

---

[1] Guhrauer, Briefe an Knebel. I. 55.
[2] Vgl. Arist. Hist. anim. VIII. 1. 588 b. 4 sqq. De part. anim.
IV. 5. 681. a. 12. ib. II. 10. 655. b. 37 sqq. Gen. anim. I. 23,
731. a. 24. Hist. anim. IX. 1. 608. b. 5. — De gen. anim. II.
4. 737. b. 26 ſagt er: ἔστι δὲ τὰ τέλεια ζῷα πρῶτα, τοιαῦτα δὲ τὰ
ζῳοτοκοῦντα, καὶ τούτων ἄνθρωπος πρῶτον.

Harmonie, welche die verschiedenen Reihen der lebendigen und leblosen Wesen zum sichtbaren Ganzen vereint, ist der große Peripatetiker viel tiefer eingedrungen, als Göthe, soweit man aus den zerstreut hingeworfenen und vagen Aeußerungen des letztern sich ein Urtheil bilden kann. Das große Gesetz der Continuität, das Göthe nur unbestimmt andeutet, hat Albert der Große und der hl. Thomas viele Jahrhunderte vor ihm mit philosophischer Präcision formulirt[1]. Die Absicht des Schöpfers, die Materie in immer vollkommenerer Gestalt bis zum Menschen empor-zuheben, haben diese vielgeschmähten Scholastiker viel deutlicher und klarer erklärt. Was an den Grundzügen von Göthe's Naturanschauung Richtiges ist, kann man, ohne Beimischung seiner pantheistischen Irrthümer, Alles schon bei ihnen fin-den[2]. Mit Rücksicht auf eine philosophische Naturerklärung maß

[1] Alb. Magnus, De animalibus. Lib. II. Tr. 1. c. 1. Natura non facit distantia genera, nisi faciat aliquid medium inter ea: quia natura non transit ab extremo in extremum nisi per medium. S. Thom. c. g. l. 2. c. 68. Summ. Th. I. q. 71. a. 1. ad 4. In Bezug auf Albert d. Gr. anerkennt Virchow, daß er das Gesetz der Continuität ausgesprochen. Göthe als Naturforscher. Berlin 1861. S. 121. 122.

[2] „Die Natur liebt die Ordnung und bleibt sich beständig. Sie steigt von dem Unvollkommeneren zu dem Vollkommeneren empor. — Das höchste Glied einer niedern Wesensreihe berührt das niederste der nächstfolgenden höheren (die Natur macht keine Sprünge). Die Werke der Natur vollziehen sich immer in derselben Weise, wenn nichts Hemmendes dazwischen tritt. — Die Natur unterscheidet das Ganze in Theile und ordnet dieselben nach Raum und Zweck. — Sie thut nichts vergeblich. Sie liebt das Einfache, vollzieht nicht durch Mehrere, wozu Einer hinreicht. — Sie liebt die Einheit, führt viele Thätigkeiten auf eine Fähigkeit, viele Fähigkeiten auf eine Wesenheit zurück. — Die Natur handelt nicht zufällig, sondern nach Absicht. Sie läßt es nicht am Nothwendigen fehlen, im Ueberfluß hält sie Maß. — Die Natur zieht das Nothwendige der Schönheit vor. Alles thut sie aus Nothwendigkeit oder um höherer Vervoll-

er deßhalb seinem Zwischenkieferknochen eine viel zu große Bedeutung bei.

Was Göthe mit seiner Entdeckung aber hauptsächlich erhoffte,
von den Naturforschern nämlich als gelehrter College und Fachmann bewillkommt zu werden, das erreichte er nicht[1]. Sömmering,
dem Merck den Aufsatz zuerst mittheilte, schickte ihn den 27. Jan.
mit der Bemerkung zurück: „Hier ist Göthe's in manchem Betracht
sehr artiger Aufsatz. Die Hauptidee hatte schon Blumenbach.“
Die eigentliche Trennung der Knochen und ein nachheriges Ver-
wachsen der Grenzen läugnete er geradezu.

„Ich habe nun Kinnbacken von Embryonen von 3 Monaten
bis zum Adulto vor mir, und an keinem ist jemals eine Grenze
vorwärts zu sehen gewesen. Und durch den Drang der Knochen
gegen einander die Sache zu erklären? Ja, wenn die Natur
als ein Schreiner mit Keil und Hammer arbeitete!“ Die lateinische Terminologie, in welcher Göthe mit Lobers Hilfe das os
intermaxillare zu beschreiben sich abgemüht und die offenbar
einen gelehrten Eindruck machen sollte, brachte den entgegengesetzten
Eindruck hervor. Sie erregte Sömmerings Heiterkeit. „Und
die tabula terminorum — sieht sie nicht ein wenig schulfüchsig
aus? Sie kostete ihm Schwierigkeit. Freilich! Aber wozu nützt
sie? In Ihrem Coiter finden Sie ähnliche.“

Göthe selbst meldete bald darauf an Merck: „Von Sömmering

---

kommung willen. Sie ist reich und freigebig in ihren Mitteln,
häuft die Dienstleistungen ihres Haushalts nicht sparsam auf Einen,
sondern stellt für jedes ihrer Aemter einen eigenen Diener an. Sie
kennt viele Wege zum selben Zweck. Sie sucht ihre Werke zu ver-
ewigen, soweit es möglich ist, und erreicht es wenigstens in der
Erhaltung der Arten. Sie ist unermüdlich für ihre Erhaltung und
Vervielfältigung besorgt. Sie freut sich an der Mannigfaltigkeit
und verleiht den Individuen die möglichste Verschiedenheit, um die
Schönheit des Universums zu steigern.“ Vgl. diese Axiome zusammengestellt bei T. Pesch, Instit. Philos. Naturalis. Friburgi
1880. p. 353. 354.

[1] Vgl. Wagner, Briefe an Merck. 1835. S. 438.

habe ich einen sehr leichten Brief. Er will mir's gar ausreden. Ohe! —"[1]

Ein tiefer Seufzer. Noch schlimmer ging es bei Peter Camper, an den der Aufsatz noch im Januar 1785 weiter befördert werden sollte. Doch gerieth er vorher in verschiedene andere Hände und gelangte erst im September an Camper, eine harte Prüfung für Göthe. Camper ließ die Entdeckung höchst grausam abbüßen.

Den Eifer, mit welchem er selbst an die Prüfung der Schrift herantrat, verglich er zwar mit dem Eifer der obscönsten Neugier. Den beigelegten Zeichnungen aber, auf welche Göthe die höchste Sorgfalt hatte verwenden lassen und auf die er sich nicht wenig zu Gute that, sprach er gerade die Hauptvorzüge ab, auf die es ankam, richtige Perspective und Schattirung, und bedankte sich humoristisch für die Ehre, daß Göthe diese Methode zu zeichnen, die Camper'sche genannt hatte. Die Handschrift des Manuscripts lobte er als überaus schön und elegant; die lateinische Uebersetzung dagegen tadelte er als stellenweis unverständlich. Schon der lateinische Titel Specimen war unrichtig und bedurfte der Correctur. Die Abhandlung selbst fand er gut; aber was sie beweisen sollte, stellte er in Abrede: „J'avoue qu'il a poursuivi ces os parfaitement bien; mais je ne puis pas l'avouer dans l'homme." Dann fragte er, was er damit anfangen sollte: „Garder, renvoyer, faire imprimer, examiner, indiquer, corriger, rendre l'âme aux dessins froids etc.?" Drei Tage später schrieb er wieder an Merck, dießmal etwas freundlicher; er hatte den Verfasser errathen, nannte das Buch jetzt ein „schönes Buch" und anerkannte, daß Göthe den Zwischenkieferknochen am Walroß nachgewiesen habe; aber am Menschen läugnete er ihn noch beharrlich. „Ich habe," sagt er, „zuerst eine Anzahl Kieferknochen am Fötus, dann von Neugebornen verschiedenen Alters, besonders von 3—4 Jahren, untersucht . . . Ich finde ihn nicht und behaupte drum wie früher: wir haben ihn nicht." Dasselbe wiederholte er am 21. März 1786, mit

___

[1] Ebd. S. 440.

der Erklärung, daß er Göthe's Schrift nicht drucken lassen könne.
„Die Tafeln würden zu viel kosten, Niemand würde sie übernehmen, und die Sache selbst ist für die Wissenschaft nicht interessant genug."[1]

Hiermit war Göthe's Inauguraldissertation durchgefallen, die
Gelehrten nahmen ihn nicht in ihre Zunft auf. Der Schlag
war um so härter, als ihn seine Stellung augenblicklich nach
keiner Seite hin mehr befriedigte und er gerade in der Naturwissenschaft eine Art Panacee gegen seine übrigen Verdrießlichkeiten gesucht hatte. Wieland machte zu diesen Freuden und
Leiden des empirischen Naturbeobachters folgende humoristische
Bemerkungen[2]:

„Was Eure Elephantenknochen und Meerwunder betrifft,
dafür, ich gestehe es, hat mir Madre Natura den Sinn ver-
sagt, der dazu erfordert wird; indessen begreife ich doch ungefähr
die Möglichkeit, wie ein übrigens ganz vernünstiger Mann,
posset qui rupem et puteum vitare patentem, ein ebenso
großes Belieben daran finden kann, 8 Tage lang in einen Wal-
fischkopf zu gucken, um die Entdeckung zu machen, daß die Nasen-
löcher in der Nase sitzen, als unser einer einen ganzen Tag und
oft wohl noch einen halben dazu, mit Hintansetzung seiner Familie,
Freunde, Correspondenten, Nachbarn und besgleichen, an Aus-
rundung einer achtzeiligen Stanze zu arbeiten. Ich gestehe sogar
die Wichtigkeit jener Entdeckung aus vollem Herzen zu, und bin
gänzlich überzeugt, daß es ganz anders mit dem menschlichen
Wesen stehen würde, wenn es einmal dazu käme oder kommen
könnte, daß die Leute, sonderlich die gelehrten Herrn, die Nasen-
löcher u. s. w. nirgends suchten, als wo sie natürlicherweise sitzen,
und wo sie jeder Bauer suchen würde."

---

[1] Ebd. S. 460 ff. 469 ff. 481 ff.
[2] Ebd. S. 443.

17. Allgemeine Ernüchterung. Gesammelte Werke.

1785. 1786.

„Mit wem soll ich fahren, ohne Langeweile zu empfinden? Die Staël hat einst ganz richtig zu mir gesagt: Il vous faut de la séduction.“

Göthe.

„Das gespannte, zum Theil gedrückte Leben hatte im Laufe der Zeit zu viele Falten in seine Seele geschlagen.“

Düntzer.

Um Göthe's Lage in den Jahren 1785 und 1786 zu verstehen, muß man an die Geniezeit zurückdenken, wo er in ein paar Wochen seinen „Götz“, in ein paar Monaten seinen „Werther“ schrieb, gleichzeitig einen Cäsar, einen Mahomet, einen Ewigen Juden, einen Prometheus plante und unter den buntesten Zerstreuungen, wenn auch keinen vollendeten Faust, so doch die „Gretchen-Tragödie“ gleichsam spielend auf's Papier warf. Das waren Zeiten! Er kam sich selbst und den Andern wie ein Götterliebling vor.

Nun war er schon zehn Jahre in Weimar, in viel lustigeren Zerstreuungen als ehemals, in viel verwickelteren Liebeshändeln als zuvor, in der buntesten Mannigfaltigkeit weltlichen Treibens, mit Menschen aller Stände in lebendigem Verkehr, in alle Geheimnisse des Lebens eingeweiht, Dilettant in sämmtlichen Künsten und Wissenschaften, der erste Mann im Gewühle des Hofes — und wenn er nur wollte, auch ein beschaulicher Dichter in stiller Garteneinsamkeit, umgeben von allen Anregungen, die ein Dichter haben kann. Und doch kam, außer der Iphigenie, rein nichts Bedeutendes mehr zu Stande.

Der Faust schlummerte in der Mappe, so gut wie aufgegeben. Iphigenie war noch nicht gedruckt, wurde wahrscheinlich noch nicht

für druckreif gehalten. Seit acht Jahren plagte sich der Dichter
an einem großen Roman, dem Wilhelm Meister — und der
Roman war noch nicht zur Hälfte fertig, ein Abschluß nicht ab-
zusehen. Von einem „Egmont“ kamen in zehn Jahren ein paar
Scenen zu Stande. „Tasso“ blieb ein trost- und hoffnungsloser
Embryo, „Elpenor“ ein aufgegebenes Fragment.

Dem Hof zu Liebe verlegte er sich nun auf kleine Gelegen-
heitsstückchen und Festspielchen. Doch Kraft und Frische ver-
siegten sogar hier, indem er an frühern Kleinigkeiten, wie „Erwin
und Elmire“, den „Mitschuldigen“, „Claudine von Villa-Bella“,
putzmacherisch und zuckerbäckerisch herumbüstelte. Das Monodrama
„Proserpina“ allein hat noch einen genialen Anflug [1]. Sonst
stockt Erfindung, Kraft, Begeisterung, auch der geniale Humor.
„Lila“ und „Der Triumph der Empfindsamkeit“ sind selbst als
Gelegenheitsstücke schwache Productionen. „Die Geschwister“ sind
eine verdünnte Wehmuthsthräne aus „Werther“. Zu den „Vögeln“
mußte Aristophanes den Humor liefern. Die „Fischerin“ dagegen,
wenn man von den paar Einlagen absieht, ist eine plump langweilige Farce. „Jery und Bätely“ ist eine ebenso langweilige
Salonseifersüchtelei in schweizerischem Costüm. Das „Neueste
von Plundersweilen“ kann unbedenklich zu den literaturhistorischen
Ungezogenheiten gerechnet werden. Danach flickte Göthe fünf bis
sechs Jahre an dem verfehlten Singspiel „Scherz, List und Rache“
herum. Wäre das Liebhabertheater zu Weimar auf seine Novi-
täten angewiesen gewesen, es hätte nach der ersten Saison an
der Schwindsucht sterben müssen [2]. Und daran starb es endlich,
nachdem man die unbedeutenden Stücklein bis zum Ueberdruß
wiederholt hatte und Göthe selbst sich begnügte, Maskenzüge zu

[1] Auch M. Bernays (Deutsche Biogr. IX. 448) findet, daß
dasselbe „zu den herrlichsten Productionen Göthe's zählt“ und in
der Geflickten Braut „einen durchaus ungeziemenden Platz erhielt“.

[2] Man vergleiche mit dieser traurigen Armuth die Fülle von
Poesie, die Calderon nur als Hofdichter in seinen fiestas zu Buen
Retiro entwickelte. — Schack, Dram. Literatur in Spanien. III.
187 ff. — Val. Schmidt, Calderons Schauspiele. 302—347.

erfinden und einige Verse dafür zu schreiben, was nicht so viel
Erfindungsgabe bedurfte. Ein Zug Lappländer — Aufzug des
Winters — Die weiblichen Tugenden — Aufzug der vier Welt=
alter — das waren Lappalien für einen Geist wie Göthe. End=
lich beschränkte man sich auf die bloße Maskerade zu Pferd und
ließ sich wieder eine Schauspielerbande kommen. Der Theater=
dichter und Theaterdirector hatten entschieden Fiasco gemacht,
wenn er sich auch dasselbe nicht eingestand, sondern noch immer
an „Scherz, List und Rache" und an den „Ungleichen Haus=
genossen" nörgelte, um, wie er meinte, das Singspiel auf die
rechte Höhe zu bringen, während die Componisten nach wie vor
weder auf Sinn noch poetische Form viel achteten, sondern für
Musik, Ballet und Decoration sorgten.

Vereinzelt gelang wohl dann und wann ein kleineres Gedicht,
das an die alten Zeiten erinnerte, so die „Seefahrt", die „Harz=
reise im Winter", das „schwärmerische Lied an den Mond", der
„Gesang der Geister über den Wassern", „Der Fischer", „Meine
Göttin", der „Erlkönig", „Das Göttliche", „Auf Miedings Tod",
„Ilmenau", „Zueignung". Doch diese Stücke vertheilen sich auf
zehn Jahre. Jährlich ein oder zwei bedeutendere Gedichte —
das war doch nur ein schwacher Nachklang der früheren Produc=
tivität. Dazu im Jahr noch ein halb Dutzend oder im besten
Fall ein Dutzend Kleinigkeiten für Frau von Stein, Herder, den
Herzog, die Herzogin und das Tiefurter Journal.

Mit dem Reichthum anderer Jahre bunt gemischt, mögen sie
den Eindruck genialer Fülle verstärken [1]; aber wenn man genau
zusieht, was Jahr für Jahr zu Stande kam, so steht man vor
magern, sehr magern Jahren. Wie Egmont und Tasso blieben
auch die „Geheimnisse" ein Fragment. Pegasus schmachtete an
der Staatskarosse.

---

[1] Das Beste dankte er dabei seiner Fertigkeit, fruchtbare Ele=
mente des Volksliedes an sich zu reißen, wie beim Erlkönig,
sie poetisch zu verwerthen und neu zu gestalten. — S. Dr. Paul
Wigand, Göthe's Lyrik und das Volkslied (Nathusius, Con=
serv. Monatsschrift. Sept. 1881. S. 211—233).

Aller Opfer ungeachtet, die Göthe seiner äußern Stellung gebracht, war er dabei kein bedeutender Staatsmann geworden. Spielend war er in diese Laufbahn hineingetanzt; aber als ihre naturgemäßen Anforderungen an ihn herantraten, da fühlte er keine Lust, vielleicht auch kein Geschick dafür und drehte ihnen den Rücken. Auch das that er nicht einmal mit staatsmännischer Entschlossenheit. So sehr ihm der Fürstenbund zuwider war, nahm er keine erklärte Stellung dazu, schmollte mit dem Herzog darüber, leistete ihm dann wieder einige bureaukratische Dienste, entzog sich ihm, wo seine Mithilfe am erwünschtesten gewesen wäre, politisirte dann wieder ein paar Tage mit Edelsheim und verschwand vom Schauplatz, als der Bund zu eigentlicher Wichtigkeit gelangte. Als Administrativbeamter verdrängte er zuerst eine Anzahl ihm mißliebiger Beamten, belud sich selbst mit einer Unzahl kleiner Verwaltungssorgen und jammerte dann unter der Bürde, die er sich aufgeladen. Das Bergwerk in Ilmenau verschlang viel Geld und Zeit und brachte nichts ein. Die kleinen Verwaltungsreformen, welche Göthe durchsetzte, hätten Leute gewöhnlichen Schlags zu Stande bringen können. Als maître des plaisirs gab er das Geld wieder aus, das er als Finanzminister mühselig ersparte; als Bergwerksdirector verdarb er sich den guten Humor, den er als Theaterdichter nöthig gehabt hätte; als verliebter Poet und Lebemensch gab er ein leichtfertiges Beispiel, dessen üble Folgen er als herzoglicher Familienrath dann wieder einschränken, tragen und vertuschen mußte. Ueberall stand er sich selbst im Weg, fühlte das auch wohl, hatte aber nicht die Energie, eine entschiedene Wahl zu treffen und sich wenigstens nach einer oder der andern Seite hin eine einheitliche und ersprießliche Thätigkeit zu verschaffen. Er klagte über die Verwüstungen, welche die Jagd in seinen neuangelegten Wiesen und Aeckern anrichtete — und ging dann doch wieder mit auf die Jagd. Bei allen Vergnügen war er mit dabei — und klagte dann wieder, daß sie zu kostspielig gewesen.

Obwohl Göthe nach dem Götz und Werther nichts mehr von Bedeutung hatte drucken lassen, übte nach dem zu wenig beachte-

ten Naturgefetz: Mundus vult decipi, der Name „Weimar“
bereits einen merkwürdigen Zauber aus. Außer den fürstlichen
Herrschaften der nächsten Nachbarschaft erschienen fast jedes Jahr
freundschaftliche oder berühmte Besucher, welche den Ruhm des
neuen Mufenfitzes vermehrt und verbessert in die Welt zurück-
trugen. Da kamen in den Jahren 1781 und 1782 der „Philofoph“
Garve, der Philologe Villoifon, der Theologe Joseph Oberreit,
der Abbé Raynal, dann die Marchefe Branconi, die „schöne“
Gräfin Tina Brühl (ursprünglich eine Feldwebelstochter), 1784
der Philofoph Jacobi, der sich seiner „Vernagelung“ bereits ge-
tröftet hatte, die beiden Grafen Stolberg, der Wandsbecker Bote
Claubius, 1785 der Weltumfegler Forster, der Minifter von
Edelsheim und die Fürftin Gallitzin[1] mit ihren Freunden Fürften-
berg und Hemfterhuys, 1786 der Physiognom Lavater. Doch
wo es am Innern fehlte, da konnten weder folche Befuche, noch
der äußere Pomp und Ruhm des kleinen Hofes wahre Befriedigung gewähren.

Wenige Tage nachdem der Herzog dem Fürftenbunde beigetreten, schrieb er — am 1. September 1785 — an Knebel:
„Hier geht's im Alten. Schade für das schöne Gebäude, das
stehen könnte, erhöhet und erweitert werden könnte und leider
keinen Grund hat!“[2]

Am 5. klagt er der Frau von Stein: „Der Herzog ift in

---

[1] Auf diesen Befuch, wie auf den Gegenbefuch Göthe's in Münster,
pflegen viele Katholiken großes Gewicht zu legen, aber mir scheint
ohne Grund. Für Göthe mag diese Beziehung ein Ruf der Gnade
gewesen fein; doch er gab nicht Acht darauf. Die Fürftin Gallitzin,
sehr enthufiaftisch von Natur und durch confuse Philofophie verwirrt,
ging viel zu weit in ihrer Achtung für Göthe, und ihr Verfuch, ihn
durch platonifche Betrachtungen über das „Schöne“ und „Urschöne“
aus feinem Concubinat herauszubringen, macht einen fast peinlichen
Eindruck. Belehren kann fich nur der, der ernftlich nach dem Wahren
und Guten fragt — und das hat Göthe nie gethan. S. Göthe-
Jahrbuch. 1882. III. 285 ff.

[2] Suhrauer. I. 67.

seiner Meute glücklich. Er schafft die Hofleute ab und die Hunde
an; es ist immer dasselbe, viel Lärms um einen Hasen todt zu
jagen. Und ich brauche beinah so viel Umstände, um einen Hasen
zu erhalten.“ Kurz zuvor war die bisherige herzogliche Hoftafel
abgeschafft worden. Statt dessen speisten die Damen mit dem
Herzog und der Herzogin in dem Zimmer des ersteren, und nur
vereinzelt wurden Gäste zugezogen. Das war Göthe zuwider,
obwohl er gleich der erste geladene Gast war. „Die neue Ein=
richtung,“ so jammert er, „geht fort und beim Mittagessen leidet
man erbärmlich in dem kleinen Zimmer. Wie Frankenbergs da
waren, mußten sich 25 Menschen in der kleinen Stube behelfen,
versteht sich die Aufwartung mitgerechnet. So gehts, meine
Liebe, wenn man nicht zur rechten Zeit ab= und zuzuthun weiß.
Es wird noch mehr kommen.“[1]

Während er mit seiner gewohnten Elasticität seinen übeln
Humor in hundert verschiedenen Kleinthätigkeiten zu zerstreuen
mußte, litt der Herzog andauernd an Verstimmung.

„Die öffentliche Gesellschaft in unsern Mauern,“ so schrieb er
am 26. December 1785 an Knebel, „ist diesen Winter so insipid
wie möglich. Da meist alles verheirathet und der weibliche ver=
heirathete Theil nicht von der Art ist, daß sie leicht häusliche
Unruhen verursachen könnten, was übrig bleibt aber die gute
Zeit übergangen hat und es für die wenigen Mädchen sehr an
Männern fehlt, so ermangelt ein Hauptinteresse ganz. Dazu
kann man nicht hoffen, hier irgend jemanden das Geld aus dem
Beutel durch Rhetorik zu locken, oder durch persönliches Interesse
viel zu gewinnen; beßhalb bekümmert sich niemand um den andern,
und man sieht sich ordentlich nur zur Frohne. Unsere Gesell=
schaft ist wirklich die allerennuyanteste auf dem ganzen Erdboden.
So lange kein Frost war, jagten einige, und die andern fürchte=
ten sich vor den bösen Einflüssen Pöllnitzens; seit ersteres Ver=
gnügen und des letztern Gegenwart aufgehört hat, ist auch dieser
Nagel, an welchem eine Menge Menschen hingen, ausgerissen.

---

[1] Schöll III. 178. — Knebels Nachlaß II. 250.

Etwas schien ein neuer Komödienplan einige Zeit zu beschäftigen; da er aber nicht recht verdaut war, ging er wie Haselnüsse hart ab, und der moralische Magen blieb abermal leer."[1]

Man kann den moralischen Katzenjammer eines ganzen Hofes nicht deutlicher beschreiben, als der Fürst es hier selber thut. Nicht nur als Dichter und Staatsmann, auch als Hofmann und maître des plaisirs hatte Göthe abgehaust. Ohne die Schmiegsamkeit, welche er von Natur besaß und die unter der pädagogischen Leitung der Frau von Stein noch gewonnen hatte, hätte er abziehen müssen. Doch liberale Minister nehmen nicht so leicht ihren Abschied. Für Fürst und Minister wäre ein solcher höchst unangenehm gewesen. Beide zogen vor, Fünfe gerade sein zu lassen, die Langweile in Geduld zu ertragen und jeder seinen Ideen nachzugehen: der Herzog seinen politischen und Jagdliebhabereien, Göthe seinen literarischen und wissenschaftlichen Grillen und seinem stillen, hampelmännischen Philisterthum. Auch da mottete, unter würdigem Bureaukratenernst, empiristischer Geschäftigkeit und den noch immer endlosen Betheuerungen alter Liebe, eine sich steigernde Unbefriedigung.

Als er im März 1785 Charlotte klagte, daß er nur zwei Götter habe, sie und den Schlaf, da war die „Göttin" schon längst in den Spätsommer des Lebens eingetreten, 42 Jahre alt, eine Matrone; und obwohl er ihr noch jeden Morgen schriftlich seine Liebe auf's Neue erklärte, befriedigte ihn das an sich unmoralische Verhältniß je länger desto weniger. Am Abend des 2. April 1785 schrieb er ihr[2]:

„Nachdem ich mich schon ausgezogen und in die beste Bequemlichkeit gesetzt habe, fühle ich erst wieder recht, daß ich zur Einsamkeit verurtheilt bin und daß mir die Nähe des lieben Herzens fehlt, dem ich mich so gern und so allein mittheilen kann. Wie möcht ich mit Dir über meinen heutigen Tag sprechen, der, so unbedeutend er ist, doch Bedeutung und Lehre für mich genug hat."

---

[1] Dünzer, Karl August. I. 230.
[2] Schöll III. 153.

Am nächſten Tag ſchickte er ihr wieder Blumen, am zweiten einen Blumenſtock, am dritten war ſie bei ihm auf Beſuch, am vierten ſuchte er ſie auf, am fünften vermißte er ſie, weil er Zahnweh hatte, am ſechsten beſuchte er ſie „eingewickelt“, um mit der Elektriſirmaſchine bei ihr zu experimentiren, und ſo verſicherte er ſie weiter, Tag für Tag, daß er ſie liebe und ewig lieben werde und ewig lieben müſſe:

„Meine Geliebte, meine Freundin, einzige Sicherheit meines Lebens. Was iſt alles andere, was jedes andere menſchliche Geſchöpf. Je mehr ich ihrer kennen lerne, je mehr ſehe ich, daß mir in der Welt nichts mehr zu ſuchen übrig bleibt, daß ich in Dir alles gefunden habe.“ [1]

Und doch war ſie noch immer Frau von Stein und hatte bereits einen Sohn, der Schulden machen konnte und Schulden machte, und Göthe mußte den Ungerathenen im Namen ſeines Vaters zur Tugend ermahnen, während der Vater noch lebte, die Wirthſchaftsſorgen zu Kochberg ſeiner Frau und einen andern Sohn, Fritz, der Erziehung Göthe's überließ! Neben dieſem und anderem Familienkummer war ſie noch oft von Kränklichkeit heimgeſucht. Auch Göthe's Geſundheit war nicht mehr wie früher; 1785 machte er eine Badekur in Karlsbad, 1786 wiederholte er dieſelbe. Nachrichten von Zahnweh, geſchwollenen Backen und Fieber erſchienen als Arabesken in ſeinen Liebesbillets, neben Blumen und Spargel, Spinoza, Infuſionsthierchen, Luftballons, Pflanzenunterſuchungen, Geologie, Chemie und dem von Zeit zu Zeit heller oder matter durchklingenden Jammer von Charlotte getrennt, nicht mit ihr unter Einem Dache zu ſein: „Ich kann es kaum mehr ertragen, ſo von Dir getrennt zu ſein!“ [2]

Ganz und voll wagte er ihr indeß die Unruhe nicht auszudrücken, in welcher er ſeufzte, die unerquickliche Spannung, Traurigkeit und Verdüſterung, in welcher er ſchmachtete [3]. An

---

[1] Ebd. III. 173.   [2] Ebd. III. 232.

[3] Daß ihm elend zu Muth war, geſteht ſelbſt Dünzer, Charlotte v. Stein. I. 204.

statt über das trostlose Mißverhältniß einmal entschieden die Augen zu öffnen, schloß er sie alsbald wieder, suchte bei Charlotte Trost und Hilfe, wiederholte die Betheuerungen seiner Liebe, kramte ihr wieder alle seine Kleinigkeiten aus, legte sich ihr als Sklave auf's Neue zu Füßen, und schmeichelte sich, in dieser jämmerlichsten Sklaverei eine neue Weltanschauung zu begründen. Daß diese Idee seinen naturwissenschaftlichen Studien oder Dilettanterieen zu Grunde lag, darüber kann kein Zweifel sein. Sie kehrt wiederholt in seinen Briefen wieder. Als Fr. H. Jacobi ihm 1786 seine eigene Sentimentalitäts-Philosophie anhängen wollte, antwortete er ihm:

„Wenn Du sagst, man könne nur an Gott glauben, so sage ich Dir, ich halte viel auf's Schauen, und wenn Spinoza von der Scientia intuitiva schreibt und sagt: Hoc cognoscendi genus procedit ab adaequata idea essentiae formalis quorumdam Dei attributorum ad adaequatam cognitionem essentiae rerum, so geben mir diese wenigen Worte Muth, mein ganzes Leben der Betrachtung der Dinge zu widmen, die ich reichen und von denen ich mir eine abäquate Idee bilden kann, ohne mich im Mindesten zu bekümmern, wie weit ich kommen kann und was mir zugeschnitten ist." [1]

Das tönt sehr kühn, fast wie Lessings berühmtes Skeptiker-Gebet; aber es steckt nicht viel Philosophie dahinter. Eklektisch pickte er in hundert Töpfen herum, und pickte sich so auch aus Spinoza diese „intuitive Erkenntniß" heraus. Jeder, der Spinoza's Ethik nur einmal vernünftig durchgelesen, weiß, welche Mühe sich der jüdische Philosoph am Ende des ersten Buches gibt, die Annahme von „Endursachen" als die Quelle aller „Vorurtheile" gegen sein System zu beseitigen [2] und wie hierin gerade ein

---

[1] A. Schöll, Briefe und Aufsätze von Göthe. S. 214.

[2] Auerbach, Spinoza's sämmtl. Werke. Stuttgart 1871. II. 32 ff. Etwas ernster hat Schiller Spinoza's Philosophie erfaßt. E. Briefwechsel mit Körner (Göbele) I. 03. 04. — Ebenso Herder; doch muß es von der „christlichen" Richtung dieses Mannes

Schwerpunkt seines ganzen Systems liegt. Sei es, daß Göthe diesen Zusammenhang nicht verstand, oder vielleicht auch den wichtigen Abschnitt nicht einmal gelesen hatte, genug, er läugnete ganz fröhlich dasjenige, worauf Spinoza Alles ankam. „Die Endursachen sind dem Gemüthe zu denken so nöthig, daß Du aus den Nicht-Endursachen erst eine rechte Endursache machst."[1] So schrieb er der Frau von Stein.

Die natura naturans und naturata warf er ebenso fröhlich durcheinander. Da aber Spinoza drei Arten der Erkenntniß statuirte: unvollkommene vage Vorstellungen, dann eine Verstandeserkenntniß, welche die Eigenschaften der Dinge erfaßt, endlich jene intuitive Erkenntniß, wodurch der Mensch unmittelbar die adäquate Idee des Wesens „einiger" Attribute Gottes erhält[2], so machte sich Göthe mit den beiden andern wenig Mühe, sondern raffte ohne Weiteres diese höchste und bequemste an sich, um von „dem Wesen einiger Attribute Gottes zur adäquaten Erkenntniß des Wesens der Dinge fortzuschreiten". Die Confusion, die durch Spinoza's eigene Erklärung zwischen den beiden letzten Erkenntnißweisen entstand, beachtete er nicht, noch weniger den Widerspruch, den die Intuition „einiger" Attribute bei einem Wesen in sich schließt, dessen Attribute sich völlig identificiren. Der abgerissene unverstandene Brocken aus Spinoza gab ihm Muth (!), sein ganzes Leben der Betrachtung der Dinge zu widmen...... und — eins — zwei — drei — Abrakadabra — hatte er auch

einen sonderbaren Begriff erwecken, daß sein Humanismus sich gerade mit den ethisch-religiösen Motiven des Spinozismus so gut vertrug. S. Haym, Herder. Berlin 1880. I. 674. „Spinoza," sagt Herder, „war ein durchbringender Geist, der Theologe des Cartesianismus (!) ... Er war in's Empyreum der Unendlichkeit so hoch hinaufgeschwindelt, daß alle Einzelheiten ihm tief unterm Auge erblichen; dieß ist sein Atheismus und wahrlich kein anderer."

[1] Schöll, Briefe an Frau v. Stein. III. 190.

[2] Ethices, Pars II. Prop. XL. Schol. I. II. Vid. Benedicti de Spinoza Opera. Lipsiae. Tauchn. 1843. I. 253—256. — Auerbach II. 71—74. — Danzel, Göthe's Spinozismus. S. 17.

Spinoza's dritte Erkenntnißweise hinweggezaubert, und ihr die zwei ersten, d. h. im Grunde ein einfaches Experimentalwissen substituirt, das gar nicht von einer Intuition göttlicher Attribute ausging, sondern auf Gerathewohl launisch und fragmentarisch im ganzen weiten Gebiet des Anorganischen und Organischen herumtappte, um hinter das „Geheimniß der Natur" zu kommen. Was ihm von Spinoza's Lehre dabei übrig blieb, war höchstens eine dunkle und verwaschene Vorstellung, in der Natur selbst unmittelbar das „Göttliche" zu schauen, womit denn die Möglichkeit gegeben war, seine naturwissenschaftlichen Dilettantericen mit dem Schein einer gewissen poetischen Religiosität zu umkleiden, und Steine, Pflanzen, Thiere und sich selbst mit sammt der ganzen Natur und der Frau von Stein, die vorläufig noch die wichtigste Manifestation der Natur war, zu vergöttern[1].

Ebenso schal und oberflächlich, wie seine „Philosophie", war ein naturwissenschaftlicher Empirismus.

Nachdem er vier Jahre Steine und Stufen gesammelt, weitere sechs Jahre über den „Granit" und das Steinwesen nachgebrütet hatte, langte er endlich bei der Einsicht an, die er sich schon auf der Universität hätte verschaffen können: „In der Mineralogie kann ich ohne Chymie nicht einen Schritt weiter, das weiß ich lange und habe sie auch darum bei Seite gelegt, werde aber immer wieder hineingezogen und gerissen."[2]

---

[1] Wie Göthe, gibt auch sein Lobredner Kalischer, Göthe's Verhältniß zur Naturwissenschaft (Göthe's Werke [Hempel]. XXXIII. p. XXXI), auf die Erkenntnißtheorie Spinoza's gar nicht Acht und verehrt herzhaft „die Quintessenz der Denk- und Forschungsart, welche er das ganze Leben hindurch übte". Die „Philosophie" Göthe's hat Caro, ohne es zu beabsichtigen, scharf verurtheilt, wenn er von Göthe's Spinozismus sagt: „C'est l'esprit du système, moins le système", d. h. das Faß ohne Boden und Deckel. Revue des Deux Mondes. 1865. 35e an. 2e Pér. t. 59. p. 873. Vgl. E. Melzer, Göthe's Philosophische Entwicklung. Neisse 1884. W. Neveling, Die relig. Weltanschauung Göthe's. Barmen 1884.

[2] Schöll, Briefe an Frau v. Stein. III. 282.

24**

In der Osteologie verschwendete er jahrelang Zeit und Mühe, um eine Entdeckung zu machen, bevor er diesen Wissenszweig eigentlich fachmännisch beherrschte; als die „Entdeckung“ gemacht war, mußte er sich von den Fachgelehrten sagen lassen, daß dieselbe von gar keiner erheblichen Bedeutung sei und daß es sich nicht einmal verlohne, seine Inauguraldissertation drucken zu lassen.

Auch in der Botanik beabsichtigte er als Entdecker aufzutreten, sammelte und hatte „artige“ Ideen, bevor er nur einmal ein Handbuch derselben durchstudirt hatte. Im November 1785 nahm er den Linné nach Ilmenau mit und las endlich einmal ernstlich darin, „denn,“ sagt er, „ich muß wohl, ich habe kein ander Buch. Es ist das die beste Art, ein Buch gewiß zu lesen, die ich öfters practiciren muß, besonders da ich nicht leicht ein Buch auslese“ [1]. Als die osteologische Entdeckung so wenig Beifall fand, wandte er sich lebhafter der Pflanzenwelt zu, beobachtete mit dem Mikroskop, consultirte den Hofgärtner in Belvedere und den Magister Batsch in Jena, und versuchte dem „Geheimniß der Natur“ von dieser Seite auf die Spur zu kommen. Doch rückte er einstweilen noch nicht mit Resultaten heraus.

Fast gleichzeitig warf er sich auch auf Meteorologie, Physik und Astronomie, experimentirte mit Luftballons und Elektrisirmaschinen und führte Frau von Stein auf die Sternwarte von Jena. Da er einsah, daß in der Sternkunde ohne Mathematik nichts anzufangen sei, so hatte er hier wenigstens nicht den Muth, von vorneherein ein neues System zu entdecken, sondern versuchte das nachzuholen, was er als Gymnasiast versäumt.

„Algebra ist angefangen worden,“ schrieb der Kriegsminister und Geheimrath seiner Geliebten am 21. Mai 1786 von Jena aus [2], „sie macht noch ein grimmig Gesicht, doch denke ich, es soll mir auch ein Geist aus diesen Chiffern sprechen, und wenn ich den nur einmal vernehme, so wollen wir uns schon durchhelfen.“ Zwei Tage später meldet er: „Ich muß noch einige

---

[1] Schöll, Briefe an Frau v. Stein. III. 201.
[2] Ebb. III. 258.

Tage bleiben es ist mir so ruhig hier und still und ich möchte doch die 4 Species in der Algebra durchbringen. Es wird Alles darauf ankommen, daß ich mir selbst einen Weg suche über diese steilen Mauern zu kommen. Vielleicht treffe ich irgendwo eine Lücke, durch die ich mich einschleiche."

Das Einschleichen gelang jedoch hier nicht, wie in der Geognosie mit Hilfe Voigts, in der Osteologie mit Hilfe Lobers. Der Mathematiker Wiedeburg hatte zwar „eine treffliche Methode"; aber es fehlte anderswo. Am 25. Mai waren Mathematik und Astronomie schon aufgegeben:

„Wir haben die 4 Species durch und wollen nun sehen, was geblieben ist; so viel ich merke, es wird historische Kenntniß bleiben und ich werde es zu meinem Wesen nicht brauchen können; da das Handwerk ganz außer meiner Sphäre liegt."[1]

Es gelang Göthe nicht mehr, jene mathematische Bildung zu erwerben, auf deren Nothwendigkeit zu einer naturwissenschaftlichen Weltanschauung ihn sein Führer Spinoza hinwies, die er aber zu Frankfurt, Leipzig und Straßburg über seinen Liebesgeschichten verabsäumt hatte. Die Mühe, welche er sich gab, wenigstens nachträglich in dieses Gebiet einzubringen, ist gewiß einiger Ehre werth. Allein er erreichte damit nicht einmal so viel, als heute von einem Quartaner gefordert wird. Dieser Mißerfolg zeigt genugsam, daß er nicht jenes Universalgenie war, das seine Verehrer in ihm erblicken. Er hatte unzweifelhaft viel Anlage für concrete und vor Allem für künstlerische Naturbeobachtung; aber er besaß weder die Leichtigkeit, noch die Tiefe, den Fleiß und die Beharrlichkeit, welche die mathematischen, die philosophischen und streng historischen Disciplinen erheischen. Daß er dennoch die Naturwissenschaften nicht aufgab, sondern fortfuhr, fragmentarisch in allen ihren Zweigen zugleich herumzuexperimentiren, beweist allerdings eine gewisse Ausdauer, aber nicht jene, von der ein tiefes, systematisches Wissen bedingt ist; ja diese Ausdauer hat einen starken Beigeschmack von jenem autodidaktischen Streber-

---

[1] Ebd. III. 261.

thum, das, unabhängig von aller wissenschaftlichen Tradition, Alles
sich selbst verdanken, in Allem neue Wege gehen, Alles besser
wissen will, als die gesammte übrige Menschheit. Nur im Sinne
der „Genieperiode“ kann man es genial finden, wenn er, nach
seinen traurigen Erfahrungen mit den vier Species, aller mathematischen Bildung bar, als Reformator der Optik gegen New-
ton aufzutreten wagte[1]. Eine solche spatzenhafte Verwegenheit
hätte er sich nie herausnehmen können, wenn er das eigentliche
Wesen der Optik, ihre Beziehungen zur Astronomie und den
übrigen Zweigen der Physik mit wahrhaft genialem Blick durch-
schaut hätte[2]. Diesen genialen Blick hatte er aber weder als

[1] Seine „Farbenlehre“ vergleicht H. W. Dove (Farbenlehre.
Berlin 1853. S. 29) mit einer Akustik, „in welcher von Tonverhält-
nissen nicht die Rede ist“, und ihren Standpunkt als den „Standpunkt äußerlicher Wahrnehmung, wo eben von Theorie noch gar
nicht die Rede ist“. Das ist fein und zart gesagt, aber für Göthe's
kopfloses Unterfangen thatsächlich vernichtend. — Helmholtz
(Göthe's Naturwissen. Pop.-wissensch. Vorträge. 1876. 1. Heft) versucht ihn damit zu retten, daß er sein „besonderes Talent für die
Auffassung der thatsächlichen Wirklichkeit“ hervorhebt und ihn als
Dichter und Künstler entschuldigt.

[2] Der englische Physiker Tyndall (ebenfalls eine wichtigere
Autorität, als der Herr Dr. Kalischer in Berlin) gesteht Göthe in
seiner bekannten „Belfast“-Rede Schärfe der Beobachtung, bedeutende Anlagen für naturgeschichtliche Classification und Anordnung,
überhaupt ein außergewöhnliches Talent für Naturgeschichte zu,
spricht ihm aber alle Anlagen für mathematische, physische und überhaupt speculative Naturwissenschaft rundweg ab und bezeichnet ihn
— mir scheint, mit vollem Rechte — geradezu für ein „Irrlicht“
auf diesem Gebiete. „In sharpness of observation, in the detec-
tion of analogies however apparently remote, in the classification
and organization of facts, according to analogies discerned, Goethe
possessed extraordinary powers. These elements of scientific
inquiry fall in with the discipline of the poet. But, on the other
hand, a mind thus richly endowed in the direction of natural
history may be almost shorn of endowment as regards the more

Historiker und Politiker, noch als Naturphilosoph, er hatte ihn nur als Dichter.

Das scheint ihm denn in den Jahren 1785 und 1786 endlich selbst gedämmert zu haben. Während er seine vollständige Er-nüchterung nicht merken ließ, sondern neben seinen eklektischen Studien ruhig sein gewohntes Hof- und Geschäftsleben weiter-trieb, reifte doch endlich der Gedanke, mit dem ganzen Wirrwarr zu brechen und sich auf's Neue der Poesie zu widmen. Dieser Rückzug begann mit der Herausgabe seiner sämmtlichen Werke und mit dem Plan einer Reise nach Italien, die er wenigstens theilweise mit dem Honorar seiner Werke zu bestreiten rechnete.

Im Januar 1786 fing er an, ausgeliehene Manuscripte seiner dramatischen Schriften zu sammeln, im Juni ging dann die Re-vision los. „Der Triumph der Empfindsamkeit" wurde um-gearbeitet und neu abgeschrieben, die kleinen „Gedichte" unter allgemeine Rubriken gebracht, die „Stella" umgemodelt, „Iphi-genie" an Wieland gegeben, um darüber Gericht zu halten. Mit dem Buchhändler Göschen in Leipzig schloß er Anfangs Juli einen Vertrag, demzufolge er für seine acht Bände gesammelter Schriften 2000 Thlr. Honorar erhalten sollte. Die ersten vier Bände wollte Göthe noch im laufenden Jahre druckfertig machen,

---

strictly called physical and mechanical sciences. Goethe was in this condition. He could not formulate distinct mechanical con-ceptions; he could not see the force of mechanical reasoning; and in regions where such reasoning reigns supreme he became a mere ignis fatuus to those who followed him." The Mail. Friday, August 21, 1874. Ganz dasselbe darf man von seinen philosophischen und theologischen Kenntnissen sagen. Er hatte eine große Gewandtheit, einem gerade dargebotenen Gedanken eine schöne Form in Prosa oder Vers zu geben; aber eigentlich subtil, groß-artig und tief sind seine Ideen nicht. Selbst den Faust beherrscht der oberflächlichste, verschwommenste Spießbürger-Naturalismus, der es nicht verdient, daß man ihn Philosophie nennt — ein „Irrlicht", das zu Gretchen und Helena führt, aber nicht in das Lichtreich des dreieinigen Gottes!

um für die projectirte Reise bis Ostern 1787 die Hälfte des
Honorars als Reisegeld verwenden zu können. Frau von Stein
mußte inzwischen Epigramme und andere kleine Gedichte in's
Reine schreiben, Herder die Leiden Werthers censiren, Göthe selbst
nahm andere Stücke durch, über den Götz von Berlichingen
mußten Wieland und Herder ihre Stimmen abgeben. Ende
Juli reiste er mit seinem Privatschreiber Vogel nach Karlsbad
ab, wohin ihm Frau von Stein vorausgereist war. Bald fanden
sich dort auch der Herzog und Herder mit Frau und Sohn ein.
Der Schluß des Werther wurde etwas umgeändert, das Uebrige
der vier Bände fertig gestellt und in Gesellschaft fast täglich
daraus vorgelesen. Niemand von seinen Freunden indeß, nicht
einmal Frau von Stein wurde in das Geheimniß der projectirten
Reise eingeweiht. Nur der Herzog, der sich nicht umgehen ließ,
da Göthe's weitere Stellung von ihm abhing, mußte darum.
Zum Abschied des Herzogs veranstaltete Göthe eine kleine Feier;
feier; am 3. September früh brach er ganz allein, ohne von
Jemand Abschied genommen zu haben, nach Italien auf. Tags
zuvor hatte er noch an Karl August geschrieben [1]:

„Verzeihen Sie, daß ich beim Abschiede von meinem Reisen
und Ausbleiben nur unbestimmt sprach; selbst jetzt weiß ich noch
nicht, was aus mir werden soll. — Sie sind glücklich, Sie gehen
einer gewünschten und gewählten Bestimmung entgegen. Ihre
häuslichen Angelegenheiten sind in guter Ordnung, auf gutem
Wege und ich weiß, Sie erlauben mir auch, daß ich nun an
mich denke; ja Sie haben mich selbst oft dazu aufgefordert. Im
Allgemeinen bin ich in diesem Augenblick gewiß entbehrlich und
was die besonderen Geschäfte betrifft, die mir aufgetragen sind,
diese hab ich so gestellt, daß sie eine Zeitlang bequem ohne mich
fortgehen können; ja ich dürfte sterben und es würde keinen Riß
thun. Noch viele Zusammenstimmungen dieser Constellation über-
gehe ich und bitte Sie nur um einen unbestimmten Urlaub.
Durch den zweijährigen Gebrauch des Bades hat meine Gesund-

---

[1] Briefwechsel Karl Augusts. I. 54—57.

heit viel gewonnen und ich hoffe auch für die Elasticität meines
Geistes das Beste, wenn er eine Zeitlang, sich selbst gelassen,
der freien Welt genießen kann.

„Die vier ersten Bände sind endlich in Ordnung: Herder
hat mir unermüdlich treu beigestanden. Zu den vier letzten bedarf ich Muße und Stimmung; ich habe die Sache zu leicht
genommen und sehe jetzt erst, was zu thun ist, wenn es keine
Sudelei werden soll. Dieses Alles und noch viele zusammen-
treffende Umstände bringen und zwingen mich, in Gegenden der
Welt mich zu verlieren, wo ich ganz unbekannt bin. Ich gehe
ganz allein unter einem fremden Namen und hoffe von dieser
etwas sonderbar scheinenden Unternehmung das Beste. Nur bitt
ich lassen Sie Niemanden nichts merken, daß ich außenbleibe.
Alle die mir mit- und untergeordnet sind, oder sonst mit mir in
Verhältniß stehen, erwarten mich von Woche zu Woche, und es
ist gut, daß das also bleibe und ich auch abwesend als ein
immer Erwarteter wirke.“

Hauptreisezweck war also Erholung, bessere Stimmung und
Vollendung der noch fehlenden vier Bände. Druckfertig waren
von seinen bisherigen Dichtungen: Zueignung. Werther. Götz
von Berlichingen. Die Mitschuldigen. Clavigo. Die Geschwister.
Stella. Der Triumph der Empfindsamkeit. Die Vögel. — Die
„bereits in Verse geschnittene Iphigenie“ nahm er auf Herders
Rath mit, um sie noch auszufeilen. — Für die andern vier
Bände hatte er nebst den kleinern Gedichten Possen und Sing-
spiele, die Vollendung des Egmont, Tasso, Faust und Elpenor
in Aussicht genommen. Ein großes Stück Arbeit, da ihn die
Singspiele ihrer Form nach nicht befriedigten, von den größern
Dramen aber nur Fragmente vorlagen. Jedes erheischte die
Mühe völliger Neugestaltung. An die Vollendung des Wilhelm
Meister wagte er deßhalb vorläufig noch nicht zu denken.

18. Die italienische Reise.

1786—1788.

> „Die Hauptabsicht meiner Reise war, mich von
> den physisch-moralischen Uebeln zu heilen, die mich
> in Deutschland quälten und zuletzt unbrauchbar mach-
> ten, sodann den heißen Durst nach wahrer Kunst
> zu stillen. Das Erste ist mir ziemlich, das Letzte
> ganz geglückt.“
>
> Göthe an Herzog Karl August. 15. März 1788.

> „Jamais le mystère de Rome n'a été mieux
> posé: ‚Je vis ici dans une clarté et dans un
> repos dont je n'avais plus le sentiment. Je veux
> m'efforcer de saisir la grandeur et apprendre
> à me former.‘ Et pourtant Goethe est resté
> protestant et même il a marché dans les con-
> séquences du protestantisme et il est devenu
> paien.“
>
> Louis Veuillot.

Ohne Begleiter, ohne Bedienten, nur mit geringem Gepäck,
fast wie ein Student, reiste Göthe von Karlsbad ab. Es kam
ihm ganz neu und köstlich vor, so allein und frei zu sein. Nur
auf sein Naturstudium wollte er nicht ganz verzichten, führte
deßhalb neben den nothwendigen Reisebüchern und Karten seinen
Linné mit sich. Doch sollte das Studium der Natur nur angenehm belehrend und unterhaltend das Studium der italienischen
Kunstschätze begleiten, an denen er seine eigene ästhetische Bildung
zu vollenden und zugleich neue Eingebung zur Vollendung der
begonnenen Werke zu schöpfen hoffte.

Am 4. September wohnte er im Jesuitencolleg zu Regensburg einer Aufführung des dortigen Schultheaters bei, am 6.
sah er sich die Kunstschätze und Merkwürdigkeiten von München
an, am 8. fuhr er über den Brenner, am 14. traf er in dem
so heiß ersehnten Italien ein. Nur wenige Tage verwandte er

auf die Besichtigung der Städte Verona, Vicenza und Padua; erst in Venedig gönnte er sich einen längeren Aufenthalt, vom 28. September bis 14. October. Die Aufmerksamkeit war, wie immer, auf alles Erdenkliche zersplittert: Landschaft im Allgemeinen, meteorologische Erscheinungen, Beleuchtung, geologische Formation, Charakter der Flora und Fauna, einzelne Gesteine, Pflanzen, Thiere, dann auch das bunte Schauspiel des Menschenlebens, Physiognomieen, Gestalten, Sitten, Kleidung, Nahrung, Wohnung, Zeiteintheilung, Beschäftigung, Spiele, Unterhaltung, Handel und Wandel, Andacht, bürgerliche Gebräuche, Sprache, Anschauungsweise, Gesang, Theater, endlich die reichen Kunstschätze, die jenseits der Alpen auch das kleinste Städtchen bot, Trümmer von antiken Bauten, ältere und neuere Kirchen, Paläste, Altäre, Grabmonumente, Denkmäler, Sculpturen, Gemälde. Am meisten begünstigte der nordische Wanderer dabei die Reste des classischen Alterthums und die schönen Mädchen des achtzehnten Jahrhunderts. Die Kirchen schätzte er nur als Denkmale der Architektur, als zugängliche Sammlungen von Gemälden und Bildwerken. Von vornherein gab er allem den Vorzug, was sich an das classische Alterthum anschloß; zwischen diesem und der Natur fand er einen innigen seelischen Zusammenhang. Die Kunstwerke der Renaissance erfaßte er als eine Fortsetzung der Antike mit hoher Liebe und Begeisterung, ohne viel darauf zu achten, ob und wie sich darin mit antikisirenden Formen der christliche Gedanke verschmolzen hatte; dagegen wandte er sich feindselig von jenen Kunstgebilden und jenen Stätten der Erinnerung ab, in welchen die christliche Idee des Kreuzes, d. h. des sittlichen Kampfes, des religiösen Opfers und gottgeheiligten Leidens, ohne den Glanz der Verklärung und ewigen Genusses, in ihrem praktischen Ernste mahnend und belehrend hervortrat. Die Bilder der seligen, verklärten Gloxie nahm er als anmuthige Gestalten des Diesseits, die Bilder des Leidens und des Martyriums aber waren ihm traurige Barbarei.

Das lebhafte, heitere, sinnliche und kindliche Naturell der Italiener muthete ihn fröhlich an; den tiefen Glauben, mit dem

dieses Volk an seiner Kirche hing, hielt er für kindische Beschränktheit bei den weniger Einsichtigen, für Heuchelei und fromme
Betrügerei bei den Gebildeteren. Für die Umwandlung des altrömischen Italiens in ein katholisches Italien hatte er nicht das
geringste Interesse: über die historische Bedeutung der Renaissance-
zeit, die ihn einzig anzog, ging er sehr flach hinweg; das dazwischen liegende Mittelalter ignorirte er nahezu vollständig.
Flößen darum auch die bunte Menge und Mannigfaltigkeit seiner
Beobachtungen, die Lebhaftigkeit des Erfassens, die Deutlichkeit
und Anschaulichkeit seiner Aufzeichnungen [1], seine Liebe zum
Schönen und seine geistreichen Studien darüber nothwendig Bewunderung [2] ein, so mindert sich dieselbe doch ebenso nothwendig,
wenn man sieht, wie der anscheinend vorurtheilslose, ganz an die
Gegenstände hingegebene Geist sich dem Zauberbann vorgefaßter
Anschauungen nicht zu entringen weiß, Alles nach diesen subjectiven, ihm unfehlbaren Dogmen kritisirt, unermüdlich an tausend

---

[1] Doch sind auch ihm bei seinen Beobachtungen oder bei seinen
Aufzeichnungen kleine Menschlichkeiten zugestoßen. „Man begreift
wirklich nicht, wo Göthe seine Augen haben mußte, wenn er später
an Tizians ‚Mariä Himmelfahrt‘ (in Verona) den Gedanken lobens-
werth findet, ‚daß die angehende Göttin (!!) nicht himmelwärts,
sondern herab nach ihren Freunden blickt‘. Wir sehen heutzutage
das Gegentheil. . . . . Dergleichen irrthümliche Anmerkungen, z. B.
daß am Brenner die Etsch entspringe — er verwechselt sie mit der
Eisack — finden sich in der ‚Italienischen Reise‘ verschiedentlich.“
S. Augsb. Allg Zeitung 1869. Beil. Nr. 239. „Göthe in München.“
Die „Assunta“, von der hier die Rede, ist nicht mit der weit be-
rühmteren in Venedig (Akademie) zu verwechseln.

[2] Diese Bewunderung, die früher seitens Vieler mit unbedingter
Unterwerfung unter seine Kunst-Orakelsprüche verbunden war, scheint
im Niedergang begriffen. „So enthalten denn,“ sagt L. von Urlichs (Göthe-Jahrbuch 1882. III. 4), „seine Aeußerungen über die
bildenden Künste einen Schatz für Theorie und Praxis, aber bedingt
und getrübt durch den Geschmack seiner Freunde,“ besonders des
Kunst-Meyers, dem Schlegel schon zurief: „Laß die Schnauze von
der Kunst!“

Einzelheiten der weitesten Peripherie umhereilt, aber die Einheit nicht beachtet, die Alles stützt und trägt.

Die Kunstgeschichte Italiens studirte er bloß eklektisch und nach Laune, um einzelne Kunsterzeugnisse zu würdigen, ihren Zusammenhang mit der politischen und religiösen Geschichte vernachlässigte er ganz. An der Literatur Italiens nippte er auf Gerathewohl, ihrer historischen Entwicklung blieb er fremd. Anstatt Dante las er Ovid, anstatt Tasso Homer, anstatt Petrarca Catull. Der Sänger des Sonnengesangs war ihm ein unheimlicher Mönch, die Geschichte des Papstthums eine unglückliche Anomalie der Weltgeschichte. Das Hellenen- und Römerthum der alten Welt hätte nach seiner Anschauungsweise fortblühen sollen, um die Menschheit dem reinen Genuß des Schönen entgegenzuführen. Eine widrige christliche Barbarei hatte es gestürzt und seine herrlichen Ueberreste mit ungenießbaren Zuthaten umkrustet. In glänzenden Geistern war es zur Zeit der Renaissance wieder aufgelebt und hatte eine neue Fülle von Kunstherrlichkeit hervorgebracht. Die Kunstgebilde dieser Zeit vereinigten sich mit den Trümmern des alten Hellas und Rom, unter dem schönsten Himmel, in herrlicher Natur zu einem zauberhaften Schauspiel, einem grandiosen Kunstwerk, an dessen Anblick der Dichter von den Folgen thüringischen Regenwetters und weimarischer Kleinkrämerei zu genesen hoffte. Das war die Einheit, welche Göthe der objectiven, geschichtlichen Einheit Italiens substituirte. „Auch ich in Arkadien" — hat er durchaus bezeichnend seinen Reiseberichten vorgesetzt.

Er gab sich aber nichts weniger als einem arkadischen Dolce far niente hin. Mit unermüdlichem Eifer wurde jede Kleinigkeit registrirt und protokollirt; man wird mitunter an den sehr ehrenwerthen Pickwick erinnert, der sich bei den Droschkenkutschern nach dem Ankaufspreis der Kutschen und nach dem Lebensalter der Pferde erkundigt und Alles sorgfältig aufschreibt. Ein Schweineschlachten in Rom interessirte ihn wenigstens ebenso sehr, als alle Erinnerungen der Martyrer in den Katakomben. Mit diesen Notizen war die ungeheure Schreibseligkeit noch keineswegs erschöpft, die sich der Dichter in Weimar angewöhnt hatte. Alles mußte zu Papier. Es war ihm zum unbesieglichen Bedürfnisse geworden, sein geistiges Leben im Spiegel zu sehen und es dann wieder Andere sehen zu lassen. Er war noch kaum zehn Tage von Karlsbad fort, da begann schon eine Correspondenz nach Weimar, die im Verlauf von anderthalb Jahren zu einem umfangreichen Buch anwuchs. Frau von Stein erhielt ein förmliches Tagebuch, Herder ausführliche Berichte, der Kammerdiener Seidel seine regelmäßigen Aufträge und Bestellungen, der Herzog Karl August bald längere, bald kürzere Briefe. Dazu gingen Briefe an Fritz von Stein, Knebel, Wieland, Einsiedel, Jacobi, Merck, Voigt, Kestner, Geheimrath Schmidt, Göschen, Bertuch, an den Wegcommissär Brunnquell und an die Dichterin Bohl in Lobeda. Ganze Tage brachte er am Tintenfaß zu. Am 16. September, Abends, am 13. Tage der Reise, notirte er zu Verona in sein Tagebuch: „Ich fühle mich müde und ausgeschrieben; denn ich habe den ganzen Tag die Feder in der Hand. Ich muß nun die ‚Iphigenie‘ selbst abschreiben.“ Das war das Land, wo die Citronen blühen. Wohl die Hälfte der Zeit blieb täglich dem literarischen Frohndienst, d. h. mühsamen Correcturarbeiten, Correspondenzen, Notizen aller Art und Tagebuchführung gewidmet [1].

Die Reise eigentlich zu genießen, blieb wenig Zeit übrig; nur seiner guten Vorbereitung schrieb er es zu, verhältnißmäßig von

[1] Ueber die „Italiänische Reise“ vgl. Göthe's Werke (Hempel). XXIV. 1—574, nebst Dünzers Commentar. Ebb. 621—971. — Ch. Schuchardt, Göthe's Ital. Reise. 2 Bde. Stuttg. 1862. 1863. — Urlichs, Göthe und die Antike, a. a. O. — Gervinus, Nationalliteratur. 1844. V. 76—134. — H. Grimm, Göthe. Vorlesungen. II. 17—22. 39—102. — H. Grimm, Göthe in Italien. Berlin 1861. — L. Hirzel, Göthe's ital. Reise. Basel 1871. — Richelot, Mémoires de Goethe. 1847. — Aus meinem Leben von W. Tischbein, herausg. von K. W. Schiller. 2 Bde. 1861. — Seb. Brunner, Die theol. Dienerschaft ꝛc. Wien 1868. S. 156—158. — Il Goethe a Palermo. Civiltà Catt. ser. X. Vol. IV. 601.

den Sehenswürdigkeiten noch viel zu sehen. Er tröstete sich da=
mit, daß in der glücklichen Freiheit, d. h. in der kümmerlichen
Erholung, die ihm sein Schreiberleben wenigstens jetzt verstattete,
das stockende Silbenmaß der „Iphigenie“ sich in fortgehende
Harmonie verwandle. Trotz der günstigsten Anregungen jedoch
wurde diese erste Arbeit nicht, wie er gehofft, noch im October
fertig, sie beschäftigte ihn die ganzen ersten vier Monate der
Reise. Erst am 6. Januar 1787 war das „Schmerzenskind“
mit Hilfe eines Schweizers vollends in’s Reine geschrieben. Wie
Schiller mußte auch er die Ehre der Classicität mit saurer Mühe
verdienen, und es ist eine ganz falsche, wenn auch vielverbreitete
Ansicht, wenn man meint, die Poesie sei ihm mühelos vom ewig
blauen Himmel heruntergefallen. Sieben und ein halbes Jahr
brauchte es, bis „Iphigenie“ schließlich ihre endgiltige Form er=
hielt. Wenn Shakespeare und Calderon so gearbeitet hätten,
müßten wir heute noch auf die letzten Bände ihrer gesammelten
Werke warten.

Ueber vierzehn Tage verweilte Göthe in der merkwürdigen
Dogenstadt Venedig, die in Shakespeare’s Poesie eine so hervor=
ragende Rolle spielt, Lord Byron zu mehr als einer Dichtung
begeisterte, am Vorabend ihres politischen Untergangs ein tief=
tragisches Schauspiel bot. Doch getheilt zwischen seinem prosobi=
schen Frohnbienst, seinen Naturbeobachtungen und seinen ästheti=
schen Streifzügen, nahm der weimarische Minister keine einzige
tiefergehende, großartige schöpferische Anregung mit von dannen.
Die venetianischen Epigramme gehören späteren Jahren an und
deuten höchstens indirect die Ursache an, weßhalb der Dichter
dem Volks= und Staatsleben der seltsamen Republik nur ver=
liebte Daktylen und philiströse Betrachtungen abgewann.

„Warum treibt sich das Volk so und schreit? Es will sich ernähren,
    Kinder zeugen und die nähren, so gut es vermag.
Merke dir, Reisender, das und thue zu Hause desgleichen!
    Weiter bringt es kein Mensch, stell’ er sich wie er auch will.“ [1]

---

[1] Göthe’s Werke (Hempel). II. 130. Erst 1700 ließ er sich von

Was ist die Weltgeschichte, was Religion und Politik, ja
selbst Wissenschaft und Kunst, wenn es der Mensch nicht weiter
bringen kann als die Thiere?

Am 15. October reiste Göthe weiter über Ferrara, Bologna,
Foligno, Città Castellana nach Rom, wo er am 29. eintraf.
Die Fahrt ging so rasch, daß er von den Merkwürdigkeiten der
Hauptstationen nur eben das Bedeutendste abschöpfen und dieses
nur sehr flüchtig betrachten konnte.

Göthe in Rom! Das ist nun natürlich ein Glanzmoment
für jeden Göthe-Verehrer. Zwei Jahrtausende empfangen jetzt
erst das rechte Licht. Es mußte einer von Weimar kommen, um
der in Aberglauben und Finsterniß versunkenen Stadt wieder
Würde und Weihe zu geben. Sie hört jetzt auf, durch ihre
Herrschaft ein Hinderniß des Fortschritts zu sein, sie wird jetzt
eines der großen Kunstmuseen, an denen der nordische Germane
sich zum Künstler schult oder von den Unbilden seines Klimas
sich erholt. Luther hat den geistigen Einfluß Roms nicht vollends brechen können; aber Göthe wird die brauchbaren Elemente römischer Bildung an sich reißen und dann den „katholischen Aberglauben" auf immer durch eine neue deutsche Bildung
verdrängen. Für jeden antikatholischen Geist muß die Ankunft
Göthe's in Rom deßhalb wirklich ein Ereigniß sein; daß aber
auch Katholiken sich an der enthusiastischen Verherrlichung dieser
Rom-Fahrt betheiligen konnten, das ist zum wenigsten — ver-
wunderlich.

Was ist denn dieser Herr Geheimrath mit seinem Götz, Werther und seinen unvollendeten Fragmenten, mit seiner geologisch-
osteologisch-botanisch-ästhetischen Consusion, mit seiner ministeriellen
Ueberflüssigkeit und mit seinen Liebesseufzern an die ältliche Frau
von Stein — gegen dieses Rom, den Sitz einer zweitausend-
jährigen Civilisation und Weltherrschaft, die merkwürdigste aller

---

Zucchi, dem Gemahl Angelica Kaufmanns, die venetianische Con-
stitution erklären und „durchlief" die venetianische Geschichte. S. Aus
Herders Nachlaß I. 120. 121.

Weltstädte, die Metropole des Papstthums und des Kaiserthums — das ewige Rom?

Rom ist wirklich eine ganz einzige Stadt. Von all den glänzenden Metropolen der alten Welt ist sie allein bis auf den heutigen Tag ohne Unterbrechung Weltstadt geblieben. Rom hat dem stolzen Karthago die Herrschaft über das Mittelmeer entrissen, das Scepter des macedonischen Weltreichs an sich gerafft, die Völker des Kaukasus in Dienstpflicht genommen, Rhein und Donau mit befestigten Lagern besetzt, das ferne Britannien von einem Strand zum andern mit seinen Wällen gegürtet, Athen, Jerusalem und Alexandrien zu seinen Provinzialstädten herabgesetzt, allen Götzendienst der alten Welt in seinem Pantheon versammelt und alle bisherige Cultur sich dienstbar gemacht. Die Pracht des Orients schmückte die Paläste der Cäsaren, hellenische Kunst die römischen Tempel und Gebäude. Der Grieche war des Römers Sklave und Lehrer. Durch den Römer erst verbreitete sich griechische Bildung über die ganze europäische Welt. Der Höhepunkt dieser Macht, die glänzende Regierung des Augustus bezeichnet zugleich die von den Propheten verheißene Fülle der Zeiten. Die Namen Maria und Joseph wurden in die römischen Unterthanenlisten eingetragen. Der Weltapostel Paulus appellirte an den Cäsar und der erste Papst schlug in dem Rom der Cäsaren seinen Sitz auf. Trotz aller Wechselfälle der Jahrhunderte hat Rom noch Denkmäler jener Zeit bewahrt. Das Pantheon und das Colosseum, die Trajanssäule und der Siegesbogen des Titus, Ueberreste von Tempeln, Palästen und Wasserleitungen verkündigen noch heute die Größe jenes Weltreiches, des mächtigsten Staates, den bis jetzt die Erde geschaut. Die Museen des Vatican und andere Sammlungen beherbergen noch die Ueberreste alter Kunst, welche die Völkerwanderung und zahllose andere Stürme überdauert haben. Trotz aller anderweitigen Ausgrabungen und Sammlungen ist Rom noch heute der historisch-merkwürdigste Mittelpunkt für Alterthumskunde, antike Kunst und Literatur.

Noch bevor aber Rom durch innern Verfall und durch die

Heereszüge der Barbaren seine politische Weltbedeutung verloren hatte, war es schon durch die göttliche Vorsehung zu einer noch viel grandioseren Weltstellung berufen, zur Hauptstadt eines geistigen Reiches, das den ganzen Erdball umfassen sollte. In Rom litt der erste Papst den Martyrtod, am Vatican ward er begraben. Von hier aus breitete sich die große, katholische Kirche erst über die Continente der alten Welt, dann über Amerika, Australien und die Inseln der Südsee aus. Die ganze Weltgeschichte ist fürder mit dem Grabe des Apostelfürsten verkettet; alle Epochen derselben haben in dem heutigen Rom noch ihre Spuren hinterlassen. Keine Stadt wie diese verkörpert noch so sichtbar und gewaltig das tiefgehendste Band, das die Geschichte der Menschheit zusammenhält. Jerusalem besitzt das Grab Christi, in Rom lebt die heilige Machtfülle fort, die der Gottessohn dem Fürsten seiner Apostel und dem Haupte seiner Kirche übergeben, dieser Kirche, von der Macaulay glaubte, daß „sie noch in unverminderter Kraft fortbauern mag, wenn einst ein Wanderer von Neu-Seeland an einem zertrümmerten Bogen der Londoner Brücke seinen Standort sucht, um die Ruinen der Paulskirche zu zeichnen"[1].

Unter den Kirchen und Palästen Roms dehnt sich ein zweites, unterirdisches Rom, das Rom der Katakomben aus, jene merkwürdige Gräberstadt, in welcher das Weltreich der Kirche während jahrhundertlanger Verfolgung gleichsam Wurzeln schlagen sollte, in welcher Martyrer-Päpste verborgen die heiligsten Geheimnisse vor einem Volke von Bekennern und Martyrern feierten, in welcher die christliche Kunst ihren ersten Anfang nahm. Als Göthe in Rom erschien, hatte Bottari längst auf's Neue die Entdeckungen zugänglicher gemacht, welche man Bosio verdankte. Arringhi's Roma sotterranea lag vor und der Franzose d'Agincourt sammelte das Material zu einer umfassenden christlichen Kunstgeschichte.

---

[1] Das hat Macaulay mit Rücksicht auf Ranke's Geschichte der Päpste gesagt. Critical and Historical Essays. Tauchn. Vol. 188. p. 99.

Ueber dem Boden verkündeten alte Basiliken und Baptisterien, Bauwerke des Mittelalters, mitten im Schutte von Jahrhunderten, das Emporsteigen der Kirche aus den Katakomben, den weiteren Verlauf ihrer Geschichte und die Entwicklung ihrer Architektur. Die Kunstschätze der Sacristeien, die Miniaturen der Bibliotheken, die Gemälde und Kunstwerke öffentlicher und privater Sammlungen ergänzten, wenn auch sehr lückenhaft, das Bild der byzantinischen und mittelalterlichen Zeiten. Trat auch das Gepräge des Mittelalters nur wenig mehr in der Gesammtphysiognomie der Stadt hervor, da neuere Bauten meist verdrängten, was die schrecklichsten Katastrophen übrig gelassen hatten, so besaß Rom doch noch viele Werke jener frommen religiösen Malerei, die der tiefsinnige Kunstsinn des Mittelalters hervorgezaubert, und die großen Bauten der Renaissance selbst wiesen durch ihre Vorgeschichte auf die glänzendsten Zeiten des Papstthums zurück.

Ihre eigentliche Pracht dankte die Weltstadt allerdings nicht der Epoche der Gothik, sondern der sogen. Renaissance, jener merkwürdigen Zeit, in welcher kunstliebende Päpste die Großartigkeit ihrer religiösen, fürstlichen und völkerrechtlichen Stellung in den glänzendsten Bauwerken verkörpern wollten, während ungesucht die fruchtbarsten Künstlergenies, Maler, Bildner, Architekten sich ihnen zur Verfügung stellten; anstatt aber die christliche Kunst langsam, bedächtig auf der Bahn ihrer Vorfahren weiter zu bilden, begeistert und berauscht von dem Zauber antiker Kunst, mit genialem Ungestüm die Harmonie und Schönheit antiker Form mit den christlichen Ideen zu verschmelzen strebten. Das Pantheon ward hoch in die Luft gehoben, um das Grab der Apostelfürsten und die ehrwürdigste Basilika der Welt zu krönen. Der Jupiter des Capitols ward unter der Hand Michelangelo's zum Moses, das Weltgericht zu einem titanisch-antiken Bild. Den Vatican schmückte Raphael mit den herrlichsten Darstellungen christlicher Geheimnisse und Ideen, die Farnesinische Villa mit dem Triumph der Galathea und der Geschichte der Psyche. Neben einer glänzenden Blüthe christlicher Kunst feierte zugleich die Antike in der Metropole der Päpste ihre Wiedergeburt.

So verschieden man die Meister der Renaissance und diese selbst beurtheilen mag, den größten Gegnern des Papstthums hat dieß Kunstpatronat der Päpste Ehrfurcht und Bewunderung abgerungen. Es gibt kein zweites in der Geschichte, das sich so glänzend und fruchtbar erwiesen. In bedenklicher Weise fällt es allerdings mit großer Verweltlichung des päpstlichen Hofes und mit der unseligen Kirchentrennung zusammen, welche fast ganz Nordeuropa von dem Mittelpunkte der kirchlichen Einheit losriß. Rom war seitdem nicht mehr so unbeschränkt wie früher die Hauptstadt der Christenheit, aber es blieb die merkwürdigste Hauptstadt der Welt. Geläutert und siegreich ging das Papstthum aus den Kämpfen des 16. Jahrhunderts hervor, entfaltete in großartigster Weise seinen Weltberuf in Asien und Amerika, blieb in Europa die geheiligtste Autorität, der freigebigste Hort der Wissenschaft und Kunst, der segensreichste Mittelpunkt geistiger Bildung. Immer neue Kirchen und Paläste erstanden neben den Werken Bramante's und Michelangelo's. Alle Zweige der Kunst wurden liebevoll weiter gepflegt. Als der Jesuitenorden dem Haß und den Intriguen seiner Feinde zum Opfer gefallen war, setzte das Institut der Propaganda seine Missionsarbeiten, so gut es möglich war, auf allen Punkten der Welt fort. Keine Stadt der Welt hatte so viele Anstalten der Barmherzigkeit und Nächstenliebe, so viele Stätten der Andacht, frommer Werke und des Gebets.

Dem Cäsarismus Ludwigs XIV. war es gelungen, fast das ganze gebildete Europa in das Schlepptau französischer Literatur, Kunst, Sitte und Mode zu bringen. Auch Italien litt unter diesem Einfluß. Doch Rom hat zum guten Theil seine Selbständigkeit bewahrt. Viele ältere und bedeutendere Traditionen hatten sich hier verkörpert und lebten noch fort. Das Rococo vermochte die Renaissance nicht vollständig aus einer Stadt zu vertreiben, in welcher die reichsten Ueberreste alter Kunst mit den Meisterwerken der Medicäerepoche versammelt waren, Künstler aus allen Ländern ihre Studien machten, Cardinäle und Kirchenfürsten das Studium der alten Kunst freigebig unterstützten.

Als deßhalb bei den Enkeln und Erben der „geistesfreien“ Bilder=
stürmer im deutschen Norden die Sehnsucht nach der alten, vom
Protestantismus verfehmten Kunst wieder erwachte, wandten die
Intelligentesten ihren Blick nicht nach dem verzopften Paris, der
Wiege des Staatsabsolutismus und der Revolution, sondern nach
dem altehrwürdigen Rom, dem Mittelpunkte aller christlichen
Bildung. Die Führer der Bewegung, Winckelmann und Lessing,
pilgerten selbst nach Rom. Der Erstere machte nähere Bekannt=
schaft mit dem von Luther verfluchten Babylon; es gefiel ihm;
er ward katholisch [1]. Der Zweifler Lessing streifte die Weltstadt
nur auf einer längeren Reise, kam als „biederer“ Protestant
nach Haus und benützte seine letzten Lebensjahre, um womöglich
allen positiven Glauben abzuschaffen [2]. Der dritte der berühmten
deutschen Kunstpilger war Göthe.

Auf ihn machte die katholische Weltstadt einen überwältigenden
Eindruck. Er hatte weder Paris noch London gesehen, Rom war
die erste eigentliche Großstadt, die ihm unter die Augen kam.
Wer heute von Weimar nach Frankfurt kommt, dem muß die
alte Krönungsstadt wie eine Weltstadt erscheinen. Nun erst der
Sprung von dem damaligen Weimar — — nach Rom! Sein
genialer Dichtergeist, für das Große angelegt, war wie berauscht
von dem reichen, grandiosen Gemälde, von dieser Stadt der Jahr=
tausende. Der Eindruck hielt monatelang an, ja die ganze Zeit
seines Aufenthalts. Rom war nicht zu erschöpfen. Jeden Tag
bot es neue Schätze, neue Reize dar. Sein vielseitiger Künstler=
blick, der selbst das kleine Thüringen sich interessant zu machen
gewußt, ja über die kleinste Gemme in Entzücken gerathen konnte,
stand hier vor einem Ocean ohne Gestade. Das Herz ging ihm
auf. Er schwelgte. Wie bei Winckelmann hätte dieser Künstler=
jubel nicht ohne Einfluß auf seine religiösen Anschauungen bleiben
können, wenn er nicht mit christlicher Religion und Sitte längst

---

[1] S. Räß, Convertiten. 1871. X. 154—214.

[2] Baumgartner, Lessings religiöser Entwicklungsgang. Frei=
burg 1877. S. 100 ff.

gebrochen und sich gegen jede Anwandlung frömmerer Art fest zugeknöpft hätte.

Durch sein Incognito sperrte er sich aber ein= für allemal von der großen katholischen Gesellschaft ab, welche das damalige Rom beherrschte. Er ließ sich nicht, wie Lessing, dazu herab, dem Papste seine Aufwartung zu machen. Den Carbinälen und der hohen Hierarchie ging er aus dem Weg, obwohl er unter derselben, neben den ausgezeichnetsten Kirchenfürsten, auch Ge= sinnungsverwandte seines Freundes Dalberg, z. B. einen Bernis und Herzan, hätte finden können. Weder beim römischen Adel noch bei der höheren Bürgerschaft sah er sich nach Bekanntschaften um. Er brauchte Niemanden von diesen katholischen Ketzern, Be= trügern und Narren; er hatte sich in dem katholischen Rom schon ein fein indifferentes, kunstfrommes Nest herrichten lassen. Der Maler Wilhelm Tischbein, den er von Weimar aus früher unter= stützt hatte, hatte ihm ein Stübchen in seiner Wohnung bereitet, in einem Eckhaus (heute Nr. 20) am Corso und dem Vicolo della Fontanella. Die Aussicht ging nach dem Monte Pincio hin. Etliche Tage zuvor war der Berliner Moritz in Rom an= gekommen, Romanschreiber, Belletrist und Aesthetiker. Er schloß sich gleich an Göthe und Tischbein an, ebenso der Schweizer Maler Heinrich Meyer aus Zürich (später „Kunschtmeyer“ ge= nannt), als Künstler zwar nicht so bedeutend wie Tischbein, aber um so dienstwilliger und anhänglicher an den neuen Freund. Diesem Trio gesellte sich als höchst nützlicher Vierter der russische Hofrath Reiffenstein bei, eigentlich aus Preußisch=Litthauen ge= bürtig. Er war mit einem Grafen Lynar nach Rom gekommen, hatte da Winckelmanns Bekanntschaft gemacht und war seit dessen Tode der angesehenste Cicerone für hohe Fremde, zugleich Agent des Herzogs von Gotha für Anschaffung von Kunstgegenständen u. dgl. Er hatte außer seiner Wohnung auf Trinità be' Monti noch ein großes Haus in Frascati, kannte Rom und die ganze Umgebung durch und durch, ergänzte alle Reisehandbücher, ersetzte sie nöthigenfalls und war als Kunstkenner und Bekannter Winckel= manns eine höchst praktische Quelle kunstgeschichtlicher Informa=

tion. Als fünftes, aber keineswegs unnützes Rad am Kunst=
wagen diente der angehende Archäologe und Literat Hirt, ein
pedantischer, aber fleißiger Mensch, der, noch ohne fixe Lebens=
stellung, die Kunstschätze Roms studirte und daran sein Brod
verdienen wollte. Zu dieser ersten römischen Göthe=Gemeinde
gesellten sich in der Folge der Bildhauer Christen aus der Schweiz,
der Maler Schütz aus Frankfurt, der Bildhauer Trippel, eben=
falls ein Schweizer, der Maler Kniep aus Hildesheim und der
Musiker Kayser, Wielands Operncomponist, der von Göthe selbst
auf Kunstreisen geschickt worden war.

Die Gesellschaft war sehr praktisch gewählt, um Rom rasch
nach der künstlerischen Seite hin kennen zu lernen, und da sich
bald herausstellte, daß es mit Göthe's Kunstkenntnissen noch
nicht weit her war, an den Kunstwerken und im Umgang mit
Künstlern die Theorie und Praxis der Künste eingehender zu
studiren. Dazu war Göthe bei diesen Künstlern und Jung=
gesellen von all jenen lästigen Schranken befreit, die ihm Weimar
zuletzt so ungemüthlich gemacht hatten. Er konnte in studentischer
Weise wieder leben und es treiben, wie er wollte, aufstehen,
wann es ihm beliebte, lesen, dichten, bummeln nach Wohlgefallen.
Statt langweiliger Conseilssitzungen hielt man Kunstgespräche.
Statt des Wassers im Bergwerk von Ilmenau hatte der Kunst=
freund ein unerschöpfliches Bergwerk von Kunstwerken vor sich.
Ließ ihm auch der österreichische Diplomat Herzan des Fürsten=
bundes halber etwas auf die Finger sehen und ihm durch seinen
Secretär sogar einen Brief der Frau Räthin aus dem Zimmer
stehlen, so wurde sein Privatleben doch nicht wie in Weimar von
einem ganzen Hofe beobachtet. Düntzer betrachtet es als selbst=
verständlich, daß er deßhalb auf seine frühere platonische „Mystik"
verzichtet und sich einem „sinnlichen Liebesfrühling" hingegeben habe.

„Wohl erst in den Januar (1788)," so erzählt er[1], „fällt
die Anknüpfung eines Verhältnisses zu einer Schönen, die ihm
vielleicht zum Modell diente. Der ziemlich allgemeinen Gewohn=

---

[1] Göthe's Leben. 1880. S. 411. 412.

heit der römischen Künstler zollte er hiermit seinen Tribut. Als Herder in Rom war, sagte er scherzend zu dessen Gattin, es werde ihm dort nicht wohl werden, bis er liebe; hatte er selbst ja zur Zeit dieses Liebesgenusses sich des herrlichsten Lebens erfreut. Die ‚römischen Triumvirn der Liebe‘, Catull, Tibull und Properz, nebst Horaz und Ovid, die in Rom ein ganz anderes Leben gewannen, hatte er wohl schon längst zur Belebung (!) der ewigen Stadt gelesen. Als verklärter Hintergrund erscheint dieses Liebesleben in den ‚Römischen Elegien‘. Von der Persönlichkeit der Geliebten wissen wir nichts; sie soll von keiner ausnehmenden Schönheit gewesen sein[1], muß aber die Gabe zu fesseln in hohem Grade besessen haben, da sie später die Gattin eines wohlhabenden, sich in Rom ansiedelnden Engländers wurde, den sie geschickt beherrschte."[2]

---

[1] Das stützt sich wohl nur auf Wilhelm von Humboldts Versicherung, daß seine römische „Geliebte" schöner gewesen sei, als diejenige Göthe's.

[2] Weder von Göthe selbst, noch von Tischbein, Meyer, Kauser, Bury, noch von den übrigen Genossen seines römischen Aufenthalts liegt für Dünzers Annahme ein directes, ausdrückliches Zeugniß vor. In seinem Commentar zur ital. Reise (Göthe's Werke [Hempel]. XXIV. 909. 910) behandelt er sie mehr als höchst wahrscheinliche Conjectur, denn als Thatsache. Als Anhaltspunkte dafür bezeichnet er eine Aeußerung Göthe's an Eckermann (8. April 1829. II. 79 ff.), die Versicherung W. von Humboldts, das „Geschöpf" selbst gesehen zu haben, einen Brief Karl Augusts (Im neuen Reich. 1871. II. 341 und Werke, Hempel. XXIV. 920), endlich einige Briefe zwischen Herder und seiner Gattin, welche Dünzer selbst in Herders Biographie (Hempel. I. p. CIII u. CIV) und H. Marggraff (Blätter für lit. Unt. 1860. II. 603 ff.) verwerthet haben. Dazu mag man auch den Brief an Schmidt (Hempel. XXIV. 857), das Gedicht „Amor als Landschaftsmaler", das. II. 186, die Faustscene in der Hexenküche, X. 78, und manche Andeutungen in der ital. Reise zählen. Mag schon Humboldts Zeugniß allein als ausreichend betrachtet werden, so verleiht Göthe's ganzes Leben und Treiben vollends der Annahme Dünzers den Charakter einer nahezu

Von dem Banne der Frau von Stein war Göthe erlöst. Als nützliche Archivarin zwar wurde sie beibehalten; denn jedes Zettelchen von ihm hob sie wie ein Heiligthum auf, brachte mit feinem Tact in Umlauf, was die Runde machen sollte, verschloß alle Privaterpectorationen in ihr zartes Herz und betete jede Stilübung Göthe's andächtig an. Sie war also die geeignetste Persönlichkeit, um den Hof fortwährend mit Nachrichten zu versehen. Welche Stellvertretung sie aber nach anderer Seite hin fand, konnte kaum nach Weimar bringen. Göthe war also frei und machte sich seine Freiheit zu Nutze. Wie seinem „Schäfer" kam ihm jetzt wieder Schlaf, Appetit und Freude.

Am Fuße seines Bettes pflanzte er einen Jupiterkopf auf, um, wie er sagt, vor ihm seine Morgenandacht zu halten. Nach diesem schönen Morgengebet wurde dann gedichtet und gefeilt, zuerst an der Iphigenie, dann an Egmont und den kleinen Sing-

unbezweifelbaren Thatsache. Man wird es mir erlassen, diese häßliche Thatsache weiter zu erörtern, und aus den angeführten Stellen nachzuweisen: 1) daß Göthe in einem so schmählichen Verhältniß „den Inbegriff von allen Himmeln" fand, 2) daß er während Herders Romreise dessen vereinsamte Frau bei häufigen vertraulichen Besuchen von diesem Gegenstand unterhielt, 3) daß diese in Folge seiner unsauberen Andeutungen in die größte Angst über die eheliche Treue ihres Mannes gerieth, 4) daß der Generalsuperintendent oder „Arcivescovo di Turingia", wie Herder in Neapel vorgestellt wurde, sich genöthigt sah, seine Frau mit der Versicherung zu trösten: „Bloße Wollust ist gegen meine Natur ... Ich fühle es, Buhlereien schicken sich nicht mehr für meine Jahre und sie sind mir durch die Umstände meiner Reise ganz fremd geworden." Geworden! Und dazu ruft Düntzer (Herders Leben a. a. O. S. CIV) aus: „Welch andern Eindruck hatte Italien auf Göthe geübt! wie mächtig hatte es seine vollste Sinnlichkeit geweckt, ihn aber zugleich zu künstlerischem Schaffen getrieben u. s. w.!" Und dieser selbe Göthe soll nach Düntzer in Weimar zehn Jahre lang an der äußersten Grenze des Erlaubten herumgeschlichen und dabei rein geblieben sein, wie ein Engel. In Italien beginnt dann nach ihm der „Mystik" zweiter Theil, und die italienische Dirne wird zur — deutschen Muse!

spielen. Darauf ging's hinaus in die weite Stadt, ihre Tempel=
trümmer, Kunstsammlungen, Kirchen und Paläste. War das
Auge des Schauens müde, so plauderte man eins, las, studirte,
schrieb über die gesehenen Alterthümer oder Kunstgegenstände,
über das Schöne im Allgemeinen, über die Künste und Kunst=
werke im Einzelnen. Dann wurde wieder gedichtet, gezeichnet,
geplaudert, modellirt und musicirt. Der Abend war dem Theater,
der Oper, geselliger Unterhaltung und anderem Plaisir gewidmet.
So flossen die Tage wie ein großer Kunstgenuß dahin. Der
gemäßigte Genuß hob die poetische Stimmung, die literarische
Arbeit den künstlerischen Genuß. Viel Bewegung hielt den
Körper munter, künstlerische Spannung den Geist. In reizender
Abwechslung vor Uebersättigung bewahrt, fand das Auge stets
neue Befriedigung, die Seele neue Freude.

Durch die Kunst erhielt das Evangelium der fünf Sinne
einen idealen Charakter, wesentlich denselben, der uns in den
alten Classikern entgegentritt. Erst jetzt glaubte Göthe dieselben
ganz zu verstehen, da er ganz wie sie lebte, wie sie sich ganz der
Kunst als höchstem Selbstzweck hingab, in künstlerischem Lebens=
genuß den reichsten Quell neuer Productivität erschlossen fühlte.

Bei solcher Stimmung war keine „Gefahr" einer Belehrung
mehr. Menschlich betrachtet bot die damalige „kirchliche" Situa=
tion nicht den erfreulichsten Anblick dar. Unter den Cardinälen,
Prälaten, Abbaten und Mönchen, welche geholfen hatten, den
Jesuitenorden zu zerstören, waren Ritter der traurigsten Gestalt,
ohne Sinn für ihren erhabenen Beruf, elende Creaturen welt=
licher Fürsten, durch ihre Verweltlichung vollkommen geeignet,
jedem Nichtkatholiken die herzlichste Verachtung einzuflößen. Der
ehrwürdige, seiner Sendung heldenmüthig treue Papst Pius VI.
war von allen katholischen Mächten verlassen. Die geheimen
Gesellschaften hatten Italien auf's Traurigste unterwühlt, und
die moderne Aufklärung hatte auch unter dem Clerus ihre Adepten
gefunden. Das Gute, still und bescheiden wie immer, drängte
sich nicht vor. Unkraut wuchs genug links und rechts, um jenes
zu übersehen, wenn man wollte.

So schwärmte Göthe denn ganz sorglos für sein protestanti=
sches Bewußtsein in den Kirchen Roms herum und trat dem
„pfäffischen Aberglauben“ wohlgemuth unter die Augen. Er
hatte seine Gemeinde für sich, welche das alte Rom, seine Künstler
und Dichter besser als die Italiener zu verstehen glaubte. Der
Gottesdienst in der Peterskirche und in den übrigen zahllosen
Kirchen Roms erschien ihm nur als eine ungeheure Komödie,
von schlauen, herrschsüchtigen Pfaffen seit Jahrhunderten aufgeführt,
um sich an der Dummheit des Volkes eine angenehme, ehrenvolle
und bequeme Existenz zu verdienen. Das katholische Volksleben
Italiens galt ihm als ein riesiger Humbug, das ganze Mittel=
alter als Barbarei, die Renaissance als ein halbwegs geglückter
Versuch, die natürliche Bestimmung des Menschen für das Schöne
und für den Genuß des Schönen wieder zu Recht und Geltung
zu bringen. Hier knüpfte er an. Sein ganzes Streben ging auf eine
neue Renaissance, aber auf eine Renaissance, die nicht mehr im
Dienste der Päpste stehen sollte, eine Renaissance, die sich vom
Christenthum völlig emancipirte, mit den Formen antiker Kunst
auch die Anschauungen der Alten wieder in's Leben zurückführte.

„Von interessanten Männern,“ so schrieb er am 3. Februar
1787 an den Herzog, „hab' ich manchen, von Weibern außer
Angelika nur eine kennen gelernt. Mit dem schönen Geschlecht
kann man sich hier, wie überall, nicht ohne Zeitverlust einlassen.
Vom Theater und den kirchlichen Zeremonien bin ich gleich übel
erbaut. Die Schauspieler geben sich viel Mühe, um Freude, die
Pfaffen um Andacht zu erregen, und beide wirken nur auf eine
Klasse zu der ich nicht gehöre. Beide Künste sind in ein seelen=
loses Gepränge ausgeartet. Auf alle Fälle ist der Papst der beste
Schauspieler, der hier seine Person producirt. Die andern Menschen,
die nicht öffentlich gaukeln, treiben meist ihr Spiel im Stillen.
Vielleicht komm ich auch dazu, dieses näher zu sehen. Man kann
sich leicht denken, daß es mitunter sehr einfach ist.“ [1]

-----

[1] Briefwechsel Karl Augusts mit Göthe. I. 67. — Göthe's Werke
(Hempel). XXIV. 725.

Mit solchen Augen sah Göthe das Papstthum und seine Geschichte, die katholische Kirche und ihr Wirken an. Dieselbe Anschauung kehrt allüberall wieder, wo er darauf zu reden kommt. Weihnachten, Ostern, Pfingsten, Peter und Paul, alle Privatandachten, alle großen kirchlichen Gottesdienste, Marienverehrung und Heiligencult, die kirchliche Wissenschaft und das katholische Missionswerk, die Verfassung der katholischen Kirche und ihre großartige Stellung in Vergangenheit und Gegenwart waren nur — eine riesige Komödie, deren lächerliche Helden die Päpste, deren Opfer die europäische Menschheit war. Die Propaganda schien ihm nur dazu gut, Sprachproben, Steine, Pflanzen und Skelette fremder Länder zu sammeln. Der hl. Philipp Neri, der einzige katholische Heilige, mit dem er sich näher beschäftigte, war ihm ein komischer Revolutionär, sein Wirken ein am Papstthum gescheiterter Versuch kirchlicher Umwälzung, seine humoristische Gestalt erträglich, interessant genug, um ein Touristenaufsätzchen über ihn zu schreiben.

„Zu Anfang des sechszehnten Jahrhunderts,“ so heißt es in diesem leichtfüßigen Essay, „hatte sich der Geist der bildenden Kunst völlig aus der Barbarei des Mittelalters emporgehoben: zu freisinnigen, heitern Wirkungen war sie gelangt. Was sich aber in der edeln, menschlichen Natur auf Verstand, Vernunft, Religion bezog, genoß keineswegs einer freien Wirkung. Im Norden kämpfte ein gebildeter Menschensinn gegen die plumpen Anmaßungen eines veralteten Herkommens; leider waren Worte und Vernunftgründe nicht hinreichend, man griff zu den Waffen. Tausende und aber Tausende, die ihr Seelenheil auf reinem, freiem Wege suchten, gingen an Leib und Gütern auf die elendeste Weise zu Grunde.

„Im Süden selbst suchten edlere, schönere Geister sich von der Gewalt der allbeherrschenden Kirche loszulösen, und wir glauben an Philipp Neri einen Versuch zu sehen, wie man wohl ein frommer Mann sein, auch ein Heiliger werden könne, ohne sich der Alleinherrschaft des Römischen Papstes zu unterwerfen. Freilich findet Neri für Gefühl und Einbildungskraft gerade in dem Element, welches von der römischen Kirche beherrscht wird, gleichfalls sein Behagen; sich ganz von ihr los zu halten, wird ihm deßhalb unmöglich."[1]

Schaler, seichter und oberflächlicher als Göthe hat kaum ein bedeutenderer Romreisender das katholische Rom und seine Geschichte abgethan, karrikirt und mißhandelt. So lächerlich beschränkt sind seine historischen Ideen, so abgeschmackt seine faden Witzeleien, daß man eher einen modernen Commis=Voyageur als ein „Genie" vor sich zu haben glaubt. Niebuhr, der vielseitig gebildete protestantische Historiker des alten Rom, hat an Göthe's italienischer Reise denselben Eindruck empfunden:

„Wenn man so eine ganze Nation und ein ganzes Land bloß als eine Ergetzung für sich betrachtet, in der ganzen Welt und Natur nichts sieht, als was zu einer unendlichen Dekoration des erbärmlichen Lebens gehört; alles geistig und menschlich Große, Alles, was zum Herzen spricht, wenn es da ist, vornehm beschaut, wenn es vom Entgegengesetzten verdrängt und überwältigt worden, sich an der komischen Seite des letztern ergetzt: mir ist dies eigentlich gräßlich."[2]

---

[1] Göthe's Werke (Hempel). XXIV. 344. Vgl. Acta Sanctorum (Bolland). VI. 400—656.

[2] Vergeblich bemüht sich Dünzer (Göthe's Werke. XXIV. Vorbemerkungen S. XXI ff.), die scharfen und gerechten Urtheile Niebuhrs über Göthe's engherzige und egoistische Auffassung nach seiner Gewohnheit in tiefgerührten Huldigungen zu ertränken. Was Niebuhrs Urtheil über Göthe's Kunstanschauungen betrifft, bestätigt Urlichs (Göthe-Jahrb. 1882. III. 4) dasselbe und weist nach, daß er gar manche Aeußerungen über Kunstwerke entschieden zurücknehmen müßte, in Bezug auf das Mittelalter einen „auffallenden Widerwillen" an den Tag legte u. s. w. — Um Göthe in Bezug auf historisch-politische Kenntnisse höher stellen zu können als Niebuhr, muß man in weimarischen Liebes- und Stadtklatschzetteln geradezu jeden Sinn für Geschichte und Politik verloren haben. Was aber Niebuhrs „Grämlichkeit" anbelangt, so thäte Dünzer besser, zu schweigen. Denn etwas „Grämlicheres" als seine Bücher gibt es

Vier Monate dauerte Göthe's erster Aufenthalt in Rom.
Den ansehnlichsten Theil seiner Zeit widmete er den Bauten und
Kunstsammlungen. Mit der Besichtigung der Kunstwerke verband
er deren theoretisches Studium. Reiffenstein wies ihn an Windel-
mann und Mengs, auch auf den alten Sulzer, über den er als
junger Recensent einst so spatzenhaft den Stab gebrochen. Zu
einem ruhigen Studium gelangte er indeß nicht, da sich seinem
Blick stets Neues aufdrängte, und er sich jetzt ebenso wenig als
früher zu concentriren wußte. Dazu kamen Vergnügungspartieen,
Besuche, Zerstreuungen aller Art. Noch bevor die Iphigenie
fertig war, wurde sie auch hier öfters vorgelesen. Der Dichter
Monti las ihm dafür seinen Aristodem vor, und die Poetenzunft
der „Arcadier" nahm ihn am 4. Januar 1787 als „Megalio"
unter ihre Mitglieder auf. Mehr Werth legte Göthe selbst auf
die Bekanntschaft mit der Malerin Angelica Kauffmann, mit der
er fortan viel verkehrte und an die er sich sehr freundschaftlich
anschloß. Kaum war die Iphigenie fertig, so erwachte wieder
die Lust am Zeichnen, und da er Landschaften, Figuren und
Alles auf einmal trieb, verlor er abermal viel Zeit damit, ohne
irgend ein Genre gründlich zu erlernen. Als Karl August in
Berlin mittlerweile einen schweren Fall gethan, bot er sich an,
wenn nöthig, schon nach Weimar zurückzukehren. Das war indeß
nicht nöthig. Da er besondere Freude an der alten Sculptur
hatte, fing er an, Anatomie zu studiren. Des Abends trieb er
Perspective. Dabei hatte er eine neue Oper im Sinne. Dann
kam der Carneval. Ehe irgend eines seiner poetischen Projecte
vollendet war, reiste er Ende Februar nach Neapel, trieb sich
einen Monat da herum, bestieg dreimal den Vesuv, verliebte sich
wieder in Steine und Pflanzen, machte Bekanntschaft mit dem
liederlichen Ritter Hamilton und mit dem liberalen National-
ökonomen Filangieri [1], sah sich auch hier alle alten Tempelreste

---

nicht. Selbst der leckste Humor Göthe's verlebert in der unendlichen
Langweiligkeit seiner buddhistischen Göthe-Adorationen.

[1] Der mit 27 Jahren schon die ganze Welt durch seine Scienza

und alle schönen Mädchen an und fuhr dann hinüber nach
Sicilien. Während stürmischer Ueberfahrt entwarf der seekranke
Dichter den Plan zu seinem Tasso, schrieb aber in Palermo noch
nicht daran. Nach Touristenart besah er sich rasch in 14 Tagen
Stadt und Umgegend [1], reiste dann nach Girgenti und quer
durch die Insel nach Catania und Taormina, hatte wieder Offen=
barungen über das Steinreich und das Pflanzenreich, las zur
Abwechslung Homer, träumte von einem Drama „Nausikaa"
und langte nach einem glücklich überstandenen Sturm von Messina
aus wieder in Neapel an. Hier wurde nur kurze Rast gehalten.
Am 7. Juni 1787, dem Frohnleichnamsfest, traf er wieder in
Rom ein.

Der zweite römische Aufenthalt, vom 7. Juni 1787 bis zum
22. April 1788, bietet wesentlich dieselbe Physiognomie buntester
Zerfahrenheit. Während von den mit ihm lebenden Künstler=

della legislazione reformiren zu können sich vermaß. — S. Raumer,
Hist. Taschenb. 1871. V. Folge. I. 73. 74. Italien, Frankreich,
Teutschland, Alles war der Charlatanerie junger Leute preisgegeben,
die weder gründliches Wissen noch Erfahrung besaßen. Aus ihren
unreifen Tecocten stammt die ganze Weisheit des Revolutionszeit=
alters.

[1] In Palermo besuchte Göthe die unglücklichen Verwandten des
großen europäischen Haupt=Charlatans Cagliostro, für den er
ein geradezu auffallendes Interesse hegte. S. über diesen unsaubern
Vogel Brunner, Theologische Tienerschaft am Hofe Josephs II.
S. 190 ff. — Rohrbacher, Lyon. XI. 476. — Civiltà
Cattolica. Ser. X. Vol. III. p. 600 sqq. 728 sqq. Vol. IV.
477. 713 sqq. — In ächter Freimaurer=Uneigennützigkeit hat Göthe
die Unterstützung, welche er der armen Familie erwies, gleich in die
ganze Welt hinausposaunt, so daß man mit dem englischen Humo=
risten sagen kann:

> To John I owe some obligation,
> But John unluckily judges fit
> To publish it to all the nation:
> So John and I are more than quit!

Freunden ein jeder sein Fach und Geschäft trieb, Tischbein und Hackert ihre Malerei, Trippel Sculptur, Kayser Musik, Hirt Kunstarchäologie, Moritz Prosodik und Aesthetik, Reiffenstein Kunstliebhaberei, Handel mit Kunstsachen und Cicerone-Geschäfte, übernahm Göthe alle diese Künste zugleich und war dabei noch Dichter, Botaniker, Geologe, schrieb an den Herzog über den Fürstenbund, an den Minister Schmidt in Weimar über innere Landesgeschäfte, an Hofrath Voigt über das Bergwerk in Ilmenau, an Göschen über Buchhändlergeschäfte, an den Kammerdiener Seidel über den römischen Geldkurs und die römischen Finanzen. Es war genau dieselbe verwickelte Wirthschaft wie früher, nur daß das wärmere Klima ihm wohlbekam, daß er mit Acten und langweiligen Geschäften nichts zu schaffen hatte und sich ohne Zwang allen Einfällen überlassen konnte.

Als Dichter brachte er in diesen elf Monaten nicht viel zu Stande. Am 11. August 1787 glaubte er endlich mit dem längst begonnenen Egmont fertig zu sein; doch die Schlußredaction verzog sich noch bis zum 1. September. Die übrigen Monate vertändelte er an den fast werthlosen Singspielen „Erwin und Elmire" und an „Claudine von Villa Bella", die endlich im Januar 1788 nach Weimar abgehen konnte. Der Faust gedieh um zwei Scenen weiter. Tasso und alle übrigen Projecte und Fragmente blieben liegen. Nur an der Sammlung der kleineren Gedichte wurde ein wenig redigirt.

Als Künstler richtete Göthe noch weniger aus. Nachdem er sich monatelang in allen Kirchen und Kunstsammlungen umgesehen und doch nie ersättigt, monatelang gezeichnet und modellirt, Anatomie und Perspective getrieben, auf Kosten seines dichterischen Talents sich fast ausschließlich an Maler und Bildhauer angeschlossen und ganz in ihrem Ideenkreis gelebt hatte, langte er endlich bei dem trostlosen Facit an, daß er nicht zum Maler und nicht zum Bildhauer geboren sei.

Für den künftigen Aesthetiker waren freilich auch diese Erfahrungen nicht ohne Nutzen. Wurden sie auch nicht unmittelbar verwerthet, so lieferten sie doch, nebst all den Kunsteindrücken, die Göthe mit sich nahm, das Material zu den vielen Aufsätzen, welche er später über ästhetische Gegenstände veröffentlichte. Doch wie er ein sehr einseitiger Beobachter war, so hat er auch Italien als ein sehr einseitiger Kunstkritiker verlassen, mit unendlicher Ueberschätzung der Antike, mit blinder Abneigung gegen die katholische Kunst des Mittelalters.

Je weniger Früchte die italienische Reise aber unmittelbar zur Reise brachte, desto tiefer hat sie auf Göthe's spätere Geisteserzeugnisse eingewirkt, seiner geistigen Weiterentwicklung die Richtung gegeben, seine philosophischen, religiösen und ästhetischen Anschauungen für immer entschieden. Sein ganzes übriges Leben lang zehrte er von dem, was er in diesen anderthalb Jahren gesehen und genossen. Sein ganzes übriges Leben verharrte er auf dem Standpunkt, den er sich in Rom zurecht gelegt, und zog diese Folgerungen im Leben wie in der Kunst.

Hatte das Weimarer Hofleben auch den übermüthig wilden Studenten dem Aeußern nach zum zahmen Minister und bedächtigen Philister umgestaltet, so war er doch noch mit einem bedeutenden Rest von Werther-Sentimentalität und Götzen-Trotz auf den ausonischen Gefilden erschienen. Der frühere Briefwechsel an Frau von Stein war wesentlich eine Fortsetzung seiner zärtlichen Briefe an Lotte Buff und Auguste von Stolberg. Der Grundton war schmachtend zärtlich. Die Geliebte war ein überirdisches Wesen, nach dessen Huld der Dichter flehend seufzt, dem er Alles dankt, das allein die übrige Schöpfung verklärt, dem der Dichter sein ganzes inneres und äußeres Leben meist weinerlich, melancholisch, selten freudig und heiter zu Füßen legt. In Italien nimmt dieses Schmachten ein Ende. Der Joan qui pleure wird ein Jean qui rit. Göthe genießt. Er steht auf eigenen Füßen. Die Blumen sind jetzt schön, ohne daß Lotte daran riecht. Der Himmel strahlt sonnig und wonnig, ohne daß er sich in Lotte's Augen zu spiegeln braucht. Schwärmerei und Empfindsamkeit sind vorüber. Göthe sucht die Schönheit nicht mehr in unbestimmten, traumhaften Gestalten, in den Wolken Ossians, er zerlegt sie anatomisch, studirt ihre Propor tionen im Skelett, in den Muskeln, in der Perspective, in Licht und Farben, im concreten Zusammenhang mit der ganzen Natur: wäre es ihm gelungen, noch Mathematik zu studiren, er hätte sie auf mathematische Formeln reducirt. Da er nicht so weit fortschreiten konnte, hielt er sich um so mehr an das, was die Sinne erfassen konnten. Die Statuen der alten Götter studirte er mit nahezu abgöttischem Eifer, bei Sonnenlicht und Fackelschein. Raphaels Gemälde zerlegte er sich nach Grundsätzen der Künstler. Lustig und froh sah er sich auch in dem sinnlich-heitern Volksleben der Italiener um und zwar gerade in denjenigen Kreisen, in welchen Religion und Sitte am wenigsten blühten. Der Italiener ist nicht auf's Schmachten angelegt. Da gibt es keine Lotten und keine Werther. Der Italiener ist leidenschaftlich, stürmt zum Genuß, ersticht seinen Nebenbuhler oder macht sonst seinem glühenden Naturell Luft. Nur für Rache hat er eine zähe Geduld; aber durch ganze Kapitel den Mond anzuleiern und monatelang weinerlich nach der Sünde zu schielen, das ist nicht italienisch. Im Leben der italienischen Künstler fand Göthe nichts von dieser nordischen Melancholie und Sentimentalität; sie waren leichtlebige Sanguiniker, mit etwas cholerischer Beigabe dazu. Das Gewaltsame der Leidenschaft, das zu Mord und Todtschlag führte, war ihm verhaßt; er mochte das selbst in der Geologie nicht leiden und verwarf deßhalb von vornherein den Vulkanismus. Aber um so mehr sagte ihm jene sanguinische Leichtlebigkeit, jenes sorglose Genießen des Lebens, jener jugendlich elastische Realismus zu. „Mädchen, Weiber, Bücher, Gemälde und alle Arten von Hausrath sind jetzt wohlfeiler zu haben, weil Alles Geld braucht. Man lebt und macht sich lustig, um alsdann bis zum Karneval wieder eingezogen zu bleiben."[1] So schreibt er über die Zeit der römischen Villegiatur. Die unendliche Mühe und Sorgfalt, welche sich die katholische Kirche gab, die Schattenseiten des italienischen Volkscharakters zu überwinden, beachtete er nicht; noch weniger würdigte er die schönen Erfolge,

---

[1] Göthe's Werke (Hempel). XXIV. 857.

welche ihre erziehende Thätigkeit allzeit aufzuweisen hatte. Er sah nur auf die Mißerfolge, die jenen Erfolgen zur Seite gingen, um darüber zu spotten. Jene genußsüchtige Leichtlebigkeit aber, gegen welche die Kirche ankämpfte, machte er gerade zu seinem Evangelium; er entschädigte sich daran für den langen thüringischen Jammer.

Auf die religiösen Ideen, welche den größten Werken der Renaissance zu Grunde lagen, ging er nicht ein; aber die Liebschaften Raphaels, den Triumph der Galathea und die Geschichte der Psyche ließ er sich gefallen. Er las dazu Homer, vor Allem aber auch Ovid und die römischen Erotiker. So kam er an der Madonna vorbei, zu welcher die Künstler der Renaissance aus ihren Verirrungen büßend und reuig zurückkehrten, vorbei an dem katholischen Glaubensbekenntniß, das den erhabensten Schöpfungen des Medicäischen Zeitalters aufgeprägt ist. An die Stelle der Madonna trat für ihn „Helena", der Typus des schönen Weibes, nicht wie in der Aphrodite der Griechen mit der Würde der Gottheit umkleidet, sondern als bloßes Symbol höchster menschlicher Schönheit. Das war das Ideal, dem er sich fürder zuwandte und das sein ganzes Geistesleben beherrschte. Die Madonna der Renaissance betrachtete er nur als einen Schleier, den die Kunst unter dem Einfluß des Priesterthums seiner Göttin übergeworfen. Die höchste harmonische Körperschönheit war ihm fürder die höchste Offenbarung des Göttlichen und Menschlichen zugleich, der Höhepunkt, dem die ganze Natur zustrebte. Die Kunst ward ihm zur Religion, das Schöne zum Gott, und als Künstler betete er in seinen Werken fürder sich selbst an.

Hiermit war auch der frühere Titanismus überwunden. Er fühlte sich nicht mehr als Prometheus, der den Göttern das Feuer stahl. Er besaß das Feuer. Er war jetzt Pygmalion. Das Götterbild war in seinen Armen lebendig geworden. Stolz und selig lächelnd sah er jetzt auf die „barocke Komödie" und auf den „ungeheuern Betrug" herab, den die katholische Kirche achtzehn Jahrhunderte auf den Trümmern der alten Welt aufgeführt. Das Kreuz war für ihn gestürzt. Der alte Olymp

war mit neuem Zauber aus Roms Ruinen emporgestiegen und
hatte ihm mit den alten Classikern das Geheimniß des Schönen
und damit Alles, Alles erschlossen. Diesen Idealismus konnte
er überallhin mit sich nehmen, als er nicht ganz ohne Schmerz
das ewige Rom verließ und seiner Concubine Lebewohl sagte.

19. Egmont.

1775—1787.

„Je höher die sinnliche Wahrheit in dem Stück
getrieben ist, desto unbegreiflicher wird man es finden, daß der Verfasser selbst sie muthwillig zerstört.“
Friedrich v. Schiller.

„Egmont war der Repräsentant der harmonischen
Lebenslust, der schönen Selbstbefriedigung, die in
der Liebe zu Klärchen, einer idealen Verklärung der
Sinnlichkeit ohne alle conventionelle Rücksichten, ihren
vollsten Ausdruck findet.“ R. v. Gottschall.

Als unmittelbare Früchte der italienischen Reise werden gewöhnlich Iphigenie und Tasso dargestellt. Das gehört zur Ueberlieferung; historisch genau ist es aber nicht. Die Iphigenie wurde
in Italien nur prosodisch corrigirt und zwar im Anfang der
Reise, bevor antike Kunst, italienischer Himmel und künstlerischer
Lebensgenuß die ganze Geistes- und Gemüthsverfassung des Dichters umwandeln konnte. Der Tasso wurde erst 1789 vollständig
ausgeführt und wuchs dann noch langsam wie ein Orangenbaum,
allerdings gepflanzt auf italienischem Boden, aber erst im Treibhaus zu Weimar zu Blüthe und Frucht entwickelt. Ein ganz
italienisches Stück gibt es überhaupt nicht. Die „Nausikaa“, die
Göthe in Sicilien plante, ist Fragment geblieben.

Das einzige Stück, das nicht bloß in Bezug auf Form, sondern auch in Bezug auf Inhalt dem italienischen Aufenthalt sein
Dasein und seine Vollendung dankt, ist merkwürdiger Weise dasjenige, in welchem am wenigsten italienische Luft weht, ja welches
man füglich als einen deutschen Protest und Fehdebrief gegen
das katholische Italien bezeichnen könnte. Es ist der „Egmont“.

Das mag ein psychologisches Räthsel scheinen, ist es aber durchaus nicht, wenn man sich die Sache etwas nüchtern besieht. Poetische Pläne und Entwürfe mögen plötzlich unter den Zerstreuungen einer Reise entstehen und mit gutem Glück weiter gesponnen werden. Aber sorgfältige Versification und Correctur erfordern Stille, Ruhe, Sammlung. Vergeblich suchte Göthe deßhalb im Geschwirre der sicilianischen Reise irgend einen Plan festzuhalten. Aus ruhiger Arbeit wurde nichts. Eine neue Idee drängte die andere. Als er deßhalb am Anfang des zweiten römischen Aufenthalts, gedrängt durch den Contract mit Göschen, eine leichtere Arbeit suchte, ließ er Tasso, Faust und Nausikaa liegen und griff zum Egmont, der in Prosa geschrieben war und ihn voraussichtlich am wenigsten an seinen weiteren Kunststudien, Streifzügen und Malerübungen hemmte. Dazu forderte das katholische Rom den decidirten Nichtchristen, obwohl er ein schlechter Protestant war, doch unaufhörlich zum Widerspruch heraus. Die Verherrlichung eines Martyrers der Reformation war die entschiedenste Antwort. So konnte es an Stimmung nicht fehlen, und für ein „Klärchen" war auch gesorgt. Am begreiflichsten aber wird die Wahl des Themas durch die viele Mühe und Zeit, welche die „Iphigenie" in Versen gekostet hatte.

So ist denn auch Egmont kein geniales Werk aus Einem Guß, sondern ein Product jahrelanger, zerstückelter, launenhafter Thätigkeit. Schon im Jahre 1775 entwarf er einen Plan und schrieb einige Scenen, darunter einige Volksscenen und die Scene zwischen Macchiavel und Regentin im I. Act. Im December 1778 fügte er zwei Scenen hinzu, im Juni 1779 eine dritte. Nachdem diese Fragmente über zwei Jahre im Archiv der Frau von Stein geruht, klagte er im December 1781 über „den fatalen IV. Act", machte aber einen provisorischen Abschluß und schickte das Stück an Justus Mösers Tochter, die Frau von Voigts. Möser, der ihn gegen Friedrich II. in Schutz genommen, sollte es genau censiren. Das Vorlesen einzelner Scenen, das Herumschicken des unvollendeten Fragments, das Liegenlassen und Wiederaufnehmen unter dem Einfluß Anderer hatte seine Vortheile

Göthe zog viele Leute in sein Interesse hinein. Die Herren und vor Allem die Damen von Weimar wurden nicht müde, Bruchstücke und Correcturen anzuhören und ihre ästhetische Weisheit darüber vernehmen zu lassen. Alle Stücke Göthe's wurden schon berühmt, bevor sie einen Schluß hatten. Manche Bemerkung mag ihm zu Statten gekommen sein. Aber abgesehen von dem Mangel an Genialität, der in dieser schülerhaften Abhängigkeit sich offenbart, hatte die Methode auch ihre entschiedenen Nachtheile. Er bekam Allerlei zu hören. Er konnte nicht auf Alles eingehen. Im Lauf der Zeit veränderten sich seine eigenen Anschauungen. Fünf Jahre vergingen. Er nahm Egmont erst wieder vor, nachdem er von Sicilien nach Rom zurückgekehrt war. Er selbst hatte bedeutende Umwandlungen erfahren. Er war nicht mehr der jugendliche Studenten-Titane von Frankfurt, nicht mehr der schmachtende Schüler der Frau von Stein. „Es war eine unsäglich schwere Arbeit," sagt er selbst, „die ich ohne eine ungemessene Freiheit des Lebens und des Gemüths nie zu Stande gebracht hätte. Man denke, was das sagen will, ein Werk vornehmen, was zwölf Jahre früher geschrieben ist, es vollenden, ohne es umzuschreiben." Das war nur dadurch möglich, daß er Vieles ziemlich unverändert beibehielt, dann klebte und flickte, Einiges resolut herausschnitt und Anderes hinzusetzte. Da der alte Grundstock blieb, konnte er aber seinen neuen Kunsterfahrungen wenig Raum vergönnen; er mußte sich in die ursprüngliche Stimmung zurückzuversetzen suchen. So „unsäglich schwer" war das nun nicht, da er wieder ziemlich studentisch frei und ungebunden lebte. Aber der alte Wildfang war er doch nicht mehr.

Stoff und Anregung zum Egmont schöpfte Göthe aus der „Geschichte des belgischen Krieges", verfaßt von dem Jesuiten Famian Strada, einem geborenen Römer, am Anfang des 17. Jahrhunderts[1]. Auch Schiller war das Werk bekannt; er benützte

---

[1] Famiani Stradae Romani e Societate Jesu de Bello Belgico. Romae 1632, wurde sehr oft neu gedruckt und in verschiedene Spra-

es fast gleichzeitig mit Göthe für seine Geschichte des Abfalls der
Niederlande. Da Straba ein ausgedehntes Quellenmaterial zur
Verfügung stand und er dasselbe viele Jahre lang sorgfältig
durcharbeitete, so hat sein Werk noch heute historischen Werth.
Seine Darstellung ist durchgängig von der neueren Forschung
bestätigt worden. Für den Dichter aber war es von besonde-
rem Vortheil, daß der italienische Geschichtschreiber kein trockener
Annalist war, sondern ein zugleich feingebildeter Schriftsteller,
der sich in Bezug auf Form die antiken Historiker zum Vorbild nahm. Die verwickelten Ereignisse der revolutionären
Schilderhebung gestalten sich bei ihm zu einem großen Drama,
wie sie es wirklich waren. Er erzählt spannend, mit großer
Würde, aber zugleich mit anschaulicher Lebendigkeit. Das Tragische im Schicksale der beiden Grafen Egmont und Hoorn tritt
in seiner Darstellung mit der erschütternden Gewalt der Wirklichkeit hervor.

Der Charakter des historischen Egmont entspricht in hohem
Grade jenen Eigenschaften eines tragischen Helden, von welchen
die Wirkungsfähigkeit einer Tragödie bedingt wird und welche
Aristoteles nicht erfunden, sondern bloß nach vorliegenden Beispielen formulirt hat. Der Sieger von St. Quentin und Gra-
velingen ist ein tapferer, kräftiger General, muthig, ehrgeizig,
volksthümlich, ein bedeutsamer Vertreter und Held seiner Nation.

chen übersetzt: in's Französische von Du Rier, 1649; in's Spanische
durch be Novar; in's Italienische durch Papini, 1638; in's Niederländische durch Willem van Aelst, 1645; in's Englische durch Sir
Rob. Stapylton, 1650; in's Polnische, 1649. S. de Backer III.
957—959. Nur in's Deutsche scheint das Werk nicht übersetzt worden zu sein. Eine formgewandte Uebersetzung desselben, mit kritischen Noten und Benützung der seitherigen Forschungen, wäre noch
jetzt eine verdienstliche Arbeit, um den Mißbrauch gründlich nachzuweisen, den Göthe und Schiller mit diesem tüchtigen Geschichts-
werk getrieben haben. Der niederländische Dichter Vondel feierte
Straba in einem begeisterten Gedicht. Siehe Dietsche Warande.
Nieuwe reeks. I. 389.

Als sein Haupt fiel, erinnerte der französische Gesandte daran, daß Frankreich zweimal vor demselben gezittert. Karl V. hatte ihn mit dem goldenen Vließe geschmückt. Als Träger der ruhm= reichsten Erinnerungen hätte er bei festerem Charakter im Sturme des Aufruhrs ein mächtiges Bollwerk der bestehenden Ordnung werden können. Sein Herz und seine Familienverhältnisse drängten dazu hin. Aber er hatte nicht Klarheit und Festigkeit genug. Er schwankte, er ließ sich halb und halb in eine Bewegung hinein= reißen, die mit seiner Vergangenheit brach und deren Verwick= lungen er nicht gewachsen war. Das war sein Unglück, wie Holzwarth treffend weiter ausführt:

„In Spanien hatte ihn das Wohlwollen des Königs entzückt; in der Heimath angekommen, vermochte er nicht, die Maschen der von seinen Freunden verwickelten Cabale zu entwirren, und das rosenfarbene Licht, in dem er seinen Souverän geschaut, ver= düsterte sich. Der Gedanke an die Greuel des Bildersturmes erbitterte, der eigene Augenschein desselben entrüstete ihn[1], im Zorne der Entrüstung strafte er strenge, im Gedanken an seine Popularität, in der Eitelkeit, sie festzuhalten, theilte er freigebig Nachsicht und Versöhnung aus, und machte sich durch die Strenge verhaßt, durch die Milde verdächtig. Er war ein eifriger Katholik und hatte das Sectenwesen begünstigt, er war ein warmer An= hänger des Königs und hatte doch mitgeholfen zum Aufruhr

---

[1] Nur in diesem Zug ist diese Charakteristik, die ich Holz= warth (Der Abfall der Niederlande. Schaffhausen 1865. I. 305. 366) entnehme, nicht ganz genau. Denn Egmont begünstigte die Revolution mehr, als er hier andeutet. Nachdem er auf Befehl der Regentin am 14. August 1566 nach Ypern gegangen, ließ er die Bilderstürmer daselbst am 15. ruhig Kirchen und Klöster schänden, während er noch am Abend dieses Tages nach Aubenarde ging und daselbst die Bilderstürmer durch seine Gegenwart mehr ermuthigte als einschüchterte. S. de Gerlache, Histoire du Royaume des Pays-Bas. Bruxelles 1874. I. 127, und Holzwarth selbst I. 367 ff.

gegen ihn. Bis in die letzte Stunde der Entscheidung hinein, bis Oranien die Aufforderung zu offener Rebellion stellte, hatte dieser ihn ganz im Netze gehabt, vollständig am Gängelbande geführt. Jetzt, wo er mit ihm bricht, wo er sich entschieden für den König erklärt, läßt er sich doch noch mit Mißtrauen erfüllen, als ob es der König mit ihm und dem Lande doch nicht redlich meine. Immer unsicher sich wiegend auf den Wogen der Popularität, immer schwankend zwischen dem König und der Partei, der Vasallentreue und der Revolution, verfällt er dem Verhängnisse seines Charakters."

So wenig ein solcher Charakter dazu angethan war, ein entscheidender Held der Weltgeschichte zu werden, so sehr eignete er sich zum Helden einer Tragödie. Der ganze Kampf der Zeit drängte sich in seinem persönlichen Schicksal zusammen. Schuldlos und doch nicht ganz schuldlos fällt er als das Opfer der Revolution, die er hatte großziehen helfen und der er erst zu spät entgegentrat, und erleidet den Tod, den Oranien sich reichlich verdient hatte. Er war kein Martyrer des Aufstandes, kein Martyrer einer politischen Ueberzeugung, sondern das Opfer seines eigenen unglücklichen Charakters und einer noch unheilvolleren Politik, groß genug, daß sein Mißgeschick Furcht, schuldlos genug, daß es Mitleid erwecken muß. Tief ergreifend ist es, wie er selbst langsam ein drohendes Netz um sich webt, unklar über seine Lage sich selbst hineinstürzt und bis zum letzten Augenblicke noch Rettung hofft. Noch viel ergreifender ist die wirkliche Katastrophe: wie der Bischof von Ypern fruchtlos zu Alba's Füßen um Erbarmen fleht und nur gezwungen dem Gefangenen die Todesbotschaft überbringt, wie Egmont das Urtheil des Königs für unmöglich hält, endlich vor seiner wirklichen Unwiderruflichkeit zusammenbricht und nur in den Tröstungen des allgemein bekämpften Glaubens Muth und Kraft findet, sich wieder aufzuraffen und standhaft dem Tode in's Auge zu schauen[1]. Er

---

[1] Strada, Della guerra di Fiandra. Volgarizzata da C. Papini 1638. p. 321. 322. Holzwarth a. a. O. IIa. 287 ff.

sühnt mit seinem Blute die Schwäche, die er im Leben gezeigt, versichert sterbend den König seiner Treue und empfiehlt ihm die verlassene Familie, die er mit sich in's Unglück gestürzt. Die Tragik, die in seinem persönlichen Untergange liegt, wird mächtig gehoben durch den großen historischen Hintergrund, der damit verknüpft ist. Das Wohl seines Volkes, die höchsten Interessen der Religion stehen auf dem Spiele und leiden unter seiner Katastrophe.

Hauptsächlich in doppelter Weise ist Göthe nun zum größten Nachtheil seiner Tragödie in der Charakteristik des Egmont von der thatsächlichen Geschichte abgegangen: aus einem seine Schuld sühnenden Katholiken hat er einen Martyrer der Reformation gemacht, aus einem bedeutenden Kriegführer und Parteihaupt einen geckenhaften Lieutenant, der den Mädchen nachläuft und seine schöne Uniform von ihnen bewundern läßt. Diese sonderbare Umwandlung müßte fast unbegreiflich erscheinen, wenn sie sich nicht dadurch erklärte, daß Egmont ebenso wie Götz und Clavigo ein subjectives Bekenntniß des Dichters ist, der in seinem Helden die eigene Anschauungsweise zu verherrlichen suchte.

Als Göthe den Egmont begann, war er noch vollständig der vermeintliche Titane, der Himmel und Erde stürmte, Sokrates, Mahomet, Cäsar, den ewigen Juden und den Faust im Kopfe trug und sich dann zu Lili's Füßen setzte, um sich von dem Mädchen streicheln zu lassen. Es kam ihm durchaus nicht abgeschmackt, sondern sehr großartig vor, seine Genialität dem einfältigsten Backfisch zu Füßen zu legen. Diese triviale Liebschaft trug er deßhalb unbedenklich in den niederländischen Aufstand hinein, und so entstand denn statt einer großartigen historischen Tragödie ein seichtes Liebesdrama mit etwas geschichtlichem Aufputz und der üblichen Vergiftung zum Schluß.

Nachdem in einer lebendigen Volksscene die Zeitlage etwas[1]

---

[1] Das Bild ist sehr „allgemein menschlich". Von den Rederijkern, ihrer Poesie, ihren Pamphleten u. s. w., die in dem Aufstand eine höchst bedeutende Rolle spielten, scheint Göthe so gut wie nichts

gezeichnet ist, die Statthalterin Margaretha mit Macchiavel dieselbe diplomatisch besprochen hat, erscheint nicht der kriegerische
Parteiführer, an dessen Wohl und Wehe das Schicksal des Landes
geknüpft ist, sondern die allergewöhnlichste Grisette, die ihrem
Offizier dem unromantischen bürgerlichen Liebhaber vorzieht, nach
dem Ausdruck der Mutter „ein verworfenes Geschöpf". Der
arme Brackenburg leckt sich indeß noch die Lippen nach ihrem
ersten Kuß, lamentirt gewaltig im Stil der Werther-Periode, holt
ein Giftfläschchen hervor, hütet sich aber wohlweislich, das Gift
zu nehmen, da man dasselbe noch im fünften Acte braucht. Das
ist der erste Act.

Die Volksscene, mit welcher der zweite Act eröffnet wird, hat
abermals viel Lebendigkeit, wenn auch bei weitem nicht die
kräftige Localfarbe, welche Schiller dem Stücke zuschreibt. Egmont erscheint endlich, stillt eine Prügelei, hält mit seinem
Secretär eine Weimarer Bureauscene und tritt im Gespräche
mit Oranien vorübergehend als der wirkliche historische Egmont auf. Die Elemente, die Straba geboten, sind hier glücklich inscenirt.

Im dritten Act wird Margaretha abermals nicht einem der
Männer gegenübergestellt, mit denen sie in wirklichem Conflicte
stand, sondern ihrem erdichteten Secretär, dessen kurze unbedeutende
Zwischenreden ihren langen Monolog zum Dialog gestalten.
Darauf kommt unmittelbar die zärtliche Glanzscene. Klärchen
singt ihr „Freudvoll und leidvoll", Egmont zeigt ihr seine schöne
Uniform und dann caressiren sie einander. Er ist „nur Mensch,
nur Freund, nur Liebster".

---

gekannt zu haben. S. Dr. M. Philippson, Westeuropa im Zeitalter Philipps II. Berlin, Grote. 1882. S. 140. Refereynen ende
Liedekens van diversche Rhetoricienen etc. Bruessele, Michiel
van Flamont. 1564. — Diversche Refereynen ende Liedekens uit
Holland etc. Antwerpen, Françoys van Ravelingen. 1582 u. s. w.
Die Kenntniß der Rederijker-Poesie allein hätte dem Drama ein
ganz anderes Gepräge geben müssen.

Bansen und die Bürger melden nun die Ankunft Alba's und charakterisiren ihn, ohne daß die Handlung selbst sich eigentlich dramatisch auf der Bühne weiter entwickelt. Alba's Charakter ist im vierten Act nach der Reformationslegende zum Schauer-popanz gestaltet; um ihn sanft noch mehr herabzusetzen, ist ihm ein „natürlicher" Sohn als Lieblingskind beigesellt. Die inter-essanten Charaktere, welche der historische Blutrath bot, sind ganz vernachlässigt. Eine unendlich lange Scene zwischen Alba und Egmont stellt diesen als protestantischen Freiheitshelden, jenen als katholischen Unmenschen und Tyrannen dar und dient dazu, Egmont mit Anstand abfassen zu lassen. Die ganze Geschichte wird dabei in ein schiefes Licht gerückt.

Im fünften Act geht sie dann vollends wieder in's Liebes-drama über. Klärchen will Egmont retten und läßt sich dazu sogar die Begleitung des langweiligen Brackenburg gefallen, Egmont hält einen großen Monolog mit Anklängen an Shake-speare, an Göthe's Tagebücher und Briefe aus der ersten Weimarer Zeit und unendlichen Naturtiraden. Klärchen hält ebenfalls seinen Benefizmonolog. Brackenburg meldet ihr, daß Egmont nicht zu retten ist; darauf beschließt sie, sich zu vergiften. Umsonst sucht er ihr das auszureden, die überspannte Theaterheldin nimmt ihr Gift und wird mittelst Decorationskünsten und Musik in den Himmel aller verliebten Selbstmörderinnen hinüberbegleitet. Statt des Bischofs von Ypern überbringt der uneheliche Sohn Alba's das Todesurtheil. Statt tragisch zusammenzubrechen, wie es wirklich der Fall war, robomontirt Egmont wie ein Recensent der Frankfurter Gelehrten-Anzeigen; statt sich als christlicher Rittersmann zum Tode vorzubereiten, vermacht er Ferdinand sein Mädchen, schläft trotz all seiner aufgeregten Reden endlich ein und sieht nun im Traume das verklärte Klärchen, das, ob-wohl an Ferdinand abgetreten, als Genius der Freiheit aus dem Himmel des Selbstmords niederschwebt und ihren schönen Officier mit Lorbeer krönt. Ebenso unmotivirt, wie er eingeschlafen, er-wacht Egmont wieder, ergibt sich abermals robomontirend in sein Geschick und fordert die Welt zur wackern Fortsetzung der Revolution auf: „Schützt eure Güter! Und euer Liebstes zu retten, fallt freudig, wie ich euch ein Beispiel gebe!" Ein Siegesmarsch begleitet ihn zur Scene hinaus, und der Vorhang fällt.

„Als ein Drama, d. h. als ein für die Darstellung angelegtes Werk," so urtheilt Lewes von diesem Stücke[1], „entbehrt es der beiden Grundbedingungen: eines Conflicts elementarer Leidenschaften, aus dem das tragische Interesse entspringt, und der Verarbeitung seines Stoffes in dramatische Form. Jenes ist ein Fehler der Anlage, dieß der Ausführung; jenes ein Irrthum des dramatischen Dichters, dieß des Dramatikers . . . . Das Stück hat einen langsam schleppenden Gang und bei der Aufführung ermüdet es einigermaßen; weniger durch die Länge der Reden und Scenen, als wegen der undramatischen Behandlung der nebensächlichen Einzelheiten. Das Stück ist ein dialogisirter Roman, kein Drama."

Hierin kann man Lewes beistimmen; wenn er aber die beiden Charaktere „Egmonts" und „Klärchens" als „glänzende, lichte, herrliche Geschöpfe der Dichtung" feiert, ebenbürtig jedem andern in der langen Reihe der Kunstwerke, so muß man die poetische Darstellung von dem Werth und der sittlich-ästhetischen Bedeutung der beiden Charaktere unterscheiden. Was Sprache und Darstellung anbetrifft, so zeigt sich in denselben, bei unläugbaren Fehlern, doch immerhin Göthe's Genie, in dem Werthe und in der sittlich-ästhetischen Bedeutung der beiden Charaktere aber, wie in Clavigo, Werther und Stella — leider nur die Degradation von Göthe's Charakter, die Frucht genialer Schäferstunden und gehaltloser Liebeständelei. Er selbst hat „Klärchen" als eine „Nuance zwischen Dirne und Göttin" bezeichnet, und damit das Publikum gerichtet, das diese Apotheose einer Dirne, oder wie Gottschall sagt, die „verklärte Sinnlichkeit" als schönste Poesie beklatscht und feiert.

Mehr als ein Jahrhundert vor Göthe hat ein freier Niederländer, der noch mit den Söhnen und Enkeln der Bilderstürmer

---

[1] Lewes (Frese) II. 93.

zusammenlebte, zweimal den Abfall der vereinigten Niederlande zum Gegenstand einer dramatischen Dichtung gewählt. Obwohl begeisterter Protestant und Republikaner, hat er schon das erste Mal die gewaltige Staatsumwälzung unendlich viel würdiger aufgefaßt als Göthe. Freilich war es kein neuerlich geadelter Geheimrath und Hofpoet, der den Damen zu Gefallen die elenden Liebschaften seiner Jugend bis zum Ueberdruß wiederholte, und um „Poesie" zu leben, sich bei allen hübschen Gesichtern am Hofe herumbetrog. Es war ein schlichter Mann aus dem Volke, doch tief durchdrungen vom Glauben an einen persönlichen Gott, wahr und innig begeistert für sein Vaterland und dessen Freiheit. Die Revolution erschien ihm als erhabene Gottesthat, als eine Erlösung des auserwählten Volkes aus den Ketten der ägyptischen Knechtschaft. So dachte damals ein gläubiger, niederländischer Protestant.

Nachdem derselbe wackere Republikaner aber vierzig Jahre lang die Früchte jener Erlösung und die bittere Hefe jener Freiheit gekostet hatte, nachdem Oldenbarnevelds Haupt calvinistischer Tyrannei zum Opfer gefallen, Grotius in der Verbannung gestorben war, nachdem der Dichter selbst auf dem Gebiete seiner Kunst, in der Literatur und auf dem Theater, wie in seinen innersten religiösen Gewissens-Angelegenheiten das viel härtere Joch des „freien Volkes" erfahren hatte, da blickte er, bereits an der Schwelle des Greisenalters, noch einmal ernst und nachdenklich auf sein „Paschah", auf die vermeintliche Erlösung seines Volkes, auf die zertrümmerten Ideale seiner Jugend zurück, und er durchschaute dießmal den „Abfall" als „Abfall", als eine Nachahmung und Fortsetzung jener Rebellion, welche einst den stolzen Engeln das Glück des Himmels gekostet hatte. Sein zweites Drama über den „Abfall der Niederlande" ist noch heute der Stolz Hollands, das höchste Meisterwerk niederländischer Dramatik, als Vorläufer von Miltons „verlorenem Paradies" einer der großen Marksteine der Weltliteratur. Mag Calderon in seinem „Schisma von England", Shakespeare in seinem „Heinrich VIII." das äußere Getriebe der sogen. Reformationsepoche lebendiger, farbenreicher, bühnengerechter dargestellt haben, ihre innere Pragmatif hat der Niederländer zum wenigsten ebenso tief, großartig und echt dramatisch gezeichnet. Der Dichter heißt „Vondel", seine Dichtung „Lucifer". Wer Sinn für den wirklichen Volksgeist der freien Niederlande hat, der wird sich daran jedenfalls mehr erfreuen, als an Klärchens nichtssagendem Liebesgezwitscher und ihren schließlichen „Salto mortale in eine Opernwelt".

20. Ruhmvolle Quiescirung.

1788.

„Der Herr, auf seinen Römerzügen,
Hat, sich zu Nutz, euch zum Vergnügen,
Die hohen Alpen überstiegen,
Gewonnen sich ein heitres Reich."
Göthe. Faust II.

„Er wußte, wo es ihm die Wege verkürzte, seinen
Adel, Minister und Excellenz wohl hervorzukehren;
als Dichter und in seinen intimen Verhältnissen aber
ist er immer unbefangen bürgerlich geblieben."
H. Grimm.

Für das Herzogthum Sachsen-Weimar-Eisenach war Göthe's anderthalbjährige Abwesenheit kaum bemerkbar. Die kleine Staatsmaschine ging ruhig weiter. Der Geheimrath Schmidt trug „die Last des Staats", der Geheimrath Voigt besorgte das „Wasser"-Bergwerk in Ilmenau, der Wegcommissär Brunnquell baute eine neue Straße nach Jena, der Rath Kraus unterrichtete 30 junge Frauenzimmer im Zeichnen, der Meister vom Stuhl, Bode, machte eine Reise nach Paris, um der französischen Revolution voranzuhelfen [1], der Legationsrath Bertuch [2] verlegte sich auf National-

---

[1] Gutzkow, Unterhaltungen am häusl. Herd. 1854. II. 51. — Göthe's Werke (Hempel). XXIV. 857. 871. 872. — O. Jahn, Göthe's Briefe an G. Chr. Voigt. 121—134. — K. Göbeke, Schillers Briefwechsel mit Körner. Leipzig 1874. I. 66 ff.

[2] Die Literatur wurde in Weimar, nach Wielands Ausdruck, schon 1780 als lucrative „Manufactur" betrieben. Herder hatte nicht nur „Ideen", sondern dazu immer leidige „Schulden" und mußte suchen, mit den Ideen gegen die Schulden aufzukommen.

ökonomie, verpachtete seinen schlau parcellirten Garten so, daß er
6 % daraus schlug, schrieb sein Modejournal und eine Literaturzeitung, und Göthe's Kammerdiener Seidel grüßte von Zeit zu
Zeit sämmtliche Geheim- und andere Räthe im Namen seines
Herrn und Meisters.

Wieland betrieb den „Merkur" geradezu als Geschäft, um sich und
seine Familie durchzubringen. Ueber unsere „unvergleichliche deutsche
Nationalliteratur" schreibt er den 16. April 1780 (Wagner. 1835.
S. 237) an Merck: „Weimar spreizt sich von der literarischen Seite
immer mehr auf. In diesem Jahre ziehen wir bereits mit drei
Journalen zu Felde, die Acta Ecclesiastica nicht zu rechnen.
Jagemann's Magazin der italienischen Literatur gibt eine Menge
Notizen und wird Beifall finden und Absatz (!). Bertuch baut
sich bloß mit dem, was ihm sein spanisches Magazin in Einem
Jahre einträgt, ein schönes neues Haus in seinen Garten. Der
versteht, wo Barthel den Most holt! Das Lustigste ist, daß er an
den zwei ersten Bänden, die schon heraus sind, und über zwei
Alphabete halten, kaum 5—6 Bogen selbst gemacht hat. Einem an
Seele und Leib höchst armseligen Lohnübersetzer, der ihm die Gato-
machie und das erbauliche Leben des Grau Tacanno von Cuevedo
zusammen über 24 Bogen (freilich schlecht genug) übersetzt hat, gibt
er 10 fl. Summa summarum für seine saure Arbeit, und er selbst
streicht deductis deducendis für jeden Band 1000 Thaler in den
Sack. Denn die lieben Teutschen (Gott segne sie!), die sich in den
Kopf gesetzt haben, daß er ein klassischer Schriftsteller und das Ideal
eines vollkommenen Uebersetzers ist, finden es nicht zu viel, ihm für
sein Magazin jährlich vier Reichsthaler zu geben und er verkauft
1500 Exemplare. Voyez-Vous. so weit wirds weder der Hr. Br.
noch ich in der Welt bringen ... Er ist nun einmal ein Schriftsteller, wie ihn die Teutschen brauchen und haben wollen, und so
genießt er dessen auch." Als bei der Beamtenwahl in der Weimarer
Loge 1808 Göthe gegen Bertuch als Candidat stand, wurde auch
richtig nicht das „größte Genie Teutschlands" Meister vom Stuhl,
sondern der Mann, welcher wußte, „wo Barthel den Most holt"!
Die „Uneigennützigkeit" der classischen „Nationalliteratur", oder,
wie Wieland sagen würde, „Nationalmanufactur" ist hiermit über
jede Beanstandung erhoben.

Der Herzog lebte ganz der hohen Politik. Noch im November 1786 ging er abermals nach Berlin, wo sein Freund, der Prinz von Preußen, unterdessen als Friedrich Wilhelm II. den Königsthron bestiegen hatte. Er wurde der vorzüglichste Rathgeber und Gehilfe des neuen Königs in Sachen des Fürstenbundes[1]. Die Hauptarbeit des Fürstenbundes ging zunächst darauf, die Wahl eines österreichischen Candidaten für die Coadjutor-Stelle in Mainz zu hintertreiben und statt dessen einen richtigen „deutschgesinnten" Mann zum künftigen Kurfürsten zu erheben. Karl August arbeitete hierfür in Deutschland, der Marquis Luechesini wirkte als preußischer Bevollmächtigter, der Historiker Johannes Müller als kurmainzischer Agent am römischen Hof. Am 1. April 1787 gelangte ihr Plan zur Ausführung. Karl Augusts Freund, der Statthalter Dalberg, wurde mit einer Mehrheit von 15 Stimmen zum Coadjutor von Mainz erkoren. Der König von Preußen war höchlich zufrieden, die Erfurter Freimaurer hielten eine Freudenloge[2]. Mecklenburg-Schwerin war schon am Anfang des Jahres dem Fürstenbund beigetreten. Am 6. Juni unterschrieb Dalberg den Unionstractat und die geheimen Artikel. Nachdem diese Wahlcampagne mit „geprägten"[3] und ungeprägten Mitteln

---

[1] Weyland (Faselius), Karl August. S. 13 ff. — Ranke, Werke. XXXI. und XXXII. 259 ff. Aktenstücke. 504 ff. — Beaulieu-Marconnay, Dalberg. I. 63—142. — Briefwechsel Karl Augusts mit Göthe. I. 63—120. — Schöll, Karl-August-Büchlein. S. 57—86. — Häusser, Deutsche Geschichte. 193—217. — Schmidt, Unionsbestrebungen. — Dünzer, Karl August. I. 203 ff.

[2] Bei der Erhebung Er. Exc. des bisherigen Statthalters zu Erfurt, Karl Theodor, Reichsfreiherrn von Dalberg zum Coadjutor u. s. w. In der ☐ C. z. d. d. R. i. gehalten den 19. Juni 1787 vom Br. Redner.

[3] Brief Karl Augusts an Knebel vom 4. April 1787. — Schöll, Karl-August-Büchlein. S. 68. „Die geprägten Mittel, welche dabei angewendet worden, sind nicht werth, daß man sie nennt; gewiß ist kein Groschen dabei veruntreut worden." — Es waren doch

gewonnen war, arbeitete Karl August mit nicht geringerem Eifer
daran, sich mit dem Kurfürsten Karl Friedrich von Mainz über
die weiteren praktischen Ziele des Fürstenbundes zu vereinbaren.
Der Kurfürst drang vor Allem auf territoriale Sicherstellung
seines Staates und deßhalb auf militärische Verstärkung der
Festung Mainz.

Karl August dagegen wollte von Rüstungen und Subsidien
nichts wissen, sondern betonte die Nothwendigkeit einer weit-
gehenden Reform der Reichsverfassung. Der Reichshofrath sollte
eingeschränkt, die Visitation des Reichskammergerichts wieder
aufgenommen, die ganze Reichsgesetzgebung verbessert werden.
Während sich die Verhandlungen hierüber in die Länge zogen,
wohnte der Herzog in Berlin den Manövern bei, begleitete den
König zu den Revuen nach Schlesien und machte dann als Freiwilliger den Feldzug der Preußen nach Holland mit. Auf der
Hinreise im October und auf der Rückkehr im December wurden
in Mainz wieder Reformverhandlungen gepflogen. Es war von
einem Congreß deutscher Fürsten in Mainz die Rede. Karl
August arbeitete weitläufige Reformpläne aus.

„Wir bauen hier," schrieb er am 11. Januar 1788 von
Mainz aus an Herder, „emsig und denken bald etwas Sicht-
bareres als den Tempel der Freimaurer aufzuführen. Der Coadjutor ist ein guter, echter Schotte und trägt sein Schurzfell
nicht umsonst. Ich bin sehr begierig, Ihnen mündlich viel zu
erzählen und Sie dann zu fragen, ob sie uns loben, woran nicht
wenig liegt." [1]

Der König von Preußen ernannte ihn um diese Zeit zum
preußischen Generalmajor und übertrug ihm das Rohrische Küras-
sierregiment, das in Aschersleben stationirt war. Er ging zu
seinem Regiment, machte einige Zeit das „centaurische Leben",
b. h. die Exercierübungen mit, arbeitete aber nebenher und nachher

180 000 Gulden!! S. die Quittung bei Beaulieu-Marconnay,
Dalberg. I. 97.

[1] Schöll a. a. O. S. 70.

emsig an den Angelegenheiten des Fürstenbundes weiter. Sehr interessant ist sein Schreiben an den kursächsischen Minister Löben in Dresden (vom 30. März 1788), das er selbst französisch (!) concipirte und von Knebel in's Deutsche übersetzen ließ.

Die entschiedenste preußische Politik ist darin sehr anmuthig mit der Hoffnung verbunden: „Daß alter teutscher Sinn und Denkungsart noch unter uns zu erwecken sey; trotz aller Hindernisse, welche die Trägheit der Sitten und des Jahrhunderts in den Weg legt." „Man hoffte," heißt es dann weiter, „daß der träge Schlummergeist, der Teutschland seit dem Westphälischen Frieden drückt, endlich einmal zerstreut werden könnte, und daß mit diesem Kranze die teutsche Union sich als ein wahres wirksames Corps zur Aufrechterhaltung teutscher Freiheiten, Sitten und Gesetze, zuletzt schmücken sollte. Auf diese Art sah man das, was bisher geschehen, und was geschickte Hände zu diesem Bunde bereitet hatten, nur als die Anlage an, nur als den Grund, worauf das fernere Gebäude sollte errichtet werden." Nun war das Gebäude, d. h. ein erneuertes Deutschland, mit preußischer Spitze und größerer Unabhängigkeit der einzelnen Fürsten, durch die Theilnahmslosigkeit der letzteren schon in's Wanken gekommen. „Mein Wunsch ist," sagt der Herzog zum Schluß, „dem Einsturz eines Gebäudes zuvorzukommen, dessen Grundfeste eben erst gelegt worden, das unserer Denkungsart, unserem Jahrhundert Ehre machen sollte, und welches, wenn es nicht sollte erhalten werden können, wenigstens durch meine Schuld nicht ist vernachlässigt worden." [1]

Während der Herzog so den bereits wankenden Fürstenbund als diplomatischer Pfeiler zu stützen suchte, weihte sich sein kleiner Hof, wie ehedem, nur stiller als in der Genieperiode, geselligem Vergnügen und aller Art von künstlerischer Dilettanterie. Herzogin Luise widmete sich still und zurückgezogen der Erziehung ihres Prinzen. Anna Amalia hielt ihre literarischen Thees und Gesellschaften, studirte italienisch und griechisch, zeichnete und musicirte.

---

[1] Ranke a. a. O. S. 527—532.

Wieland plagte sich an seinem Merkur, Herder an seinen Ideen.
Auf Schiller, der im Sommer 1787 für etliche Zeit nach Weimar
kam, machte Stadt und Hof einen sehr ärmlichen Eindruck. Doch
imponirte ihm die kleine, gewählte Gesellschaft. „Wieland und
seine äußerst gute Frau, häßlich wie die Nacht, aber brav wie
Gold; Herder und seine Frau, beide voll Geist und Genie;
Bertuch und seine Frau (welche im Umgang recht sehr genießbar
sind); Bode, Voigt, Hufeland, Riedel, Schmidt und seine Tochter
(welche immer so viel werth sind als die guten Dresdener Menschen), die Schröder, die Frau von Stein und ihre Schwester,
die Imhof, Knebel und noch andere — lauter Menschen, die
man an einem Ort nie beisammen findet," meinte er, könnten
für ihn und seinen Freund Körner einen schönen Hintergrund
abgeben. „Der Herzog und alle Weimaraner würden gewinnen,
und ich, der ich mich von Euch nicht trennen würde, könnte dann
auch hier existiren." Augenblicklich aber fand er die Verhältnisse
noch keineswegs ideal.

„Göthe's Geist hat alle Menschen, die sich zu seinem Zirkel
zählen, gemodelt. Eine stolze philosophische Verachtung aller
Speculation und Untersuchung, mit einem bis zur Affectation ge-
triebenen Attachement an die Natur und einer Resignation in
seine fünf Sinne; kurz, eine gewisse kindliche Einfalt der Vernunft bezeichnet ihn und seine ganze hiesige Secte. Da sucht
man lieber Kräuter oder treibt Mineralogie, als daß man sich
in leeren Demonstrationen verschinge. Die Idee kann ganz gesund
und gut sein, aber man kann auch viel übertreiben."[1]
Mit diesem Einfluß fand er in Weimar bereits einen förmlichen Göthe-Cultus verbunden, und der wärmste der Anbeter
war Herder.

„Göthe wurde von sehr vielen Menschen (auch außer Herder)
mit einer Art von Anbetung genannt, und mehr noch als Mensch,
denn als Schriftsteller geliebt und bewundert. Herder gibt ihm
einen klaren, universalen Verstand, das wahrste und innigste

---

[1] Gödeke a. a. O. I. 87.

Gefühl, die größte Reinheit des Herzens! Alles, was er ist, ist er ganz, und er kann, wie Julius Cäsar, vieles zugleich sein. Nach Herders Behauptung ist er rein von allem Intriguengeist, er hat wissentlich noch niemand verfolgt, noch keines andern Glück untergraben. Er liebt in allen Dingen Helle und Klarheit, selbst im Kleinen seiner politischen Geschäfte, und mit eben diesem Eifer haßt er Mystik, Geschraubtheit, Verworrenheit. Herder will ihn ebenso und noch mehr als Geschäftsmann, denn als Dichter bewundert wissen. Ihm ist er ein allumfassender Geist. — Seine Reise nach Italien hat er von Kindheit an schon im Herzen herumgetragen. Sein Vater war da. Seine zerrüttete Gesundheit hat sie nöthig gemacht. Er soll dort im Zeichnen große Schritte gethan haben. Man sagt, daß er sich sehr erholt habe, aber schwerlich vor Ende des Jahres zurückkommen würde." [1]

Schiller war längst wieder von Weimar fort, der Herzog dagegen von Aschersleben zurück, als Göthe — am 18. Juni 1788 Abends wieder von Rom heimkehrte. Er hatte sich für die Rückreise wenig Zeit gegönnt. Am 22. April verließ er Rom. Nach einem kurzen Aufenthalte in Florenz und in Mailand langte er schon Anfangs Juni in Konstanz an. Obwohl längst erwartet, verursachte seine Rückkehr doch großen Jubel. Alles drängte sich um ihn. Fast täglich mußte er an der Hoftafel speisen. Der Prinz von Gotha und der Herzog von Meiningen hörten mit gespanntem Interesse die Berichte des Reisenden an. Die Herzogin-Mutter und Herder, welche nun ebenfalls in's Land der blühenden Citronen reisen wollten, ließen sich Alles einzeln erklären. Die fünf Bände der gesammelten Schriften hatten den Ruf des Dichters neu aufgefrischt. Für die folgenden Bände brachte er, wenn auch kein größeres vollendetes Werk, so doch manche kleinere Sachen und Sächelchen mit. Ganze Mappen voll Zeichnungen, Skizzen, Pläne illustrirten die Schilderungen des Dichters, der ganz voll von Italien war; und wenn er, haushälterischer und gemessener als früher, seiner Begeisterung

---

[1] Das. 88. 89.

Luft machte, so währte die Unterhaltung um so länger und wurde der Gefeierte um so ehrfurchtsvoller angestaunt.

Für seine künftige Stellung hatte er noch von Rom aus gesorgt, d. h. im Grunde sowohl als Minister wie auch als Factotum bei Hofe abgedankt und sich selbst zur Disposition gestellt, aber in so fein diplomatischer Weise, daß seine politische Quiescirung sich zu einem wahren Triumph gestaltete. Sein Brief darüber ist ein diplomatischer Meisterzug[1]. Nachdem er dem Herzog seine Rückkehr und deren Reiseroute angegeben, fährt er fort:

„Wie ich nun nach diesen Aspekten erst in der Hälfte Juni anlangen könnte, so würde ich noch eine Bitte hinzufügen, daß Sie mir nach meiner Ankunft, dem Gegenwärtigen den Urlaub gönnen wollten, den Sie dem Abwesenden schon gegeben haben. Mein Wunsch ist, bei einer sonderbaren und unbezwinglichen Gemüthsart, die mich sogar in völliger Freiheit und im Genuß des ersehntesten Glücks Manches hat leiden lassen, mich an Ihrer Seite, mit den Ihrigen, in den Ihrigen wiederzufinden, die Summe meiner Reise zu ziehen und die Masse mancher Lebenserinnerungen und Kunstbetrachtungen in die drei letzten Bände meiner Schriften zu schließen.

„Ich darf wohl sagen: Ich habe mich in dieser anderthalbjährigen Einsamkeit selbst wiedergefunden; aber als was? Als Künstler! Was ich sonst noch bin, werden Sie beurtheilen und benützen.“

In der zartesten und elegantesten Weise versicherte er den Herzog dann, daß er nunmehr weit genug sei, selbst — ohne Mentor — zu regieren. Für sich bat er nur um ein bescheidenes Plätzchen als Gast. Die Kammerpräsidentschaft mit dem Kriegsministerium sollte der Geheimrath Schmidt, der diese Stellen während der Reise provisorisch verwaltet hatte, nunmehr definitiv übernehmen. Als zweiten Mann für die Administration empfahl er den früheren Jugendgenossen des Herzogs, den jetzigen Kammerherrn und Oberforstmeister von Wedel. Er selbst wollte mit

---

[1] Briefwechsel Karl Augusts mit Göthe. I. 113—118.

einer responsabeln Finanzverwaltung nichts mehr zu schaffen haben, sondern höchstens allenfalls seinem Nachfolger hie und da einen vertraulichen Wink ertheilen. Sein Fiasco als Finanzminister gestand er, wenn auch in etwas verblümter Weise, ein:

„Hätte ich beim Antritt meiner Interims-Administration mehr Kenntniß des Details in denen damals einigermaßen verworrenen Zuständen, mehr Entschlossenheit bei einem allgemeinen öffentlichen und heimlichen Widersetzen, mehr Festigkeit gehabt, so hätte ich Ihnen manchen Verlust und mir manche Sorge, Verdruß und wohl gar Schiefheit ersparen können. Es war nur Ihnen selbst mit der Zeit vorbehalten, zu thun, was unter andern Verhältnissen Andere nur gewünscht hatten.“

Zum Schluß dankte er mit den tiefsten Bücklingen nochmals ganz, vollständig ab:

„In dem Geiste und Sinne, wie ich Sie handeln sehe, können Sie nichts thun, was nicht auch mir sowohl fürs Ganze als für mein Individuum wünschenswerth erscheinen sollte. Selbst wird es mir Freude machen, in eine eingerichtete Haushaltung zu treten, so viele schwankende Gemüther, welche theils durch Ihre Abwesenheit, theils durch unbestimmte Lagen zweifelhaft und ängstlich waren, beruhigt zu finden, und nicht als Einer, der ordnen und entscheiden hilft, sondern als Einer, der sich in das Entschiedene und Geordnete mit Freuden fügt, aufzutreten. Sie sind gut berathen und werden es nach der Art, wie Sie zu Werke gehen, immer besser sein.“

Man kann sich kaum der Heiterkeit erwehren, wenn man diese spiralartig gewundene, fein gedrechselte Höflingssprache mit den souveränen Orakelsprüchen vergleicht, welche Göthe noch vor wenigen Jahren über seinen Karl ergehen ließ, oder mit den gradlinigen und stallduftenden Kraftausbrücken, mit denen er schon bei Uebernahme des Regiments das Nichtige dieser zeitlichen Herrlichkeit charakterisirte und die sich nur mit . . . . wiedergeben lassen. Es war wirklich eine Bekehrung vorgegangen, der Student war Philister, und der Minister ergebenster Hofpoet geworden.

Karl August nahm die Demission an, machte sie aber so ehrenvoll als möglich. Der von Göthe patrocinirte Schmidt wurde Kammerpräsident, der ihm ebenso genehme Voigt in die Kammer berufen. In der Bergwerkscommission behielt Göthe einstweilen seinen Sitz bei. Sein Titel als Geheimrath und sein Jahresgehalt von 1800 Thalern blieb gesichert, den langweiligen Conseilssitzungen brauchte er aber fürder nicht beizuwohnen. Dasselbe herzogliche Rescript an die Kammer, durch welches Schmidt zu deren Präsidenten ernannt wurde, eröffnete zugleich, daß der inzwischen vom Kaiser Joseph II. in den Adelstand erhobene, Geheime Rath von Göthe, „um in beständiger Connexion mit den Kammer-Angelegenheiten zu bleiben," berechtigt sei, „den Sessionen des Collegii von Zeit zu Zeit, so wie es seine Geschäfte erlauben, beizuwohnen und dabei seinen Sitz auf dem für Uns (den Herzog) selbst bestimmten Stuhle zu nehmen" [1].

Großmüthiger konnte der Herzog nicht handeln. Er nahm Göthe alle Sorge und Verantwortlichkeit ab und setzte ihn dafür als Hospitanten auf den eigenen Fürstenstuhl. Artiger ist vielleicht nie der Krach und die Demission eines Ministers verzuckert worden. Karl August war nicht vergeblich Göthe's Schüler am Liebhabertheater gewesen. Zum vollen Triumphe fehlte nichts, als daß Göthe noch die Hand einer hohen Dame, zum wenigsten einer schönen Gräfin erhalten hätte. Mit etwas Geduld hätte sich vielleicht auch das erringen lassen; aber er war jetzt schon 39 Jahre alt — und hatte nicht mehr die Geduld, auf eine solche Ergänzung seiner fürstlichen Hofpoetenstellung zu warten.

[1] Vogel, Göthe in amtlichen Verhältnissen. Jena 1834. S. 5.

21. Christiane Vulpius.

1788—1790.

„Man verletzt die Sitten nicht ungestraft. Zu rechter Zeit hätte Göthe gewiß eine liebende Gattin gefunden; und wie ganz anders wäre da seine Existenz! Das andere Geschlecht hat eine höhere Bestimmung, als zum Werkzeug der Sinnlichkeit herabgewürdigt zu werden; und für entbehrtes häusliches Glück gibt es keinen Ersatz.“

Körner an Schiller. 27. Oct. 1800.

„Euch darf ich's wohl gestehen — seit ich über den Ponte molle heimwärts fuhr, habe ich keinen rein glücklichen Tag mehr gehabt.“

Göthe. Unterh. m. d. Kanzler v. Müller.

Zehn Jahre lang hatte Göthe die Oberstallmeisterin Charlotte Freifrau von Stein seiner einzigen, ausschließlichen, ewigen und unwandelbaren Liebe versichert. Sie war sein Engel, seine Beichtigerin, seine Seelenführerin, seine Besänftigerin, seine Geliebte, seine Einzige, seine Madonna, seine Sonne, sein Alpha und Omega. Gott und Welt, Natur und Kunst, Himmel und Erde hatte er ihr zu Füßen gelegt. Was bis dahin noch keinem der verrücktesten Liebespoeten geglückt war, das war ihm geglückt: Zehn Jahre lang mit unermüdlicher Beharrlichkeit an dieselbe Dulcinea Liebesbriefe zu schreiben. Sie hatte den kleinsten Zettel aufbewahrt, wie ein Heiligthum, einen kostbaren Schatz. Diese Heiligthümer waren zu einem ganzen Archiv angewachsen. Noch von Italien aus erhielt sie, allerdings mit vielen Reticenzen und puren Reservationen, seine monatliche Beicht — den Rahm, die Blüthe der italienischen Reise. Ihr Verhältniß zu Göthe erhob

sie in Schillers Augen zu der bedeutendsten Frau am Hofe[1].
Noch von Palermo aus schrieb ihr Göthe in dem thränenfeuchten
Stil der Wertherzeit:

„Was ich Euch bereite, geräth mir glücklich. Ich habe schon
Freudenthränen vergossen, daß ich Euch Freude machen werde. —
Lebe wohl, Geliebteste! Mein Herz ist bei Dir, und jetzt, da
die weite Ferne, die Abwesenheit Alles gleichsam weggeläutert
hat, was die letzte Zeit zwischen uns stockte, brennt und leuchtet
die schöne Flamme der Liebe, der Treue, des Andenkens wieder
fröhlich in meinem Herzen.“[2]

Nun war er wieder da. Er hatte den Blick an hundert
Götterstatuen geläutert, die „Flamme der Treue“ war von andern
Phänomenen aufgezehrt. Er war fröhlich, aber seine Freude galt
nicht dem Wiedersehen, sondern dem Zauber der Kunst, dem un=
vergeßlichen Italien. Er sah Charlotte nicht mehr mit dem Blick
des Träumers an. Er bemerkte ihre mehr als 40 Jahre, und
fühlte keine Lust, die tägliche Billetpost mit ihr wieder zu er=
öffnen. Die fein gebildete Baronin, die frühere Sonne seines
Lebens, trat in die Reihe der Personen zurück, mit denen sich
eine nützliche freundschaftliche Liaison unterhalten läßt. Sie konnte
ihm allenfalls behilflich sein, die Masse seiner Lebenserinnerungen
für die weiteren Bände seiner Schriften zu verwerthen. Sie
hatten sich geliebt, und Göthe strich keine seiner Geliebten aus
dem Buche seiner Erinnerung. Er mied deßhalb einen offenen
Bruch mit ihr, wagte keine offene Erklärung, die einen solchen
herbeiführen konnte, nahm aber den Faden seines Romans nicht
wieder auf.

Noch kaum einen Monat war er wieder in Weimar, da be=
gegnete ihm im Park eine kleine Blondine von 23 Jahren,
Christiane Vulpius mit Namen, und überreichte ihm eine Bitt=
schrift. Sie war Waise. Ihr Vater war Amtsarchivar gewesen,
hatte aber schon einige Zeit vor seinem Tod (1786) seine Stelle

---

[1] Göbele a. a. O.
[2] Göthe's Werke (Hempel). XXIV. 776.

niederlegen müssen. Ihr älterer Bruder Christian August hatte Jura studirt, vorläufig keine Anstellung gefunden. Er suchte sich nun mit literarischen Arbeiten und Schreiberdiensten durchzuschlagen; aber eben war ihm sein Dienst als Secretär gekündigt, und deßhalb wandte er sich an Göthe. Christiane, die keine feinere Bildung erhalten hatte, aber gut kochen und nähen konnte, arbeitete als Blumenmacherin in Bertuchs Fabrik. Das arme Fabrikmädchen war nicht von feiner, idealer Schönheit, aber gesund, munter und drall. Sie hatte, wie ein Gerücht besagt, schon bei einem Besuch in der Fabrik die Aufmerksamkeit Göthe's erregt. Genug, sie gefiel ihm, und er beantwortete die Bittschrift damit, daß er sich in sie verliebte und sie zu seiner Concubine nahm [1].

Das ist kein schönes Wort, aber es ist das einzige, was dieses neue Verhältniß schlicht und recht bezeichnet. Eine officielle Ehe wollte Göthe nicht eingehen; er erfüllte weder die religiösen, noch die bürgerlichen Formalitäten, an welche die Eingehung einer Ehe im Herzogthum Sachsen Weimar-Eisenach geknüpft war. Noch gegen das Ende seines Lebens erklärte er: „Fast alle Gesetze seien Synthesen des Unmöglichen: z. B. das Institut der Ehe. Und doch sei es gut, daß dem so sei, es werde dadurch das Möglichste erstrebt, daß man das Unmögliche postulire." [2]

· Um seinen unsterblichen Ruhm bei denjenigen aufrecht zu er-

---

[1] Dünzer, Karl August. I. 304. „In einem unbewachten Augenblicke ließ er sich leidenschaftlich hinreißen und so ward sie am 13. Juli ganz die Seine, obgleich das Verhältniß zunächst geheim blieb." In Göthe's Leben. 1882. S. 420 sagt er: „Göthe soll Christianen in sein Gartenhaus bestellt haben. Wir wissen nur, daß er Sonntags, den 13. Juli, noch keine vier Wochen nach seiner Rückkehr, seine Gewissensehe mit der Glücklichen (!) schloß." So beginnt der dritte Theil der Dünzer'schen „Mystik".

[2] Burkhardt, Unterhaltungen mit dem Kanzler von Müller. S. 71. Ein andermal sagte er: „So sei auch der Begriff der Heiligkeit der Ehe eine Cultur-Errungenschaft des Christenthums und von unschätzbarem Werth, obgleich die Ehe eigentlich unnatürlich sei." !!

halten, welche die Ehe nicht als eine Synthese des Unmöglichen, sondern als die naturrechtliche, geheiligte Grundlage des ganzen socialen Lebens betrachten, hat man das mehr als zweideutige Verhältniß eine „Gewissensehe" genannt. Das ist aber willkürliche Schönfärberei. Noch Monate lang, nachdem der angebliche Gewissensbund geschlossen, nahm Göthe die junge Blumenmacherin nicht in sein Haus auf, fast zwanzig Jahre lang unterschrieb sie sich noch „Christiana Vulpius"[1], nicht Frau von Göthe; erst als sie ihm das erste Kind geboren, lebte er offen mit ihr zusammen. Erst 1806 führte er sie zum Altar und ließ seinen August legitimiren. Göthe's Mutter sah das Verhältniß nicht für eine Ehe an. Sie nannte Christiane seinen „Bettschatz"[2]. Göthe selbst sprach noch Jahre lang nicht von seiner Gemahlin, sondern nur von seinem „Mädchen". „Ich sehne mich," schreibt er an den Generalsuperintendenten Herder von Ruhla aus, „herzlich nach Hause, meine Freunde und ein kleines Erotikon wieder zu finden, dessen Existenz die Frau (Herders Frau, Caroline) dir wohl wird vertraut haben." Noch deutlichere Stellen, wie antirealistisch er das Verhältniß nahm, enthalten andere Briefe[3]. Wenn man sein Verhältniß zu Christiane nichtsdestoweniger eine „Gewissensehe" nennen will, dann kann man getrost auch an die Liebesverhältnisse Ovids diesen Euphemismus verschwenden. Von dem Ernst, der Würde und Weihe, welche die Ehe selbst bei barbarischen Völkern besitzt, ist in den Dichtungen dieser Zeit nichts zu spüren; es qualmt in ihnen nur jene glatte, üppige

[1] Briefe von Göthe ꝛc. an Nicolaus Meyer. Leipzig 1856. S. 68—103. Im August 1806 unterschreibt sie sich zum ersten Male: „Chr. von Göthe." S. 105.

[2] Keil, Frau Rath. S. 318. — Sie nennt sie auch „Liebchen", S. 314 das., aber nicht „Frau".

[3] Aus Herders Nachlaß. I. 113. 116. 130. Zur letzteren Stelle, welche nicht über den ideellen Gesichtskreis eines liederlichen Bauernburschen oder der „Christel von Artern" hinausgeht, bemerkt Frese mit Recht: „So schrieb damals ein Minister an einen Generalsuperintendenten!" Lewes (Frese) II. 122.

Sinnenlust, welche die erotische Dichtung eines Ovid zugleich charakterisirt und entwürdigt.

Schon der Umstand, daß Göthe mit seinem Verhältniß nicht offen hervorzutreten wagte, zeigt, daß er nicht guten Gewissens war. Wie ein Dieb nur konnte er zu Christiane schleichen; er wagte es nicht, sich öffentlich mit ihr zu zeigen. Nur nach und nach theilte er sein „süßes Geheimniß" Einzelnen mit und tastete, ob die Weimarer Gesellschaft seinen völligen Bruch mit Sitte, Religion und Herkommen wohl ertragen könnte. Die Religion mochte ihm allerdings wenig Bedenken machen, da er längst sich dem Evangelium der fünf Sinne zugewandt und das Haupt der Weimarischen Kirche, der Generalsuperintendent Herder, an dem „Erotikon" keinen Anstoß nahm. Aber um so mehr war die Eifersucht und die Klatschsucht der Weimarer Damen zu fürchten [1]. Vereinzelt waren auch einige dabei, welchen, wie der Herzogin Luise, das Institut der Ehe nicht als „eine gesetzliche Unmöglichkeit" galt. Am meisten fürchtete Göthe aber die Frau von Stein, die ihr ganzes Herz an ihn gehängt, ihn für immer an sich gefesselt glaubte. Welch ein Schlag mußte es für die zartfühlende, hochgebildete, enthusiastisch liebende Freifrau sein, sich von einem rohen Fabrikmädchen verdrängt zu sehen! Bei ihrer Kränklichkeit

---

[1] „Die Geschichtschreiber der ‚Glanzzeit' Weimars streifen zwar über diese schmutzige Rückseite der glänzenden Medaille meist nur ganz leise hinweg oder suchen dem Publikum nur die Glanzseite zu zeigen; aber um so mehr überzeugt man sich, daß ‚Klatsch' oder ‚Standalsucht' eine der Hauptleidenschaften der sogenannten ‚guten' Gesellschaft von Weimar bildeten." Blätter f. lit. Unterh. 1861. I. 439. — Vgl. Beaulieu-Marconnay, Anna Amalia. S. 228. — Als „intriguante Klatsch-Schwestern" werden besonders die Frau v. Schardt und die Frau v. Kalb erwähnt, mit denen indeß Göthe zeitweilig sehr freundschaftlich stand. S. Bl. f. lit. Unterh. 1860. II. 805. Sie dienen jetzt gewöhnlich als Blitzableiter, um das Odium auf sie zu wälzen, das Göthe's unsaubere Affairen selbst verdienen. Doch beruht ihr sogen. „Klatsch" vielfach auf durchaus verbürgten Thatsachen.

konnte ihr die Entdeckung vollends den Rest ihrer Gesundheit
kosten. Göthe selbst hing noch an ihr. Ihr Unwille konnte ihm
nicht gleichgültig sein, nachdem sie zehn Jahre lang sein volles
Vertrauen besessen und fast alle Geheimnisse seines Lebens vernommen hatte[1].

Mit dem bösen Gewissen eines Verräthers schlich er jetzt um
sie herum, verbarg ihr die schon erfolgte Katastrophe ihres zehnjährigen gemeinschaftlichen Romans, ja gerade unmittelbar, nachdem er Christianens Bittschrift entgegengenommen, fing er wieder
an, dann und wann ein Blatt an Frau von Stein zu schreiben.
Sie fühlte mit ihrem feinen Takt bald, daß eine erstaunliche
Veränderung sich zugetragen. Um so ängstlicher verbarg er deren
Ursache, und suchte das frühere Liebesverhältniß langsam, vorsichtig, ohne Eclat zu einer gewöhnlichen literarischen Freundschaft
umzugestalten. Er bat sie, „es nicht zu genau mit seinem jetzt
so zerstreuten, ich will nicht sagen zerrissenen Wesen" zu nehmen,
ihr dürfe er schon gestehen, daß sein Inneres nicht wie sein
Aeußeres sei. Er versprach, ihr den achten Band seiner Werke
zur Durchsicht zu übergeben, redete ihr von seinem Tasso, ließ
sich von ihr ein Frühstück schicken und bat um ihre Liebe —
genau wie ehedem[2]. So geschickt er sie zu täuschen suchte, vermochte er es doch nur halb. Die scharfblickende Frau ließ sich
mit diesen Liebesversicherungen im alten Stil nicht beruhigen.
„Vergib mir, meine Liebe," schrieb er ihr jetzt, „wenn mein letzter
Brief ein wenig confus war, es wird sich Alles geben und auflösen, man muß nur sich und den Verhältnissen Zeit lassen."
Mit der größten scheinbaren Gleichgiltigkeit verlangte er von ihr
seine italienischen Reisebriefe zurück, um, wie er sagte, etwas für
Wielands Merkur daraus zusammenzuschreiben. Sie händigte
ihm dieselben ein, und er lieferte für das Octoberheft eine Anzahl
von Aufsätzen unter dem Titel „Auszüge aus einem Reisejournal"[3].

----

[1] Schöll, Briefe an Frau v. Stein. III. 335—337. — Düntzer.
Charlotte v. Stein. I. 288—320.

[2] Schöll a. a. O. III. 305.   [3] Schöll a. a. O. III. 307.

Während der Reise Herders in Italien besuchte Göthe dessen Frau so häufig, daß sich die Eifersucht der Frau von Stein für einige Zeit auf diese lenkte und Herder selbst in Italien für die Tugend seiner Frau bange ward[1]. So fühlte Göthe sein eigentliches Geheimniß um so sicherer und bewahrte es vor den Augen Charlottens bis in das folgende Jahr hinein. Unbeschreiblich groß war ihre Aufregung, als sie im März 1789 endlich die wirkliche Sachlage erfuhr. Vergeblich suchte Göthe sie zu besänftigen:

„Wenn Du manches an mir dulden mußt, so ist es billig, daß ich auch wieder von Dir leide. Es ist auch so viel besser, daß man freundlich abrechnet, als daß man sich immer einander anähnlichen will, und wenn das nicht reussirt, einander aus dem Wege geht. Mit Dir kann ich am wenigsten rechten, weil ich bei jeder Rechnung Dein Schuldner bleibe. Wenn wir übrigens bedenken, wie viel man an allen Menschen zu tragen hat, so werden wir ja noch, Liebe, einander nachsehen. Lebe wohl und liebe — mich. Gelegentlich sollst Du wieder etwas von den schönen Geheimnissen hören.“[2]

Das war der Frau von Stein zu viel. Sie konnte sich nicht darein finden, einen Menschen weiter zu lieben, der so orientalisch mit der Liebe umsprang und von ihr verlangte, die Nebensonne des ersten besten Fabrikmädchens zu sein. Vor Schmerz und Gram erkrankte sie ernstlich. „Die Stein,“ schrieb Herders Frau um diese Zeit (8. Mai), „ist sehr, sehr unglücklich und Göthe beträgt sich nicht hübsch. Da die Unglücklichen immer unter der Zahl der Heiligen bei mir sind, so steht auch sie jetzt bei mir in dieser Zahl, und ich fürchte, der Kummer verkürzt ihr das

---

[1] Letztere war, wie H. Marggraff sagt, „heftig und leidenschaftlich sinnlich“. Dabei gab sie viel auf Träume und sogar auf Kartenorakel (s. Bl. f. lit. Unterh. 1860. II. 694). — Göthe erzählte ihr so viel von seinem leichtfertigen Leben und von seinen „Buhlereien“ in Rom, daß sie an der ehelichen Treue ihres Mannes zu zweifeln begann und sogar im Traum von häßlichen Vorstellungen darüber gefoltert wurde.

[2] Schöll, Briefe an Frau von Stein. III. 326.

Leben. — Er hat sein Herz, wie sie glaubt, ganz von ihr gewendet, und sich ganz dem Mädchen, die eine allgemeine H . . . vorher gewesen, geschenkt."[1] Auf ärztlichen Rath mußte die kranke Frau im Mai ein Bad am Rhein aufsuchen. Sie ließ Göthe einen Brief zurück, den er am 1. Juni mit folgender Epistel erwiederte:

„Ich danke Dir für den Brief, den Du mir zurückließest, wenn er mich gleich auf mehr als eine Weise betrübt hat. Ich zauderte, darauf zu antworten, weil es in einem solchen Falle schwer ist, aufrichtig zu sein, und nicht zu verletzen.

„Wie sehr ich Dich liebe, wie sehr ich meine Pflicht gegen Dich und Fritzen kenne, hab ich durch meine Rückkunft aus Italien bewiesen. Nach des Herzogs Willen wäre ich noch dort, Herder ging hin und da ich nicht voraussah, dem Erbprinzen etwas sein zu können, so hatte ich kaum etwas anderes im Sinne als Dich und Fritzen.

„Was ich in Italien verlassen habe, mag ich nicht wiederholen, Du hast mein Vertrauen darüber unfreundlich genug aufgenommen."

Das war eitel Spiegelfechterei. Weßhalb er nach Weimar zurückkehrte, ist in seinen Briefen an den Herzog deutlich genug ausgedrückt. Er wollte seine sichere und gute Stellung behalten, um seine gesammelten Werke zu vollenden. Daß er in Weimar wiedergefunden, was er in Italien verlassen, bezeugen die römischen Elegien, in welchen er Christianens Liebe bejubelt:

„Noch betracht' ich Kirch' und Palast, Ruinen und Säulen,
Wie ein bedächtiger Mann schicklich die Reise benutzt.
Doch bald ist es vorbei! Dann wird ein einziger Tempel,
Amors Tempel nur sein, der den Geweihten empfängt.

[1] Dünzer, Karl August. I. 331. 332. Für die Qualification, welche Herders Frau hier dem „Erotikon" gibt, liegt sonst kein weiteres Zeugniß vor. Jedenfalls würde sich ein wirklich ehrenhaftes Mädchen nicht so leicht zu einem so traurigen Verhältniß entschlossen haben, das ihm gar keine Garantie des Bestandes — nicht einmal den Schein einer Ehe bot.

Eine Welt zwar bist du, o Rom! Doch ohne die Liebe
Wäre die Welt nicht die Welt, wäre dann Rom auch nicht Rom [1].

Obwohl er sich seiner Doppelzüngigkeit bewußt sein mußte, war er anmaßend genug, der schwerbeleibigten Frau gegenüber den Verletzten zu spielen und ihr die ganze Entfremdung zur Last zu legen. Ja, er ging noch weiter, brandmarkte die neue Geliebte selbst als „ein armes Geschöpf" und schrieb schließlich die wohlbegründete Aufregung Charlottens anstatt seiner eigenen Untreue dem Kaffee zu:

„Leider warst Du, als ich ankam, in einer sonderbaren Stimmung, und ich gestehe aufrichtig: daß die Art, wie Du mich empfingst, wie mich andere nahmen, für mich äußerst empfindlich war. Ich sah Herder, die Herzogin verreisen, einen mir bringend angebotenen Platz im Wagen leer, ich blieb um der Freunde willen, wie ich um ihretwillen gekommen war, und mußte mir in demselben Augenblick hartnäckig wiederholen lassen, ich hätte nur wegbleiben können, ich nehme doch keinen Theil an den Menschen u. s. w. Und das alles, eh von einem Verhältniß die Rede sein konnte, das Dich so sehr zu kränken scheint.

„Und welch ein Verhältniß ist es? Wer wird dadurch verkürzt? wer macht Anspruch an die Empfindungen, die ich dem armen Geschöpf gönne? Wer an die Stunden, die ich mit ihr zubringe?

„Frage Fritzen, die Herbern, jeden, der mir näher ist, ob ich untheilnehmender, weniger mittheilend, unthätiger für meine Freunde bin als vorher? Ob ich nicht vielmehr ihnen und der Gesellschaft erst recht angehöre?

„Und es müßte durch ein Wunder geschehen, wenn ich allein zu Dir das beste, innigste Verhältniß verloren haben sollte.

„Wie lebhaft habe ich empfunden, daß es noch da ist, wenn ich Dich einmal gestimmt fand, mit mir über interessante Gegenstände zu sprechen.

---

[1] Göthe's Werke (Hempel). II. 18.

„Aber das gestehe ich gern, die Art wie Du mich bisher behandelt hast, kann ich nicht erdulden. Wenn ich gesprächig war, hast Du mir die Lippen verschlossen, wenn ich mittheilend war, hast Du mich der Gleichgiltigkeit, wenn ich für Freunde thätig war, der Kälte und Nachlässigkeit beschuldigt. Jede meiner Mienen hast Du kontrollirt, meine Bewegungen, meine Art zu sein getadelt und mich immer mal à mon aise gesetzt. Es sollte da Vertrauen und Offenheit gedeihen, wenn Du mich mit vorsätzlicher Laune von Dir stießest.

„Ich möchte gern noch manches hinzufügen, wenn ich nicht befürchtete, daß es Dich bei Deiner Gemüthsverfassung eher beleidigen als versöhnen könnte.

„Unglücklicherweise hast Du schon lange meinen Rath in Absicht des Kaffees verachtet und eine Diät eingeführt, die Deiner Gesundheit höchst schädlich ist. Es ist nicht genug, daß es schon schwer hält, manche Eindrücke moralisch (!) zu überwinden, Du verstärkst die hypochondrische quälende Kraft der traurigen Vorstellungen durch ein physisches Mittel, dessen Schädlichkeit Du eine Zeit lang wohl eingesehen und das Du, aus Liebe zu mir (!), auch eine Weile vermieden und Dich wohl befunden hattest. Möge Dir die Cur, die Reise recht wohl bekommen. Ich gebe die Hoffnung nicht ganz auf daß Du mich wieder erkennen werdest. Lebe wohl. Fritz ist vergnügt und besucht mich fleißig. Der Prinz befindet sich frisch und munter.   G.“ [1]

Das war deutsche Treue und — reine Natur! Das war wieder die Uneigennützigkeit, die man bei Spinoza lernte!

Frau von Stein schrieb über den Brief ein O!!! Vergeblich suchte Göthe acht Tage später noch einmal, sie zu calmiren und neben seiner „Obaliske für häusliche Zwecke“ sich auch eine „Freundin für sein ideales und literarisches Leben“ zu erhalten. Vergeblich legte er seine Seelenführung in ihre Hand: „Zu meiner Entschuldigung will ich nichts sagen. Nur mag ich Dich gerne bitten: hilf mir selbst, daß das Verhältniß, das Dir zuwider ist,

---

[1] Schöll, Briefe an Frau v. Stein. III. 327 ff.

nicht ausarte, sondern stehen bleibe wie es steht.“ Frau von Stein fühlte wohl, daß es sich hier nicht mehr um Seelenführung handelte; sie hatte keine Lust, die Muse des glücklichen Pascha von Weimar zu werden. Sie scheint ihm jahrelang nicht geantwortet zu haben. Wenigstens findet sich aus den nächsten Jahren keine Spur eines Briefwechsels. Dagegen existirt ein kleines Drama „Dido“[1], das sie im Jahre 1794 vollendete und von dem sich eine Abschrift unter den Papieren Charlottens von Schiller vorfand.

Unter den Personen desselben sind unschwer die Hauptpersonen des damaligen Weimar zu erkennen. Jarbas stellt den Herzog Karl August vor, der Dichter Ogon seinen Freund Göthe, Aratus den industriellen Gründer Bertuch. Der Priester Albicerio ist Herder, der Philosoph Dodus Knebel, Elissa die Frau von Stein. In einem Gespräch Ogons mit Aratus läßt sie Ogon-Göthe seine Bekehrung vom Idealismus zum Realismus in folgender Weise beschreiben:

„Ogon: Höre Aratus, ich will Dir nur die Wahrheit gestehen. Ich war einmal ganz im Ernst nach der Tugend in die Höhe geklettert; ich glaubte oder wollte das erlesene Wesen der Götter sein, aber es bekam meiner Natur nicht, ich wurde so mager dabei. Jetzt seht mein Unterkinn, meinen wohlgerundeten Bauch, meine Waden! Sieh, ich will Dir freimüthig ein Geheimniß offenbaren. Erhabene Empfindungen kommen von einem zusammengeschrumpften Magen. Also was ich Dir vorher sagte, paßt nicht auf mich, ich zähle mich jetzt auch unters Gewürm, lebe auch am liebsten mit ihm und bin ein recht gutmüthiger Narr.“

In einer andern Scene zwischen Ogon und Elissa stellt sie sein genußsüchtiges Treiben ihrem weiblichen Stillleben gegenüber, dessen andächtigster Verehrer er einstens war:

---

[1] Dido, Trauerspiel in 5 Aufzügen, herausg. von H. Dünßer. Frankfurt a. M. 1867. — Vgl. Dünßer, Charlotte v. Stein und Corona Schröter. S. 11. 12. — Augsb. Allgem Ztg. 1803. Beil. Nr. 246. — Bl. f. lit. Unterh. 1863. II. 742. — Lewes (Frese). II. 574—576.

„Ogon (der sich überall im Zimmer umsieht): Du bist ein gleichförmiges Wesen; Jahre lang sah ich dies Zimmer nicht und noch ist alles auf dem alten Fleck. Es ist doch wahr, die Frauen können eine langweilige Existenz ertragen.

Elissa: Sag lieber eine ruhige, für die uns die Götter, zum Ersatz dessen, was sie den Männern vorausgaben, einen geschicktern Sinn schenkten.

Ogon: Und das machst Du wohl zur Tugend?

Elissa: Nicht so wie Du, der sich zur Tugend anmaßt, was ihm am gemüthlichsten ist.

Ogon: Du betrügst Dich.

Elissa: Einmal betrog ich mich in Dir, jetzt aber seh ich allzugut, ohngeacht des schönen Kammstrichs Deiner Haare und Deiner wohlgeformten Schuhe, dennoch die Bocckshörnerchen, Hüschen und dergleichen Attribute des Waldbewohners und diesem ist kein Gelübde heilig."[1]

----

[1] Mehr als naiv ist es, wenn Dr. Otto Volger in Bezug auf diese herbe Satire bemerkt: „Jeder Freund Göthe's wird nach dieser Veröffentlichung getröstet aufathmend fragen: ‚Also Schlimmeres mußte sie (die von Leidenschaft hingerissene Frau) nicht zu bringen?!'" Sind die Bockshörner und Hufe des Faunes denn nicht schlimm genug? Ist damit der Beweis erbracht, daß ihr Verhältniß zu dem faunischen Ogon unschuldig war? Viel richtiger scheint mir H. Marggraff zu folgern, wenn er sagt: „Wir haben an dem Trauerspiel der Frau von Stein einen neuen Beweis, daß Weimars ‚goldene Tage' für Weimar selbst doch nicht lauteres Gold waren, und daß Knebel, Herder und Caroline schwerlich so unrecht hatten, wenn sie in ihren Briefen über die ungemüthlichen Seiten des Weimarischen Lebens bittere Klage führten." Blätter für lit. Unterh. 1863. S. 742. Und Dünzer selbst sagt von der unglücklichen Frau: „Die Blüthe ihres Lebens war mit dieser vermeintlichen Untreue zerstört, ihr Herz gebrochen, ihr ganzes geträumtes Lebensglück zerstoben." — Dünzer, Charlotte von Stein. II. 525. — Das genügt, um zu beweisen, daß sie ihn nicht bloß platonisch geliebt, und daß er an ihr wie ein herzloser Egoist gehandelt hat. — S. Dido, S. 13. 41. 42.

Die hierin liegende Anschuldigung hat Göthe selbst theilweise in dem folgenden Epigramm anerkannt, nur seine „Treue und Frömmigkeit" versuchte er zu retten:

„Frech wohl bin ich geworden, es ist kein Wunder. Ihr Götter,
    Wißt und wißt nicht allein, daß ich auch fromm bin und treu."[1]

Doch weht in einem gleichzeitigen Epigramm ein Pessimismus, der nahe an Verzweiflung an aller, auch der eigenen Treue grenzt:

„Wundern kann es mich nicht, daß Menschen die Hunde so lieben;
    Denn ein erbärmlicher Schuft ist wie der Mensch so der Hund."

Frau von Stein, welcher diese Epigramme einige Jahre später, während einer schweren Krankheit, vorgelesen wurden, schrieb mit Bezug auf dieselben:

„Ich kann immer das Epigramm: ‚Frech wohl bin ich geworden', das man mir eben vorlas, als ich so krank war, nicht aus dem Kopf kriegen, und kann nicht ausfindig machen, ob der naive und sentimentale Dichtergeist darin beisammen steht; aber meinem Spitz muß ich's immer vorsagen, wenn ihm so recht hündisch wohl ist, denn er ist mir recht treu und recht fromm; er beißt niemand und ist wirklich kein Schuft."[2]

Während die schwergekränkte Frau ihren Gram im Stillen verzehrte, gab sich Göthe mit faunischem Jubel dem neuen Verhältniß hin. Er verlegte es im Geiste nach Rom zurück, umkleidete es mit den Erinnerungen der großen Weltstadt, ihrer Pracht und Herrlichkeit, verband es mit den lüsternen Bildern, Situationen und Gefühlen Ovids und verherrlichte in den formvollendetsten Distichen die sinnliche Wollust, in der er das höchste Lebensglück gefunden zu haben glaubte. Seine „Römischen Elegien" könnte Ovid selbst geschrieben haben[3]. Als erfahrener

---

[1] Göthe's Werke (Hempel). II. 131.

[2] Charlotte von Schiller und ihre Freunde. II. Bd. — Blätter für lit. Unterh. 1863. II. 838.

[3] Sie verherrlichen den Sinnengenuß in völlig heidnischem Geiste.

und weiser Epikuräer hütete sich Göthe indeß, dem Genuß sowohl wie dieser Poesie des Genusses vollständig die Zügel schießen zu lassen. Da Frau von Stein sich nicht zur Balancirstange hergeben wollte, um das „Verhältniß“ vor Ausartung zu bewahren, so suchte er ein gewisses Gleichgewicht durch Studium, Lectüre, Beobachtung und idealere Poesie zu gewinnen.

Er arbeitete vor Allem am Tasso weiter, der um die Zeit des Kaffeebriefes schon nahezu vollendet war und nur noch seinerer Durchfeilung bedurfte. Obwohl ihn dieses längst geplante und viel besprochene Stück fortwährend an Frau von Stein erinnern mußte, unter deren „Führung“ er es einst begonnen, so besaß er doch spinozistische Moral genug, um sich während der Ausarbeitung nicht von Gefühlen der Demuth und Reue beschleichen zu lassen. Das Schmerzliche, das die Erinnerung mit sich brachte, war nicht ungeeignet, für das tragische Loos des Helden die geeignete Stimmung herbeizuführen. Als festen und klugen Antonio konnte er sich dann der eigenen trüberen Stimmung und den Aeußerungen des Publikums gegenüberstellen, welche sich über sein „Verhältniß“ entrüsten wollten. Die Erinnerungen seines früheren ministeriellen Lebens, seine Kämpfe mit Fritsch, der innere Zwiespalt zwischen Politik und Poesie, den er so schmerzlich empfunden, seine Verehrung für Herzogin Luise, seine Stellung zum Herzog, seine frühere Liebe zur Frau von Stein, das Alles mischte sich sonderbar mit den Gefühlen seiner jetzigen Lage, seinen altrömischen Freuden und seinem Widerspruch zum conventionellen Leben: aus der Mischung dieser Eindrücke erhielt Tasso eine ganz andere Gestalt, als er ihm in Italien hatte geben wollen. Unter dem Einfluß des Prosodikers Moritz, der ihn noch im December 1788 in Weimar besuchte, schöpfte er Muth, dem tiefgedachten Seelengemälde die feinste äußere Form zu verleihen. Die Ausführung selbst erheischte den beharrlichsten Fleiß, der Gegenstand führte zu den edleren Eindrücken zurück, die Göthe aus Italien nach Hause gebracht. So war ein Gegengewicht geschaffen, daß er nicht ganz zum „Humanismus des Bordells“ herabsank, wie man füglich die Richtung der „Elegien“ nennen

könnte, sondern sich sogar zu einer ähnlichen idealen Höhe er-
schwang, wie in der Iphigenie.

Eine Mittelstellung zwischen Göthe's ernsterer Poesie und
seiner frivolen Erotik nehmen seine naturwissenschaftlichen, vor
Allem jetzt botanischen Studien ein.

„Es kam," sagt Virchow[1], „die Zeit, wo die Natur nicht
mehr dachte und nicht mehr sann, wo sie nicht mehr durch das
Herz sprach, die Zeit der Beobachtung und Forschung, der Zer-
gliederung und Analyse. In Italien war es, wo sich diese
Metamorphose vollendete, und als er heimkehrte, stolzer fast auf
die Entdeckung der Urpflanze und der daran sich knüpfenden
Gesetze der Morphologie überhaupt, als auf die Vollendung von
Egmont und Iphigenie, da wandte sich sein frohlockender Gesang
bald (sic!) nicht mehr an die stolze Freifrau, sondern an das
arme Mädchen, das seinem Hause endlich die Ruhe gab. Jetzt
spricht die Natur nicht mehr durch den Mund der Liebe, sondern
die Liebe erschließt sich selbst als Höchstes aus der Metamorphosenreihe der Natur."

Nüchterner ausgedrückt will das so viel sagen, daß Göthe
den morphologischen Aufbau und die Entwicklung der Pflanze mit
vielem Eifer studirte, sich wie früher bei Fachmännern darüber
Raths erholte, die verschiedenen Pflanzenorgane verglich, mikroskopische Untersuchungen darüber anstellte und endlich gegen Ende
1789 „als Herzenserleichterung" einen „Versuch, die Metamorphose der Pflanzen zu erklären", herausgab[2]. Da Göschen die
Schrift nicht drucken wollte, übernahm sie Ettinger in Gotha.
Damit war denn seiner Begier, in der gelehrten Welt als Entdecker aufzutreten, wenigstens in etwa genuggethan[3]. Gleichzeitig

---

[1] Göthe als Naturforscher. S. 13.

[2] Göthe's Werke (Hempel). XXXIII. 13.

[3] Obwohl Göthe's „botanische Dilettanterieen" wesentlich denselben Charakter tragen, wie seine „Mineralogie, Geologie, Osteologie u. s. w." (s. oben S. 582 ff.), so haben sich doch vereinzelte
Botaniker gefunden, welche die Göthe-Idololatrie auch in dieser
Hinsicht auszubilden bestrebt waren, zuletzt Dr. Ferdinand Cohn

benützte er aber auch das morphologische Studium, um die
Blumenmacherin Christiane botanisch zu belehren und zu unter-

(Göthe als Botaniker. Deutsche Rundschau 1881. XXVIII. 26—57).
Das Recept seiner belletristischen Lobrede ist höchst einfach. Er übergeht die ganze gleichzeitige Entwicklung der Botanik, sowie deren
Vorgeschichte mit Stillschweigen, so daß man nichts vor sich hat als
„unsern einzigen Göthe", faßt dann Göthe's buntes Vergnügungs-
leben unter dem Gesichtspunkte der „Botanik" auf, läßt alles weg,
was hindern könnte, in Göthe einen ernsten Mann der Wissenschaft
zu erblicken, flickt dann aus Göthe's späteren vierzig Lebensjahren
und der bis zur Lächerlichkeit eiteln „Geschichte meines botanischen
Studiums" einen künstlichen Doctormantel zusammen, versichert, daß
Göthe durch Spinoza den Vortheil gehabt, die Pflanze sub specie
aeternitatis aufzufassen, und bricht endlich in den frommen Wunsch
aus: „Hätte Göthe nur noch Darwin erlebt!" Nun, Göthe würde
diesen, wie hundert andere Naturforscher, im Dienste seiner eigenen
Eitelkeit verwerthet und die eigentliche Fachwissenschaft ebenso wenig
vorangebracht haben, als mit der „Urpflanze", von der kein Bild
vorhanden ist und die als bloßer Begriff, soweit derselbe neu ist,
Irrthümer in sich schließt, und soweit er wahr ist, den Botanikern
im Grunde nicht neu war. Vgl. S ch l e i d e n, Grundzüge der
wissenschaftl. Botanik. 4. Aufl. 1861. — Jul. S a ch s, Geschichte
der Botanik vom 16. Jahrh. bis 1860 (VI. Bd. der „Geschichte der
Wissenschaften in Deutschland"). 1875. — A. B r a u n, Die Idee
der Pflanzen-Metamorphose bei Wolff und Göthe. 1867. — Blumen-
b a ch, Ueber den Bildungstrieb. Göttingen 1789. — C. B a t s ch,
Naturgeschichte. Jena 1796. — C. C o h n, Die Pflanze. Breslau
1882. S. 23—64. — Oscar S ch m i d t, Die Anschauungen der
Encyclopädisten über die organische Natur. Deutsche Rundschau.
1876. VII. 82—96. — A. W i g a n d, Kritik und Geschichte der
Lehre von der Metamorphose der Pflanze. 1846. — Göthe's Werke
(Hempel). XXXIII. Einl. v. K a l i s ch e r. CVI ff. — H e l m h o l ß,
Populär-wissenschaftl. Vorträge. 2. Aufl. 1876. 1. Heft. S. 35 ff.
— V i r ch o w, Göthe als Naturforscher. — Wie in andern Zweigen
der Naturwissenschaft, stimmt das Urtheil der tüchtigsten, unpar-
teiischen Fachmänner darin überein, daß Göthe ein großes Talent
für Naturbeobachtung und Naturbeschreibung besessen, aber nicht

halten, wobei auch für seine erotische Poesie Einiges abfiel. Wenn Virchow findet, daß sich in diesen botanischen Erotika „die Liebe als Höchstes aus der Metamorphosenreihe der Natur erschließt", so lautet das stark euphemistisch. Wenn die Natur nicht mehr denkt und sinnt, so sinkt sie eben in das animalisch-vegetative Leben herab und sucht ihre Freude in Genüssen, die Mensch und Thier gemeinsam sind. Comparatus est jumentis insipientibus et similis factus est illis. „Uebrigens studire ich die Alten," schrieb Göthe an Jacobi, „und folge ihrem Beispiel, so gut es in Thüringen gehen will."

Am Weihnachtstage 1789 kam Christiane mit einem Knaben nieder. Der Generalsuperintendent Herder taufte denselben zwei Tage später. Göthe wohnte aber der Taufe nicht bei. Der Herzog Karl August übernahm die Pathenstelle. Das Kind wurde Julius August Werther genannt. Das Verhältniß Göthe's zu Christiane wurde durch die stillschweigende Zustimmung der höchsten beiden Autoritäten in Weimar, Papst und Kaiser, als vollendete Thatsache anerkannt und jeder wirksamen Anfechtung entzogen. Leisteten auch die Weimarer Damen noch passiven Widerstand und weigerten sie sich, das bisherige Fabrikmädchen als ihnen ebenbürtig und hoffähig anzuerkennen, so konnte ihr Protest doch nichts mehr ändern. Als eine Ehe galt das Verhältniß weder bei Hofe, noch in Frankfurt bei Göthe's Verwandten. Frau Rath Göthe ließ sich zwar herab, das „Liebchen" ihres Sohnes grüßen zu lassen, mit ihr in Correspondenz zu treten und sie als Tochter anzuerkennen; aber noch 1795, als ein neues Enkelchen erwartet wurde, schrieb sie:

„Nur ärgert mich, daß ich mein Enkelein nicht darf in's Anzeigeblättchen setzen lassen und ein öffentliches Freudenfest anstellen. Doch tröste ich mich damit, daß mein Hätschelhans vergnügt und glücklicher als in einer fatalen Ehe ist."[1]

---

jenen tiefern philosophischen Geist, der diese Zweige des Wissens zur eigentlichen Wissenschaft erhebt.

[1] Keil, Frau Rath. S. 819.

Wie sich das Verhältniß zu göttlichen und menschlichen Gesetzen verhalte, das kümmerte sie nicht — ihren Hätschelbans kümmerte das noch weniger. Er war ganz selig über seine zweideutige Vaterschaft, die sich nicht im Anzeigeblättchen sehen lassen durfte. Schon am 9. Februar 1790 meldete er dem Herzog, der in Berlin war, daß er mit Vergünstigung der Göttin Lucina wieder der Liebe zu pflegen begonnen und seinen römischen Elegien eine neue hinzugefügt habe[1]. Als er im März erst nach Jena und dann nach Italien reisen mußte, um in Venedig die heimkehrende Herzogin-Mutter abzuholen, wurde er über den Abschied von seinem „Mädchen" und seinem „Kleinen" ganz mürbe. Er ging nicht gerne weg. Italien, das Land seiner frühesten Sehnsucht und seiner Lieblingsträume, das Land seiner künstlerischen Wiedergeburt und seiner dichterischen Liebe, hatte allen Zauber, alle magnetische Kraft verloren. Seine Welt hieß jetzt Christiane Vulpius, seine sogen. „Liebe" war in das Stadium des Philisteriums getreten. Ein Herr Papa mit vierzig Jahren sieht die Dinge anders an, als ein lediger Künstler, der nach dem „Ideale des Schönen" in der Welt herumzigeunert. Dem Herzog schrieb er:

„Uebrigens muß ich im Vertrauen gestehen, daß meiner Liebe für Italien durch diese Reise ein tödtlicher Stoß versetzt wird. Nicht, daß mir's in irgend einem Sinne übel gegangen wäre — wie wollt es auch? — aber die erste Blüthe der Neigung und Neugierde ist abgefallen, und ich bin doch auf und ab ein wenig schelmsungischer geworden. Meine Elegien haben ihre Summe erreicht. Dagegen bringe ich einen libellum epigrammatum zurück, der sich Ihres Beifalls, hoffe ich, erfreuen soll."[2]

Diese Sammlung, die „Venetianischen Epigramme", sind inhaltlich eine Fortsetzung der römischen Elegien, vorwiegend erotische Gedichte in Geist und Manier der Alten[3]. Doch unter-

---

[1] Briefwechsel Karl Augusts mit Göthe. I. 156.

[2] Ebd. I. 162. 163.

[3] Die „Attribute des Waldbewohners" treten darin ebenso deutlich hervor.

scheidet sie von den Elegien nicht bloß die knappere Form des
Sinnspruchs, sondern auch ein herberer, ungemüthlicher Ton.
Das Stein= und Wassernest Venedig ist ihm zuwider. Er hat
für nichts mehr rechtes Interesse, als für die Gemäldesammlungen
und für die Tänzerin Bettine, die ihn an Christiane erinnert.
Er sehnt sich zu seinem „Mädchen“ zurück, ohne daß ihn alle
Schätze der Kunst und alle Reize der Natur nicht zu befriedigen
vermögen. Selbst diese Sehnsucht hat keinen idealen Anflug mehr.

„Welche Hoffnung ich habe? Nur eine, die heut mich beschäftigt:
  Morgen mein Liebchen zu sehen, das ich acht Tage nicht sah.“ [1]

Eine Anzahl dieser Epigramme wagte Göthe selbst nicht ein=
mal zu veröffentlichen, weil sie nach seinem eigenen Gefühl die
Grenze des Erlaubten überschritten [2]. Diese Grenze ist aber auch
in den veröffentlichten nicht festgehalten, und den Geist der Un=
reinheit begleitet auch hier jener der Lästerung:

„Wie sie klingeln, die Pfaffen! Wie angelegen sie's machen,
  Daß man komme, nur ja plappre, wie gestern so heut!
Scheltet mir nicht die Pfaffen; sie kennen des Menschen Bedürfniß;
  Denn wie ist er beglückt, plappert er morgen wie heut!“

―――

„Vieles kann ich ertragen. Die meisten beschwerlichen Dinge
  Duld' ich mit ruhigem Muth, wie es ein Gott mir gebeut.
Wenige sind mir jedoch wie Gift und Schlange zuwider,
  Viere: Rauch des Tabaks, Wanzen und Knoblauch und Kreuz.“

Da er seine frühere Correspondentin, Frau von Stein, ver=
loren hatte, seine Christiane aber ihm keine literarischen Blau=
strumpf=Briefe schrieb noch schreiben konnte, so lagerte er seine
venetianischen Eindrücke und Beobachtungen bei Frau von Kalb
und Frau von Herber ab. Das „Mädchen“ war nicht so eifer=
süchtig, wie Frau von Stein. Durch die beiden Damen ließ er
schon vor der Rückkehr in Weimar verkündigen, daß er der Er=

―――

[1] Göthe's Werke (Hempel). III. 149.
[2] Das. III. 148.

klärung der Thiergestalt um eine ganze Formel näher gerückt sei,
also eine höchst wichtige wissenschaftliche Entdeckung gemacht habe[1].
Von seinen Briefen an Christiane sind keine veröffentlicht. An
Frau von Kalb schrieb er:

„Unter andern löblichen Dingen, die ich auf dieser Reise gelernt habe, ist auch das: daß ich auf keine Weise mehr allein
sein und nicht außerhalb des Vaterlandes leben kann."[2]

An Herder schrieb er:

„Ich hoffe Euch wohl zu finden. Für die Gesinnungen gegen
meine Zurückgelassenen danke ich Euch von Herzen; sie liegen
mir sehr nahe, und ich gestehe gern, daß ich das Mädchen leidenschaftlich liebe. Wie sehr ich an sie geknüpft bin, habe ich erst
auf dieser Reise gefühlt. Sehnlich verlange ich nach Hause. Ich
bin aus dem Kreise des italiänischen Lebens gerückt."[3]

Als gesetzter Herr kam er am 20. Juni 1790 mit der Herzogin nach Weimar zurück und hoffte, sich endlich eines hampelmännischen Stilllebens zu erfreuen, als ihn schon zwei Tage
darauf ein Brief des Herzogs nach Schlesien rief. Er versprach

---

[1] Diese „Entdeckung" knüpft sich an einen „zerschlagenen Schöp-
senkopf", den Göthe im Sande des Judenkirchhofes in Venedig aufhob. Er glaubte in den Gesichtsknochen desselben deutlich die weitere
Entwicklung von Wirbeln zu erkennen. Er behielt diese „Wirbel-
theorie des Schädels" jedoch für sich, bis 1807 Oken mit derselben
hervortrat. Es entspann sich nun ein Prioritätsstreit über die Entdeckung zwischen Oken und Göthe, später eine weitere Controverse
über die Richtigkeit der Theorie selbst zwischen Owen (On the
archetype etc. 1848) und Huxley (On the theory of the verte-
brate skull. 1858). Eine weitere Besprechung der Entdeckung gehört
also nicht in diesen Theil von Göthe's Biographie. Vgl. Virchow,
Göthe als Naturforscher. S. 60—63, 103—120. — Lewes (Frese).
II. 191—196. — Helmholtz, Populär-wissenschaftliche Vorträge.
1876. 1. Heft. S. 37. — Göthe's Werke (Hempel). XXXII.
S. CXLII—CL.

[2] Dünzer, Karl August. II. 11.

[3] Aus Herders Nachlaß. I. 123. 124.

zu kommen, fand aber Gründe genug, sich vorläufig noch in Weimar nützlicher zu machen. Vor Allem galt es, der Herzogin-Mutter in Belvedere eine Wohnung einzurichten, da ihr Schlöß-chen in Tiefurt durch eine Ueberschwemmung gelitten hatte. Dann wollte er beim Schloßbau sein Wörtchen mitsprechen. Endlich beabsichtigte er noch, sein Faustfragment druckfertig zu machen und damit seine gesammelten Werke zum Abschluß zu bringen.

„Meinen Faust," schrieb er den 9. Juli an Knebel, „und das botanische Werkchen wirst Du erhalten haben; mit jenem habe ich die fast so mühsame als genialische Arbeit der Ausgabe meiner Schriften geendigt; mit diesem fange ich eine neue Lauf-bahn an, in welcher ich nicht ohne manche Beschwerlichkeit wan-deln werde. Mein Gemüth treibt mich mehr als jemals zur Naturwissenschaft, und mich wundert nur, daß in dem prosaischen Deutschland noch ein Wölkchen Poesie über meinem Scheitel schweben bleibt." [1]

Knebel war es in Weimar nicht weniger prosaisch zu Muthe.

„Der Herzog," so schrieb er an seine Schwester (am 5. April), „hat die uninteressirtesten, gutmüthigsten und edeldenkende Men-schen, wie vielleicht kein Fürst in Deutschland; aber ein böser Genius hat das Interesse für seine eigenen Leute weggenommen und auf ein preußisches Cürassierregiment transplantirt und ihm dadurch eine Menge unfaßliche und widrige Maximen in den Kopf gesetzt. Er hat das Centrum seines Daseins außer seinem Lande gesetzt; dadurch verliert er alles, Kraft, Muth und Leben, zumal bei der engen Wirthschaft und den kleinen Besoldungen." [2]

Noch viel weniger rosig lautet Göthe's Urtheil über die literarischen Zustände dieser Zeit:

„Von Kunst hat unser Publikum keinen Begriff, und so lange solche Stücke allgemeinen Beifall finden, welche von mittelmäßigen Menschen ganz artig und leidlich gegeben werden können, warum soll ein Direktor nicht auch eine sittliche Truppe wünschen, da

---

[1] Guhrauer I. 96.
[2] Knebels Briefe an seine Schwester Henriette.

er bei seinen Leuten nicht auf vorzügliches Talent zu sehen braucht,
welches sonst allein den Mangel aller übrigen Eigenschaften entschuldigt. Die Deutschen sind im Durchschnitt rechtliche, biedere
Menschen, aber von Originalität, Erfindung, Charakter, Einheit
und Ausführung eines Kunstwerkes haben sie nicht den mindesten
Begriff. Das heißt mit Einem Worte sie haben keinen Geschmack.
Versteht sich auch im Durchschnitt. Den rohern Theil hat man
durch Abwechselung und Uebertreiben, den gebildetern durch eine
Art Honnetetät zum Besten. Ritter, Räuber, Wohlthätige, Dankbare, ein redlicher, biederer Tiers-Etat, ein infamer Abel u. s. w.
und durchaus eine wohl soutenirte Mittelmäßigkeit, aus der man
nur allenfalls abwärts in das Platte, aufwärts in den Unsinn
einige Schritte wagt, das sind nun schon zehn Jahre die In-
gredienzien und der Charakter unserer Romane und Schauspiele."[1]

[1] Brief Göthe's an den Schauspieler Schröder. Allgemeine
musikalische Zeitung. 1842. 29.

22. Taſſo.

1780--1789.

„Idee?“ ſagte Göthe, — „daß ich nicht wüßte!
Ich hatte das Leben Taſſo's, ich hatte mein eigenes
Leben, und indem ich zwei ſo wunderliche Figuren
mit ihren Eigenheiten zuſammenwarf, entſtand in
mir das Bild des Taſſo..... Ich kann mit Recht
von meiner Darſtellung ſagen: ſie iſt Bein von
meinem Bein und Fleiſch von meinem Fleiſch.“

Göthe zu Eckermann. 1827. III. 117.

„Der ganze Conflict bewegt ſich auf dem Boden
der Geſinnung, in den Contraſten der Seelenmalerei
und ſublimirt ſo die dramatiſche Form zu einer
Höhe, welche weder dem ſtrengeren Geſetz des Dramas,
noch den Anforderungen der praktiſchen Bühne ent-
ſpricht.“
R. v. Gottſchall,

Die deutſche Nationalliteratur.

In den Verdrießlichkeiten ſeiner höfiſchen und politiſchen
Stellung tröſtete ſich Göthe oft mit dem Gedanken, daß alle
dieſe Plackereien und kleinen Leiden ſchließlich dem Dramatiker
zu gute kommen würden. Seine Mappe, meinte er, müßte ſich
mit den mannigfaltigſten Verwicklungen, den intereſſanteſten
Charakteren, den ſpannendſten Ideen füllen. Er täuſchte ſich.
Eben weil er immer Poeſie leben wollte, um Poeſie hervorzu-
bringen, brachte er viel weniger Poeſie hervor, als Andere, welche
ſich beherzt in die Proſa des Lebens ſtürzten und dieſelbe dichtend
in Poeſie verwandelten. Am nachtheiligſten für ſeine dramatiſche
Entwicklung aber war es wohl, daß er vor allen großen Ideen,
Bewegungen und Kämpfen ſeiner Zeit ſich in ein nichtsſagendes
Kleinleben zurückzog und ſich darin noch zum Sklaven einer
Dame machte, deren Horizont viel enger war als der ſeinige

und über ein jämmerlich beschränktes, sentimentales Gefühlsleben nicht hinausreichte. Für den Dichter des Götz und Faust war die Frau von Stein eine wahre Dalila[1]. Sie beschnitt ihm die Haare und nahm ihm die Kraft, daß er die Philister in Ruhe ließ, keine Häuser mehr umriß, das große Menschenleben unerquicklich fand und still mit ihr tändelte. Unter ihrer Erziehung verlor er unendlich an Receptivität wie an Productionskraft, gab sich einer gewissen mystisch-ascetischen Reflexion hin, stellte sich sein eigenes Leben als ein tragisches Seelenleiden dar und bespiegelte sich jahrelang als dessen Helden, bis er schließlich nicht nur geistig, sondern auch körperlich unter dem Mißverhältniß litt und sich durch Flucht daraus rettete.

Aus dieser Zeit mystischer Selbstbetrachtung und weiblicher Seelenführung stammt der Anfang des „Tasso“, eines Dramas, das fast gar keine äußere Handlung hat und in Folge dessen alle Theaterdirectoren in Verlegenheit bringt, das aber ein inneres Seelenleiden mit bewunderungswürdiger Feinheit in allen seinen Phasen vorführt und die Tragik, welche aus dem Gegensatz einer kränkelnden Dichterphantasie zur Prosa der Wirklichkeit hervorgeht, in rührender Wahrheit, antiker Ruhe und tabelloseste Formschönheit vor Augen stellt. Das Drama ist ein Unicum. Weder Griechen noch Engländer, weder Spanier noch Franzosen haben ein solches Drama aufzuweisen. Sophokles hat im Philoktet den körperlichen Schmerz zum Grundmotiv einer Tragödie gemacht, aber eine ganz innerliche Seelenkrankheit zum Kern einer Tragödie zu nehmen, ist keinem der griechischen Tragiker eingefallen. Der wirkliche Tasso hat seinen psychischen Leiden wohl in lyrischen Klagen Luft gemacht, aber er hat sich selbst nicht reflexiv beobachtet, um aus seinem Seelenjammer ein Drama zu gestalten. Diese liebevolle Selbstbespiegelung innerer Seelenzustände ist ächt deutsch, einer der charakteristischen Züge der Wertherperiode. Tasso ist wie der Orest in Göthe's Iphigenie

---

[1] Lindemann, Geschichte der deutschen Literatur. 1876. S. 505.

noch ein nachgeborener Bruder des jungen Werther, oder im Grunde derselbe phantasie- und liebeskranke Poet, nur in variirten Situationen. Das erste Mal kommt der verrückte Schwärmer so weit, daß er sich erschießt. Das zweite Mal folgt er Nicolai's Rath und läßt sich durch ein „schönes Mädel" retten. Das dritte Mal führt die prosaische Wirklichkeit des Lebens selbst die Heilung der kranken Phantasie herbei. Es ist aber immer ein und derselbe Göthe, der sich erst durch die hoffnungslose Liebe zur Wetzlarer Lotte in eine phantastische Poetenverzweiflung hineinarbeitet, dann unter Leitung der Frau von Stein sich von den wilden Träumereien der Sturm- und Drangperiode zu läutern sucht, endlich nach neuen, wenn auch sanfteren Seelenplagen sich realistisch mit der wirklichen Welt versöhnt und ruhigen Blickes auf die jahrelange Selbstquälerei zurückblickt. Tasso ist der letzte Schlußaccord, in dem sich die liebesklagenden Dissonanzen der Wertherzeit auflösen. Es fängt jetzt eine andere Tonart, ja eine ganz andere Musik an.

Einen zweiten biographischen Bestandtheil des Tasso bildet der Conflict zwischen Poesie und Prosa, der zehn lange Jahre in seinem Herzen wogte, ihn mitunter fast zu dem Entschluß trieb, Weimar ganz zu verlassen, ihn dann wieder fesselte und endlich in der italienischen Reise seinen Abschluß fand. Dem jungen Poeten mit seinen ehrgeizigen Aspirationen und seinem wilden Treiben stand anfänglich der Hr. v. Fritsch als prosaischer Antonio gegenüber; als der Dichter mit der Mentorschaft des Herzogs auch den entscheidensten Einfluß bei Hofe und nach und nach die ganze Regierung des Herzogthums an sich gerissen hatte, da trat der Kampf in sein eigenes Innere zurück; er war nun Staatsmann und Dichter zugleich; der Dichter stand dem Staatsmann, der Staatsmann dem Dichter im Wege. Nach langen Leiden rettete sich die poetische Natur endlich dadurch, daß sie auf die prosaischen Verantwortlichkeiten des Geschäftslebens verzichtete, den Antonio hiermit wieder von sich ablöste, denselben in Gestalt befreundeter Männer vor sich hatte und sich in collegialischer Würde und Gemüthlichkeit mit ihm versöhnte.

In diesen Conflict und seine Lösung spielt endlich ein drittes Moment hinein, das ebensowohl zu der Dichtung anregte, als ihre Ausführung bestimmte: die Stellung Göthe's zu dem herzoglichen Hofe. Wie er in seinen bisherigen Dichtungen die bürgerliche Gesellschaft verherrlicht hatte, in deren Mitte seine Jugendjahre dahingeflossen, so drängte es ihn, auch den Hof zu verherrlichen, durch dessen Freundschaft er in die höchsten Kreise des Lebens eingeführt worden war, der an seinem innern Seelenleben wie an seiner äußern Stellung und Thätigkeit den innigsten Antheil nahm, ja mit dessen Existenz sich die seine völlig verschmolzen hatte. Auch hier war nicht Alles glatt abgegangen. Der Herzog und sein Freund standen sich mehr als einmal sehr mißvergnügt gegenüber; aber sie fanden sich schließlich immer wieder zusammen. Als endlich die Wege völlig sich zu trennen schienen, Karl August vollständig Politiker, Göthe wieder Dichter und Gelehrter wurde, da war durch eben diese Trennung ein Quell beiderseitiger Mißstimmung gehoben; die Freundschaft nahm nun weniger familiäre Formen an, aber sie wurde nun um so fester und dauerhafter. Karl August fühlte, daß der hochbegabte Dichter in unabhängiger Muße seinem Hofe mehr zum Nutzen und Zierde gereichen würde, als wenn er seine Kräfte am Rade Irions verzehrte. Göthe aber seinerseits, als pensionirter Minister auf den Herzogsstuhl erhoben, erhitzte sich nun auch nicht mehr, wie früher, über „Sauhatze" und preußische Heeresfolge, sondern wartete ruhig die Zeit ab, bis des Herzogs kriegerische und politische Gelüste endlich ausgetobt haben und er frieblich zu Haus und Hof zurückkehren würde.

Das sind die hauptsächlichen psychologischen Anhaltspunkte der Dichtung, die — allerdings mit langer Unterbrechung — neun Jahre zu ihrer Vollendung brauchte.

Am 30. März 1780 wird Tasso zuerst in einer TagebuchNotiz erwähnt [1]; die Ausarbeitung aber begann erst im October.

---

[1] Riemer, Mittheilungen. II. 116. — Göthe's Werke (Hempel). VII. 183– 196.

Die erste Scene las er am 5. November der Frau von Stein und seinem Freunde Knebel vor, am 12. war der erste Act fertig. Noch im November begann er am zweiten Act zu arbeiten; aber die Arbeit stockte bald. Am Jahresschluß schrieb er der Frau von Stein: „Mein Tasso dauert mich selbst, er liegt auf dem Pult und sieht mich so freundlich an; aber wie will ich zureichen. Ich muß allen meinen Weizen unter das Commisbrob backen."[1] Erst spät im folgenden Jahr wurde der zweite Act fertig; dann folgte eine Unterbrechung von sechs Jahren. Das in rhythmischer Sprache geschriebene Fragment wurde 1786 zwar für den VI. Band der gesammelten Werke in Aussicht genommen, aber in Italien von andern Plänen zurückgedrängt, bis Göthe endlich im Februar 1788 zu der Ansicht kam: „Tasso muß umgearbeitet werden; was dasteht, ist zu nichts zu brauchen; ich kann weder so enbigen, noch Alles wegwerfen. Solche Mühe hat Gott den Menschen gegeben." Im März gedieh ein neuer Plan; eine neue Biographie Tasso's, die inzwischen der Abbate Serassi[2] veröffentlicht hatte, gab ebensowohl weitere Anregung als Stoff; noch in Rom entstanden einige Scenen; die vollständige Ausführung erfolgte indeß erst nach nochmaliger Unterbrechung, im Frühjahr und Sommer 1789, in der üppigen ersten Zeit seines Liebesverhältnisses zu Christiane, wo er in sinnlicher Zufriedenheit auf die melancholischen Irrfahrten, Stürme und Träumereien der letzten zehn Jahre zurückblickte. Die poetische „Beicht" ging jetzt flott von statten. Aller politische Verdruß mit dem Herzog, alle Schwerenoth mit Militär und Wegen, aller Jammer mit Frau von Stein, kurz die ganze überstandene Leidenszeit erschien ihm jetzt in Strahlen der Verklärung, er versetzte sie poetisch an den Hof von Ferrara, umgab sie mit dem vornehmen Glanz der Renaissance und der reizenden Scenerie Italiens. Wie Geist und Auge an den Sculpturen der Alten zur Ruhe gelangt, so

---

[1] Schöll, Briefe an Frau von Stein. I. 382.

[2] Erschien in Rom 1785. Eine frühere Biographie ist die von G. J. Manso. Napoli 1634.

hatte sein Ohr sich an italienischen Wohllaut und antiken Rhyth-
men gebildet, seine Sprache an der Versification der Iphigenie
und kleineren prosodischen Uebungen sich zu hoher Vollkommenheit
herangeschult. So nahm die Dichtung, wenn auch nicht mühelos,
so doch viel rascher als früher und gleich unmittelbar metrische
Gestalt an.

Der Stoff war zu einem Drama nicht ungünstig [1]. Torquato
Tasso hängt durch seinen Vater noch mit dem Medicäischen Zeitalter zusammen und ist selbst eine der glänzendsten Gestalten der
italienischen Literatur. Das Kunstpatronat der Medicäer setzte
sich noch fort an den italienischen Höfen, wie an der päpstlichen
Curie: Kunst und Literatur blühten hier fröhlich weiter, während
das unglückliche Deutschland der Barbarei entgegenging. Damit
war für die Dichtung ein bedeutender Hintergrund und ein weiter
Gedankenkreis eröffnet. Das „Befreite Jerusalem“ zog die großartige Welt des Mittelalters in dieselbe hinein. Die classische
Kunstform hatte sich in diesem Gedicht herrlich mit dem christlichen Gehalte verschmolzen. In Mitte dieser poetischen Welt
stand ein wahrhaft tragischer Charakter, ein glänzend begabter
Dichter, geliebt und geehrt, aber durch melancholische Gemüthsart, ungestümen Ehrgeiz, Leidenschaftlichkeit in seiner schönen Laufbahn aufgehalten, in die traurigsten Wirren verstrickt und ihnen
erliegend. Die Dunkelheit, welche über seinem Loose waltete, die
widersprechenden Nachrichten der Geschichtschreiber, verstatteten
der Fiction weiten Raum. Es war von sehr verwickelten, leidenschaftlichen Liebeshändeln, lebhaftem Haber, wiederholter Flucht,
gewaltsamen leidenschaftlichen Ausbrüchen, gezückten Degen, Ein-

[1] S. Rosini, Saggio sugli amori di Torqu. Tasso. Pisa 1832.
— Cibrario, Degli amori etc. di T. T. Torino 1861. — Car-
dona, Studi novi sopra del T. alienato, in der Nuova Antologia.
Febr. 1873. — Cecchi, Torquato Tasso. Firenze 1877. Teutsch
von Lebzeltern. Leipzig 1880. — G. Voigt, Torquato Tasso
am Hofe von Ferrara, in Sybels historischer Zeitschrift. 1868. XX.
23—52. — H. Hettner, Ital. Studien. 1879. — O. Speyer,
Zur Charakteristik Tasso's. Bl. f. lit. Unterhaltung. 1881. II. 561.

kerkerung die Rede. Mit den bunten Verwicklungen eines Mantel-
und Degenstücks boten sich am Charakter des Dichters selbst
kraftvolle Motive zu ergreifenden Scenen. Tief erschütternd ist endlich der Tod des unglücklichen Tasso in dem Augenblick, wo ihm die
höchste Ehre, die Krönung auf dem Capitol, in Aussicht steht.

Doch wie immer, so fehlte auch hier dem deutschen Dichter
der historische Sinn, das selbstlose Interesse für den außer ihm
liegenden Stoff, jene Objectivität, welche Shakespeare, Calderon,
Schiller in ihren Werken an den Tag legen. Wie mächtig glüht
das Temperament des Südens, italienische Lebhaftigkeit und
Leidenschaftlichkeit in so manchen von Shakespeare's Dramen!
Wie gab er sich ganz und gar den Schöpfungen seiner Phantasie
und den Eindrücken der Außenwelt hin! Othello ist nicht Shakespeare, sondern Othello! Romeo und Julie sind nicht eine maskirte Shakespeare-Liebschaft, sondern die glänzendste Ausführung
eines italienischen Romans. Shylock ist kein Londoner Jude,
über den sich Shakespeare geärgert hat, und Antonio kein Schauspieler, um Shakespeare's Tagebuch-Gefühle vor's Publikum zu
bringen. Ihm war London und Venedig und die ganze große
Welt kein Spiegel, um sein Ich und etwa noch eine Geliebte
darin zu schauen, sondern ein gewaltiges Schauspiel, das Jahrtausende vor ihm begonnen, gegen das seine Individualität verschwand, dessen weiterem Verfolge er fröhlich nachträumte, ohne
in der Zukunft sein Bild mit Lorbeer bekränzt und von weiblichen Genien umtanzt, einherschweben zu sehen. Calderon war
noch selbstloser und freier von jeder Autoreitelkeit: er sorgte erst
für den Druck seiner Werke, als Andere dieselben völlig zu verderben drohten. In dieser ächten Künstlerdemuth und Selbst-
losigkeit aber fanden diese großen Dichtercharaktere die Kraft
einer unerschöpflichen Productivität. Je weniger sie an sich selbst
dachten, desto mehr Zeit hatten sie, an Anderes zu denken, und
aus dem bunten Weltschauspiel stets neue Gestalten auf die Bühne
zu ziehen oder sie durch die schöpferische Thätigkeit ihrer Phantasie
zu neuen Wesen umzuwandeln.

Göthe dagegen war und blieb der unverbesserliche deutsche

Philoſoph, der immer vom „Ich" ausging und zum „Ich" zurück=
kehrte[1], nichts intereſſant fand als ſein „Ich", Natur und Menſch=
heit in der vielſeitigſten Dilettanterie um dieß koſtbarſte „Ich"
gruppirte, ſchon von Jugend auf an ſeiner Biographie ſchrieb,
ſich in Correſpondenzen durch ganz Deutſchland als Dichter auf=
ſpielte, und ſich ſelber ſchon den Lorbeer aufſetzte, bevor noch
ſeine geſammelten Werke zum erſten Mal vollſtändig gedruckt
erſchienen. Er brachte ſich und ſein Weimar mit nach Italien
— und darum brachte er auch keine neue Erfindung aus Italien
zurück, ſondern bloß etwas Coſtüm und Scenerie, um ſich und
Weimar à la Italienne glorreich zu dramatiſiren, etwas Marmor,
um ſich ſelbſt ein Denkmal zu ſetzen, und einen Lorbeerkranz aus
Ferrara, um ſich von weimariſchen Herzoginnen damit krönen zu
laſſen[2]. Wenn man nicht gründlich auf ein ewiges Leben im
Jenſeits rechnet, dann iſt es allerdings gerathen, den eigenen
Ruhm nicht der Nachwelt zu überlaſſen. Wem „das liebe Ding,
das ſie Gott heißen", nur ein verliebtes Gefühlsphantom iſt, dem
kann auch Natur, Menſchheit und Geſchichte nichts mehr ſein,
als ein Arabeskenkranz für das eigene Porträt.

Das iſt das eigentliche Geheimniß, weßhalb der Taſſo keine
leidenſchaftliche Tragödie, kein hiſtoriſch=romantiſches Drama, kein
lebendiges Zeitgemälde, ja nicht einmal ein beliebtes Bühnenſtück
geworden iſt, „das zieht", ſondern bloß ein Salons= und Cabinet=
ſtück von höchſter Eleganz, ein Seelengemälde voll der feinſten
Züge, Ideen und Contraſte, ein Leſedrama, das „im Bau der
Acte, in der Führung der Scene, im Ausbruck der Gedanken"[3],

____

[1] Ueber die hierin begründete „Familienähnlichkeit" der Haupt=
geſtalten der meiſten Göthe'ſchen Dichtungen vgl. E. Hoheiſel,
Göthe's dramatiſche und epiſche Hauptwerke. Eiſenach 1873. S. 88. 89.

[2] Gervinus. 1844. V. 101. „In dieſem Stück liegen Arioſt
und Taſſo ſo im Hintergrunde, wie in der Iphigenie das Alte." —
„In vielen Punkten ſprach Göthe hier ſein eigenes Verhältniß zum
Hofe aus," ſagt Tieck (Köpke II. 101). Er tadelt beſonders die
„Unklarheit" im Charakter des Fürſten.

[3] H. Grimm, Vorleſungen. II. 79.

in Schönheit der Sprache und Wohllaut des Verses unübertreff=
lich ist, das schönste Festspiel, um an Göthe=Tagen den Dichter
in seinem Repräsentanten Tasso, mit seinen Worten, ja gleichsam
nach seiner testamentarischen Verfügung, durch eine schöne Theater=
Prinzessin krönen zu lassen. „Jedes Wort ist ein Gedanke." Die
Sprache ist Musik. Niemand hat Göthe seiner gelobt, als er es
in diesem Stücke gethan, Niemand seine Schwächen liebevoller
und geistreicher entschuldigt. Als Tasso und Antonio vereinigt
er in seiner Person die Energie und Weisheit des Staatsmannes
mit dem ganzen Zauber einer hochstrebenden Dichternatur und
ist so die höchste Zierde des Hofes, dem er seine Stellung dankt.
Er behält aber das empfangene Licht nicht für sich, er strahlt es
dankbar auf den Herzog zurück. Die Freundschaft Beider wird
zu einem welthistorischen Ereigniß erhoben, das kleine Weimar
als Bildungsstätte neben das ewige Rom gerückt, die Spieß=
bürgerei und Kleinstädterei seines bisherigen Lebens zum Ideal
verklärt, das Religion, Vaterland, Wissenschaft, Kunst, ja alles
Große in Welt und Leben eminent in sich schließt:

> „Hier ist mein Vaterland, hier ist der Kreis,
> In dem sich meine Seele gern verweilt.
> Hier horch' ich auf, hier acht' ich jeden Wink,
> Hier spricht Erfahrung, Wissenschaft, Geschmack.
> Ja, Welt und Nachwelt seh' ich vor mir steh'n." [1]

Göß von Berlichingen, der „Redliche", hat sich ganz von
Grund aus bekehrt. Er erlaubt sich nicht bloß keine pöbelhaften
Ausdrücke mehr, er spricht vielmehr die feinste dichterische Salon=
sprache, die seit den Tagen Ludwigs XIV. gesprochen ward. Den
gewöhnlichsten Complimenten weiß er dichterische Würde und
Weihe zu geben. Mit italienischer Grazie kniet der einstige Titane
vor Prinzessinnen nieder, um unter den liebenswürdigsten Ver=
sicherungen seiner Bescheidenheit den Lorbeerkranz in Empfang zu
nehmen. Man fühlt es, daß es dem bürgerlichen Parvenü unter

---

[1] Göthe's Werke (Hempel). VII. 212.

ben Hoheiten unendlich wohl ist [1], und daß er ihnen seine Phantasieleiden nur darum vorführt, um neue, noch gewähltere Schmeiche-
leien daran zu knüpfen. Nachdem er der schweren Noth des
Bauernkrieges glücklich entronnen, überläßt er das heilige römische
Reich unbekümmert seinem Untergang und sonnt sich fröhlich an
den Strahlen, die sein Genie über den Herzog und sein Herzogthum Sachsen-Weimar-Eisenach, über Hof, Stadt und Welt
verbreitet.

Doch sehen wir von dieser stolzen Selbstverherrlichung und
von dem Uebermaß höfischer Schmeichelei ab, das sich schließlich
auf dieselbe zurücklenkt und keinem gesunden, freisinnigen Geist
behagen kann. Die Art und Weise, in welcher Göthe sich dieß
ewige Denkmal gesetzt, ist nicht nur höchst geistreich und künstlerisch, sie verräth dasselbe hohe dichterische Genie, das blitzähnlich
die ungeschlachten Formlosigkeiten des Götz durchzuckt. Nur ist
die wilde Naturkraft jetzt gebändigt, der ästhetische Revolutionär
zu Gesetz und Regel zurückgekehrt, der unbändige Urpoet ein
solcher Verehrer strenger Kunst geworden, daß die Kunst nicht
mehr weiter gehen dürfte, ohne an Künstelei zu streifen. Denn
in ästhetischer Hinsicht geht Tasso, wie früher Götz, in's Extrem.
Tieck steht indeß nicht an, den Tasso eine „ächte Tragödie" zu
nennen [2], und wenn man die innern Seelenvorgänge und Seelen-
stimmungen für Handlung gelten lassen will, so kann man ihm
beipflichten [3].

------

[1] Viel zu weit, wie in seinen meisten Urtheilen über Göthe, ist
Wolfg. Menzel gegangen, wenn er sagt: „das ganze Stück sei
darauf berechnet, allen Prinzessinnen der Welt nahezulegen, daß sie
nicht mächtige Könige, Staatsmänner und Helden, sondern verliebte
Dichter lieben sollten". Das konnte der Dichter kaum beabsichtigen,
der sich mit einem Fabrikmädchen sine matrimonio zufrieden gab.
Vgl. Boden, Vertheidigung deutscher Klassiker. Erlangen 1869.
S. 7.

[2] A. a. O. II. 101.

[3] Eine sehr übertriebene Lobrede hinterließ A. F. C. Vilmar,
Ueber Göthe's Tasso. Frankfurt a. M., Heyde u. Zimmer, 1869.

Mit der Ruhe- und Klarheit antiker Sculpturen zeichnet die meisterhafte Exposition sowohl den Schauplatz als die Charaktere der fünf handelnden Personen, ihre gegenseitigen Beziehungen und den darin ruhenden Keim der Verwicklung. Der Glanz eines italienischen Frühlings erleuchtet den Schloßpark von Belriguardo. Zwei Idealgestalten fürstlicher Frauen winden Kränze für die Dichterheroen, welche den Garten zieren, und verrathen in sinnigem Zwiegespräch zugleich die feinste geistige Bildung und ein Interesse für den Dichter Tasso, das an Liebe streift. Der Herzog kommt und führt das Bild des melancholischen, träumerischen Dichters weiter aus. Damit ist auch ein Anfang von Handlung gegeben, eine zarte, liebevolle Conspiration, um die krankhaften Anlagen des Dichters zu überwinden und ihn durch freundliche Hilfe dazu zu bringen, daß er sein Kunstwerk endlich abschließt. Kaum haben sich die Drei das Wort gegeben, da naht der Dichter sich. Das „Befreite Jerusalem“ ist vollendet. Tasso legt das Gedicht in die Hände seines Mäcenas nieder, die Prinzessin krönt ihn mit dem Ehrenkranze Virgils, und der enthusiastische Schwärmer träumt einen halbmelancholischen, süßschwermüthigen Freudentraum. Ehe er ihn ausgeträumt, erscheint Antonio von Rom zurück, zieht den Dialog in's politische Geschäftsleben hinüber, wird aber vom Herzog auf Tasso's Krönung zurückgelenkt. Anstatt in die Begeisterung des Herzogs und der Damen einzustimmen, lobt er in langer Rede Ariost und weckt dadurch in dem eiteln, träumerisch mit sich beschäftigten Tasso peinliche Gefühle, und stört sein überschwengliches Phantasieglück.

Es sind im Grunde keine schönen, hohen Motive, welche die Verwickelung begründen: kleinliche Dichtereitelkeit, krankhafte Empfindlichkeit, ein melancholischer Neid, eine fast unausstehliche Eingenommenheit von sich selbst und entsprechende Liebeleien, kurz all die kleinlichen Leidenschaften, die man bei zartlyrischen Dichternaturen mitunter findet. Weder Dante noch der historische Tasso, nicht einmal Petrarca, waren solche Zuckerseelchen. Sie hatten alle noch zu viel römischen Stoff im Blut. Aber all diese kleinen Laster, die einzeln genommen mikroskopisch häßlich sind, hat Göthe mit so freundlichen Farben colorirt und so artig gemischt, daß sie in ihrer Verbindung nicht wie eine Schuld, sondern wie ein unvermeidliches Unglück, ja wie eine liebenswürdige Seelenkrankheit erscheinen, die Theilnahme weckt, ja in gefühlvolleren Seelen eine ähnliche Rührung wachrufen mag, wie der Werther. Der schwärmerische Idealismus, mit welchem der Dichter ganz in sein Ich, seinen Dichterruhm, seine Liebe, die Träume seiner Eitelkeit versenkt ist, führt nothwendig einen Conflict mit der prosaischen Wirklichkeit des Lebens herbei. Die Welt dreht sich nach ganz andern Gesetzen, als nach den Träumen seines Gefühls, sie macht ihn nicht zu ihrem Mittelpunkt. Die natürlichsten Begegnisse erscheinen ihm als feindliche Herausforderungen, Beleidigungen; er sieht Feindschaft und Zurücksetzung, wo ihm nur das aufrichtigste Wohlwollen gegenübersteht. Indem er sich aus dem Netz dieser Vorstellungen herauszureißen sucht, verstrickt er sich immer mehr in dieselben, bis sein ganzer Stolz und seine schwärmerische Liebe endlich an der rauhen Wirklichkeit zusammenbricht, und er bei dem Hilfe sucht, den er als seinen größten Feind betrachtet hatte.

Aus den mitleidigen Bemühungen der Prinzessin, sein Gemüth zu beruhigen, liest er eine Liebeserklärung heraus und träumt, berauscht davon, einen Traum unermeßlicher Seligkeit, will in diesem Rausch sich nun Antonio zum Freunde machen, stößt aber wiederum auf den nüchternsten Realismus, bäumt sich dawider auf, geräth in Wortwechsel, zieht den Degen, verletzt die schuldige Ehrfurcht gegen den Herzog und erhält nun einen im Grunde sehr prosaischen Stubenarrest. Hier entwickelt sich nun die Heroenkrankheit der modernen Gesellschaft — die Hypochondrie — erst zur vollen Blüthe. Für die beiden Prinzessinnen ist natürlich nichts rührender, als diese moralisch-physische Erbärmlichkeit, welche den Mann auf das Niveau ihrer eigenen ungesunden Gefühlsschwärmerei herabsetzt.

> „Da wurde Leiden oft Genuß und selbst
> Das traurige Gefühl zur Harmonie."

Ihr krankhaftes Mitleid verſtärkt nothwendig das Uebel, das ſie heilen wollen. Wie im Werther beſchreibt Göthe den ganzen weiteren Verlauf der Seelenkrankheit von Etappe zu Etappe zugleich mit der Leidenſchaftlichkeit des Kranken, der von ihr ergriffen iſt, und mit der Ruhe des Arztes, der ſie beobachtend verfolgt. Wie im Werther wird die im tiefſten Grunde ſinnliche Grillenfängerei zu einem grandioſen, erhabenen Gefühlsleiden aufgebauſcht. Wie im Werther kommt es endlich zu der unvermeidlichen, leidenſchaftlichen Umarmungsſcene und darauf zur Verzweiflung Aber anſtatt ſich zu erſchießen, bricht der Schwärmer diesmal weinerlich in ſein moraliſches Nichts zuſammen und bittet den in Antonio perſonificirten geſunden Menſchenverſtand, ſich ſeiner zu erbarmen. Das iſt unzweifelhaft tragiſch, aber weder in der Art Shakeſpeare's noch der Alten. Es iſt die Tragik eines verweichlichten, ſentimentalen Geſchlechts [1].

––––––––––

[1] Wer ſollte es für möglich halten, daß deutſche Pädagogen dieſe krankhafte Sentimentalität ſogar für „Haus und Schule" als Heiligkeit und Tugend anzupreiſen wagten! Aber ſo weit iſt der Göthe-Cult gediehen. So ſagt z. B. C. Gude (Erläuterungen deutſcher Dichter. Leipzig, Fr. Brandſtetter, 1876. Bd. II. S. 55): „Die Prinzeſſin des Taſſo — wer hätte nicht voll Entzücken und ſchmerzlicher Rührung vor dieſer herrlichen Frauengeſtalt geſtanden! Wer empfände nicht die tiefe ſittliche (!) Grazie dieſes einzigen Weſens, durch die ſie wie ein ſeliger Geiſt jeden, der ſie erkennt, mit ebenſo unwiderſtehlichem Reize (!) an ſich zieht, um durch ihre heiligende (!) Nähe ſich von jeder falſchen Unruhe und Begier reinigen (!) zu laſſen, als ſie anderſeits auch wieder in ehrfurchtsvoller Scheu und Zurückhaltung jeder zu lauten und irdiſch ſtürmiſchen Huldigung gebieten heißt! Sie ſcheint beſtimmt zu ſein, gleichſam der ſittliche Genius (!) für Taſſo's ganzes Weſen zu werden, ja, ſie iſt ſelbſt, könnte man ſagen, ein weiblicher Taſſo, nur eben dadurch verſchieden, daß ihr Kunſtwerk kein anderes als ihre eigene Seele iſt, voll Reichthum, Tiefe, Zartheit, Innigkeit, Maß und Harmonie. Allein es bedurfte, um ſie uns menſchlich näher zu rücken (ſic!), auch einer Schwäche; auch dieſes Herz voll Tiefe und Ruhe mußte in eine Bewegung hineingeriſſen werden, welche gegen die ſonſtige

Das „cyniſche Schlußkapitelchen", das Leſſing zum „Werther"
verlangte, ſollte auch beim „Taſſo" nicht fehlen: es ſind die
„Römiſchen Elegien" und die „Venetianiſchen Epigramme". Und
Göthe hat das Kapitelchen nicht bloß geſchrieben, ſondern auch
gelebt. Weder die glänzende Formvollendung der Elegien und
Epigramme, noch der Seelenreichthum und die Sprachſchönheit
des Taſſo vermochte einſichtigeren Männern die troſtloſe Nichtigkeit
des Seelenlebens zu verbergen, welches Göthe im Taſſo mit dem
Glanze der Verherrlichung zu umgeben bemüht war. In deutlicher
Fracturſchrift hat Schiller zum „Taſſo" ein ähnliches Poſtſcriptum
verfaßt, wie Leſſing es dem „Werther" gewidmet hatte:

„Er fängt an alt zu werden," ſchrieb er am 1. November
1790 über Göthe an Körner, „und die ſo oft von ihm geläſterte
Weiberliebe ſcheint ſich an ihm rächen zu wollen. Er wird, wie
ich fürchte, eine Thorheit begehen und das gewöhnliche Schickſal

---

ewige Freiheit dieſes Gemüths nur einen um ſo ergreifenderen Con-
traſt bildete, — und der Dichter hat den Punkt zu treffen ver-
ſtanden, der ſie uns nur noch liebwerther machen mußte, der Zug
ihres Herzens hin zu Taſſo, worin, da dieſer der Prinzeſſin ſtille
Selbſtbeherrſchung nicht theilen kann, für ihn und ſie die Quelle
unſäglichen Leidens liegt. Dieſe Liebe zu einem gottbegnadigten
Mann, welche alle Innigkeit der Geſchlechtsliebe (!!) und alle Reinheit (!!) der Schweſterliebe in ſich trägt, überdieß durch ihren ganzen
Lebensgang ſo pſychologiſch nothwendig gemacht, ſo mit ihrem ſüßen,
unvermerkten Zug immer weiter (!) führend und alle Gefahr ver-
deckend — dieſe iſt das, worauf, wenn von irgend einem Vorwurf
gegen ſie die Rede ſein dürfte (!!), wenn wir uns, ſtatt beklagend,
anklagend gegen ſie verhalten dürften (!!), zuletzt doch alle unſere
Angriffe gerichtet ſein müßten." — Das Buch, in welchem dieſer
blühende Unſinn ſteht, wird, wie ich höre, ſowohl in proteſtantiſchen
als auch in katholiſchen Anſtalten zur Heranbildung von „Lehrerinnen"
gebraucht. Dr. Falk hat kein Reſcript dagegen erlaſſen, um die
deutſche Jugend vor „ungeſunder Sentimentalität" zu bewahren!
Solche Sünden gegen die Sittlichkeit und den geſunden Menſchenverſtand gelten heute als „ächt chriſtliche, nationale und humane
Geiſtes- und Gemüthsbildung"!

eines alten Hagestolzen haben. Sein Mädchen ist eine Mamsell Bulpius, die ein Kind von ihm hat, und sich nun in seinem Hause fast so gut als etablirt hat. Es ist sehr wahrscheinlich, daß er sie in wenigen Jahren heirathet. Sein Kind soll er sehr lieb haben, und er wird sich bereden, daß, wenn er das Mädchen heirathet, es dem Kinde zu liebe geschehe, und daß dieses wenigstens das Lächerliche dabei vermindern könne." [1]

Körner antwortete hierauf:

„Seine Heirath mit der Bulpius würde mich nicht sehr befremden. Erstlich fragt sich vielleicht, ob die schlimmen Gerüchte von ihr begründet sind, und dann wäre es wohl möglich, daß man ihn sein bisheriges Verhältniß nicht in Ruhe fortsetzen ließe. Denke Dir den Fall, daß er dem Mädchen gut ist, daß alle Welt auf sie loshackt, daß er ihr in einer kleinen Stadt keine erträgliche Existenz verschaffen kann, ohne sie zur Frau zu nehmen. In Weimar scheint man über das Concubinat noch etwas anders zu denken als in Berlin." [2]

Neun Jahre später, nachdem Schiller längst nach Weimar gezogen war und aus mehrjährigem Verkehr Göthe's Privatverhältnisse persönlich und genau kennen gelernt hatte, meldete er an Körner über Göthe's Productivität:

„Im Ganzen bringt er jetzt zu wenig hervor, so reich er noch immer an Erfindung und Ausführung ist. Sein Gemüth ist nicht ruhig genug, weil ihm seine elenden häuslichen Verhältnisse, die er zu schwach ist zu ändern, viel Verdruß erregen." [3]

Körner erwiederte hierauf:

„Daß Göthen seine Verhältnisse drücken müssen, begreife ich recht wohl, und ich erkläre mir daraus, warum er außerhalb Weimar weit genießbarer als in Weimar sein soll. Man verletzt die Sitten nicht ungestraft. Zu rechter Zeit hätte er gewiß eine liebende Gattin gefunden, und wie ganz anders wäre da seine Existenz! Das andere Geschlecht hat eine höhere Bestimmung.

---

[1] Gödeke, Schillers Briefwechsel mit Körner. 2. Aufl. I. 384.
[2] Ebb. I. 380.   [3] Ebb. II. 359.

als zum Werkzeug der Sinnlichkeit herabgewürdigt zu werden; und für ein entbehrtes häusliches Glück gibt es keinen Ersatz. Göthe kann selbst das Geschöpf nicht achten, das sich ihm unbedingt hingab. Er kann von andern keine Achtung für sie und die ihrigen erzwingen. Und doch mag er nicht leiden, wenn sie gering geschätzt wird.

Solche Verhältnisse machen den kraftvollsten Mann endlich mürbe. Es ist kein Widerstand da, der durch Kraft zu überwinden ist, sondern eine heimlich nagende Empfindung, deren man sich kaum bewußt ist, und die man durch Betäubung zu überwinden sucht."[1]

Erst abermal sechs Jahre später, während die Franzosen in Weimar hausten, entschloß sich Göthe, dem unerquicklichen Verhältniß ein Ende zu machen, und meldete seinem Freunde und Victualienlieferanten Nicolaus Meyer in Bremen:

„Um diese traurigen Tage durch eine Festlichkeit zu erheitern, habe ich und meine kleine Hausfreundin gestern, als am 20. Sonntag nach Trinitatis, den Entschluß gefaßt, in den Stand der heiligen Ehe ganz förmlich einzutreten; mit welcher Notification ich Sie ersuche, uns von Butter und sonstigen transportabeln Victualien manches zukommen zu lassen."

Es scheint, daß Frau von Stein ihre Anschauungen über Göthe nicht ganz aus der Luft schöpfte, wenn sie in ihr Drama „Dido" folgende Bemerkungen einflocht:

Elissa (Charlotte von Stein): Ich möchte meine Sicherheit nicht in deine Hände legen, da deine Moral von Deiner Küche abhängt.

Ogon (Göthe): Dieß gehört nicht zur Sache, die ich mit Dir abhandeln wollte. Du weißt, daß ich Dich einmal liebte. Es ist schwer, die Wahrheit zu sagen, ohne zu beleidigen; aber ächte menschliche Natur ist schlangenartig, eine alte Haut muß sich nach Jahren einmal abwerfen: diese wäre nun bei mir herunter[2].

---

[1] Ebd. — Keil schreibt den Brief (wohl irriger Weise) Schiller zu. Corona Schröter. S. 263. 264.

[2] Dido. S. 44.

Was immer auch die Verehrer Göthe's aufgeboten haben, um seine Jugend mit dem Glorienschein glänzender Entwicklung und bleibenden Verdienstes zu umgeben, er selbst hat klarer gesehen und deutlicher gesprochen, als sie alle. Er war sich klar bewußt, gleich hundert andern Studenten, nur ein bischen „genialer", seine schönen Jugendjahre verbummelt zu haben.

„Wie ich alles Wissenschaftliche nur halb angegriffen und bald wieder habe fahren lassen, wie eine Art von demüthiger Selbstgefälligkeit durch alles geht, was ich damals schrieb. Wie kurzsinnig in menschlichen und göttlichen Dingen ich mich umgedreht habe. Wie des Thuns, auch des zweckmäßigen Denkens und Dichtens so wenig, wie in zeitverderbender Empfindung und Schatten-Leidenschaft gar viele Tage verthan, wie wenig mir davon zu Nutzen kommen und da die Hälfte des Lebens vorüber ist, wie nun kein Weg zurückgelegt, sondern vielmehr ich nur dastehe wie einer, der sich aus dem Wasser rettet und den die Sonne ansäugt, wohlthätig abzutrocknen."

Es war ein sehr lichter Augenblick, als Göthe am 7. August 1779 diese Rückschau auf sein Leben hielt. Die Zeit von 1775 bis 1779 getraute er sich damals noch nicht zu überschauen. Doch hat er diese vier Jahre und die sechs folgenden Jahre dazu am Abend seines Lebens in nicht weniger energischer Weise verurtheilt. Er lobte den Franzosen J. J. Ampère, daß er seine Dichtungen nicht nach allgemeinen Grundsätzen, sondern als „verschiedene Früchte verschiedener Lebensepochen des Dichters" aufgefaßt und beurtheilt habe, und fügte bei:

„Er hat den abwechselnden Gang meiner irdischen Laufbahn und meiner Seelenzustände im Tiefsten studirt und sogar die Fähigkeit gehabt, das zu sehen, was ich nicht ausgesprochen und was sozusagen nur zwischen den Zeilen zu lesen war. Wie richtig hat er bemerkt, daß ich in den ersten zehn Jahren meines weimarischen Dienst- und Hoflebens so gut wie gar nichts gemacht, daß die Verzweiflung mich nach Italien getrieben, und daß ich dort, mit neuer Lust zum Schaffen, die Geschichte des Tasso ergriffen, um mich in Behandlung dieses angemessenen Stoffs von demjenigen freizumachen, was mir noch aus meinen weimarischen Eindrücken und Erinnerungen Schmerzliches und Lästiges anklebte. Sehr treffend nennt er daher auch den ‚Tasso‘ einen gesteigerten ‚Werther‘.“

Erst in Italien erwachte Göthe’s poetischer Genius von Neuem. „Ich lebte,“ sagte er, „zehn Monate lang zu Rom ein zweites akademisches Freiheitsleben.“

Doch so sehr lastete noch das Joch seines bisherigen Treibens auf ihm, daß er auch in Italien einen schönen Theil dieses akademischen Freiheitslebens wiederum an die alten, unbedeutenden Singspielchen, an neue Liebeleien und an das fruchtlose Bemühen verschwendete, ein Maler zu werden. Kein einziges neues Stück, nur Fragmente und Correcturen, neue Ideen und Anschauungen brachte er aus Italien mit nach Hause. Er brauchte abermals Jahre, bis in neuen Dichtungen und ästhetischen Abhandlungen die Früchte der Reise zu Tage traten. Iphigenie, Egmont und Tasso gehören nur in sehr geringer Weise Italien an. Iphigenie und Tasso aber sind die einzigen Leistungen dieser fünfzehn Jahre, welche an literaturgeschichtlichem Interesse mit Göß und Werther gleichgestellt werden können. Von diesen drei Stücken ist „Egmont“ (wie „Göß“) eine verunglückte Nachahmung der Shakespeare’schen Dramatik. „Iphigenie“ und „Tasso“ allein kommen in Anlage, Stil und Sprache einigermaßen den Dichtungen der Alten nahe und können, obwohl sie das Wesen und den Charakter der antiken Tragödie durchaus nicht treffen, in ihrer Art doch als „classische“ Meisterwerke betrachtet werden. Ihre Entwicklungsgeschichte aber bestätigt das traurige Selbstbekenntniß Göthe’s, daß er seine Jugend an Schattenleidenschaft vergeudet und die ersten zehn Weimarer Jahre fast ebenso an unfruchtbare Tändelei verschwendet habe.

„Iphigenie“ und „Tasso“ sind nämlich nur dadurch zu ihrer Vollendung gelangt, daß Göthe aus dem Wirrwarr seiner zahllosen Geschäfte, Geschäftchen, Tändeleien floh, in Einsamkeit und Sammlung ernstlich arbeitete, die Alten studirte, die Vorzüge ihrer Werke bis in’s Einzelne zu erfassen und nachzubilden suchte, die eigene Sprache nach ihnen modelte. Mit diesem Studium verband sich dasjenige der antiken Kunst überhaupt und zwar gerade jener Werke, welche durch religiöse Weihe und ernst= sittlichen Gehalt mit der ernsten Tragödie der Alten am meisten verwandt sind. Ferner gab sich Göthe Mühe, den Wohllaut und die Schönheit des italienischen Idioms, so weit als möglich, für die noch ungefügige deutsche Sprache zu gewinnen. Ja, ohne es zu beabsichtigen, näherte er sich durch die Renaissance dem christ= lichen Geist, der es einst versucht hatte, die Schönheit und die Harmonie altclassischer Formen mit christlichem Gehalte zu ver= mählen. Er wollte seine „Iphigenie" nichts sagen lassen, was nicht einer christlichen Heiligen geziemte. Er ging im „Tasso" noch weiter und nahm sogar das vielgeschmähte Papstthum der Renaissance zum Hintergrunde der Handlung. Daß „Tasso" und „Iphigenie" keine trostlosen Fragmente und Skizzen in Prosa geblieben sind, danken sie, außer der ernsten Arbeit und künst= lerischen Sammlung des Dichters, ebenso sehr auch dem Studium der Alten und dem Einfluß des katholischen Italiens, das den Dichter trotz seines Widerstrebens in seinen Zauberkreis zog und mächtig beeinflußte.

Was sich Göthe aber erst als gereifter Mann von nahezu vierzig Jahren durch Studium und ernste Geistesarbeit nach= träglich in Italien erwarb, das hätte er längst zuvor als Student in Frankfurt, Leipzig und Straßburg erwerben können. Geniale Anlagen waren vorhanden; sie bedurften nur der Pflege und Entwicklung. Er sprudelte immer von kühnen Plänen und großen Ideen, wenn er mit wahrhaft bedeutenden Gegenständen in Be= rührung trat. Die Bibel, Homer, Sophokles, Shakespeare fanden in ihm einen mächtigen Widerhall. „Götz" war ein Versuch, ein deutscher Shakespeare zu werden; aber er ahmte nach, bevor er gründlich studirt hatte. Er fühlte, daß Wieland die wahre Größe der Alten nicht erfaßte; aber anstatt sie gründlich zu stu= biren, persiflirte er den gefälschten Herkules in einer werthlosen Farce. Eine mächtige Neigung seines Genius zog ihn nach Italien, dem Heimathlande der Kunst; doch Lili's goldenes

Herzchen rief ihn vom Gotthard nach Frankfurt zurück. In Liebes-
tändeleien mit diesem Mädchen ward die Faustsage zu einer
Gretchen-Tragödie, Egmont zu einem galanten jungen Offizier.
Auch jetzt noch hätte er sich vielleicht eine Irrfahrt von zehn
Jahren ersparen können, wenn er beherzt die Reise nach Italien
unternommen und sich mit ganzer Seele dem Studium der Alten
gewidmet hätte. Was zehn Jahre später den halbvertrockneten
Bureausklaven neu begeisterte und neu belebte, das hätte an dem
feurigen Jüngling nicht ohne Einwirkung vorübergehen können.
Auch an die Erscheinungen des katholischen Italiens wäre er
vielleicht mit weniger Vorurtheil herangetreten. Zu fruchtreichem
Studium stand ihm noch die volle Kraft der Jugend zu Gebot.
Geld, Freiheit, Freunde hatte er zur Verfügung. Wie er es
später that, konnte er von einer fruchtreichen Wanderschaft in
das väterliche Haus zurückkehren, um in treuer Arbeit die gesammelten Schätze zu verwerthen. „Tasso" und „Iphigenie" beweisen, daß sorgfältige, emsige Arbeit kein Hinderniß des Genies
gewesen wären. Erst durch die Schulung seiner Kräfte ist er zu
künstlerischer Vollendung gelangt.

Was ihn aber hinderte, diesen einzigen, vernünftigen Weg
der Bildung einzuschlagen, das waren im Grunde dieselben feindlichen Mächte, an denen schon die großen Ideen und Pläne seiner
Jugend gescheitert waren: es war sein leichtfertiger Hang, „genial",
wie man es nannte, d. h. ungebunden, planlos, romanhaft in
den Tag hineinzuleben, wenn möglich eine diesen Gelüsten entsprechende, glänzende Stellung zu erhaschen, neue Liebesabenteuer
durchzumachen, dilettantisch in allen Gebieten menschlichen Wissens
und menschlicher Thätigkeit herumzustöbern und aus dem wirren
Chaos gelegentlich einen neuen Roman oder ein Drama zu gestalten. Das war ihm Poesie und Genie.

Scheinbar gelang dem kühnen Streber Alles: er ward der
Günstling eines unabhängigen Fürsten, der erste Mann bei Hof,
Theaterdirector und Protagonist eines herzoglichen Liebhaber-
theaters, maitro des plaisirs, Minister des herzoglichen Hauses,
Stütze des herzoglichen Cabinets, Minister der öffentlichen Ar-

beiten, Kriegsminister, Finanzminister, der erste Mann im Herzog=
thum, dazu Gelehrter und Künstler in allen Zweigen, National=
ökonom, Geolog, Mineralog, Botaniker, Zoolog, Meteorolog,
Anatom, Naturphilosoph, Theosoph, Politiker, Historiker, Zeichner,
Maler, Plastiker, Architekt, Musiker, Mime, Balletmeister, Hof=
poet, Löschhauptmann, Straßenaufseher, Bureauchef, Gefängniß=
visitator, Recrutirungscommissär, diplomatischer Geheimschreiber,
Agent bei andern Höfen, Gärtner, Parkinspector, Bergwerkdirector,
Bienenzüchter, Ingenieur. Es fiel ihm sogar der Wunsch ein,
noch Bauer zu werden. Dem Generalsuperintendenten corrigirte
er seine Predigten und wissenschaftlichen Werke, den Herzog ver=
trat er im Conseil, alle Beamtungen im Lande und bei Hofe
waren schließlich fast nur mit seinen Leuten besetzt, die angesehenste
Dame am Hof war seine Geliebte und Vertraute, die erste
Sängerin und Schauspielerin seine „Freundin" und zwei Her=
zoginnen waren fast stolzer auf seine Dienste, als auf die Gunst,
die sie ihm schenkten.

Aber es war etwas zu viel für Einen Mann. Nach und
nach brach die ganze Herrlichkeit zusammen[1]. In mühseliger

---

[1] Das dürfte wohl der Hauptgrund gewesen sein, weßhalb er
seine Selbstbiographie nicht auf die erste Zeit in Weimar ausdehnen
wollte. „Die wahre (!) Geschichte der ersten zehn Jahre meines
Weimarischen Lebens könnte ich nur im Gewande der Fabel oder
des Mährchens darstellen; als wirkliche Thatsache würde die Welt
es nimmermehr glauben. Kommt doch jener Kreis, wo auf hohem
Standort ein reines Wohlwollen und gebührende Anerkennung —
durchkreuzt von den wunderlichsten Anforderungen (!) — ernstliche
Studien (?) neben verwegensten Unternehmungen, und heiterste Mit=
theilungen troß abweichender Ansichten sich bethätigen, mir selbst,
der das alles miterlebt hat, schon als ein mythologischer vor. Ich
würde Vielen weh, vielleicht nur Wenigen wohl, mir selbst niemals
Genüge thun; wozu das? Bin ich doch froh, mein Leben hinter
mir zu haben; was ich geworden und geleistet, mag die Welt wissen;
wie es im Einzelnen zugegangen, bleibe mein eigenstes Geheimniß."
So erklärte er dem Kanzler Friedrich v. Müller. S. dessen

Bureauarbeit versiegte der gute Humor, dessen der maître des plaisirs bedurfte. Der Faschingstraum der ersten Jahre versandete in unsterblicher Langweile. Der Herzog emancipirte sich von dem allmächtigen Günstling: schmollend zog sich dieser erst in das Gebiet der innern Politik und dann auf dasjenige der Gelehrsamkeit zurück. Hier ebenfalls kein Erfolg. Als der Dichter wieder zu sich kam, fand er als Früchte zehnjähriger Thätigkeit nur langweilige Actenstöße, ein paar unbedeutende Singspiele, Farcen und Fragmente von Dramen und Romanen in seinen Händen. Da dankte er ab und versuchte das einzuholen, was er in diesen zehn Jahren verscherzt. Es war aber zu spät.

So viel Zeit er auch jetzt noch an seine Singspiele verschwendete, sie erreichten weder den Wohllaut eines italienischen Operntertes, noch jene tiefgreifende literarische Bedeutung, die er sich versprach; sie vermochten nicht einmal Wielands „Alceste" zu verdrängen und sind nicht mehr werth, als dieser schale Operntert.

„Wilhelm Meisters Lehrjahre" blieben noch jahrelang ein Fragment.

„Egmont" wurde trotz des ewig blauen italienischen Himmels ein bis zur Lächerlichkeit sentimentales, opernhaftes Effectstück, ohne wahre dramatische Leidenschaft und ohne harmonisch-vollendete Form.

„Iphigenie" verlor unter dem Einfluß eines zehnjährigen Liebesromans alle Kraft und Großartigkeit der altgriechischen Tragödie und gewann dafür nur einen scheinbaren Anhauch christlicher Idealität. Erst als Göthe der Frau von Stein entronnen war und wieder fleißig arbeitete, rundete die äußere Form des Dramas sich ab und erhielt ihre classische Schönheit.

Der italienischen Reise ungeachtet blieb „Tasso" ein düsterer Nachklang der Wertherperiode. Seine Durcharbeitung mäßigte

„Göthe in seiner ethischen Eigenthümlichkeit". Weimar, Hoffmann, 1832. S. 7. — Er hat also nicht erwartet, daß seine Freunde und Verehrer ihn durch seine eigenen Correspondenzen und Tagebücher aus seiner „mythologischen" Götterherrlichkeit in die wunderliche Wirklichkeit zurückbefördern würden. Sie haben es sich selbst zuzuschreiben, wenn der Sonnenglanz ihres Idols erbleicht.

zwar den melancholisch-elegischen Kern, wob einen glänzenden
Schleier um die verlorenen zehn Jahre und hob den Dichter und
seinen Mäcenas auf ein Piedestal italienischen Ruhmes. Aber
der Kern des Dramas blieb der traurige Seelenjammer eines
eiteln, liebeskranken Poeten. Der unentbehrliche Commentar zu
diesem Stück ist die Sammlung der tausend Liebesbriefe, die
Göthe im Laufe dieser zehn Jahre an Frau von Stein schrieb,
um ihr am Ende zu sagen, daß sie zu viel Kaffee getrunken,
und daß er ihre Liebe mit derjenigen eines jungen, ungebildeten
Mädchens vertauscht habe. „Tasso" beruht ganz genau auf denselben unmoralischen Prämissen, wie „Werther", d. h. auf romanhaften Experimenten mit sog. „Liebe", welche hinterher dichterisch
beschrieben und verklärt werden. Der Held der Dichtung gelangt
durch diese Experimente zu einem mehr oder minder tragischen
Untergang, der Dichter selbst aber curirt seine melancholischen
Grillen mit einem Verhältniß, das selbst nach Körners Urtheil
des großen Mannes durchaus unwürdig war und ihm für entbehrtes häusliches Glück keinen Ersatz bieten konnte.

Das ist das Ergebniß dieser fünfzehn Lehr- und Wanderjahre. Göthe steht nun als „Meister" vor uns, jedoch nur als
„Meister" eines buntzerstückten Erfahrungswissens, heidnischer
Lebensanschauungen, feiner Weltklugheit, glänzender Kunstvoll-
endung in Form und Sprache; ein „Meister" in tiefer, gründlicher Wissenschaft, männlicher Tugend, christlicher Wahrheit und
Weisheit ist er nicht.

Perſonen-Regiſter.

A.

Aeſchylos 178. 198.
Agincourt, Chevalier d' 576.
Alba, Herzog 600. 602.
Albert der Große 546.
Alberti, Diakon in Hamburg 400.
Albrecht, Gymnaſialdirector. 15.
— Hofrath 491.
d'Alembert 523.
Ampère 655.
Amyot 51.
Anna Amalia, Herzogin von Sach-
 ſen-Weimar 211—222. 226. 227.
 228. 229. 230. 234. 236. 238.
 242. 243. 248. 250. 251. 253.
 261. 263. 270. 282. 286. 290.
 291. 299. 303. 305. 309. 311.
 313. 327. 328. 332. 347. 350.
 354. 375. 394. 441. 442. 458.
 469. 481. 485. 611. 637.
André, Componiſt 167. 171.
Anſon 12.
Ariſtophanes 468. 480.
Ariſtoteles 23. 65. 77. 540. 598.
Arnold, G., Kirchenhiſtoriker 44.
Arnswalde, v. 483.
Arringhi 576.
Aulhorn, Tanzmeiſter 448.
Avellaneda 239.
Ayrenhoff 328.
Ayrer, Jakob 50.

B.

Bachof von Echt, Baron 239.
Bahrdt 88. 142.
Baſedow 145. 146. 222. 400.
Batſch, Profeſſor in Jena 562.
Bath 357. 372. 453.
Bayle 23. 50. 153.
Beaumarchais 121. 122.
Bechtolsheim, Fräul. v. 280. 305.
Behriſch 32. 33. 40. 41. 48.
Bellarmin, Cardinal 117.
Bellomo, Schauſpieler 483.
Benda, v., Kammerfrau 235.
Benno, der hl. 494.
Berbisdorf 308.
Berlichingen, Götz v., Ritter 70
 bis 72.
Bernays, M. 316. 363.
Bernhard, Herzog v. Weimar 466.
Berner, Chriſtian 235.
Bernis, Cardinal 580.
Bernſtorff, Gräfin v. 460.
Bertuch, Friedrich Juſtin 235.
 238. 255. 257. 287. 334. 366.
 459. 462. 463. 572. 607. 612.
 619. 627.
Bickſchmitt, Chriſtian 235.
Bieſter 95. 523.
Biſchofswerder, preuß. Major 506.
Bismarck, Fürſt 444. 453.
Blumenbach, Joh. Friedr. 643. 648.

K.

Käftner 142. 305.
Kalb, Kammerherr v. 194. 203.
237. 248. 255. 257. 264. 265.
268. 270. 304. 310. 311. 360.
462. 472. 478.
— K. Alexander, Kammerpräsident 248.
— Frau v. 635. 630.
— Minna v. 345.
Kanne, Dr. 32.
Kant 54.
Karl der Große 19. 203.
— V., Kaiser 598.
— Herzog von Pfalz-Zweibrücken 493. 498. 503. 506.
— August, Herzog von Sachsen-Weimar 164. 165. 194. 211.
218. 219. 220—222. 227. 229.
230—236. 241. 242—278. 284.
285. 286. 287. 290. 204. 299.
300. 301. 303. 304. 305. 306.
307. 308. 309. 310. 311. 312.
313. 317. 318. 324. 329. 331.
332. 336. 338. 342. 343. 347.
348. 354. 357. 359. 362. 365.
367. 370. 388. 389. 394. 399.
423. 424. 425. 427. 428. 432.
433. 434. 440. 442. 445. 450.
456. 462. 463. 466. 469. 471.
475. 478. 481. 482. 483. 495.
500—512. 514. 522. 542. 553.
555. 566. 572. 585. 588. 590.
609—611. 616. 627. 630. 633.
634. 638. 642.
— Friedrich, Erbprinz von Sachsen-Weimar 516.
— Friedrich, Markgraf von Baden 183.
— Theodor, Kurfürst von Bayern 498.
Karoline, Landgräfin von Hessen-Darmstadt 233. 234.
Karschin, „die deutsche Sappho" 192.
Katharina II., Kaiserin von Rußland 493.

Katharina Lisbeth, Wetzlaer Strumpfwäscherin 108. 161. 162.
Kauffmann, Angelica 588.
Kaufmann, Christoph 311. 320.
Kaunitz, Fürst Wenzel Anton v. 494. 496. 503.
Kayser, Phil. Christ., Componist 320. 581. 590.
Keil, R. 382. 388. 395.
Keller, Fräulein v. 286.
Kestner, Joh. Christian 93. 95. 97—104. 106—110. 125. 127. 129. 157. 161—163. 572.
Kielmannsegge, v. 95.
Klettenberg, Fräulein v. 14. 15. 43. 44. 48. 49. 54. 144. 183. 279. 378.
Klinger, Max 193. 267. 304. 305. 320. 321. 322.
Klopstock, Friedrich Gottlieb 11. 35. 36. 138. 139. 142. 163. 164. 178. 192. 193. 195. 234. 272. 273. 276. 277. 336. 341. 380. 460.
Knebel, Henriette v. 160. 612
— K. Ludwig v. 164. 165. 190. 229. 231. 237. 247. 248. 250. 280. 343. 350. 394. 470. 475. 510. 545. 555. 572. 637. 643.
Kniep, Christ. Heinrich 581.
Koch, Schauspieler 217.
Körner, Christ. Gottl. 216. 617. 652. 653.
— Theodor 359.
Kotzebue, Amalie v. 235. 331. 336. 376.
— August v. 38. 214.
Kraft, Geheimerperte 445.
Kranz, Joh. Friedr. 350.
Kraus, Georg Melchior, Maler und Zeichenlehrer 239. 248. 255. 257. 305. 308. 350. 607.
Kreiten, P. Wilhelm, S. J. 523.
Krüger, Schauspieler 33. 412.
Kühne, F. G. 383.

Pierer, Karoline 235.
Pindar 96.
Piron 18.
Pius VI., Papſt 324. 494. 584.
Plato 23. 50. 152. 153. 224. 464.
Pöllnitz 556.
Probſt, Wilhelmine 313. 346. 390.
Properz 582.
Putbus, Graf 320.
— Frau zu, Oberhofmeiſterin 235.

Q.

Quenſtedt 535.

R.

Rabelais 51.
Racine 18. 351.
Raphael 115. 152. 153. 577. 592.
    593.
Raſchau, Sophie v. 345.
Raynal, Abbé 555.
Reich, Buchhändler 34. 101.
Reichardt, Gärtner 267. 311. 512.
Reiffenſtein 580. 588. 590.
Rembrandt 115. 350. 442.
Reynier, Peter 186.
Rhebiger, v., Conſeilspräſident
    212.
Riebel 612.
Rieſe, Joh. Jakob 25. 193.
Riemer, Friedr. Wilh. 315. 316.
    389.
Rouſſeau, J. J. 35. 39. 50. 52.
    65. 69. 80. 96. 114. 116. 135.
    140. 153. 200. 243. 266. 279.
    283. 340. 387. 432. 434. 441.
    490. 520. 521. 524. 532.
Rouſſilon, Fräulein v. 82.
Rubens 115. 116.

S.

Sack 142.
Salis-Marſchlins, Karl Ulyſſes v.
    163.

Salzmann, Actuarius 48. 58. 59.
    64. 72.
Sauſſure, Naturforſcher 435. 541.
Schäfer 316.
Scharbt, Frau v. 280.
— — Fräulein v. 241.
— v., Geheimrath 482.
— v., Hofmarſchall 282. 482.
Schelhorn, Cornelia, Wittwe (geb.
    Walter) 4.
Scherr, Joh. 60. 124.
Schiller, Charlotte v. 627.
— Friedr. v. 203. 204. 216. 280
    282. 285. 358. 440. 505. 507.
    602. 612. 613. 617. 645. 652.
Schlegel, Aug. Wilh. v. 398.
— Joh. Elias 33.
Schloſſer, Joh. Georg 32. 80. 82.
    101. 107. 143. 151. 431. 505.
Schmehling, Sängerin 33.
Schmidt, Geheimrath 222. 264.
    268. 313. 572. 590. 607. 612.
    614. 616.
Schneider, Madame 612. 631.
— Rath 11. 19.
Schönborn, däniſcher Conſul 124.
Schönemann, Banquier 166.
— Frau (geb. d'Orville) 166.
    172.
— Lili 166—174. 194. 195. 108.
    245. 246. 249. 252. 256. 270.
    280. 284. 286. 289. 291. 294.
    375. 430. 431. 436. 441. 601.
    657.
Schönkopf, Weinhändler 32.
— Käthchen 32. 37. 39. 47. 245.
    279. 290.
Schöpflin 50.
Schröder, F. L. 351. 612.
Schröter, Corona 33. 37. 200.
    291. 311. 313. 341. 342. 343.
    345. 346. 347. 348. 375. 376.
    379. 381. 382. 388—392. 395.
    396. 399. 423. 448. 460.
— W., Pfarrer 467.
Schrötter, Silberdiener 235.
Schubert 136.

Schütz, Joh. Georg 581.
Schulze, Karoline, Schauspielerin 33.
Schumann, Maler 328.
Schweitzer, A., Componiſt 217. 228. 420.
Scott, Walter 72.
Seckendorf, Sigmund Leo, Frhr. v. 117. 238. 242. 248. 257. 271. 331. 332. 349. 420. 462. 482. 510. 511.
Seidel, Philipp, Göthe's Kammerdiener 250. 265. 331. 366. 427. 431. 572. 590. 608.
Seidler, J. W., Gymnaſiallehrer 219.
Selbiz 71.
Senckenberg, Erasmus, Arzt 4. 16.
Seraſſi, Abbate 643.
Seyler, Schauspieler 217.
Shakespeare 35. 36. 50. 55. 56. 64—60. 72. 76. 77. 84. 113. 152. 153. 175. 178. 196. 197. 198. 200. 318. 321. 338. 386. 398. 538. 573. 603. 605. 645. 651. 657.
Sidingen, v., 71. 75.
Siegrott, Kammerlakai 235.
Slevoigt, Förſter 255.
Smith, Abam, Nationalökonom 356.
Sömmering 505. 512. 542. 543. 548.
Sokrates 23. 131. 175. 224.
Sonnenfels, Joseph von 86.
Sophokles 67. 132. 198. 318. 640. 657.
Soulavie, Abbé 537.
Spalding 142.
Spielmann, Chemiker 49.
Spinoza, Baruch v. 144. 147. 148. 150—160. 199. 279. 490. 512. 517. 521. 525. 558. 559—561. 563.
Sprengel 95.
Staël, Frau v. 204. 241.

Stahr, Adolf 382.
Staff, Kammerherr 306. 308. 332. 482.
Starck, Prediger 6. 12. 17.
Stein, v., Hofmarschall 235.
— Fritz v. L 469. 472. 490. 505. 512. 558. 572. 624. 625.
— Gottlob Ernst Josias Friedrich, Freiherr v., Stallmeiſter 237. 282. 283. 299. 329. 383. 452. 482.
— Charlotte v. 171. 235. 237. 241. 253. 254. 263. 267. 279. 281—300. 301. 303. 304. 306. 308. 309. 310. 313. 319. 335. 342. 343. 344. 345. 346. 347. 354. 358. 372. 375. 376. 379. 381. 382. 386—388. 390. 393. 397. 399. 400. 403. 408. 428. 430. 431. 434. 439. 443. 448. 449—452. 456. 468. 469. 471. 476. 486—491. 501. 503. 509. 513. 515. 519. 521. 533. 537. 543. 553. 557—559. 562. 566. 572. 583. 597. 612. 617—618. 621—630. 640. 643. 654. 660. 661.
Steinbach, Erwin v. 113. 114.
Sterne 50. 84. 340.
Stolberg, Auguste, Gräfin zu 161. 168. 169. 170. 172. 245. 252. 279. 280. 375. 591.
— Christian, Graf zu 170. 171. 175. 252. 254. 282. 555.
— Friedr. Leopold, Graf zu 159. 163. 170. 171. 175. 225. 252. 253. 254. 273. 276. 277. 282. 385. 555.
Straba, P. Famian, S. J. 597. 598.
Straube, Frau 29.
Strauß, David 380.
Struensee, Graf 89.
Stubenvoll, v. 483.
Sueton 522.
Sulzer 83. 84. 193. 588.
Syneſius 517.

T.

Tabor, v. 204.

Tasso 571. 644. 640.

Tauler 50.

Tell 171.

Textor, J. Nik., Stadtcommandant 5.

— J. Wolfg., Syndicus 5.

— J. Wolfgang, Dr. juris, Schultheiß 5. 16. 42.

— Schöffe 6.

— Katharina Elisabeth, s. Göthe, Katharina Elisabeth.

Theiß, Advocat 63.

Thersites 68.

Theokrit 67.

Thomas von Aquin, der hl. 546.

— von Kempen 50.

Thorane, Mr., Lieutenant 16. 17.

Thusnelde, s. Göchhausen.

Tibull 582.

Tieck, Ludwig 410. 648.

Tischbein 580. 600.

Tizian 224. 570.

Trapp, Aug. 20.

Trebra, v. 306. 307. 360.

Trescho, Prediger 54.

Trippel 581. 590.

Tyndall 504—505.

U.

Ulysses 68.

Uz, J. P. 224.

V.

Vehse 209.

Veronica, die hl. 180.

Viehoff 189. 310.

Villoison 655.

Vincenz von Paul, der hl. 364.

Virgil 12. 131.

Vogel 566.

Voigt, Christian Gottlob, Geheimrath 361. 572. 590. 607. 612. 616.

Voigt, K. W., Geologe 534. 536. 563.

Voigts, Jenny (geb. Möser) 63. 596.

Volgstett 448. 467.

Voltaire 50. 51. 52. 55. 64. 65. 68. 69. 77. 88. 89. 135. 149. 153. 158. 160. 176. 177. 178. 179. 180. 200. 222. 283. 324. 358. 385. 410. 464. 517. 520 bis 524. 532.

Vondel 598. 604—606.

Voß, Joh. Heinr. 103.

Vulpius, Christian Aug. 610.

— Christiane 381. 618—624. 632—635. 653.

W.

Wagner 103.

Waitz 505.

Waldner-Freundstein, Luise Adelaide v., Hofdame 236. 241. 294. 345. 346. 376.

Walldorf, Adelheid v. 74. 76.

Warren-Hastings 242. 200.

Warnsdorff, Lieutenant 190.

Wedel, C. J. M. v. 237. 309. 311. 312. 332. 348. 420. 425. 426. 429. 483. 614.

Weibel, Karl 235.

Weishaupt 458. 460.

Weislingen 74. 75. 122.

Weiße, Christian Felix 35. 37. 83.

Welling (Opus mago-cabbalisticum) 46.

Wenk, Rector 81. 82.

Werner, Abraham Gottlob, Geolog 535. 536. 541.

Werther, Baron v. 482.

Werthern, Graf 239. 482.

— Gräfin 239. 241. 304. 305. 309. 312. 350. 376. 379. 442. 467. 471.

Wiebeburg, Mathematiker 563.

Wieland, Christoph Martin 7. 28. 35. 36. 64. 68. 87. 88. 110.

Berichtigungen.

S 245, Zeile 3 von oben und S. 279, Zeile 8 von unten lies „Antoinette" statt „Anna" (Gerock).

S. 427, Anm. 3, Zeile 3 ist in dem Ausdruck „Das Neue Freie Deutsche Hochstift" das Wort „Neue" zu tilgen.

S. 552, Anm. 2, Zeile 2 lies „Buen" statt „Buon".

Urtheile der Presse

über die erste Auflage des vorliegenden Werkes.

„Baumgartner ist ein kenntnißreicher Mann; er weiß in der Literaturgeschichte des 18. Jahrhunderts, in den Schriften von und über Göthe gut Bescheid; er ist geistvoll und schlagfertig, ein gewandter Stilist; er hat auch einen gewissen Sinn für Poesie, und in manchem Einzelurtheil befleißigt er sich eines löblichen Strebens nach Objectivität." (Blätter f. literar. Unterhaltung. 1880. Nr. 20.)

„Der weitschichtige Stoff aus den Werken und Briefen des Dichters und aus den zahlreichen Correspondenzen seines Kreises ist genau und sorgfältig geprüft, in prägnante Kürze zusammengedrängt und in so lebhafter Darstellung vorgeführt, daß man die Schrift von Anfang bis zu Ende mit Spannung liest. . . . Baumgartner kann in der Kunst der Darstellung mit Lewes wetteifern, während seine Auffassung viel ernster und gründlicher als die des Engländers ist." (Joh. Janssen in Nr. 327 des Literar. Handweisers. 1883.)

„Aus Anlaß seiner früheren Publicationen, namentlich der zuvor gedachten Schrift ‚Göthe's Jugend‘, war dem Verfasser von einem seinen Standpunkt nichts weniger als gutheißenden Kritiker öffentlich die Anerkennung zu Theil geworden, daß er kenntnißreich, geistvoll und schlagfertig, ein gewandter Stilist und in der Geschichte unserer Literatur wohl bewandert sei. In wohl noch größerem, jedenfalls in gleichem Maße gebührt ihm solches Lob als Verfasser der vorliegenden Schrift. Seine Vertrautheit mit der zu einer stattlichen Bibliothek angewachsenen Göthe-Literatur tritt in den überaus zahlreichen, offenbar direct aus den Quellen geschöpften Citaten hervor, womit er jede thatsächliche Aufstellung belegt, beziehungsweise näher ausführt, erläutert. Die stilistische Formgebung bekundet die feinste, fast möchten wir sagen, weltmännischste Durchbildung; es übt die mit ächt attischem Salz gewürzte Sprechweise einen derartigen Reiz aus, daß selbst mit Jesuitenscheu in höherem Grade Behaftete, wenn sie einmal in dem Buche zu lesen angefangen hätten, schwerlich dem Reize, immer weiter und weiter zu lesen, widerstehen würden, wie unsympathisch sie auch die Anschauungsweise des Verfassers und die Ergebnisse seiner Göthe-Studien anmuthen möchten." (A. Reichensperger in der Lit. Rundschau. 1883. Nr. 2.)

„Herr Baumgartner beherrscht die beinahe endlose Göthe-Literatur vollkommen, er handhabt sein Material mit möglichster Objectivität und läßt entweder die Thatsachen oder die Zeitgenossen
und Autoritäten sprechen. Daß ihm bisweilen Scherz, Laune, Ironie
und gerechte Entrüstung die Feder führen, liegt in der Natur der
Sache. Seine Arbeit hält jede kritische Prüfung aus.“
(Historisch-politische Blätter. 1883. 91. Bd. S. 946—959.)

„Es war geradezu ein Bedürfniß, daß dem vielfachen Götzendienst und der Reliquienverehrung, welche mit Göthe getrieben worden ist, einmal rücksichtslos auf Grund der außerordentlich vollständigen Acten christliche Wahrheit gegenübergehalten wurde.“
(Allg. Conservative Monatsschrift v. Nathusius. 1883. Febr.)

„In dreifacher Hinsicht ist diese Schrift vorzüglich: einmal in
der gewissenhaften, mit unendlichem Fleiß besorgten Sammlung und
Benutzung aller der tausend und tausend historischen Punkte, welche
die unumgängliche Basis der solidesten Forschung bilden, sodann in
der lebendigen Durchdringung dieses chaotischen Stoffes und der
Erfüllung desselben mit demjenigen Geiste, welcher die Einzelheiten
zum plastischen, concreten, wahren und getreuen Gesammtbilde gestaltet (eine Aufgabe, welche von den bisherigen Göthe-Biographen
entweder gar nicht oder zum Nachtheil der Wahrheit und Objectivität gelöst worden ist), und drittens endlich die kritische Würdigung sowohl der einzelnen Momente des vorliegenden Zeitraums
Göthe'schen Lebens, Schaffens und Wesens, als auch der bezüglichen
Uebertreibungen und Entstellungen der Götheanbeter. Jeder dieser
drei Punkte ist für sich schon hoch interessant; alle drei zusammen
machen die Schrift Baumgartners zu einem Meisterwerke. Daß Stil
und Schreibart Baumgartners auf der vollen Höhe steht, welche für
diese Arbeit vorausgesetzt werden muß, ist nach seinen bekannten
bisherigen literarischen Arbeiten nicht mehr besonders hervorzuheben.
„Wir möchten das Buch am besten dahin charakterisiren: Es
ist die einzige, auf der Höhe der Wissenschaft und der Form stehende
Würdigung Göthe's vom einfachen, christlichen erleuchteten, objectiven
Standpunkt der Vernunft und des gesunden Verstandes aus.“
(Deutsches Volksblatt. Stuttgart. 1882. Nr. 230.) .

„Man muß das Werk im Zusammenhang mit andern ähnlichen
literarischen Kundgebungen und als ein bedeutsames Zeichen der
Zeit auffassen. Der Verfasser ist ein Geistesverwandter von Onno
Klopp und Johannes Janssen.“
(Schwäbischer Merkur. 1883. Nr. 30. Sonntagsbeilage.)

Andere Werke von Alexander Baumgartner S. J.

———

In der Herder'schen Verlagshandlung in Freiburg sind erschienen und durch alle Buchhandlungen zu beziehen:

Lessing's religiöser Entwicklungsgang. Ein Beitrag zur Geschichte des „modernen Gedankens". (Ergänzungshefte zu den „Stimmen aus Maria-Laach". 2.) gr. 8°. (IV u. 168 S.) *M.* 2.

> „Das Buch ist mit Sachkenntniß, mit Geist und Schlagfertigkeit geschrieben."
> (Blätter f. liter. Unterhaltung. 1878. II. 057.)

Longfellow's Dichtungen. Ein literarisches Zeitbild aus dem Geistesleben Nordamerika's. (Ergänzungshefte zu den „Stimmen aus Maria-Laach". 5.) gr. 8°. (IV u. 176 S.) *M.* 2.25.

> „Abgesehen von dem religiös-philosophischen Kern bietet die Broschüre nach der literarischen Seite hin eine vollständige Uebersicht über die dichterischen Leistungen dieses größten amerikanischen Dichters und eine gediegene Analyse seiner bedeutenderen Werke, sowie treffliche Uebersetzungsproben schöner Stellen und Gedichte. Wir können deßhalb die anziehende Schrift nicht nur als einen schätzbaren Beitrag zur Geschichte der modernen Ideenrichtungen, sondern auch als eine sehr angenehme und belehrende Unterhaltungslektüre anempfehlen."
> (Kölnische Volkszeitung. 1878. Nr. 147.)

Calderon. Festspiel. Mit einer Einleitung über Calderons Leben und Werke. Mit dem Bildniß Calderons in Lichtdruck. Zweite, vermehrte und verbesserte Ausgabe. 12°. (LII u. 67 S.) *M.* 1.60. Elegant geb. in engl. Leinwand mit reicher Golddeckenpressung und Goldschnitt *M.* 2.70.

In's Spanische überseßt u. b. T.:

Calderon. Poemita dramatico, precedido de una intro-
duccion sobre la vida y las obras del poeta Español.
Madrid. Libreria de San José. 1882.

„. . . Der Jesuit A. Baumgartner veröffentlichte ein interessantes Festspiel zur Calderonfeier, dem ich in Spanien nur die los
(Festspiel) ‚La mejor corona‘ an die Seite zu seßen wüßte, die,
von den ersten Dichtern Sevilla's, im Bunde mit der unvergeßlichen
Fernan Caballero, verfaßt, am 17. Januar 1868, am 268. Geburtstage Calderons, im Teatro de San Fernando zu Sevilla aufgeführt
wurde.“   (Dr. Joh. Fastenrath im Wochenbl. der Frankfurter
                        Zeitung. 1881. Nr. 22.)

„In mehr als einer Beziehung scheint uns das Gedicht selbst
auch den höchsten Anforderungen der Kritik Stand halten zu können.
Selbst die mit den entsprechenden allegorischen Dichtungen Calderons
Unbekannten, die sich etwa durch die Frembartigkeit des Festspiels
abgestoßen finden möchten, werden der kunstvollen Durchführung der
Grundidee, dem reichen poetischen Gewande, welches tiefgehende Ver-
standesspeculationen umkleidet, endlich dem seltenen Wohllaute der
Sprache ihre Anerkennung nicht versagen können. Der Tendenz des
Stückes pflichten sicherlich Alle bei, deren Ueberzeugung dahin geht,
daß für den Einzelnen und für die Welt nur im K r e u z e das
Heil zu finden ist. — Die dem Festspiele vorangeschickten, auf das
Leben und die Werke Calderons bezüglichen Abhandlungen orien-
tiren in gedrängter, ansprechender Weise den Leser in Bezug auf
alles betreffende Wesentliche.“
                        (Germania. 1881. Nr. 121.)

„Lecciones son estas de mucho valor y trascendencia, que
nunca se agradecerán bastante al ilustre Padre Baumgartner.
Gracias, por otra parte, á esta preciosa obrita de Calderón, ten-
drán en Alemania un conocimiento más intenso y comprensivo
que el que le hicieron formar de él los primeros literatos, que
allí admiraron su genio.

Demostró en su bellísima pieza, que como caballero, como
sacerdote, y sobre todo como el mayor de los poetas católicos,
Calderón pertenece á la España verdadera, y es gloria suya y
de la Iglesia.“   (J. M. Orti y Lara. Ciencia Cristiana.
                        1882. Vol. 24. p. 63—67.)

„The chief merit of Father Baumgartner's play consists in
bringing out the striking contrast between Calderon, the poet of
scholastic theology, the champion of the catholic faith, the brother
of Dante, and the unbelievers who are the heroes of modern
thought.“   (The Month. April 1883. p. 507.)

„Un beau poème allégorique, qui fait parfaitement ressortir les éminentes qualités du grand poète espagnol.“
(Précis historiques. Bruxelles. 1881. p. 422.)

„El Padre Baumgartner presenta en lucha los principios del moderno filosofismo con los principios del teatro de Calderon; y demuestra la supremacia de estos sobre aquellos. Este último trabajo es el que tiene mayor importancia, siendo verdaderamente admirable desde el principio hasta el fin.“
(Boletin Bibliografico de Madrid. 1881. Nr. 4)

„Einzelne Stellen des Gedichtes sind von höchster Schönheit; die in der spanischen Romanzenstrophe — vierfüßigen Trochäen — geschriebenen Verse fließen leicht und gefällig; das Auto, welches den zweiten Theil der Dichtung ausmacht und den Reichthum wie den Charakter der Poesie Calberons skizzirt, ist für sich ein kleines Meisterwerk.“ (Coblenzer Volkszeitung. 1881. Nr. 121.)

Joost van den Vondel, sein Leben und seine Werke. Ein Bild aus der Niederländischen Literaturgeschichte. Mit Vondels Bildniß. 8⁰. (XVI u. 379 S.) M. 4.40.

„Met een meer dan gewoon talent, met eene zeldzame orde en aanschouwelijkheid in zijne schikking der mee te deelen verschijnsels, met eene benijdbare volledigheid van bronnenstudie, heeft de Heer Alexander Baumgartner aan ons in stilte uitgesproken verlangen voldaan.
Zijn *Joost van den Vondel* is het model eener monografie.“
(Alberdingk-Thijm. — De Amsterdammer, Weekblad voor Nederland. 1882. Nro. 260.)

„Ueberhaupt zeugt Baumgartners Werk von einem so liebevollen Eingehen und Verständniß, von einer so minutiösen und gewissenhaften Prüfung der Geisteswerke und des ganzen Bildungsganges des großen Dichters, daß uns nur der Wunsch erübrigt, alle Teutschen, die sich fernerhin mit niederländischer Literatur befassen, möchten mit gleicher Gewissenhaftigkeit und Vorurtheilslosigkeit an die Arbeit gehen.“ (Ferd. v. Hellwald. Augsb. Allgem. Zeitung.
1882. Nr. 213. Beil.)

„Die Angaben über Vondels Leben sind bei Baumgartner vollständiger und richtiger, als bei irgend einem seiner Vorgänger. Uebersichten über das Hauptsächlichste aus der Vondelliteratur, über Vondels Werke und die Aufführungen seiner Dramen machen die Schrift zu einem werthvollen Nachschlagebuch.“
(J. Minor. Literaturbl. für Germanische und Romanische Philologie. 1882. Nr. 12.)

Werke von Alexander Baumgartner S. J.

„P. Baumgartners Buch bekundet sowohl ein liebevolles Versenken in den großen niederländischen Dichter, als ein fleißiges Studium der Literatur über denselben, und entrollt von ihm und seinen Werken ein lebensfrisches, gutgezeichnetes Bild. Die zahlreichen eingestreuten Proben sind durchgehends meisterhaft übersetzt; oft würde man freilich richtiger sagen ‚nachgedichtet‘."
(J. Franck. Deutsche Literaturzeitung. Berlin. 1882. Nr. 51.)

„Jedenfalls hat sich der Verfasser der vorliegenden Monographie nach Kräften bemüht, unter dem Bilde Vondels uns zugleich die Lichtseiten der holländischen Literatur einbringlich und anschaulich vor Augen zu führen. Sein Buch ist aus sorgfältigen, an Ort und Stelle gemachten Studien hervorgegangen und außerordentlich gewandt geschrieben." (Dr. Matthiessen. Deutsches Literaturblatt.
(Gotha. 1882. Nr. 24.)

„Einen wichtigen Beitrag zur Geschichte und Kenntniß der niederländischen Dichtung gab der katholische Literaturhistoriker A. Baumgartner in dem Buche ‚Joost van den Vondel‘."
(Meyers Konversationslexikon. Jahressupplement. 1883. S. 232.)

„Niet slechts is door den schrijver de Vondelliteratuur zoowel van vroegere eeuwen, als ook van onzen tijd met ijver gestudeerd, maar ook heeft hij zich met de politieke en maatschappelijke toestanden van ons Vaderland zoo vertrouwd gemaakt, dat hij er schijnt thuis te behooren."
(J. W. Brouwers. De Wetenschappelijke Nederlander. 1882. Nr. 7.)

„Wir haben bei der Lectüre des Werkes einen wahren Genuß gehabt, und können dasselbe jedem Leser mit Sicherheit voraussagen." (Dr. J. Scheicher. Linzer Theol.-praktische Quartalschr. 1882. 4. Heft.)

„Nicht zum ersten Male tritt der ebenso theologisch und philosophisch, wie geschichtlich und ästhetisch gebildete Verfasser vor dem katholischen Publikum auf. In den letzten Jahren hat er uns Lessings religiösen Entwicklungsgang geschildert u. s. w. Vondel war ein deutscher Dichter, ein ächter deutscher Sänger, wie von Geburt, so durch seinen offenen biedern Charakter, seine wackere deutsche Gesinnung, durch seine Sympathie für Kaiser und Reich. Diesen Dichter dem katholischen Deutschland wieder erobert zu haben, ist eine That, welche ein besonderes Dankesvotum verdient."
(Dr. Bellesheim. Historisch-politische Blätter. 89. Bd. S. 933—942.)

„Niederländische Literatur ist lange Zeit von unsern Literaturhistorikern unverantwortlich vernachlässigt worden, erst neuerdings hat man angefangen, die Schätze zu heben und dieselbe in den Bereich unseres nationalen Interesses zu ziehen ... Dem Stolze der Nation, dem Dichter „Joost van den Vondel‘, setzt nun Alexander Baumgartner durch eine ausführliche Biographie und Charakteristik seiner Werke ein würdiges Denkmal. Vondel (geb. 1587), der als Kölner durch seine Geburt Deutschland angehört, aber seiner Erziehung und seinem Wesen nach ganz Holländer war, repräsentirt die Literatur dieser Nation im 16. und 17. Jahrhundert so eminent, daß die Kenntniß dieses Dichters, der in erster Linie Dramatiker war, uns die ganze Richtung jener Zeiten vollständig vor Augen führt, und das geschieht auch durch die Biographie dieses Lieblings der Holländer, auf deren Bühne er namentlich in seinen patriotischen Werken noch heimisch ist. Aber auch die geistlichen Dichtungen des vom Anabaptismus zum Katholicismus übergetretenen Dichters sind beim holländischen Volke unvergessen, und es lohnt sich wirklich, eingehend mit einem Dichter sich zu beschäftigen, der eine Nation so lebendig repräsentirt."

(Ueber Land und Meer. 1882. Nr. 34.)

„Le livre du Père Baumgartner n'est pas seulement une critique saine et judicieuse, attestante une étude approfondie et un goût littéraire sûr et élevé, c'est de plus un travail biographique vraiment intéressant. Quel homme que ce Vondel! Noble caractère, esprit fécond, coeur ardent et inaccessible à toute bassesse, chrétien fervent et généreux dans les épreuves et les contradictions, que lui valut sa fidélité, citoyen dévoué, père et époux modèle, voilà celui dont le génie créa tant d'oeuvres impérissables!"   (Précis historiques. Bruxelles. 1882. p. 703. 704.)

„Der Verfasser hat sich mit großer Liebe und Mühe in Vondels Zeit versetzt. In die politische und literarische Geschichte Niederlands sowohl als in die neuere Vondel-Literatur ist er tief eingedrungen. Der Methode van Lennep's folgend, läßt er überall die Besprechung der Werke Vondels mit der Beschreibung seines Lebens zusammenfließen. Die Umstände, die auf die Entwicklung der Talente des Dichters ihren Einfluß ausübten, sein Umgang mit den berühmten Zeitgenossen, mit den Mitgliedern des ‚Muijderkrings‘, sein Briefwechsel mit Grotius u. s. w. werden ausführlich und con amore behandelt."

(L. van Heemstede. Literarische Rundschau. 1882. Nr. 11.)

Die Lauretanische Litanei. Sonette. 8⁰. (VII u. 58 S.)
M. 1. Elegant geb. M. 2.

„Ein tiefer stiller Fluß ist dieses prächtige Büchlein des als Götheforscher bekannten Literaturhistorikers. Durchgehends finden wir Tiefe des Gemüths und der Ideen, Innigkeit und Zartheit, Kraft der Phantasie und Originalität der Stoffauffassung und Behandlung." (Dr. Muth. Literarische Rundschau. 1883. Nr. 11.)

„Dem geistvollen allegorischen Festspiel ‚Calderon‘ (1881) folgte 1883 der ebenso tief durchdachte wie tief empfundene Sonettenkranz ‚Die Lauretanische Litanei‘. Ein scharfer Denker, auf allen Gebieten der Weltpoesie zu Hause, aufgewachsen in dem Studium der großen Meister der Renaissance, wußte Baumgartner der Form des Sonetts neues Leben einzuhauchen.“

(Dr. Norrenberg, Allgemeine Geschichte der Literatur. III. 322.)

„Deze Sonnetten bevatten alles wat diep theologische opvatting, wat warm gevoel en vroomheid, wat aesthetische smaak, wat zin voor treffende beelden en gelijkenissen, wat kinderlijke envoud van eene poëtische verheerlijking der Moeder Gods kunnen voortbrengen. Bovendien onderscheidt zich deze sonnettenkrans door eene edele, krachtige en lieflijk vloeiende taal.“

(De Wetenschappelijke Nederlander. 1883. Nr. 12.)

„Es fehlt in unserer jüngsten Literatur nicht an poetischen Umschreibungen der lauretanischen Litanei. Welches aber die Vorzüge ähnlicher Büchlein sein mögen, an theologisch-tiefer Auffassung, Reichthum und Erhabenheit der Gedanken kommt wohl keine der Baumgartner’schen auch nur entfernt nahe. Die schwierige Form des Sonetts ist trefflich gehandhabt.“ (Büchermarkt. 1883. Nr. 4.)

Die Lilie. Isländische Mariendichtung aus dem 14. Jahrhundert. Von Eystein Ásgrimsson. Uebersetzt und mit Einleitung versehen von Alexander Baumgartner, S. J. 12°. (XI u. 72 S.) *M.* 1. Elegant geb. in Leinwand mit Goldschnitt *M.* 2.

„Alexander Baumgartner, der geistvolle Jesuit, ist unseren Lesern nicht unbekannt, da wir uns vor längerer Zeit ausführlich mit seinen polemischen Arbeiten über Göthe beschäftigt. Wenn wir nun auch den Anschauungen Baumgartners über unsern größten Dichter energisch entgegentreten mußten, so haben wir trotzdem seine schriftstellerischen Vorzüge offen anerkannt. Baumgartner hat indessen nicht nur in der Göthe-Literatur, sondern auch auf anderen Gebieten sich einen Namen gemacht. Meisterhaft ist sein Buch über Joost van den Vondel, den niederländischen Dichter, der noch heute als Gipfelpunkt der holländischen Literatur gilt. Auch als Dichter ist Baumgartner aufgetreten. Wir kennen von ihm ein treffliches, poetisch gedachtes Calderon-Festspiel, in welchem der Spanier als der eigentliche Dichter des Katholicismus verherrlicht wird, sowie einen schwungvollen, an die heilige Jungfrau gerichteten Sonettenkranz (‚Die Lauretanische Litanei‘). So war Baumgartner befähigt, auch die schwierige Verdeutschung des vorliegenden nordischen Werkes durchzuführen ... Vom literarhistorischen Standpunkt aus müssen wir dem Uebersetzer dankbar sein, daß er uns mit seiner Arbeit einen Einblick in die spätere isländische Literatur gewährt, die im allgemeinen so gut wie unbekannt ist, da das Interesse an der Edda alles andere in den Hintergrund gedrängt hat. Die ‚Lilie‘ beweist jedenfalls, daß das absprechende Urtheil, welches man gemeinhin über die Skaldenpoesie zu fällen pflegt, einiger Einschränkung bedarf. Die Form schließt sich an die eddische an, ist aber weit künstlicher und drängt bereits auf ein bestimmtes Silbenmaß hin, hier das trochäische. Baumgartner, dessen Uebersetzung volle Anerkennung verdient, hat sich mit Recht auf die Beibehaltung des letzteren beschränkt, dagegen auf die schwierige und nutzlose Nachbildung der Assonanzen und Stabreime, wo sich dieselben nicht selber darboten, verzichtet. Das Büchlein wird nicht nur in katholischen Kreisen, sondern auch bei allen Literaturfreunden dankbare Leser finden.“

(Hans Herrig. Deutsches Tageblatt. Berlin. 1884. Nr. 133.)

„Die schöne Dichtung, in der ersten Hälfte des 12. Jahrhunderts verfaßt, drang schon zu Lebzeiten ihres Verfassers tief in’s Volk ein und erlangte eine solche Beliebtheit, daß es zum Sprüchwort ward: ‚Jeder Skalde möchte die Lilie gedichtet haben.‘ Mit Genehmigung der geistlichen Obrigkeit ward sie zum beliebten Volksgebet; selbst in den entlegensten Ortschaften der Insel hat sie sich wenigstens bruchstückweise durch mündliche Ueberlieferung erhalten. Die Gelehrten und Kritiker achteten sie als die vollendetste religiöse Dichtung, die Island, ja ganz Skandinavien während des Mittelalters hervorgebracht. P. Baumgartner hat also mit seinem schönen Büchlein nicht nur im religiösen, katholischen Interesse gehandelt, sondern auch um die Literatur und Culturgeschichte sich verdient gemacht ... Das schöne Büchlein eignet sich vornehmlich zu Geschenken und wird gewiß bald zahlreiche Freunde gewinnen.“

(Germania 1884. Nr. 104.)

„Als reife Frucht einer im vorigen Jahre nach der Insel Island unternommenen Reise bietet P. Baumgartner uns dieses anmuthige Gedicht. Der Uebersetzung der ‚Lilie‘ ist eine schwungvoll geschriebene Einleitung vorausgesandt, die sofort den trefflichen Kenner der mittelalterlichen Literatur und den feinen Kunstkritiker verräth. Dieselbe behandelt Islands ältere Literatur, wie sie in den Liedern der Edda und den Gesängen der Skalden Gestalt gewonnen, die Lebensumstände Eysteins, die Form und Architektonik der Lilie, sowie Text und Ausgaben der letzteren ... Das trochäische Versmaß hat der gewandte Uebersetzer glücklich beibehalten. In prächtiger Sprache und tiefsinniger theologischer Auffassung schildert der Dichter die großen Glaubenslehren der Kirche, besonders das Dogma der Menschwerdung und der Gottesmutterschaft Mariä.“

(Kölnische Volkszeitung 1884. Nr. 151.)

„Un joli petit volume. L’auteur (bien connu par ses talents poétiques et ses savants études sur divers auteurs néerlandais,

allemands, nord-américains, espagnols) a, dans une rapide introduction écrite avec goût, esquissé à grands traits le développement de la littérature islandaise; ensuite il expose très sobrement
la vie si obscure du poète; puis il passe à la forme du Lilja
et à sa division tripartite qu'il compare fort ingénieusement à un
triptique; enfin il donne une bibliographie du poème plus complète en certains points que celle de Th. Moebius. Il termine
par une traduction allemande aussi fidèle qu'il est possible de
la faire en vers."

(E. Beauvois. Polybiblion. Paris. Sept. 1884.)

Erinnerungen an Dr. Karl Johann Greith, Bischof von St. Gallen. Mit Greith's Bildniß. 8°. (113 S.) M. 1.40.

„Sehr gewandte Darstellung vereinigt sich hier mit hochbedeutsamem Inhalt. Als edler Mensch, frommer Priester, glänzender
theologischer Schriftsteller und muthiger Vertheidiger der Freiheit
der Kirche ist der Name Greith in die Blätter der Kirchengeschichte
unauslöschlich eingetragen. Schon seit seinen Studienjahren stand
er mit bedeutenden Männern Deutschlands in den innigsten Beziehungen und führte dadurch der katholischen Schweiz neue belebende
Elemente zu. Unter seinen Freunden begegnen uns Görres, Lassaulx,
Schlosser, Clemens Brentano und v. Laßberg. Sein schönes Buch:
‚Die deutsche Mystik im Prediger-Orden‘ gibt Zeugniß von seinen
ausgedehnten germanistischen Studien, wie von seiner tiefen Frömmigkeit. In Irland genoß er besonderes Ansehen wegen seines Buches
über ‚Die altirische Kirche und ihre Beziehungen zu Alemannien‘
Auf dem Concil von 1870 gehörte er zur Minderheit; aber nach
gefälltem Spruch hat er sich mit rührender Pietät gefügt. Jede
Biographie eines katholischen Bischofes beansprucht in unserer Zeit
Interesse; die vorliegende um so größeres, je bedeutender die Gestalt
des Mannes ist, der **uns** hier in so edler Zeichnung entgegentritt."

(Kölnische Volkszeitung. Dec. 1884.)

„Wer den Verfasser dieser Schrift kennt, wird etwas Tüchtiges
erwarten, und wenn er sie zur Hand nimmt, seine Erwartungen
bestätigt finden. Die St. Gallischen Verhältnisse werden soweit besprochen, als sie auch auswärts interessiren und zur Zeichnung des
Lebensbildes gehören. Auf dieser Folie wird in knappen, aber
meisterhaften Zügen das Bild des Verewigten als Gelehrter, Priester
und Mann des öffentlichen Lebens gezeichnet. Eine Menge von
Daten über seinen Bildungsgang, seine Beziehungen zu den deutschen Gelehrten, besonders zu Görres, sind ebenso interessant als
bisher den Wenigsten bekannt."

(Schweizerische Kirchenzeitung. 1884. Nr. 43.)

„Die Schrift führt uns besonders den Bildungsgang des Verewigten, seine Beziehungen und Leistungen in der Gelehrtenwelt, eine treffliche Zeichnung seines Geistes und Charakters vor Augen und bietet auf wenigen Bogen eine Fülle von Taten, welche von allgemeinem Interesse sind." (Die Ostschweiz. 1884. Nr. 248.)

Reisebilder aus Schottland. Mit einem Titelbilde, 15 in den Text gedruckten Holzschnitten und 16 Vollbildern. gr. 8⁰. (XII u. 316 S.) *M.* 5. Geb. in Leinwand mit Deckenpressung *M.* 8.

„Dem Verfasser hat am meisten bei der Reise in Schottland der religiöse Punkt gefesselt, nicht als etwas für sich Bestehendes, von dem Uebrigen Getrenntes, nein, als eine Lebenserscheinung, die mit Geschichte und Literatur, Kunst und Volksleben des schönen Landes auf's Innigste zusammenhängt. Ist nach des Verfassers Ausspruch nächst der schönen Natur nichts wie die Kirche, welche diese Inselwelt so unvergeßlich und bedeutsam gemacht hat, so ist er doch wissenschaftlich vielseitig genug, um einen interessanten Bericht auch über weltliche Erlebnisse und Erfahrungen zu erstatten. Die Reisebilder sind ebenso anziehend als belehrend. Jeder der 17 Abschnitte bringt neue Ueberraschungen, eröffnet neue, wohl wenig bekannte Schönheiten, ein zauberisches, herrliches Bild folgt dem andern. Der Verfasser entwickelt eine beneidenswerthe Gabe, seine Erlebnisse und Beobachtungen lebhaft und anziehend zu erzählen, die fesselnden Naturherrlichkeiten und Kunstdenkmäler anschaulich, in der That meisterhaft zu schildern. Eigene Gedanken und der Erfahrung entnommene Grundsätze sind theilweise ernst, theilweise humoristisch und spottend in die Mittheilungen mitverflochten. Die socialen Zustände des modernen Schottlands sind an mehreren Stellen besprochen, mit Vorliebe auf die günstigern Verhältnisse des Mittelalters hinweisend. Die Sprache ist edel und würdevoll, frisch und farbenreich, erhebt sich öfter zu dichterischem Schwunge. Der Verfasser bekundet eine angenehme Fähigkeit der gebundenen Rede, nicht nur durch die mitgetheilten Uebersetzungen aus englischen wie schottischen Dichtungen, sondern auch durch die selbstverfaßten Verse . . . Die Ausstattung des Buches ist musterhaft, wie bei allen Büchern der Herder'schen Verlagshandlung. Die höchst sauber ausgeführten Illustrationen, namentlich die charakteristischen Abbildungen der Städte und Landschaften, entsprechen vollständig dem Zweck, auch äußerlich ein kleines Bild von Schottlands malerischer Schönheit zu geben. Das geistreiche Buch gewährt nicht nur die reichste angenehmste Belehrung, sondern auch einen erfrischenden Genuß."
(Erste Beilage zum Deutschen Reichs-Anzeiger und Königlich Preußischen Staatsanzeiger. 1885. Nr. 47.)

„Was beim ersten Blicke auffällt, ist die Meisterschaft des Verfassers in der Schilderung landschaftlicher Schönheiten, und die
Kunst, wie er seine eigenen Gedanken und Erlebnisse bald in ernster,
bald in humoristischer, zuweilen auch in satirischer Art in seine
Mittheilungen zu verweben versteht. Das Buch hat dabei für
katholische Leser noch ein ganz besonderes Interesse durch die ein-
gehende Berücksichtigung der religiösen Verhältnisse des Landes.
Meist im Anschlusse an die Beschreibung der einzelnen Fahrten entwirft der Verfasser ein Bild der katholischen Vergangenheit Schottlands von Columba bis zu der Blüthe des Katholicismus im
Mittelalter, von welcher ,die herrlichsten Trümmer alter Kathedralen
und Klöster' ein so beredtes Zeugniß ablegen. Dabei wird natürlich auch jener heldenmüthigen Nachfolger Columba's gedacht, welche
zur Zeit, als der katholische Glaube vor den Siegen des Puritanis-
mus in die entlegensten Glens und auf die einsamsten Inseln sich
zurückzog, unter steter Lebensgefahr, gleich dem gehetzten Wilde
umherzogen, um die letzten Reste des Katholicismus herüberzuretten
bis in die Gegenwart, wo die katholische Kirche dieses Landes am
Beginne eines zweiten Frühlings steht."
(Literar. Handweiser. 1884. Nr. 372/373.)

"In this volume F. Baumgartner records his impressions of
a tour in Scotland. As a writer he displays his well-known
qualities of splendid language and large views. But his work
will much impress the reader by the glimpses it gives of the
history of the land, people, art and church of a country formerly
wholly Catholic, and an important link in the European Christian
family. Special interest may be claimed for the descriptions of
Iona and Staffa. But not only on the marvellous beauties of
'Caledonia wild and stern' does the author dwell. Few Scotchmen
could enlarge on Scotch history, poetry and architecture with
such extensive and solid knowledge as are here displayed. Hence
we can recommend this singularly well done work."
(Dublin Review. London 1885. January.)

„Cet ouvrage, en même temps édifiant et littéraire, peut être
recommandé, comme itinéraire, pour l'exactitude des renseigne-
ments de tout genre qu'il contient."
(Emm. de Saint-Albin. Polybiblion. Paris. 1885.
Mai. p. 431.)

„Das Baumgartner'sche Werk ist eines der werthvollsten Bücher
dieses Genres, welche wir seit Jahren kennen gelernt haben, und
zugleich geht ein tiefreligiöser Zug durch dasselbe, der uns das alte
Schottland mit seinen herrlichen Trümmern von Klöstern und Kathedralen so besonders anziehend macht. Wir erhalten ein klares,
lebensvolles Bild des schottischen Landes und seiner Bewohner und
werden mit dem religiösen Leben und Walten genau bekannt gemacht,

deren Schilderung uns die reiche Reiseliteratur über Schottland bisher in ausreichender Weise vorenthalten hat. A. Baumgartner führt
uns durch die bedeutendsten schottischen Städte, wie durch die Landschaft und an die weltberühmten Seen. Ueberall weiß er auf unsern
Wanderungen unser Interesse zu wecken und rege zu erhalten, mag
er uns in das Arbeiterviertel in Glasgow, in die Fingalshöhle, in
das schottische Athen, wie Edinburgh genannt wird, oder mitten
hinein in den Kulturkampf und das Missionsleben im Hochlande
geleiten. Dankbar nehmen wir von dem Buche Abschied, das uns
so viel des Belehrenden geboten, das unserm Denken und Empfinden
so nahe getreten ist in seiner prunklosen und dabei so fesselnden
Art und das dabei doch nie den erfrischenden und unterhaltenden
Reiz verliert. Alles in Allem ist das von der Verlagshandlung in
schöner und dem Werthe seines Inhalts durchaus angemessener Ausstattung herausgegebene Buch ein prächtiger Beitrag zur Länder-
und Völkerkunde. Wir möchten Jedem, der Schottland kennen zu
lernen oder zu durchreisen beabsichtigt, den Rath geben, sich Baumgartners ‚Reisebilder‘ als Cicerone zu wählen, er wird trefflich berathen sein.“ (Illustrirte Familienzeitung. Hamburg. [1885.]
I. Band. Nr. 24.)

„Der Verfasser befand sich in der glücklichen Lage, im ver-
flossenen Jahre Schottland nochmals besuchen zu können, und hat
demzufolge seine Materialien über Caledonien theils ergänzt, theils
verbessert. Aus ihnen gestaltete er sein Buch, das mit nicht weniger
als 32 trefflichen Holzschnitten ausgestattet und damit auch äußerlich in die Reihe wahrer Prachtwerke erhoben ist.

Wir können nur wünschen, daß Jeder, der Sinn für Religion,
Kunst und Wissenschaft besitzt, zu diesem zeitgemäßen Buche greifen
und sich dessen Inhalt aneignen möge. In schweren Stunden —
und deren gibt es heute nicht wenige — gewährt eine solche Lektüre
ein wahres Labsal. Dieses entquillt nicht bloß der ungebundenen,
sondern in vielleicht noch höherem Grade der gebundenen Rede.
Die tiefempfundenen l y r i s c h e n G e s ä n g e, welche dem Herzen des
Verfassers entsprungen, sind wie kostbare Perlen, die über glänzende
Gewebe der Darstellung ausgestreut wurden.“
(Historisch-politische Blätter. München. **94. Bd. S. 453 ff.**)

„Wir wollen indeß über die hier hervorgehobenen Einzelheiten
nicht das Ganze vergessen, die treffliche Schilderung von Land und
Leuten, überall anschaulich, geistvoll und vom Schwunge der Empfindung belebt, ob der Verfasser nun vom Königsschloß zu Edinburgh erzählt oder vom Loch Katrine, wo die Jungfrau vom See
spielt, und vom romantischen Loch Lomond.“
(Deutsches Tageblatt. Berlin. 1884. Nr. 10.)

„Von dem berühmten Stonyhurst-Colleg in der englischen Graf-
schaft Lancaster ausgehend, führt der Verfasser uns durch die zahl-

losen Inseln West-Schottlands nach den Hochlanden und bringt uns
zuletzt nach der Landeshauptstadt Edinburgh. Tiefgefühlte, prächtige
Naturbeschreibungen, verbunden mit anziehenden Schilderungen aus
der Zeit des alten katholischen Schottland, wirken hinreißend auf
den Leser ein. Dabei versäumt der Verfasser nicht, auch das moderne
Schottland mit seinem hochentwickelten Handels- und Industrie-Leben
uns vorzuführen, sowie den Spuren der heute wieder zu neuem
Leben erstarkten und überall segensreich wirkenden katholischen Kirche
nachzugehen."   (Kölnische Volkszeitung. 1884. Nr. 237.)

„Diesem Buche kann' man dieselben Vorzüge nachrühmen wie
dem vorhergehenden (P. Kolbergs Ecuador). An Feinheit des Stils
mag der formgewandte, poetisch veranlagte P. Baumgartner den
P. Kolberg noch übertreffen. Durch seine Exactheit und Zuverlässig-
keit in der Forschung wie durch die Mannigfaltigkeit, die in seinen
historischen, religiösen, landschaftlichen, zeitgeschichtlichen Schilderungen
herrscht, erreicht er den P. Kolberg; zu seinem Lobe dürfte man
nichts Besseres sagen können."
                    (Echo der Gegenwart. 1884. Nr. 296.)

www.ingramcontent.com/pod-product-compliance
Lightning Source LLC
Chambersburg PA
CBHW022036120726

47899CB00004BA/1072